John Knittel

Via Mala

Roman

ERSTES BUCH

I

In einem schmalen Seitentale des Vorderrheins, dem Tal der Yzolla, stand ein einsames Haus und daneben eine Sägemühle. »Im Jeff« hieß die Siedlung seit Menschengedenken, seit die Familie Lauretz dort hauste. Viele der Wanderer, die über den Yzollapaß kamen, bemerkten das Haus gar nicht, denn es lag ungefähr zweihundert Schritt von der Landstraße ab, ganz versteckt in einem Winkel unter der grauen, nackten Felsenwand eines Berges, der zu einer Höhe von siebenhundert Metern emporstieg. Das Haus war schmal und drei Stockwerke hoch, aus grauen, grob behauenen Granitblöcken gefügt, das Dach mit großen Steinen beschwert. Vor dem offenen Sägeschuppen ragten hohe Stapel von Holz, Brettern und Stangen, und tagaus, tagein hörte man die Säge ihren monotonen Rhythmus schnarren, begleitet von dem Tosen der Yzolla, die mit unwiderstehlicher Wucht ihre schäumenden Wasser durch das steile Bett an der Mühle vorüberjagte. Die Bergwand, die Dächer des Hauses und des Schuppens, die Zweige und Stämme der Fichten ringsumher troffen von Feuchtigkeit, und aus dem lärmenden Kessel eines Wasserfalles stiegen kalte Sprühwolken empor. Im Monat August, wenn die schrägen Strahlen der Sonne in diesen Winkel des Tales fielen, war die ganze Wohnstatt gleichsam eingehüllt in die schimmernden Schleier eines Regenbogens, und zuweilen umkränzte eine siebenfarbig leuchtende Aureole von Licht das hohe graue Haus. Überall wuchs zolldick das Moos, der Boden des benachbarten Waldes war weich und mit Feuchtigkeit durchtränkt und gab schwappend unter jedem Schritte nach. Holzduft und der säuerliche Geruch klebriger Pilze hing in der Luft.

Die steilen Hänge an der gegenüberliegenden Seite des Tales waren dicht bewaldet bis hinauf zu den hochragenden dunklen Felsen, die hier und dort in scharfkantige Stücke zerfallen waren. Etliche dieser haushohen Blöcke waren ins Tal gerollt – wann, das wußte niemand, denn die Natur dort oben war alt, sehr alt, viel älter als der Mensch und sein Gedächtnis. Ein wild zerklüfteter Kamin, mit Gras und Zwergholz bewachsen, schob sich zu einem unsichtbaren Gipfel empor, und von den in ferner Höhe dem Blick verborgenen Gletschern und Schneefeldern kamen zahllose Rinnsale in silbernen Kaskaden herabgerieselt und überzogen das Gestein mit einem feinen Netzwerk. Alle diese kleinen Berggewässer sammelten sich in dem lärmenden Bett der Yzolla und eilten mit toller Schnelligkeit talwärts in ein freundlicheres Land.

Dicht unterhalb von Nauders zwängte sich die Yzolla durch eine nur wenige Meter breite Felsenlücke, eine schäumende, kochende, tobende Wassermasse, und ergoß sich dann in eine höhlenartige Spalte, in die noch nie ein Mensch seinen Fuß gesetzt hat. Hätte jemand in diese laut lärmenden Tiefen eindringen können, er würde dort ein trübes Zwielicht angetroffen haben und hätte dann verzweifelt wie ein Gefangener auf dem Grunde einer eiskalten Zisterne emporgeblickt, ohne etwas anderes zu sehen als nackte, glänzende, senkrecht viele Hunderte von Metern emporragende Felsmauern und in weiter Ferne eine schmale Öffnung, durch die ein blasser Lichtschimmer fiel.

Aber der Mensch hatte sogar diesen finsteren Erdenwinkel erobert. Vor einigen hundert Jahren erließ ein Abt des Benediktinerklosters zu Andruss ein Handschreiben, in dem angeordnet wurde, das Yzollatal für den Wanderverkehr zugänglich zu machen. Damals geschah nicht viel. Aber um die Wende des achtzehnten Jahrhunderts nahm die Regierung die Sache ernstlicher in die Hand. Die hölzernen Brettersteige und wackeligen

Stufen wurden beseitigt, und man konnte nun auf beque-mer Straße reisen, ohne ständig Gefahr zu laufen, in einen Abgrund zu stürzen. In den allerletzten Jahren hat das kanto-nale Baudepartement in das Gestein Tunnels · sprengen und Mauern und Zäune errichten lassen zum Schutze der modernen Touristen, die hierherkommen und mit ehrfürchtigem Staunen das Werk der Natur bewundern. Nur in den vier Sommer-monaten ist der Yzollapaß gangbar. Den übrigen Teil des Jahres liegt er im Schnee begraben, von der Hubertuskapelle auf schweizerischem Gebiet bis zu den Südhängen, die sich in das Valtelino hinabsenken. Die Straße von Andruss zum Yzolla-hospiz heißt Via Mala.

Die Ankunft der Lauretz' in dem Kanton der dreihundert Gletscher gehörte zu jenen Vorfällen, die zwar an sich recht geringfügig sind, aber zuweilen schwerwiegende Folgen haben. Im Jahre 1799 kam zufällig durch das Gebiet des Grauen Bun-des, das heutige Grigioni oder Graubünden, ein französischer General, dessen Name MacDonald alles eher als französisch war. In einem seiner Regimenter diente ein Kapitän namens Lau-retz. Dieser Mann, der an einem Wundfieber litt, blieb bei den frommen Benediktinermönchen im Kloster zu Andruss und verbrachte dort über ein Jahr auf dem Wege der Genesung. Der Abt bemühte sich sehr um den verwundeten Offizier, der offen-bar ein vornehmer und nicht ungebildeter Mann war. Der Hauptmann erwiderte dankbaren Herzens die Freundschaft des Abtes; die beiden Männer lernten einander schätzen, saßen viele Stunden lang beisammen, genossen fröhlich die wunder-bar zubereiteten Forellen aus den kalten Bergbächen und den wärmenden Segen, den die feurigen Weine aus dem Valtelino und aus der Rheingegend spendeten. Lauretz, ein Mann von guter Herkunft, hatte es satt, gegen die wirklichen und ein-gebildeten Feinde Frankreichs Krieg zu führen, und da er die meisten seiner Verwandten, die ihn ihres Besitzes wegen hätten interessieren können, längst aus den Augen verloren hatte, beschloß er, sich in einem Lande niederzulassen, wo so viele gute Sachen mit so geringer Mühe von frommen Mönchen zu erlangen waren. Eines Tages kam der Abt ganz zufällig auf ein dem Kloster gehörendes Grundstück zu sprechen, das hoch oben im Gebiet der Yzolla liege, in einem der kleinen Seitentäler, wo man silberhaltiges Erz gefunden habe. Wie ein Freibeuter, der sogleich lebendig wird, wenn das Wort Gold oder Silber fällt, spitzte Lauretz die Ohren. Von diesem Tage an kreisten seine Gedanken um das Silber, und er begann von ungeheuren Schätzen zu träumen. Der Zauber, dem er unterlegen war, übertrug sich auf den Abt. Der Abt gab ihn an den Bischof von Chur weiter. Und abermals wiederholte sich die Historie. Wenn man bedenkt, daß Graubünden zu jener Zeit aus nahezu dreißig kleinen Republiken bestand, die sämtlich ihre unabhängige Verfassung, ihre eigenen Gesetze und Satzungen besaßen; wenn man sich erinnert, daß Hungersnot und Seuchen fast ständig die hundert Täler heimsuchten, daß die Bevölkerung trotz ihrer eingebildeten Unabhängigkeit von ihren eigenen glattzüngigen Räten ausgebeutet und von landhungrigen Baronen und Geistlichen überlistet, betrogen und ausgesaugt wurde; wenn man sich die grenzenlose, sowohl physische wie seelische Armut vorstellt, die in dem Lande herrschte, wird man sich nicht wundern, daß Lauretz viele bereitwillige Zuhörer fand, wenn er von seinem Entschlusse sprach, die ungeheuren Silberschätze auszugraben, die in den Bergen ruhten, Schätze, die genügen würden, jedermann reich zu machen und die Menschen für alle Zukunft vor jeder Not zu schützen.

Er gründete eine Gesellschaft. Der Bischof von Chur, der Abt von Andruss, die Barone von Thusis und einige wohlhabende Bauern brachten das Kapital zusammen, und Hauptmann Lauretz wurde mit der Ausbeutung des Silberberges betraut. Als zu Anfang des vorigen Jahrhunderts das Kloster von Andruss ein Raub der Flammen wurde, sind alle die Berichte über seine Tätigkeit mitverbrannt. Das »freie« Volk und Napoleons Soldaten, von einem neuen Wutanfall gepackt, hatten blindlings alles niedergebrannt und zerstört. Schließlich aber entdeckten sie, daß Krieg und Revolution kein einträgliches Geschäft seien, und änderten ihre wilden Sitten. 1854 schließlich wurde der Kanton durch eine neue Verfassung geeint.

Von dem napoleonischen Hauptmann, der dann Bergwerks-
ingenieur wurde, weiß man nicht viel. Es ist anzunehmen, daß
seine Versuche, seinen Freund, den Abt, reich zu machen, mit
einem Mißerfolg geendet haben. Wenn man durch dieses Seiten-
tal geht, den alten verfallenen Schmelzofen und die eingestürz-
ten Grubenschächte sieht und bedenkt, wie ungeheuer schwierig
es auch heute noch ist, größere Erzmengen über die Via Mala
zu transportieren, dann muß man sich die Frage vorlegen, ob
dieser Lauretz bei Vernunft gewesen sei. Ingenieure haben die
Ruinen besichtigt und etwas Silber gefunden, aber nur sehr
wenig, so wenig, daß das Schürfen sich nicht lohnen würde.
Man neigt also zu der Ansicht, Hauptmann Lauretz müsse,
wenn nicht ein sehr vertrauensseliger, dann ein sehr über-
zeugungskräftiger Herr gewesen sein. Er hat das hohe steinerne
Wohnhaus und die Sägemühle im Jeff gebaut. Die Bergwerks-
anlagen sind längst in den Schoß der wilden Natur zurück-
gesunken und öffentliches Eigentum geworden. Die Sägemühle
aber und der umliegende Wald waren im Besitz der Familie
Lauretz geblieben. Ihr jetziger Besitzer hieß Jonas Lauretz, und
um sich von anderen Lauretz zu unterscheiden – er wußte, daß
es deren noch einige gab –, nannte er sich, wie das schon sein
Vater getan hatte: Lauretz von Jeff. Manchmal hörte man ihn
in der Besoffenheit mit schallender Stimme brüllen und seine
Worte durch einen Faustschlag auf den Tisch unterstreichen:
»Ich, der Sägemüller Lauretz, ich Jonas Lauretz von Jeff, bin
ein ebenso guter Edelmann wie irgendein Planta, Salis oder
Richenau!« Obwohl niemand daran dachte, seine edle Herkunft zu bestreiten, pflegte er diese Behauptung häufig zu
wiederholen und dann hinzuzufügen, daß Napoleon Bonaparte
selbst der Familie Lauretz das ganze Graubünden geschenkt
habe, aber die dreckigen, hinterlistigen Republikaner hätten
sich mit den Besitzurkunden und Adelspatenten der Familie
davongemacht. Die Gastwirte von Ponte Valentino, Castro,
Biaska, die von St. Gion, Santa Maria, Nauders und Andruss,
sie alle kannten Jonas Lauretz. Sein Ruf war nicht gerade der
beste, nicht einmal bei den Gastwirten, deren guter Kunde er
war. Ein »Dunndersluader« und »Huarabuab« hieß er bei ihnen,

und wenn er in ihre niedrigen holzgetäfelten Stüblis gepoltert kam, war oft der öffentliche Friede gefährdet. Aber er galt als reich, deshalb fiel es keinem Gastwirt ein, ihm das Haus zu verbieten. Da diplomatisches Geschick zu den moralischen Kennzeichen des schlauen Bündnervolkes gehört, gelang es ihnen meist, die Leidenschaften des ungebärdigen Sägemüllers zu bändigen, und nur wenn er ganz außer Rand und Band geriet oder völlig betrunken war und seine Zeche bezahlt hatte, schleppten sie ihn zur Tür hinaus und verluden ihn auf seinen vierrädrigen Karren, worauf alsdann das Pferd, das stets geduldig auf seinen Herrn wartete, den Kopf hob und aus freien Stücken heimwärts zu traben begann.

2

Eines Abends im Monat Mai hätte ein Wanderer, der zufällig am Gasthof »Zur Alten Post« in Andruss vorüberkam, eine der lärmenden Szenen miterleben können, wie sie oft durch Jonas Lauretz veranlaßt wurden. In der kleinen, nach vorne gelegenen Weinstube ging es hoch her. Eine barsche Männerstimme ließ sich in gotteslästerlichen Beschimpfungen und Flüchen vernehmen. Der Besitzer dieser Stimme balgte sich mit drei Männern herum, die ihn an den Armen, am Halse und an den Schultern festhielten, damit er nicht über den langen Daniel aus Nauders herfalle. Den Anlaß des Zankes festzustellen, wäre nicht schwer gewesen, da ein halbes Dutzend Zeugen sich für den langen Daniel einsetzten und laut erklärten, er habe sich nichts Böses dabei gedacht, als er im Zusammenhang mit Lauretz auf ein Weibsbild aus der Nachbarschaft angespielt hatte. Der Sägemüller aber hatte sich, wie das oft passiert, wenn ein Mensch seinen Ruf verteidigen will, in hitzige Wut hineingesteigert. Die roten Flecke auf seinem Säufergesicht färbten sich bläulich, seine natürliche Stimme wurde zu einem Knurren, die Adern auf seiner Stirn schwollen zu violetten Schnüren an, und der Schweiß brach aus seinem dicken Nacken hervor. Und sein unmäßiges Gebaren ließ nicht eher nach, als bis der lange

Daniel mit einem Achselzucken und einem verachtungsvollen Blick auf Lauretz auf etwas unsicheren Beinen zur Tür hinausstolperte. Sobald das ausgemergelte, herausfordernde Gesicht seines Gegners verschwunden war, wurde Lauretz ruhiger. Nachdem er einige unzusammenhängende Drohungen hinter ihm hergebrummt hatte, sank er schwerfällig auf seinen Stuhl. »Ich will's ihm schon geben, solche Lügen zu erzählen! Ich will's ihm schon geben! Kein Stück Zucker, keine Kaffeebohne kauf' ich mehr in seinem Dreckladen, und wenn meine Töchter jeden Tag auf allen vieren über die Via Mala nach Andruss kriechen müssen! Und ich spuck' ihm sein Haus an, sag' ich, ich spuck' ihm sein Haus an, sooft ich nach Nauders komme! Wer hat behauptet, daß ich kein anständiger Mensch bin?«

Er schlug mit der Faust auf den Tisch und trank den Rest Valtelino aus seinem Glase. Sein Kopf begann hin- und herzuschwanken, die geschwollenen Augenlider hoben und senkten sich schwer. Immer schlaffer wurden seine Gebärden, und schließlich nahm der Wirt die Gelegenheit wahr.

»Joni, du Huarabuab, chum!« sagte er energisch, und mit Hilfe der drei Gäste stellte er den Sägemüller auf die Beine. Dann führten sie ihn zu seinem Karren und luden ihn auf. Sie knüpften die Zügel des Gaules los und riefen: »Hüppla!« Langsam hob der Gaul den Kopf und legte sich ins Geschirr.

Als Lauretz halb betäubt die Augen öffnete, war die Sonne hinter der Oberalp untergegangen. Er richtete sich ein wenig auf und schaute sich um. Sie waren unterwegs, näherten sich soeben der Hängebrücke dicht vor dem Eingang zu den Schluchten. Das Pferd, ein heller, stämmiger Brauner mit dikken Beinen und großen, schwerbeschlagenen Hufen, begann von der langen Steigung zu schwitzen. Sein haariges Fell färbte sich vor Nässe dunkel, und zwischen seinen Hinterbeinen zeigte sich ein seifiger Schaum. Sobald sein Herr sich rührte, fing es noch kräftiger zu ziehen an, denn es war ein wohlerzogenes Tier. Jahrelanges Leiden hatte es gelehrt, auch die härteste Mühe einem Wutanfall seines Besitzers vorzuziehen. Lauretz war ein massiger Kerl, der viel mehr Gewicht am Leibe trug, als die Natur ihm eigentlich zugedacht hatte. Kopf und Nacken waren fast zu einer einzigen Masse verwachsen, das runde Kinn und die kantige Nase, die auffälligsten Partien seines Gesichtes, leuchteten purpurrot. Der struppige, dichte Schnurrbart und das kurzgestutzte Haar auf seinem runden Kopf verliehen ihm einen Ausdruck zügelloser Roheit, und seine blauen, hervorstehenden, trotz aller Lebhaftigkeit finsteren Augen verrieten deutlich die unersättliche Sinnlichkeit des Mannes.

Seine Körpergröße und seine Kraft gaben ihm das Gefühl despotischer Überlegenheit. Er war der unumschränkte Herr und Meister der Via Mala. Jeder seiner Blicke war ein Befehl oder eine Drohung. Seine Frau und seine Kinder waren seine Sklaven und kannten keinen Herrn außer ihm. Sie verstanden den Sinn seiner Blicke, seines Nickens, seiner Handbewegungen, und sie zitterten, wenn er seine Stimme erhob, denn er war der ungerechteste aller Herren, nie zufrieden, nie dankbar, aber stets auf dem Sprunge, Strafen zu verhängen und andern Menschen weh zu tun. Es machte ihm anscheinend Spaß, jeden, der ihm in die Nähe kam, zu quälen. Er war der König, der Prophet und das Orakel des Tales. Rundweg leugnete er alle menschlichen Beziehungen zu einem Gott. Er behauptete sogar, ein Geschöpf des Teufels zu sein, und seine finstere Seele veranlaßte ihn, sich mit dem Satan zu verbünden und sich öffentlich dieser Freundschaft zu rühmen. Oft, sagte er, sei er dem Teufel begegnet, besonders zu den Zeiten, da die frommen Christen Weihnachten oder Ostern feiern. Sobald diese Tage heranrückten, kannte Lauretz' wüstes Benehmen keine Grenzen mehr.

Wenn die paar Anwohner aus dem höher gelegenen Teil des Tales in ihrer besten Sonntagstracht sich auf den langen Weg ins Tiefland machten, um in der Kirche von Andruss, dem Hauptort dieser katholischen Bergpfarrei, bei dem Erlöser der Welt Trost zu suchen, sah man Lauretz am Straßenrande stehen. Er hielt die Vorübergehenden an und erzählte ihnen, daß er die ganze Nacht über an der und der Stelle mit dem Satan beisammen gewesen sei, und der Satan habe ihm die höllische Freiheit gewährt. Sie seien Dummköpfe, sagte er, daß sie auf die Pfaffen und sonstigen Blutsauger hörten, und manchmal hielt er seinen Nachbarn die Faust unter die Nase, sie sollten sich bloß unterstehen und behaupten, daß der Satan nicht allmächtig sei. Niemand aus seiner Familie durfte in die Kirche gehen. An einem Karfreitag hatte er in einer seiner teuflischen Launen seinen eigenen Vater, der ihm wegen seiner Gottlosigkeit Vorwürfe machte, halb umgebracht und ihn so lange geprügelt, bis der alte Mann das Bewußtsein verlor und die Familie ihn wegtragen und in ein Zimmer einsperren mußte. Lauretz war ihnen nachgelaufen und hatte versucht, die Tür zu diesem Zimmer einzuschlagen. Nur die vereinten Bemühungen seiner Frau und seiner Kinder hatten den alten Mann vor weiteren Mißhandlungen bewahrt.

Ein Jahr später starb Großvater Lauretz während der Abwesenheit seines Sohnes. Nach seiner Rückkehr weigerte sich Lauretz, den Toten anzuschauen, und befahl seinem Sohn Niklaus, aus rohen Brettern einen Sarg zu zimmern. Mit geballten Fäusten ging er auf Silvia los, weil sie als einzige ihm ins Gesicht zu sagen wagte, daß er ein Unmensch sei, und daß Gott ihn sicherlich bestrafen werde. Dann verließ er das Haus, ging nach Andruss und wohnte dort eine Woche lang in einem kleinen Häuschen, das den Lauretz' gehörte, und in dem die Familie für gewöhnlich die langen Wintermonate verbrachte. Als er wiederkehrte, lag sein Vater bereits in der protestantischen Ecke des Friedhofes bei der kleinen Hubertuskapelle, die ungefähr auf halbem Wege zwischen dem Jeff und dem Hospiz steht, zur letzten Ruhe bestattet.

Man könnte fast sagen, daß Lauretz kein menschliches Gewissen besaß. Die ursprünglichen, tierischen Instinkte hatten seine besseren Regungen völlig übertäubt und trieben ihn mit unwiderstehlicher Gewalt zur Befriedigung seiner Gelüste. Und jetzt, da er sich den Fünfzigern näherte, hätte man ihn wirklich für ein Geschöpf des Teufels halten können. Seine Maßlosigkeit war verblüffend. Er war wie ein Fremdling unter seinesgleichen. Der Spuk, der Schrecken der Via Mala, hatte sich seiner bemächtigt. Sein Ungestüm glich den reißenden Wassern der Yzolla. Seine Frau und seine Kinder waren gleichsam das Bett für den Strom seiner Sünden. ‚Warum nicht?' dachte er. ‚Dazu

sind sie da. Sie gehören mir, allesamt. Sie sind mein Eigentum.'
Lauretz' Eitelkeit, seine Eifersucht und seine Gehässigkeit
hatten sich in den letzten Jahren verzehnfacht. Während andere
für ihn arbeiteten und schufteten, tat er weiter nichts, als Anweisungen zu erteilen und die Früchte fremder Mühe zu ernten.
Er wußte, wenn eine Bestellung auszuführen war, würde Niklaus von frühmorgens bis spätabends an der Säge stehen. Er
wußte, daß Jöry, der Tagelöhner, vor jedem Wink seines Herrn
zitterte. Er wußte, daß er zu jeder Zeit beim Nachhausekommen
sein Essen und sein Bett vorfinden würde. Rücksichtslos schritt
er über alle Schwierigkeiten des Daseins hinweg, und die Klagen
derer, die er ins Unglück stürzte, kümmerten ihn nicht mehr als
das Gezwitscher der Vögel in den Zweigen. Es war schwer zu
entscheiden, wer schlimmer unter ihm zu leiden hatte, seine
eigene Familie, die er terrorisierte und mißhandelte, oder die
paar Fremden, denen er seine böse Gunst schenkte.
In der letzten Zeit war er oft unterwegs gewesen, auf den krummen Pfaden seiner unersättlichen Gier nach Weibern und Alkohol, den einzigen Freuden, die das Leben in dem Kanton der
dreihundert Gletscher ihm zu bieten hatte.
Der Karren, auf dem Lauretz hockte, rollte die einsame Berg-
straße entlang. In dem wachsenden Schatten der Nacht quoll
grauer Nebel aus den dunklen, überhängenden Felsen, und in
der Tiefe lärmte die schäumende Yzolla. Langsam schritt der
Gaul weiter, instinktiv hielt er die rechte Straßenseite inne. Ab
und zu blieb er stehen, um Atem zu schöpfen, aber ein Brummen
seines betrunkenen Herrn brachte ihm schnell zu Bewußtsein,
daß es hier nicht am Platze sei, ein wenig zu säumen. Schwitzend
und schnaubend setzte er seinen Weg fort.
Als das Gefährt das Achthäuserdorf Nauders erreichte, war es
schon ganz finster geworden. Matte Lichter schimmerten aus
den tiefliegenden kleinen Fenstern der elenden Behausungen.
Funken tanzten über den Schornsteinen auf den Schiefer-
dächern. Kein Blumengeruch würzte die Frühsommerluft, nur
der Gestank der Düngerhaufen, die die Häuser gleichsam an-
einanderleimten. Am Dorfbrunnen blieb das Pferd einen Augenblick stehen, um zu trinken. Seine Beine versanken in dem

14

Morast rund um das Becken. Myriaden von Insekten schwirrten aus den tiefen Löchern, die die gespaltenen Hufe der Rinder in dem Kot hinterlassen hatten. Lauretz richtete sich auf. Mit unsicherer Hand tastete er nach der Peitsche und begann, nachdem er sie gefunden hatte, mit aller Kraft auf den Gaul einzuschlagen und ihn zu beschimpfen. Dann fiel ihm plötzlich sein Zusammenstoß mit dem langen Daniel ein; mit lauter, grober Stimme verfluchte er ihn und sein Haus, an dem er gerade vorüberkam, während der Gaul voll Angst sich bemühte, auf der steilen Straße schneller voranzutraben. Lauretz schlug so lange auf das Tier ein, bis sie aus dem Dorfe draußen waren. Dann ließ er endlich nach, brummend sank er in den Wagen zurück, das wilde Pochen des Blutes hämmerte in seinem Kopf. Mit einem halberstickten Fluch auf den Lippen schlief er ein.

3

In einem kleinen Raum mit kahlen Wänden und niedriger Decke neben einer finsteren, höhlenartigen Küche waren drei Menschen um einen rohen Brettertisch versammelt. Die Lampe, die über ihren Köpfen an einem Haken hing, war eine runde Stallaterne, und ihr spärliches Licht beleuchtete eine Frau, ein junges Mädchen und einen jungen Burschen. Sie waren soeben mit dem Essen fertig geworden. Die Teller, die auf dem Tische standen, gehörten zu jener billigen Sorte, die man für wenig Geld bei den herumziehenden Hausierern oder auf den ländlichen Jahrmärkten kauft. Einem Neuling wäre es schwer gefallen, in diesem Raum einem Gespräch zu folgen, denn das tiefe Tosen des Wasserfalles schlug unablässig an die Ohren. Die Bewohner des Hauses aber schien das nicht weiter zu stören, sie unterhielten sich miteinander, ohne auch nur die Stimme zu erheben. Ja, sie schienen den Lärm gar nicht zu merken. Auf den ersten Blick konnte man sehen, daß nicht nur dieser Raum, sondern das ganze Haus von Menschen bewohnt war, denen es gänzlich an jenem Komfort mangelte, wie ihn eine moderne Zivilisation ihren Kindern beschert hat. Hier herrschte wirklich

Armut, eine Armut, die nicht nur das Auge, sondern auch das Herz erschüttern mußte. Es war das Haus der Lauretz'. Die Frau war Martha Lauretz, ihre Kinder nannten sie »Muattr«. Die Haut ihres Gesichtes erinnerte an altes Pergament. Ihre breite, blasse Stirn war durch eine Beule über dem rechten Auge entstellt, als habe sie sich dort vor kurzem an einem harten Gegenstande gestoßen. Am Kinn hatte sie eine tiefe Narbe. Ihre dunklen, scharfblickenden Augen bewegten sich unaufhörlich wie die Augen eines Menschen, der ewig in Ängsten schwebt, und die Winkel ihres schmalen Mundes waren von tiefen Kummerfalten verzerrt. Hanna, die ältere der beiden Töchter, saß ganz still mit gefalteten Händen da, ihre kräftigen Unterarme ruhten auf dem Tisch. Sie hatte breite Schultern. Ihre großen festen Brüste preßten sich gegen die Tischkante. Eine Haarsträhne hing ihr in die Stirne. Ihre dunklen, an den Schläfen leicht geschrägten Augen waren von dichten Brauen überschattet, die sich an der breiten Nasenwurzel zu einer Falte runzelten. Sie ähnelte ganz unverkennbar ihrem Vater. Sie hatte vorspringende Backenknochen. Ihr Gesicht war ungewöhnlich breit, das Kinn endete in einem sanften Oval.

Der junge Mensch ihr gegenüber war ihr Bruder Niklaus, ein Jahr älter als sie. Er rauchte eine gebogene Pfeife mit einem Porzellankopf und las in einer alten Nummer der »Bündner Zeitung«. Er machte einen verwahrlosten Eindruck, denn er hatte sich die Haare nicht mehr schneiden lassen, seit er im vorigen Herbst zum letztenmal unten im Tal gewesen war. Die kalten Winde und der Schnee hatten sein Gesicht braun gebrannt, und wenn er aufblickte, leuchtete aus seinen grellblauen Augen eine seltsam wilde Unruhe, Widerschein einer Seele, die immerfort auf der Lauer ist.

Im vergangenen Herbst hätte er zum Militär kommen sollen, war aber zurückgewiesen worden. »Untauglich« stand auf der ersten Seite seines Militärbuches. Das war für ihn der bisher schlimmste Schlag in seinem ganzen Leben gewesen, und er hatte ihn viel schmerzlicher getroffen als die Ursache seiner Untauglichkeit selbst: der rein körperliche Schlag, den sein Vater ihm nahezu sieben Jahre zuvor versetzt hatte. An jenem fernen Tage hatte Niklaus, als er von einer Besorgung nach Hause kam, schon von weitem schrille Schmerzensschreie und Hilferufe vernommen. Als er die Stimme seiner Mutter erkannte, stand ihm vor Schreck fast das Herz still. Und als er ins Haus stürzte, sah er seinen Vater mit einer Axt auf die Mutter einschlagen. Er sprang auf seinen Vater zu, und der, in blinder Wut, schleuderte die Axt nach ihm. Die Schneide grub sich tief in sein linkes Knie ein.

Über sechs Monate hatte es gedauert, bis die Wunde verheilte, und da niemals ein Arzt ins Haus gerufen wurde, blieben die Folgen nicht aus. Die Verletzung erwies sich als verhängnisvoll. Zwei Jahre, drei Jahre hatte er auf die völlige Wiederherstellung gewartet. Aber das Bein war steif geblieben. Er war dazu verdammt, als ein Krüppel durchs Leben zu humpeln. Doch er wußte, daß ohne sein Eingreifen an jenem schrecklichen Tage sein Vater zweifellos die Mutter würde ermordet haben.

Seither hatten zu vielen Malen die wüstesten Streitigkeiten im Hause Lauretz' getobt. Oft hatte die Familie das Haus eilends geräumt und im Stall, auf dem Heu oder im Mühlschuppen auf dem Sägemehlhaufen geschlafen. Es gab kein Lebewesen im Bereich des alten Sägemüllers, das nicht mehrmals seine maßlose Roheit zu spüren bekommen hatte. Sogar der große Hund Waldi, der als streunender Welpe sich ihrem Kreise angeschlossen hatte und nicht mehr zu seiner Familie zurückgekehrt war, die bei einem Schlächter in Ilanz ein recht anständiges Leben führte, konnte nicht wie ein braver christlicher Hund auf vier Beinen umhergehen, weil ihm ein Hieb des Sägemüllers das eine Bein zerschlagen hatte. Es erscheint sonderbar, daß eine Familie es fertiggebracht haben soll, sich so lange mit einem solchen Herrn abzufinden. Nur einmal hatten sie ernsthaft rebelliert. Mutter und Kinder hatten sich entschlossen, bei den Gesetzen Hilfe zu suchen, um dem schrecklichen Leben, das sie führten, zu entrinnen, aber das Gesetz war sonderbarerweise auf der Seite des alten Lauretz gewesen.

Die Unterhaltung in dem kleinen Zimmer ging recht einsilbig weiter. Es herrschte eine dumpfe Atmosphäre, die nicht einmal durch Lauretz' Abwesenheit gemildert wurde.

Niklaus faltete schließlich seine Zeitung zusammen.

»Hanna«, fragte er seine Schwester, »wo bist du gestern nacht gewesen?«

Der Blick seiner blauen Augen hing mit einem ironischen Zwinkern an ihrem derben, hübschen Gesicht.

Sie sah ihre Mutter an.

»Ich habe es dir gesagt«, antwortete sie mit tiefer Stimme.

Niklaus lächelte trocken.

»Und du hast wirklich mit Silvelie im Hospiz geschlafen?«

»Frag sie doch, wenn sie nach Hause kommt!« Dann schien sie sich zu besinnen und fügte hinzu: »Wo hätte ich denn schlafen sollen?«

»Und wenn nun der Alte gestern nacht plötzlich nach Hause gekommen wäre, und ihr wäret alle beide nicht dagewesen?«

»Der und nach Hause kommen! Der! Der sitzt bei dieser Kunigunde Maier.« Sie preßte fest die Lippen zusammen und knirschte mit den Zähnen. »Eine Schande!« stieß sie hervor. »Daß ihn keiner dafür ins Gefängnis steckt! Ekelhaft!«

Sie hielt inne.

Frau Lauretz musterte mit finsteren Blicken die Gesichter ihrer Kinder.

»Redet nicht darüber! Redet nicht darüber!« sagte sie. »Er ist für uns ein fremder Mensch. Mein Gott! So weit ist es gekommen!«

Niklaus richtete langsam seine Blicke auf die Mutter. Stille trat ein. Er betrachtete seine Hände.

»Warum denn solche Angst vor ihm haben!« sagte er. »Sind wir denn verpflichtet, für ihn zu sorgen und für ihn zu schuften? Es dauert nicht mehr lang, ja, dann hol' ich mir das Meinige zurück, mit Zins und Zinseszins, und das ‚Untauglich' dazu!« (Er betonte mit besonderem Nachdruck dies schmerzliche Wort.) »Ach, ihr wißt ja nicht, keine von euch weiß, was ich weiß. Und ich werde es auch niemand sagen. Niemand!«

Er beugte sich vor, zeigte auf einen Stein, den er aus der Tasche geholt und auf den Tisch gelegt hatte.

»Eines Tages hol' ich Tonnen von diesem Zeug aus der Erde, aber erst, wenn der Alte weg ist, nicht eher. Und Muattr und ihr allesamt sollt dann Autos haben und Häuser, und wir wohnen dann in Lanzberg, wie sich das für anständige Menschen gehört.«

»Du mit deinem Silber!« bemerkte Hanna trocken.

»Silber! Ja, Silber ist es! Silber, ich weiß es genau!«

»Jö, die Regierungsinspektoren, die jeden Winkel im oberen Jeff durchschnüffelt haben! Wenn's dort Silber gäbe, hätte die Regierung schon längst das Bergwerk wieder in Gang gesetzt!«

»Ich sag' dir, wenn die Regierung wüßte, was ich weiß, würde sie mir eine Million auf den Tisch legen.«

»Warum gehst du dann nicht hin und sagst, was du weißt!« Niklaus hob mahnend den Finger.

»Wenn der Alte weg ist, nicht eher. Und zuerst such ich mir einen Advokaten, der muß feststellen, daß wir von Rechts wegen das Bergwerk besitzen, das unserem Urgroßvater, dem Hauptmann Napoleons, gehört hat.«

Er stützte den Kopf in die Hand und blickte traumverloren ins Leere. Hanna lächelte etwas spöttisch. Die Mutter beobachtete ihre Kinder aus rätselhaft schimmernden Augen.

»Dumma Buab!« sagte Hanna trocken, ihre geheimen Gedanken zusammenfassend.

Niklaus beachtete sie nicht, er lachte bitter und wiederholte verächtlich ihre Worte. »Dumma Buab: Ja, dumma Buab! Ich bin der klügste Lauretz, der klügste!«

Ein schriller, rhythmischer Schrei tönte durch das Haus, dann folgte ein sonderbares Heulen.

»Herr Jeses Gott!« rief Frau Lauretz.

Die drei schauten einander an, und ein eisiges Entsetzen schien ihre Gesichter zu überschleichen. Das Schreien und Heulen kam näher.

»Herr Jeses, wie unser Mannli es angeht!«

»Und Jöry ist nach Hause gegangen!«

Niklaus sprang auf und hinkte schnell zur Tür hinaus. Wenige Minuten später flammten im Schuppen Lichter auf, und die Säge begann zu kreischen. Frau Lauretz ging mit ihrer Tochter in die Küche, und sie machten sich an dem alten eisernen Herd zu tun. Inzwischen war der Urheber jener seltsamen Laute im

19

Hause erschienen. »Seppli« war sein eigentlicher Name, eine Abkürzung für Sebastian, aber er wurde nur »Mannli« gerufen, das heißt »kleines Männchen«. Auf den ersten Blick konnte man sehen, daß er zu jenen unglücklichen Geschöpfen unbestimmbaren Alters gehörte, von denen niemand einen gewöhnlichen Menschenverstand erwarten darf. Auf einem mißgestalteten Körper schaukelte ein riesiger Schädel mit kurzem borstigem strohblondem Haar. Sein Gesicht hatte leicht mongolische Züge. Er sah in dem Lichtschein über dem Tisch einen kleinen, silbrig glänzenden Nachtfalter flattern, stieg auf den Tisch, jagte den Falter und fing ihn, preßte ihn dann mit einem seltsam summenden Laut an die Brust und führte einen unheimlichen Tanz auf.

Manche Leute behaupteten, Seppli habe einen Wasserkopf. Andere wieder, unter ihnen auch der Schullehrer von Andruss, Herr Wohl, meinten, dieses phantastische Menschenexemplar sei im Rausch gezeugt worden. Ohne tiefer in die Geheimnisse eindringen zu wollen, die die Natur veranlassen, zuweilen unter den höheren Typen Proben einer urtümlichen Gattung hervorzubringen, stellen wir den sonderbaren Umstand fest, daß dieses Mannli auch mit seinen verminderten menschlichen Fähigkeiten der Familie zu nützen wußte. Er hatte eine Art, die seine Leute manchmal das Gruseln lehrte. Unter anderm besaß er die Fähigkeit, gewisse Ereignisse vorherzuahnen und durch die seltsamsten Laute anzukündigen. Die rhythmische Folge und Eigenart dieser fast unmenschlichen Laute ließ genau erraten, was für ein Ereignis bevorstand. Auf diese Weise wurden ein jäher Wetterwechsel, das Niedergehen einer Lawine und ähnliche Vorfälle, die in der Nähe des Hauses vor sich gehen sollten, sehr oft durch das Mannli vorhergesagt. Ganz besonders nützlich aber wurde diese seine Fähigkeit, wenn er, wie am heutigen Abend, die Familie zu alarmieren wußte: Denn jenes Signal, das er soeben hatte vernehmen lassen, bedeutete, daß binnen zehn Minuten der alte Lauretz erscheinen würde.

Und tatsächlich trafen kurz nachher Wagen und Pferd auf dem Mühlenhof ein. Das Pferd stand dampfend in der kalten Nachtluft zwischen zwei Holzstapeln, und Lauretz, halb betäubt, aber die Peitsche in der Hand, kletterte schwerfällig wie ein großer Affe aus dem Karren.

Er warf einen Blick in den offenen Schuppen, wo Niklaus einen auf einem Wägelchen ruhenden Kiefernstamm zu der Walzenbank hinrollte. Das silberne Sägeband lief gleichmäßig schnarrend auf und nieder, die borstigen Zähne fraßen sich flott durch das trockene weiße Fleisch eines Baumstammes hindurch. Niklaus, ganz in seine Arbeit vertieft, schien die Ankunft seines Vaters nicht zu bemerken. Nach einer Weile aber blickte er auf, zog einen Hebel und brachte die Säge zum Stehen.

»Bist du das? Ich komme gleich!«

Er ging zu dem Pferd hin, um es loszuschirren, denn das gehörte zu seinen Obliegenheiten. Als Niklaus sich dem Pferde näherte, traf ihn ein zischender Peitschenhieb ins Gesicht, und er schrie auf. Die wuchtige Gestalt seines Vaters tauchte vor ihm aus dem Dunkel hervor, und ehe er Zeit hatte, zurückzuweichen, traf ihn abermals die Peitschenschnur.

»Glaubst du, ich laß mich hineinlegen?« schrie Lauretz. »Viel zu fein gemacht, um echt zu sein! Heuchler seid ihr, allesamt, ein dreckiges Pack!« Und er schlug abermals zu, verfehlte aber sein Ziel.

Mit torkelnden Schritten ging er auf die schmale Haustür zu.

»Glaubt ihr denn, ich würde überhaupt noch nach Hause kommen, wenn ich euch nicht auf die Finger schauen müßte! Frau! Wo bist du?« schrie er in den finsteren Gang hinein.

Hanna erschien auf der Schwelle. Ihre breiten muskulösen Schultern füllten fast den Türrahmen aus.

»Sie macht dir das Abendbrot«, sagte sie mit lauter, furchtloser Stimme.

»Huren seid ihr alle miteinander!« schrie Lauretz. »Wer hat euch denn gesagt, daß ich etwas essen will? Zu Bett will ich gehn, und morgen früh werde ich sehn, ob alles in Ordnung ist. Glotz mich nicht an, sonst erwischst du was!«

Hanna ging auf ihn zu.

»Du betrunkenes Tier!« rief sie. »Glaubst du denn, wir haben Angst vor dir? Marsch, die Treppe hinauf, und ins Bett mit dir!«

Sie nahm ihn beim Arm und half ihm, die erste Stufe zu finden.
Er tastete sich an der Wand entlang.

»Licht!« brüllte er.

»Oben ist eine Lampe!« Sie stemmte sich mit ihrem ganzen
Körpergewicht gegen seinen Rücken und schob ihn die Treppe
hinauf. Auf dem Treppenabsatz sah er sie an und tastete nach
ihrer Brust. Sie stieß ihn weg, er taumelte kopfüber in ein
Zimmer und fiel hin. Mit einem brummenden Lachen rappelte
er sich auf. Sie folgte ihm und zerrte ihn zum Bett hin.

»Verdienst es gar nicht, daß man dich schlafen läßt.« Das war
fast wie ein Aufschrei. Nachdem sie ihn auf die Seite gewälzt
hatte, damit er nicht aus dem Bett falle, verließ sie den Raum
und ging die Treppe hinunter.

»Hab keine Angst, Muattr!« sagte sie zu ihrer Mutter, die in der
Küchentür stand, bleich vor Angst und völlig geistesabwesend,
als sei alles, was um sie her vorging, unwirklich und ganz
wesenlos.

»Er schläft schon, ich warte bloß, bis er schnarcht. Er hat eine
Menge Papiere in der Tasche. Ob es wieder neue Bestellungen
gibt? Niklaus und Jöry können nicht mehr arbeiten, als sie
ohnedies arbeiten, das steht fest.«

Sie knüpfte sich ein rotes Tuch um den Kopf und schob die
Haarflechten unter den Rand zurück, so daß ihre weiße breite
Stirn völlig frei war. Eine unerschütterliche Entschlossenheit
leuchtete aus ihren Augen. Die eine Braue wölbte sich empor,
die andere senkte sich herab.

»Wenn er merkt, daß Silvelie nicht zu Hause ist, bringt er sie um.
Sobald er schläft, gehe ich sie holen.«

Frau Lauretz schaute ihre Tochter ausdruckslos an. Sogar die
Angst und der Kummer schienen aus ihrem Blick verschwunden zu sein. Aber ihr Kinn zuckte hin und her, als würde es von
geheimen Gedanken bewegt, die irgendwo in den Tiefen ihres
Gehirns erwachten.

»Was ist denn los?« fragte Hanna.

»Nimm Mannli mit. Wenn die Gespenster auf dem Hubertusfried-
hof dir was tun wollen, wird er sie wegjagen. Unser Herr Jesus
hat mir den Mannli gezeichnet. Der Herr hat ihn gesegnet.«

»Dummes Zeug! Setz dich hin, Muattr, sonst fällst du um. Nein, nein, mir passiert nichts. Was passieren konnte, ist schon passiert, und wenn der Herr Jesus das ist, was man von ihm sagt, dann brauch ich mich nicht zu fürchten. Ich geh Silvelie holen, sobald Vattr ordentlich schnarcht.«

Niklaus kam auf dem Wege zur Küche durch den Raum. Sein Gesicht war wie das Antlitz einer Erscheinung aus einer anderen Welt. Über die eine Wange lief ein schmaler roter Strich, und aus seinen Augen fielen Tränen. Mutter und Schwester starrten ihn verwundert an.

»Was ist denn, Niklaus?«

»Es ist schon gut, fragt nicht«, sagte er trocken.

Und er ging zum Ausguß, um sich das Gesicht zu waschen.

Ein Fremder kam herein. Jöry, der bucklige Tagelöhner, der mit seiner Familie ganz in der Nähe in einer elenden Hütte im Walde wohnte. Sein runzliger Hals reckte sich vor wie bei einer Schildkröte, an seiner dunkelroten, vorspringenden Nase hing ein Tröpfchen. Aus den schmalen Augenschlitzen funkelte ein greller Schimmer.

»Wo ist denn der Alte?«

»Im Bett.«

»So? Im Bett? Der Teufel soll ihn möglichst schnell holen. Ich geh jetzt nachschau'n, ob alles in Ordnung ist.«

Und er verschwand in der Nacht.

4

In tiefer Finsternis schritt Hanna schnell dahin, nur das Licht weniger Sterne fiel auf den Pfad, schimmerte durch die Nebelfetzen, die aus den Felsspalten hervorkrochen. Sie schlug einen Seitenweg ein, über steiniges Geröll, und ersparte dadurch bei dem zweistündigen Marsch zu der Hubertuskapelle ungefähr eine halbe Stunde. Wie sie bergan stieg, lichtete sich der Wald, die Bäume rückten weiter voneinander ab, wurden seltener und kleiner, sahen aus wie einsame Krüppelgestalten. Schließlich verschwanden sie völlig. Hanna landete wieder auf der Straße.

Ein kalter Nachtwind wehte durch das sich verengende Tal. Donnerndes Getöse kam aus dem Bett der Yzolla, das Echo der Felsblöcke, die das reißende Wasser talwärts wälzte. Hanna blieb nun auf der Straße, denn es gab keinen andern Weg zum Hospiz. Sie kannte weder Furcht noch Müdigkeit und erinnerte etwas an das brave Pferd der Lauretz', nur daß sie viel schneller voranschritt als der Gaul; und statt ihres Vaters Last mit den Muskeln zu schleppen, trug sie sie auf dem Herzen. Vieles lastete auf ihrer Seele, vieles, das die Gedanken eines jungen Weibes beschäftigen konnte, aber sie versuchte, das alles beiseitezuschieben und nur an das schnelle Vorwärtskommen zu denken.

Als sie dann hoch oben an eine Biegung der Straße kam, blieb sie stehen und blickte in die Tiefe hinab. Zu ihren Füßen in weiter Ferne sah sie die Lichter des Bahnhofes von Andruss. Sie holte tief Atem. Das Tiefland lockte sie, schien ihr ein glücklicheres Land zu sein. Sie konnte nun auch schon den kleinen Turm der Kapelle erkennen, mit seiner steinernen Brustwehr, die als Schutzwall gegen die Lawinen diente. Sie bekreuzigte sich wie eine fromme Katholikin, obgleich sie eigentlich ein heidnisches Geschöpf war.

Dann dachte sie an Gritli und Ursuli, ihre kleinen Zwillingsschwestern, die dort auf dem Friedhof von St. Hubertus neben den Gebeinen ihres Großvaters und der unbekannten fremden Soldaten begraben lagen. Es war nie festgestellt worden, wer denn eigentlich in jener Winternacht, da das Thermometer fünfundzwanzig Grad unter Null zeigte, das Fenster im Zimmer der kleinen Kinder geöffnet hatte. Frühmorgens waren die beiden Schwestern tot aufgefunden worden, eng umschlungen, erfroren, steif und starr. Es konnte kein Zufall gewesen sein, denn jemand hatte die Bettdecke weggenommen. Das Gericht hatte erklärt, es handle sich um einen Unglücksfall...

Hanna machte kehrt und ging raschen Schrittes weiter. Eine Stunde später öffnete sich vor ihr das Tal.

Man sah nun endlich, daß diese Berge nicht nur düstere Leiber hatten, bedeckt mit rauhen Steinmänteln, durchtränkt von tausend Rinnsalen, sondern daß sie auch ihre Häupter hatten. Das heitere, wenn auch strenge, eisbedeckte Antlitz des Pic Cristallina wurde sichtbar. Der Riese schien in langen Zügen den dunklen Äther zu atmen, sein Gletschermantel schien lose von seinen Schultern zu hängen und sich fächergleich über seine Ellbogen zu entfalten. Sein Atem, der herabgeweht kam, war kalt und trocken. Undeutlich unterschied der Blick seine wilden Nachbarn Medel, Ufiern, Valdraus, deren Kronen selbst jetzt noch leuchteten, als habe ihnen die Sonne einen Vorrat an Licht für die Dauer der nächtlichen Stunden zurückgelassen. Schließlich kam Hanna an den Rand einer weiten Hochfläche. Dicht neben der Straße stürzte die Yzolla dreißig Meter tief in ein Felsenloch hinab. Der Fluß näherte sich glatt und seicht in seinem bunten, vielfach gewundenen Schieferbett dem Abgrunde, ahnungslos, unbekümmert um all die wilde Aufregung, die ihm bevorstand, in seinem Oberlauf gemächlich wie ein friedlicher Bach, so sanft dahinplätschernd, daß man die wilden Forellen auf ihrer gierigen Jagd nach Nahrung aus dem Wasser springen hörte. Nach allen Seiten hin erstreckten sich wellige Alpenwiesen in sanftem Anstieg zu den fernen Bergwänden, eine grüne Schale, bei Tag von Millionen duftender Blumen übersät, und darüber in schimmerndem Glanz eine blaue Schale. Mitten in dieser grünen Mulde stand ein einsames Haus mit einigen Nebengebäuden, das Hospiz. Dorthin lenkte Hanna ihre Schritte. Sowie sie vor der Tür anlangte, zog sie die Klingel. Ein leises Geräusch ertönte hinter den Mauern, ein blechernes Klirren, aber es erfüllte seinen Zweck, und nach kurzer Zeit meldete sich hinter einem vergitterten Fenster eine Frauenstimme.

»Wer ist da?«

»Hanna Lauretz! Ich komme Silvelie holen.«

»Du, Hanna? Mitten in der Nacht?«

»Ja, Frau Gumpers. Vattr ist aus Andruss zurückgekehrt, und er hat mich hierhergeschickt.«

»Was ist denn passiert?« fragte die Stimme etwas ärgerlich.

»Nun, Ihr wißt doch, wie unser Vater ist, Frau Gumpers! Er hat es nicht gern, wenn eine von uns nicht zu Hause schläft, und deshalb soll ich Silvelie holen.«

Eine Männerstimme mischte sich ein.

»Das übersteigt doch alles! Kann der Kerl nicht warten, bis es heller Tag ist!«

»Bitte, Herr Gumpers, verzeiht, daß ich Euch aufgeweckt habe, aber Silvelie muß jetzt gleich mit nach Hause kommen.«

»Brennt es in der Mühle?«

»Nein, aber Vattr will, daß sie nach Hause kommt!«

»Hol ihn der Teufel! Hat er denn gar kein menschliches Gefühl? Silvelie hat heute schwer arbeiten müssen. Deutsche Touristen sind dagewesen, und sie hat beim Aufwaschen mitgeholfen.«

»Sie muß nach Hause!« rief Hanna. »Es tut mir ja wirklich leid. Außerdem weiß Vattr nicht, daß sie arbeiten geht, und ihr habt mir versprochen, ihm nichts zu sagen.«

»So, so«, brummte Herr Gumpers, »wir haben nicht gewußt, daß Herr Lauretz euch alle so gern hat, daß er euch immer in seiner Nähe haben muß. Schön, schön.«

Er wandte sich zu seiner Frau. »Mariegelie, geh und weck Silvelie auf, sie schläft immer wie eine Tote. Geh und sag's ihr.«

»Hanna, heb!« rief nun Frau Gumpers. »Da ist der Schlüssel! Komm herein und schließ die Tür wieder ab. Nimm dir was zu essen. Auf dem oberen Brett im Küchenschrank, in der zugedeckten Schüssel, liegt kalte Wurst, Brot, Butter, Käse; und Milch ist auch da.«

Ein Schlüssel fiel neben Hanna zu Boden. Sie hob ihn auf, öffnete die Tür, ging in die Küche und fiel hungrig über das Essen her.

5

Nicht viel später gingen Hanna und ihre jüngere Schwester Silvia Seite an Seite die Yzollastraße entlang. Nur bei Tageslicht oder besser noch im hellen Sonnenschein kam Silvia recht zur Geltung. Sie ähnelte ganz und gar nicht ihrer Schwester: schlank, außerordentlich gut gewachsen, voll entwickelt und dennoch zart, anders als die Mädchen der Umgebung. Ihre

Haut war sehr weiß und ihr Haar von der Farbe des Berghonigs, von hellgoldenen Reflexen überstrahlt und von der Sonne gekräuselt. In ihren Augen mischten sich seltsam verteilt die Farben der Kornblume und des Veilchens. Die Augen waren groß, ihr Blick war offen und fest, zuweilen fast abweisend, und in ihnen spiegelte sich eine in ihrem Kern wohlgeordnete und gesunde Seele. Um ihre gutgeformten Lippen aber, die eine für ein Mädchen ihres Alters ungewöhnliche Lebenserfahrung ahnen ließen, spielte ein bitterer Zug, gleichsam der Schatten unablässiger Sorge und Angst. Sie ging mit langen Schritten, wie ein Mensch, der gewöhnt ist, weite Strecken zurückzulegen, ohne müde zu werden, und sie trug den Kopf aufrecht, ihn zuweilen wie im Trotz zurückwerfend. Die Harmonie ihrer Bewegungen wurde nur durch den linken Arm gestört, der etwas steif und leicht verkrümmt war. Wenn sie auch den Arm ohne Schmerzen bewegen konnte, blieben seine Bewegungen unbeholfen. Dieser körperliche Mangel war die Folge eines erlittenen Schlages.

»Du, Silvelie«, sagte Hanna, während sie schnell dahingingen, »der Alte ist wieder betrunken nach Hause gekommen, ich habe ihn ins Bett gesteckt. Er hat Niklaus mit der Peitsche ins Gesicht geschlagen.«

»Haben sie sich gezankt?«

»Gezankt? Nicht ein Wort ist gefallen. Er hat einfach im Finstern zugeschlagen, als er aus dem Wagen stieg.«

»Hat Niklaus ihn angepackt?«

»Was denkst du bloß!«

Silvelies Atem ging tief und schwer.

»Das kann einen doch zur Verzweiflung bringen!«

»Er hat eine Menge Papiere in der Tasche«, fuhr Hanna fort, »ich hab's gespürt, als ich ihn aufs Bett legte. Ob er vielleicht den großen Auftrag für die neue Brücke in Lärchestutz bekommen hat? Er hat immer schon gesagt, sie werden eines Tages diese Brücke für die schweren Postautos umbauen müssen.«

»Was hat das alles für einen Zweck? Wenn er nun den Auftrag bekommt, müssen Niklaus und Jöry achtzehn Stunden am Tag schuften, und wer wird sie bezahlen?«

»Es steckt wieder diese schandbare Kuni Maier dahinter!« sagte Hanna. »Ich weiß es. Ich war gestern in Andruss unten und hab' es dort erfahren.«

»Du warst in Andruss? Wieso?«

Silvia schien überrascht.

»Das ist eine Sache für sich, Silvelie. Ich will es dir lieber nicht erzählen, sonst kannst du mich am Ende nicht mehr leiden.«

»Dich nicht leiden? Wie soll ich denn jemand nicht leiden können?«

Ängstlich nahm sie Hannas Hand.

»Ja! Jetzt sprichst du wieder wie eine Heilige! Aber wenn ich dir's erzähle, wirst du dir alles mögliche denken!« sagte Hanna mit ihrer tiefen Stimme.

Silvelie lächelte vor sich hin.

»Es handelt sich wohl um Georg?«

Ihre Stimme klang milde und freundlich.

»Da hast du es schon erraten!«

»Es war nicht schwer zu erraten. Ich weiß, daß er hinter dir her ist, seit er dich kennengelernt hat – damals, als er mit seinem Motorrad heraufkam, um die Telephonleitung auszubessern.«

»Ja, aber ich hab' ihn seither nie mehr gesehen!«

»Das ist es grade. Du hast die ganze Zeit an ihn gedacht, und das ist gefährlich.«

»Sprich nur wieder wie eine Heilige.«

»Ich bin keine Heilige. Du sollst so etwas nicht sagen.«

»Nein, aber du bist so ganz anders als wir andern, das wissen wir alle.«

»Kann nichts dafür.«

»Und wir haben auch nicht alle deine schönen Augen.«

»Ach, sag jetzt nicht solche dummen Sachen. Erzähl mir lieber, warum du gestern in Andruss warst.«

»Bin die ganze Nacht weggewesen, Silvelie«, platzte Hanna los. »Und ich hab' zu Hause gesagt, daß ich mit dir zusammen war. Wenn man dich fragt, wirst du das bestätigen müssen. Ich bin die ganze Nacht bei dir im Hospiz gewesen. Du wirst nicht nein sagen, Silvelie, nicht wahr?«

»Natürlich nicht!«

»Man soll nicht wissen, daß ich unten in Andruss war. Muattr wird denken, ich will von zu Hause weg und heiraten und sie im Dreck zurücklassen, und du weißt doch, daß ich das nie fertigbringen würde. Wenigstens solange der Alte lebt. Wir haben einander geschworen, daß keiner den andern im Stich lassen wird.«

»Dann hast du also die Nacht bei Georg geschlafen, ja?« warf Silvia ein.

»Nein, was denkst du!« rief Hanna, »nicht dazu bin ich nach Andruss gegangen! Wegen Muattr. Du weißt doch, der Alte ist jetzt ungefähr eine Woche lang weg gewesen, und wir haben ihn noch nicht zurückerwartet. Und ich hab' versprochen, dich gleich zu holen, wenn er nach Hause kommt, deshalb bin ich jetzt gekommen, denn du weißt ja, was morgen früh passieren würde, wenn du nicht zu Hause wärst.«

»Du redest immer um die Sache drumrum«, brummte Silvia. »Wir haben doch keine Geheimnisse voreinander und sind immer gute Freunde gewesen. Warum willst du denn nicht mit der Sprache heraus? Erzähl doch, was los war!«

»Warte doch! Ich kann nicht alles auf einmal erzählen. Und in meinem Kopf summt es nur so. Wir haben keinen Centime zu Hause, und das Geld, das du uns vorgestern durch Mannli geschickt hast, hat uns gerade nur geholfen, uns satt zu essen. Ach, wenn ich bloß auswärts arbeiten gehen könnte, statt in der Sägemühle zu schuften!«

Sie seufzte und fuhr dann nach einer kurzen Pause fort: »Ich machte mich fertig, um nach Andruss zu gehen, und es ist eine Schande, daß man keinen anständigen Fetzen und kein ganzes Paar Strümpfe hat, wenn man unter die Leute muß. Ich mußte den alten, dunkelblauen Hut aufsetzen, kein Frauenzimmer in Andruss würde sich heute noch mit einem solchen Hut blicken lassen. Aber Muattr hat ein neues Futter eingesetzt, und dann borgt' ich mir von Niklaus seine Sonntagsschuhe. So ging ich nach Andruss, um mich dort einmal umzusehen. Wir haben doch schließlich ein Recht darauf, zu wissen, was der Alte macht. Und wie ich ein Stück hinter Nauders war, brannte mir die Sonne auf den Rücken, und ganz plötzlich wurde mir schwach und ich kroch auf einen Heuschober neben der Straße und legte mich hin. Ich muß wohl eingeschlafen sein, plötzlich wurde ich von jemand aufgeweckt. Es war Georg.

‚So, so, du bist das!' sagte er. ‚Was machst du denn hier?' Und ich erzählte ihm, daß mir ganz schwach geworden war, und er fragte mich, wo ich hin will. Ich sagte ihm, nach Andruss, aber ich sagte ihm nicht, warum. Da sagte er: ‚Ich bring' dich hin, Hanneli, ich hab' hier herauf müssen, um nach ein paar Telephondrähten zu sehen. Ich hab' mein Motorrad mit, wie wär's?' Und wie er das sagte, legte er sich neben mich hin und schaute mich an. Wenn du seine Augen so gesehen hättest, würdest du nicht wieder sagen, daß er ein falscher Kerl ist.

‚Du siehst blaß aus', sagte er ganz freundlich, ‚du bist ein nettes junges Mädchen, und ich hab' dich nicht vergessen.'

Da sagte ich, es geht nicht, wenn man mich auf seinem Motorrad in Andruss ankommen sieht, und er sagte, das ist egal, denn er wohnt außerhalb des Dorfes bei seinen Eltern. Und denk bloß, Silvelie, sie haben sechzehn Kühe! Und er sagte, ich hätte wie ein schlafender Engel ausgesehen, und andere nette Sachen, und es tut einem gut, wenn jemand nett zu einem ist. Da sagte ich, gut, und dann setzte ich mich auf seine Maschine, und ich werde nie vergessen, wie schnell wir in Andruss waren, so wunderbar war das. Sooft er an eine Ecke kam, legte er sich auf die Seite, und ich bekam einen furchtbaren Schreck und rief: ‚Jeses Maria!' und er lachte und sagte, wenn ich mich fest an ihm anhalte, brauche ich mich nicht zu fürchten. Und so hab' ich mich fest an ihm angehalten. Aber wie wir vor dem Dorf abgestiegen sind, mußte ich ein paarmal tief Atem holen.

‚Hanni', sagte er, ‚wenn du was zu tun hast, tu es jetzt gleich. Ich muß zum Posthalter, Meldung machen. Um sechs bin ich frei, und dann will ich meine Eltern bitten, sie sollen dich für die Nacht unterbringen, denn ich muß vielleicht morgen früh zum Hospiz hinaus, und dann bring' ich dich nach Hause.'

Und da sagte ich zu ihm: ‚Das ist sehr lieb von dir, Georg, und wenn ich herausbekommen habe, ob Vattr heute nacht in unserem Hundshüsli schläft, mit dieser Gschüsch Marie, die

der ganzen Familie Schande bringt, ja, dann hab' ich nichts dagegen, wenn deine Eltern so gut sein wollen, mir ein Zimmer
zu geben, und du bringst mich dann morgen früh auf deinem
Motorrad nach Hause.' Er sagte, er wird das schon erledigen,
und dann ging ich zu unserm Hüsli in die Tavetchstraße. Ich
hatte gar kein bißchen Angst, Vattr zu begegnen, und wenn ich
ihn mit diesem Huaragschüsch zusammen getroffen hätte, ich
hätte ihm vor allen Leuten die Meinung gesagt. Wie ich ins
Haus komme, das von Rechts wegen unsers ist, da seh ich die
zwei Lusbuaba, die der Alte mit diesem Weibsbild gemacht hat.
Ich frag' sie also, wo ihr Vattr ist. Ja, nicht einmal rot bin ich
geworden, wie ich mit den Buben geredet hab', die eigentlich
unsere natürlichen Stiefbrüder sind. Es hat keinen Zweck mehr,
rot zu werden, wenn man bedenkt, daß der Alte nicht einmal
so viel Anstand hat, daß er sich nicht schämt, der Frau Wagner
gleich vor der Haustür ein Kind zu machen. Und jetzt hat Jöry
drei Gofen, von denen das eine nicht einmal ihm gehört. Der
eine Bub von der Maier sagte, die Mutter ist heute nicht zu
Hause, sie kommt erst abends zurück. Ich ging also weg und
wartete, und dann später hab' ich sie und den Alten in unserm
Wagen nach Haus kommen und ins Haus gehen sehen. Und als
der Alte wieder herauskam und das Pferd abzuschirren anfing,
da wußte ich, er bleibt hier. Mir fiel ein, ich soll etwas Geld von
ihm für Muattr verlangen, aber als ich dann sein Gesicht sah,
ganz rot und geschwollen, du weißt schon, wie er aussieht,
wenn er drauf und dran ist, jemand zu verprügeln, da hatte ich
nicht den Mut, mir eine Tracht Prügel zu holen, und ich spuckte
das Haus an und ging weg und ging zu Georgs Eltern. Dann
sind wir alle vier beim Abendbrot gesessen, und es war ein
hübscher, friedlicher Abend. Sie haben sechzehn Kühe, Silvelie.
Nach dem Essen bin ich mit Georg in den Stall gegangen, um
die Kühe zu versorgen, und Georg hat mich geküßt und sagte,
er wird mich sicherlich eines Tages heiraten und eine gute
Katholikin aus mir machen. Aber die Leute erzählten häßliche
Dinge über unsern Vattr, daß er sich betrinkt und überall uneheliche Gofen in die Welt setzt und in Andruss viel Geld
schuldig ist, und daß über der Grenze in Ponte Valentino ein

31

Mann ist, der ihn vors italienische Gericht holen will. Georg
hat das nicht böse gemeint, er ist ein sehr gebildeter und ver-
ständnisvoller Mensch. Er wird noch einmal Posthalter werden,
das ist ganz sicher.«

»Er hat dir also im Stall den Hof gemacht?« sagte Silvelie, »und
dir versprochen – «

»Nein, nicht im Stall«, fuhr ihre Schwester fort. »Er war sehr
anständig. Er sah, daß ich ein Loch in meinem Unterrock hatte,
und ich sagte zu ihm, in unserer Familie ist es eine Ehre,
Blätzen zu tragen, und ich erzählte ihm die reine Wahrheit,
ohne was dazuzutun. Dann konnte ich schon nur mehr heulen,
und ich hab' an dich gedacht, Silvelie, und daß du immer sagst,
man soll keine Angst haben, die Wahrheit zu sagen, denn das
ist der einzige Schutz, den man hat, wenn man sonst nichts hat.
Georg fragte mich, ob ich ihn ein bißchen liebhaben kann, und
da sagte ich: ‚Warum nicht?‘, und da sprang er in die Luft und
wurde ganz rot im Gesicht und rief: ‚Juhu!‘

Dann saßen wir mit seinen Eltern beisammen, und seine Muattr
hat mich in ein Zimmer hinaufgeführt, und da war ein schönes
Bett mit weißer Wäsche und ein hübscher Waschtisch und Bilder an der Wand, und ich bedankte mich herzlich und legte
mich schlafen. Ich hab' keinen einzigen Traum gehabt und bin
früh aufgestanden und in dem kleinen Garten spazierengegan-
gen, wo Georgs Vater gerade die Blumen begoß. Und er sagte
zu mir:

‚Gäll, Maidi, bei uns ist alles hübsch und sauber, und Georg ist
auf die Post gegangen. Gleich nach dem Frühstück kommt er
zurück. Chum! Hier ist Kaffee und Milch und frisches Brot und
Butter. Chum!‘

Ich bin also hineingegangen und hab' mit Georgs Vater gefrühstückt, und dann hab' ich ganz plötzlich zu weinen angefangen.
Er hat mir die Hand auf den Rücken gelegt und meine alten
Kleider angeschaut, ich aber dachte mir immer nur, wie nett es
wäre, wenn wir einen Vattr hätten, der wenigstens manchmal
ein nettes Wort zu uns sagt und friedlich mit uns beim Frühstück sitzt, statt uns mit seinen wütenden Blicken und Ver-
dächtigungen den Magen umzudrehen.

‚Nein', sagte ich zu mir selber, ‚das muß einmal ein Ende haben, das kann nicht ewig so weitergehen. Es ist zu viel! Keiner von uns kann es ertragen!' Und wie ich so weinte, kam Georgs Mutter und schaute mich an und fing auch zu weinen an, als ob sie gewußt hätte, was ich mir denke. Wie sie mich dann nach dem Alten fragt, was sollte ich sagen? Ich hab' gesagt, er arbeitet und bemüht sich, uns zu ernähren, und ich redete so daher, als ob wir ihn gern hätten, aber Georgs Vater schien das nicht zu glauben. Er schenkte mir zehn Franken. Und wie ich dann nachher wegging, als Georg zurückgekommen war, um mich mit seinem Motorrad mitzunehmen, da schüttelte er mir die Hand und ich sagte ‚Vergelt's Gott! Z'hunderttusig Mola!' Und er sagte ‚Bhüti Gott, Hanni, und bliba gsund', und ich bin mir recht häßlich und dumm vorgekommen, wie ich so hinter Georg auf dem Motorrad saß und wie ein Schloßhund heulte. Das war alles, Silvelie. Ich hab' nicht mit Georg geschlafen, das schwör' ich dir. Die zehn Franken hab' ich Muattr gegeben, hab' ihr aber nicht gesagt, wo ich sie herhabe, sonst glaubt sie, ich bin zu Georg vorwitzig gewesen und will ihn heiraten und von Zuhause weggehen und euch alle im Stich lassen.«

Hanna hatte sich im Laufe ihrer Erzählung dermaßen aufgeregt, daß sie nun zu weinen anfing. Silvelie hielt sie fest bei der Hand, und sie gingen schweigend weiter.

»Schwester«, sagte Silvelie nach einer Weile, »manchmal denke ich mir, die Wände des Cristallina müßten einstürzen und uns alle erschlagen. Dieses ganze Leben ist so unsinnig. Wenn ich bloß Vattr einmal in einer vernünftigen Laune erwischen könnte!«

»Er ist schon halb verrückt!« rief Hanna verzweifelt.

»Trotzdem!« fuhr Silvelie fort, fester die Hand ihrer Schwester fassend. »Trotzdem! Er muß doch einsehen, daß er durch seine Unsinnigkeit weder sich noch andern nützt! Wenn ich ihn bloß noch einmal so erwischen könnte wie voriges Jahr, als er ganz allein in seinem Büro saß und weinte! Ob es schon zu spät sein würde?«

»Das beste wär', er wär' nicht mehr da.«

»So was sollst du nicht sagen!« sagte Silvia.

Ihre Worte waren fast wie ein Befehl.

»Daran dürfen wir nicht denken. Wir haben kein Recht, an so etwas zu denken.«

»Das sagst du, weil du eine Heilige bist, und wir andern sind keine Heiligen.« Und Hanna fuhr fort: »Wenn er nur in aller Ruhe wegbleiben wollte! Wenn er uns bloß verlassen und für immer mit dieser Maier oder irgendeinem andern Weibsbild leben wollte!«

»Hanna, irgend etwas quält unsern Vater in der Seele. So lang er lebt, wird er nie wieder friedlich sein.«

Die Schwestern blieben stehen. Hanna machte ihre Hand los.

»Silvelie, wir sind jetzt bei der Kapelle. Nehmen wir den Steig über den Stutz hinunter?«

»Nein, bleiben wir auf der Straße. Ich habe mir grad erst neue Sohlen machen lassen.«

6

Kurz nach Anbruch der Dämmerung kam Niklaus aus dem Hause und begab sich hinkend in den Schuppen. In der Hand hielt er ein Stück Brot. Er setzte sich unter dem Dache auf einen dürren, geschälten Kiefernstamm, um zu frühstücken. Und während er sein Brot aß, beobachtete er eine Kröte, die unter einem Holzstapel saß. Ringsumher schwelte ein weißer Nebel, lag wie eine schwere Hülle über dem Tal und versperrte jede Aussicht. Nach einiger Zeit stand Niklaus auf, holte eine Ölkanne und begann das Transmissionsgetriebe zu schmieren. Während der Arbeit murmelte er wilde Flüche vor sich hin, verwünschte die ganze Welt und das ganze Leben. Als er mit dem Getriebe fertig war, untersuchte er die Säge, strich mit den Fingern leicht über die Stützen und Zähne und schlug mit dem Hammer dagegen, um an dem summenden Geräusch zu erkennen, ob das Blatt genügend straff gespannt sei. Schließlich zog er einen Transmissionshebel und schaute zu, wie die ledernen Riemen um die Trommeln jagten. Eine Klingel begann zu läuten. Sowie die Säge leer lief, ging automatisch diese Klingel los, um die Arbeiter aufmerksam zu machen. Niklaus stellte die Alarmklingel ab.

Wenige Minuten später erschien Jöry auf dem Schauplatz zitternd vor Kälte in seinen alten Lumpen, die Augen noch halb geschlossen nach einem schweren, trunkenen Schlaf. Er war der Sohn eines Berghirten. Von frühester Jugend an hatte er ein unstetes Leben geführt, war durch ganz Graubünden in die Kreuz und Quer gewandert und sogar bis in die lombardische Tiefebene gekommen. Vor acht Jahren war er mit einem Bündel auf dem Rücken, bettelarm, auf dem Yzollapaß aufgetaucht. Lauretz, der zu jener Zeit noch ein fleißiger Mann war, recht viel Geld verdiente und soeben eine größere Menge Holz zu liefern hatte für den Wiederaufbau etlicher Häuser, die eine Lawine dicht unterhalb von Nauders weggefegt hatte, nahm Jöry als Tagelöhner bei sich auf. Endlich schien für Jöry die Zeit des Wohlstandes gekommen. Er bekam Lohn, hatte regelmäßige Arbeit und heiratete schließlich die Marie, Mutter zweier Buben, deren Mann bei dem Lawinenunglück umgekommen war. Er baute sich eine Hütte in den Wäldern des Jeff, die Hütte, in der er seither hauste.

Nach einiger Zeit hatte seine Frau eine Summe von fünfzehnhundert Franken erhalten, ihren Anteil an einer öffentlichen Sammlung zugunsten der bei dem Lawinenunglück obdachlos gewordenen Leute. Lauretz hatte Jöry überredet, tausend Franken davon in das »Geschäft« zu stecken. Die Sägemühle hatte das Geld verschlungen. Jöry hatte nichts mehr davon zu sehen bekommen. Ja, in den letzten vier Jahren hatte er nicht einmal seinen Lohn richtig ausbezahlt erhalten, und wenn nicht die zwei jungen Söhne seiner Frau, die in Sedrun beschäftigt waren, ihrer Mutter einen Teil ihres Verdienstes geschickt hätten und ab und zu von der Familie Lauretz ein paar Kleinigkeiten gekommen wären, hätte Jöry samt seiner Frau verhungern müssen. Vor drei Jahren hatte Frau Wagner einen Buben zur Welt gebracht. Jöry hatte das Kind in Andruss unter dem Namen Albert Wagner eintragen lassen, aber sein wirklicher Name hätte Albert Lauretz lauten müssen, und er wußte das auch. Jeder Mensch im Jeff wußte es, bis auf den kleinen Albert selbst.

Als Niklaus den Jöry sah, rief er ihn heran und bat ihn, ihm bei der Adjustierung der großen eisernen Klammern zu helfen, die zum Befördern der Baumstämme gebraucht wurden. Jöry schaute den jungen Mann verwundert an.

»Was hast du denn im Gesicht?«

»Das hat der Alte gestern nacht gemacht.«

»Eine hübsche, saubere Schmarre«, sagte Jöry kichernd.

»Die Geschichte geht nicht mehr lange so weiter«, sagte Niklaus zähneknirschend. »Hier, zieh mal! Allo hüpp! Diesen Stamm hier auf das Wägelchen! Nummer vier von den roten Nummern. Es ist der letzte, und wenn die Bretter fertig sind, ist alles geschafft.«

Gemeinsam zerrten sie den Baumstamm seitlings auf das Rollwägelchen.

»Jetzt schieben wir ihn an die Bank heran, und wenn dann der Alte erscheint, kann er nicht sagen, daß wir faulenzen.«

Er wischte sich die Stirn.

»Der Teufel soll das alles holen!« brummte er.

Sie schoben den Stamm auf die Sägebank, Niklaus maß ihn aus, bezeichnete die Zwischenräume mit einem Bleistiftstumpf, und dann schoben sie das Holz den Sägezähnen entgegen. Wenige Augenblicke später zog er den Hebel. Mit einem knirschenden Schnarren begann das gezahnte Stahlband in seinem Holzrahmen auf und ab zu zucken und eröffnete so den Rhythmus des Tages. Jöry trat dicht an Niklaus heran, die Hände in den Taschen. Er beugte sich zu ihm hin, so daß seine Schultern ihn fast berührten, schaute finster in das verquälte junge Gesicht mit den leuchtend blauen Augen. »Wenn ihm einmal einer nachts nachgeht, sich an ihn heranschleicht und ihm eins auf den Schädel gibt, daß er nicht mehr aufsteht! Man könnte ihm ja das Geld wegnehmen – er hat sicher einen richtigen Batzen bei sich. Was meinst du dazu, Buab Niklaus?«

Niklaus blickte in das häßliche Gesicht mit den verschwollenen Augen, der krummen, roten Nase, dem dünnen, breiten Mund und dem knochigen, hervorspringenden Kinn. Sie starrten einander an.

»Im Tal bei der Brücke vor dem Tunnel kann man einen gut

erwischen. Dann schmeißt man die Leiche in die Schlucht, die von links herunterkommt. Und kein Hahn kräht mehr danach.«

»Du würdest dich so etwas getrauen?« fragte Niklaus. »Du?«

Der Bucklige zuckte die Achseln.

Niklaus schüttelte langsam den Kopf.

»Es geht nicht. Manche Menschen leben fort. Ihr Geist kommt zurück.«

Jöry kicherte.

»Was du nicht sagst! Ich weiß, wie man Geister behandelt. Man zieht sich den einen Socken aus und hängt ihn in den Schornstein.«

Jöry schob den Finger zwischen seine Zahnstummel und die Wange.

»Ein paar hundert Franken oder sogar tausend Franken könnte man ganz leicht verdienen, wenn das Geschäft erst einmal ohne den Alten läuft.«

Er wandte sich ab, spuckte aus und ging weg. Niklaus blieb zurück und betrachtete nachdenklich die Säge.

In den ersten Morgenstunden kam Hanna aus dem Haus. Sie nahm einen Besen und begann, das Sägemehl zusammenzufegen.

»Wo ist er?« fragte Niklaus.

»Oben.«

»Steht er schon auf?«

»Muattr hat ihm zweimal Kaffee und Brot gebracht, aber er hat sie wieder weggeschickt. Jetzt hat er sich ausgezogen und wieder hingelegt und auf Muattr geschimpft. Einen ganzen Krug voll Wasser hat er ausgesoffen.«

»Das wird ihm gut tun. Wenn er bloß die ganze Yzolla aussaufen würde! Wie lange wird er denn bleiben?«

Sie zuckte die Achseln.

»Weißt du es nicht?«

»Ich weiß es nicht. Aber er geht sicher wieder nach Andruss zurück.«

Niklaus winkte mit der Hand ab.

»Das kann uns ganz gleich sein.«

Hanna setzte mit wütender Hast ihre Arbeit fort. Ihre Blicke wanderten immer wieder zu der Haustüre, als erwarte sie jeden Augenblick, ihren Vater herauskommen zu sehen.

»Am Sonntag geh ich nach Andruss, ob er da ist oder nicht. Ich muß einmal hier heraus, sonst passiert noch etwas anderes.«

»Nach Andruss?« sagte sie. »Paß auf!«

»Vielleicht kann mir Silvelie ein paar Franken borgen. Sicher hat sie Geld.«

»Sie hat Muattr alles gegeben, was sie gehabt hat.«

»Ja, aber sobald der Alte weg ist, geht sie wieder ins Hospiz hinauf und kriegt Geld von den Touristen. Mannli kann es mir dann holen.«

»Laß *mich* mit Silvelie reden. Sprich lieber nicht mit ihr.«

»Du willst wohl für dich selber gleich auch etwas ergattern.«

Hanna blieb dicht neben ihrem Bruder stehen und schaute ihn an. Sein Blick erfüllte sie mit geheimer Angst.

»Niklaus«, sagte sie, »ich habe oben drei Franken, die kannst du haben, aber geh nicht zu Silvelie. Sie wird beleidigt sein, wenn du sie um Geld bittest. Wenn sie was hat, gibt sie es her, ohne sich bitten zu lassen.«

»Du hast drei Franken?« fragte er erstaunt. »Drei Franken willst du mir geben?«

Er starrte wie träumend vor sich hin und sah sich in Gedanken an einem mit vollen Biergläsern beladenen Tische in einem Garten sitzen, umringt von anderen jungen Burschen aus Andruss, die er seit vielen Monaten nicht gesehen hatte. Er glaubte die Töne frischen männlichen Lachens zu hören, einer Harmonika, einer schnell dahinrollenden hölzernen Kugel und der auseinanderstiebenden Kegel . . .

»Du bist eine brave Schwester, Hanna!« sagte er, wandte sich ab und begann ein Liedchen zu pfeifen.

Hanna ging mit ihrem Besen an das andere Ende des Schuppens. ‚Ja‘, dachte sie bei sich, ‚mancher von uns braucht so wenig, um glücklich zu sein. Ich werde ihm die ganzen fünf Franken schenken und sie auch nicht von ihm zurückverlangen. Aber er muß mir dafür zu Georg gehen und ihm etwas von mir ausrichten.‘

7

Zu Mittag lag Jonas Lauretz immer noch lang ausgestreckt in seinem Bett. Jetzt aber war er wach, hatte den Kopf aufgerichtet und sah sich im Zimmer um. Er erinnerte an ein wildes Tier in seiner Höhle. Er hatte eine graue, abgeschabte, schmutzige Wollweste an und eine Hose aus dickem, einheimischem Tuch. In seinem Körper brannte schon die Gier nach Alkohol, nach der gewohnten Dosis, die ihm auf die Beine helfen und ihn unternehmungslustig machen würde. Mit lauter, barscher Stimme rief er mehrere Male nach seiner Frau. Silvelie kam ins Zimmer. Er musterte sie mit schweren, zornigen Blicken und begann, sich seinen haarigen Hals zu kratzen.

»Hab' ich dich gerufen?« sagte er grob.

»Muattr ist heute schon dreimal mit dem Kaffee oben gewesen, und du hast sie immer wieder weggeschickt.«

»Erzähl keine langen Geschichten! Wo steckt sie?«

»Sie ist unten, und ich bin statt ihrer heraufgekommen. Was willst du?«

»Hol mir die Flasche, ich hab' sie gestern im Wagen liegenlassen.«

»Ich hol' dir keine Flasche.«

»Hol sie, sag' ich, oder ich steh auf.«

»Dann steh auf!«

Er angelte mit der Unterlippe nach seinem struppigen Schnurrbart und starrte seine Tochter an. Er schien nachzudenken. Dann musterte er sie von oben bis unten, sah, wie nett sie die alten Lumpen geflickt hatte, bemerkte ihre schwarzen Strümpfe, merkte, wie frisch und jung sie aussah.

»Ihr seid alle gleich, ihr Weiber«, brummte er. »Man kann von euch verlangen, was man will, ihr müßt immer was dagegen sagen.«

»Du hast dich zu beklagen!« rief sie. »Du! Was liegt dir an uns? Du interessierst dich nur für dich selber, und deshalb hockst du hier so elend herum und willst schon am frühen Morgen Schnaps trinken.«

»Bei euch Gesindel muß jeder ein Säufer werden! Womit hab' ich denn das alles verdient? Sooft ich nach Haus komme, seh ich lauter böse Gesichter. Nie hört man von euch Hurenvolk ein freundliches Wort!«

»Wir sind kein Hurenvolk!« rief Silvelie zornig.

»Halt den Mund!«

»Nein. Jetzt erst recht nicht.«

Ihre Haltung schien auf ihn Eindruck zu machen. Er blickte mürrisch zur Seite und zog eine Miene wie ein geprügelter Köter.

»Erstens einmal hörst du nicht auf uns, auch wenn wir dir etwas Vernünftiges sagen wollen«, fuhr Silvelie fort. »Ich sag' dir, du bist ein ganz gemeiner Mensch und nicht einmal *unser* würdig! Ganz unsinnig bist du! Ganz unsinnig!«

Sie stemmte die Hände in die Hüften und drückte die Brust heraus. Er bemerkte die unbeholfenen Bewegungen ihres linken Armes.

»Wir sind auch keine kleinen Kinder mehr! Wir lassen uns das nicht ewig gefallen! Du hast Muattr lange genug mit deinen Roheiten gequält! Sie ist so krank und leidend, daß sie kaum noch auf den Beinen stehen kann. Seit dem Winter hat sie Zahnschmerzen, und du erlaubst ihr nicht, daß jemand mit ihr nach Andruss zum Zahnarzt fährt! Seit fast siebenundzwanzig Jahren bist du mit ihr verheiratet. Gibt es nicht irgendwo ein Winkelchen in deinem Gewissen, das dir sagt, daß das nicht recht ist? Ja, schau mich an! Ich hab' keine Angst vor dir! Du kannst mich umbringen, wenn du willst, oder mir diesen Arm ganz abhacken, mir ist das ganz gleich! Was hast du denn mit Niklaus gestern abend wieder vorgehabt! Warum denn? Was hat er dir getan? Von klein auf hat er tagaus, tagein für dich geschuftet. Lohn soll er bekommen, aber du zahlst ihm keinen Centime, und wenn er sich selber ein paar Franken verdient, dann schimpfst du ihn einen Dieb. Ja, wirklich, du hast dich zu beklagen! Du! Du hast Niklaus zum Krüppel geschlagen, du hast ihm das Herz gebrochen!«

»Halt den Mund! Halt den Mund!« brüllte er.

Sie trat ganz dicht an das Bett heran. Grellrote Flecken zeigten sich auf ihren Wangen, und ihre Augen loderten förmlich vor Entrüstung.

»Warum hast du denn überhaupt eine Familie, wenn du dich nicht um sie kümmern willst? Du lebst wie ein Schwein und zerrst uns alle in dieses schweinische Leben mit hinein! Und wir müssen uns die Beweise für dein Benehmen vor die Haustür legen lassen! Wir müssen uns von dieser Wagnerin beschimpfen lassen, die allen Leuten erzählt, daß du Alberts Vater bist! Wir müssen uns gefallen lassen, daß diese Maierin mit deinen zwei Bälgern in unserm Haus in Tavetch wohnt, und wir müssen im Winter hier oben sitzenbleiben und uns einschneien lassen und dürfen uns nicht nach Andruss rühren, ohne unser Leben aufs Spiel zu setzen, und du hockst dort bei den Weibern! Glaubst du denn wirklich, wir werden uns noch lange so plagen, damit du dich besaufen und mit den abscheulichen Schlumpen schlafen kannst, die du dir überall aufgabelst? Ja, du weißt genau, daß das alles wahr ist, deshalb weißt du nichts zu antworten!«

Die Tränen traten ihr in die Augen, aber sie bemühte sich, sie zu unterdrücken.

»Es muß heraus. Seit Monaten und Jahren hat es mich bedrückt. Was ist denn mit dir los? Warum sagst du denn nichts?«

Sie schauderte zusammen. Sie beugte sich über ihren Vater, schaute ihm in die Augen. Er wandte sich ab, preßte plötzlich die Hände an die Ohren und rief:

»Hol dich der Teufel! Hol dich der Teufel! Laß mich in Ruhe! Wenn du nicht weggehst, kommt wieder die Hexe und setzt sich auf meine Brust und drückt mir den Atem aus. Scher dich zum Teufel! Sonst steh ich auf und erwürge dich! Ich kann euch alle nicht mehr sehen!«

Er sprang auf, packte sie beim Arm, riß sie zu sich heran und versetzte ihr einen heftigen Faustschlag. Sie machte sich von ihm los und eilte zur Tür hinaus. Dann ging sie in den Schuppen, wo der Wagen stand, suchte die Flasche hervor, nahm sie an sich und warf sie in das felsige Bett der Yzolla.

Jonas Lauretz stand langsam auf. Voll Wut und Verzweiflung zog er seine Socken, seine Schuhe und sein Hemd an. Dann polterte er die Treppe hinunter, und ohne auch nur einen Blick in die elenden Räume zu werfen, die sein Heim waren, ging er, den Rock überm Arm, zu dem Mühlschuppen hinüber. Niklaus und Jöry zogen sich in den entferntesten Winkel zurück, während Hanna den Besen wegstellte und verschwand.

Lauretz zog einen Schlüssel aus der Tasche und öffnete die Tür zu seinem Büro, das weiter nichts war als eine große, aus Brettern gezimmerte Kiste mit einem Fenster. Er trat ein und setzte sich auf einen rohgezimmerten Stuhl vor einen Schreibtisch, der mit einer unordentlichen Masse von Papieren und Kontobüchern beladen war, Kontobüchern, in die seit vielen Jahren kein Mensch mehr etwas eingetragen hatte. Alles war mit einer dicken Staubschicht bedeckt. Eine Zeitlang saß er da und dachte nach, außerstande, seine Aufmerksamkeit auf einen besonderen Punkt zu konzentrieren. Schließlich zog er ein Bündel Papiere aus der Tasche und legte es vor sich hin: die Pläne der hölzernen Brücke über den »Lärchestutz«. Eine Baufirma, die im Auftrag des kantonalen Baudepartements tätig war, hatte ihn aufgefordert, die erforderliche Holzmenge zu schätzen.

Er zog seine schäbige, alte Brieftasche hervor, um seinen Bleistift zu finden. Zwei Photographien nackter Frauen rutschten aus der Brieftasche und fielen zu Boden. Er hob sie auf, legte sie vor sich hin und betrachtete sie lange. Er fühlte, wie ihm das Blut in Hals und Schläfen stieg. Erinnerungen an wüste Orgien durchzuckten sein Hirn. Und nun stieg am Horizont seiner Sinne ein neuer Stern auf, Ursuli, ein sechzehnjähriges Mädchen, die Tochter eines armen Bauern.

Da hauste nun die Kuni Maier vom »Weißen Roß« in Schäms in dem kleinen Haus in Tavetch. Sie hatte sich dort mit ihren zwei Buben einquartiert, hatte auf die Alimente verzichtet und dafür das Haus genommen. Er hatte sie vielmehr dazu gezwungen. Jetzt beschäftigte ihn nichts so sehr wie das Problem, Kuni aus dem Haus zu jagen und Ursuli an ihre Stelle zu setzen. Wie sollte er das anpacken? Die Maierin war ein derbes Weib in den Dreißigern, schwer zu behandeln, ein harter Brocken, mit einer Stimme wie eine Bandsäge. Ursuli aber war ein stilles, gutes Geschöpf, frisch, mit weißer Haut . . .

Während er so nachdachte, zerriß ein unheimliches Heulen die

Luft. Lauretz schaute zu dem kleinen Fenster hinaus. Er sah seinen idiotischen Sohn auf einem Baumstamm tanzen. Mit affenähnlicher Gewandtheit lief Mannli zu der Säge hin, nahm sie zwischen die Hände, und unter lustigen Sprüngen, um den Stamm unter seinen Füßen hinweggleiten zu lassen, hüpfte er mit der Säge auf und ab, ohne zu ahnen, daß er in höchster Lebensgefahr schwebte. Einen Augenblick später begann die Alarmklingel zu läuten. Die Säge verlangsamte ihre Geschwindigkeit und blieb stehen. Niklaus näherte sich Mannli mit einem Stock in der Hand, aber der Bub sprang von dem Baumstamm herunter, kletterte blitzschnell an einem hohen Holzstapel hoch, setzte sich dann auf das Dach des Schuppens und schnitt seinem Bruder ein Gesicht.

Lauretz ging zur Tür.

»Was hast du denn das nötig gehabt?« schrie er Niklaus an.

»Warum hast du denn nicht gewartet, bis die Säge ihn erwischt?«

»Er hat dasselbe Recht zu leben wie du!« schrie Niklaus zurück.

Jöry schaute einen Augenblick zu und verschwand dann geheimnisvoll. Niklaus war auf das Schlimmste gefaßt, aber die Miene seines Vaters veränderte sich jäh. Er nickte kurz.

»Komm her! Ich will mit dir sprechen.«

Langsam hinkte Niklaus zu seinem Vater hin, blieb aber in einer Entfernung von einigen Schritten stehen, bereit, jeden Augenblick Reißaus zu nehmen.

»Ich muß mit dir über das Geschäft sprechen. In der letzten Zeit geht es sehr schlecht, ich weiß nicht mehr, was ich anfangen soll.«

»Das wär' bald wieder in Ordnung zu bringen, wenn ich das Geld bei den Kunden eintreib', und nicht du«, erwiderte er.

»Darüber werden wir noch sprechen«, sagte Lauretz mit ungewohnter Friedlichkeit. »Erst einmal müssen wir einen neuen Auftrag hereinbekommen. Hugis haben mir die Gelegenheit verschafft, einen Voranschlag für die Lärchestutzbrücke zu machen. Sie wollen selber das Holz liefern, und das muß dann geschnitten werden. Ich glaube, wir werden uns anstrengen müssen, um mit Hugis zum Abschluß zu kommen.«

»Wenn du mir das Geld bar auf den Tisch zahlst, bevor ich mit der Arbeit anfange, werde ich's schaffen!« sagte Niklaus.

Lauretz musterte das Gesicht seines Sohnes und betrachtete finster lächelnd die Spur des Peitschenhiebes.

»Du kannst lange lachen!« rief Niklaus. »Aber wenn ich diesmal nichts bezahlt bekomme, arbeite ich nicht mehr. Und wir ziehen alle von hier weg, dann sollen die Geister in der verdammten alten Mühle hausen.«

»Kannst du mit deinem Vater nicht vernünftiger reden?«

»Mein Vater versteht einen nicht, wenn man vernünftig mit ihm redet.«

»Seit wann denn?«

»Seit ich ihn kenne.«

»Aber ich sag' dir doch, ich *bin* vernünftig.«

»Das werde ich dir erst glauben, wenn ich Geld sehe!«

»So? Wieviel willst du denn?«

»Ich will zweihundert Franken haben.«

»Die hab' ich nicht.«

»Einerlei, ich brauch sie. Wir haben lange genug geschuftet und gehungert. Ich will zweihundert Franken haben.«

Niklaus war insgeheim tief erstaunt. Das war das erste Mal, daß er sich mit seinem Vater auseinandersetzen konnte, ohne Prügel zu bekommen.

Er sah seinen Vater die Augen niederschlagen, sah eine tiefe Sorge in diesen verschwollenen Säuferäuglein schimmern. Irgendein Kummer quälte die finstere Seele, irgendein geheimnisvolles Leid. Niklaus blickte gleichfalls zu Boden, seine Augen füllten sich plötzlich mit Tränen.

»So – du willst mir also nicht helfen, den Karren aus dem Dreck zu ziehen, wenn ich dich nicht vorher bezahle?« Lauretz musterte jetzt seinen Sohn mit forschendem Blick. »Ja, ja, vielleicht habe ich das verdient«, fügte er pathetisch hinzu, »vielleicht.«

Niklaus gab nicht nach.

»Du hast mir's schon so oft versprochen.«

»Warum soll ich denn nicht endlich mein Versprechen halten?«

»Ich muß zweihundert Franken haben!«

»Sollst sie haben. So.«
Lauretz' Stimme war unerwartet weich geworden.
»Es ist auch nicht für mich«, stieß Niklaus hervor, »sondern für Mutter!«
Er machte kehrt, verließ das Zimmer, lief in den Schuppen, zog an dem Anlaßhebel. Die Säge begann auf und nieder zu zucken. Die Säge kreischte. Lauretz kehrte in sein »Büro« zurück, setzte sich hin und steckte die Pariser Nacktphotographien in die Tasche. Niklaus' Verhalten hatte ihn sonderbar aufgeregt. Er fühlte tief in seinem Innern eine wunderliche Regung, dort, wo vor langer Zeit einmal ein menschliches Gewissen existiert hatte. Es war aber nichts weiter als ein rasch vorübergehendes Zucken wie das eines längst getöteten Nervs. Die seelischen Kräfte, die zu einer Wiedergeburt nötig sind, hatten Lauretz für immer verlassen. Sein Herz war wie das Gestein der Bergwände, hart, kalt, unbeweglich.
»Niklaus!« rief er plötzlich.
Sein Sohn kam an die Tür.
»Hab' den Plan hier! Schau ihn dir an. Eine verflucht schwierige Sache. Die Hugisleute sagen, daß das Holzgeschäft vor die Hunde geht. Die Russen schleudern das fertige Material auf den Markt, zu einem Preis, mit dem wir nicht mitkommen können. Sie bringen die Ware durch das Rheintal aus Deutschland. Balzakar in Coire sagt, wenn die Regierung dieser Schmutzkonkurrenz kein Ende macht, sind wir alle ruiniert. Hugi gehört zu der Partei, die sich bemüht, die Regierung unter Druck zu setzen. Er hat sich geschworen, daß bei dem Bau dieser Brücke kein ausländisches Holz verwendet werden darf. Den Ingenieur vom kantonalen Baudepartement hat er auf seiner Seite. Wir werden gleich unsere Vorräte nachsehn, vielleicht können wir bei diesem Auftrag auch etwas für uns herausholen. Da sind erst einmal die zehn Stämme, die seit Jahren zum Trocknen daliegen, so ziemlich unser einziger Reichtum. Die zersägen wir. Es ist gesundes Holz, und ich werde den Preis selber mit Hugi aushandeln. Komm, schauen wir uns zusammen das Holz an.«
Niklaus blickte weg.

»Es ist nicht zu glauben«, murmelte er vor sich hin, »nicht zu glauben.«

An diesem Tage ereigneten sich noch mehr »unglaubliche« Dinge. Vater Lauretz aß im Kreise seiner Familie. Es gab gekochte Kartoffeln, Brot und eine kleine Scheibe Butter für Lauretz. Er aß ohne Appetit und bemühte sich, das jämmerliche Gefühl zu unterdrücken, das der Mangel an Alkohol ihm verursachte. Mutter und Kinder aßen schweigend und wagten kaum, den Alten anzusehen. Frau Lauretz hielt in beständiger Angst ihre Blicke auf den hölzernen Teller geheftet. Ihre Herzen waren bis zum Rande voll von Bitterkeit, aber keines sprach davon. Wenn Gespenster sich zu einem Mahl versammelt hätten, sie hätten sich nicht geräuschloser verhalten können. Das Schweigen war hart, schwer, überwältigend. Die Wucht der stummen Anklage war riesengroß, aber Lauretz hielt stand, während er an die weißen Glieder und käuflichen Küsse einer Dorfmagd dachte. Er ließ alles über sich ergehen, ein Fremdling unter seinen eigenen Leuten.

Nachdem er mit Niklaus den Tisch verlassen hatte, begann Hanna zu reden.

»Ach«, sagte sie verachtungsvoll, »derselbe alte Schwindel! Er hat eine große Bestellung in Aussicht und tut seinen Sklaven schön, damit sie fleißig für ihn schuften. Es ist alles Schwindel! Und wir ausgehungerten, vaterlosen Kinder gehn ihm auf den Leim!«

»Jeses Maria!« flüsterte Frau Lauretz. »Wenn er dich jetzt gehört hätte! Warum mußt du denn auf ihn schimpfen? Er hat doch nicht ein Wort gesagt!«

Silvelie blickte streng von einem Gesicht zum andern, heftete dann ihre Blicke auf Mannli, der zusammengekauert dahockte und an seinem Daumen lutschte.

»Wir dürfen ihm den Weg nicht verbauen«, sagte sie leise. »Vielleicht will er sich wirklich bessern, und dann wäre es doch schrecklich, wenn wir ihn wieder gegen uns aufbrächten.«

»Ich glaub' nicht daran«, sagte Hanna. »Soll er doch alle seine Huren aufgeben und nach Hause kommen und Geld auf den Tisch legen und nicht mehr saufen. Wenn diese vier Wunder geschehen, dann will ich dran glauben, eher nicht.«

»Schwester«, sagte Silvelie vorwurfsvoll, »jeder von uns hat ein Herz. Und deshalb sind wir keine Tiere.«

8

Noch eine Nacht in seinem Hause zu schlafen, war für Lauretz zuviel. Ein Feuer brannte in seinem Innern, und so wie der Tag voranschritt, wuchs seine Reizbarkeit. Ab und zu legte er die Hand an die Brusttasche, als wolle er sich vergewissern, daß er auf jeden Fall immer noch die Mittel besaß, um seine verschiedenen Gelüste stillen zu können. Ja, er mußte zu dem Weibsbild, das ihm so sehr abging. Er verstand genug von den Regeln des Spiels, um zu wissen, daß Weiber am Beginn einer Liebesaffäre leicht abspringen, wenn sie enttäuscht sind oder man sie schlecht behandelt. Weiber sind launisch, sogar die Weiber in Tavetch. Und Ursuli war eine Katholikin, redete immerzu vom Pfarrer. Wenn Lauretz sie heute abend nicht aufsuchte, konnte es passieren, daß sie zu jener ewigen Quelle zurückkehrte, aus der die Frauen gerne trinken. Nein, Ursuli war zu jung, die durfte man nicht laufen lassen. Während eine wilde Unruhe ihn packte und mit jedem Augenblick stärker wurde, machte Lauretz einen Voranschlag für die erwartete Bestellung. Die Aussicht auf den nahen Erfolg veranlaßte ihn, einen Wutanfall zu unterdrücken; und als Niklaus seinen Vater bat, ihm die zweihundert Franken schriftlich zuzusichern, bewog ihn nur die Angst, Niklaus könnte seine Drohung wahrmachen und das Haus verlassen, sich schnell umzudrehen und die Fäuste zu verbergen, in denen es ihn nur so juckte. Er unterzeichnete das Papier, Flüche und Verwünschungen vor sich hinmurmelnd, wie sie nur in der rauhen Sprache der Bergbewohner anzutreffen sind. Schließlich konnte er seine Ungeduld nicht mehr bezähmen und schrie nach Pferd und Wagen. Er sperrte das Büro ab, stapfte mit seinen dicken, etwas krummen Beinen durch den Schuppen, kletterte auf den Wagen und schlug dem alten Gaul mit der Peitsche über den Kopf. Aus dem Schuppen, von der Tür her und aus einem der oberen

Fenster schaute seine Familie ihm nach, und als er den Blicken entschwunden war, versammelten sie sich stumm, ohne recht zu wissen, weshalb. Es war, als wollte jeder im Gesicht des andern erspähen, wie sehr sie sich alle erleichtert fühlten. Dann versammelten sie sich abermals zum Abendessen und betrachteten mit mürrischen und finstern Blicken die Kartoffeln und das altbackene Brot. Nachdem sie gegessen hatten, blieben sie am Tische sitzen, als erwarteten sie, ein unbekannter Wohltäter würde ihnen neue Gänge vorsetzen. Schließlich humpelte Frau Lauretz davon und holte sich ein Buch. Es war ein dünnes, schon völlig abgegriffenes Büchlein, eines der wenigen, aus denen die Bibliothek der Familie Lauretz bestand. Niemand wußte, woher es stammte. Nach seinem Titel zu schließen: »Die katholische Lehre von der Eucharistie«, mochte es vielleicht einmal einen Ehrenplatz bei den Benediktinern in Andruss innegehabt haben. Mit dem Kopfe wackelnd, kehrte Frau Lauretz an den Tisch zurück, setzte sich hin, legte eine ihrer frühzeitig gealterten Hände an die Wange, die wieder zu schmerzen anfing, und begann in dem trüben Lichte zu lesen, einen völlig verlorenen Ausdruck in den Augen, der zu verstehen gab, daß ihre Gedanken nicht mehr dieser nur scheinbar wirklichen Welt gehörten. Die Kinder, die sonst immer freundliche Späße zu machen gewohnt waren, wenn ihre Mutter zu lesen anfing, lächelten an diesem Abend nicht einmal. Sie versuchte auch längst nicht mehr, ihnen laut vorzulesen: Geschichten über Jakob Aphrates, den Bischof von Persien, oder Hilarius von Poitiers, oder Athanasius den Großen von Alexandria, oder Ephraim, den Syrier, oder Zyrill von Jerusalem . . . Seit Silvelie ihnen gesagt hatte, man dürfe nie über den Glauben der andern Menschen lachen, hatten sie aufgehört, ihre Mutter zu verspotten. Sie wußten, daß sie ursprünglich Katholikin gewesen war und seit ihrer Verheiratung mit einem Protestanten die Tröstungen ihrer Religion entbehren mußte. Aber sie wußten nicht, wie sehr ihre Mutter darunter gelitten hatte, welche Qual und welchen Kummer es ihr bereitete, sich von ihrem Erlöser getrennt zu wissen. Nur ab und zu begannen sie zu ahnen, daß in dem Herzen ihrer Mutter unheimliche und finstere Dinge vor sich gingen, wenn sie Worte murmelte, die gleich einem dünnen Lichtstrahl in finsterer Kerkernacht die Dunkelheit, in der sie lebten, durchzuckten und in ihren heidnischen Seelen eine wunderliche Neugier erweckten.

»Ja, ja«, hörten sie jetzt ihre Mutter sagen, »so ist es. In Kanaan in Galiläa hat er durch seinen Blick Wasser in Wein verwandelt.« Silvelie saß da und biß sich auf die Lippen, ihre Blicke folgten den Umrissen ihrer weißen, runden Arme. Sie schaute Hanna an, deren dunkle Brauen sich über der Nasenwurzel runzelten.

»Natürlich wäre es ganz einfach, in die Kirche zu gehen, wenn man nicht erst stundenlang laufen müßte, um hinzukommen. Einerlei, was der Herr Pfarrer predigt, es gibt eine Unmasse Leute, die der Glaube an Gott und den Herrn Jesu glücklich macht. Wir würden alle gern in die Kirche gehen, wenn uns die Kirche etwas nützen würde. Aber mir scheint, vom Kirchengehen profitieren nur die Reichen und Wohlhabenden. Und ich kann mir nicht denken, daß einer von uns verloren sein soll, weil wir nicht in die Kirche gehen. Nein, das wär' doch ganz unsinnig. Das würde mir doch ganz dumm vorkommen. Aber ich kann nicht behaupten, daß wir gar nichts davon hätten, wenn wir in die Kirche gingen. Man muß bloß Kleider haben und einen Hut, sonst starren einen die Leute an, als ob man ein Eindringling wär'.«

»Sollen sie uns Kleider und Hüte besorgen, dann will ich zugeben, daß das ein Grund ist, in die Kirche zu gehen«, warf Niklaus ein. »In der Zeitung steht, daß ein amerikanischer Milliardär der Kirche Millionen hinterlassen hat. Möchte wissen, wozu!«

»Der Teufel soll sie alle holen!« sagte Hanna mit ihrer tiefen Stimme. »Noch nicht einer von den Herrn Pfarrern oder Geistlichen hat den Weg zu uns herauf gefunden. Und das wundert mich auch gar nicht. Unser Ruf schreckt sie ab.«

»Ja! Aber sie wissen doch drunten im Tal, daß wir leben. Dieterli kommt dreimal im Jahr in seiner grünen Uniform herauf und stellt alle möglichen Fragen. Und dann kommt der Inspektor von der Aufforstung, schnüffelt herum und schaut nach, ob wir nicht Bäume gefällt haben, die dem Kreisamt gehören. Und der Fischerei-Inspektor Kaspar, der an der Yzolla auf und ab marschiert, als müßte er jede Forelle zählen! Die vergessen uns nicht, nur keine Angst! Sogar hier droben müssen wir die Augen offen halten. Sie schauen uns von unten her auf die Finger. Die Regierung vergißt keinen.«

»Eines Tages werden sie dich schon erwischen«, sagte Silvelie.

»So, so! Ich möchte bloß wissen, wer mich erwischen wird, der Kaspar oder der Dieterli!«

Er lachte verachtungsvoll.

»Morgen früh geh ich ins Jeff hinauf und fang' ein paar Forellen, dann kriegt ihr wieder einmal einen anständigen Fisch zu kosten! Seit vierzehn Tagen ist das Wasser immer klarer und wärmer geworden, ich hab' aufgepaßt, und ich weiß da einen Zweipfünder, der mir vorigen Sommer dreimal entwischt ist, aber diesen Sommer erwisch ich ihn.«

Seine Augen leuchteten auf.

»Ich bin bei dem langen Dan in Nauders gewesen. Er kann immer gute Fische brauchen, er wird sie für mich verkaufen. Lebende Forellen bringen drei Franken fürs Pfund. Der lange Dan hat einen Käufer in Andruss, der für ein Hotel einkauft. Aber Silvelie muß uns von den Gumpers' Butter verschaffen. Ja, dieses Jahr werden wir Forellen essen und Forellen verkaufen, und wenn hundert Kasperlis und Dieterlis herumschleichen.«

Er wandte sich unvermittelt an Silvelie.

»Und du?« fragte er. »Ist es vielleicht ein Verbrechen, Fische in einem Wasser zu fangen, das ganz von selber hier beim Haus vorüberfließt? Haben denn nur die Reichen das verfluchte Vorrecht, sich mit Forellen vollzustopfen, die auf deinem eigenen Grund und Boden herumschwimmen?«

Sie zeigte lächelnd ihre weißen, regelmäßigen Zähne.

»Ich esse mit dir Forellen, wenn du erlaubst, Niklaus.«

»Muattr«, sagte er über den Tisch hinweg, »hörst du? Diesmal ist sogar unsere Heilige auf unserer Seite. Jawohl, wo der Hunger anfängt, hört die Religion auf. Morgen, Muattr, gibt es Forellen zu Mittag und Forellen am Abend. Und am Sonntag geh ich übern ganzen Tag nach Andruss. Dann besuch ich den blinden Jonathan, der arbeitet bei dem Zahnarzt Doktor Max, und ich werde schon herausbekommen, ob du nicht mal hinkannst, dir den Mund anschauen lassen, Geld hin, Geld her. Ja, ich kann das nicht mehr mit anschauen, wie du dich quälst. Hanna wird dich begleiten. Wenn ihr beide bis zur ‚Schleifi‘ gehen könnt, sag’ ich Hirt, dem Chauffeur vom Postauto, er soll euch mitnehmen, wenn er Platz hat. Ich seh ihn am Sonntag. Er gehört zum Kegelklub. Und er ist ein braver Kerl, er nimmt euch bis Andruss mit und bringt euch wieder ’rauf, ohne was dafür zu nehmen. Natürlich dürft ihr niemand was davon sagen. Wenn er nicht will, muß Hanna mit Georg reden. Er ist Telegraphenarbeiter, und das Postamt hat ein Motorrad mit einem Beiwagen. Wenn Hirt euch nicht mitnehmen kann, muß Georg euch holen. Du siehst also, ich hab’ viel zu tun, wenn ich Sonntag nach Andruss gehe, und du brauchst nicht zu glauben, daß ich dich im Stich lassen will. Nicht einmal einen Tag lang! Und ich halt’ schon fest zu unserer Abmachung, daß wir beisammen bleiben bis zum bitteren Ende, wann das auch sein mag!«

Mannli nahm den Daumen aus dem Mund, stemmte das Kinn gegen den Tisch und streckte grinsend die Zunge heraus. Seine rotumränderten Schlitzaugen waren auf seinen älteren Bruder geheftet.

Silvelie stand auf.

»Ich geh schlafen«, sagte sie. »Morgen früh um vier muß ich ins Hospiz. Wenn ich bis Sonnabend genug verdienen kann, geb’ ich Mannli das Geld, ihr müßt ihn bloß zu mir schicken. Den Gumpers’ geht es jetzt auch nicht sehr gut. Seit das Auto die Pferde verdrängt hat, geht alles viel schneller, und die Gäste bleiben nicht mehr so lang sitzen. Sie trinken bloß eine Flasche Bier und essen eine Wurst, und dann beklagen sie sich noch, weil Herr Gumpers zehn Centimes für die Flasche mehr verlangt, als sie unten kostet. Das macht ihn ganz wild. Vor ein paar Tagen hat er zu einem Gast gesagt: ‚Glauben Sie denn, die Flaschen kommen von selber heraufspaziert?‘ Am meisten verdient er bei den Ansichtskarten, aber wenn die Leute Ansichtskarten kaufen, geben sie natürlich kein Trinkgeld. Außerdem sind es lauter Diebe. Immer wollen sie ein paar Karten schnappen, ohne zu bezahlen. Jeder will was umsonst haben. Das macht mich ganz wild, und ich paß gut auf und schau ihnen auf die Finger. Die Welt ist voll schlechter Menschen.« Sie küßte ihre Mutter, nickte den Geschwistern zu und ging hinaus. Sie hörten sie zu Bett gehen und blieben schweigend sitzen.

Niklaus richtete sich fast unmerklich auf. Obgleich er sich kaum bewegt hatte, wanderten sogleich aller Blicke zu ihm, als stünde etwas Wichtiges bevor.

»Was ist denn los?« fragte Frau Lauretz.

Niklaus strengte sich sichtlich an; sie merkten das und atmeten kaum. Er wollte offenbar etwas sagen und wußte nicht, wie er es sagen solle, aber es war, als streckten seine Gedanken sich aus wie unsichtbare Fühler und bemächtigten sich ihres Denkens. Frau Lauretz' runde Augen betrachteten forschend ihren Sohn, als rege sich in ihr ein finsterer Verdacht. Hannas linke Braue hatte sich tief über das Auge gesenkt, ihre Brust wogte heftig, als ringe sie nach Luft. Mannli grinste verloren, sein Speichel tropfte auf den Tisch.

»Ich glaub'«, sagte Niklaus schließlich, die Worte sonderbar in die Länge ziehend, »ich glaub', Jöry haßt den Alten! Er haßt ihn. Wißt ihr, was das heißt? Er haßt ihn so sehr – – –« Er hielt inne.

Dieser unvollendete Satz erfüllte sie alle mit jähem Entsetzen. Niklaus lächelte ein vages Lächeln und wandte sich einen Augenblick nach der Tür um.

»Man kann es ruhig sagen. Sie ist schlafen gegangen.«

»Herr Jeses Gott« sagte Frau Lauretz und hielt den Atem an. »Buab! Was du für Gedanken hast! Heilige Muattr Gotts!«

9

Vor Tagesanbruch schlich sich Silvia in Leibchen und Unterrock aus dem Haus, ging zum Brunnen und wusch sich dort in dem eiskalten Wasser, das aus einem Rohr in einen ausgehöhlten Baumstamm sprudelte. Trotz der Dunkelheit schaute sie sich scheu um, bevor sie ihr wollenes Leibchen auszog und sich über das Wasser beugte, um den Hals, die Arme und die Brüste einzuseifen. Das Stück Seife, das sie benützte, war nicht größer als ein Fünffrankenstück. Auf einmal rutschte es ihr aus der Hand ins Wasser, da zog sie den Unterrock aus und stieg in den Brunnen, um es zu suchen. Nachdem sie es gefunden hatte, fuhr sie mit ihrer Toilette fort und tauchte schließlich bis an den Hals ins Wasser. Zitternd sprang sie heraus, trocknete sich ab, zog das Leibchen und den Unterrock an und kehrte ins Haus zurück. Ein paar Minuten später kam sie wieder aus dem Hause, in ihre geflickten Lumpen gehüllt, und trat den dreistündigen Fußmarsch nach dem Hospiz an.

Eine geheimnisvoll wirkende Kraft schien sie vorwärtszutreiben. Daß man ihr zu Hause den Spitznamen »die Heilige« gab, zeigte, wie sehr ihre Familie das Besondere an ihr erkannt hatte. Sie sahen in ihr ein Wesen, das völlig anders war als sie und in einer gewissen Weise über ihnen stand, ein Wesen, das sie nicht ganz ergründen konnten, das in ihrer Mitte sein eigenes Leben führte, ein Wesen, das zwar körperlich, aber nicht im Geist zu ihnen gehörte. Obgleich Silvia genauso wie die andern unter dem Joch des alten Lauretz litt, schien sie doch irgendeinen Ausweg aus der finsteren Bedrückung gefunden zu haben. Ihre Seele hatte Flügel der Freiheit gefunden, und diese Flügel entrückten sie in ein neues Dasein. Und das Glück war ihr günstig gewesen, das Glück, diese stumme Sympathie, die die Natur ihren begünstigten Geschöpfen entgegenbringt.

Die paar Jahre, die sie auf der Dorfschule verbracht hatte, lagen weit zurück. Sie war das hübscheste Mädchen auf der Schule gewesen und natürlich ein Liebling Herrn Wohls. Dieser wohlmeinende Pädagoge, der nicht nur Lehrer, sondern auch Abgeordneter seines Wahlkreises war, hatte sich bemüht, ihrem kindlichen Gemüt, wie all den andern ihm anvertrauten Kindern, ein katholisches Lebenssystem aufzudrängen, das die Verneinung aller Freude war. Er war der Ansicht, daß nichts im Leben zähle als die Tüchtigkeit und die althergebrachten Bürgertugenden. Er machte die Kinder mit den tausendundein Verboten, mit den tausendundein moralischen und sozialen

Gesetzen des Landes bekannt. Er stopfte ihnen das Gehirn mit den Glaubenssätzen vergangener Generationen voll, lehrte sie demütigen Respekt vor Gott, den Eltern, den Gesetzen, dem Vaterland, den Zivilbehörden, der Polizei und den hundert Pfeilern, die das Gebäude eines zivilisierten Staates tragen. Und getreu der Tradition des Landes, daß junge Mädchen in erster Linie zu guten Hausfrauen erzogen werden müßten, hatte er sich stets sehr ernsthaft dieser Aufgabe gewidmet und für die kommende Generation von Bauern, Kleinkrämern und unteren Beamten eine Schar ernstgesinnter junger Frauen herangezogen. »Ja, ja! Eine verflucht ernste Sache, die Erziehung der Jugend!« pflegte er an seinem Ecktisch im »Ilanzer Hof« zu sagen, wo er sich zweimal wöchentlich einfand, um mit seinen Kollegen eine Partie Karten zu spielen.

Wieweit sich die jüngere Generation Herrn Wohls wohltätigen Einfluß zu Herzen nahm, kann hier nicht untersucht werden. In Silvelies Hirn jedenfalls waren nur sehr wenige seiner wohlgemeinten Axiome lebendig geblieben. Sie dachte gerade jetzt an ihre Schulzeit zurück, während sie durch das düstere Gewölbe des stummen Kiefernwaldes schritt. Ein riesiger Auerhahn flog über die dämmrige Lücke zu ihren Häupten und schrie wild nach seinesgleichen. Sie erinnerte sich an das ausgestopfte Exemplar eines Auerhahns, das in einem der Schulzimmer gestanden hatte, eine Trophäe Herrn Wohls. In welch ferne Vergangenheit schien dieser ausgestopfte Auerhahn entrückt! So fern wie Herr Wohl selber und das häßliche, gefängnisartige Schulhaus! Wenn Silvelie an diese Zeit zurückdachte, kam sie ihr recht kläglich und nutzlos vor. Herr Wohl aber gehörte zu jenen Persönlichkeiten, die ein friedliches und bequemes Leben führen, und vor denen man voll Hochachtung den Hut zieht. Vielleicht konnte er nicht wissen, daß gerade an den Wurzeln des menschlichen Lebens, in der Art und Weise, wie die Menschen sich betrugen und miteinander lebten, in der Art und Weise, wie sie dachten und liebten und haßten, irgend etwas ganz verkehrt und sogar abscheulich war. Silvelie aber hatte das für sich allein entdeckt.

Das Tageslicht begann vom Himmel zu fallen. Silvelie hatte

bereits die Hubertuskapelle hinter sich. Noch bevor sie in die höher gelegenen Regionen kam, fanden die ersten Sonnenstrahlen ihr Gesicht, und die kleinen Schweißtropfen auf ihrer Stirn und unter ihren Augen schimmerten wie silbriger Tau. Als sie schließlich die Alp erreichte, breitete sich vor ihr die große grüne Mulde aus, so frisch, als sei sie erst über Nacht geschaffen worden. Die Berggipfel ringsumher waren hell beleuchtet, daß sie aussahen wie riesenhafte zackige Kristallblöcke. Im Chor ertönten die Glocken der kleinen Rinderherde. Die Rinder wurden über den Hang zu den rosaroten Felsen des Pic Rondo hinaufgetrieben, dort hatten die Gumpers' ihre Weideplätze. Der Pic Cristallina schien so nahe, daß Silvelie glaubte, nur die Arme ausstrecken zu müssen, um ihn an die Brust drücken zu können. Der Anblick war von einer stillen, heiteren Schönheit. Ein tiefer Stolz erwachte in Silvelies Herz, als ihr zu Bewußtsein kam, daß sie all diesem Wunderbaren angehöre, daß sie nicht ein verlorenes Staubkorn in dieser Unermeßlichkeit sei, sondern ein bewußtes Glied in einer Kette, selber ein kleines Weltall, unsichtbar mit all den anderen Welten verknüpft. Mit langen eifrigen Schritten schritt sie in den goldenen Tag hinein.

Die Gumpers' freuten sich, sie so bald wieder bei sich zu sehen. Sie war ihnen eine wertvolle Hilfe, und sie hatten sich bereits halb und halb entschlossen, ihr, als besondere Attraktion für die Gäste, die Nationaltracht anzuziehen. Frau Gumpers stellte ihr ein reichliches Gebirgsfrühstück hin, das die Kleine mit finsterer Miene verzehrte, denn sooft sie sich ordentlich sattessen konnte, mußte sie an ihre hungernden Angehörigen denken.

»Gibt es etwas Neues?« fragte Frau Gumpers, während sie Silvelie beim Essen zuschaute.

»Nein. Vattr ist nach Hause gekommen, um alles für einen neuen Auftrag vorzubereiten. Sonst nichts. Eine neue Holzbrücke.«

»So, so! Da wird er ja endlich ein schönes Stück Geld verdienen.«

»Ja!«

Keines der Lauretzkinder sprach außerhalb des Elternhauses

freiwillig über Familiendinge. Dazu hatten sie sich gleichsam in einem ungeschriebenen Vertrage verpflichtet, und wenn jemand ihren Vater erwähnte, äußerten sie sich meist sehr freundlich über ihn.

Einer der Dienstboten brachte einen riesigen Klumpen frischer Butter herein.

»Frau Gumpers«, sagte Silvelie mit einem ungeheuer schlauen Blick. »Schau her! Herr Jeses! Die viele Butter! Ich wär' Euch recht dankbar, wenn Ihr mir ein Pfund ablassen würdet, für meine Muattr! Hirt kann es im Postauto mitnehmen und an der Schleife in unsern Briefkasten legen. Ich bezahl' mit dem Geld, das ich verdiene.«

»Du mußt warten, Silvelie, mein Mann muß die Butter erst abwägen.«

»Wollt ihr nicht lieber was wegnehmen, bevor sie gewogen wird, dann merkt er es gar nicht.«

»Er wird sich wundern.«

»Soll er sich wundern! Es gibt vieles auf der Welt, worüber man sich wundern muß.«

Silvelie biß ein Stück Brot ab, die kleinen Krumen klebten an ihren blanken Zähnen. Sie schaute weg. Frau Gumpers versprach ihr, gleich nachher etwas Butter für Silvelies Mutter einzupacken. Dann beugte sie sich ein wenig vor.

»Heute kommt Herr Professor Lauters«, sagte sie. »Mein Mann schafft grade die Kisten, die er bei uns untergestellt hat, ins Schlößchen. Herr Lauters will mit dem Zwölfuhrauto da sein.«

»Ich weiß.«

Silvelie schaute voll ängstlicher Erwartung drein.

»Darf ich nicht wieder am Nachmittag zu ihm hinaufgehen und ihm helfen, wie in den letzten drei Jahren?« Frau Gumpers, die Silvelie mit der Zeit mehr oder weniger als ihren Dienstboten betrachtete, schien nicht sehr erfreut. »Ich mach ja trotzdem meine Arbeit hier«, fuhr Silvelie fort. »Wenn es Euch also recht ist, Frau Gumpers, möchte ich mich um Herrn Lauters kümmern. Er ist dieses Jahr nicht ganz wohl. Er hat mir das in einem Brief geschrieben. Und er wird jemand brauchen, der für ihn sorgt.«

56

»Wollen sehn, wollen sehn. Vielleicht bringt er jemand mit.«
»Davon hat er nichts geschrieben, er schrieb bloß, daß er kommt,
und er hofft, daß alles wieder so geht wie üblich, und freut sich
sehr, uns wiederzusehen . . . Und ich werde auch froh sein, daß
ich ihn wiedersehe. Denn ich hab' ihn sehr gern«, sagte Silvelie.
Frau Gumpers fing zu lachen an.
»Er ist schon bald fünfundsiebzig!«
Silvelie lächelte vor sich hin. Da sie ein Jahr gebraucht hätte,
um Frau Gumpers klarzumachen, was sie meinte, stand sie vom
Tisch auf.
»Wo soll ich heute anfangen? Im Stall oder oben?«
»Nein, komm und hilf mir. Wir wollen die vordere Stube aufräumen und den Fußboden scheuern, und wenn Töny zurückkommt, wird er sich den ganzen Tag freuen. Er hat gestern
schrecklich geschimpft, weil die Touristen immer auf den Fuß-
boden spucken.«
»Ekelhaft«, sagte Silvelie. »Aber ihre Lungen sind die Höhe
nicht gewöhnt, es fällt ihnen schwer, unsere Luft zu atmen.«
Und sie band eine große, derbe Schürze um, die Frau Gumpers
gehörte.
»So, jetzt fangen wir an!« rief sie fröhlich.

Das gelbe Postauto kam auf die Minute genau zur Mittagsstunde an – eine Leistung, die in einem Lande, wo die Angestellten der für den Postverkehr bestimmten öffentlichen
Einrichtungen von den Militärbehörden mit preußischer Vor-
kriegspünktlichkeit ausgebildet werden, die Ämter und Büros
auf die Minute genau öffnen und schließen, und die Präzisions-
uhren zu Hause sind, nicht weiter verwunderlich ist. Silvelie
stand mit leuchtenden Augen und schnell atmend vor dem
Hospiz, außer sich vor Freude, einen geliebten Freund nach
langer Abwesenheit begrüßen zu dürfen. Als das Postauto hielt,
stieg langsam ein alter Herr aus. Er trug einen dicken, dunklen
Mantel, ein rehfarbenes Halstuch und einen breitrandigen,
braunen Hut. Sein Gesicht war blaß, von teigiger Farbe. Er
hatte einen kurzgestutzten, weißen Bart und Schnurrbart, eine
große Nase, fast wie ein Bernhardinerhund, und seine dunkel-

grauen, runden, von tiefer Güte erfüllten Augen wurden von weißen Brauen überschattet. Sein weißes, langes Haar fiel ihm hinten über den Mantelkragen. Ein goldener Kneifer baumelte an einer schwarzen Seidenschnur auf seiner Brust. Das war der Maler Matthias Lauters, Sohn eines Zimmermanns aus einem kleinen Dorf in einem der nördlichen Kantone. Weder seine Herkunft noch sein Werk waren ein Geheimnis, denn in den letzten fünfzehn Jahren, das heißt, seit seinem sechzigsten Lebensjahr hatte sein Ruhm begonnen, die Grenzen seines Vaterlandes zu überschreiten, und seine Bilder waren bis über den Ozean gewandert. Nachdem Matthias Lauters die Stockhiebe der Kritik überstanden hatte, war er in die Gesellschaft der Unsterblichen des Pinsels eingegangen.

Als er nun einen Augenblick lang neben dem Postauto stand, frierend, unschlüssig, leicht gebeugt, lag etwas Bescheidenes und Gebrechliches in seiner Haltung, einer Haltung, wie man sie für gewöhnlich nicht von Menschen erwartet, die große Berühmtheiten sind. Silvelie beobachtete ihn ein paar Sekunden lang mit pochendem Herzen. Die Freude über das Wiedersehen schien zu zerrinnen, da ihr plötzlich sein Alter und seine Verlassenheit zum Bewußtsein kamen. Sie sah, wie er aufblickte, den Gumpers' und den paar Leuten in der Nähe, die er kannte, freundlich zunickte. Und dann fiel sein Blick auf sie. Es war, als wiche plötzlich eine düstere Wolke von ihm, und seine gütigen Augen weiteten sich.

»Ja, potztusig!« rief er in seinem einheimischen Dialekt. »Ist denn das möglich! Das ist ja Silvelie!«

Er machte ein paar Schritte auf sie zu, sie lief ihm entgegen, er nahm ihre Hand und begann sie sanft zu tätscheln.

»Ja so ebbis! So ebbis! Das ist doch nett, daß ich euch alle wieder mal sehe!« Und er wandte sich den andern zu, reichte jedem die Hand, schaute sie mit freundlichen Blicken an und gab acht, daß er keinen überging, denn er schien zu wissen, daß echte Güte die Welt mit den Augen der Gerechtigkeit und Unparteilichkeit betrachten muß.

Dann ging er in die Vorderstube. Frau Gumpers brachte ihm ein Glas Milch.

»Danke, danke«, sagte er. »Und ein bißchen Wasser bitte, zum Verdünnen. Mein alter Magen kann die Milch nicht mehr so gut verdauen wie früher. Und jetzt erzählt mir von euch! Was ist denn seit dem vorigen September alles passiert?«

»Was soll denn passiert sein?« sagte Frau Gumpers. »Den Winter haben wir unten in Tavetch verbracht. Das Hospiz war bis zum Dach eingeschneit. Töny hat wieder seinen Rheumatismus, und der Doktor hat ihm gesagt, er darf keinen Valtelino mehr trinken. Erst seit vierzehn Tagen ist die Straße wieder frei. In St. Maria liegt noch Schnee. Einen Monat lang hat man Schnee weggeräumt, aber jetzt ist die Straße frei. Keine Lawinengefahr mehr. Dieses Jahr scheinen viele Deutsche zu kommen. Alle sagen, daß die Geschäfte schlecht gehen. Vorige Woche ist eine Schar Pfadfinder vorbeigekommen. Drei Tage lang haben sie dort drüben auf dem Mättli kampiert. Ja, die Zeiten sind nicht mehr so wie früher, Herr Lauters, erinnern Sie sich noch, bevor die Autos aufkamen, als wir Ihnen den Wagen nach Andruss schickten!«

»Flugzeuge sind wohl noch keine dagewesen?« fragte er, nachdenklich seine Milch schlürfend. Und mit einem heimlichen, zärtlichen Ausdruck blickte er in Silvias Gesicht.

»O doch! Vor ein paar Tagen ist einer vorbeigeflogen. Mittelholzer.«

»So, so!«

Er nagte an dem Knöchel seines großen mageren Fingers.

»Ist jemand von den Bekannten gestorben?«

»Tönys Bruder in Ilanz.«

»Hab' ich den gekannt?«

»Ich glaube nicht, Herr Lauters.«

»Hat Töny alle meine Sachen hinaufgeschafft?«

»Ja, heute früh.«

»Er kann mich wohl dann gleich ins Schlößchen bringen?«

»O ja, es ist ja nicht weit.«

»Und wer hilft mir, den ganzen Kram auszupacken?«

Frau Gumpers schaute Silvelie an.

»Willst du nicht Herrn Lauters helfen?«

»Ich? Natürlich, wenn es ihm recht ist.«

»Gut«, sagt er. »Silvelie kann mitkommen und mir helfen. Es kommen später noch zwei Kisten an, die soll man mir hinaufbringen. Aber vergessen Sie nicht, wenn zufällig jemand nach mir fragt, geben Sie ihm keine Auskunft. Sagen Sie, daß ich niemanden empfange, genau wie voriges Jahr.«

»Was soll ich Ihnen jetzt machen, Herr Lauters? Wollen Sie nicht etwas essen?«

»Essen, meine Liebe? Ich habe soeben Milch getrunken, das reicht bis zum Abend.«

Er schien zu überlegen.

»Dieses Jahr wird es schwer sein! Ich kann nicht mehr jeden Tag zum Essen herunterkommen. Man wird alt, man nähert sich dem Grabe. Haben Sie nicht jemanden, der mir den Weg ersparen und mir mein Essen in einem Korb heraufbringen kann?«

»Ich werde das machen«, warf Silvelie ein. »Das wär' doch eine Schande, wenn ich mit meinen Beinen nicht von hier bis zum Schlößchen gehen könnte! Es ist noch nicht einmal eine halbe Stunde, und ich würde den Weg auch viermal am Tag machen, mit Vergnügen!«

Matthias Lauters warf ihr einen schnellen, fast durchdringenden Blick zu. Man merkte, daß er einen scharfen und raschen Verstand hatte.

»Und werden Sie viel malen, wenn ich fragen darf?« erkundigte sich Frau Gumpers.

»Ich male nie!« sagte er. »Ich lasse die andern malen.« Sie lachten.

»Ja, ja, das ist so«, behauptete er. »Ich arbeite. Das ist alles! Die andern behaupten, daß mein Arbeiten ein Malen ist. Aber das stimmt gar nicht. Ich spreche in Farben. Ich erzähle Geschichten, weiter nichts, und die Leute glauben, ich male.«

Er lachte. Es war, als wolle sein trauriges Greisengesicht vor Lustigkeit zu glühen beginnen, und sein Übermut teilte sich den beiden Frauen mit. Sie lachten laut und wußten kaum, warum.

»So muß es sein!« kicherte er. »Lachen! Und wenn der Teufel nicht das Lachen erfunden hätte, wäre das ganze Gotteswerk

60

unnütz gewesen. Ach ja! Am siebenten Tag hat der Teufel den Humor erfunden, als er den lieben Gott nach der Erschaffung der Welt ausruhen sah. Und der Teufel lachte, denn er wußte, daß Gott seine Pfeife einen Tag zu früh rauchte. Denn hätte er nicht nach der Erschaffung des Menschen aufgehört, dann würde er etwas Besseres als den Menschen geschaffen und sich eine Unmenge Scherereien erspart haben. Daraus ist die Lehre zu ziehen: Nie mit der Arbeit aufhören, denn das Beste ist nie geschafft!«

»Jeses, Jeses, was Sie nicht sagen, Herr Lauters!« rief Frau Gumpers.

»Migottseel, es ist aber wahr!« sagte Lauters.

»Aber das ist ja die reine Gotteslästerung, oder nicht?«

»Was ist denn Gotteslästerung? Ihnen mag das so vorkommen, aber Sie irren sich, Gott ist mein guter, Freund. Wir haben manches Pfeifchen miteinander geraucht und uns überlegt, ob wir diese Welt nicht ein bißchen besser machen könnten.«

Er zwinkerte mit den Augen, und Frau Gumpers fing wieder zu lachen an. Silvelie beobachtete ihn still, voll Entzücken.

Bald nach seiner Ankunft fuhr Matthias Lauters in einem amphibischen Gefährt zu seinem Schlößchen hinauf. Der vordere Teil des Fahrzeuges ruhte auf Schlittenkufen, hinten hatte es zwei Räder, so daß der Gaul es über die schroffsten Steigungen hinauf- und hinunterziehen und, wenn er außer Atem war, bequem rasten konnte; Bremsen hatte man gar nicht nötig, Herr Gumpers führte das Pferd am Zügel. In dem Wagen saß Herr Lauters, Silvelie ging nebenher und hielt sich am Wagen fest. Sie und Herr Lauters plauderten miteinander. Er freilich redete mehr als sie, denn sie ging sehr schnell und bekam schwer Atem, während er in dicke wollene Decken gehüllt dasaß.

»Von Jahr zu Jahr wird es ein bißchen kälter«, sagte er, »aber es ist immer noch wunderschön hier oben. Ein toller Kontrast – hier heraufkommen und hier oben leben. Ich bin mir heute wie ein Frosch vorgekommen, der durch eine lange finstere schmale Röhre kriecht. Diesen Eindruck macht nämlich das Yzollatal!«

Während er sprach, betrachtete er Silvelies feingeformten Mund, ihre weichen Nasenflügel, die geschwungenen Linien ihres Halses und ihrer Schultern, ihr dichtes, honigfarbenes Haar, und staunte heimlich über die Veränderung, die mit ihrem ganzen Wesen, in der Entwicklung vom Kinde zur reifenden Frau, vor sich gegangen war.

»Ich aber muß in dieser schwarzen Röhre leben!« sagte sie.

»Ja, ja, es ist sonderbar, wo die Menschen oft leben. Ich hab' schon welche gesehen, die hausten unter der Erde, und andre wieder lebten auf Baumwipfeln.«

Ganz unvermittelt sprach er weiter, seine Blicke ruhten auf ihrer von harter Arbeit geröteten und rissigen Hand, die den Rand des Wagens umklammert hielt.

»Du mußt mir ausführlich erzählen, was alles passiert ist, sobald wir zu Hause sind. Wir beide werden die Zimmer schnell in Ordnung haben. Ja, ja, es ist doch nett, dich wiederzusehen, Silvelie. Es tut meinen Augen wohl. Ja, ja, es ist wirklich nett. Aber hier liegt ja noch mächtig viel Schnee herum!«

Sein Blick wanderte über die welligen Grünflächen, die durch weiße Schneewehen mit dem felsigen Berg verbunden waren.

»Hoffentlich gibt es nicht noch mehr Schnee! Ich will diesen Sommer besonders viel Wärme haben.«

Er schauderte innerlich zusammen.

»Bald werde ich eine lange, kalte Fahrt antreten müssen, und vorher will ich mir möglichst viel Wärme in die Knochen pumpen.«

»Wir machen gleich ein großes Feuer an, Herr Lauters.«

»Ach, ach ja, ein großes Feuer! Das ist das richtige! Ein großes Feuer und dann arbeiten! Das ist das richtige!«

Er schien in sich zusammenzusinken, und seine Augen füllten sich mit Trauer.

»Immer höher, immer höher!« murmelte er, aber Silvelie konnte ihn ganz deutlich verstehen. »Viele Leute glauben, daß das Hospiz das höchste Gebäude an der Yzolla ist, aber mein Haus steht noch viel höher. Warum soll's nicht noch höhere Häuser im Blau des Himmels geben?«

»Vielleicht gibt es welche, und wir können sie nicht sehen«, sagte sie, »vielleicht, Herr Lauters.«

»Kannst recht haben, Silvelie. Ich habe mir immer schon gedacht, es müßte welche geben.«

Sie legten einen letzten steilen Pfad zurück und kamen dann zu einer weiten Mulde. Dort, am Fuße einer Felswand, nicht weit von einem winzigen Wasserfall entfernt, stand ein kleines Haus, der untere Teil aus Steinen gefügt, die obere Hälfte aus Holz. Die grünen Fensterläden standen weit offen, ein gelbgrün gestreiftes Sonnendach hing über einer breiten Terrasse. Das Schlößchen blickte nach Osten, Süden und Westen, war nach der Nordseite hin geschützt und beherrschte ein einzigartiges Panorama. Man sah die Ketten der Pics aus nächster Nähe, und nach dem Süden zu konnte der Blick den herrlichen Wiesen folgen, die in die purpurnen Tiefen des Valtelino mündeten. Man konnte die Berge der nördlichen Lombardei, Kette um Kette, zählen, bis sie sich in den silbrigen Farbschatten des südlichen Himmels verloren, fernhin, wo die Phantasie sich eine Welt der tiefblauen Meere, der schwarzen, windschlanken Zypressen und der dunklen Fächerpinien malte.

Als Matthias Lauters vor seinem Schlößchen ankam, saß er eine Weile ganz still da und schaute sich um.

»Die Welt ist doch schön!« murmelte er vor sich hin, versunken in die Betrachtung all der lieblichen Schönheit ringsumher. Seine Blicke folgten den Umrissen der Berge, die ihm seit so vielen Jahren lieb und vertraut waren. Das war nun schon der neunte Sommer, den er in seiner Bergeinsamkeit, in seinem Bergheim, in seinem Schlupfwinkel verbringen wollte. Und er liebte die Einsamkeit, denn er hatte sich mühsam zu ihr emporgerungen und war fast triumphierend in sie eingegangen. Er war den Weg der Opfer gegangen, den Weg all derer, die in die Bezirke der Unsterblichen wandern, von wo es keine Wiederkehr gibt.

»Nun, Herr Lauters«, sagte Gumpers, als er, sich die Stirne wischend, aus dem Hause trat, »mir scheint, jetzt kann man sagen, daß alles fertig ist. Brennholz ist genug da, Sie können sich selbst davon überzeugen. Es reicht für ein ganzes Jahr.

Das Fenster in Ihrem Schlafzimmer ist repariert worden. Der Wasserbehälter funktioniert tadellos. Aber Sie müssen jemand haben, der für Sie sorgt!«

Matthias Lauters winkte mit seiner großen weißen Hand ab.

»Ich hab' mich die ganzen Jahre her allein beholfen, Töny, und es wird auch in diesem Jahr gehn, solang Sie nichts dagegen haben, daß Silvelie ab und zu heraufkommt. Wenn sie nicht kann, dann schicken Sie mir jemand anders.«

»Ich komme gern selber einmal oder schicke meine Frau!«

»Es wird mich immer freuen, wenn ich eure lieben Gesichter sehe. Ihr werdet mich schon nicht im Stich lassen. Jetzt aber muß ich aus dieser schönen Staatskutsche aussteigen.«

»Herr Lauters!« rief Silvelie von der Terrasse her. »Das Feuer in dem großen Zimmer brennt lichterloh!«

IO

Silvelie ging an ihre Arbeit mit einer Leichtigkeit, die ihr gleichsam Schwingen verlieh. Jugend und Gesundheit, die schönsten Gaben der Welt, waren in ihrem Besitz, und die Armut, das Elend ihres düsteren Lebens schienen für den Augenblick verschwunden zu sein. Ihre Zuneigung zu dem alten Lauters erfüllte ihre ganze Seele. Mit all ihrer angeborenen Begeisterungsfähigkeit ging sie daran, ihm zu helfen und ihm zu dienen, wie sie das seit Jahren gewohnt war. Die Gumpers hatten nichts dagegen, wenn sie einen Teil ihrer Zeit dem alten Maler widmete, der für alles, was man ihm lieferte, so gut bezahlte. Ihr Geschäft war es, andere auszubeuten, wenn auch freilich sie selber die Sache nicht ganz unter diesem Gesichtspunkte betrachteten. Matthias Lauters hatte Silvelie hundert Franken geschenkt, vielleicht in der Hoffnung, sie würde endlich ihre Lumpen ablegen und sich ordentliche Kleider anschaffen, die einen angenehmeren Anblick gewährten. Vielleicht auch hatte er bloß gemerkt, daß sie Unterstützung brauchte. Jedenfalls hatte er durch sein Geschenk Silvelie sehr glücklich gemacht. Sie hatte ihm impulsiv die Hand geküßt.

Am Nachmittag, als Silvelie zufällig die Straße entlangschaute, die in vielfachen Windungen vom Hospiz heraufführte, sah sie eine kleine wackelige Gestalt langsam, mit müden Schritten näher kommen. ‚Mannli!' flüsterte sie, und sogleich runzelte sie voller Besorgnis die Stirn. ‚Was mag er denn wollen?' Und sie lief ihm schnell entgegen.

Er kam auf sie zugestapft, die Zunge hing ihm aus dem Mund, seine Blicke folgten dem Wegrand, als sei es sein Schicksal, bis ans Ende der Welt zu wandern. Sowie sie bei ihm war, schaute sie ihn mitleidig an, hob den Rock auf, beugte sich zu ihm nieder und wischte ihm den Mund ab.

»Was gibt es denn, Mannli?«

Er strengte sich an, etwas zu sagen. Durch ein lautes Wimmern gab er zu verstehen, daß er müde und hungrig sei. Ein Gedächtnis besaß er nicht.

Sie packte seinen kleinen Rock, griff in das zerrissene Futter und fand dort ein mit einer Nadel befestigtes Blatt Papier.

»Komm mit, Mannli, ich geb' dir was zu essen!« Und verzweifelt betrachtete sie seine abgetretenen Schuhe, die ihm um viele Nummern zu groß waren. Als sie sich umdrehte, hielt er sich an ihrem Rock fest und ließ sich von ihr mitschleifen. Sie entfaltete den Zettel und las die paar Zeilen, die Hanna ihr geschickt hatte.

Hab keine Angst. Der Alte ist in Sedrun gesehen worden, und übermorgen ist Sonntag, und sonntags kommt er nie nach Hause. Am Montag muß er wegen des Geschäfts nach Ilanz, da kann er also auch nicht zurück sein. Wenn er den Auftrag bekommt, wird er sich am Dienstag in Andruss betrinken und es überall herumerzählen, und am Donnerstag wird er sich mit seinem Gschüsch schlafen legen. Wenn Du uns ein bißchen Geld schicken kannst, sind wir sehr froh. Muattr kann nicht ewig mit ihrem Zahnweh herumgehen, und meine letzten fünf Franken hab ich Niklaus gegeben. Er hat schon gesagt, daß er nach Andruss geht, hoffentlich begegnet er nicht dem Alten, sonst ist der Teufel los.

Deine Schwester Hanna.

Silvelie führte Mannli in die Küche zu Frau Gumpers. »Jö, der Buab! Was hat er denn heute bloß?«

»Er kommt mich zu besuchen. Darf ich ihm etwas zu essen geben?«

»Gott sei Dank, daß ich nicht grade schwanger bin!« rief Frau Gumpers. Und mit dem gleichen Atemzug fuhr sie fort: »Wie kann das bloß sein, daß ihr beide von derselben Mutter stammt!«

»Gott hat Kaffern und rote Indianer geschaffen«, sagte Silvelie. »Bei Mannli ist es ihm halt mißglückt.«

»Gib ihm zu essen. Er hat sicher Appetit. Aber du willst ihn doch nicht hierbehalten?«

»Nein, er soll essen und sich ausruhen, dann schick' ich ihn wieder nach Hause. Ich muß ihm nämlich ein Briefchen für Muattr mitgeben, das will ich jetzt gleich schreiben.«

Bald saß Mannli da und knabberte an einem großen Stück Brot. Er aß sehr nachdenklich, viel nachdenklicher als gewöhnliche Menschen. Seine Art zu kauen erinnerte fast an die natürliche Gelassenheit der Wiederkäuer. Unterdessen kritzelte Silvelie ein paar Zeilen auf einen Wisch Papier.

Danke schön für die Nachrichten, Hanni. Hoffentlich besinnt sich Vater nicht und kommt plötzlich zurück. Inzwischen habt ihr hier hundert Franken, die habe ich von Herrn Lauters bekommen. Gib sie Niklaus, er soll sie in Andruss wechseln. Fünf Franken kann er für sich behalten, den Rest muß er Muattr geben, und Du mußt das Geld für sie aufheben. Niklaus soll dafür sorgen, daß Muattr gleich zum Zahnarzt kann, und er soll ihr ein schwarzes Wolltuch für die Abende kaufen. Er kann auch gleich beim langen Daniel ein Paket Spaghetti und zwei Pfund Zucker holen und die sechzehn Franken fünfzig bezahlen, die wir ihm schuldig sind. Aber das übrige Geld gehört Muattr, und Du mußt aufpassen, daß sie es nur für sich verwendet.

Deine Silvia.

P. S. Nimm Dir von dem Geld die fünf Franken, die Du Niklaus gegeben hast. Jetzt sind wir reich.

Silvelie faltete den Zettel zusammen und legte die Banknote hinein. Mannli mußte seinen Rock ausziehen, und sie befestigte den Brief und das Geld sorgfältig mit einer Stecknadel in dem zerrissenen Futter. Eine Stunde später mußte Mannli sich den Rock wieder anziehn, sie ermahnte ihn, geradenwegs nach Hause zu gehn und sich nirgends aufzuhalten, und nachdem sie ihm dann noch einmal den Mund abgewischt hatte, führte sie ihn ein Stück weit die Straße entlang, bis er zu begreifen schien, daß er so durch das Tal bis zum Jeff weitermarschieren müsse. Dann schaute sie ihm nach, bis sein großer Kopf hinter der letzten Biegung verschwunden war. Seufzend kehrte sie zu den Gumpers' zurück.

I I

Es war ein warmer Nachmittag. Matthias Lauters saß neben seinem Schlößchen unter einem grünen Schirm und malte. Ein winziges Bächlein lief dicht in der Nähe gurgelnd durch eine Bodenfurche, und auf einem blassen Felsen wuchsen Edelweiß und Enzian. Ab und zu flog eine einsame gelbe Bergbiene an seine Palette heran, die Farbenkleckse mit Blumen verwechselnd. Einen dünnen Pinsel zwischen die Lippen geklemmt, den Kopf etwas vorgestreckt, so betrachtete er kritisch das Landschaftsbild, das sich seinen Blicken bot. Nach einiger Zeit sah er in weiter Ferne eine kleine dunkle Gestalt näher kommen. Nachdenklich brummte er vor sich hin: »Silvelie.« Und dann schaute er zu, wie sie, einen Korb über dem Arm, mühsam den steilen Pfad emporkletterte. Als sie in Hörweite war, hob sie den Arm, winkte mit der Hand und begrüßte ihn mit einem lauten Ruf. Er schwenkte grüßend die Palette.

»Grützi, Herr Lauters!« sagte sie, als sie dann ganz bei ihm war. »Ich bringe Ihnen Ihre Sachen.«

»Was gibt es denn?«

»Suppe, Brot, Butter, Eier und Kartoffeln.«

»Hast du nicht die kleine Flasche Kognak vergessen, um die ich dich gebeten habe?«

»Die ist auch dabei. Aber ich will Sie jetzt nicht stören, weil Sie gerade arbeiten. Ich geh hinein und räume die Zimmer auf. Die Gumpers' werden mich bis zum Abend nicht brauchen. Da kann ich Ihnen heute das Essen kochen.«

»Das hat Zeit! Beeil dich nicht. Oh, das ewige Essen! Wenn man bloß leben könnte, ohne zu essen, man würde viel gesünder und zufriedener sein. Man müßte so leben wie die Indianer oder Araber. Trocken, ganz trocken und bekömmlich. Ich will dir sagen, was ich will, wenn es dir recht ist. Ich lechze nach einer Tasse Kaffee, einerlei, ob mir's die Ärzte verboten haben!«

»Ich koch ihn gleich!«

»Ja? Danke! Und mach ihn so, wie ich dir's gezeigt habe. Du hast es doch nicht vergessen?«

»Ich mache Ihnen einen richtigen ägyptischen Kaffee«, sagte sie stolz.

Er musterte sie von oben bis unten und machte sich dann wieder an seine Arbeit.

»Fein! Fein!«

Sie ging ins Schlößchen und kam nach einer Weile mit einem blanken orientalischen Messingkännchen und einer kleinen Schale auf einem Servierbrett wieder.

»Hier, Herr Lauters, schauen Sie! Er ist oben ganz weiß und schaumig und honigsüß. Ich hab' ihn gekostet.«

Er richtete sich auf und betastete seinen Rücken.

»Chaibi züüg! Der Rücken tut mir weh, chaibi züüg!« murmelte er wie ein Bauer. »Ich bin schon zu alt für das Draußensitzen! Komm, setz dich neben mich, ich mach jetzt eine kleine Pause.«

Sie schenkte den kochend heißen Kaffee ein. Er schob seine grünwollenen fingerlosen Handschuhe zurück, griff mit zitternder Hand nach dem Schälchen und begann geräuschvoll den Kaffee zu schlürfen. Silvelie betrachtete das Gemälde.

»Was? Wieder der Pic Valatch?«

»Ja. Ich mal' ihn jetzt zum sechzehnten Male. Und das erstemal ist er mir am besten geglückt. Das erstemal war es schwer, jetzt kann ich es schon auswendig. Ich bin wie eine Maschine. Weniger Einzelheiten, kein Fett und kein Fleisch. Die Arbeit besteht aus lauter Knochen und Skelett und Nerven. Verteufelt schwer, diese Felsennase, die nach der Via Mala schaut, genau herauszubekommen. Erinnert mich gewissermaßen an meine eigene Nase. Und das bißchen Wasser dort am Fuß der Felswand! Ein wesentlicher Bestandteil der ganzen Geschichte, aber es hat keine rechte Farbe. Könnte eigentlich jede beliebige Farbe sein. Der Himmel ist heute schwarzblau. Ich muß ein paar Wolken erfinden. Aber es kommt ja gar nicht drauf an! Wer kümmert sich darum, wie der Himmel und diese Berge wirklich aussehen. Warum denn auch? Die Menschen glauben das, was man ihnen sagt. Du kannst einen Berg ganz so nennen, wie du willst. Woher soll man denn wissen, welcher Berg es ist? Von der Königin Elisabeth von England gibt es ein halbes Dutzend Porträts, und auf jedem sieht sie anders aus. Ja, Silvelie, das Malen ist ein riesiger Schwindel. Wie du's auch nimmst, es sind lauter Lügen, und ich bin einer der größten Lügner.«

»Aber nein«, protestierte sie, »ich würde immer gleich merken, daß das der Pic Valatch ist, und daß Sie ihn gemalt haben und kein anderer.«

»Meinst du? Hm. Das ist ein großes Kompliment.«

Er lächelte, und seine blassen Lider fielen ihm müde über die Augen.

»Keine meiner Farben existiert wirklich auf einem der Berge da drüben. Alle die Farben erfinde ich hier auf eigene Faust. Was von dort drüben her in meine Augen fällt, sind nur Reflexe, weiter nichts. Wenn ich die zusammengesetzt und alle die Ecken und Kanten und Silhouetten und so weiter zurechtgemacht habe, dann sehen die Leute darin alle möglichen Absichten, die ich nie gehabt habe, kneifen die Augen zusammen und sagen: ,Wie luftig!' Ja, bei mir kommen sie immer mit dem Wort ,luftig', bloß weil ich hier und dort ein Stückchen Leinwand ganz ohne Farbe lasse. Ehrlich gesagt, ist das ein ganz ordinärer Kniff, der mir eine Menge Arbeit erspart. Leinwandflecke ohne Farbe sind wie ungesprochene Worte. Aber die Hauptsache ist, daß es gar keine Wirklichkeit gibt, die Reflexe wirken auf unsere Sinne, und den Rest erfinden wir selbst. Au, mein Rücken!«

»Herr Lauters«, sagte sie, aber er unterbrach sie.

»Pah, warum sagst du denn noch Herr Lauters zu mir! Sag' ohne Scheu Matthias zu mir. Jetzt sind wir schon das vierte Jahr gute Freunde, Maidi.«

Er musterte sie von oben bis unten.

»Ich hab' immer geglaubt, junge Mädchen wachsen nach dem achtzehnten Lebensjahr nicht mehr, aber du bist seit dem vorigen Jahr um einen ganzen Daumenbreit größer geworden. Es steht dir gut. Aber wachs nicht in alle Ewigkeit weiter. Große Frauen machen keine gute Figur unter lauter mittelgroßen Männern.«

Sie betrachtete ihre Füße, ihre plumpen Schuhe und schwarzen Wollstrümpfe, richtete sich auf und goß Kaffee ein.

»Ich bin schrecklich unwissend«, sagte sie, »ich hab' nur wenig gelernt. Aber wenn Sie mit mir reden, versteh ich alles, was Sie sagen.«

Er betrachtete ihre schön geformten, abgearbeiteten Hände.

»Du hast die innere Gabe, alles zu verstehen. Und das ist sehr viel.«

»Oh, das weiß ich nicht. Es gibt so vieles, was ich gar nicht verstehe. Manchmal hab' ich das Gefühl, ich muß an allem verzweifeln.«

»Das ist die beste Art, durchs Leben zu gehen, und die leichteste Art, um von allem, was da existiert, ein bißchen was zu begreifen.«

»Ich weiß nicht – aber ich möchte mehr Grundlagen haben.«

»Grundlagen? Wozu denn? Schau dir diese Biene an, die da um uns herumfliegt. Schau ihr zu! Sie verwechselt meine Palette mit einem Blumenbeet. Hat diese Biene Grundlagen? Sie hat nur Instinkte. Wozu also brauchen wir Grundlagen, wenn eine Biene keine braucht? Ich habe ein halbes Jahrhundert lang nach den tiefsten Tiefen des Lebens gesucht und bis heute keine ,Grundlagen' entdeckt. Warum auch? Nein, Silvelie, du bist wirklich ein glücklicher Mensch. Jetzt wirst du bald zwanzig und bist frei von allen Illusionen. Unberührt von den Vorurteilen der Patrioten, Geistlichen und Politiker! Du kennst keine Doktrinen. Du beginnst erst, die Dinge mit eigenen

Augen zu sehen. Hüte dich vor den Urteilen der andern! Verlaß dich auf dein eigenes Herz! Laß dir von einem alten Mann raten, der nach bitteren Erfahrungen festgestellt hat, daß es kein besseres Urteil gibt als das des Kindes... Und jetzt werde ich noch ein bißchen arbeiten.«

Er schaute nach den Berggipfeln, und sie folgte der Richtung seines Blicks. Über dem Sattel des Gletschers stieg eine weiße Wolke empor.

»Dem Himmel sei Dank für diese heitere Wolke!« murmelte er.

»Meister«, sagte sie, denn sie brachte es nicht fertig, ihn Matthias zu nennen, »wenn ich bloß eine Begabung hätte, wenn auch nur eine ganz kleine. Aber ich kann gar nichts.«

»Woher weißt du denn das? Warte, werde erst einmal groß! Werde eine Frau, und dann wirst du weiter sehen. Warte, bis das Leben beginnt!«

»Leben!« seufzte sie heimlich. »Dieses ewige finstere Tal – die lärmende Sägemühle – und fast nie ein lächelndes Menschengesicht. Acht Monate Winter. So viel Schnee, daß man verrückt werden kann. Ach, ich glaube, ohne Sie wäre ich schon längst gestorben.«

Er mischte einige Farben auf seiner Palette. Seine derben Arbeiterhände wirkten ganz und gar nicht zart, dennoch war alles, was diese Hände schufen, von unendlicher Zartheit. Sie betrachtete seinen schönen Kopf mit dem langen, silberweißen Haar, das in Strähnen über das dicke Halstuch hing.

»Menschen wie wir«, sagte er nach einigem Zögern, »kriegen leicht Heimweh nach dem Himmel. Es ist eine sehnsüchtige Liebe zu dem Blau über unserem Kopf, die Sucht, wieder in jene friedlichen Gegenden zurückzukehren, aus denen wir stammen. Ich habe schon seit vielen Jahren ‚Himmelheimweh‘. Diese Erde ist ein einziger scheußlicher Dreckhaufen. Das heißt, wenn man unter Menschen leben muß... Was rede ich da? Hör nicht zu! Ich bin ein alter Sünder.«

»Das ist nicht wahr. Wenn Sie es auch sagen, es ist nicht wahr.«

»Was du dir so vorstellst! Ich bin doch nicht immer ein uralter Mann gewesen!«

Er schaute sie plötzlich mit überraschender Schärfe an.

»Sie haben mir selber erzählt, daß ein Mensch, der mit den Dingen über uns verknüpft ist, kein Alter kennt«, sagte sie schnell. »Ach, ich weiß, manchmal hat man solche Stimmungen, dann redet man dummes Zeug.«

«Jetzt lachen Sie mich aus, Meister.«

»Ja, ich lache über mich selber. Du wirst zudringlich, Silvelie. Ich müßte dich fast bitten, du sollst dich wieder von mir malen lassen.«

»Aber nicht wieder stundenlang stillsitzen – « bat sie.

»Kleine Gans! Wenn du nicht stillsitzt, wie soll ich dich dann malen? Aber du mußt dir andere Kleider verschaffen. Diese schweren Wollsachen verunstalten deine ganze Figur. Als ich dich vorhin die Alp heraufkommen sah, da dachte ich schon, du seist in anderen Umständen. Ich wußte natürlich, daß das Unsinn ist. Verzeih mir diesen dummen Gedanken. Aber um die Brust zum Beispiel bist du viel zu sehr eingeschnürt. Ich verstehe gar nicht, wie du noch atmen kannst, wenn du dich so einpackst. Ein Mädel, das so gebaut ist wie du, braucht kein Mieder. Du müßtest ein ganz leichtes Kleid haben. Schönheit braucht sich nicht zu schämen. Weißt du, es gibt so wenig menschliche Schönheit, daß alle die, die vollkommen geschaffen sind, die Pflicht hätten, ihren häßlichen Brüdern und Schwestern möglichst deutlich zu zeigen, was Schönheit ist. Um ein Beispiel zu geben! Es ist wie bei einem Kunstwerk. Das Schöne darf man nicht verstecken. Man soll es soviel wie möglich in die Sonne rücken. Die Griechen haben das so gemacht, wir aber sind im Vergleich zu den Griechen die reinen Menschenfresser. Ich glaube, es gibt in der ganzen Schweiz kein halbes Dutzend wirklich schöne Frauen.«

»Die Leute würden das nicht richtig verstehen, bestimmt nicht! Sie schauen einen immer so sonderbar an, wenn man auch nur das Bein ein bißchen höher hebt.«

»Ja, weil sie nicht nach der Schönheit schauen, sondern nach etwas anderem. Wer Schönheit nicht sehen kann, ohne sie besitzen zu wollen, ist ein Kannibale.«

»Aber wenn ich das so mache, wie Sie sagen, bin ich dann nicht unanständig?«

Er unterbrach sie.

»Schon dieses schöne Wörtchen ‚unanständig' konnten nur die Nachkommen der Höhlenbewohner erfinden! Sei so lieb und hol mir eine Decke für die Schultern.«

Silvelie sprang auf und lief ins Schlößchen, das Servierbrett nahm sie mit. Einen Augenblick später kehrte sie mit einem dicken, karierten schottischen Plaid zurück, das sie über Herrn Lauters' Schultern legte. Er tätschelte ihr die Hand und bedankte sich.

»Ich hab' Briefe für Sie«, sagte sie. »Ich hab' bloß vergessen, sie gleich aus dem Korb zu nehmen. Da sind sie.«

Er schaute flüchtig die Adressen an.

»Behalt sie. Wozu brauch ich denn hier oben Briefe? Die Leute, die mir heute schreiben, hätten mich vor zwanzig Jahren nicht angeguckt. Alte Männer sind für ihre Familie eine Last. Wenn ich mir mein Leben wieder aussuchen könnte, würde ich ohne Familie bleiben.«

»Und haben Sie denn gar niemand lieb?« fragte sie.

»Doch – zuweilen«, und er betrachtete die schöne Rundung ihrer Wangen, ihr hellfarbenes Haar, ihre ruhigen Augen. »Ich bin ein Urgroßvater!«

»Wie geht es denn Ihren Kindern?«

Er strich sich seinen kurzen, weißen Bart und schnitt eine lausbübische Grimasse.

»Meinen Töchtern? Ach die! Eine von ihnen ist jetzt schon zum drittenmal Großmutter geworden. Es klingt ganz komisch, wenn du sie meine Kinder nennst. Diese dicken, wohlgenährten Matronen!« Er lachte.

»Aber Sie haben sie doch gern?«

»Ja, ja! Freilich! Leider! Ich traue mich nicht zu ihnen ins Haus, weil sie so viel mit mir hermachen! Sie veranstalten große Gesellschaften, dort wird über Kunst und ähnlichen Unsinn geschwätzt, und immer sind Professoren dabei – meine Töchter haben nämlich Universitätsprofessoren geheiratet. Sie bitten mich, ich soll den einen malen, er wird nämlich von Jahr zu Jahr berühmter, aber ich hab' mich immer geweigert. Ich würde es nur unter der einen Bedingung tun, daß ich ihn mit langen

Eselsohren und Scheuklappen an den Schläfen malen dürfte. So sehe ich ihn nämlich. Aber die anderen würden ihn dann nicht erkennen, und er würde sich vielleicht ein wenig beleidigt fühlen. Deshalb male ich ihn lieber nicht. Ich male Berggipfel und Kühe und Ziegen und Silvelies, denn in allen diesen ist Liebe. Die sind alle nicht selbstbewußt, sondern mit den Dingen oben verknüpft. Der sechste Sinn, liebes Kind! Hirn, Konventionen, Engstirnigkeit und Selbstbewußtsein, das alles reizt mich nicht, das alles kann ich nicht malen. Es gibt tausend andere, die das können. Ich kann nur das malen, was ich liebe, und nicht das, worüber ich nachdenke.«

»Schade, daß Ihre Familie Sie nicht versteht«, sagte Silvelie bedauernd. »Ich wünschte Ihnen, Ihre Kinder würden Sie manchmal hier besuchen.«

»Aber, Silvelie, wenn du mich nur ein kleines bißchen lieb hast, darfst du mir so etwas nicht wünschen!«

»Sie sind doch immer allein!«

Er begann, sich mit seinen Farben zu beschäftigen.

»So, so! Nun, viel hast du in diesen Jahren nicht gelernt.«

»Wie meinen Sie das?«

Fast verstört schaute er sie an.

»Sonst würdest du mich nicht bemitleiden, sondern mich beneiden. Wie kann ich mich denn hier oben einsam fühlen? Ich bin nur glücklich, wenn ich hier oben bin. Und dann – was ist denn schließlich das Leben! Weiter nichts als eine große Lektion, die einem beibringt, wie man in seiner eigenen Haut umherspaziert.«

»Ja, ja, das ist schon wahr!«

»Wenn man älter und älter wird, hat das ganze Leben in einer Nußschale Platz. Die Wichtigkeit der Dinge schrumpft zusammen. Feste Stoffe lösen sich in Dunst auf. Nur das Wesentliche bleibt. Für mich besteht das Leben aus Wärme, Sonne und Trockenheit. Daß nur der Atem aus dem klapprigen Gerippe nicht ganz entweicht! Bis zuletzt Luft und Frieden und Arbeit, und den Zusammenhang mit dem Jenseits nicht verlieren. Das ist die einzige Art, um die Jugend in einem Skelett zu bewahren. Behalte das Geheimnis für dich!«

Er hielt einen Augenblick inne. »Ich bin ein alter, hartnäckiger Egoist, Silvelie, ja, ja, und ich suche überall nur das, was ich brauche.«

»Sie verdienen nur das Beste.«

»Du mußt mir verzeihen«, sagte er fast zärtlich, »ich weiß, du versuchst dein Leben mit dem meinen zu vergleichen. Aber das darfst du nicht tun. Du sollst vielleicht in deinem Herzen fühlen, daß ich eine große Wahrheit gefunden habe. Deinem Temperament nach paßt du zu mir, und es ist jammerschade, daß ich nicht fünfzig Jahre jünger bin. Daß du um fünfzig Jahre älter sein möchtest, will ich um Gottes willen nicht wünschen. Und dann – dich interessieren materielle Dinge ebensowenig wie mich. Für uns beide ist das Materielle nur das Mittel, nicht Selbstzweck. Ich weiß, du kleiner Teufel, du hast das Geld weggegeben, das ich dir vor drei Tagen geschenkt habe. Ich weiß es. Du mußt es gestehen. Ja, ich lese es dir an den Augen ab. Aber das sollst du nicht tun. Du sollst vernünftig sein, dir genau überlegen, was du dir selber und was du den andern schuldig bist. Nein, ich werde dich nicht fragen, was aus den hundert Franken geworden ist, hab' keine Angst. Aber wenn du aus Prinzip alles weggibst, was du bekommst, dann ist das nicht richtig. Und wenn ich dir wieder Geld gebe, schenk es nicht weg, sondern kauf dir ein hübsches Sommerkleid und andere Sachen, die du für dich selber brauchst.«

»Wo soll ich denn das hübsche, neue Sommerkleid tragen?«

Er sah ihre Wangen rot werden.

»Hier oben! In unserem Schlößchen!«

»Ich kann nicht aus dem Jeff weg und aus dem finsteren Yzollatal, und so muß ich auch diese Kleider anbehalten. Ich muß an die andern denken.«

Er kratzte sich mit dem Pinselstiel die Wange.

»Unsinn! Eines Tages hast du das alles hinter dir und beginnst ein neues Leben.«

»Ich bin in diesem Tal groß geworden«, fuhr sie fort. »Ich weiß gar nicht, wie das ist, wenn man im Tiefland oder in einer Stadt lebt. Seit ich von der Schule weg bin, muß ich Geld verdienen, und alles, was ich seither gelernt habe, habe ich von Ihnen gelernt. Und wenn ich jetzt weglaufe, sind Hanna und Niklaus und Muattr allein und hilflos. Nein, nein, daran darf ich gar nicht denken. Später vielleicht, später, wenn ich alt bin.«

»Was meinst du denn mit ‚alt‘?«

»Wenn ich so weit bin, daß ich von zu Hause weg kann. Jetzt geht es nicht.«

Ihre Stirn umwölkte sich. Er kannte ihre Sorgen, aber er wollte sich jetzt nicht damit abgeben. Er hatte keine Kräfte zu vergeuden.

»Unsinn«, wiederholte er. »Du wirst doch nicht ewig an der Via Mala bleiben. Du weißt gar nicht, was das Leben noch alles für dich vorrätig hat. Ich bitte dich nur um eines: Wenn du mich auch nur ein bißchen gern hast, heirate nie einen Mann, der körperlich nicht ganz gesund oder im Aussehen und an Verstand dir nicht ganz ebenbürtig ist. Wirf dich nicht an irgendeinen unwürdigen Lümmel weg, sonst dreh ich mich noch im Grabe um.«

»Ich denke gar nicht daran, zu heiraten.«

»Ach, das kommt schon, leider! Warte nur, bis der Teufel dich packt. Aber vergiß nicht, was ich dir gesagt habe. Es ist sehr wichtig für dich.«

Während seiner letzten Worte hatte er wieder zu arbeiten begonnen.

»So, Schatzi«, brummte er zärtlich. »Laß mich jetzt eine halbe Stunde allein. Ich will diese Nase fertigmachen. Ich komme dann gleich nach, dann wollen wir uns die hübschen kleinen Bilderchen ansehen, die ich vorigen Winter in Ägypten gemalt habe. Und so ist es schon recht!«

Mit einer fast bösen Gebärde kratzte er mit dem Daumennagel einen Farbfleck von der Leinwand ab. Mit dem gleichen Werkzeug umriß er die Konturen der Bergnase.

»Das kommt davon, wenn man in frische, junge Augen schaut, alter Sünder«, murmelte er vor sich hin. »Sie hat dich dazu verführt. Hände weg! Jetzt ist die Nase fertig.«

12

Die Militärbehörden beschlossen, die diesjährigen Manöver der Ostdivision in den Bergen von Graubünden abzuhalten. Eine feindliche Armee sollte vom Süden her die Schweiz angreifen und im Gebiet der Yzolla gepackt werden. Lange Kolonnen von Automobilen und Geschützen fuhren polternd über die Oberalpstraße aus dem Festungsgebiet im Massiv des St. Gotthard. In der entgegengesetzten Richtung marschierten Soldaten das Rheintal entlang. Automobile mit Offizieren, Signalstationen, Feldküchen, Infanteriebataillone und all das kriegerische Zubehör der Stämme der Ostschweiz geriet in Bewegung. Die schweizerische Armee machte sich mit der rotbackigen Begeisterung von Pfadfindern, die Ferien haben, an die Arbeit. Es wurde viel umhermarschiert und geheimnisvoll Stellung bezogen. Es fanden viele Stabsberatungen statt. Und die verblüffte Bevölkerung kam aus den Häusern und Hütten hervor und bewunderte die Verteidiger des Vaterlandes in ihren schlammgrünen Uniformen, wie sie durch die Straßen und über die Plätze der Gebirgsdörfer marschierten. Mit lachenden Mienen begrüßten sie die bewaffneten Fremdlinge und kicherten fröhlich auf ihre bäurische Art, wenn die aufrüttelnden Kriegs-, Freiheits-, Liebes- und Ruhmeslieder der Bataillone an ihre Ohren tönten. Ein paar Antimilitaristen, die wegen ihrer gottlosen Anschauungen im ganzen Kanton berüchtigt waren, versammelten sich in den Wirtsstuben und betrachteten mit scheelen Blicken voll Verachtung die Festgelage der Soldaten und Offiziere.

In Andruss wimmelte es von Soldaten, die Straßen waren voll von Lärm und Durcheinander. Truppen in Stahlhelmen nach deutschem Muster marschierten dröhnenden Schrittes zwischen den Häusern hindurch. Gäule tranken an den Brunnen. Eitle, rotbackige, junge Offiziere standen in kleinen Gruppen umher, ihre Blicke wanderten zu den von Geranien und Fuchsien umrankten Fenstern, um womöglich einen Blick aus hübschen Mädchenaugen zu erhaschen. Ein schwarzhaariger Oberst und ein blasser Major, der eine in seinem Privatleben Architekt, der

andere Kolonialwarenhändler, spazierten in schweren nagel-
beschlagenen Bergstiefeln, die imposanten Waden mit Ga-
maschen umwickelt, hochmütig dreinblickend wie alte Kriegs-
veteranen, durch Andruss und amüsierten sich höhnisch über
die sonntäglich blanken Röhrenstiefel der Herren Leutnants.
Auf dem Dorfplatz machte ein Kameramann aus Zürich Film-
aufnahmen. Man hörte hier alle möglichen Dialekte: Romanisch,
das wie das Lateinische klingt, das langgezogene Maienfelder
deutschen Ursprungs, das breitmäulige Zürcher Dütsch, die
nasalen Klänge aus St. Gallen und dem Churgau und die wuchtigen Kehllaute aus Uri. Graubünden allein ist schon wegen
seiner vielen Dialekte berühmt. Es gibt eine Legende, die lautet
folgendermaßen: Der Engel Logos bekam von dem Schöpfer
Säcke voll Samen und den Auftrag, in der Welt umherzufliegen
und die Samen der Sprachen in die Köpfe der Menschen zu
pflanzen. Nachdem die Samen in den Menschenhirnen Wurzeln
gefaßt hatten, fingen sie sofort zu sprießen an, und bald darauf
gab es Sprachen in Hülle und Fülle. Als der Engel Logos seine
vielen Säcke ausgeleert hatte und zu dem Schöpfer zurückkehrte, entdeckte er zu seinem Schrecken, daß er vergessen
hatte, in Graubünden Samen zu säen. Er erzählte das dem lieben
Gott, und Gott befahl ihm. über den Kanton der Gletscher die
Reste aus den verschiedenen Säcken auszustreuen. Deshalb
besitzt dieses Bergvolk so viele Sprachen und Dialekte... Am
Sonntag hatte die Schlacht noch nicht begonnen. Die Armee
war noch immer in Ruhestellung. Die Soldaten und Rekruten,
die Taschen gespickt mit Ersparnissen, elterlichen Zuschüssen
oder privatem Kapital, je nachdem, zu welcher Klasse sie gehörten, schlenderten ziellos umher. Und da sie durch ihr kriege-
risches Geschäft allzusehr in Anspruch genommen waren, um
an einen Kirchenbesuch zu denken, besetzten sie die Hotels,
Wirtshäuser, Kneipen und alle erreichbaren Stühle unter den
niedrigen Kastanienbäumen in den Biergärten. Niklaus Lauretz humpelte durch die Straßen von Andruss, sein steifes verkrümmtes Bein etwas nachschleppend. Töny Volkerts Garten
zum »Weißen Kreuz« war überfüllt. Es wurde auch nicht gekegelt. Alle Stühle und Tische hatten die Soldaten beschlag-

nahmt. Niklaus trat ein, die Hände in den Hosentaschen. Drei Handharmonikas spielten zur gleichen Zeit. An einem großen Tisch saß singend und lärmend eine Schar von Unteroffizieren. Die weißbeschürzten Aushilfskellnerinnen drängten sich mit riesigen Tabletts voll von Biergläsern und Weinkrügen durch die Menschenmenge. Wohin er auch blickte, sah Niklaus nichts als gerötete, verschwitzte Gesichter, eine dampfende und glühende Menschheit, und ein sonderbares Gefühl, ein Gefühl gleichsam der Nacktheit und Verlassenheit, überschlich seine Seele. Er schaute sich nach dem blinden Jonathan um, nach Georg und einigen andern jungen Burschen aus dem Ort, die er kannte, aber er begegnete nur fremden Gesichtern, kein Kegeln, kein Umherhocken und Schwatzen, kein Kartenspiel! Um sich zu trösten, kaufte er für dreißig Centimes ein Paket Zigarren, wechselte mit zitternden Händen Silvelies Hundertfrankenschein. Ihm war so, als habe er gar kein Recht, dermaßen viel Geld zu besitzen. Schließlich fand er einen Stuhl, bestellte ein Glas Bier und versank in stilles Grübeln. Und als er die lustigen Rekruten betrachtete, von denen manche Alpenrosen an den Mützen hatten, packte ihn ein wilder Schmerz, die innerliche Wut eines Menschen, der, ein Krüppel, verurteilt war, diesem lustigen Soldatenleben für immer fernzubleiben. Nicht aus patriotischen Gründen war ihm das so schmerzlich. Er wußte gar nicht, was Patriotismus ist. Das Vaterland hatte noch nie etwas für ihn getan. Aber er wußte, daß er hier eine Gelegenheit eingebüßt hatte, frei zu werden und den Kerker des Jeff verlassen zu können. Soldat sein war ihm immer als etwas ganz Himmlisches erschienen. Ihn hungerte nach Kameradschaft, nach dem Umgang mit jungen Burschen in seinem Alter, so wie es einen Wolf nach Fleisch hungert. Er lechzte nach ein wenig Helligkeit, nach Lachen, Sonnenschein und Liebe. Während er sein Bier trank, dachte er an all das, was ihm in seinem Leben fehlte, und seine hellblauen Augen musterten melancholisch die Kellnerin, die ihm das Bier gebracht hatte. Er begann in seiner unbewußt entschlossenen Art mit den Zähnen zu knirschen. ,Wartet nur, ihr Leute! Hier unter euch sitzt Niklaus Lauretz, der so manches Geheimnis kennt! Eines Tages wird er Millionär

79

sein, und ihr werdet alle vor ihm den Hut ziehen. Ja, wartet nur!' Und fast wollüstig atmete er den Parfümgeruch ein, den sein Kopf ausströmte. (Er hatte sich eine halbe Stunde zuvor die Haare schneiden und den Kopf waschen lassen.)
Plötzlich fiel ihm ein, daß er einige Aufträge zu erledigen hatte. Er ging die Straße entlang zu einer Villa von städtischem Aussehen, die ganz verloren in einem Garten stand. Mit einer gewissen Scheu zog er die Glocke und fragte nach dem Zahnarzt Doktor Max. Der Doktor war nicht zu Hause. Wo er denn hin sei, fragte Niklaus. Das Dienstmädchen zuckte die Achseln. Er sei, sagte Niklaus, wegen seiner Mutter, Frau Lauretz, gekommen. Er wolle wissen, ob seine Mutter am Montagnachmittag den Doktor besuchen könne. Die Frau des Arztes kam an die Tür. Niklaus, den Hut in der Hand, wiederholte sein Anliegen. Frau Doktor Max sah in dem Besuchskalender nach. Ja, am Montagnachmittag könne Frau Lauretz kommen. »Das ist morgen. Punkt drei Uhr, nicht vergessen. Mein Mann hat viel zu tun.« Niklaus zog seine schäbige, alte Geldbörse aus der Tasche. Wieviel es ausmache, fragte er. Die Frau des Zahnarztes lachte und wurde ein wenig rot.
»Oh, das wird schon mein Mann regeln. Es hängt davon ab, was bei eurer Mutter zu machen ist.«
Niklaus betrachtete die nagelneuen Schuhe und Seidenstrümpfe der jungen Frau. Ihn schwindelte ein wenig, sein Herz begann zu klopfen. Die Frau Doktor lachte gönnerhaft.
»Wir haben Vertrauen zu euch, Buab!« sagte sie. »Hoffentlich muß eure Mutter nicht zuviel leiden.«
»Es ist nicht so schlimm, Frau Doktor.«
Warum sollte er denn zugeben, daß seine Mutter Schmerzen litt?
Sie entließ ihn mit einem freundlichen Gruß. Er stieg die drei steinernen Stufen hinunter. Wie sonderbar, plötzlich Geld zu besitzen! Alles war mit einem Mal so einfach geworden! Er hinkte zu Georgs Haus, das am Rande des Dorfes stand, um Hannas Brief abzugeben. Georgs Eltern saßen Hand in Hand auf einer grünen Bank zwischen zwei Rosensträuchern, Niklaus näherte sich ihnen langsam. Er habe hier, sagte er, einen Brief

für Georg. Die alten Leute musterten ihn kritisch. Georg sei nicht zu Hause. Ob sie so freundlich sein wollten, Georg den Brief zu geben, fragte Niklaus, er sei von seiner Schwester Hanna. Sie komme Montag nach Andruss, mit Muattr, die zum Zahnarzt müsse. Über die zwei alten Bauerngesichter huschte ein verschmitztes Lächeln.

»So, so, du bist ihr Bruder? Sie ist vor ein paar Tagen hier gewesen. Georg hat sie mitgebracht.«

Niklaus riß die Augen auf. Das war damals gewesen, als Hanna erzählte, sie hätte die Nacht bei Silvelie verbracht.

»Ich weiß«, sagte er dann. Und dachte bei sich: ,Ich wußte doch, daß sie lügt.'

»Und wie geht es im Jeff?« fragte der Alte und schob seine silberne Brille hoch.

»Alles geht gut.«

»So, so. Man hört im Rat alle möglichen Sachen über deinen Vater. Seinen Nachbarn reißt langsam die Geduld. Er wird bald vor den Präsidenten zitiert werden.«

»Warum denn? Was wirft man ihm denn vor?«

»Da sind erstens die ewigen Weibergeschichten, und man hat beschlossen, eines dieser Frauenzimmer, mit dem er lebt, aus dem Kanton auszuweisen, und dann wird man ihm für zwölf Monate den Zutritt zu sämtlichen Wirtsstuben verbieten. Jawohl, jawohl. Und der Schmid aus Tavetch will eine Gläubiger-versammlung einberufen. Ja, ja, junger Mann, euch stehn schwere Zeiten bevor. Ich hab' grad vorhin mit meiner Frau darüber gesprochen, es ist wirklich schlimm, daß ihr so einen Vater habt.«

»Das ist für mich nichts Neues, Herr Pasolla, und ich hab' gar nichts dagegen, wenn man im Rat, wo Ihr Mitglied seid, über meinen Vater redet. Vor vier Jahren sind wir wegen ihm beim Präsidenten gewesen, aber der Präsident hat ihn mit einer Warnung laufen lassen. Ich weiß nicht, wie das kommt, aber der Staat greift nicht so ein, wie er eingreifen sollte. Leuten wie uns schickt man bloß Warnungen, und immerfort schnüffelt ein Inspektor in unseren privaten Angelegenheiten herum. Was können denn wir dafür, wenn unser Vater sich schlecht aufführt? Das ist eben unser Unglück. Ich will Euch bloß sagen, Herr Pasolla, daß ich das Familiengeschäft weiterführen werde, was auch kommen mag, und ich kann es schaffen. Keiner von euch wird es bereuen, wenn er ein bißchen Vertrauen zu mir hat. Vielleicht könnt Ihr im Rat ein gutes Wort für mich einlegen. Wenn Vater säuft und ein Leben wie ein Wilder führt, nein, dann darf man das nicht mir in die Schuhe schieben, und überhaupt nicht unserer Familie nachtragen. Nein, man muß gerecht sein. Jetzt dauert's noch ein paar Jahre, dann wird Georg meine Schwester Hanna heiraten wollen, und Niklaus Lauretz wird sich nicht weigern, ihnen ein Haus zu bauen und ein Auto zu kaufen. Das weiß ich schon jetzt. Ich habe große Pläne im Kopf, Herr Pasolla!«

Der alte graubündische Bauer schaute Niklaus etwas skeptisch an.

»Ich werde nicht derjenige sein, der kein gutes Wort für Euch einlegt, Niklaus. Einen Jonas Lauretz zum Vater haben, ist wirklich schlimm. Aber so ist es nun mal; ein Mensch, der weder Gottes Gesetze noch die Gesetze des Landes respektiert, ist für die andern ein schlechtes Beispiel.«

»Wir haben uns nicht an das Beispiel unseres Vaters gehalten«, sagte Niklaus.

»Nein, nein, sicher nicht. Für Euch ist das wohl eine gute Lehre gewesen. Aber es gibt noch andere Leute und vor allem junges Volk, das einen schlechten Sinn hat und gegen unser Bündner Land arbeitet. Die sind ganz anders wie wir, in jeder Weise, Sozialisten und Kommunisten, und sie gehn in die Städte und machen dort dem Staat Schwierigkeiten. Dasselbe schlimme Volk wie vor fünfzig Jahren. Damals sind sie mit ihren modernen Ideen nach Amerika ausgewandert. Ich erinnere mich noch an einige von ihnen, aber die haben längst ihr Vaterland vergessen und sind Amerikaner geworden.«

Herr Pasolla schüttelte schwerfällig den Kopf, und Niklaus setzte seinen Hut auf. Frau Pasolla schaute ihn hart und abweisend an.

»Anständige Leute wollen nicht mit einem Jonas Lauretz verwandt sein«, sagte sie. »Wir haben nichts gegen euch, aber du kannst deiner Schwester Hanna sagen, sie soll sich nicht mehr um Georg kümmern. Georg hab' ich's schon gesagt.«

»Aber ich werde ihm trotzdem den Brief geben«, sagte Georgs Vater.

»Hanna soll machen, was sie will«, sagte Niklaus. »Ich bin nicht ihr Hüter.«

Unvermittelt machte er kehrt und ging weg, mit brennenden Wangen, tief verletzt. Alle Vergnügungssucht war aus seinem Herzen verschwunden. Er humpelte die Dorfstraße entlang, die Scham verlieh seinem holprigen Gang eine absonderliche Feierlichkeit. Ab und zu blieb er stehen und schaute sich hastig um, voll Angst, er könnte zufällig seinem Vater begegnen. Schließlich kam er wie ein verirrter Hund zur »Alten Post«. Er trat durch die Hintertür in das Wirtshaus ein und blickte forschend in die schmalen, niedrigen, mit Soldaten und Zivilisten vollgepfropften Gaststuben. Dann setzte er sich hin und bestellte ein Glas Bier.

Neben ihm saßen an einem runden Tisch vier Männer, und der Zufall wollte, daß der eine von den vieren der Schullehrer Wohl und der andere Herr Schmid, Besitzer eines Holzlagers in Tavetch, war. Herr Wohl, der seit einigen Jahren dem Großrat angehörte, hielt diesen Tag für geeignet, um mit einflußreichen Bürgern zusammenzutreffen, da binnen kurzem eine Neuwahl stattfinden sollte. Die drei Herren wollten offenbar Herrn Wohl bewegen, im Großrat einen Antrag einzubringen: Schluß mit den skandalösen Zuständen im Holzgewerbe, mit dem russischen Schleuderexport und dem unredlichen Wettbewerb im eigenen Land! Niklaus achtete wenig auf die Unterhaltung der vier Herren, bis mit einem Male der Name seines Vaters fiel. Er blickte verwirrt auf. Als er seinen früheren Schullehrer sah, mit dem er sich nie sehr gut vertragen hatte, nahm er sogleich sein Glas Bier und flüchtete hinter einen riesigen Ofen, der in der Stube stand. Die Ohren gespitzt, alle Sinne gespannt, lauschte er dem Gespräch an dem runden Tisch.

»Der Präsident«, sagte Herr Schmid, »wird der Sache ein Ende machen. Wenn er mit einem Jahr davonkommt, kann er von Glück sagen. Und wie ich schon sagte, Herr Großrat Wohl, es ist für uns alle nicht gut, wenn man von Jonas Lauretz einen Voranschlag machen läßt. Ich habe mit dem Herausgeber des ‚Kurier‘ gesprochen. Er ist sehr dafür, daß endlich einmal für unser heimatliches Gewerbe anständige Bedingungen geschaffen werden. Lauretz ist ein übler Kunde. Wie kann er denn bloß zu so niedrigen Preisen kalkulieren, wie er das angekündigt hat? Er hat gar nicht die Mittel, den Auftrag auszuführen. Keinerlei Garantien. Wir sägen das Holz viel sauberer als er. Freilich, wir sind vielleicht eine halbe Stunde weiter weg von der Brücke als er, aber mit modernen Transportmitteln – «

»Ich weiß, ich weiß«, sagte Herr Wohl wohlwollend, »es freut mich sehr, daß du auf die Sache zu sprechen kommst, Herr Schmid. Ich hatte erst neulich einmal Gelegenheit, in einem ähnlichen Fall des Unterbietens mir jemanden vorzuknöpfen. Der Mann hatte der Bahngesellschaft einen Voranschlag eingereicht, der um viertausend Franken niedriger war als die nächstfolgende Offerte. Ich richtete nun die Frage an ihn, wie er denn dabei auf seine Kosten kommen wolle. Es war offensichtlich, daß er bei dem Geschäft gar nichts verdienen konnte, sondern sogar etwas hätte zuschießen müssen. ‚Ja, das weiß ich selber‘, sagte er zu mir, ‚ich muß bloß den Auftrag haben, weil ich sonst in Konkurs gehen muß.‘ Solange er beweisen konnte, daß er Aufträge bekam, konnte er Kredite aufnehmen. Natürlich ist das ein Vorgehen, das das ganze Geschäftsleben demoralisiert. Löcher aufreißen, um neue zuzustopfen!«

»Aber wie gesagt, Herr Großrat, es ist der reine Betrug. Noch ein paar Lauretze, und wir müssen alle verhungern. Nein, ich finde, eine anständige Regierung hat alles Interesse daran, diese Schwindler abzuhalftern. Und wie gesagt, man muß das dem Publikum klarmachen, und ich habe schon mit dem Herausgeber des ‚Kurier‘ gesprochen und er sagt, er würde gern aus deiner geschätzten Feder, Herr Großrat, einen Artikel über die Schmutzkonkurrenz auf dem heimischen Markt bringen. Natürlich würde der Holzhändlerverband der letzte sein, der deine Unterstützung nicht zu würdigen wüßte, Herr Großrat.«

Herr Wohl wischte sich mit einem großen Taschentuch die kahle Stirn, nahm seine goldgeränderte Brille ab, putzte sie umständlich und setzte sie dann wieder auf seine lange Nase.

»Man müßte vielleicht die öffentliche Meinung etwas aufrütteln«, sagte er nachdenklich. »,Die Totengräber des heimischen Gewerbes' oder ,Gefährliche ausländische Einflüsse in unserer Mitte'. ,Alle anständigen Unternehmer müssen in dieser Wirtschaftskrise zusammenhalten.' ,Boykottiert die Schädlinge und die Sklavenarbeitsmärkte.'«

»Es hat sich schon seit langem was für den Jonas Lauretz zusammengebraut«, sagte nun ein derber, dickbackiger Mann in Hemdsärmeln. »Der Kreis wird nicht viel verloren haben, wenn der alte Gauner für ein paar Monate ins Gefängnis wandert. Es kommt jetzt alles schön zusammen. Ich werde ihm schön einheizen. Was zum Teufel ist denn bloß seine Sägemühle wert?«

Niklaus sprang auf. Aus seinen blauen Augen schossen Blitze. Er humpelte zu dem Tisch hinüber und stellte sich vor seinen früheren Schullehrer hin.

»Was Jonas Lauretz' Sägemühle wert ist? Hat einer von euch danach gefragt? Das Brot seiner Familie ist sie wert! Ja, Herr Wohl, es ist leicht, hier mit den Feinden meines Vaters herumzusitzen und aus unserm Unglück Kapital zu schlagen. Es ist schon gut, daß ich euch reden gehört habe, meine Herren!«

Er verbeugte sich spöttisch.

»Nur her mit den Zeitungsartikeln aus Herrn Wohls geschätzter Feder!« fuhr Niklaus fort. »Ich möchte gern einmal über meinen früheren Lehrer herzlich lachen! Herzlich lachen!«

Er grinste frech.

»Ich will euch was sagen, unser Voranschlag ist ein ehrlicher Voranschlag!« sagte er ganz laut. »Ihr wollt mir doch nichts von meinem Geschäft erzählen! Und warum ist der Voranschlag ehrlich? Weil *ich* ihn gemacht habe, ich, Niklaus Lauretz, Sohn des Jonas Lauretz, des Säufers und Hurenhengstes, ich hab' den Voranschlag gemacht, und er ist ehrlich, weil bei uns nicht Tausende an Profiten verteilt werden. Ehrliche Leute werden über eine ehrliche Brücke gehen und sagen können: Die Lauretz' haben uns das Holz geliefert! Sie haben keinen Centime auf der Bank, sie sind Bettler, aber sie sind des Volkes Bettler und nicht des Volkes Profitschinder. Hol der Teufel eure Wirtschaftskrise! Ihr habt sie doch selber heraufbeschworen! Seit Jahren füllt ihr eure Taschen, und jetzt, wo das Geld nicht mehr so lustig fließen will, steckt ihr die Köpfe zusammen, um die armen Leute abzuwürgen und mit Hilfe der Gesetze an die Wand zu drücken.«

»Wer ist denn dieser rabiate junge Bengel?« fragte einer der vier, lehnte sich in seinen Stuhl zurück, und sein Kinn versank in den gewaltigen weichen Fettmassen seines Halses.

»Wer er ist?« rief Niklaus. »Wer er ist?«

Er lachte heftig, und die Leute standen von den Stühlen auf und kamen näher.

»Ich bin der Sohn des Jonas Lauretz!« fuhr Niklaus fort. »Und ihr könnt mich alle anschauen! Redet nur weiter, Herrschaften, wie vorhin, fürchtet euch nicht!«

Der Wirt packte Niklaus bei den Schultern.

»Jetzt hab' ich genug von eurer Familie«, brummte er, »deinen Vater sollte man ins Gefängnis stecken und dich dazu.«

»Ihr habt kein Recht, so etwas zu sagen! Nein!« rief Niklaus und schaute sich verzweifelt nach den Soldaten um, die mit dummen Gesichtern dastanden und zuhörten. »Das würde euch so passen, wenn man mich einsperrt, ich weiß schon! Aber mich werdet ihr nicht loswerden!«

Herr Wohl und seine Tischgefährten standen auf und schickten sich an, würdevoll das Wirtshaus zu verlassen, wie es Ratsmitgliedern und Handelsleuten geziemt, die plötzlich insultiert werden. Einige der Zuschauer begannen Niklaus zu beschimpfen. Ihre angeborene Roheit und Barbarei kam jetzt zum Vorschein. Unhöfliche und gewalttätige Launen begannen zu erwachen.

»Dein Alter soll seine Schulden bezahlen!« schrie ein wildfremder Mensch.

»Schulden?« knurrte Niklaus.

»Ja, Schulden! Seit vier Monaten ist er mir zwölf Franken schuldig!«

Niklaus zog sofort seine schwarze Lederbörse hervor.

»Da sind deine zwölf dreckigen Franken!« schrie er. »Und genug
Zeugen, die gesehen haben, daß die Schuld bezahlt ist!«
Er zählte das Geld auf den Tisch.
»Und wenn Jonas Lauretz der Mann ist, der er ist«, fuhr er fort,
»dann habt ihr ebenso viel Schuld daran wie er selber! Mehr
habe ich euch jetzt nicht zu sagen!«
Er ging hinter den Ofen und trank sein Bier aus. Nachdem er
jeden der Anwesenden mit wilden Blicken gemustert hatte,
schritt er schweißgebadet auf die Straße hinaus.
Hinkend spazierte er zu Volkerts Biergarten. Halbbetrunkene,
lustige Soldaten tanzten miteinander auf der Kegelbahn.
»Sakrament!« murmelte Niklaus. »Ich habe auch ein Recht,
mich zu amüsieren. Jetzt will ich einmal ordentlich trinken und
alles vergessen!«
Er bestellte einen halben Liter Valtelino. Sobald er ihn erhalten
hatte, bezahlte er ihn gleich, und dann goß er sich ein Glas voll
ein. Der Wein floß bläulichrot wie dunkles Blut. Und wenn er
das letzte Postauto versäumt, was liegt daran? Er wird zu Fuß
nach Hause gehn, ja, zu Fuß die vielen Stunden über die Via
Mala wandern. Bloß jetzt einmal stillsitzen, die Leute betrachten, vergessen, glücklich sein! Geistesabwesend schaute er sich
um. Lauter fremde Gesichter. Er kannte nicht eines davon.
Schnell verging die Zeit. Es wurde Abend, bevor er mit dem
Krug Wein fertig war. Unter den niedrig gestutzten Kastanienbäumen setzte die Dämmerung ein. Die Gäste begannen zu
gehen. Singend stapften die Soldaten davon. Niklaus träumte
von den Millionen, die eines Tages ihm gehören würden. Er
würde der reichste Mann im Kanton sein. Er würde die Führung
im Holzgeschäft an sich reißen. Er würde Bolbeiß und Schmid
zugrunde richten und nicht eher ruhen, als bis Schulmeister
Wohl aus dem Großrat draußen war. Er würde selber in den
Großrat kommen! Im Jeff! Dort wird er sich ein großes mo-
dernes Haus mit Türmen und einer riesigen Zugbrücke über
die Yzolla bauen. Dann wird er eine Schwebebahn bis ins Tal
hinauf bauen lassen. Unten im Tiefland wird er große Höfe besitzen. Und während er so träumte, erwachte plötzlich in seinem
Herzen ein heftiger Schmerz. Er erinnerte sich mit einem Male

an die Unterhaltung in der »Alten Post«, die seines Vaters Feinde dort miteinander geführt hatten. Nügeli aus dem Tavetch will dem Alten an den Kragen gehen und ihn aufkaufen. Bolbeiß spricht davon, daß der Alte ins Gefängnis müsse. Neue Wolken des Elends und Skandals sammelten sich über den Köpfen der Familie Lauretz. Jeder Ausweg schien versperrt, es fehlte an Geld, und nur mit Geld kann man hier auf Erden alles kaufen.

Es wurde finster, und Niklaus saß immer noch zusammengekauert auf seinem eisernen Stuhl. Ein Gefühl äußerster Hoffnungslosigkeit überwältigte ihn. Er mußte an einen gewissen Ernst denken, der mit ihm zur Schule gegangen war.[1] Eines Morgens hatte man diesen Ernst erhängt in der Scheune seines Vaters aufgefunden. Nach einiger Zeit hörte Niklaus das Klappern von Pferdehufen und das Ächzen eines Karrens, Geräusche, die ihm bekannt vorkamen. Er schaute auf die Straße hinaus und richtete sich jählings auf. Erstaunen und Angst erfüllten seine Augen, als er seinen Vater auf dem Karren sitzen sah, den schwarzen Schlapphut in den Nacken geschoben, das Säufergesicht mit einem dunkelroten Schimmer bedeckt. Niklaus sprang auf, humpelte auf die Straße hinaus und folgte dem Karren, der langsam talaufwärts fuhr. Dicht außerhalb des Dorfes holte Niklaus seinen Vater ein.

»Vattr, Vattr! Wo willst du denn hin?«

Jonas Lauretz zog die Zügel, und der Wagen blieb stehen. Er drehte sich um und schaute seinen Sohn an.

»Sakrament nonamal! Was willst du denn hier?«

Seine Stimme klang unnatürlich ruhig.

»Ich will mit dir sprechen.«

»Was machst du in Andruss?«

»Ich wollte mir die Soldaten anschauen.«

»Die Soldaten anschauen? So, so! Aha!«

Er hielt inne und musterte Niklaus mit nachdenklicher Wut.

»Und was wirst du dir nachher anschauen?« fragte er.

»Ich geh jetzt nach Hause.«

»Gehn?«

»Zu Fuß.«

»Steig auf. Ich nehm' dich bis zur Brücke mit.«

Niklaus kletterte auf den Wagen und setzte sich neben seinen Vater.

»Hüppla!« rief Lauretz, und das alte Pferd begann zu ziehen.

Beide schwiegen – lange, qualvolle Minuten lang. Schließlich konnte Niklaus das harte Schweigen nicht länger ertragen.

»Vattr, paß auf«, sagte er, »sie sind hinter dir her.«

Lauretz gab keine Antwort. Er nagte an seinem dichten schwarzen Schnurrbart.

»Hinter mir?« sagte er plötzlich. »Wer ist hinter mir her? Teufel noch mal, die ganze Welt! Und was wollen sie mir denn tun, wenn sie mich erwischen? Teufel noch mal, was können sie mir tun?« Er begann, den ganzen Kreis, den Kanton, den Himmel, den Herrgott zu verfluchen. Ein gespenstisches Zittern packte Niklaus, er wagte kein Wort mehr zu sagen. Die Straße versank in die Tiefen eines Kiefernwaldes. Die letzten schimmernden Wolken über den Zacken der Alpetta spiegelten sich in einem runden düsteren See, und das dumpfe Tosen des jungen Rheins, der sich durch sein felsiges Bett wälzte, schlug an ihr Ohr. Niklaus begann zu reden.

»Man wird dich vor den Präsidenten holen. Pasolla hat mir das gesagt. Ich weiß nicht, was man gegen dich vorbringen wird. Du wirst vielleicht ins Gefängnis müssen. Bolbeiß und Schmid fallen über dich her, wegen dem Voranschlag. Und Nügeli will uns aufkaufen.«

Er hielt inne.

»Was sollen wir bloß machen?«

Jonas Lauretz antwortete nicht. Mit finster gerunzelter Stirn betrachtete er den Schweif des Gaules. Sie kamen jetzt an eine Straßengabelung. Links lag die Via Mala, rechts die Straße nach dem Val Tavetch. Hier brachte Jonas Lauretz plötzlich den Wagen zum Stehen und stieg ab.

»Komm herunter!« sagte er mit plötzlicher Wut zu seinem Sohn, und Niklaus kletterte aus dem Wagen.

Sowie seine Füße den Boden berührten, fiel sein Vater über ihn her. Eine Flut von Schimpfworten aus dem weingeschwängerten Maul des Alten prasselte an sein Ohr.

»Die Soldaten hast du dir anschauen wollen? So? Das ist also deine Beschäftigung, wenn ich nicht zu Hause bin! Und getrunken hast du auch! Wer hat dir denn das Geld dazu gegeben, Huarabuab, heraus mit der Sprache!«

»Ich hab' kein Geld, Vattr! Ich bin den ganzen Weg zu Fuß gegangen.«

»Zu Fuß?«

Er begann seinen Sohn zu schütteln.

»'ttsdunnerwettr! Was hab' ich denn gemacht?«

»Wo du das Geld her hast, will ich wissen, du Dieb!«

»Ich bin kein Dieb. Ich wollte dich bloß warnen und dir sagen –«

»Mir einen Haufen Lügen erzählen! Jetzt bin ich dir hinter deine Schliche gekommen!«

»Ich wollte dir das mit dem Präsidenten erzählen, und was ich von den Leuten gehört habe.«

»Wo hast du das Geld her? Her damit!«

»Ich hab' kein Geld!«

»Her damit!«

»Nein! Zum Teufel noch einmal, nein!«

»Du willst nicht, so, du willst nicht!«

Lauretz versetzte seinem Sohn einen heftigen Faustschlag aufs Ohr. Niklaus sank zu Boden. Sein Vater beugte sich nieder, durchsuchte die Taschen des jungen Burschen und fand die Geldbörse. Er schaute schnell hinein, steckte sie weg, erhob sich, kletterte auf den Wagen und fuhr los. Als Niklaus wieder zur Besinnung kam, war er allein, und das warme Blut tröpfelte ihm aus dem einen Ohr. Er war noch völlig betäubt. Drohend schüttelte er die Fäuste.

»Der Teufel, der dich gemacht hat, soll mich hören! Ich schwöre, ich hol' mir mein Teil zurück, und ich werde mit deiner Seele nicht mehr Erbarmen haben als mit einem Stein! Das sag' ich, Niklaus Lauretz!«

Er setzte sich an den Straßenrand und dachte an Silvelie, an seine Mutter und den Zahnarzt.

»Nein, in dieser Welt kann es keine Gerechtigkeit geben. Nein, es ist aus, ich weiß das!«

13

Im Yzollahospiz ging es lustig zu. Offiziere der Gebirgsbrigade hatten alle verfügbaren Räume mit Beschlag belegt. Herr und Frau Gumpers wußten sich kaum noch zu helfen. Ihr Haus verwandelte sich in ein Kriegslager. Längs der Straße parkte eine Batterie Gebirgsartillerie, Motoren wurden repariert, Kühler wurden aufgefüllt und Reifen gewechselt.

»Herr Jeger! Was wollen wir bloß machen!« rief Frau Gumpers. »Alles haben sie auf den Kopf gestellt. Gib acht, Silvelie, halt die Augen offen! Paß auf, daß die Herren Offiziere alles bezahlen, was sie trinken. Und hör zu, Silvelie, wir haben vier Offiziere im Quartier. Wo wirst du denn schlafen? Du lieber Himmel! Herr Jeger!«

»Wo ich schlafen werde? Nirgends, Frau Gumpers. Ihr glaubt doch nicht, daß die Herren zu Bett gehen? Es ist schon nach zwei, um fünf Uhr beginnt der Dienst. Hört Euch das an! Wie sie dort im Stübli singen und lärmen! Gerade hat einer fünf Portionen Forellen verlangt!«

»Sind denn noch welche da?«

»Nicht eine mehr! Ich hab' im Fischtrog nachgeschaut.«

»Wir werden ihnen einen Salat machen und Bratkartoffeln mit Ei!« rief Frau Gumpers. »Ich hab' doch den Herrn gesagt, daß es keine Forellen gibt.«

«Und ich hab' ihnen gesagt, wenn sie noch Fisch haben wollen, müssen sie sich selber welche fangen«, fügte Silvelie hinzu.

Dicker Tabaksqualm hing in der Luft. Der kindische Bündnervers ertönte:

»Wibi, wabi, wupp, wupp, wupp,
Großa Mächtaga Stuck, Stuck, Stuck.«

Brüllendes Gelächter, und eine laute Stimme rief nach Silvelie. »Chum, du tonders Häxli! Du Schatz, bring dr Välteliner!«

»Ich komm' schon! Ich komm' schon!« rief Silvelie zurück.

Sie lief schnell in den Keller, um einen riesigen Krug mit Wein zu füllen. Und als der Krug gefüllt war, blickte sie auf, und ihr Herz begann heftig zu pochen. Da war er schon wieder, der

Hauptmann von Richenau, in seinen hohen Stiefeln, groß, sehr groß, den Kragen weit offen, den starken Nacken wie eine Säule auf die breiten Schultern hingepflanzt, ein breites Lächeln auf den Lippen, mit blitzenden Zähnen, ein Lachen in den grauen Augen. Aber seine Brauen und seine Stirn waren die eines Denkers und paßten ganz und gar nicht zu den gesunden, animalischen Instinkten, die den »Mann« in ihm beherrschten.

»Gehn Sie weg, gehn Sie weg!« sagte Silvelie. »Ich komm' schon mit dem Wein.«

Er stellte sich ihr in den Weg.

»Erst den Wegzoll entrichten!«

»Keinen Centime!«

»Hier ist militärisches Gebiet.«

»Ihr, ihr Kindsköpfe! Ich kenn' Euch schon! Herr Jeger! Lassen Sie mich vorbei. Hören Sie doch, wie Ihre Freunde nach Wein schreien! Man könnte meinen, sie sind am Verdursten!«

Er schaute sie ernst an.

»Erst den Wegzoll entrichten!«

»Frauen und Kinder brauchen nichts zu zahlen.«

»So?«

Seine Augen leuchteten auf. Ihre Brust wogte heftig. Sie rang nach Atem.

»Einen Kuß, Fräulein!« bat er. »Denken Sie nicht schlimm von mir. Nur einen Kuß, gerade weil ich nicht soll!«

Er nahm sie in die Arme, hob sie hoch, küßte ihre Lippen. Ihr war, als müsse sie ohnmächtig werden. Er küßte sie auf die Augen, auf das Kinn, auf den Hals und stellte sie dann wieder hin.

»Wenn Sie das noch einmal machen, schreibe ich an Ihre Mutter!« Aber das Blut jagte so ungestüm durch ihre Adern, daß sie fast umgesunken wäre.

»Und jetzt trage *ich* den Krug«, sagte er und nahm ihr den Krug aus der Hand. »Kommen Sie!«

Sie folgte ihm. Er mußte sich bücken, um durch die Tür in die holzgetäfelte Gaststube zu kommen. Seine Kameraden empfingen ihn mit lautem Hurra. Er befahl Schweigen. »Schaut euch dieses kleine Edelweiß an!« Und er zeigte auf Silvelie.

»Wer will noch behaupten, daß es im Lande der Gemsen keine hübschen Mädchen gibt? Drei Hurras für das Fräulein!«
Aus vollem Herzen und aus voller Kehle erschollen die drei Hurras.
»Morgen fängt unser Krieg an!«
»Heute! Heute!« verbesserte ihn ein Chorus von Stimmen.
»Richtig! Ich hatte es ganz vergessen. Heute! In ein paar Stunden. Wer ist dafür, daß wir sie mitnehmen? Sie kann auf einer Haubitze fahren, und wir setzen ihr einen Kranz von Alpenrosen auf!«

> »Wibi, wabi, wupp, wupp, wupp,
> Großa Mächtaga Stuck, Stuck, Stuck!«

brüllte der Chor.
Hauptmann von Richenau reichte mit würdevoller Geste Silvelie den großen Weinkrug.
»Leider geht es nicht«, sagte er freundlich. »Füllen Sie mit Ihren schönen Händen unsere Gläser, dann wollen wir auf Ihre Gesundheit trinken.«
Draußen setzte ein heftiges Getöse ein. Eine schwere Geschützbatterie war eben angekommen. Die Offiziere standen auf und versammelten sich im Torweg. Die Scheinwerfer und Laternen einer Automobilkolonne hatten die Nacht in einen künstlichen Tag verwandelt. Ein großes Auto kam auf der Yzollastraße herangebraust. Als Hauptmann von Richenau und seine Kameraden das Hupensignal des Obersten hörten, knöpften sie ihre Kragen zu und strichen sich die Waffenröcke glatt.
Silvelie verließ das Haus durch eine Seitentür, um sich die neuen Gäste anzuschauen. Plötzlich sah sie ihren Bruder Niklaus auf sich zukommen. Er war ganz außer Atem.
»Ich muß mit dir sprechen.«
Erschrocken rief sie seinen Namen.
»Jeses, wie du aussiehst!«
»Ich muß mit dir sprechen.« Und er packte sie beim Arm.
»Ich komme aus Andruss. Die Soldaten haben mich auf einem Auto mitgenommen.«
Er drückte ein blutdurchtränktes Taschentuch an das eine Ohr.

»Auf dieser Seite hör' ich einfach gar nichts mehr!« sagte er.
»Was ist denn passiert?«
»Der Alte!«
»Was hat er dir denn getan?«
Niklaus berichtete mit hastiger Stimme von seinem Abenteuer.
»Aber warum bist du ihm denn nachgegangen?«
»Ich wollte ihn warnen und ihm sagen, daß ich mich um das Geschäft kümmern werde, wenn sie ihn ins Gefängnis stecken. Und dann, Silvelie, hat er mir die Börse mit dem ganzen Geld weggenommen, das du Hanna geschickt hast. Ich habe nämlich in Andruss wechseln lassen. Für mich hab' ich bloß drei Franken und fünfundsechzig Centimes ausgegeben. Ich hab' mir die Haare schneiden lassen, dann hab' ich mir ein Päckchen Stumpen, ein bißchen Bier und eine halbe Maß Valtelino gekauft, sonst nichts. Das andere hat er mir alles weggenommen, der Hund!«
Niklaus lehnte sich an die Hauswand und fing zu schluchzen an.
»Eine Schande!« sagte sie. »Sie sollten ihn wirklich für einige Zeit ins Gefängnis stecken.«
Sie umarmte ihren Bruder, seine Tränen fielen wie Tropfen geschmolzenen Bleis auf ihren Hals.
»Und Muattr sollte morgen um zwei mit dem Auto zum Zahnarzt fahren, und jetzt haben wir kein Geld.«
Seine gequälte Stimme ging ihr tief zu Herzen.
»Hol's der Teufel, ich glaube, auf dem einen Ohr bin ich jetzt taub. Das auch noch!«
»Nicht weinen, Niklaus«, sagte Silvelie leise. »Ich muß jetzt wieder arbeiten gehn. Jeses, hör nur, Frau Gumpers ruft schon nach mir. Aber wart ein Weilchen. Ich hol' dir was zu essen. Du mußt halt bei den Kühen im Stall schlafen. Ich will mir das alles noch einmal überlegen. Ja, um zehn fährt ein Postauto. Vielleicht kann ich bis dahin etwas Geld auftreiben.«

14

Kurz vor Tagesanbruch kam Silvelie aus dem Stall. Sie hatte die restlichen Stunden der Nacht dort zusammen mit ihrem Bruder verbracht.

Noch war sie ganz verschlafen, sie rieb sich die Augen, und dann sah sie am Brunnen eine Reihe von Soldaten stehen, die, mit entblößtem Oberkörper und baumelnden Hosenträgern, unter lautem Gebrüll ihre Morgentoilette besorgten. In dem Feldlager neben dem Hospiz herrschte bereits ein geschäftiges Treiben. Silvelie schlüpfte an den Soldaten vorbei, die sie mit Wasser bespritzten, zwängte sich zwischen den Geschützen hindurch und überquerte dann auf ein paar Holzplanken, die als Brücke dienten, die Yzolla. Die Morgenluft war kalt und frisch. Vor dem wäßriggrünen östlichen Himmel zeichneten sich wie eine schwarze Mauer die Kanten der Pics ab, täuschend nah und unermeßlich hoch. Sie folgte dem kleinen Pfad, der über die taubedeckten Wiesen zu dem Schlößchen hinaufführte. ‚Was wird Meister Lauters sagen, wenn ich ihm das erzähle? Was wird er tun?' überlegte sie im Gehen. Ganz allmählich trat der Tag seine Herrschaft an. Aus dem düstern Zwielicht sonderten sich Farben ab. Schatten verschwanden wie durch Zauberei, die Unebenheiten des Bodens wurden sichtbar. Silvelie betrachtete diese Erscheinungen der Natur, die sie gelernt hatte, mit ihrem eigenen Wesen, mit ihren Augen, mit ihren Nerven, ihrem Hirn zu verbinden, und dann blickte sie zum Himmel auf. Die Sterne verblaßten und wurden allmählich ausgelöscht. Und sie hatte das Gefühl, als reiße sich etwas in ihrem Inneren los, verlasse ihren Körper und schwebe fernhin in die Regionen über ihr davon. Es packte sie ein dunkles Ahnen, daß nicht nur sie, sondern auch alle andern Dinge auf Erden, alles Lebende und alles Tote nicht nur dieser Welt allein gehörten, sondern auf eine geheimnisvolle Weise mit der allumfassenden Unendlichkeit verknüpft seien, daß alles seine Rolle in einem ungeheuren Mechanismus zu spielen habe...

Als sie in die Nähe des Schlößchens kam, war es noch früh am Tage, und sie wußte, daß Herr Lauters noch schlief. Sie setzte sich daher auf die steinernen Türfliesen und schaute zu, wie der Himmel immer heller und farbiger wurde. Wieder überfiel sie das Leid des Lebens, wie ein Zahnschmerz den Leidenden überfällt. Dieses nie endende, verwirrende Leben! Warum all diese Grausamkeiten, diese sinnlose Betrunkenheit, dieser ewige Alpdruck der Angst? War das notwendig? Wer hatte befohlen, daß sie und ihre Angehörigen in einer finsteren Sägemühle hausen mußten, in Dunkelheit und Feuchtigkeit, wie nur Frösche und Kröten sie ertragen können? Warum diese unbarmherzige Brutalität, diese unsinnige niedrige Gier? Warum mußte Blut fließen, warum mußten Menschen leiden? Warum, um Himmels willen, war sie denn überhaupt zur Welt gekommen, um ein solches Leben zu führen? Die Welt schien so gut und so groß, alles schien so friedlich, sie aber mußte hier sitzen, in der kalten Dämmerung, die Seele von Kummer erfüllt, erbittert und zutiefst empört. ,Ich glaube nicht, daß das lange so weitergehen kann', sagte sie bei sich.

Unterdessen ging über dem zackigen Gipfel des Valatch die Sonne auf und überflutete die Bergwelt mit ihrem Licht und einer schnellen lauen Wärme. Tiefblaue und violette Schatten wichen in die Täler zurück. Schließlich wurden die Läden vor dem großen Zimmer im oberen Stockwerk geöffnet, und Herr Lauters trat nackt auf den Balkon heraus. Er begann, seinen ausgemergelten Körper zu verrenken, machte Rumpfbeugungen, streckte sich, turnte mit Armen und Beinen und stieß ab und zu einen Schmerzensruf aus. Dennoch schien ihm diese Folter Spaß zu machen, aber er hatte bald genug davon und begann in tiefen Zügen mit langgezogenen Seufzern die Bergluft einzuatmen. Das war seine indische Art zu atmen, sich mit Prana vollzupumpen. Zwei Minuten später kehrte er in sein Zimmer zurück. Wasser plätscherte in die Badewanne. Dann hörte man ihn in das Bad springen und gleich darauf wieder herausspringen, so ungestüm, daß das ganze Schlößchen erzitterte. Die Berührung mit dem kalten Wasser ließ ihn vor Schmerz aufschreien, als ob er in die Gewalt eines mittelalterlichen Folterknechtes geraten wäre.

Silvelie wußte, daß er sich jetzt bald anziehen würde. Sie wartete geduldig und lauschte mit liebevollem Mitleid seinen Seufzern schmerzlichen Entzückens. ‚Wenn er bloß fünfzig Jahre jünger wäre! Daß er in seinem Alter noch kalt badet!' Nach und nach öffneten sich auch vor den anderen Fenstern die hölzernen Läden. Der Maestro setzte seine Atemübungen fort; es sah aus, als seufze er der Natur nach allen Seiten hin einen Morgengruß entgegen. Schließlich hörte er auf und spazierte feierlich auf dem Balkon auf und ab, alle möglichen sinnlosen Verse vor sich hinsummend, die er im Augenblick improvisierte. Nach einiger Zeit hörte Silvelie ihn in das große Zimmer zurückkehren und eine Schublade öffnen. Sie stand auf, trat ein paar Schritte zurück und rief seinen Namen. Er kam sogleich auf den Balkon heraus, bekleidet mit einer zerrissenen alten Flanellhose, einer hellbraunen Wolljacke und einem riesigen braunen Tuch um den Hals.

»Ach, du bist es!« Er strich sich energisch mit beiden Händen über das silberweiße Haar. »Das ist aber nett von dir, daß du schon so früh kommst!«

»Ich wollte nicht stören«, sagte sie.

»Stören? Unsinn! Ich habe heute früh von dir geträumt. Einen ganz sonderbaren Traum. Du standest auf einem schwarzseidenen Kissen und hattest nicht mehr an als Susanna im Bade. Alle möglichen Leute waren um dich versammelt. Ein Doktor schaute deinen Arm an und bewegte ihn auf und nieder wie den Schwengel einer Dorfpumpe. Ein anderer machte eine Röntgenaufnahme von dir. Ein Pariser Schneider war damit beschäftigt, dir Maß zu nehmen. Ein Friseur machte dir die Haare zurecht. Zwei Manikuredamen waren auch da, die eine polierte dir die Fingernägel, die andere die Fußnägel. Ein Photograph wollte dich photographieren. Ein Maler benützte dich als Modell. Und grade, als mich die Sache ernsthaft zu interessieren begann, wachte ich auf... Du siehst heute ein bißchen blaß aus. Es ist etwas passiert. Warte einen Augenblick. Ich mach dir die Tür auf.«

Einen Augenblick später holte er Silvelie ins Haus herein. »Ich muß heute ins Jeff hinunter«, sagte sie, »deshalb will ich gleich mit dem Aufräumen anfangen.«

Er achtete gar nicht auf ihre ernste Miene.

»Unsinn! Wir stellen jetzt den Tisch auf den Balkon und frühstücken zusammen. In der großen Thermosflasche ist heißer Milchkaffee. Dann schauen wir uns die Sonne an. Ach, wenn nur dieses Wetter anhält!«

Er nahm Silvelie um die Hüften und ging mit ihr die Treppe hinauf.

»Ich weiß, ich weiß«, sagte er zärtlich, »es ist wieder etwas passiert. Wir werden uns dann gleich darüber unterhalten. Komm jetzt und hilf mir den Tisch auf den Balkon stellen.«

Sie befanden sich in einem großen schönen Raum, der fast den ganzen unteren Teil des Schlößchens einnahm. Hinter einem alten spanischen Wandschirm stand ein Schlafdiwan. Der Boden war mit kostbaren orientalischen Teppichen bedeckt. Ein schöner holländischer Schrank stand an der Wand, einige wunderbare florentinische Stühle und Tischchen vervollständigten die Einrichtung, und auf mehreren Staffeleien waren Matthias Lauters' letzte Bilder – teils vollendet, teils eben erst begonnen – zur Schau gestellt. Ihre strenge und leuchtende Schönheit kontrastierte seltsam mit der gedämpften Milde einiger alter Meister und mit den vielen Zeichnungen und Radierungen, die jedes Fleckchen Wand bedeckten. Aber trotz all dieser luxuriösen Gegenstände fehlte hier völlig jene träge und wollüstige Atmosphäre, die man zuweilen in den Ateliers »erfolgreicher« Maler antrifft. Es herrschte in dem Raum ein ernster Geist, ein Geist der Arbeit und Besinnlichkeit, und die Hunderte schön gebundener, auf den Regalen und in hohen Stapeln auf den Tischen aufgehäufter Bücher zeigten, daß Herr Lauters in seinem bergigen Schlupfwinkel keineswegs so einsam war, wie man hätte annehmen können.

»Und jetzt«, sagte er, nachdem Silvelie auf dem Balkon einen kleinen Frühstückstisch hergerichtet hatte, »jetzt werde ich dir das Haar frisieren.«

Er näherte sich ihr mit Kamm und Bürste.

»Kein Sträuben! Ich bin der beste Friseur der Welt. Puh, du riechst nach Stall.«

»Ich habe im Stall geschlafen.«

»Oft genug in meinem Leben habe ich in Ställen geschlafen! Nun, Kühe sind freundliche Tiere. Lieber bin ich unter einer Schar von Kühen als an einem heißen Tag in einer Ausstellung unter einer Schar von Menschen.«

Er kämmte ihr das Haar aus der Stirne.

»Es ist eine wahre Tragödie, daß die Menschen Kleider tragen. Wenn die Leute im Sommer nackt umherliefen, würden alle ihre Laster und häßlichen Leidenschaften, die sich zwischen den vier Wänden angehäuft haben, im Sonnenschein verdunsten. Du hast reizendes Haar, Schatzi, wie Honig, mit goldenen Streifen, wellig und weich! Siehst du, so mußt du dir das Haar frisieren, so, wie ich es dir jetzt zeige. Wellig, zurückgekämmt, und immer die Stirn und die Ohren frei lassen! Botticelli, nein, Böcklin. Dann machst du dir auf dem Hinterkopf einen Knoten. Warte einen Augenblick, ich habe Haarnadeln da. Ja, in meinem Laden ist alles vorhanden. Und so hübsche rosige Ohren! Eine Schande, sie zu verstecken. Diese Linie vom Ohr zum Kinn muß gut herauskommen.«

Er tätschelte ihre Wangen.

»Heute finde ich dich bezaubernd. Deine Brauen sehen aus, als ob Sargent sie in einem Augenblick höchster Eingebung hingepinselt hätte. Wenn du dir jemals die Brauen ausrupfst, dreh ich mich im Grabe um.«

Er fuhr in seiner Beschäftigung fort, bis er zufrieden war.

»So!« sagte er. »Und jetzt mußt du deine Blätze ausziehen. Weg mit diesem harten, engen, schwarzen Leibchen und diesem frommen, dicken Bauernkittel. Ich bringe dir einen Schal. Graublau, mit Gold durchwirkt. Wart einen Augenblick! Ich hab' hier eine Unmenge Zeug.«

Er öffnete eine große Schublade voll köstlicher Seidenstoffe, Schals und Stickereien.

»Mein ganzes Leben lang habe ich diese schönen Sachen gesammelt. Warum schaust du denn in den Spiegel? Hast du dich noch nie gesehen? Es ist schon richtig so, glaub mir! Ich weiß schon, was schön ist. Hier, siehst du, das ist der Schal! Zieh diese schrecklichen, plumpen Bauernkleider aus! Ja, du mußt wirklich ab und zu an deine Kleidung denken. Einer Frau darf es nicht gleichgültig sein, wie sie angezogen ist. Ich werde für dich ein paar Sachen aus Zürich kommen lassen. Ja, mein Vögelchen, ich werde mich um deine Garderobe kümmern. Es ist ja ganz schön, wenn man den Geist pflegt und muntere Gespräche über das Leben führt, aber es gibt doch noch so etwas wie Stil, und paß auf, ich finde einen Stil für dich. Deinen Stil. Du wirst schon sehen, was für eine große Rolle die Kleidung im Leben einer Frau spielt. Zu dem Zauber der Frau gehört auch die Kleidung. Du wirst schon noch dahinterkommen! Ich versteh es durchaus, wenn eine Frau hungert, um das Geld für schöne Kleider zu sparen. Für eine Frau hat das Anziehen und Ausziehen einen fast qualvollen Reiz. Langsam anziehen, schnell ausziehen.«

Silvelie knöpfte Rock und Mieder auf und zog sich aus, während Matthias Lauters wegschaute. Dann legte sie Schuhe und Strümpfe ab und stand in einem einfachen, aber sauberen weißen Baumwollhemd vor dem Maler. Er hüllte sie mit geschickter Hand in einen großen persischen Schal, trat zurück und musterte sie kritisch.

»Tusig Donnerwetter!« rief er aus. »Die Lieblingsfrau des Paschas.« Er lachte.

»Jetzt schau dich an! Ein Schlager! Nicht zu überbieten! So werde ich dich malen. Ich weiß hier ganz in der Nähe einen schönen Winkel, im Hintergrund der Himmel und die Bergwildnis. Ich werde dich in lodernde Flammen einhüllen! Du sagst nicht nein, Silvelie, nicht wahr? Nein, nein, nein! Du sollst über der Erde schweben, hart und furchteinflößend, das Haupt in den höchsten Wolken! Ich bin halb verrückt. Bete zu Gott, daß ich noch lange genug lebe, um das zu schaffen!«

Er wandte sich ab und deutete mit einer fast finsteren Gebärde nach der Terrasse.

»Frühstück, Silvelie!«

»Es ist der Sinn des Lebens«, sagte er dann, als sie einander gegenübersaßen, »die wahre Freude des Lebens, mit jedem Tag ein neues Leben anzufangen und den Schlaf als ein Training gegen den unvermeidlichen Verfall des Körpers zu betrachten.« Seine breite Stirn runzelte sich nachdenklich.

»Du machst mir Sorgen«, fuhr er fort. »Ich will heute nicht egoistisch sein. Ich will dich heute einmal auffordern, mir alles zu erzählen. Du sollst nichts verschweigen. Ich weiß, daß du Kummer hast.«

Sie blickte zu Boden.

»Es ist schwer, so schwer.«

»Dann mach es nicht noch schwerer.«

»Es handelt sich um meine Angehörigen.«

»Erzähl mir alles.«

»Sie werden empört sein.«

»Unsinn! Und wenn alle deine Angehörigen Säufer und Mörder sind, wird mich auch das nicht empören.«

»So schlimm ist es nicht.«

»Ich weiß schon, es handelt sich nur um deinen Vater, nicht?«

»Nur! Ich kann Ihnen ja gar nicht sagen, wie schwer das für uns ist, und in der letzten Zeit ist es mit ihm noch schlimmer geworden.«

»Erzähl mir alles.«

»Soll ich?«

Sie erzählte ihm alles, was geschehen war, und er betrachtete unterdessen ihre hellen Augen, in denen die Sonne sich spiegelte, und den silbrigen Tau auf ihren Wimpern. Wie aus weiter Ferne wehte ihr Bericht an sein Ohr, eine der vielen Elendsgeschichten, die er in seinem Leben hatte anhören müssen. Aber es war seine Gewohnheit, sich das Leben vom Leibe zu halten. Sein eigenes Dasein war längst allem Stofflichen entrückt, seine Augen konnten nicht mehr weinen. Angriffe auf seinen Stolz, unfreundliche Kritik, unverdiente Beschimpfungen, Geringschätzung und Spott ließen ihn kalt. Silvelie hielt in ihrem Bericht inne und schaute ihn an.

»Weiter! Weiter! Ich höre schon.«

Und während sie erzählte, blickte er auf das leiderfüllte Leben seiner kleinen Freundin hinab, wie ein Adler auf die Erde hinabblickt, deren Maße er nicht nach dem Zoll, sondern nach der Meile mißt. Und er sah, daß Silvelie nicht immer dieses elende Leben würde führen müssen, sondern daß sie diese düstere Phase durchschreiten und ihre jetzigen Sorgen weit hinter sich lassen würde, freilich nicht, ohne unterwegs neuen Sorgen zu begegnen. Ihm kam es gar nicht so sonderbar vor, daß jemand einen trunksüchtigen Vater hatte, der seine Familie umherstieß und seinen Sohn hinters Ohr schlug, um ihm das Geld aus der Tasche zu stehlen. Er fand es gar nicht so wunderlich, daß ein Mann seine Schulden nicht bezahlte, sondern sein ganzes Geld für die Befriedigung seiner Gelüste und Laster verschwendete. Es war nichts Ungewöhnliches, daß solch ein Mensch mit seinen Mitmenschen in Konflikte geriet. Hinter allem menschlichen Leid türmen sich Berge von Unwissenheit, riesige schwarze Wolken falschen Denkens, gespenstische Schwäche des Fleisches. ,Das alles muß sein', sagte er bei sich, ,und jeder von uns muß allein seinen Weg gehen.' Wenn Lauters' Augen jetzt voller Mitleid waren, dann war nicht Silvelies Jammer, sondern ihre Schönheit daran schuld, und während sie von den Zahnschmerzen ihrer Mutter, von Not, Angst und Entsetzen erzählte, kniff er die Augen zu, betrachtete den metallischen Schimmer des jungfräulich flaumigen Haares auf ihrem Halse und auf ihren Wangen dicht unter den Ohren und verglich ihn mit dem samtenen Glanz des Edelweiß.

»Das alles läßt sich nicht ändern«, sagte er fast brutal, als sie mit ihrer Erzählung fertig war. »Was das Geld betrifft, mein Vögelchen, so mußt du es dir selber holen. Du findest es in einer der Schubladen im Badezimmer. Ich weiß nicht, wieviel da ist. Nimm, was du brauchst. Laß mir nur auch ein bißchen übrig. Und dann mußt du für mich an die Bank schreiben, sie soll Geld schicken. Ich kann keine Briefe schreiben, mich langweilt das zu Tode.«

Sie starrte ihn an wie ein schönes, verwundetes Tier.

»Ich bin dir gar nicht böse«, sagte er lächelnd. »Darf ich denn über mein Geld nicht verfügen, wie es mir paßt? Also! Geh jetzt ins Badezimmer und hol dir, was du brauchst. Ich werde keine Fragen an dich richten und überhaupt nicht mehr daran denken. Außerdem ist es eigentlich dein Geld. Siehst du deinen Kopf da drin, den ich voriges Jahr gemalt habe? Ich habe ihn kopiert und die Kopie für sehr viel Geld verkauft. Aber ich hätte ihn nicht kopiert und nicht verkauft, wenn mich nicht ein lieber alter Freund in Rom darum gebeten hätte. Er hat mich vor Jahren einmal durchgefüttert wie einen Hund, weißt du, als ich nichts zu essen und nicht einmal ein Bett hatte. Er ist schon fast neunzig und will nicht sterben. Jeden Abend ißt er einen Hummer und trinkt Kübel voll Champagner.«

Er schaute Silvelie fest in die Augen. In seinem Blick lag ein Befehl.

»Geh jetzt und hol dir das Geld«, brummte er, »du tust mir einen Gefallen damit.«

Silvelie stand auf. Sie ging durch das große Zimmer ins Badezimmer und öffnete mit zitternder Hand eine Schublade: Weiche Kragen, Krawatten, Kragenknöpfe, Seife, Hosenträger, ganze Stöße ungeöffneter Briefe und Zeitungen. Sie machte die Lade schnell wieder zu und öffnete die nächste. Pinsel, ausgequetschte Farbtuben, Schnürsenkel, kleine Ölfläschchen und abermals Briefe. Sie öffnete eine dritte Schublade, die angefüllt war mit Bindfadenenden, Korken, kleinen Porzellantöpfen, Zigaretten, Streichhölzern, alten Taschenmessern, italienischen, schweizerischen, griechischen und ägyptischen Münzen, Werkzeugen jeglicher Art – ein wahres Jungenparadies. Und inmitten dieses Wustes lagen schweizerische Banknoten, etliche wie gebrauchte Handtücher zusammengeknäuelt, andere wieder sorgsam zusammengefaltet, spröde und glatt, offenbar frisch aus der Bank, in eine alte schweinslederne Brieftasche gestopft. So viel Geld! Sie dachte einen Augenblick nach, dann nahm sie dreihundert Franken. Ja, das genügte. Damit würden sie über ihre jetzigen Schwierigkeiten hinwegkommen können. Sie kehrte auf den Balkon zurück.

»Ich habe dreihundert Franken genommen«, sagte sie fast feierlich.

»Bist eine dumme Gans!« sagte Lauters, stand schnell auf, ging ins Badezimmer und kam gleich wieder zurück.

»Da, nimm! Was nützen dir denn dreihundert Franken? Zähl nicht lange, nimm!«

Er stopfte ihr die Banknoten den Rücken hinunter, soweit er mit dem Arm langen konnte.

Silvelie beugte sich über den Tisch und begann zu weinen.

»Ihr Weiber, ihr Weiber!« rief er. »Wann werdet ihr lernen, vernünftig zu sein?«

»Aber ich kann nichts dafür!« schluchzte sie.

»Es ist doch lauter Dreck!« fuhr er wütend fort. »Und da fängt sie zu weinen an! Wie willst du denn ohne Geld aus der Schweinerei herauskommen?«

»Ich weine ja nicht deshalb!«

»Weshalb denn, um Gottes willen?«

»Oh, ich weiß nicht.«

»Du müßtest es aber wissen«, sagte er. »Und hör jetzt auf!«

In diesem Augenblick ertönte ein heftiger Knall. Die Berge schienen zu erzittern, und ein dröhnendes Echo sprang von den glitzernden Höhen zurück. Fast unmittelbar darauf erfolgte eine zweite Explosion und dann eine dritte.

»Was zum Teufel ist denn das?« rief Matthias Lauters entsetzt.

Silvelie sprang auf.

»Die Manöver!«

»Manöver? Was für Manöver?«

Abermals ballerten die Geschütze.

»Die Gebirgsbrigade«, sagte Silvelie.

»Die Gebirgsbrigade? Das hat mir noch gefehlt. Jetzt kommen sie sogar bis hierher, diese Kindsköpfe, und stören mich mit ihrem Lärm!«

Er erhob sich und ging auf und ab.

»Es ist wahr«, murmelte er, »man muß mit den Menschen Geduld haben. Täglich sterben sie zu Hunderttausenden. Jeden Tag verschwindet gleichsam eine richtige Großstadt vom Antlitz der Erde. Aber die Menschheit muß immer noch nachhelfen und hört nicht auf, ihre Geschichte mit Dreck und Blut zu schreiben. Dummköpfe! Es ist alles so unnötig!«

»Die Manöver werden nicht lange dauern«, sagte Silvelie, »bloß zwei Tage.«

Jedesmal, wenn eine Kanone losging, lief es Lauters kalt über den Rücken. Er rannte ins Badezimmer und stopfte sich Watte in die Ohren.

»Lärm, Lärm, Lärm!« rief er. »Eine Unmasse Lärm, und das

nennen diese Kindsköpfe Zivilisation! Wohin soll man denn flüchten? Die ganze Welt ist ein Irrenhaus!«

Silvelie räumte den Frühstückstisch ab. Dann zog sie den Schal aus, faltete ihn sauber zusammen und legte ihn wieder in die Schublade. Dann machte sie das Bett des Malers, brachte sein Zimmer in Ordnung und wusch in der Küche die Tassen und Teller ab. Das Geld, das ihr Lauters in den Rücken geschoben hatte, war zu Boden gefallen. Jetzt hob sie es auf und zählte nach.

»Aber das sind ja neunhundert Franken!« stieß sie hervor.

»Geh und gib sie aus!« sagte er. »Versprich mir, daß du dir ein hübsches Sommerkleid kaufst und diese Lumpen ablegst!«

»Ja, das werde ich tun, danke schön.«

»Du gehörst nicht zu den kleinen Leutchen, die in Lumpen poetisch aussehen. Du hast zuviel hier oben!«

Er klopfte sich an die Stirn, und dann beobachtete er tief interessiert ihre Bewegungen, während sie den alten schwarzen Rock über den Kopf zog.

»Ein anständiger Doktor hätte dir längst schon den Arm ausheilen können.« (Sie hatte ihm erzählt, daß sie sich den Arm auf der Schule gebrochen habe.)

»Ein Doktor!« seufzte sie. »Im Jeff gibt es nur einen Arzt, die Natur.«

Abermals donnerten die Geschütze. Man hörte Granaten durch die Luft sausen. Matthias Lauters trat auf den Balkon hinaus und starrte wütend die Berge an. Seiner Überzeugung nach brauchte die Welt Wundbalsam und nicht Geschützfeuer. Der Künstler in ihm empörte sich. Silvelie stellte sich neben ihn hin und legte ihm die Hand auf die Schulter.

»In alten Zeiten hatte man Kampfwagen mit Sicheln an den Rädern. Heute hat man Tanks. Früher begnügte man sich mit Galeeren, die einander rammten, heute feuert man Torpedos ab und sprengt aus kilometerweiter Entfernung schwimmende Festungen in die Luft. Die Griechen und Römer kämpften wie anständige Menschen, heute schießen Feiglinge aufeinander, ohne auch nur zu sehen, auf wen sie schießen. Früher einmal hat man siedendes Öl von der Stadtmauer hinuntergeschüttet, heute besitzt man Gasbomben. Früher einmal trug man eiserne

Rüstungen, heute hängt man sich eine Gasmaske vors Gesicht. Lang lebe das Vaterland! Diese Menschen wissen nicht, was sie tun! Sie haben das Gestern scheinbar ganz vergessen. Immer noch lassen sie sich von ihren Priestern segnen und von politischen alten Weibern führen. Ich bin froh, daß ich bald verschwinde, und mich wundert nur, wie ich so alt werden konnte, ohne daß man mich umgebracht hat.«

Das Geballer einer Gebirgsbatterie begleitete seine Worte.

»Die Feinde der Kunst!« rief er. »Mir wäre es ja ganz gleich, was sie machen, wenn sie mich nur nicht bei der Arbeit stören wollten!«

15

Seit vielen Jahren schon saß Doktor Johannes Bonatsch auf dem Präsidentenstuhl des Kreises Andruss. Er wohnte mit seiner Familie in einem steinernen Haus von städtischem Aussehen, das gewichtig und vornehm zwischen den kleinen hölzernen Gebäuden des Dorfes thronte. Schwere Eisengitter sicherten die unteren Fenster gegen Einbrecher, und über den zwei protzigen Pfeilern an der Eingangstür hing in einer Glasvitrine ein Bildnis der Immaculata. Ein unbekannter Künstler hatte sie gemalt, sie mit Wölkchen und kleinen tanzenden Engeln umgeben, und sie die Blicke niederschlagen lassen in züchtigem Entsetzen über das, was die Engel ihr verkündeten.

Jetzt schien diese Unberührte Liebe Frau unablässig die Türstufe am Hause des Kreispräsidenten zu betrachten, und da man sich in einem römisch-katholischen Lande befand, war es nicht verwunderlich, daß so mancher Dorfbewohner, der vorüberkam, ehrfürchtig zu ihr aufblickte und sich bekreuzigte. Der Herr Beamte beobachtete manchmal hinter zugezogenem Vorhang die Passanten und belächelte ihre frommen Gebärden, denn er war in mancher Hinsicht ein Skeptiker, und wenn er die Idole und unveränderlichen Dogmen der heiligen Kirche respektierte, so respektierte er ebensosehr die Gesetze des Staates.

Doktor Bonatsch besaß alle die Eigenschaften, die ein bewundernswürdiger Bürger zu besitzen hat. Von bescheidenen Sitten, den Interessen der Bevölkerung, die er im Rate vertrat, treu ergeben, ein ausgezeichneter Gatte und Vater und weit freigebiger, als von einem Angehörigen einer von Natur aus habsüchtigen und geldgierigen Bevölkerung zu erwarten war—kein Wunder, daß jedermann ihn schätzte. Wenn man zuweilen auch die weniger schönen Seiten seines Charakters zu spüren bekam, und wenn er in der Regel seine Mitbürger ein wenig von oben herab behandelte und sich Vollmachten anmaßte, die nach Gesetz und Recht nicht ganz in seiner Kompetenz lagen, war auch das nicht verwunderlich, denn er war einen Meter achtzig groß, riesig breit in den Schultern und trug einen dicken, tonnenförmigen Bauch vor sich her. Über dem Bauch hing in einem Halbkreis von der einen Westentasche zur anderen eine schwere goldene Uhrkette. Sein Kopf wurde durch einen dichten dunklen Haarwuchs verschönt, an den Schläfen färbten sich die Haare weiß und gingen dann in einen kurzgestutzten, runden, grauen Bart über. Ein unaufhörliches Lächeln entblößte seinen großen, wulstigen Bauernmund. Seine üppigen schwarzen Brauen hätten einem gewöhnlichen Menschen sehr gut als Schnurrbart dienen können. Sein Gesichtsausdruck war in der Regel von einer entwaffnenden Liebenswürdigkeit und Güte, aber man konnte keineswegs sicher sein, ob das nicht eine Maske war, hinter der sich ein geheimes Leben verbarg, vielleicht ein sehr dunkles, unvergängliches Leben, vielleicht sogar ein unschickliches oder gar lasterhaftes Leben. Er hatte einen trockenen, schlauen Witz, nicht den derben, rohen Witz des gewöhnlichen Schweizers, und als ein Sohn des Graubündner Kantons war er ein geborener Diplomat, nicht unerfahren in den Künsten der List, Übertölpelung und Schmeichelei.

Eines Tages geschah es, daß der Polizeisoldat des Dorfes, Herr Dieterli, mit seinen roten Haaren und seiner moosgrünen Uniform die zwei peinlich sauberen steinernen Stufen unter dem Bildnis der Immaculata hinaufstieg. Auf seinem geröteten Antlitz spiegelte sich das Bewußtsein eigener Wichtigkeit, und während er mit der einen Hand an der Klingel zog und mit der andern eine lederne Aktenmappe fest an die Brust drückte, blickte er forschend die Straße entlang, als wolle er darauf aufmerksam machen, daß er sich vor dem Hause des Präsidenten befinde. Es dauerte nicht lange, und er wurde von einer schwachsinnigen Dienstmagd eingelassen, die ihn alsdann über den blitzblanken Fußboden der gewölbten Flurhalle in die Stube des Präsidenten Bonatsch führte. Dort nahm er seine grüne Mütze mit dem langen, schwarzen, blanken Schirm ab, knallte respektvoll die Hacken zusammen, wie er das beim Militär gelernt hatte, und sagte:

»Guata Tag, Herr Kreispräsident!«

Doktor Bonatsch schaute ihn wohlwollend an, warf einen verstohlenen Blick auf die gewichtigen, mit allen möglichen Gesetzbüchern beladenen Wandregale und schlug dann fast schüchtern die Augen nieder zu dem blankpolierten Fußboden, der wie ein metallener Spiegel ein paar verstreute Sonnenstrahlen zurückwarf.

»Guata Tag, Herr Dieterli!«

»In Sachen Lauretz, Jonas«, begann Polizeisoldat Dieterli. Diese Angelegenheit, fuhr er fort, nähere sich jetzt der Entscheidung. Die Behörden in Lanzberg hätten die gegen den besagten Lauretz, Jonas vorgebrachten Beschuldigungen bekräftigt und, wie dem Herrn Präsidenten bekannt sei, die Untersuchung gegen den besagten Lauretz, Jonas wegen seiner Vergehen gegen das Polizeigesetz dem Kreisgericht in Andruss übertragen.

Präsident Bonatsch nickte mit seinem mächtigen Schädel. »Ja, hm! So, so! Jahpo! Hm!« sagte er in einem sonderbaren, unartikulierten, privaten deutschschweizer Dialekt. (Für gewöhnlich sprach er romanisch.) Dann zog er, bedächtig wie ein Bär, der eine Fliege fängt, einen dicken Aktenhefter näher zu sich heran und warf einen Blick in die Korrespondenz, die er mit Lanzberg geführt hatte. Dieterli öffnete eine Mappe und legte einige Papiere auf den Schreibtisch.

»So, so! Hm! Jetzt werde ich also diesen Lauretz vorladen und verhören müssen«, sagte Doktor Bonatsch. »Die benannten Zeugen sind hoffentlich alle verfügbar?«

»Lauretz, Jonas pfeift auf die Gesetze«, sagte Dieterli verdrossen.
»Ich beantrage einen Haftbefehl gegen ihn, Herr Präsident.«
»Ahpo!« Doktor Bonatsch winkte ab. »Er wird schon kommen.
Er weiß, daß er erscheinen muß. Man muß doch auch an seine
Familie denken. Es sind Protestanten, und deshalb will ich
nicht zu hart gegen sie vorgehen. Er hat ohnedies schon zuviel
Feinde. Nein, nein, nur keine Hast. Unsere lieben Landsleute
sind mir viel zu fanatisch. Ja, und Lauretz hat Kinder. Um die
wird man sich auch kümmern müssen. Wir können doch nicht
zulassen, daß sie der Gemeinde zur Last fallen.«
Sein freundliches lauerndes Lächeln schien den ganzen Raum
zu erfüllen.
»Jo, jo!«
»Es geht jetzt schon seit Jahren so, Herr Präsident!« bemerkte
Dieterli etwas ungeduldig. »Und ich möchte zu bedenken geben,
daß für einen Haftbefehl genügend Gründe vorliegen.«
Doktor Bonatsch warf einen Blick auf die Anklageschrift.
»Alle Nachbarn entrüsten sich über ihn. Und dazu kommt noch
dieses deutsche Weibsbild, diese Maier, die ausgewiesen werden
soll«, fuhr Dieterli fort.
»Ahpo! Ausgewiesen! Wir wollen vernünftig sein, Dieterli. Sie
hat zwei Söhne.«
»Uneheliche!«
»Ahpo – uneheliche! Einerlei. Wir müssen alle diese Angelegenheiten auf streng gesetzliche Weise erledigen. Eins nach dem
andern.«
Und mit einer gewichtigen Handbewegung verabschiedete er
den Polizisten, freundlich, aber energisch. »Such Lauretz auf
und sag ihm, er soll zu mir kommen.« Dieterli schlug wieder
die Hacken zusammen, salutierte und verließ das Zimmer.
Johannes Bonatsch saß nachdenklich vor den Papieren. Die
Anschuldigungen, die die Polizei gegen Lauretz vorbrachte,
waren für ihn kein Geheimnis. Seit vielen Jahren schon war
Lauretz eine wahre Plage gewesen. Bonatsch hatte mit ihm gesprochen, ihn gewarnt, ihm gedroht, aber Lauretz hatte sich
nicht daran gekehrt. Jetzt wurde es ernst. Die Geistlichkeit fing
an, sich über sein schändliches Betragen zu beschweren. Herr

Großrat und Schullehrer Wohl war erst vor wenigen Tagen bei dem Präsidenten erschienen und hatte sich mißbilligend über die schändliche Lebensführung des alten Lauretz geäußert. Baumeister Bolbeiß aus Ilanz und Sägemüller Schmid aus Tavetch beklagten sich über sein geschäftliches Gebaren. Präsident Bonatsch sah sich vor die Gefahr eines nicht unbeträchtlichen Skandals gestellt, und er haßte Skandale, ganz besonders wenn sie seinen eigenen Kreis betrafen. Es kam dazu, daß er fürchtete, die vorgesetzte Behörde in Lanzberg könnte seine bisherige Milde gegenüber Lauretz tadelnswert finden. Er haßte alle vorgesetzten Behörden, alle Berufsrichter und Advokaten, die für ihre Arbeit bezahlt wurden. Er mußte seine Arbeit ehrenamtlich leisten, niemand bezahlte ihn dafür. Er, der Landamtmann, und seine Hilfsrichter wurden von der Bevölkerung des Kreises gewählt und besaßen eigenartige Hoheitsrechte, die in der Tradition und Landesgeschichte wurzelten. Hol der Teufel die Zentralbehörde in Lanzberg! Jegliche Zentralisation widersprach seinen moralischen und politischen Überzeugungen. Aus verschiedenen Gründen war ihm der Fall Lauretz verhaßt. Vor allem konnte er die Paragraphen *nicht leiden*, unter die Lauretz' Vergehen fielen:

Paragraph 18: Gotteslästerliches und anstößiges Benehmen in der Öffentlichkeit.

Paragraph 19: Sittenlosigkeit.

Paragraph 24: Trunksucht. (Viertes Vergehen.)

Paragraph 145: Ehebruch und Konkubinat, die öffentliches Ärgernis erregen.

Dazu kam noch eine Anklage wegen Tierquälerei. Es waren recht schwerwiegende Vergehen, und er, der Kreispräsident, war seiner Sache gar nicht sicher. Innerlich war er auf Grund seiner Erfahrungen fest überzeugt, daß bei derartigen Vergehen keinerlei Bestrafung den Charakter des Sünders verändern könne, besonders nicht, wenn es sich um einen Ketzer wie Jonas Lauretz handelte. Verhaßt war ihm der Skandal, den ein Prozeß gegen Lauretz verursachen mußte, verhaßt war es ihm, über Lauretz zu Gericht zu sitzen, denn er hatte mit ihm in seiner Jugend die gleiche Schulbank gedrückt. Er wackelte mit seinem dicken Kopf und brummte etwas vor sich hin. Schließlich zog er ein gedrucktes Formular aus seiner Schublade, füllte den Haftbefehl aus und unterzeichnete ihn. Dann schob er ihn in einen Umschlag und drückte auf eine Klingel, deren schriller Lärm wie ein Feueralarm durch das ganze Haus gellte. Seine Frau kam herein, ein vertrocknetes kleines Wesen von säuerlichem Aussehen.

»Carmen«, sagte er zu ihr auf romanisch, »ich hab' da eine unangenehme Geschichte auf dem Hals. Jonas Lauretz. Ich hab' mir die Sache überlegt, und jetzt bleibt mir doch nichts anderes übrig, als ihn verhaften zu lassen. Maidi soll diesen Brief zu Dieterli tragen. Dann komm zurück, ich will dir die ganze Geschichte erzählen.«

Sie verließ das Zimmer und leckte sich die Lippen.

»Schön wird das werden, das weiß ich jetzt schon!«

16

Jonas Lauretz fuhr die Straße nach Medels entlang, kaute an einem Grashalm und starrte den Hintern seines Pferdes an. Er achtete nicht auf die Schönheit des großen Waldes, auf die Schönheit der Berge, die in hellen Farben durch die Straßenlichtung jäh zum Himmel ragten, und da er an das donnernde Geräusch der Bergbäche gewöhnt war, kümmerte er sich auch nicht um das stürmische Ungestüm des jugendlichen Rheins, der in der Tiefe dahinstürmte, und gönnte keinen Blick den schäumenden Gletscherwassern, die von Fels zu Fels tobten. Falls Lauretz überhaupt im Geiste eine Karte des Kreises mit sich trug, dann waren auf ihr die Berge, Flüsse und Wälder nicht verzeichnet. Man hätte auf dieser Karte nichts weiter finden können als die Wirtshäuser, die er zu besuchen pflegte, und allerlei geheime Schlupfwinkel, Ställe, Heuböden, Scheunen oder abgelegene, unbewohnte Hütten, die die Schauplätze seiner Ausschweifungen und Orgien waren.

Jetzt fiel ihm ein, daß er nicht mehr weit von der »Sonne« entfernt war, die eine knappe halbe Meile hinter Schmids Sägemühle lag. Bei jeder andern Gelegenheit würde er sofort seinen müden Gaul angetrieben haben, denn sowie einmal der Durst ihn packte, konnte er nicht mehr widerstehen. An diesem Tage aber war etwas passiert, das ihn einigermaßen zur Besinnung gebracht hatte. Jannusch, der Wirt eines schäbigen Gasthauses oben im Tal, war auf die Straße herausgekommen, hatte zu ihm gesagt:

»Lauretz, die Polizei sucht dich. Sie wollen dich verhaften. Der Präsident hat einen Haftbefehl erlassen.« Diese Nachricht hatte den alten Lauretz wie ein Keulenhieb getroffen, und eine wilde Wut war in ihm aufgestiegen.

»Verhaften? Weshalb denn?«

Jannusch hatte die Achseln gezuckt, und nun hockte Lauretz grübelnd auf seinem Wagen und fragte sich: ,Weshalb wollen sie mich denn verhaften?'

,Ich bin kein Dummkopf', dachte er und kaute an seinem Grashalm. ,Wir wollen erst einmal abwarten, was passiert.'

Aber er war beunruhigt. Er erwog in Gedanken seine vielen Missetaten, ließ vor seinem geistigen Auge die Kette seiner geheimen Verbrechen Revue passieren. Die kleinen Zwillingstöchter? Nein, diese Geschichte würde doch niemand hervorholen können, sie war schon vor Jahren ordnungsgemäß erledigt worden. Im übrigen konnte man von Glück sagen, daß die kleinen Geschöpfe unter der Erde lagen. Lauretz rückte auf seinem Kutscherbock ein wenig zur Seite, schob seinen schmutzigen alten Hut in den Nacken.

»Komm, setz dich neben mich«, wandte er sich murmelnd an seinen unsichtbaren Freund, den Teufel. »Komm und schütze mich vor diesen verfluchten Idioten. Du und ich, wir beherrschen dieses christlich-katholische Land, du und ich und der Geist des napoleonischen Hauptmanns Lauretz. Und was ist denn schon dabei? Fürchten wir uns vor irgend jemand? Jäho!«

Er begann zu kichern, als amüsiere er sich über sich selber, und dann fiel der Blick seiner blutunterlaufenen Säuferaugen auf ein großes hölzernes Kruzifix am Wegrand. Er brachte den Gaul zum Stehen.

»Lang haben wir uns nicht gesehen! Ich bin bloß heute zu faul, um abzusteigen und dir zu zeigen, was ein Mann ist!« sagte er zu dem gekreuzigten Christus. »Hast du schon einmal die Geschichte von dem Bauern gehört, der den Vater im Himmel verflucht hat, weil es beim Heumachen zu donnern und zu regnen anfing? Und von der Schmeißfliege, die den Bauern in die Zunge stach, und wie dann der Bauer an dem Stich gestorben ist? Hast nie davon gehört, nein? Warum sagst du denn nichts? Schick doch eine Schmeißfliege, sie soll den Jonas Lauretz aus dem Jeff stechen! Hä, hä, hä! So eine Schmeißfliege gibt es ja gar nicht! So einen Gott gibt es ja gar nicht! Das Heu wird naß, und das Heu bleibt trocken. Schmeißfliege hin, Schmeißfliege her. Und das Blut da, das dir von der Stirne rinnt, ist bloße Farbe, und du bist aus Holz gemacht, und drunten in Andruss läuten die Schafsköpfe die Glocken für dich.«
Brummend und schimpfend fuhr er weiter.
»Für den Jonas Lauretz gibt es keine Schmeißfliege, aber dafür die Polizei. Junger Mann am Kreuz, ich werde dir doch einmal Gesellschaft leisten müssen.«
Er wandte sich an seinen unsichtbaren Begleiter.
»Hab' ich diesmal das Richtige gesagt oder nicht?«
Er spuckte aus und heftete seine trüben Blicke schwerfällig auf das schäbige Gebäude, das jetzt in Sicht kam, die »Sonne«. Seit vielen Jahren schon kannte er die Besitzer des Wirtshauses, die Lours. Es hatte eine Zeit gegeben, da war er einer ihrer besten und regelmäßigsten Gäste gewesen. Hier versammelten sich je nach der Jahreszeit Tagelöhner, Straßenarbeiter, Hirten, Forellenfischer, Wilddiebe und dergleichen Volk, und Lour selbst war einige Male mit der Polizei in Konflikt geraten, denn er war nicht nur ein eingefleischter Trunkenbold, sondern hatte sich in allerlei üble Geschäfte eingelassen, und man vermutete sogar, er habe eine seiner Scheunen selbst angezündet, um die Versicherungsgesellschaft zu betrügen.
Lauretz machte vor dem Wirtshaus halt. Er stieg vom Wagen und betrat den dunklen Flur. Aus einer der Türen kam die Tochter des Hauses, eine jüngere Frau. Aber kaum erblickte sie ihn, da schlug sie die Hände über dem Kopf zusammen, rief

mit schriller, erschrockener Stimme »Herr Jeses!« und lief weg.
»Jäho!« schrie er ihr nach. »Wenn Don Juan Lauretz kommt,
dann heißt es, sich fügen oder Reißaus nehmen!«
Lachend warf er sich in die Brust.
Eine ältere Frau mit scharfen, geierartigen Zügen erschien auf
der Schwelle zur Wirtsstube.
»Was willst denn du hier?« stieß sie mit zusammengepreßten
Lippen hervor.
»Aha! Frau Lour! Guten Abend! Einen halben Vältliner!«
»Für dich haben wir keinen Vältliner. Mach, daß du weiter-
kommst.«
»Erst muß ich mir einmal die Kehle anfeuchten.«
»Mit dir wollen wir nichts zu tun haben, hörst du! Die Polizei
sucht dich, und wir werden uns nicht durch dich in Scherereien
bringen lassen!«
Lauretz zog eine kleine Silbermünze aus der Tasche.
»Ich bezahle.«
»Geh!« sagte sie.
Er pflanzte sich vor sie hin, schob seinen Bauch vor und versetzte
ihr einen heftigen Stoß, so daß sie rücklings zu Boden purzelte.
»Elli! Elli! Jeses Maria!« schrie sie. »Elli, komm!«
Dann rappelte sie sich schnell auf.
»Hinaus! Hinaus!« kreischte sie. »Wenn mein Mann nach Hause
kommt, schießt er dich nieder!«
Er blickte gleichgültig in ihre zornigen Augen.
»Einen halben Liter Vältliner!« sagte er mit tiefer Stimme.
»Jeses Maria«, murmelte sie und schaute sich hilflos um, »nie-
mand hilft mir!«
»Schluß mit den biblischen Redensarten! Hol den Wein!«
Sie ging zu dem baufälligen Gläserschrank und holte einen
Krug hervor.
»So ist es recht. Immer brav sein!« Und er setzte sich schwer-
fällig auf eine Bank.
Frau Lour brachte den Wein und stellte ihn vor ihn hin. Er
packte sie beim Arm und zog sie zu sich heran. Sie schaute sich
hilfesuchend nach allen Seiten um, dann fügte sie sich mit heim-
licher Scheu seiner Stärke.

114

»Was hast du da von der Polizei gesagt?«

»Dieterli und die Gendarmen wollen dich festnehmen.«

Er ließ sie los, goß sich ein Glas Wein ein und trank es hastig leer.

»Trink aus und geh!« Sie zog sich hinter den Schanktisch zurück.

Lauretz kniff die Augen zusammen.

»Vielleicht«, meinte Frau Lour vielsagend, »vielleicht hat man jetzt endlich nach Jahren Beweise gefunden . . .«

»Was für Beweise?«

»Weiß der – – – wer soll es wissen? Du weißt es vielleicht selber . . .«

»Ich weiß schon, was sie von mir wollen. Sie wollen mich zwingen, als Zeuge aufzutreten. Die Sache ist die! Eure Männer haben euch die ganzen Jahre her betrogen. Ihr Weibervolk habt auf die Befehle der Pfaffen gehört, habt eine große Familie aufgezogen, habt eure Kinder als unbezahlte Dienstboten benützt und seid immer mit demselben Mann ins Bett gegangen. Und eure Männer, die haben zu tun, die gehen Heu machen! Wirklich? Ich hab' sie mehr als einmal in das Haus dieser Deutschen, der Kuni Maier, gehen sehn! In der ganzen Umgebung gibt es nicht einen Mann, der ihr nicht schon ihre Gunst abgekauft hat . . .«

»Mich hat Lour nicht betrogen!« schrie Frau Lour. »Und sag ja nichts gegen ihn! Jeder Mensch weiß, was du für ein Kerl bist! Keine anständige Frau traut sich in deine Nähe. Trink aus und geh, damit ich den Tisch abwaschen kann, sonst können sich anständige Leute nicht mehr hinsetzen.«

»Du vertrocknetes Luder! Du Hexe! Wer kennt dich denn nicht? Hab' ich dich nicht vor drei Jahren oft und oft mit dem Alfred und den andern, die bei Bolbeiß gearbeitet haben, hinterm Schweinestall herumschleichen sehn? Du red mir von Moral!«

Er trank noch ein Glas Wein.

»Prosit! Sie sollen nur kommen!«

»Als ob nicht jeder Mensch wüßte, daß du das größte Lügenmaul von der Welt bist! Es ist schon gut, wenn Richter

Bonatsch dich beim Wickel packt. Höchste Zeit, daß man dich einsperrt!«

»Und dein Mann, der bei Nacht mit vier Gemsen im Sack nach Ilanz fährt, was ist denn mit dem? Ich brauch nur ein Wörtchen zu sagen, dann kriegt er in Lanzberg ein Jahr Kerker, und da gibt's kein Wild zum Mittagessen.«

»Trink aus und geh!«

Zwei Männer betraten die Gaststube, Schmid, der Sägemüller, und ein Bauer aus der Nachbarschaft. Sie sahen Lauretz zuerst gar nicht, gingen gleich zum Schanktisch hin und fingen mit Frau Lour zu scherzen an.

»Ihr kommt gerade zurecht«, sagte sie. »Schaut nur, wer dort sitzt! Ja, ja, er ist es wirklich. Er hat mich und meinen Mann und alle Welt schändlich beschimpft.«

Die beiden Männer drehten sich um und verzogen das Gesicht, als sie Lauretz erblickten.

»Die Polizei ist hinter ihm her«, sagte Schmid. »Wenn sie ihn erwischen, um so besser!«

Lauretz goß bedächtig den Rest seines Weines ins Glas und schaute dann seinen Konkurrenten und den Bauern von der Seite an. Er trank das Glas leer und schmiß es auf den Tisch. Sein Hals blähte sich, die gegabelte Ader auf seiner Stirn füllte sich mit Blut.

»Geh doch schon, Jonas Lauretz«, flehte Frau Lour, »du brauchst nicht zu bezahlen, wenn du bloß gehst.«

»Du hast doch einen schönen Wolfshund«, sagte Schmid zu ihr. »Der hat mal mit einem Satz einen Dieb gefaßt und ihm die Hosen von den Beinen gezogen. Wo ist er denn jetzt?«

»Mein Mann hat ihn mitgenommen.«

»Glaubt ihr denn, ich fürchte mich vor euch oder euren stinkenden Wolfshunden?« sagte Lauretz.

»Geh doch, Jonas Lauretz!« bat Frau Lour abermals.

»Ich geh, wenn es mir beliebt. Ich bin kein christlich-katholischer Schleicher, sonst würde ich sagen, der Himmel hat unsern lieben Schmid im richtigen Augenblick gesandt.«

Schmid, der ein schmächtiger Kerl war, lehnte sich gegen den Schanktisch und warf seinem Begleiter einen Blick zu, der anzudeuten schien, daß er sich auf seine tatkräftige Unterstützung verlasse.

»Wie steht es denn jetzt mit deinem Voranschlag, Jonas Lauretz?« spottete er. »Ich glaub', bis du wieder aus dem Gefängnis kommst, ist die Brücke längst gebaut.«

»So spekuliert ihr, aha!« sagte Lauretz. »Ich weiß ja, daß du alle möglichen Lügen über mich und mein Geschäft verbreitest. Du diebisches Schwein, ich kenn' dich. Du bist ein dreckiger Heuchler, du mit deinem Kirchengehen, und dann bei dem Schuft von Pfaffen beichten und Halleluja singen! Hast du auch von den Nächten gebeichtet, die du bei der Kuni Maier geschlafen hast? Hast du gebeichtet, daß du ihr noch für das letztemal fünf Franken schuldig bist? Vielleicht bin ich ein Huarabuab, aber ich mach wenigstens kein Hehl draus. Und wenn alle Mitglieder des Großrats mir auf die Finger schauen, das kümmert mich ebensowenig wie dieses zerbrochene Glas – so bin ich!«

Herr Schmid lächelte höhnisch.

»Mit deinem dreckigen Geschäft hast du nicht für einen Franken Kredit, und kein Mensch glaubt dir ein Wort von dem, was du sagst!«

Jonas Lauretz erhob sich schwerfällig und stapfte auf seinen dicken Beinen durch die Stube, drohend, wie ein großer Affe.

»Und während du den ganzen Tag lang deine Tugenden zählst und dich dreimal vom Papst segnen läßt, muß ich mir die Zeit damit vertreiben, daß ich über meine Verbrechen nachdenke und mir überlege, warum denn die Polizei gerade jetzt auf den Gedanken gekommen ist, mich festzunehmen. Kann schon sein, daß ich ein paar Monate lang von Pferdefleisch leben muß, und ich geb' zu, es wird keiner für mich eintreten. Seit fast fünfzig Jahren leb' ich unter euch Schweinen und bin noch nicht dahintergekommen, daß ,Schwein' ein zu guter Name für euch wäre! Viel Dreck hab' ich in meinem Leben angefaßt, und noch mehr Dreck werde ich anfassen müssen, und du kannst dich bei der Vorsehung bedanken, die dich mir in den Weg geführt hat, Herr Konkurrent und Nachbar, Bruder Schmid! Diese kleine Genugtuung soll mir noch einen Monat wert sein!«

Schnell trat er einen Schritt vor, packte den Sägemüller am

117

Kragen und versetzte ihm zwei heftige Faustschläge ins Gesicht. Dann ließ er ihn zu Boden sinken, stellte sich vor den Bauern hin und schlug die Hände gegeneinander, als wolle er sie abstauben.

»Mit dir hab' ich kein Hühnchen zu rupfen«, sagte er, »aber wenn du auch eine Portion haben willst, kannst du sie haben!«

Frau Lour begann um Hilfe zu rufen. In ihrer Verzweiflung packte sie einen irdenen Krug und hob ihn hoch, um ihn nach Lauretz zu werfen.

»Elli! Elli! Komm doch! Er hat Herrn Schmid umgebracht! Komm doch!«

»Ja, umgebracht!« brummte Lauretz und ging langsam zur Tür. »Auf einen Baumstamm möcht' ich ihn setzen, daß er langsam in die Säge rutscht!«

Mit kurzen Schritten ging er zu seinem Wagen, den der Gaul quer über die Straße gezogen hatte, um von dem Gras, das dort wuchs, zu fressen. Er nahm das Pferd bei den Zügeln. Grausamkeit war für ihn ein unbewußtes Bedürfnis geworden, und ganz gedankenlos, nur um seine harten Knöchel noch einmal zu prüfen, versetzte er dem Tier einige Hiebe in den Hals und gegen die Backe und riß ihm ein Büschel Gras aus dem Maul. »Allo hüpp!«

Er kletterte auf den Wagen und setzte seine unheimliche Landstreicherfahrt fort. Ein Triumphgefühl regte sich in der Tiefe seines Herzens. Es war ihm einerlei, wenn Sägemüller Schmid nie wieder aufstand, so köstlich schmeckte ihm die Rache! Als er an Schmids Sägemühle vorüberkam, lief einer der Arbeiter auf die Straße heraus.

»Die Polizei sucht dich!«

»Geh, du Windbeutel!« rief Lauretz zurück. »Geh, lauf in die ‚Sonne', dort findest du deinen Herrn! Und hol schnell den heiligen Raben, daß er ihm die letzte Ölung gibt!«

Dann aber packte ihn wieder eine tiefe Unruhe, eine Unruhe, wie das wilde Tier sie empfindet, wenn es Gefahr läuft, gefangen zu werden. Er hieb auf den Gaul mit der Peitsche los, dem einzigen Werkzeug, das ihm teuer war, und das er nie liegenließ. (Er knüpfte immer wieder neue scharfe Schnüre mit schmerz-

118

haften Knoten.) Eine Zeitlang schlug der Gaul einen schnellen Galopp an, dann wurde daraus ein matter Trott, und schließlich fiel er, mit zitternden Flanken, wieder in Schritt.

‚Heute komme ich nicht mehr nach dem Jeff,‘ sagte Lauretz bei sich, ‚ich werde die Nacht bei Kuni schlafen.‘

Und nach einiger Zeit bog er auf einen Seitenweg ein, der durch den Wald zu einem mächtigen, in der Mitte des breiten Tales aufragenden Hochplateau führte. Auf diesem Plateau stand ein einsames Haus.

Seit einigen Jahren hauste dort die Kuni Maier, die von Jonas Lauretz zwei Kinder hatte. In der Familie Lauretz nannte man es nur das »Hundshüsli«, die Hundehütte. Es stand ganz allein auf einem Feld neben einer großen Kiefer, und man hatte von dort aus einen wunderbaren Ausblick in das Rheintal. Im Vordergrund lag Andruss. Seine große weiße Kirche mit der Messingzwiebel auf dem Turm, die einer byzantinischen Krone glich und in ein großes goldenes Kreuz auslief, mit dem graublauen Zifferblatt und den vergoldeten Zeigern, beherrschte feierlich das düstere Bergnest und alles, was dort atmete und lebte. Man konnte noch viele ähnliche Kirchtürme zählen und viele ähnliche Dörfer, die über das ganze Tal in unregelmäßigen Abständen verstreut waren. Etliche nisteten an den Flanken der Berge, andere wieder drängten sich auf dem Grunde des Tales neben dem Fluß zusammen, und einige wenige thronten in romantischer Einsamkeit hoch oben auf den Kanten der Felszacken.

Vor vielen Jahren hatte dieses Gebäude, wenn es auch nicht groß und nur aus Holz gebaut war, eine achtbare Familie namens Lauretz beherbergt. Hier hatten die Kinder, Niklaus, Hanna und Silvia, mit ihren Eltern den Winter verbracht und die Schule in Andruss besucht. Damals hatte es Bilder an den Wänden gegeben, saubere Fußböden, saubere Betten, Waschtische, ein paar anständige Möbel und sogar Spitzendecken und Vorhänge. Hier während der Winterszeit zu leben, hatte das Dasein gerade noch erträglich gemacht. Denn die Winter in dieser Gegend sind lang, die Tage kurz und der Schnee so tief, daß die Talbewohner ganze Tunnels graben müssen, um ihre Häuser verlassen zu können. Die Jugend fährt auf Skiern und Schlitten zur Schule, die ältere Generation watet knietief die Straßen entlang, von Haus zu Haus, von Dorf zu Dorf. Eisige Winde fegen aus dem zentralen Bergmassiv der Schweiz herab, wilde Stürme jagen Schneewolken durch die schmalen Seitentäler, und tagelang, manchmal wochenlang, packt ein dicker weißer Nebel die Menschen an der Gurgel und zerreißt ihnen die Lunge. Brunnen und Bäche sehen aus wie schimmernde Märchenburgen und Märchenstraßen, aus Eis gebaut. Dann kommt ganz plötzlich ein warmer Wind, ein heißer Wüstenatem beginnt über Nacht zu heulen, der Schnee verwandelt sich in weißen Teig, die Dörfler blicken zitternd und scheu zu den Berggipfeln auf, denn ihr Weg ist auf Schritt und Tritt von Lawinen bedroht, und keiner weiß, wo die Lawine herabkommen wird. Unterdessen schwitzt die ganze Natur und bedeckt sich mit triefender Nässe. Zu einer bestimmten Stunde aber sinkt das Thermometer, ein Dutzend, zwei Dutzend Grade unter Null, und plötzlich bedeckt eine Eiskruste, hart wie Metall, das Land.

Die paar Kühe und Ziegen, die Lauretz früher einmal besessen hatte, hatten nicht genügt, um ihn Monate hintereinander zu beschäftigen. Daher hatte er den Weg eingeschlagen, den die Bauern und das andere Volk in Andruss bis zum heutigen Tage einschlagen – er war jeden Tag ins Dorfwirtshaus gegangen, um dort Karten zu spielen und die Stunden bei einem Glas Vältliner zu verbringen, einem Weine, der einen warmblütigen Menschen durch und durch erwärmt, sein Gehirn aufrüttelt und seine Stimme laut und barsch werden läßt. In den ersten Stadien seines ausschweifenden Lebens hörte er noch ab und zu auf die ermahnenden Worte seiner Frau und geriet in Erregung, wenn ihr weiblicher Instinkt sie veranlaßte, ihm seine Zukunft auszumalen.

»Jonas, betrink dich nicht!« – »Jonas, schau doch, wieviel Geld du vertrinkst!«

Dutzende ähnlicher Mahnungen gingen ihm zum linken Ohr hinein und leider zum rechten wieder hinaus.

»Schwatz nicht so viel! Ich weiß schon, was ich mache. Der Mensch kann doch nicht den ganzen Tag zu Hause sitzen und nichts tun. Warte bis zum April, dann gehen wir wieder ins Jeff hinauf und arbeiten.«

Ein Jahr später hatte sich die Sache bereits sehr verschlimmert. Ob ein Mensch in die Abgründe des Lebens hinabsteigt oder ob er in die Regionen des reinen Geistes emporschwebt, in beiden Fällen ist sein Weg von Gesetzen beherrscht, denen er nicht mehr entrinnen kann, sobald er sich erst einmal für die Richtung entschieden hat. Lauretz erging es wie allen, die zu Sklaven ihrer schlechten Gewohnheiten werden. Die mürrischen Blicke seiner Frau, die blassen, kummervollen Gesichter seiner Kinder spornten ihn nicht zu einer ernstlichen Bemühung an, sich zu beherrschen, sondern ärgerten ihn bloß und machten ihm das Leben zu Hause noch unerträglicher. Er begann sein Geschäft zu vernachlässigen, seine Kinder mußten für ihn schuften, und schließlich entdeckte er die blasse, flachshaarige deutsche Kellnerin Kuni Maier.

Da er Protestant war und nie zur Kirche ging (es gab übrigens in der ganzen Gegend keine protestantische Kirche), hatte er keinen freundlichen Warner, keinen lebenserfahrenen Priester gefunden, der ihm gesagt hätte:

»Nachlassen, Lauretz! Du steckst tief in Sünden! Beherrsche deine Leidenschaften. Du richtest dich und deine Familie zugrunde. Ich verbiete dir im Namen Gottes, dieses Leben fortzusetzen. Schwöre mir, daß du einen Monat lang keinen Wein anrührst, daß du dieses fremde Frauenzimmer nie mehr wiedersehen wirst. Komm nächsten Sonntag wieder. Ich werde dich im Laufe der Woche aufsuchen.«

Kein weiser Rat war Lauretz zu Hilfe gekommen, keine strenge geistige Macht hatte auf ihn einwirken und ihn vor der völligen Vertierung bewahren können. Betäubt von seiner Eitelkeit und Verderbtheit, war Lauretz noch um viele Grade tiefer gesunken als seine übelsten Kumpane. In seinem Alter hätte er verstehen müssen, daß er in dieser Bergwelt eigentlich ein Fremder war, verbannt aus den Grenzen der heiligen Kirche. Seine Heirat mit einer Katholikin hatte die Sache nur noch verschlimmert.

Lauretz hätte begreifen müssen, daß es für ihn das beste gewesen wäre, das Land schnell zu verlassen. Er hätte dem Beispiel der vielen unruhigen Geister folgen müssen, die während der letzten fünfzig Jahre nach den Vereinigten Staaten ausgewandert waren und sich unter einem weitblickenderen und vielleicht offenherzigeren Volke, das unter freiheitlicheren Bedingungen lebt, eine neue und anständige Existenz gegründet hatten.

Statt darüber nachzudenken, hatte Lauretz immer nur die düsteren Bergwände angestarrt, als ob sie allein ihm raten könnten. Kuni Maier hatte ihm zwei Söhne geboren, und er brachte sie in dem Hause unter, in dem von Rechts wegen seine Familie den Winter verbringen sollte. Zwischen ihm und seiner Frau hatte sich eine breite, unüberbrückbare Kluft aufgetan. Sie waren einander fremd geworden, Feinde, die einander nur noch durch das traurige Mittel der Gewalttätigkeit und brutaler Mißhandlungen kannten, denn anders wußte er mit seinen Mitmenschen nicht mehr umzugehen.

Das frühere Haus der Familie Lauretz hätte man in seinem jetzigen Zustande mit Lauretz selbst vergleichen können. Durch vollkommene Vernachlässigung war es in die unfreundlichen Hände der Mutter Natur zurückgefallen, die gierig nach allen Dingen greift, um sie zu vernichten, das Vollendete zugleich mit dem Mangelhaften —, sofern nicht das Menschenhirn sich daran macht, die alte Dame zu bekämpfen. Die kleinen Fenster waren zu klaffenden Löchern geworden, überall faulte das Holz, Stürme hatten das Dach verbeult und zerfetzt.

Das Haus stand leer. Kein Mensch war in ihm zurückgeblieben. Man hatte Kuni Maier am selben Tage ins Gefängnis gebracht. Vergebens rief Lauretz ihren Namen, niemand außer ihm selber hörte die Verwünschungen, mit denen er sie überschüttete. Er irrte von einem Raum in den anderen, und es überwältigte ihn ein Gefühl körperlicher Übelkeit. Er konnte diese vertraute Umgebung, die Stille, die Erinnerungen, die hier in ihm erwachten, nicht länger ertragen. Er ging zum Hause hinaus, setzte sich auf eine breite Steinstufe und stützte den Kopf in beide Hände. Das Geläut ferner Glocken kam in sanften Wellen über die Bergkämme und durchdrang die blauen und purpurnen Abendschatten, deren sanfte Macht die tiefen Schluchten und rauhen Zacken des Gebirges verdämmern ließ. Von einer großen Kiefer in der Nähe kam das raschelnde Geräusch der Nadeln, die wie ein ganz leichter Regen in das weiche, dunkle Moos rieselten. Lauretz fühlte dumpf das Blut in seinem Kopfe hämmern. Das abendliche Leuchten und der rote Widerschein seiner eigenen Nase störten ihm den Blick. Er stöhnte auf wie ein verwundetes Tier, sein Kopf sank vornüber, sein ganzer Körper schien nachzugeben und sich in eine weiche Fleischmasse zu verwandeln.

»Höchste Zeit, daß sich jemand um mich kümmert!« murmelte er und fügte einen langgezogenen Fluch hinzu.

Das war der Jonas Lauretz, den die Polizei kurz vor Einbruch der Dunkelheit festnahm. Als sie ihn fanden, saß er immer noch auf der steinernen Stufe, den Kopf in die Hände gestützt.

»Endlich haben wir dich! Jetzt werden wir dich schon zur Vernunft bringen!«

Sie sahen ihn teilnahmslos mit trüben Augen aufblicken und waren froh, daß er sich ohne jeglichen Widerstand die Hände fesseln ließ. Dann führten Herr Dieterli und sein Kollege, sich stramm in die Brust werfend, mit geschwellten Waden, ihren Gefangenen nach Andruss. Sie hätten ebensogut einen abgehetzten Bullen an seinem Nasenring hinter sich herzerren können. So wenig Kraft und Kampfesmut war in dem alten Lauretz geblieben.

17

Das Kreisgericht wurde durch den Präsidenten Bonatsch für den Donnerstag zu einer Sitzung zusammengerufen, aber der eine von den beiden Hilfsrichtern mußte zufällig sein Heu einbringen und bat deshalb, man möge die Sitzung um einen Tag verschieben, damit er sein Geschäft erledigen könnte. Bonatsch willigte ein, denn das Heumachen, Ernten und Schneiden ist für den Bauern von höchster Wichtigkeit, und das Einbringen der Ernte galt besonders in diesem rauhen Gebirgsland als eine todernste Angelegenheit. Infolgedessen fand die Verhandlung gegen Lauretz an einem Freitag statt, und zwar, da es kein besonderes Gerichtsgebäude gab, wie stets im großen Saal im ersten Stock des Postgebäudes. Die flüsternden Mächte hatten die Lämmlein von Andruss gewarnt, sich ja nicht bei dieser Verhandlung blicken zu lassen. Jegliche Berührung mit den schrecklichen Sünden des Ketzers Lauretz müsse ihren Seelen schaden und Unheil in ihre Herzen säen. Dank dieses weisen Befehls waren vor Gericht nur die erschienen, die unmittelbar mit der Sache zu tun hatten, und wenn ein andrer sich einschleichen wollte, schickte der Polizeisoldat Dieterli ihn als einen unerwünschten Eindringling weg. Für Herrn Dieterli war das ein großer Tag. Lauretz saß auf der Armesünderbank, die breiten Schultern gegen die Wand gelehnt, ein struppiger und zügelloser Wildling. Und während die Richter und die übrigen Anwesenden ihre guten Sonntagskleider, und Dieterli seine beste Uniform, angezogen hatten, sah Lauretz in seinen beschmutzten Kleidern, mit seinem Wollhemd, das am Halse offenstand und das zottige Haar auf seiner Brust sichtbar werden ließ, wie ein verkommener Landstreicher aus. Der heumachende Richter beäugte Lauretz von Zeit zu Zeit mürrisch wie ein mißvergnügter Affe, und wenn er sich manchmal vorbeugte, um den Gefangenen genauer zu betrachten, hielt er mit der Hand seinen langen, schwarzen Bart fest, als fürchte er, Lauretz könnte ihn ihm ausreißen.

Das Verfahren wurde in der Amtssprache, also deutsch, durchgeführt, obgleich recht viele Bürger die deutsche Sprache kaum beherrschten.

Im Hintergrunde des Saales, auf einer Holzbank neben der Tür, saßen Niklaus und Silvelie. Sie wagten kaum zu schlucken, aus Angst, den Gerichtshof zu stören. Immer wieder wanderten die Blicke der Richter zu den beiden hin, als übten ihre jungen roten Wangen in diesem stickigen, schwülen Raum eine magnetische Anziehung aus. Jedermann außer dem Polizisten Dieterli schien ihnen freundlich gesinnt zu sein. Der Präsident schaute sie manchmal mit väterlichem Wohlwollen an. Silvelie fühlte sich wie von einem Alptraum bedrückt. Eine schwere Last wuchtete auf ihrer Seele. Das alles kam ihr ganz unwirklich vor. Mit heftig pochendem Herzen lauschte sie den einleitenden Worten, und als sie dann ihren Vater mit lauter barscher Stimme zu dem Richter sagen hörte: »Mit welchem Recht schickst du die Polizei hinter mir her und beschnüffelst mein Privatleben? Habe ich schon einmal meine Nase in deinen Haushalt gesteckt?«, da umklammerte sie den Arm ihres Bruders, als suche sie eine Stütze.

»Ich habe dich gewarnt, dein unziemliches Benehmen aufzugeben«, antwortete der Präsident Bonatsch. »Du bist wie der Krug gewesen, der so lange zum Brunnen geht, bis er bricht.«

»Dummes Geschwätz! Wo ist meine Brieftasche! Ich hatte sie noch bei mir, wie man mich verhaftet hat. Ich hatte sie in der Tasche, wer hat sie mir gestohlen? Die Polizei – dieser rothaarige Dreckkerl Dieterli!«

Dieterli trat schnell einen Schritt vor, aber Richter Bonatsch winkte mit seiner mächtigen Tatze, als wolle er sagen: ‚Bleib, wo du bist, hier habe *ich* zu reden.'

»Ihr habt euch alle gegen mich verschworen!« rief Lauretz. »Wie die heilige Inquisition fallt ihr über mich her!«

»Für diese Äußerung muß ich dich streng bestrafen«, sagte der Präsident, ohne daß das freundliche Lächeln von seinen dicken Lippen wich. »Du erhältst wegen Beleidigung des Gerichts eine Geldstrafe von zehn Franken, und wenn ich noch einmal etwas Ähnliches von dir höre, wirst du eine zusätzliche Haftstrafe von vier Wochen bekommen.«

»Zusätzlich!« knurrte Lauretz. »Das heißt, daß das Urteil schon fertig ist.«

Silvelie, die das gewalttätige Wesen ihres Vaters kannte, zitterte vor Angst. Sie dachte, er würde aufspringen und sich auf den Richter stürzen. Aber er blieb auf seiner Bank sitzen, und nach einer kurzen Pause fuhr der Präsident geduldig fort:

»Du sollst gerechte Richter finden. Ich werde alles wohl erwägen, was zu deinen Gunsten spricht.«

Silvia starrte ihren Vater an und sah seine breiten Backen-

muskeln zucken. Er knirschte mit den Zähnen, der Schweiß
lief ihm den Hals hinab.

»Jonas«, hörte sie den Richter sagen, »du wirst deiner Sache
nicht nützen, wenn du halsstarrig bist und Dieterli einen Dieb
schimpfst. Die Polizeibeamten sind ehrliche Leute, die achten
auf das Wohl des Landes und der Menschen.«

Silvelie hörte ihn tief aufseufzen, und dann beobachtete sie ihn,
wie er das Protokoll schrieb.

Mit einer Genauigkeit, wie sie nur bei einem kleinen Gericht,
wo Gesetzesbehörde, Polizei und Bürokratie unentwirrbar miteinander vermischt sind, möglich ist, ging das Verfahren weiter.
Der Präsident schien keinen Schritt zu wagen, ohne vorher die
Gesetzbücher konsultiert zu haben. Vier verschiedene Beschuldigungen wurden von der Polizei gegen Lauretz vorgebracht,
und der Präsident ging daran, einen ersten Schuß auf Lauretz
abzufeuern.

»Paragraph 24: ‚Trunksucht und anstößiges Benehmen in der
Öffentlichkeit.‘ (Drei Vorstrafen.)«

Niklaus und Silvelie schauten einander etwas verblüfft an. Nach
all den Vorfällen, die sie zu Hause hatten miterleben müssen,
fanden sie es recht nebensächlich, daß hier ein halbes Dutzend
Zeugen von Prügeleien in den Wirtshäusern, von Verleum-
dungen, Beschimpfungen und Ruhestörungen erzählten. Das
war für sie jahrelang wie das tägliche Brot gewesen.

Eine zweite Beschuldigung, die man gegen den Vater vorbrachte, lautete auf gotteslästerliches und anstößiges Benehmen
in der Öffentlichkeit. Allem Anschein nach hatte Lauretz das
Dorfkruzifix in Nauders dadurch gelästert, daß er mit Lehm-
klumpen nach dem Kopfe der Christusstatue warf und den Erlöser mit abscheulichen Schimpfworten überschüttete.

»Das Ding ist aus Holz!« sagte Lauretz zu seiner Verteidigung.
»Hol mich der Teufel, ich glaube nicht an Holz.«

Entsetzte Gesichter starrten den Verbrecher an. Silvelie erzitterte in der Tiefe ihres Herzens. Für diese Äußerung, meinte
sie, müsse der Richter ihren Vater zu mindestens zwei Jahren
Gefängnis verurteilen. In dem stillen kleinen Gerichtssaal schien
die Lästerung riesenhafte Ausmaße zu gewinnen. Nachdem

126

Richter Bonatsch die Zeugen vernommen hatte, begann er die Paragraphen zu verlesen.

»‚Wer öffentlich gotteslästerliche Reden führt oder öffentlich durch Schrift, bildliche Darstellung oder herabwürdigende Handlungen die der Verehrung dienenden Gegenstände oder Lehren oder Einrichtungen oder Gebräuche einer vom Staate anerkannten Konfession zu beschimpfen und verächtlich zu machen versucht, ist mit Gefängnis bis zu zwei Monaten und einer Geldbuße bis zu hundertsiebzig Franken zu bestrafen.‘«

Er schob seinen dicken Zeigefinger ein Stück weiter.

»Und das Gesetz sagt: ‚Wer heilige Gegenstände gewaltsam beschädigt und dadurch öffentliches Ärgernis erregt, ist mit Gefängnis bis zu vier Monaten und einer Geldbuße bis zu dreihundertvierzig Franken zu bestrafen!‘«

Er schaute Lauretz an, das wohlwollende, maskenhafte Lächeln wich keine Sekunde lang von seinen Lippen.

»Niklaus«, flüsterte Silvelie. »Niklaus! Das sind schon sechs Monate!«

»Warte doch«, flüsterte er zurück, »das Urteil wird erst am Schluß gefällt... Pst, sei still. Richter Bonatsch will ihn etwas fragen.«

»Jonas Lauretz«, ertönte die freundliche Stimme des Präsidenten, »hast du etwas gegen diese Zeugen vorzubringen, die gesehen haben, wie du ein Kruzifix mit Kot beworfen und Gottes Sohn beschimpft hast? Hast du etwas zu deinen Gunsten vorzubringen?«

»Ich werde es wieder tun«, brummte Lauretz, »ihr bigotten Schafsköpfe!«

»Das muß der Zukunft überlassen bleiben«, sagte Präsident Bonatsch. »Wenn du erst einmal ernsthaft über die Glaubensmeinungen anderer Leute nachgedacht haben wirst, dann wirst du vielleicht zu etwas vernünftigeren Ansichten gelangen. Vielleicht wirst du noch eines Tages deine störrischen Knie vor ihm beugen, den du geschmäht hast.«

»Wir wollen es hoffen«, sagte Herr Pasolla, der neben dem Präsidenten saß.

»Amen«, sagte Lauretz und spuckte auf den Fußboden.

Niklaus hatte Silvelie instinktiv beim Arm gepackt, und er fühlte nun, wie ein Schauer durch ihren Körper lief. Sie saß regungslos da, mit weit aufgerissenen Augen, in denen ein seltsames Leuchten war. Immer wieder wanderten, wie von einer geheimen Gewalt gelenkt, die Blicke der Richter zu ihr hin. Der Präsident fuhr fort zu schreiben. Dann warf er einen Blick in die Anklageschrift und winkte Dieterli zu sich heran.

»Ist die Maier zugegen?« flüsterte er dem Beamten zu. »Dann soll man sie jetzt aufrufen.«

»Sie wartet drüben im Laden von Herrn Häberli«, erklärte der Polizist.

»Hol sie her«, flüsterte der Richter. Seine massige Gestalt straffte sich einen Augenblick lang, dann beugte er sich schwerfällig vor und schaute Niklaus und Silvelie an.

»Ich habe jetzt ein paar Worte an euch zu richten«, sagte er und nickte freundlich mit dem Kopf wie ein Elefant. »Niklaus und Silvelie Lauretz!«

Silvelie griff nach der Hand ihres Bruders, beide standen auf.

»Buab Niklaus ist gestern bei mir gewesen, als ich grade weg war!« sagte der Präsident. »Heute abend nach dem Essen werde ich zu Hause sein. Vielleicht können wir uns über einige Punkte unterhalten, die euch alle angehen. Inzwischen halte ich es für besser, wenn ihr beide nicht hierbleibt. Ihr seid nicht als Zeugen vorgesehen, was soll es euch nützen, wenn ihr mit dabei seid. Verlaßt also bitte den Gerichtssaal. Ich kann die Verantwortung nicht übernehmen. Junge Menschen haben hier nichts zu suchen.«

Er zog seine gewichtige goldene Uhr und schaute nach den Zeigern.

»Mehr will ich jetzt nicht sagen, es wäre nicht am Platz. Ich will nur hinzufügen, daß ihr euch überall dürft blicken lassen, ohne euch schämen zu müssen. Es ist schlimm für euch, daß ihr solch einen Menschen zum Vater habt, aber ihr könnt nichts dafür, das mögen sich die Leute von Andruss merken.«

Seine Blicke hingen an Silvelie, als sei er insgeheim von ihren Reizen gefesselt.

»Kommt her, Kinder, gebt mir vor dem Weggehen die Hand.«

Niklaus und Silvelie gingen durch den Saal und reichten dem Richter die Hand, Niklaus zuerst, nach ihm Silvelie. Dann verließen sie stumm den Raum.

»Jonas Lauretz«, sagte Präsident Bonatsch mit Nachdruck, »du solltest dich schämen.«

Halb betäubt von den Eindrücken, die sie in den vergangenen zwei Stunden empfangen hatten, wußten sie anfangs kein Wort zueinander zu sagen. Das Gefühl der Erleichterung, das sich ihrer bemächtigt hatte, als sie von der Verhaftung des alten Lauretz hörten, war einer tiefen Zerknirschung gewichen. Mit niedergeschlagenen Augen gingen sie schnell durch die Dorfstraße zur »Alten Post«, wo sie Pferd und Wagen untergestellt hatten. Sie schlichen sich in den kleinen Garten und setzten sich unter die Kastanien. Niklaus bestellte Bier und eine Portion Käse und Brot. Gemeinsam verzehrten sie das kleine Mahl. Nach einer Weile fand Niklaus die Fassung wieder.

»Schwester«, sagte er, »Präsident Bonatsch hat selber gesagt, wir brauchen uns nicht zu schämen.«

»Es ist schwer, sich nicht zu schämen.«

»Wir können nichts dafür, daß er unser Vater ist.«

»Nein, aber er kann dafür, daß wir seine Kinder sind.«

Er sah, wie ihr die Tränen in die Augen traten.

»Du bist so schön, daß dir das alles gleich sein kann.«

Und als sie schwieg, stieß er sie an.

»Du willst doch nicht behaupten, daß er dir leid tut?«

Sie strich sich mit den Fingern über die Brauen, als wolle sie den Kummer wegwischen. Dann schluchzte sie heftig und sagte: »Nein.«

»Überleg dir nur, wie gut es uns gehen wird! Jetzt wird er uns lange Zeit nicht mehr quälen können, und wir werden machen dürfen, was wir wollen. Und wo du nun auch das viele Geld von deinem alten Maler bekommen hast! Das wird uns ein gutes Stück weiterhelfen. Und ich geh zum Präsidenten und werde ihn bitten, daß er mir mit Vaters Geschäft behilflich ist. Ja, sollen die Gläubiger nur kommen, ich werde viel Geld verdienen.«

Niklaus sprach tröstend auf sie ein, aber sie hörte ihm nicht einmal zu. In ihr war ein bitteres, dumpfes Gefühl; sie fühlte sich seltsam verletzt und wußte nicht, was es sei. Sie besaß weder ihres Bruders praktischen Verstand noch seine festumrissenen Zukunftspläne. In ihrer Seele war alles formlos und unbestimmt und hatte ein drohendes Ansehn.

»Wenn es nur keine Gesetze gäbe!« sagte sie plötzlich und sah, wie aus einem bösen Traum erwachend, Niklaus starr in die Augen.

»Das wäre schön!« sagte er. »Dann lägen wir jetzt alle schon unter der Erde.«

»Warum denn auch nicht? Auf jeden von uns kommen Millionen anderer Lebewesen, Millionen!«

Er schnitt einen Brocken feuchten, frischen Käses entzwei. »Iß ein Stück, du bist hungrig.«

Dann schnitt er Brot ab.

»Worüber mögen sie jetzt im Gerichtssaal reden?«

»Mich wundert, daß wir nicht allesamt lauter Verbrecher sind!« sagte Silvelie. »Was hat uns denn daran gehindert, so zu werden wie Vater?«

»Vielleicht sein Anblick«, meinte er. Aber er hatte dabei das Gefühl, daß sie ihn nie verstehen würde, daß sie in einer ganz andern Welt lebe als er.

Und er wechselte das Thema.

»Silvelie, jetzt hast du doch Geld, willst du jetzt nicht die Sachen einkaufen, die du dir auf dem Zettel aufgeschrieben hast? Muattr wird sich freuen, und du kannst dann einiges mit dem Postauto um fünf gleich mitnehmen. Ich warte hier, bis die Verhandlung zu Ende ist, dann geh ich zu Bonatsch und komme dann spätabends mit dem Wagen nach Hause.«

Dieser praktische Vorschlag rüttelte Silvelie aus ihrem Brüten auf. Sie holte einen Zettel hervor, auf dem sie säuberlich eine endlos lange Liste von Haushaltungsgegenständen verzeichnet hatte, die das alte Nest im Jeff mit einem Mindestmaß an Behaglichkeit ausstatten sollten. Auf der Rückseite des Zettels befand sich eine zweite Liste, die allerlei Bekleidungsstücke für die ganze Familie enthielt. Obenan hatte sie mit großen Ziffern hingemalt: 900 Franken, Matthias Lauters' Geschenk, von dem

130

sie gleich hundert Franken für den Zahnarzt abgezogen hatte, den Preis für das falsche Gebiß, das ihre Mutter brauchte.

»Die Schuhe und den Kleiderstoff kann ich nicht allein einkaufen. Ich habe Muattr und Hanna versprochen, daß ich sie mitnehme. Und in Andruss ist das alles gar nicht zu haben. Wir müssen einmal nach Ilanz fahren. Aber die andern Sachen können wir gleich besorgen.«

»Wir wollen nur den Käse und das Bier bezahlen, dann gehen wir«, schlug Nikolaus vor.

Sie gab ihm ein Fünffrankenstück. Er bezahlte die Zeche. Nachdem die Frau sich entfernt hatte, wollte er Silvelie das Kleingeld zurückgeben. Sie schob seine Hand weg.

»Behalt es, Niklaus, du mußt dir Zigarren kaufen.«

Mit ernster Miene steckte er das Geld in die Westentasche, während er an sein Silberbergwerk dachte, und daß er Silvelies Großmut eines Tages tausendfach vergelten wollte. Dann stand er auf, nahm seine Schwester bei der Hand, und sie gingen die Dorfstraße hinunter.

»Glaub mir, es ist ganz einerlei, was man macht und was die Leute von einem denken, solange man Geld in der Tasche hat, viel Geld.«

Sie betraten den Kaufmannsladen. Silvelie schob ihm eine Banknote in die Hand.

»Du mußt bezahlen, Niklaus«, flüsterte sie. »Sonst wird man das sonderbar finden und sich wundern, woher ich das Geld habe.«

Präsident Bonatsch ließ nie eine Gelegenheit vorbeigehen, um sein Ansehen zu stärken. Er war ein kluger Kerl. Seine freundliche Geste gegenüber den Kindern des alten Jonas blieb nicht unbemerkt unter diesem Bauernvolk, dem jegliche Großmut als eine himmlische Tugend vorkam.

»Er ist ein feiner Mann unser Landamann«, ließen sich Stimmen im Gerichtssaal vernehmen. Ja, Lauretz fand einen gerechten Richter in dem Manne, der sein patriarchalisches Geschäft gut verstand und sich mit bürokratischer Genauigkeit an den Buchstaben des Gesetzes hielt, weil er wohl wußte, daß er sicher ging, solange er von den geschriebenen Paragraphen keinen Fußbreit abwich.

Die Beschuldigungen der Unzucht, des Ehebruchs und der Erregung öffentlichen Ärgernisses dadurch, daß er in verschiedenen Wirtshäusern die Photographien nackter Weiber vorgezeigt habe, diese Beschuldigungen, die gleichfalls gegen Lauretz erhoben wurden, erledigte Richter Bonatsch unter Ausschluß der Öffentlichkeit. Er ging dabei mit nicht allzu großer Strenge vor, denn er wußte, daß Unsittsamkeit in nahezu jedem Hause talab und talauf ein täglicher Gast war. Unzucht und Blutschande ereigneten sich fast Tag für Tag, und sooft einer dieser Sünder vor ihm erscheinen mußte, ging er nachsichtig mit ihm um, behandelte zuweilen die ganze Anklage als ein Häuflein Dreck, das er den Geistlichen zuschob, damit sie mit Besen und Schaufel die Arbeit der Hausmagd besorgten.

In Lauretz' Fall konnte man leider keinen Priester damit beauftragen, den Dreck beiseite zu fegen, und da Lauretz unter seinem Eid erklärte, er habe die Photographien von einem reisenden Priester erhalten, den er einmal auf seinem Wagen mitnahm, ließ Präsident Bonatsch, nachdem er die Glaubwürdigkeit dieser Aussage angezweifelt hatte, die ganze Sache fallen und ordnete lediglich die Beschlagnahme der Photographien und ihre sofortige Vernichtung an. Sogenannte ,schwere Verbrechen' fielen nicht unter Richter Bonatschs Jurisdiktion, und nicht oft hatte er mit solchen Fällen zu tun. Aber wenn das einmal geschah, dann gab er sie nur ungern an die höheren Gerichte weiter, denn er betrachtete sich als den König und Vater des Kreises und lieferte nie einen Missetäter an das höhere Gericht aus, sofern nicht seine Tat bereits öffentliches Aufsehen erregt hatte. Seine beiden Hilfsrichter waren an seine Autorität gewöhnt, und da sie selbst recht wenig Scharfsinn besaßen, fügten sie sich willig der Macht seiner Persönlichkeit. Außerdem wußte man von ihm, daß er ein großes Privatvermögen besaß, und ein braver Schweizer, mag er noch so stolz darauf sein, daß er vor keinem König, Herzog, Lord oder sonstigen Tyrannen den Rücken zu beugen hatte, mag er noch so schöne Lieder über die Tapferkeit seiner Vorfahren und die Fülle seiner Freiheiten singen, besitzt dennoch den heiligen Respekt vor dem Besitzenden, dem mit Glücksgütern Gesegneten, dem Plutokraten.

Mit einem Gefühl der Erleichterung ging Präsident Bonatsch zu der letzten Beschuldigung über, die gegen Lauretz vorlag: Es handelte sich um den Überfall auf den Sägemüller Schmid. Daß das ein richtiger solider Fall für das Polizeigericht war, ganz frisch noch und warm, und daß das Opfer mit verbundenem Kopf, eingeschlagenen Zähnen und unmäßig angeschwollenen Lippen gleich im Saale zugegen war, wirkte fast wie eine willkommene Erfrischung nach den üblen, schmutzigen Weibergeschichten. Frau Lour hatte sich geweigert, als Zeugin auszusagen; sie wollte nicht gegen Lauretz auftreten, weil er zuviel von ihrem Mann wußte. Sie lag leidend zu Bett. Dafür aber war der Bauer zugegen, der den Sägemüller so kläglich im Stich gelassen hatte. Lauretz gab übrigens alles zu und versprach Herrn Schmid eine zweite schöne Tracht Prügel zu einem künftigen Zeitpunkte, der, wie er sagte, völlig im Belieben des Gerichtshofes stehe.

Der heumachende Richter nahm seinen Bart in die Hand und flüsterte dem Präsidenten etwas ins Ohr. Richter Bonatsch nickte gewichtig. Nachdem er noch einiges geschrieben hatte, während im Saal tiefe Stille herrschte, schaute er auf seine pompöse Golduhr und begann dann, die Verhandlung mit einer kurzen Lobrede auf das Gesetz, dessen Unparteilichkeit und Schönheit abzuschließen. Endlich stand er auf, verkündete, daß der Gerichtshof sich jetzt zurückziehen und die Urteilsverkündung am folgenden Tage frühmorgens erfolgen werde. Daraufhin gab es ein lautes Stuhlrücken, Bücher und Papiere wurden eingesammelt, und der Präsident, begleitet von Herrn Pasolla und dem heumachenden Richter, verließ feierlich das Postgebäude. Sie spazierten die Straße entlang zum Hause des Präsidenten. Als sie dort vor der Tür anlangten, wurde ihnen von der schwachsinnigen Dienstmagd geöffnet, worauf Präsident Bonatsch nach einem kurzen Aufblicken zu seiner Immaculata in der Glasvitrine seine Kollegen mit einer großartigen Gebärde in sein Haus einlud. Wenige Minuten später versammelten sich die drei Männer um einen Tisch in dem Raum mit dem blank gebohrnten Parkettboden, zogen die Röcke aus und ließen sich in Hemdsärmeln zu ihrem Geschäfte nieder.

»Ja, ja, das war ein anstrengender Tag, den vergißt man nicht so leicht!« bemerkte der Heumacher.

Dann brachte Madame Bonatsch einen Krug Wein und drei geschliffene Gläser herein, stellte sie auf den Tisch und zog sich diskret zurück.

18

Am Sonnabendnachmittag fuhr ein Pferdegespann die Via Mala entlang. Auf dem Kutschbock, der bisher nur der privaten Bequemlichkeit des alten Lauretz gedient hatte, saß der junge Niklaus. »Schnufi«, der Gaul, ließ sich Zeit. Heute knallte ihm keine Peitschenschnur um die Ohren, keine häßlichen Flüche ließen sein altes Pferdeherz erzittern, kein Hunger wühlte in seinen Flanken. Nein, alles schien jetzt leicht und richtig, und die Stimme des jungen Herrn Niklaus klang sonderbar angenehm.

Niklaus machte eine sorgenvolle Miene. Manchmal drehte er sich um und warf einen Blick durch die Lücken zwischen den finsteren, überhängenden Felsen nach Andruss hinab, das sonnbeschienen tief unten im Tale lag. Die Kupferzwiebel auf dem Kirchturm glitzerte wie eine Feuerkugel. Und er mußte an den kleinen Zug auf dem Bahnhof denken, mit dem Güterwagen hintendran, in dem ein kleines Abteil war mit einem vergitterten Fenster, und wie sein Vater ohne Hut und Rock, in schmutzigem Hemd, in Hosen und Stiefeln, in dieses Abteil hineingestoßen worden war. Und da fielen ihm auch die Worte ein, die Silvelie gleich nach Lauretz' Verhaftung gesagt hatte.

»Es ist doch nicht ganz recht, daß ein Mensch den andern festnehmen darf. Wenn die Gesetze das erlauben, muß mit beiden etwas nicht stimmen – mit denen, die die Gesetze machen, und mit denen, für die sie gemacht sind.«

»Hüppla, Schnufi!« ermunterte Niklaus den Gaul. »Wollen wir heute noch nach Hause kommen oder nicht?«

Der Gaul beschleunigte freiwillig ein wenig den Schritt. Kurz vor Nauders begegneten sie einer Schar von Schulkindern in Begleitung ihrer Lehrer. Die Kinder trugen Rucksäcke, Blumen und Stöcke, sie sangen, lachten, gingen Arm in Arm, und Niklaus machte halt, um sie anzusehen. Einige winkten ihm zu, starrten sein rotes Gesicht und seine verwahrlosten Haare an. Mit aufgesperrtem Munde saß Niklaus da, bis die Schar hinter einer Straßenbiegung verschwunden war. Dann klappte er den Mund zu, fühlte eine Trockenheit und Sprödigkeit in der Kehle und schluckte heftig.

»Ganz schön«, murmelte er, »ihr habt das Geld eurer Eltern in der Tasche, ihr seid keine Lauretze. Aber wartet nur, wartet nur!«

Langsam fuhr er weiter, durch das Dorf und bergan, immer höher empor durch den dichten Wald, die Serpentinen der Yzollastraße entlang, bis er schließlich nach Hause kam.

Die Familie erwartete ihn in dem Zimmer neben der Küche. Es war gerade zu der Tageszeit, da die Sonne für ungefähr eine halbe Stunde in die Fenster schien. Ihre Strahlen drangen durch das Sprühwasser des Wasserfalls und durch das feuchte Glas und beleuchteten den Tisch. Niklaus erblickte dort ein neues buntes Tischtuch, neue Tassen und Teller, eine große Kaffeekanne aus Aluminium, einen großen Milchkrug, Brot, Butter und Käse, und er setzte sich gleich hin und bediente sich.

»Wir haben dich gar nicht kommen hören«, sagte Frau Lauretz, »Mannli hat nicht geschrien.«

»Meinetwegen schreit er nicht. Er schreit nur wegen dem Alten, nicht meinetwegen.«

»Ja, es ist merkwürdig, seit der weg ist, ist Mannli so still. Sonderbar.«

Ihre Blicke waren schwer von stummen Fragen, aber keiner traute sich mit der Sprache heraus.

»Hast du die Sachen alle mitgebracht?« fragte Silvelie schließlich.

»Es ist alles draußen auf dem Wagen.«

Dann folgte eine längere Stille. Die Yzolla lärmte, aber die Säge stand still. Niklaus hielt ein Messer aufrecht in der Faust.

»Sie haben ihm bloß vier Monate gegeben«, sagte er mit Nachdruck. »Zwei Jahre lang darf er kein Wirtshaus betreten, außerdem muß er hundertfünfundneunzig Franken und sechzig Centimes bezahlen.«

Frau Lauretz öffnete den Mund und machte ihn gleich wieder zu.

»Ich war am Zug. Dieterli mußte ihn ins Gefängnis nach Lanzberg schaffen. Wie ein Hund hat er in dem Käfig gesessen. Er hat mich angeschaut, aber kein Wort gesagt. Wenn er nicht kurz vor seiner Verhaftung den Schmid überfallen hätte, wäre er vielleicht noch leichter weggekommen. Gott sei Dank, daß er den Schmid überfallen hat! Und jetzt müssen wir uns gefallen lassen, daß eine besondere Kommission, die Bonatsch ernannt hat, unser Geschäft kontrolliert. Herr Wohl hat den Vorsitz. Die Gläubiger wollen sich versammeln, aber Bonatsch hat mir versprochen, er will sich bemühen, die Sache irgendwie für uns in Ordnung zu bringen, damit wir nicht der Fürsorge zur Last fallen. Ich hab' zu ihm gesagt, es ist doch nicht nötig, uns aus dem Jeff zu verjagen, und er war scheinbar recht vernünftig. Dann ging er mit mir zu dem Alten auf die Polizeiwache, und Herr Wohl war auch dabei. Der Alte mußte für mich ein Papier unterschreiben, daß ich an seiner Stelle das Geschäft weiterführen kann, und ich sagte noch, ich will alles tun, was nur geht, um die Sache ein wenig in Gang zu bringen und die Schulden zurückzuzahlen. Ich hab' ihm aber auch gesagt, daß das nur möglich ist, wenn sie mir die Bestellung für die neue Brücke geben.«

Niklaus' Gesicht leuchtete triumphierend auf.

»Ich hab' es diesem Bolbeiß und diesem Schmid gezeigt, Bonatsch war dabei! Ihre Voranschläge sind um Tausende von Franken höher als der unsere! Lauter Diebe sind das, und Wohl steckt mit ihnen unter einer Decke! Sie haben alles mögliche zusammengeredet, über die Löhne ihrer Arbeiter und über die Schmutzkonkurrenz, und was weiß ich, was alles noch, aber ich hab' ihnen glatt erklärt, ich kann zu meinem Preis den Auftrag übernehmen und immer noch dabei verdienen. Der Präsident hat schon begriffen, was los ist. Er hat mir die Hand auf die Schulter gelegt und gesagt:

‚Buab Niklaus, ich hab' Vertrauen zu dir', und zu den andern hat er gesagt: ‚Vergeßt nicht, ich hab' eben den alten Lauretz ins Gefängnis schicken müssen. Ich kann nicht zulassen, daß durch sein Benehmen seine Familie ins Elend gestürzt wird. Mich geht es gar nichts an, wie ihr untereinander um die öffentlichen Aufträge konkurriert, aber ich halte es für meine Pflicht, gerecht zu sein, und ich würde euch den Rat geben, eure Angebote zugunsten des Lauretzschen Angebotes zurückzuziehen. Damit helft ihr eurem eignen Schuldner wieder auf die Beine und dürft euch sagen, daß ihr nach den Geboten christlicher Nächstenliebe gehandelt habt. Tragt die Angelegenheit den zuständigen Behörden vor, die sollen jemanden ernennen, der eure Interessen wahrt und der dafür sorgt, daß Lauretz euch nicht übers Ohr haut.'
Ihr hättet die giftigen Blicke sehen müssen, die sie mir hinter dem Rücken des Präsidenten zugeworfen haben! Ich hab' Bonatsch nichts von dem Gespräch erzählt, das die Herren am Sonntagnachmittag in der ‚Alten Post' geführt haben. Vielleicht hatten sie Angst, daß ich's erzählen würde, aber ich hab's nicht erzählt. Es ist besser, man behält solche Sachen für sich. Grade bevor ich weggehen wollte, hat mir Bonatsch noch einmal die Hand auf die Schulter gelegt.
‚Buab Niklaus', hat er gesagt, ‚deine Angehörigen sind Protestanten, es gibt nur ganz wenig Protestanten in meinem Kreis, aber ihr sollt wissen, daß ich euch niemals anders behandeln werde als meine eigenen Glaubensgenossen, denn ich bin römisch-katholisch. In allen Schichten und in allen Religionen gibt es gute und schlechte Menschen. Es war für mich eine schwere Pflicht, daß ich euren Vater verurteilen mußte, und dazu noch zu einer so schweren Strafe. Ich werde selber fünfzig Franken zu den Kosten beisteuern. Das tue ich um euretwillen, weil ich weiß, daß ihr arm seid. Wenn ihr euch verpflichtet, den Rest der Summe zu bezahlen, werde ich euch nicht drängen. Ihr könnt bezahlen, wann es euch paßt.'
Ich schaute ihn wie ein Esel an, ich konnte einfach nicht anders, und dann bedankte ich mich für seine Güte.
‚Herr Präsident', hab' ich gesagt, ‚Ihr habt mir neue Zuversicht

gegeben, und ich verspreche Euch, mich sehr zu bemühen, um alles wieder in Ordnung zu bringen.'
Dann bin ich zu Pasolla gegangen.«
Niklaus schaute Hanna an.
»Georg war nicht zu Hause«, fuhr er fort, »er ist auch nicht bei der Verhandlung gewesen. Ich hab' ihn nicht gesehen. Aber ich hab' seinem Vater von meiner Unterredung mit Präsident Bonatsch erzählt, und er hat mich so mürrisch und böse angesehen, daß ich wütend weggegangen bin. Du solltest dir den Georg lieber aus dem Kopf schlagen und warten, bis ich mein Bergwerk in Gang gesetzt habe. Dann kannst du dir nach Belieben einen Mann aussuchen, sie werden dir nachlaufen.«
Niklaus hatte für den Augenblick sein Gedächtnis erschöpft. Er hielt inne und wischte sich den Mund ab.
»Herr Jeses, nur vier Monate haben sie ihm gegeben«, sagte Mutter Lauretz.
»Das heißt, daß er im Oktober wieder freikommt und das Hundeleben von vorne beginnt!« bemerkte Hanna.
»Ja, weil die Richter glauben, Vater muß uns ernähren«, sagte Niklaus. »Bonatsch hat mir das so erklärt.«
»Eh! Eh!« sagte Frau Lauretz entsetzt. »Sie haben ihm verboten, in die Wirtshäuser saufen zu gehen! Wie lange wird er denn wegbleiben?«
»Er wird nirgends etwas zu trinken bekommen. Wenn ein Wirt ihn bedient, muß er Strafe zahlen.«
»Du redest, als ob du den Alten oder diese elenden Kneipenwirte nicht kennen würdest«, sagte Hanna. »Jahrelang haben sie sein Geld genommen, man hätte sie auch gleich mit einsperren sollen.«
»Die ganze Zeit wird er zu Hause sitzen! Überlegt euch das einmal!« sagte Frau Lauretz und schaute ängstlich die Gesichter ihrer Kinder an.
Alle Blicke wanderten zu Silvelie. Es war, als verbiete ihnen ihre Anwesenheit, offen von der Leber weg zu reden, als fürchteten sie sich gleichsam vor ihr.
»Wir müssen die Geldstrafe für Vater bezahlen«, sagte sie. »Wir

müssen auf ein paar von den Sachen verzichten, die auf meiner Liste stehn.«

»Keine Rede!« schrie Hanna. »Er soll selber für den Gefangenenlohn arbeiten!«

Silvelie schüttelte den Kopf.

»Nein, das geht nicht. Es ist am besten, wenn ich die Strafe bezahle. Er wird es schon erfahren, und wenn er im Gefängnis nichts zu trinken hat, wird sein Verstand klarer werden, und er wird nachzudenken beginnen. Richter Bonatsch und andere fremde Leute sind mild mit ihm umgesprungen, da glaub' ich, wir müssen doppelt so mild sein.«

Frau Lauretz schaute ihre schöne Tochter an, und es schien, als erwache plötzlich ein heimlicher Haß in ihren dunklen Augen. Hanna und Niklaus blickten einander an, tauschten stumm ihre Gedanken aus. Silvelie spielte nervös mit ihren Fingern.

»Wir brauchen die Strafe nicht gleich zu bezahlen, wir können sie in vier Wochen zahlen. Ich gebe Niklaus das Geld, und er kann sagen, daß wir alle gearbeitet haben, um das Geld zu verdienen. Wenn Vater dann davon erfährt, wird er an uns alle denken. Aber er soll nicht wissen, daß ich es war, die das Geld gehabt hat.«

»Ich bin der Meinung, wir sind dem Alten nach all diesen Jahren gar nichts mehr schuldig«, sagte Hanna mit gerunzelten Brauen. »Es ist Zeit, daß wir an uns selber denken.«

Silvelie schüttelte den Kopf. Sie hatte das Gefühl, als seien in diesem Augenblick all ihre Angehörigen gegen sie. Niklaus lachte, ein leises, böses und kaltes Lachen.

»Wir haben schon viel zu lang gewartet«, sagte er und zog dabei seine Worte bedächtig in die Länge, wie es seine Gewohnheit war, wenn er jemand überzeugen wollte. »Wir haben die Gelegenheit verpaßt, als die Zwillinge oben lagen wie zwei steifgefrorene Puppen. Einer von uns hätte aufstehen müssen und sagen, er hat gesehen, wie der Alte es getan hat!«

»Still«, sagte Silvelie. »Es ist nie bewiesen worden, daß Vater es getan hat.«

Niklaus lachte fast hysterisch.

»Die Decke hat im Winkel gelegen, und das Fenster war weit

aufgerissen. Hast du schon einmal gehört, daß Säuglinge mitten in der Nacht aufstehen und ihre Decken herumschleppen? Nein, nein! Damals haben wir die Gelegenheit verpaßt, uns für das ganze Leben von ihm frei zu machen. So eine Gelegenheit kommt nicht wieder.«

»Wir sind wie die Rotte von Verdammten!« rief Hanna und schlug mit der Faust auf den Tisch. »Schau dir Mutter an! Sie ist so viel geprügelt worden, daß sie kaum noch kriechen kann. Schau dir Niklaus an. Ein Krüppel! Du mit deinem steifen Arm! Und ich? Bei Gott, wenn ich nicht so kräftig gewesen wäre wie ein Karrengaul, wär' ich jetzt schon eine Mutter für deinen Bruder. Aber ich hab' mir zu helfen gewußt!«

Frau Lauretz schrie auf.

»Hanna!«

»Ja, es ist wahr, jedes Wort ist wahr.«

»So einen Vater soll man lieben und mit Geld unterstützen«, sagte Niklaus in bitterem Hohn.

Silvelie rang die Hände. Eine innere Gewalt schien sie gepackt zu halten, eine Gewalt, die aus den Tiefen ihres Körpers kam. »Vater ist jetzt nicht da«, sagte sie sichtlich bemüht, ruhig zu bleiben. »Es hat keinen Zweck, Szenen zu machen. Wir wollen versuchen, uns zurechtzufinden und die Gelegenheit möglichst gut ausnützen.«

»Ganz sicher!« rief Hanna.

»Er kommt ja doch wieder zu uns zurück, deshalb ist es besser, wenn wir uns bemühen, vernünftig zu sein!«

Silvelie erhob ihre Stimme:

»Ich weiß, ihr glaubt alle nicht an die Macht des Gedankens. Aber ich glaub' daran. Und ich sage euch, alles, was wir im Leben tun, wird zuerst im Gedanken geboren. Wir sind auch aus Gedanken geboren, nicht nur aus Fleisch und Blut. Und wenn unsere Gedanken falsch sind, dann geht es auch mit unserm Fleisch und Blut in die Irre. Es ist viel besser für uns, wenn wir so an Vater denken, als ob er ein guter Mensch wäre. Ja, ein Mensch, den man lieben muß. Unser Haß wird ihm nicht helfen und wird auch uns nicht nützen. Im Gefängnis muß er nüchtern bleiben, und wenn wir freundlich an ihn denken, werden unsere

Gedanken zu ihm wandern und ihm nahe sein, und wenn er dann zurückkommt, wird er ein neues Leben beginnen. Ja, wenn er wieder zu Hause ist, müssen wir sogar noch freundlicher an ihn denken. Wenn wir ihn in unsern Gedanken preisgeben oder häßlich über ihn denken, wird er noch einsamer sein denn je. Und wenn er sich nicht ändert, dann haben wir ebenso viel Schuld daran wie er selber.«

Niklaus blinzelte Hanna zu. Ein höhnisches Lächeln spielte um seinen Mund. Frau Lauretz schaute Silvelie finster an, wie aus weiter Ferne. Niklaus kicherte.

»Jetzt wird es nicht lang dauern, dann wirst du in die Kirche gehn und um den Segen der Ewigkeit beten!«

»Wir sind heute so in der Ewigkeit, wie wir immer in ihr sein werden«, sagte Silvelie. Dann stand sie plötzlich auf und fuhr mit veränderter Stimme fort: »Es hat aber gar keinen Zweck, daß wir hier herumsitzen. Nehmen wir uns eine Arbeit vor. Ich zum Beispiel hab' eine Menge Wäsche fertig zu machen.«

Sie verließ den Raum und blieb einen Augenblick lang auf der Schwelle stehen. Die Sonne traf ihr Haar, ein goldener Lichtschein lag um ihr Haupt.

19

Obgleich ihre Sorgen mannigfach waren, obgleich sie sich mit vielen Befürchtungen quälten, und obgleich ihre Handlungsfreiheit durch die aus dem Prozeß herrührenden kleinen Eingriffe der Gerichtsbarkeit beschränkt war, begann die Familie Lauretz mit geringerem Bangen als bisher in die Zukunft zu blicken. Niklaus arbeitete mit übermenschlicher Energie. Von früh bis abends war er im Schuppen. Tagaus, tagein schnarrte die Säge und lieferte ganze Türme von Brettern. Niklaus aber schuftete nicht für seine eigene Rechnung, sondern für Bolbeiß und Schmid. Das ließ sich nicht ändern. Auf der Gläubigerversammlung war es so beschlossen worden, und die Gläubiger hatten das Gesetz auf ihrer Seite.

Ab und zu erschien Polizeisoldat Dieterli im Jeff, stolzierte vor

dem Hause umher, durchschnüffelte den Hof und kontrollierte sogar die geschälten Baumstämme und das Sägemehl im Schuppen. Ein Inspektor des Departements für Gesundheits- und Erziehungswesen tauchte auf und fand alles tadelnswert, den Zustand des Hauses, die sanitären Einrichtungen und die feuchte Gegend. Er erklärte, daß das Gesetz und die Vorschriften verlangten, daß dies und jenes binnen einer soundso langen Frist zu geschehen habe. Falls es nicht geschähe, würde das Departement mit Geldstrafen vorgehen. Der Inspektor des Departements für Aufforstung erschien mit seinem Assistenten und seinem Gehilfen, der Landkarten, Instrumente, Bücher und einen schweren Rucksack voller Lebensmittel schleppte. Er besichtigte die Bäume in der Umgebung, versah einige von ihnen mit einem Merkzeichen, äußerte sich weitläufig über eine Mehltauseuche und ließ ein großes gedrucktes Formular zurück, das Niklaus bis zu einem bestimmten Datum ausfüllen sollte. Falls er das versäumte, würde ihm die Behörde eine Strafe von zehn Franken und fünfunddreißig Centimes auferlegen. Schließlich kam aus Zürich ein Geologieprofessor, begleitet von einem Dutzend Studenten der Technischen Hochschule. Sie standen in Strümpfen und Bergstiefeln vor der Sägemühle umher, reckten die Hälse und unterhielten sich in einem halben Dutzend verschiedener Sprachen. Der Professor bat Niklaus, ihn zu den Bergwerken zu führen. Niklaus begleitete die Schar von Geologen und zukünftigen Ingenieuren ins Tal hinauf. Er sagte kein Wort, schweigend führte er sie hierhin und dorthin, durch eingestürzte Gänge und gruftähnliche Höhlen. Stumm schaute er ihnen zu, wie sie an die Wände pochten, in dem schlüpfrigen Lehm ausglitten. Witze machten, das Erz prüften, Wurst, Brot und Käse aßen, Bier, Limonade und Tee tranken. Stumm hörte er zu, wie der Professor die Studenten zu sich heranrief.
»Meine Herrn, meine Herrn!«
Er hielt ihnen einen Felsbrocken hin und verbreitete sich dann über eine uralte Methode der Erzgewinnung, bei der das Erz in einer Pfanne zu Staub zerrieben wurde. »Das Wasserverfahren« nannte er es.
Niklaus hörte ihn ferner von dem »elektro-metallurgischen

Verfahren« und von dem »Amalgamierungsverfahren« erzählen und schaute ihm zu, wie er mit einem kleinen Hammer einen Stein zerschlug und die Stücke herumreichte.

»Viel zuviel Antimon«, hörte Niklaus ihn sagen.

Niklaus lächelte höhnisch vor sich hin. Er hatte ihnen keineswegs alle Minen gezeigt, nie würde er einem Menschen verraten, was er alles wußte.

,Wartet nur', dachte er, ,ich, Niklaus Lauretz…' Und er blickte mit seinen hellblauen Augen zum Himmel auf, sah dort einen Adler seine weiten Kreise ziehen und hörte des Vogels harten Schrei.

Als sie zur Sägemühle zurückkamen, bot der Professor Niklaus einen Franken an. Niklaus schüttelte den zottigen Kopf.

»Sehen Sie, meine Herren«, sagte der Professor zu den Studenten, »habe ich Ihnen nicht gesagt, daß hier oben in unsern schönen Schweizer Bergen die Menschen stolz und freiheitsliebend sind?«

Des Professors Lobrede machte keinen Eindruck auf Niklaus. Er ließ die Besucher stehn und ging schnell in den Sägeschuppen, sein Gesicht war röter denn je.

»Ihr Schafsköpfe!« murmelte er.

Aber Niklaus ermangelte nun einmal der üblichen Schweizer Tugenden, er erfreute sich einer Freiheit, wie sie der gewöhnliche Bürger nicht genießt, und Höflichkeit war für ihn eine Sache von Worten.

»Jöry!« rief er. »Hör zu!«

Und er zeigte mit dem Daumen über die Schulter.

»Geh und schau dir einmal diese Vögel von der Technischen Hochschule in Zürich an, die glauben scheinbar, uns muß man genauso behandeln wie einen Kofferträger.«

Noch nie hatte in der Sägemühle so viel Ordnung geherrscht. Es wurde mit einer ganz ungeheuerlichen Energie und Tatkraft gearbeitet. Niklaus fühlte sich voll Stolz als sein freier, eigener Herr.

»Und wenn der Alte nach Hause kommt«, sagte er manchmal, »wird er auf jeden Fall große Augen machen, obschon das Geschäft noch nichts eingetragen hat.«

Aber es verging keine Minute, ohne daß nicht der Gedanke an die Rückkehr des Alten ihn wie ein Gespenst verfolgte. »Schau her, Jöry!« sagte er immer wieder. »Schau dir jetzt meine Armmuskeln an! So sieht das aus, wenn man genug zu essen hat!« Jöry machte selten den Mund auf. Er kicherte bloß und schaute den jungen Optimisten mit seinen schmalen Äuglein von der Seite an. Doch wenn er auch nur wenig sprach, sein Hirn arbeitete unablässig, und unterdessen wartete er auf den richtigen Augenblick. Frau Lauretz führte jetzt im Vergleich zu früher ein fast behagliches Leben. Das Nötigste war vorhanden, und der Haushalt begann ihr Freude zu machen. Mit einem wahren Feuereifer ging sie daran, Ordnung und Sauberkeit zu schaffen. Von früh bis abends scheuerte, wusch und fegte sie. Die alten Küchengeräte waren auf Silvelies Vorschlag in Jörys schmutzige Hütte gewandert, ebenso einige Kleinigkeiten aus dem Haushalt, so daß nun auch die Familie Wagner sich mit einem unerwarteten Wohlstand gesegnet sah. Freilich herrschte in ihrer Hütte bei weitem nicht so viel Behagen wie im Hause Lauretz. Jörys Frau litt an brandigen Geschwüren und Krampfadern. Sie quittierte das veränderte menschenfreundliche Verhalten der Lauretz' auf ihre Art, indem sie mit ihrem kleinen Albert vor der Haustür erschien und gemeine Beschimpfungen ausstieß, bis Niklaus ihr etwas Geld gab und sie verjagte. Hanna war ins Hospiz zu den Gumpers' übergesiedelt, denn in den Bergen war »Hochsaison«, und Silvelie ihrerseits hatte die Gumpers' verlassen, um ausschließlich Herrn Lauters zu bedienen.

Der kleine Raum neben der Küche war jetzt blitzblank und sauber. Auf dem Tisch stand sogar eine Porzellanvase, die fünfundsechzig Centimes gekostet hatte, mit frischen Waldblumen. An der Tür hing in einem von Niklaus gesägten, gezimmerten und geschnitzten Rahmen ein weißes Stück Papier. Das Papier stammte von Silvelie. Sie hatte in Meister Lauters' Bibliothek ein altes Buch gefunden, verfaßt von Pater Plazidus a Specha, Abt von Disentis Anno Domini 1772, einem braven, fröhlichen Bergmönch. Aus diesem Buche hatte sie mit dünnen Bleistiftstrichen eine Stelle abgeschrieben und einige Buchstaben mit kleinen Blümchen verziert, wobei sie sich Herrn Lauters' Wasserfarben zunutze gemacht hatte. Kluge Worte über die beste Art, gesund zu bleiben:

»Die Gesundheit zu erhalten, soll man recht tun, damit man niemanden zu fürchten hat, soll bedacht sein, niemanden zu beleidigen, soll Nachsicht üben mit der Unwissenheit und Bosheit der vernünftigen und unvernünftigen Geschöpfe, soll Gerechtigkeit und Sanftmut wollen, keine Rache nehmen, keinen Widerwillen im Herzen tragen, man soll alles, was von der gütigen Hand Gottes kommt und uns gegeben ist, mäßiglich und mit Freuden genießen, nicht zuviel mit Geschäften und Kümmernissen sich beladen, wohl aber seine Pflichten mit Gleichmut tun; man soll sowohl die Arbeit als die Ruhe lieben und endlich mäßig in allen Unternehmungen, im Schlafen, Wachen, Essen, Trinken, Gehen, Stehen, Schreiben, Lesen, Betrachten und so weiter sein. Man soll das, was man hat, wohl und nett zubereiten lassen, in den Wohnungen reine Luft und der Zeit und den Umständen angemessen sauber gehaltene Kleider, Hausgeräte und Betten haben und bequeme und rein gehaltene Wohnungen zubereiten, um sich vor Kälte, Wärme, Trockenheit und Feuchtigkeit zu schützen. Ein gesundes und langes Leben ist dem Menschen angenehm; wie sollten nun die Mittel dazu sauer und schwer sein?«

20

»Silvelie«, sagte Meister Lauters eines Morgens, »ich glaube, es ist höchste Zeit, daß ich zu arbeiten anfange.«
Sie schaute ihn an und schnitt eine Grimasse.
»Eben erst haben Sie mich mit dem Schal gemalt, und immer sieht man Sie etwas tun.« Lächelnd entblößte sie ihre weißen Zähne.
»Das ist es ja eben – ‚etwas tun', herumwirtschaften. Das ist dasselbe, als ob man gar nichts täte. Ich muß mich auf eine Sache konzentrieren.«
»Und was soll das sein?«

»Ich will eine schöne große Leinwand bemalen. Unten an der Via Mala gibt es ein Motiv, die Hubertuskapelle. Seit Jahren reizt sie mich, und ich muß mich daranmachen, bevor es zu spät ist. Wenn du ins Hospiz kommst, sag Herrn Gumpers, er soll ein Auto besorgen, das uns zur Kapelle und wieder zurück bringt. Wir wollen nicht zu Fuß gehen.«

»Soll ich gleich gehen?«

»Es hat Zeit, wenn du's nachher ausrichtest. Ich brauche mindestens zwei Stunden, um meinen Kram zusammenzusuchen.«

Er ging in sein Badezimmer, wo er in einem Schrank seine Malgeräte aufbewahrte, und begann mit ernster Miene zu kramen.

Silvelie verließ mit einem kleinen Körbchen das Haus und ging Blumen pflücken. Mit besonderem Eifer suchte sie Enzian, denn sie liebte diese wunderbaren, kleinen samtenen, blauen Kelche, die fast so blau waren wie ihre Augen. Unterwegs pflückte sie zarte Farnkräuter, die auf den Moosbeeten zwischen den Felsblöcken wuchsen, und während sie neben dem Bach einherschlenderte, sammelte sie einen kleinen Strauß Vergißmeinnicht, die so blau waren wie der Himmel an diesem Tag, kühl und feucht und von köstlichem Duft. Edelweiß pflückte sie nie mehr, seit Herr Lauters ihr gesagt hatte, Edelweißpflücken sei bloß eine Tochterindustrie des Hotelgewerbes. Äußerlich war mit Silvelie eine seltsame Wandlung vor sich gegangen. In ihren Gebärden lag jetzt eine schwer zu erklärende Sicherheit. Vielleicht hatte das neue Sommerkleid aus braun und blau gemustertem Tüll, das wie Schmetterlingsflügel ihre schlanke Gestalt umflatterte, ihr ein reiferes Aussehen verliehen. Vielleicht lebte in ihr ein unsichtbares, höheres Ich, das entschlossen war, sich über den Tumult des Lebens zu erheben. Vielleicht hatte sie eine geheime Quelle des Friedens entdeckt. Was es auch sein mochte, man konnte nicht leugnen, daß sie in den zehn Wochen, die sie nun im Schlößchen Meister Lauters' als seine Dienstmagd, sein Faktotum, seine Leibwächterin, seine Pflegerin, seine Gehilfin, seine Privatsekretärin, sein Modell und zuweilen sogar als seine Kritikerin verbracht hatte, ein ganz anderer Mensch geworden war und sich sehr zu ihrem Vorteil verändert hatte.

Es war nicht sehr anstrengend, Matthias Lauters' Dienstmagd zu sein. Er aß nur sehr wenig und nur ganz einfache Sachen. Wenn sie das Essen auch noch so gut zubereitete, er aß nie mehr als ein paar Bissen. Ferner hatte er eine eingewurzelte Abneigung gegen allzuvieles Abstauben. »Staub ist eine edle Sache, mein Kätzchen«, pflegte er zu sagen. »Dieses viele Wischen und Waschen und Putzen ist eine schweizerische Seuche, die Erbschaft vieler Generationen von Kleinbürgern, die mit dem Besen in der Hand zur Welt gekommen sind. Ohne ein bißchen Unordnung ist das Leben langweilig. Der Besen ist das Symbol der Mittelmäßigkeit. Heutzutage verwandelt die bürgerliche Gesinnung das Heim in die Kopie einer Klinik oder eines öffentlichen Gebäudes. Carlyles Idioten suchen immerfort nach Mikroben und übersehen die großen schönen Dinge.«

Es machte Silvelie Spaß, Meister Lauters' Leibwache zu sein. Komödie zu spielen, war für sie ein wahres Vergnügen. Wenn ein ungebetener Besucher keuchend die Wiese heraufkam, griff Lauters nach einem Zeißglas und betrachtete den Eindringling. In der letzten Zeit waren mehrere Leute dagewesen, darunter auch ein entfernter Verwandter des Malers.

»Sivvy, Sivvy, schnell! Da kommt ein bekanntes Gesicht, das mich in meinen Träumen, in meinen schlimmsten Träumen verfolgt. Der Himmel schütze mich vor meinen Vettern! Sperr die Tür unten zu. Laß ihn warten und sag ihm dann nach einer Weile, daß ich verreist bin.«

»Wohin?«

»Nach Italien! Nein, sag nach Lugano!«

»Aber das ist doch eine Lüge!«

»Durchaus nicht! Ich werde mich oben auf das Sofa legen, die Augen zumachen und vom Monte Generoso träumen und von dem wunderbaren Fisch und dem Weißwein in dem kleinen Restaurant am See.«

Ihr Lachen hatte das ganze Schlößchen erfüllt, und sie hatte getreulich seine Befehle durchgeführt. Der enttäuschte Vetter war mit recht verblüffter Miene davongegangen, verfolgt von der Vision des schönen jungen Geschöpfes, das ihn so grausam angestarrt und belogen hatte.

Unter den Besuchern war auch ein wandernder Geistlicher gewesen, der zu dem berühmten Maestro gepilgert kam.

»Ein alter Schulfreund«, hatte Lauters gesagt. »Einer jener amüsanten Kerle, die der Meinung sind, daß der Mensch nur für die Unsterblichkeit bestimmt sei, und die sich dann trotzdem so benehmen, als ob dieses irdische Leben das einzige wäre. Laß ihn ein. Setz ihn in den großen Lehnstuhl, mit dem Gesicht zum Licht, damit ich ihn aus meiner dunklen Ecke deutlich sehen kann, und bring uns Kaffee. Nein, warte, vielleicht will er Tee haben. Heiliger Himmel!«

Matthias Lauters' Freund war zwei Stunden geblieben. Die Unterhaltung war sehr lebhaft gewesen, besonders von seiten des geistlichen Herrn.

Eines Tages war eine Schar von kleinen Jungen und Mädchen, die ihre Ferien in den Bergen verbrachten, vor dem Schlößchen aufgetaucht. Meister Lauters trat auf die Terrasse heraus, und als er ihre roten Gesichter erblickte, die Jungen ohne Hut und die Mädchen mit zerzaustem Haar, sonnverbrannt und verschwitzt, und als ihm im gemischten Chor ihr feierlicher Gruß entgegentönte: »Guata Tag, Herr Professor!« da sah Silvelie die Runzeln an seinen Augen zucken. »Potztusig!« sagte er mit unsicherer Stimme. »Wie jung seid ihr alle! Kinder! Kinder! Ja, potztusig!« Und dann ging er zu ihnen hinunter und holte sie auf die Terrasse herauf, saß unter ihnen, gab ihnen Autogramme, zeichnete drei von ihnen und schenkte ihnen die Skizzen, und Silvelie kochte ihnen Tee, und im Handumdrehen hatten sie eine Schachtel Huntley and Palmers petit beurre Bisquits und einen Topf Lenzburgmarmelade verspeist. Und als die Kinder dann schließlich abmarschierten, schaute er ihnen lange nach.

»Sivvy, schau dir nur einmal alle diese komischen, kleinen dünnen Beine an! Sonderbar, daß Väter und Mütter ihre Kinder als ihr Eigentum betrachten und immer so reden, als wollte das Leben sie ihnen stehlen. Pure Selbstsucht – sie denken nur an sich! Sie überlegen nicht, daß der Mensch nicht nur in sich selber lebt, sondern daß er auch außer sich da ist, das heißt, daß er nicht nur ein Wesen der Gegenwart, sondern auch ein Wesen der Zukunft ist. Kinder sind eigentlich gar nicht die Kinder bestimmter Eltern, sie gehören dem Geist und dem Weltall. Sogar die Kleinen, die noch gar nicht geboren sind, existieren bereits in den Kindern von heute. Dummes Zeug, soviel von Individualität zu reden! Die Menschheit ist wie ein riesiger Baum. Die meisten von uns sind nur Blätter an diesem Baum, einige die Blüten.«

Silvelie fand unterwegs etwas Minze, zerrieb sie zwischen den Händen und atmete das Aroma ein. Sie dachte schon daran, etwas davon mitzunehmen, um es in den Tee zu tun. Meister Lauters hatte ihr von seinen Auslandsreisen erzählt, von seinen langen Ausflügen nach dem Fernen Osten, wo er oft mit den Einheimischen süßen, mit Minze gewürzten Tee aus bunten Gläsern getrunken hatte. Er wollte im Winter wieder verreisen, nach den Kanarischen Inseln oder vielleicht nach Ägypten. »Kleiner Liebling«, hatte er zu ihr gesagt, als sie einmal nach seinem Diktat zwei Briefe für ihn schrieb, »ich brauche jemand, der mit mir reist, meine Korrespondenz erledigt und mich kritisiert. Überlege dir das gut, bevor der Winter kommt. Ich verlasse mich sehr auf deine Freundschaft. Deine häuslichen Verpflichtungen dürfen dich nicht binden, kümmere dich nicht um sie. Einen Paß wirst du schon bekommen, wenn du auch noch minderjährig bist, ein dummes Wort. Wenn man uns zusammen sieht, wird man das nicht weiter komisch finden. Höchstens werden die Leute sich fragen, wie es nur möglich ist, daß du dich zur Begleitung eines Eisschrankes hergibst.«

Dieses Anerbieten, mit ihm zu verreisen, war eines der Probleme, die Silvelie Kopfzerbrechen machten. An ferne Länder zu denken, in Gedanken nach fernen Ländern zu reisen, erfüllte sie mit einer derartigen Begeisterung, daß sie sich kaum zu fassen wußte. Aber konnte sie denn ihre Familie verlassen? Durfte sie es tun? Sie war unschlüssig. Der dunkle Schatten ihres Lebens, hing drohend über ihr, der Schatten des Lebens, ihres wirklichen Lebens, von dem sie sich nicht loslösen konnte. Jetzt setzte sie sich hin, um über diese Dinge nachzudenken. Verloren hing ihr Blick an der Kuppe des Pic Cristallina, die wie der dicke, weiße Nacken eines Eisbären emporragte. Das

Eis »rauchte«, dünne weiße Wölkchen lösten sich von ihm los und verdunsteten geheimnisvoll in das Blau. Vor dem Gletscher erhob sich eine unübersteigliche Felsmauer, und die blaugrünen Risse schienen in der reinen Luft zu vibrieren. Und plötzlich wanderten ihre Gedanken zu dem Gefängnis von Lanzberg. Sie stellte sich ihren Vater vor, wie er allein in einer Zelle saß, auf einer harten hölzernen Pritsche, das Gesicht in die Hände gestützt, finster vor sich hinstarrend, grübelnd, wie sie ihn so oft hatte grübeln sehen. Sie zählte an ihren Fingern die Wochen ab, die er noch dort bleiben mußte, und der Gedanke an seine Rückkehr schien wie eine finstere Wolke in ihrer Seele aufzutauchen. Sie erzitterte, stand auf und ging zu dem Schlößchen zurück. Sie war Meister Lauters mit allen Kräften ihres Herzens ergeben; aber konnte sie denn die andern zu Hause verlassen und mit ihm auf Reisen gehen und im Sonnenschein leben und glücklich sein, während dort unten in dem finsteren, höhlenartigen Tal, das mit schwarzen Bäumen und mit dem Tosen der Yzolla angefüllt war, ein halbes Dutzend Menschen traurig ihr Dasein fristeten? Nein, das würde nicht recht sein. Meister Lauters wird schon verstehen, daß das nicht recht sein würde. Aber sie wird es ihm erst später sagen. Es wird ihm vielleicht weh tun, doch er wird sich nichts anmerken lassen.

Nach einer Weile kehrte sie zum Schlößchen zurück und verteilte die Blumen. Dann setzte sie einen breitrandigen weichen Strohhut auf, der in einer großen runden Schachtel aus Zürich gekommen war, und den Meister Lauters ihr mit geschickter Hand angepaßt hatte, und ging zum Hospiz hinunter, um das Auto zu bestellen und mit ihrer Schwester Hanna zu sprechen.

21

Matthias Lauters war es nicht entgangen, daß Silvelie in den letzten paar Wochen große Fortschritte gemacht hatte. Für ihn gab es nur wenig Geheimnisse, und diese wenigen bezogen sich meist auf ihn selber und auf seine bevorstehende Reise aus dieser Welt in die nächste. In der letzten Zeit suchte er immer häufiger

unter seinen Büchern nach ebenbürtigen Gefährten und verbrachte manche Stunden mit Tolstoj, Ramacharaka, Hans Blüher und Rilke. Oft saß er lesend in einem Stuhl auf der Terrasse, während Silvelie ihm mit einem Buch, das er ihr empfohlen hatte, Gesellschaft leistete. Dann machte er die Augen zu und wanderte körperlos in ferne Regionen. Manchmal verlangte er eine Decke für seine Beine oder das schottische Plaid, auf das er sehr stolz war, und bat Silvelie, ihm laut vorzulesen. Während er ihrer Stimme lauschte, schloß er die Augen und wünschte zutiefst, noch ein bis zwei Jahre am Leben zu bleiben. Einmal verriet er ihr diesen Wunsch, und als sie ihn fragte, warum er so finsteren Gedanken nachhänge, antwortete er: »Ich will gerade noch so lange leben, daß ich deine Erziehung vollenden kann.« Sie meinte, er würde noch viele Jahre am Leben bleiben, sie erziehen aber würde er nicht können. Er schaute ihr lange und tief in die Augen, dann strich er sich das weiße Haar aus der Stirn. »Kleine Silvelie, du wirst eines Tages eine schöne alte Sünderin sein, aber das wird dir nicht weh tun. Du wirst es vielleicht erst merken, wenn du eine Matrone mit einem halben Dutzend Kindern bist, eines Tages aber wirst du es entdecken.« Dann ließ er sich in seinen Stuhl sinken und schloß wieder die Augen. »Ich habe nie in meinem Leben eine besondere Gabe besessen, außer der Gabe zu arbeiten. Ich habe nie richtigen Verstand besessen, aber ich habe Geist. Wenn du jemals Schwierigkeiten in der Welt hast, Silvelie, dann bemühe dich nicht, die Rätsel des Lebens mit deinem Verstand zu lösen. Du gebrauchst mir viel zu oft das Wort Vernunft. Wenn du wirklich in Schwierigkeiten gerätst, dann entspanne dich und vergiß alles, zieh in Gedanken tausend Kreise um dich, verkrieche dich in den Mittelpunkt dieser Kreise wie eine Schnecke in ihr Haus und warte dort. So wahr ich hier sitze, der Geist wird alsdann deine Seele speisen. Du wirst plötzlich klarsehen und nicht wissen, wie das gekommen ist.«
Er seufzte tief.
»Ach, alle gute Arznei kommt aus dem blauen Himmel. Dort oben ist die Apotheke. Wie spät ist es jetzt?«
»Elf Uhr.«

»Zeit zum Arbeiten, gehen wir.«

Er erhob sich mit ungewohnter Munterkeit.

Kurze Zeit später waren sie zum Hospiz unterwegs, wo ein kleines Auto sie erwartete. Hanna trug ein hellgrünes Kleid, eine schwarze Schürze und auf dem wuchtigen Kopf ein rotes Tuch. Meister Lauters nannte sie »unsere Medusa«, und es machte ihm ebenso viel Freude, ihre breite Nase, ihre dichten schwarzen Brauen, ihre kräftigen Schultern und ihren üppigen Busen zu betrachten, wie ihr der Name »Medusa« Freude machte.

»Sind Sie mit dem Bild bald fertig?« fragte Hanna.

»Wie wird denn das Wetter? Das möchte ich gerne wissen«, sagte Lauters und schaute nach den Berggipfeln.

»Bald kriegen wir unseren ersten Schnee«, meinte Frau Gumpers. »Der Gletscher am Vial sieht abends ganz schwarz aus.«

»Sie glauben wohl, daß mir das angenehm ist?«

»Ich würde gern für Sie das schlechte Wetter aufhalten, Herr Lauters, aber ich kann's doch nicht.«

Während Lauters und Silvelie sich's bequem machten, brachte Töny eine große Leinwand, die Staffelei und den Malkasten und verstaute die Leinwand im Fond des Wagens. Mit zitternden Händen hielt der Maler die Leinwand fest und befahl dem jungen Mann aus Andruss, der am Steuer saß, schnell zu fahren. Gerade als sie abfuhren, trat Hanna an Silvelie heran und flüsterte ihr zu:

»Jeses Maria! Denkst du auch daran? Nur noch drei Wochen!«

Der Wagen fuhr die Yzollastraße hinab, legte Windung um Windung zurück, näherte sich bald den ersten Bäumen, kam dann in den dunklen, steilen Wald und blieb schließlich am Rande eines Abgrundes stehen. Dort, auf einem aus der Berg-wand vorspringenden grünen Erdenfleck, stand die Kapelle des heiligen Hubertus. Die Kupfertafeln der Zwiebel auf dem kleinen Kirchturm und das goldene Kreuz glitzerten in der Sonne, deren Licht über die gewellte Schulter des eisbedeckten Pic Cristallina in diesen einsamen Winkel fiel.

Der junge Mann aus Andruss half die Staffelei und die Lein-wand aufstellen. Silvelie legte die Farben zurecht, eine kleine Arbeit, die sie recht gut erlernt hatte. Sie hatte sogar gelernt, die Farben zu sortieren, sie kannte ihre Namen, und sie wusch jeden Tag die Pinsel aus, so daß Meister Lauters, wenn er die Pinsel prüfte, befriedigt vor sich hinbrummte. Sobald der junge Mann zu seinem Auto zurückgekehrt war, ging sie zum Portal der Kapelle, holte einen großen Wandschirm, der dort in einer Nische versteckt war, und stellte ihn an eine genau bezeichnete Stelle. Im Nu war sie ausgezogen und nahm die Haltung ein, an die sie sich bereits gewöhnt hatte. Niemand konnte sie sehen außer dem Maler und vielleicht den Toten, die auf dem kleinen Friedhof begraben lagen. Der Chauffeur hielt auf der Straße Wache, bereit, mit einem Hupensignal das Nahen eines zufälligen Wanderers anzukündigen. Unterdessen saß Matthias Lauters auf einem Kissen auf der niedrigen Kirchhofsmauer und hatte vor sich die Leinwand, auf der er das Sinnbild der Schönheit unter den Toten malte. Tod und Schönheit, nichts anderes mehr war ihm in seinem Leben geblieben, in diesem ungeheuren Leben, das nun für ihn in eine Nußschale zusammengepreßt schien. Und deshalb mußte er den Tod und die Schönheit malen. In ihnen waren gleichsam alle Dinge enthalten. Hier lagen unter hölzernen Kreuzen die Gebeine unbekannter fremder Soldaten, hier die Gebeine der Bergbauern, die mit krummen Beinen und verkrümmten Rücken den Weg des Staubes gegangen waren, hier die schlanken Skelette kleiner Kinder und dort die feierlichen Überreste eines Heiligen. Hoch oben reckte das fürstliche Haupt des uralten Cristallina sich in feierlicher Kahlheit zum Himmel, und sein steinernes Antlitz schien finster auf all die Dinge da unten hinabzublicken. Die biegsamen Zweige ineinander verstrickt, hoch, gerade und feierlich, eine Gemeinde symmetrischer Riesen, hüteten die vom Wind zerzausten Lärchen die Gräber. Und in ihren Schatten waren die Illusionen der Menschen bestattet.

»Sivvy, du kannst jetzt den Oberkörper bedecken«, sagte Meister Lauters, nachdem er genau eine Stunde lang gemalt hatte. »Nimm den Schal um und zieh den Rock aus. Hab keine Angst, niemand schaut zu. Ich muß die Hüften und die Beine haben.« Fasziniert betrachtete er die schimmernde Tönung ihres Körpers.

»Potztusig! Man sieht, daß das Gewebe deines Fleisches und deiner Haut aus Milch und Gemüse, aus Luft und Licht gebaut ist. Steh jetzt ganz bequem. Hab ein wenig Geduld. Die Muskeln dürfen nicht straff werden. Beug dich ein bißchen nach links. Bravo! Ausgezeichnet! Den linken Fuß etwas vorsetzen! Kannst du zwanzig Minuten so bleiben? Du bist ein wahres Wunder, auf mein Wort! Das wird ein Aufsehen geben, wenn dieses Bild bekannt wird. Einerlei! Der Papst läßt die Frauen lange Ärmel tragen, aber der Vatikan ist voll von nackter Schönheit.«

Schweigend malte er weiter, mit zitternden Händen und einer fast schmerzlich wirkenden Konzentriertheit.

»Die zwanzig Minuten sind vorüber«, sagte Silvelie.

»So? Gut. Zieh dich an. Genug für heute. Und vielen Dank! Du bist ein wahres Wunder.«

Sie zog sich an, trug den Wandschirm weg und versteckte ihn. Dann setzte sie sich unter dem Portal der Kapelle hin und starrte verloren durch ein Eisengitter in eine Nische, in der sich eine Terrakottastatue des gekreuzigten Christus mit dem Lendentuch befand. Blut strömte über sein Gesicht und seine Hände, quoll aus den Lenden, aus den Schienbeinen und den Füßen hervor. Zwei weinende Engel mit vergoldeten Flügeln knieten zu beiden Seiten der Gestalt. Daneben enthielt die Nische noch eine zweite, aus Holz geschnitzte Figur, die den Erlöser zeigte, wie er unter der Last des Kreuzes zusammenbricht. Rings um ihn her waren aus Wachs geformte gelbe und rote Rosen verstreut. Heiliger Staub bedeckte die Figuren. Ferner lagen da ein hölzernes Bein und die Hand einer Puppe, anscheinend seltene Reliquien, und über dem allen hing eine Photographie Seiner Heiligkeit Leo XIII., der mit klugen Augen durch ein zerbrochenes Glas aus einem goldenen Rahmen blickte. Silvelie erinnerte sich an ihre Schulzeit, wie die Kinder hinter ihr hergelaufen waren und sie ,Ketzerin', Tochter eines ,Ketzers' geschimpft hatten; sie erinnerte sich, wie Herr Wohl einen Jungen züchtigte, weil er mit Steinen nach ihr geschmissen hatte, und wie er der ganzen Schule strengstens befahl, so etwas nie wieder zu sagen, so etwas nie wieder zu tun. Und abermals hatte sie das Gefühl, als ob mit den Menschen etwas nicht in Ordnung sei. All die Dinge, an die die Leute glaubten, mochten sie auch noch so tröstlich sein, kamen ihr erkünstelt vor, so fern jeder Wirklichkeit. Die Menschen schienen wie toll darauf versessen, aus Holz und Lehm Dinge zu formen, die mit den Dingen des Geistes nichts gemein hatten. ‚Wenn ich nur könnte‘, dachte sie, ‚würde ich weit, weit weggehen und ein neues Leben suchen.‘

»Sivvy!« ertönte Meister Lauters' milde Stimme. »Komm und hilf mir einpacken. Genug für heute!«

Mit einem schmerzlichen Brummen stand er auf und streckte sich. Sie hörte ihn herzhaft fluchen, sich und sein Alter verfluchen.

»Komm und hilf mir!«

Ein seltsames Zittern durchlief sie, als sie seine Stimme vernahm. Sie stand schnell auf und ging zu ihm hin.

»Zu spät! Ich hab' es schon zugedeckt«, neckte er sie.

»Ich hab' gar nicht daran gedacht, mir das Bild anzuschaun.«

»Einerlei, woran du gedacht hast! Ich werde jetzt ein wenig auf und ab gehen, du kannst packen.«

22

Ende September war die Luft schon recht kalt, und die Sonne stand zu Mittag nur um weniges höher als der Pic Cristallina. Ein unfreundlicher Wind fegte über die verbrannten Wiesen. Die Wälder auf den steilen Hängen unterhalb des Hospizes verfärbten sich rötlichbraun, hellgelb und rot. Riesige Wolkenzüge wälzten sich über das Graubündnerland herein. Weiße Nebelstreifen wanden sich wie Riesenschlangen an den Bergen entlang, krochen in die Wälder und Spalten, kletterten an den zackigen Kuppen empor und schlichen über die Gletscher. Ab und zu erschütterten heftige Gewitter die Atmosphäre, und des Nachts warf der Vollmond seinen weißen Glanz durch die Risse eines hastig ostwärts jagenden Wolkenpanoramas. Die Hirten trieben ihre Herden ins Tal. Fette junge Kühe und junge Bullen, die Nacken und Flanken von Muskeln und Lebenssaft gebläht, wanderten ihren winterlichen Herbergen zu und Hunderte von Ziegen zogen weidend auf dem Wege ins Tiefland über die Pässe. Die Gumpers' bereiteten sich auf den Winter vor. Da es nur noch wenige Touristen gab, sagten sie Hanna, sie müsse jetzt nach Hause gehen, und aus Mitleid mit der armen Familie des Sägemüllers borgten sie ihr für den Winter eine Kuh. Stolz führte Hanna das fette, braune, watschelnde Tier nach Hause, obgleich sie überzeugt war, daß die Gumpers' die Kuh ihr nicht geborgt hätten, wenn sie nicht so alt und lahm gewesen wäre. Im Oktober kam eine Zeitlang trockenes schönes Wetter. Es sah aus, als sei der Sommer zu einem kurzen Besuch zurückgekehrt. Aber die Bewohner dieser Regionen ließen sich durch den warmen Sonnenschein nicht täuschen. Sie wußten, daß der große Wetterumschlag dicht bevorstand.

Aus irgendwelchen Gründen blieb Matthias Lauters immer noch in seinem Schlößchen. Es gab auch noch keinerlei Anzeichen für seine bevorstehende Abreise. Er schien viel zu beschäftigt. Er blätterte in den alten Katalogen seiner zahlreichen Ausstellungen, durchsuchte riesige Mappen voll Skizzen und verbrachte viel Zeit über seinem Tagebuch.

»Es ist immer noch Zeit, nach Afrika zu fahren«, sagte er zu Silvelie.

Ab und zu verbrachte er eine Stunde vor seinem Gemälde »Tod und Schönheit«, kratzte mit zitternder Hand an der Leinwand herum oder fügte hier und dort einen Tupfen Farbe hinzu. Als Silvelie diese Leinwand zum erstenmal sah, packte sie das Entsetzen: sie erkannte sich selber, wie sie da, überlebensgroß, ganz nackt, mit Füßen, die kaum die Erde berührten, zwischen den Gräbern einherschritt, während die Kapelle, der Wald und die Berge zu den strahlenden Farben ihres Fleisches einen gedämpften Hintergrund gaben.

»Ich weiß«, sagte Matthias Lauters, »daß du das Bild nicht vom Standpunkt eines Malers beurteilen kannst. Aber was hältst du überhaupt davon?«

Sie starrte es lange an.

»Hoffentlich werden Sie es nicht ausstellen?«

»Warum denn nicht?«

»Weil die Leute wissen werden, daß ich es bin. Ich müßte die ganze Zeit rot werden.«

»Darum kümmern sich die Leute gar nicht. Ich habe in meinem Leben massenhaft nackte Frauen gemalt. Aber sag mir jetzt, was du dir bei dem Bilde denkst?«

»Man muß darüber nachdenken.«

»Dann denk nach und sag es mir später.«

Aber sie erzählte ihm nichts, weil sie eigentlich nicht wußte, was sie mit dem Bild anfangen sollte, und sich nicht getraute, es schön zu nennen, obgleich sie fühlte, daß es schön war. Außerdem fand sie es recht geheimnisvoll.

Eines Abends saß Meister Lauters ganz blaß und mit müden Augen vor dem Feuer. Sie saß neben ihm auf einem niedrigen Schemel, das Gesicht hell beleuchtet. Lauters redete sonderbare Worte zu ihr.

»In meinem ganzen Leben hab' ich kein so schlechtes Bild gemalt. Es ist einfach idiotisch und wirft mich um fünfzig Jahre zurück, unter die Watts und Jones und Rosettis. Nur daß es nicht annähernd so gut ist wie ihre Werke! Liebe kleine Sivvy, um ehrlich zu sein, ich habe dieses Bild nicht gemalt, um zu malen, sondern aus ganz anderen Gründen. Wenn jemand eine lange Reise antritt, muß er sein Gepäck zurechtmachen. Ich habe meines zurechtgemacht und alles hineingepackt, was das Leben mir an Schönheit gezeigt hat. Ich bereue gar nicht die stillen Stunden, die ich mit dir auf diesem kleinen Friedhof verbracht habe. In jedem dieser Gräber habe ich selber geschlafen, und ich habe auch vor dem Altar in der Kapelle gekniet und zu der Gottheit gebetet, auf die geringe Möglichkeit hin, daß es eine gibt. Während ich dieses klägliche Bild malte, bin ich in den Wäldern umhergewandert und auf die Berge geklettert, so wie ich das als junger Mensch gewohnt war. Ich habe in wenigen Stunden fast ein ganzes Jahrhundert durchlebt. Dieses Bild ist ein Testament. Nach meinem Tode wird man es lesen, einige wenige werden es vielleicht verstehen, aber die meisten werden darüber lachen. Das macht nichts.« Er schloß die Augen und lehnte sich zurück. »Ich bin schon fast achtzig, und das Licht brennt immer noch«, murmelte er. »Es fällt mir schwer, Dinge, die andere Menschen bedrücken, mit dem richtigen Bedauern, mit der richtigen Kümmernis zu behandeln. Noch schwerer fällt es mir, meine vielen Sünden zu bereuen. Meine Kinder haben mich immer recht kritisch angesehen. Meine Familie hält mich für gefühllos und herzlos. Sie verstehen mich nicht, ich bin ihnen zu sonderbar, zu unmoralisch. Auch du mußt mich für einen sonderbaren Kerl halten, für einen großen Egoisten.«

»Meister«, sagte sie warm, »Sie haben mehr für mich getan, als ich jemals für Sie tun konnte!«

Er ging darauf nicht ein.

»Mein Hirn hat sich vieles ausgedacht«, fuhr er fort. »Mein Geist hat sich bemüht, manches zu glauben. Heute aber bin ich wieder voll tausend unbeantworteter Fragen. Nirgendwo gibt es die ganze Wahrheit, doch ein Stückchen Wahrheit steckt in allen Dingen.«

Er schauerte zusammen.

»Heute abend friere ich. Willst du ein Engel sein und mir die Decke geben?«

Sie wickelte ihn ein.

»Warum reisen Sie nicht ab?« fragte sie. »Es ist schon spät im Jahr. Sie sind noch nie so lange hiergeblieben. Sie müssen bald in ein warmes Klima übersiedeln.«

Er warf ihr einen langen düsteren Blick zu und lächelte dann.

»Du kommst ja doch nicht mit, was liegt also daran?«

»Ich würde furchtbar gern mitkommen, aber –«

»Keine unnützen Erklärungen«, unterbrach er sie. »Ich weiß, daß du nicht kannst. Du kannst nicht, wenn du auch wolltest.«

Er schloß die Augen. Nach einiger Zeit schlief er ein. Silvelie schlich auf Zehenspitzen hinauf in ihr Zimmer. Mitten in der Nacht hörte sie ein Geräusch. Es klang, als sei jemand umgefallen, und sie setzte sich in ihrem Bett auf und hielt den Atem an, um zu lauschen. In der tiefen Stille überkam sie eine schreckliche Unruhe. Sie zündete eine Kerze an, stieg aus dem Bett, ging die Treppe hinunter und öffnete die Tür zu dem großen Zimmer. Ein Blick auf den Diwan zeigte ihr, daß Meister Lauters dort nicht geschlafen hatte, und als sie ein paar Schritte vorwärtsging, sah sie den alten Maler auf der Erde liegen. Schnell zündete sie die Lampe an, ging zu ihm hin und kniete neben ihm nieder.

»Meister, was ist denn geschehen?«

Lächelnd, mit weit aufgerissenen Augen schaute er sie an.

»Was ist geschehen?« murmelte er und bemühte sich, mit ihrer Hilfe aufzustehen.

Langsam schaute er sich um, seufzte dann und sank auf den Teppich zurück. Ein Gefühl der Verlassenheit packte Silvelie.

»Herr Jeses, Meister, was ist geschehen?«

Ein tiefer, langgedehnter Seufzer entrang sich seiner Brust. Entsetzt spannte sie alle Kräfte an, richtete ihn auf, zerrte ihn auf sein Bett und legte ihn zurecht, zog ihn dann aus und deckte ihn zu. Er öffnete weit die Augen.

»Wie spät ist es?« fragte er flüsternd.

»Vier Uhr. Was soll ich tun?«

Sein Gesicht zuckte, als könne er seine Muskeln nicht mehr beherrschen, dann aber trat ein Lächeln auf seine Lippen. Er schloß die Augen, schluckte und drehte den Kopf auf die Seite. Plötzlich begann er vor Frost zu zittern. Sie hielt seine Hände, strich ihm das weiße Haar aus der Stirne, streichelte seine Wangen.

»Ist Ihnen kalt? Ich richte Ihnen eine Wärmflasche. Ich bin ganz schnell wieder da.«

Sie zündete schnell ein Feuer an, stellte Wasser auf, füllte eine Flasche mit heißem Wasser und schob sie zu seinen Füßen ins Bett. Seine Füße waren eiskalt. Sie holte etwas Kognak, hob seinen Kopf und flößte ihm einen Löffel voll ein. Er schluckte den Kognak. Dann sank er schwer atmend zurück.

»Danke, Schatzi, danke!«

Er versuchte, ihre Hand zu streicheln. Lange Zeit starrte er sie an. Sein Blick erfüllte sie mit Angst, denn es war, als schaue ein ganz anderer Mensch sie an, als schaue ein anderer Matthias Lauters sie aus unbekannten Tiefen an, aus leeren Höhlungen, aus denen der Lebensdrang geheimnisvoll entschwunden schien.

Sie kniete neben dem Bett nieder, nahm seine Hand und legte sie an ihre Wange. Zuweilen zuckte er mit dem Arm, als störten die heißen Tränen, die seine Hand benetzten, die geheimnisvolle Freude, die allmählich in ihm erstand. Dann hob er langsam den Arm und legte die Hand auf ihren Kopf. Unbewußt drückten seine großen Finger sich sanft in ihr Haar, griffen bis in die Haut, die sich darunter wölbte.

»Sivvy – lies – mir – aus – dem – Buch – vor – auf – dem – Stuhl – rot gebunden – Carpenter«, sagte er mühsam.

Sie küßte seine Hand, machte sich frei und holte das Buch. Er hatte offenbar darin gelesen, denn es lag verkehrt auf dem Fußboden. Vielleicht war er beim Lesen eingeschlafen, war wieder aufgewacht, hatte sich dann erhoben, um ins Bett zu gehen und war hingefallen. Sie kniete wieder neben dem Bett nieder, zog eine Kerze heran, stellte das Buch vor sich hin gegen seinen Körper und fand dann eine Stelle, die er rot angestrichen hatte. Mit trockener Stimme begann sie zu lesen. Allmählich aber wurde ihre Stimme fester.

»Freude, Freude ersteht – ich erstehe. Die Sonne durchbohrt mich mit übermächtigen Freudenstrahlen, die Nacht strahlt Freude von mir aus. Ich eile auf Schwingen durch die Nacht, durchwandere all die Wildnis der Welten und die alten finsteren Horte der Tränen und des Todes – und kehre lachend, lachend, lachend zurück. Mit ausgebreiteten Flügeln durch die sternhellen Räume schweben wir beide – o Lachen, Lachen, Lachen!«

Sie neigte den Kopf und streichelte seine Hand. Seine Lippen zuckten schmerzlich, er murmelte fast unhörbar: »O Lachen! Lachen!«

Sie fühlte, wie sein ganzer Körper schlaff wurde. Es war, als laste ein totes Gewicht auf dem Bette.

»Meister! Meister! Auf ausgebreiteten Schwingen durch die sternhellen Räume schweben – wir beide! Wir beide!«

Er hörte sie nicht mehr. Stille füllte den großen Raum, und in der Stille pochte nur noch ein einziges Herz. Dieses Herz schlug hart und schnell, rhythmisch, begleitet von ersticktem Schluchzen. Als das dämmernde Tageslicht durch die Läden hereindrang, waren die sanften Kerzen fast völlig niedergebrannt. Silvelie stand auf. Erschrocken wich sie vor ihrem Bildnis zurück, das auf der Staffelei stand. Sie drehte die Leinwand um. Dann trat sie vor das Totenbett hin und betrachtete das tief in den Kissen vergrabene bleiche Gesicht, den fest geschlossenen Mund, die eingesunkenen Augen, das zerzauste weiße Haar. Mit einem dumpfen Schmerz im Herzen verschränkte sie seine Arme über der Brust. Dann ging sie im Zimmer auf und ab, verzehrt von der Erkenntnis, daß sie einen Freund verloren habe, wie sie ihn in der ganzen Welt nie wiederfinden würde, von der Erkenntnis, daß der Tod ihr eine Liebe geraubt hatte, die nicht zu ersetzen war.

Sie öffnete die Läden weit und ließ das Tageslicht hereinfluten. Sie ging ins Badezimmer, wusch sich und ging die Treppe hinauf. Dort zog sie ihre groben Bauernkleider an, dann verließ sie das Schlößchen und wanderte zu den Gumpers' hinunter.

Sie saßen in der Küche beim Frühstück. Als sie ihr Gesicht sahen, standen sie auf.

»Was ist los?«

»Meister Lauters ist heute nacht gestorben.«

Sie hielten den Atem an. Schließlich sagte Töny mit unsicherer Stimme:

»Das ist nicht wahr.«

Aber er wußte, daß es wahr war.

»Jeses, Jeses!« stieß Frau Gumpers hervor. »Das ist doch nicht möglich!«

Sie begann zu weinen. Silvelie erzählte ihnen, was geschehen war.

»Was wollen wir machen?« fragte Töny.

»Man muß an seine Familie in Zürich telephonieren.«

»Ich kenne seine Familie nicht.«

»Professor Peters.«

»Wo sollen wir den finden?«

»Fragt das Telephonamt.«

Töny ging sofort ans Telephon, und Silvelie kehrte unterdessen ins Schlößchen zurück.

23

Am späten Nachmittag kamen zwei große Autos die Via Mala entlanggesaust. In dem einen saßen eine Menge Leute, das andere war ein blanker, schwarzer Krankenwagen, der Lieferwagen des Vaters Chronos. Sie machten vor dem Hospiz halt. Bald darauf schritt eine kleine Prozession mit Töny an der Spitze keuchend den Pfad zum Schlößchen empor. Matthias Lauters' Angehörige trugen schwarze Kleidung. Sie hatten sich nicht etwa auf kluge und geschickte Art schnell Trauerkleidung besorgt, und sie hatten auch den Tod des Malers nicht vorausgeahnt. Sie trugen ihre gewöhnlichen Sonntagskleider, wie sie zumeist die Garderobenschränke der Professoren und ihrer Angehörigen schmücken und nicht nur bei Leichenbegängnissen getragen werden, sondern ebenso zu Weihnachten, an Feiertagen, bei Hochzeiten und ähnlichen Festlichkeiten. Eine recht stattliche Matrone trug einen Kranz. Und da die Luft hier oben ziemlich dünn und der Weg steil war, blieb sie zuweilen stehen, und die Prozession mußte warten, während sie Atem schöpfte. Sooft sie stehenblieb, fing sie auf eine wohlerzogene Art zu jammern an, denn sie hatte offenbar den Schrecken über ihres Vaters plötzlichen Tod noch nicht überwunden. Ein großer, magerer, älterer Herr, der erbärmlich gekleidet war und das ungeheure Gebirgspanorama mit der Verblüffung eines Fisches anstarrte, den man seinem heimischen Element entrissen hat, erbot sich zu verschiedenen Malen, der Matrone die Last des Kranzes abzunehmen. Aber sie schien nicht geneigt, sich von den Blumen zu trennen, so schwer sie auch waren, und beteuerte, während sie mit einem weißen Taschentuch ihre Augen betupfte, daß sie nur die Kindespflicht erfülle. Ein anderer älterer Herr aus der Schar der Leidtragenden, offenbar ein sehr gelehrter und in der Kunst logischer Überlegung wohlbewanderter Herr, konnte sich's nicht verkneifen, mit äußerst sanfter, den traurigen Umständen angepaßter Stimme zu bemerken, daß Frau Professor Peters den Kranz ebensogut im Krankenwagen hätte zurücklassen können, da man ihn mit dem Sarg ja doch wieder würde hinuntertragen müsse. Dieser Herr, der einen riesigen schwarzen Bart hatte, unterhielt sich ernst mit der Dame an seiner Seite und fand viel Worte zum Lob des dahingeschiedenen Malers. Er prophezeite sogar ein großes öffentliches Begräbnis und fügte hinzu, daß er mit Spannung die vielen Nachrufe auf seinen Schwiegervater erwarte, die binnen kurzem in der Presse erscheinen würden. Im Nachtrab dieser imposanten Prozession marschierten vier Männer mit einem leeren Sarg.

Die Nachricht von Matthias Lauters' Tode war nach Andruss gedrungen. Obwohl aus Zürich gebürtig und im Kanton fremd, war er doch in Graubünden ansässig gewesen. Die örtliche Bürokratie wußte, daß er wohlhabend war und hier im Kanton nie einen Groschen Steuern bezahlt hatte. So schickten sie sofort ihr Faktotum Dieterli zum Schlößchen hinauf – mit dem Auftrag, den Abtransport der Leiche zu überwachen, etwelche Bücher sicherzustellen, in denen Herr Lauters seine Einnahmen verzeichnet haben mochte, und sodann die versperrten Türen des Schlößchens mit dem Amtssiegel zu versehen.

Der Doktor war bereits frühmorgens dagewesen. Er hatte ordnungsmäßig bescheinigt, daß Matthias Lauters eines natürlichen Todes, an Altersschwäche und Herzschlag gestorben war, und Herrn Dieterli den Totenschein überreicht. Als die Familienmitglieder des Malers sich dem Schlößchen näherten, trafen sie es infolgedessen unter der Obhut eines Polizeisoldaten an, und da sie in der Achtung vor den Gesetzen groß geworden waren und gelernt hatten, die Eingriffe des Gesetzes in ihr Privatleben zu dulden. fühlten sie sich beim Anblick einer Uniform recht erleichtert. Von Silvelie war keine Spur zu finden. Als Herr Dieterli sie auf dem Bett des toten Malers sitzen gesehen, hatte er in recht ungeschminkter Sprache seinem Ärger Ausdruck gegeben, ihr erklärt, daß er zu keinem Angehörigen der Familie Lauretz Vertrauen habe, hatte darauf hingewiesen, daß das Schlößchen offenbar voll von Reichtümern sei und daß sie ihm durch keinerlei schriftliches Dokument beweisen könne, Herr Lauters habe sie wirklich in seine Dienste genommen. Und dann hatte er ihr rundheraus befohlen, sich wegzuscheren und war allen ihren Protesten gegenüber taub geblieben.

Herr Dieterli führte nun die Angehörigen der Familie vor den Leichnam. Er trat zurück, damit sie ihn alle gut sehen konnten. Nachdem er ihre schmerzlichen Ausrufe und das Schluchzen der Frauen eine Zeitlang mit angehört hatte, nahm er die beiden Professoren beiseite und äußerte sich über die in solch traurigen Fällen üblichen gesetzlichen Vorschriften, die den Erben gewisse strenge Verpflichtungen auferlegten. Die gelehrten Professoren, die juristisches Denken nicht gewöhnt waren, schüttelten weise den Kopf, und es war ihnen etwas peinlich, bei einer derartigen Gelegenheit auf Paragraphen zu stoßen. Der Leichnam, erfuhren sie, sei natürlich ihr Eigentum. Kein Gesetz verbiete den Erben, einen gesetzlich bescheinigten Leichnam abzutransportieren. Das Schlößchen aber müsse versiegelt werden. Unterdessen waren die Sargträger erschienen. Schnaufend und schwitzend stellten sie die schwarze, mit silbernen Handgriffen und silbernen Engeln verzierte und mit weißen Satinkissen gepolsterte Holzkiste auf den Fußboden. Einer der Männer machte die Angehörigen darauf aufmerksam, daß sie sich nicht lange hier aufhalten dürften. Es würde sieben bis acht Stunden dauern, bevor sie wieder in Zürich wären. Die Familie stieg also die Treppe hinauf und versammelte sich in dem Raum, in dem Silvelie geschlafen hatte, um dort zu warten, bis der Leichnam eingesargt sei. Die Damen erspähten sogleich das zerwühlte Bett. Zweifellos hatte jemand vor kurzem dieses Bett benützt. Ihren geübten Blicken schien es noch warm zu sein. Sie wurden neugierig.

»Hast du gewußt, daß Papa jemand bei sich hat?« Sie schüttelten den Kopf, und schließlich wurde einer der Professoren beauftragt, sich bei dem Polizisten zu erkundigen.

Dieterli kratzte sich den Kopf. Es habe hier eine junge Magd im Hause gewohnt, sagte er, eine Angestellte des Herrn Lauters, aber sie sei aus freien Stücken weggelaufen. Die Damen waren damit nicht zufrieden.

»Wie heißt sie denn?«

Töny trat vor und gab ihnen Auskunft.

»Sie heißt Silvelie Lauretz.«

Er erklärte ihnen ziemlich ausführlich den ganzen Zusammenhang. Herr Dieterli ging auf die Terrasse hinaus, setzte sich hin und wischte sich die Stirn ab.

»So ein herzloser Dienstbote!« rief Frau Professor Peters. »In einer derartigen Situation davonzulaufen! Sie war doch der einzige Mensch im Hause, als Papa starb.«

Töny schüttelte den Kopf.

»Nein, Frau Professor, Sie dürfen nicht glauben, daß das Mädel herzlos ist. Herr Lauters hat sie schon seit Jahren gekannt. Sein Tod hat sie schwer getroffen.«

»Dann hätte sie doch den Anstand haben können, hierzubleiben, und ein wenig Trauer zu zeigen.«

»Wenn auch nur aus Höflichkeit«, fügte ihre Schwester hinzu.

»Moderne Dienstboten!« brummte Frau Professor. »Was kann man von ihnen erwarten!«

Das Thema wurde für den Augenblick fallengelassen, sie gingen ans Fenster und bewunderten die Aussicht, die ihres Vaters tägliches Brot gewesen war.

Silvelie stand hinter einem Felsen. Als sie einen Zug vornehm aussehender Leute in schwarzen städtischen Kleidern herannahen sah, und als sie bemerkte, daß eine der Damen, die zweifellos eine Tochter des Verstorbenen war, sich mit dem Taschentuch die Augen betupfte, neigte sie voll Teilnahme den Kopf. Ihre Wut gegen den eigenmächtigen Dieterli, der sie aus dem Schlößchen verjagt hatte, legte sich, und sie war schon drauf und dran, ihr Versteck zu verlassen, zu den Leidtragenden hinzugehen und ihnen die Hand zu drücken. Sicherlich hatten sie den toten Meister geliebt. Sie wollte weiter nichts zu ihnen sagen als: »Auch ich hab' ihn geliebt.« Aber es wurde nichts aus diesem jähen Impuls, es überkam sie eine fast lähmende Schüchternheit, sie blieb sorgsam versteckt hinter dem Felsen und blickte von weitem zu den Trauergästen hinüber. Als die Männer mit dem schwarzen Sarg vorbeimarschierten, riß sie die Augen weit auf. Es kam ihr ganz unnatürlich vor, daß noch gestern sie und der Meister Lauters dicht beieinander gesessen, und daß seine Augen voll Lebenslust geleuchtet hatten, noch heller als sonst, und daß sie ihn jetzt in dieser Kiste von ihr wegtragen würden. Ihr war, als vergingen viele Stunden, bevor die Prozession wieder zurückkehrte. Mehrere Male versuchte sie, sich dem Schlößchen zu nähern, aber aus Angst, gesehen zu werden, kehrte sie jedesmal wieder in ihr Versteck zurück. Endlich sah sie die Leute den Pfad entlangkommen. An der Spitze ging Dieterli, in der Mitte kam der Sarg, die Angehörigen schritten hinterdrein.

Die vier Sargträger marschierten sehr langsam, anscheinend war die blanke Kiste recht schwer. Verzweiflung sprach aus Silvelies Blicken, sie stopfte sich das Taschentuch in den Mund, ein heftiges Schluchzen schüttelte sie.

»Ich weiß, daß du das nicht mehr bist«, flüsterte sie entschuldigend, »aber ich kann nichts dafür.«

Dann überwältigte sie ihr Kummer, sie glitt zu Boden und weinte hemmungslos.

Als sie wieder genug Kräfte besaß, um aufzustehen, blickte sie den Pfad hinab, sah in der Ferne das Hospiz, sah die Gäste in die Autos steigen. Winzig kleine Gestalten, nicht größer als schwarze Ameisen, eilten geschäftig umher und verschwanden dann. Die Autos fuhren ab. Sie sah sie die Via Mala hinabtauchen. Mit weit aufgerissenen, entsetzten Augen blickte sie um sich, von einem tiefen Gefühl der Verlassenheit gepackt, ähnlich wie in der vergangenen Nacht, da sie Meister Lauters hatte hinfallen hören, nur daß es jetzt noch viel heftiger, viel schmerzlicher war. Sie empfand jene häßliche Einsamkeit, die in jedem Menschenherzen und in allem Geschaffenen lebt. Wo war denn Matthias Lauters jetzt? Sie entsann sich der Worte, die sie ihm vorgelesen hatte: »Auf ausgebreiteten Flügeln durch sternhelle Räume schweben. O Lachen, Lachen, Lachen!« Für ihn war es Freude gewesen, Kummer für sie. Und doch fühlte sie sich nicht ganz verlassen. Obgleich sie nie wieder seine freundlichen Augen sehen, nie wieder seine trocken klingende Stimme hören, nie wieder sein weißes, seidenweiches Haar streicheln, nie wieder die weiche, schottische Wolldecke um seine Schultern legen und ihn warm und behaglich auf dem Liegestuhl einpacken würde, obgleich dieser Teil von ihm für immer verschwunden war, würde doch sein anderer Teil, der dem Geistigen angehörte, bei ihr bleiben, sie lenken, sie schützen.

Ihre Seele und seine Seele hatten stets im gleichen Rhythmus geschwungen, und sie würde an diesem Rhythmus festhalten, damit seine Seele für immer bei ihrer Seele bleiben konnte. Keines der geistigen Saatkörner, die er ihr eingepflanzt hatte, sollte verlorengehen. Nein, sie würde sich alle Mühe geben, um zu der Weisheit heranzuwachsen, die ihn in seinem Leben geleitet hatte, die ihn gelehrt hatte, mit seinem letzten Atemzuge nach einem Lachen zu rufen.

Laß inzwischen die Wunde bluten, reichlich bluten! Sie wird den Schmerz ertragen.

Langsam ging sie den einsamen Pfad zu dem Schlößchen hinauf. Die Tür war versperrt und versiegelt, eine gedruckte Bekanntmachung war angeschlagen, ein Gesetzesparagraph und seine Anwendung nebst der üblichen Strafandrohung. Eine unbestimmte Wut gegen die Gesetze packte Silvelie, aber sie unterdrückte dieses Gefühl sogleich, und da sie sich an Meister Lauters' Ratschlag erinnerte, begann sie tausend imaginäre Kreise um sich zu ziehen und versteckte sich in ihrem Mittelpunkt. Es war doch gut, da zu sein, denn sie merkte bald, daß das Leben so sein müsse, wie es war. Sie konnte es nicht ändern, sie durfte nicht dagegen ankämpfen. Aber während sie auf den Stufen der Terrasse saß, verlorenen Blickes die Berge und die weiten Rasenflächen betrachtete, die die Hälfte ihrer Schönheit verloren hatten, seit er nicht mehr hier war, wünschte sie zutiefst, sie hätte ihren lieben Meister begleiten können. Er mußte wohl einen viel besseren Ort gefunden haben als diese Erde.

24

Die Voraussagen der ansässigen Wetterpropheten trafen nicht ein. Als Jonas Lauretz nach seiner Entlassung aus dem Gefängnis in dem kleinen Eisenbahnzug das Rheintal hinauffuhr, lag strahlender Sonnenschein auf den buntfarbenen herbstlichen Wäldern.

Niklaus war mit Pferd und Wagen nach Andruss gefahren, um

seinen Vater abzuholen. Schnufi sah wohlgenährt und rundlich aus, hatte ein blankes Fell und saubere, mit schwarzem Fett eingeschmierte Hufe. Die Wagenräder waren frisch gestrichen, und hinten auf dem Wagen stand ein Korb mit Kohl, Rüben und Kartoffeln. Vergebens musterte Niklaus die Gesichter der Reisenden, die aus dem Wagen Dritter Klasse stiegen. Er sah seinen Vater nicht. Plötzlich aber sprach ihn von hinten jemand an, er hörte eine Stimme, die er gut kannte, eine Stimme, die nichts von ihrer Barschheit und verborgenen Gewalttätigkeit eingebüßt hatte, und als er sich schnell umdrehte, stand vor ihm ein Mann, den er für einen Fremden hielt.

»Was schaust du denn so, Buab?«

Niklaus reckte den Hals vor und berührte ganz unwillkürlich seinen Vater mit der Hand.

»Was haben sie denn mit dir gemacht?«

Unter dem harten Blick seines Vaters verfärbte er sich.

»Vielleicht kennst du mich nicht mehr?« fragte Lauretz finster.

»Jetzt erkenn' ich dich.«

Jonas Lauretz hatte ein gutes Viertel seines Körpergewichtes verloren. Der verdrückte schmutzige Rock hing ihm lose um die Schultern. Sein Hals stak seltsam dünn aus dem weiten Hemdkragen hervor. Sein Haar war kurz gestutzt, das Gesicht rasiert, tiefe Furchen wurden sichtbar, die früher verborgen gewesen waren. Es war, als hätten die Gefängnisbehörden Lauretz nur deshalb kahl scheren lassen, um einen Charakter bloßzulegen, der nicht mehr zu flicken war. Der Anblick dieses neuen Gesichtes erweckte in Niklaus ein Gefühl des Grauens. Nein, er konnte mit seinem Vater kein Mitleid haben. Er hatte sich's vorgenommen, aber es ging nicht. Er konnte nicht einen Menschen bemitleiden, der so ein Gesicht hatte, so unheimliche Augen, einen so grausamen Mund, ein solches Kinn, nein, auch wenn der Mann jahrelang im Gefängnis gesessen hatte. Er strich mit den Fingern durchs Haar.

»Wo sind denn deine Sachen?« fragte er. Er konnte seinen Vater nicht mehr ansehen.

»Sachen? Was für Sachen? Glaubst du, sie geben einem in Lanzberg eine Ausrüstung mit, die dreckigen Hunde?«

Damit kletterte Jonas Lauretz auf den Wagen und nahm die Peitsche zur Hand. Er blickte auf seinen Sohn hinunter.

»Willst du mitkommen, Buab, oder willst du zu Fuß gehn?« Niklaus erhob sich, setzte sich hinten in den Wagen und nahm den Gemüsekorb auf die Knie.

»Allo hüppla!« brummte Lauretz mit der Peitsche knallend. Schnufi verdrehte die Augen, ein Zittern lief durch seine Beine, er legte sich ins Geschirr und schlug einen holprigen Trab an. Hinter seinen Ohren brach ihm der Schweiß aus.

Sie fuhren talabwärts, die Straße entlang, die hinter dem Dorf in die brausenden Wälder taucht, vorbei an der Stelle, wo Lauretz seinen Sohn zu Boden geschlagen hatte, über die Brücke und dann in das höhlenartige Tal, zwischen die schwarzen, feuchten Felswände, die sich über ihren Köpfen schlossen. Als Niklaus seines Vaters Rücken zusammenschrumpfen, seine Schultern herabsinken, seinen Kopf vornüberfallen sah, als versinke er in finsteres Grübeln, da hatte er das Gefühl, er sei unter einem unglücklichen Stern, in einem Unglückstal, von unglückseligen Eltern geboren worden. Die finstersten Gedanken, die ihn je heimgesucht hatten, begannen sich in seinem Hirn zusammenzuballen, nahmen kein Ende und waren allmächtig. Auch das war ein Unglück. Während sie langsam durch die Felstunnels fuhren, umsprüht von den Bergbächen, die hoch über ihnen dahinbrausten, wich jede Hoffnung auf ein besseres Leben aus seiner Seele. Die klaffenden Spalten in dem schwarzen Gestein schienen all seine Anstrengungen zu verschlingen. Dieser Mensch, der da vor ihm saß, geduckt und grübelnd, war wie ein Ungeheuer, das den ganzen Himmel und die ganze Welt erfüllte.

Hoch oben, auf einer Hochfläche, lag Nauders, dort hausten Männer, Frauen, Kinder und Tiere in ein paar elenden Holzhütten, die auf schwärzlichen Pfosten in einem Düngermorast thronten. Von dort noch zwei Stunden bis ins Jeff! Als seine Gedanken nach Hause wanderten, als er in Gedanken seine Mutter und seine Schwestern dort sitzen und auf die Rückkehr dieses Mannes warten sah, schoß wie eine heiße Flamme durch sein Herz eine ungestüme Liebe zu ihnen, ungestüm in ihrer

Plötzlichkeit. Tränen traten ihm in die Augen, ein Schluchzen saß ihm in der Kehle. Was hatten sie denn getan, daß sie solch ein Schicksal verdienten?

Als Lauretz und sein Sohn bei der Sägemühle anlangten, kam ihnen niemand entgegen. Zum erstenmal seit vielen Wochen hatte Mannlis Schrei das Haus durchgellt. Sein abgehacktes Geheul hatte die Frauen erschreckt, sie hatten sich in das Zimmer neben der Küche hingesetzt, um im Finstern auf die Rückkehr ihres Gebieters zu warten. Die Säge stand still, im Schuppen wurde keinerlei Geschäftigkeit vorgetäuscht. Jöry stand hinter einem Holzstapel und schaute nach dem Heimkehrer aus. Während Niklaus das Pferd in den Stall führte, stand Lauretz einen Augenblick unschlüssig da und betrachtete seine Heimstätte. Waldi näherte sich ihm, mit dem schwarzen buschigen Schweife wedelnd, und blickte aus seinen blutig umränderten, treuen Augen zu ihm auf. Aber da seine Begrüßung nicht erwidert wurde, machte er kehrt und humpelte in den finsteren Schuppen davon. Fluchend betrat Lauretz das Haus, und als er auf die Schwelle des kleinen Zimmers trat, begegnete er dem Blick dreier Augenpaare und hörte die Stimme seiner Frau entsetzt rufen:

»Herr Jeses Gott! Wer ist denn das?«

Silvelie näherte sich ihm, nahm ihn bei der Hand und führte ihn ins Zimmer.

»Komm, setz dich. Wir machen dir Kaffee, Brot und Käse ist da. Außerdem wird bald gegessen.«

Er ließ sich von ihr führen und sank auf einen niedrigen hölzernen Stuhl nieder.

»Willkommen zu Hause! Das soll es wohl heißen«, brummte er und begann alles und jedes auf das genaueste zu betrachten. »Feine Leute seid ihr geworden, wie ich sehe. Viel zu gut für mich. Vasen! Blumen! Tut es euch leid, daß ich zurückgekommen bin?«

»Du bist doch schließlich hier zu Hause«, sagte Silvelie.

»Schließlich, ja, schließlich«, brummte er.

»Und wir haben das auch nicht vergessen, während du weg warst.«

Hanna beugte sich vor.

»Du bist schwer wiederzuerkennen. Du bist so mager geworden, und dann das rasierte Gesicht und das gestutzte Haar – –«

»Was glaubst du denn, wo ich gewesen bin?« sagte Lauretz höhnisch. »Glaubst du, im Lanzberger Gefängnis gibt es Modefriseure und fürstliche Köche?«

Frau Lauretz stand auf und ging in die Küche, sie bemühte sich sorgsam, das Erstaunen und Entsetzen in ihrem Gesicht zu verbergen, denn sie hatte in den Augen ihres Mannes einen sonderbaren, bestialischen Ausdruck erspäht, der sie erzittern ließ, und einen Augenblick lang glaubte sie in Ohnmacht zu fallen. Sie griff nach einer Bratpfanne, die an der verräucherten Wand hing, die Pfanne fiel klirrend auf den steinernen Herd. Hanna kam sogleich gelaufen. Die Blässe im Gesicht ihrer Mutter erschreckte sie.

»Was gibt es denn, was gibt es denn?«

»Ich fürchte mich«, flüsterte Frau Lauretz, »ich kann gar nicht sagen, wie ich mich fürchte. Er ist nicht mein Mann, ich weiß das. Es ist ein anderer. Ein Fremder, den ich noch nie gesehen habe. So nicht! Hanna, laß mich heute nacht nicht allein. Ich bitte dich, laß mich nicht allein!«

»Hab keine Angst, Muattr«, flüsterte Hanna und reckte ihre breiten Schultern. »Er wird dir nie wieder etwas antun dürfen.« Und sie näherte ihre Lippen dem Ohr ihrer Mutter. »Wir sperren die Tür zu unserem Schlafzimmer ab. Niklaus hat das Schloß repariert.«

Frau Lauretz lehnte sich an die Wand. Sie zitterte am ganzen Leibe. Allmählich aber faßte sie sich, sie ballte ihre dünnen Hände zur Faust, und ein dunkler Schimmer leuchtete aus ihren Augen.

»Ja, wir sperren die Tür ab«, sagte sie, sich gleichsam selber Trost zusprechend.

»Steh jetzt nicht herum«, brummte Hanna. »Wir wollen ihm was zu essen richten.«

Im Nebenzimmer saßen Silvelie und ihr Vater. Ein seltsames Leuchten war in ihren Augen, während sie sein Gesicht betrachtete. Aber sie sah anscheinend nicht den rohen Wilden in ihm. Seine kahle Oberlippe, die über die dicke Unterlippe hinabhing, seine hohlen Wangen und die tiefen Furchen um den Mund erschreckten sie nicht. Er tat ihr leid, abgemagert, hungrig, vielleicht halb verhungert, wie er war, und sie glaubte zu wissen, wie peinlich für ihn dieser Augenblick sein, wie die Scham sein Herz verzehren mußte.

»Weißt du«, sagte sie, »ich bin überzeugt, Bonatsch hat dich nicht zur Strafe ins Gefängnis geschickt, sondern bloß, um einen neuen Menschen aus dir zu machen. Er wußte, du brauchst Veränderung, du mußt allein sein und nachdenken und zu einem neuen Leben kommen.«

»So, so? Was weißt denn du davon?« brummte er.

»Du wirst es schon selber sehen«, fuhr sie unerschüttert fort. »Wir werden uns bemühen, dir zu einem neuen Leben zu verhelfen. Während du weg warst, haben wir getan, was wir konnten.«

»Schulden bezahlt, äh?«

»Es ist noch nicht alles bezahlt, aber das wird schon werden. Und ich spreche jetzt auch nicht von Geld. Ich denke an andere Dinge. Da ist dein Heim – und da sind wir.«

Er zog einen Stumpen aus der Tasche und zündete ihn an.

»Mein Heim und ihr!« sagte er verächtlich.

»In ein paar Tagen wirst du es schon selber merken. Du mußt aber jetzt vernünftig sein und nicht mehr den wilden Mann spielen. Ich hab' eigens für dich ein bißchen Geld gespart, du sollst dir einen neuen Anzug kaufen und noch ein paar Sachen, die du brauchst. Wenn du wie ein Landstreicher herumläufst, kannst du keinen Respekt vor dir selber haben.«

»Wer sagt denn, daß ich Respekt vor mir haben will? Zum Teufel, was soll denn dieses Geschwätz! Bin ich denn immer noch in Lanzberg und muß mir diesen rotbackigen Pfaffen anhören, oder bin ich im Jeff auf meiner Sägemühle? Was hast du dir denn da in den Kopf gesetzt – mir Moralpredigten halten! Wenn es dir hier nicht paßt, scher dich weg!«

Ein tiefer Schmerz durchzuckte Silvelie. Sie hatte sich auf diesen Versuch sorgfältig vorbereitet, und nun sprang ihr seine Nutzlosigkeit in die Augen. Aber sie gab es noch nicht auf.

»Niklaus hat so fleißig für dich gearbeitet, daß du dich bei ihm bedanken mußt. Er ist den ganzen Sommer hin und her gelaufen, um die Sache mit den Gläubigern zu ordnen, und von früh bis abends auf den Beinen gewesen, um für Bolbeiß und Schmid das Holz zu sägen. Auch Jöry hat fleißig gearbeitet, und wir alle haben uns sehr bemüht, ein bißchen Geld zu verdienen.«

»Ist in diesem kleinen Paradies auch für mich noch ein Plätzchen übrig?« fragte er und starrte sie finster an.

»Vielleicht ist auch in unsern Herzen noch Platz für dich.«

Er spuckte aus. Sie schaute ihn geduldig an, während ihre Mutter einen Krug Milchkaffee in der neuen Kanne hereinbrachte. Jonas Lauretz zog die Brauen hoch, tiefe Schatten zeigten sich an den Speckpolstern unter den Augen, und seine Mundwinkel hingen schlaff herab.

»Also – Vater« – Silvelie konnte das Wort kaum über die Lippen bringen –, »vergiß nicht, was ich dir gesagt habe.«

»Nein, nein, und wenn mich der Teufel holen sollte!« brummte er.

25

Es gab Augenblicke, da Silvelie ihr Leben kaum noch ertragen konnte, da die nahe Zukunft ganz finster und verzweifelt aussah und ihre Gedanken sich immerfort im Kreise drehten. Für immer dahin war ihr friedliches kleines Bergparadies an Lauters' Seite, dahin ihre Muße und damit zugleich jenes Gefühl traulicher Sicherheit und Geborgenheit. Kein Austausch schöner Gedanken mehr, keine Möglichkeit mehr, Wissen aus einer fast göttlichen Quelle zu schöpfen. Sie versank in eine Welt der Traurigkeit, und ihre Seele zerbrach fast vor Verzweiflung. Jeden Abend, wenn sie zu Bett ging, durchlebte sie abermals ihr Leben mit Matthias Lauters, jeden Morgen beim Erwachen kam ihr sofort ihr schwerer Verlust zum Bewußtsein. Jahrelang war ihr der alte Freund wie ein Licht gewesen, das ihren Weg erhellte. Jetzt lag der Weg in völliger Dunkelheit, und nur freundliche Erinnerungen suchten ihn heim. In all diesen Kümmernissen, die für ihre Jahre fast zu zahlreich waren, fand sie wenig Zeit, für sich selber zu sorgen. Jeder Tag zehrte an ihren Kräften, forderte von ihr eine kleine Tat, ein kleines Opfer. Sie war gezwungen, tätig zu sein, irgend etwas zu tun, nicht für sich selbst – nein, sie selber schien nicht zu zählen –, sondern für die andern, die gleichfalls litten, und die nie einen Meister Lauters gekannt, nie ein kultiviertes Leben geschmeckt hatten – die Sklaven des Jeff. Wann immer Gelegenheit war, beeilte sie sich, ihnen zu helfen. Sie nähte für ihre Mutter, sie hielt das Haus sauber, sie kochte und scheuerte. In einer besseren Umgebung wäre sie eine ideale Hausfrau gewesen, denn sie arbeitete methodisch und machte nichts halb. Hanna mußte mit Niklaus und Jöry in der Sägemühle arbeiten, während Mannli wie ein feiner Herr lebte, gar nicht wußte, daß es überhaupt so etwas wie Arbeit gab, und sich doch unter Silvelies Augen immerfort mit sonderbaren sinnlosen Dingen beschäftigte. Bald schnitt er mit einem großen Messer Löcher in einen Holzklotz, bald sammelte er Pilze und Moose und schichtete sie zu einem Haufen auf. Oder er saß auf der Türstufe und spielte Stunden hintereinander auf einer winzigen Mundharmonika, bis seine Lippen wund und geschwollen waren.

Seit seiner Rückkehr aus dem Gefängnis spielte Jonas Lauretz eine recht passive Rolle. Da er nach seiner Verhaftung keinen Tropfen Wein mehr getrunken und alle die furchtbaren Stadien der Entwöhnung vom Alkohol durchgemacht hatte, schien er entschlossen, auch weiterhin dem Alkohol abzuschwören. Aber er war zu faul, um zu arbeiten, strolchte rauchend umher oder saß stundenlang in tiefes Grübeln versunken. Wenn aber der Säufer Lauretz früher einmal seine Familie auf das schlimmste tyrannisiert hatte, so wirkte der nüchterne Lauretz nicht weniger erschreckend auf sie. Er war für gewöhnlich recht schweigsam, beobachtete stumm seine Umgebung, so wie ein Tiger das Dschungel belauert. Er verfolgte finsteren Blickes die Bewegungen seiner Leute, gleichsam mit einer düsteren Kraft geladen. Zitternd warteten sie auf den unvermeidlichen Ausbruch. Niemand ängstigte sich mehr vor ihm als seine Frau, denn sie war das Hauptobjekt all seiner zurückgedämmten Leidenschaften geworden. Einmal erwischte er sie allein in der Küche und erinnerte sie an ihre ehelichen Pflichten, aber sie schrie in höchstem Zorn und Abscheu um Hilfe, und er verließ sie, verfolgt von ihren Schreien: »Laß mich in Ruh! Laß mich in Ruh!« Und seine Kinder schauten ihn mit unheimlich leeren Mienen an. Es war peinlich genug, wenn sie miteinander bei Tisch saßen. Zuweilen brach der ganze Haß los, der in Lauretz' Brust sich angesammelt hatte. Und während er früher, bevor er ins Gefängnis ging, sich in seiner Trunkenheit den Schöpfer vorzunehmen pflegte, stürzte er sich jetzt auf die Staatsautorität, auf die Gerichte, die Gefängniswärter und die Polizei. Selbst Silvelie machte keinen Versuch mehr, ihm gut zuzureden. Alle seine wildesten Flüche und übelsten Beschimpfungen hatte sie über sich ergehen lassen müssen. Sie fürchtete, den Worten könnte eine schreckliche Tat folgen, und dann wäre der Bann gebrochen gewesen. Sie hatten untereinander abgemacht, wenn der Alte noch einmal einen von ihnen tätlich angriffe, würden sie ihm rundheraus sagen, daß sie bereit seien, sich zu wehren.

Wie das schon so oft im Jeff passiert war, kam auch jetzt der Tag, da das Geld ausging. Die Kuh der Gumpers' spendete reichlich Milch, aber die Kuh mußte gefüttert werden, und sie hatte zufällig einen sehr guten Appetit. Die paar Liter Milch, die Hanna täglich an den langen Dan in Nauders verkaufen konnte, brachten sehr wenig ein, grade genug, um den Haushalt mit Brot, Käse und Zucker zu versorgen. Lauretz schlug auf den Tisch.

»Hurenvolk! Jetzt hab' ich euch schon fast ein halbes Jahr lang das Geschäft führen lassen. Wo kommt denn das ganze Geld hin? Nicht einen einzigen Franken hab' ich für mich verlangt. Wo ist das Geld, sag' ich?«

Niklaus erklärte ihm die Sache. Sie müßten Schulden abarbeiten, und die endgültige Verrechnung könne erst im November erfolgen. Dann würde sich vielleicht ein Überschuß ergeben. Seiner Meinung nach könnten sie drei- bis vierhundert Franken vom »Amt« bekommen.

»Und wieviel hast du bis heute für dich unterschlagen?«
Niklaus schaute seinen Vater mit einer so gleichgültigen Miene
an, daß es Silvelie kalt über den Rücken lief.
»Für mich hab' ich gar nichts beiseite gebracht, so wahr mir
Gott helfe!«
Die Erwähnung Gottes entlockte Lauretz einen Schwall von
Flüchen. Sein Gesicht wurde leichenblaß, die tiefen unheim-
lichen Falten begannen zu zucken.
»Das wird bald anders werden! Ich werde euch zeigen, wer Herr
im Hause ist!«
Er stand auf, verließ das Zimmer, zog den neuen Anzug an,
den Silvelie ihm in einem Konfektionsladen gekauft hatte, ver-
ließ das Haus, spannte Schnufi vor den Wagen und fuhr
peitschenknallend davon.
»Jeses Gott, wo fährt er denn hin?« rief Frau Lauretz.
Niklaus betrachtete finster die Aluminiumkanne auf dem Tisch.
»Zur Hölle«, sagte er und kniff die Augen zu.
Silvelie hatte an Frau Professor Peters nach Zürich geschrieben,
sie sei bei Herrn Lauters angestellt gewesen und habe im Schlößchen ihren Korb zurückgelassen, den sie jetzt dringend brauche.
Der Korb enthalte alle ihre Sachen und auch etwas Geld, aber
sie könne nicht an ihn heran, weil das Schlößchen noch ver-
sperrt sei. Sie bat die Frau Professor, Schritte bei den Behörden
zu tun, damit sie ihr Eigentum zurückfordern könne.
Beantwortet wurde ihr Brief durch den Testamentsvollstrecker
und Vermögensverwalter Matthias Lauters', den Rechtsanwalt
Doktor Basil Aarenberg. Doktor Aarenberg bestätigte Silvelies
Brief an Frau Professor Peters und kündigte für das Ende des
Monats seinen Besuch im Yzollatal an; bei dieser Gelegenheit
würde er das Vergnügen haben, sie im Jeff aufzusuchen.
Der Brief klang recht freundlich und war für Silvelie wie ein
Echo aus einer andern Welt. Mit Leuten in Berührung kommen,
die Matthias Lauters gekannt hatten, das war, als komme man
mit ihm selber wieder in Berührung. Eine seltsame Zärtlichkeit
überflutete ihr Herz. Sie fühlte sich von geheimnisvollen Sym-
pathiewellen umgeben. Vielleicht war immer noch die Seele des
alten Lauters bei ihr.

Lauretz blieb zwei Nächte weg. Eines Abends kurz vor Dunkelwerden kam er nach Hause. Sie schauten ihm zu, wie er aus dem Wagen kletterte. Mit schwankenden Schritten betrat er das Haus. Er machte keine Szene. Er schien im Gegenteil sehr jovial – so, als ob zwischen ihm und ihnen alles in bester Ordnung sei. Er verlangte nichts zu essen, sondern ging gleich hinauf. Nachdem er sich ausgezogen und eine große Flasche unter seinem Kissen versteckt hatte, legte er sich zu Bett und schlief bis spät in den Morgen hinein.

Der erste Schnee fiel, verschwand aber nach zwei Tagen wieder. Der Herbst blieb außerordentlich mild. Es war, als ob der Wettergott in den Herzen der Familie Lauretz die wachsende Angst vor dem bevorstehenden Winter lesen könnte und sich ihrer erbarmt hätte. Die Bewohner des Tieflandes, die vor der Kälte geschützt sind, können sich nicht vorstellen, was das heißt, monatelang unter einer tiefen Schneelast begraben zu sein, die die Seelen leer macht und öde. Sie haben nie jene Lethargie erlebt, die das Herz verzehrt, haben nie jenen Mangel an allen Hilfsquellen kennengelernt, der das menschliche Wesen wunderlich wandelt und manchmal zum Wahnsinn treibt. Lauretz' Familie litt unter dem Alten selbst. Kein Tag verging, ohne daß sie sich darüber unterhielten. Niklaus, der jetzt schon über zwanzig und im Sinne des Gesetzes ein erwachsener unabhängiger Mensch war, schwor sich, er würde keinen Winter mehr im Jeff verbringen. Er würde auch nicht dulden, daß seine Mutter und seine Schwestern und auch nicht Mannli, den er nicht gern als seinen Bruder betrachtete, abermals dieses Elend durchmachten. Wenn es zum Schlimmsten käme, würde er sich an Präsident Bonatsch wenden. Aber wenn jemand ihm vorgeschlagen hätte, er solle ganz aus dem Jeff wegziehen, würde er diesen Gedanken weit von sich gewiesen haben. ‚Was? Unser Eigentum preisgeben, das der Schlüssel zu den Bergwerken ist?' Es wäre für Niklaus ein schlimmer Schlag gewesen, wenn sein Vater die Sägemühle abgestoßen oder wenn die Konkursrichter sie über ihre Köpfe hinweg verkauft hätten. ‚Ich bleibe im Jeff, komme, was da mag!' Das war eine seiner stehenden Redensarten. Der Stall, in dem Schnufi und die Kuh der Gumpers' friedlich nebeneinander hausten, war das geheime Beratungszimmer der Familie geworden. Dort konnten sie den überall gegenwärtigen Blicken des alten Lauretz entrinnen und in völliger Geborgenheit über ihre Zukunftspläne sprechen. Wenn Hanna und Niklaus miteinander plaudern wollten, oder wenn Niklaus und seine Mutter das Bedürfnis hatten, einander das Herz auszuschütten, trafen sie sich im Stall. Und einmal konnte man sogar Jöry auf seinen langen, dünnen, krummen Beinen sich dort hinbegeben sehen, den großen Kopf mit den spitzen Zügen und dem bleckenden Grinsen zwischen die Hökker gebettet. Ja, Frau Lauretz hatte mit ihm eine private Unterredung im Stall gehabt, von der niemand etwas wußte. Über den Inhalt ihres Gesprächs wurde nichts bekannt, aber es dauerte ziemlich lange. Frau Lauretz hatte als erste den Stall verlassen, rote Flecke auf den faltigen Wangen und ein helles Leuchten in den Augen. Und sie war dann auf einem Umweg ins Haus zurückgekehrt.

Nur Silvelie hatte noch nie an diesen geheimen Unterredungen teilgenommen. Sie ging mit offener Miene umher, ängstliche Besorgnis im Blick, aber ganz ohne Furcht, daß jemand ihre Worte belauschen könne. Ob ihr Vater sie hörte oder nicht, ob das, was sie sagte, ihn beeinflussen würde oder nicht, sie sagte mit Mut und Entschlossenheit das, was sie zu sagen hatte. Sie warf dem Alten sogar seine Faulheit vor. »Glaubst du, es wird dir gut tun, wenn du immer herumhockst? Warum arbeitest du nicht? Bist du uns denn gar nichts schuldig? Wenn du wirklich ein Mann wärst, würdest du dich ein bißchen anstrengen, um uns für den Winter hier herauszuhelfen. Was glaubst du denn, was aus uns werden wird, wenn es erst einmal zu schneien anfängt?« Statt zu antworten, packte er sie bei der Kehle und drängte sie mit dem Kopf gegen die Wand. Mit ihrer ganzen Kraft stieß sie ihn weg.

»Du bist ein Tier, du bist überhaupt kein Mensch!« rief sie und riß sich wütend von ihm los.

Aber zu den andern sagte sie kein Wort von diesem Vorfall.

178

26

Eines Nachmittags kamen zwei Fremde auf den Hof. Der eine
von ihnen war ein dicklicher Mann in mittleren Jahren mit zwei
klugen Augen, vor denen dicke Brillengläser funkelten. Sein
Begleiter war ein jüngerer Mann in knarrend neuen Bergstiefeln
und einem grauen, vom Wetter arg mitgenommenen Filzhut,
den eine kleine, blaue Feder schmückte. Er trug unter dem
Arm eine lederne Aktentasche, wie sie von Politikern, Diplo-
maten, Handlungsreisenden und Geschäftsleuten auf ihren
mysteriösen Gängen benützt werden. Der ältere Herr erkundigte sich bei Niklaus, der zu den Fremden hinausgegangen
war, ob in diesem Hause Fräulein Silvia Lauretz wohne. Niklaus, der an seinem Akzent merkte, daß sie aus einem fernen
Kanton kamen, machte eine argwöhnische Miene, wie das seine
Gewohnheit war, wenn er es mit Leuten zu tun hatte, die nicht
aus seiner Gegend stammten. Als aber der ältere Herr mit dem
Lächeln eines wohlwollenden Zauberers mitteilte, er sei Doktor
Aarenberg aus Zürich, riß Niklaus den Mund auf und brachte
ihn ein paar Sekunden lang nicht wieder zu.
»Schwester Silvelie wollen Sie sprechen?« sagte er dann
und kratzte sich seinen struppigen, mit Sägemehl bedeckten
Kopf. »Sie schält Kartoffeln in der Küche. Ich sag' ihr Be-
scheid.«
Er verließ den gelehrten Rechtsanwalt und seinen Begleiter und
ging ins Haus. Einen Augenblick später kam Silvelie heraus.
Doktor Aarenberg betrachtete sie neugierig, während sein Kanz-
leigehilfe eine militärische Haltung einnahm und sich mit ver-
legener Miene seinen hellblonden jugendlichen Schnurrbart zu
streichen begann.
»Guata Tag. Sie sind Doktor Aarenberg?«
»Ja, Fräulein. Sind Sie Silvia Lauretz?«
»Ja.«
»Ich muß mit Ihnen sprechen, Fräulein.«
»Kommen Sie bitte herein.«
Sie zeigte nach der Tür. Die beiden Männer stiegen langsam

die zerbrochenen Steinstufen zu dem Korridor hinauf, Silvelie folgte ihnen.

»Bitte dort hinein, links. Aufpassen, meine Herren, die Tür ist niedrig.«

»Wir finden schon den Weg, danke.«

In diesem Augenblick kam Jonas Lauretz die Treppe herunter. Er betrat gleich hinter den Besuchern das Zimmer und setzte sich auf die plumpe, rohgezimmerte Bank an der Wand.

»Man kann nicht gerade behaupten, daß das eine sehr gesunde Wohnung ist«, murmelte Doktor Aarenberg in der vertraulichen Art, die manche Städter an sich haben, wenn sie mit primitiven Bergbewohnern in Berührung kommen.

»Scheußlich kalt und feucht.«

»Es ist nicht so schlimm, wie es aussieht«, sagte Silvelie, und dann zeigte sie auf den alten Lauretz. »Das ist mein Vater.«

»So, aha«, sagte der Anwalt. »Nun, Herr Lauretz, es freut mich sehr, Sie kennenzulernen.«

Lauretz zündete sich brummend eine Zigarre an. Frau Lauretz schaute aus der Küche herein, Hanna und Niklaus erschienen auf der Schwelle, fast entgeistert vor Neugier. Doktor Aarenberg blickte nachdenklich von einem Gesicht zum andern. Vielleicht kam er sich wie der Weihnachtsmann vor, als er sich schließlich von seinem Gehilfen die Aktenmappe geben ließ.

»Ich schrieb Ihnen vor einiger Zeit«, begann er zu Silvelie gewandt. »Hoffentlich haben Sie meinen Brief bekommen, ja? Gut. Nun, Herr Lauters war nicht nur mein Klient, sondern auch ein guter Freund von mir. Ich habe in meinem Hause in Zürich mehrere Bilder von ihm hängen, ganz ausgezeichnete Kunstwerke. Auf dem einen sind die Berge dieser Gegend dargestellt, davon habe ich mich heute selber überzeugen können, als ich mit meinem Herrn Kollegen im Auto des Steuereinnehmers zum Yzollapaß hinauffuhr. Die ganze Sache ist für die Erben Herrn Lauters' ziemlich schwierig gewesen.«

Er machte eine unbestimmte Handbewegung.

»Herrn Lauters' Interessen waren in alle Welt verstreut, hier einige Habseligkeiten, dort einige Habseligkeiten, und er hatte ferner bei mir einige versiegelte Briefe hinterlegt, die nach seinem Tode zu öffnen meine traurige Pflicht war. Ja, ja, große, berühmte Künstler führen immer ein sonderbares Leben! Ja, ja!« Er setzte sich auf den Stuhl, den Silvelie ihm hinstellte, holte einige Papiere aus seiner Mappe und breitete sie auf dem Tisch aus. »Ich habe Ihnen einen Brief von Matthias Lauters vorzulegen«, begann er.

»Aber er ist doch tot!« rief Silvelie.

»Keinen posthumen Brief, Fräulein Lauretz«, lächelte Doktor Aarenberg. »Nein, ich glaube nicht an Gespenster. Diesen Brief hat Herr Lauters geschrieben, als er noch am Leben war, und hat ihn mir mit dem Wunsch übergeben, ich solle ihn nach seinem Tode öffnen. Es ist ein Kodizill zu seiner letztwilligen Verfügung. Ich nehme an, daß Sie Herrn Lauters wirklich gut gekannt haben, und er ist Ihnen, wie Sie jetzt hören werden, ein treuer Freund gewesen...

,Diese Bestimmungen beziehen sich auf Silvia Lauretz, Tochter eines Sägemüllers, die gegenwärtig im Jeff oberhalb von Andruss in Graubünden wohnt, und sollen ihr zeigen, daß ich, Matthias Lauters, sie bei der Verfügung über meinen Besitz nicht vergessen habe. Ich habe ihr keine Ratschläge zu erteilen und bin nicht gesonnen, ihr Leben mit neuen Komplikationen zu belasten. Aber sie ist mir eine treue Freundin gewesen und hat mir ihre Ergebenheit oft bewiesen. Manch einen Tag hat sie mir erhellt, über manche dunkle Stunde hat sie mir mit ihrem freien, unabhängigen Geist hinweggeholfen. Meine eigenen Kinder und Enkel, die gut versorgt sind und nichts mehr brauchen, um ihre Wünsche nach einem guten Leben zu stillen, sollen es mir nicht nachtragen, wenn ich mich entschlossen habe, einen Teil meines Besitzes Silvia Lauretz zu vermachen, die unter recht dürftigen Verhältnissen lebt, während meine legitimen Erben, wie ich bereits erwähnt habe, aus dem Vollen leben und das vor allem *meinen* jahrelangen Bemühungen verdanken. Zuerst einmal vererbe ich Silvia Lauretz aus meinem Barvermögen bei der Nationalbank die Summe von fünftausend Franken, über die sie nach freiem Belieben verfügen kann. Ferner vermache ich ihr mein Schlößchen am Yzollapaß mit der gesamten Einrichtung, den Teppichen, Büchern und sonstigen Gegenständen, und da ich weiß, daß sie sogenannte Kunstwerke liebt, vermache ich ihr sämtliche Bilder und Skizzen, über die ich in meinem letzten Testament nicht anderweitig verfügt habe. Ich überlasse es völlig ihrem eigenen Ermessen, mit den Bildern zu machen, was sie will.' «

Hier schaute Doktor Aarenberg sich in der Runde um und begegnete den verblüfften Blicken der Lauretz'. Silvelie aber kehrte ihm plötzlich den Rücken, und ihre Schultern hoben sich langsam, als leide sie und wolle es verbergen.

»Fräulein«, sagte der Anwalt, »Sie dürfen nicht traurig sein. Das ist doch wirklich eine frohe Nachricht.«

»Jeses Gott!« sagte Niklaus, tief aufatmend, während er wie ein Schlafwandler ins Zimmer kam, »Schwester Silvia! Du bist eher reich geworden als ich!«

Frau Lauretz, die auf der Schwelle der Küchentür stand, bekreuzigte sich und murmelte ein lang vergessenes Gebet. Lauretz warf seinen Zigarrenstummel auf den Fußboden und zertrat ihn.

»Das Geld«, sagte Doktor Aarenberg, »habe ich natürlich nicht mitgebracht, es liegt für Sie auf einem Sparkonto, Fräulein. Wie alt sind Sie jetzt?«

»Nächsten Februar wird sie zwanzig«, sagte Lauretz schnell.

»Erst? Dann ist wohl Ihr Vater noch Ihr gesetzlicher Vormund? Bis zum Februar wird er für Sie auf der Bank unterzeichnen müssen.«

Er kramte in seiner Ledermappe und zog ein kleines Bankbuch hervor.

»Das gehört Ihnen, Fräulein.«

Er schob das Buch über den Tisch, Silvelie drehte sich langsam um, sie konnte nicht sprechen, sie konnte kaum ihre Tränen zurückhalten, aber sie blickte von einem Gesicht zum andern, in einem Schweigen, das beredter war als alle Worte.

»Dieses Jahr werden Sie ein fröhliches Weihnachten feiern!« sagte der Kanzleigehilfe, der den Blick nicht von dem schönen Gesicht des Mädchens wenden konnte. Doktor Aarenberg schaute den jungen Mann vorwurfsvoll an, denn er fand diese Bemerkung nicht am Platze. Er glaubte zu fühlen, daß er hier eine der seltsamsten Handlungen vorgenommen habe, die jemals in seiner Laufbahn von ihm gefordert worden waren. Die Enge des Zimmers erfüllte ihn mit Unbehagen, die Armut, die ihm ins Gesicht starrte, wirkte beschämend auf ihn.

»Was sagt denn Professor Peters dazu?« fragte Silvelie, ihre Erregung bezähmend.

Doktor Aarenberg zuckte die Achseln.

»Frau Professor will Sie nach Zürich einladen.«

»Wenn ich einmal nach Zürich komme, werde ich sie natürlich aufsuchen.«

»Das wird sie bestimmt freuen.«

»Aber glauben Sie denn nicht, daß die persönlichen Sachen Meister Lauters' eigentlich den Kindern gehören?«

Doktor Aarenberg zuckte die Achseln.

»Den gesetzlichen Anteil haben sie erhalten.«

»Und haben sie denn kein Anrecht auf die Bilder?«

Hanna schlug mit der Hand auf den Tisch.

»Dumme Gans!« schrie sie Silvia an. »Sie sind doch schon Millionäre!«

»Heilige Muattr Gotts!« kam es aus der Küche.

Mannli stapfte durch den Gang, auf seiner Mundharmonika spielend. Draußen toste die Yzolla. Silvelie schaute den Anwalt an.

»Ja, ich habe Meister Lauters sehr liebgehabt, aber nicht darum! Nicht darum!«

»Immer hat sie Bedenken«, meinte Niklaus zu dem Anwalt mit einer verächtlichen Handbewegung.

»Niklaus, was redest du da!«

»Weil es wahr ist! Du hast nun geerbt und machst ein Gesicht wie ein Mondkalb!«

»Jeses Maria!« murmelte Frau Lauretz von der Küche her, während Mannli mit seiner Mundharmonika auf der Schwelle erschien und allerlei quietschende, kreischende Töne von sich gab.

Herr Doktor Aarenberg stand auf und schaute nach der Uhr.

»Wir haben noch eine Stunde bis Andruss, und wir dürfen das

Auto nicht so lange warten lassen, sonst wird der Herr Steuereinnehmer ungeduldig. Das Inventar des Schlößchens muß erst noch gesichtet werden. Sobald das erledigt ist und die Bestätigung vorliegt, bekommen Sie Ihr Eigentum und den Schlüssel ausgehändigt. Sicherlich wird sehr bald jemand von den Angehörigen des Verstorbenen hier erscheinen. Ja, sehr bald, denn man sagt mir, daß es bald schneien wird. Ich werde Herrn Professor Peters vorschlagen, womöglich noch in dieser Woche zu kommen. Die Familie will, soviel ich erfahren habe, einen Katalog von Herrn Lauters' Werken und eine illustrierte Biographie herausgeben. Die Stadt und der Kanton Zürich interessieren sich für die Publikation. Sie werden sehr bald eine recht wichtige Persönlichkeit sein, Fräulein Lauretz, aber lassen Sie sich dadurch nicht stören. Wenn Sie etwas wissen wollen oder Unterstützung brauchen, schreiben Sie nur an mich. Sie wissen ja, ich bin Herrn Lauters' Testamentsvollstrecker. Lassen Sie sich von niemandem übers Ohr hauen, hüten Sie sich vor Leuten, die Ihnen Geld anbieten und Ihnen etwas abkaufen wollen. Kommen Sie immer zu mir, Sie werden es nicht bereuen. Ich halte es für meine Pflicht, mich um Ihre Interessen zu kümmern. Und jetzt nehmen Sie das Bankbuch an sich, verlieren Sie es nicht, schließen Sie es ein. Nach ihrem zwanzigsten Geburtstag können Sie auch ohne Einwilligung Ihrer Eltern über das Geld verfügen.«

Er nahm die lederne Mappe und reichte sie seinem Begleiter. Silvelie hätte ihn gern nach dem Begräbnis ihres verstorbenen Freundes gefragt, hätte gern erfahren, was alles passiert war, seit sie damals aus der Ferne die Prozession mit dem Sarge gesehen hatte. Aber sie war sprachlos und wie gelähmt, wußte sich noch immer nicht zu fassen. Ihre Kehle war trocken, ihre Augen brannten. Sie sehnte sich danach, allein zu sein, um den zurückgedämmten Gefühlen, die ihr fast das Herz sprengten, freien Lauf zu lassen.

Sie begleitete die Besucher bis zur Tür, verabschiedete sich dann von ihnen und schaute ihnen mit gesenktem Kopfe nach. Aber das Bewußtsein, daß Matthias Lauters noch über das Grab hinaus an sie gedacht hatte, drang wie ein Freude nstrahl in ihre

Seele. Es war, als fühle sie abermals die zärtliche Nähe des alten Mannes, die ihr ein inneres Behagen und eine tiefe Sicherheit gab. Ihr Beschützer war ihr nah.

Aus dem Zimmer, das sie soeben verlassen hatte, kam ein wildes Geschrei. Silvelie eilte hinein und kam gerade hinzu, wie Niklaus, aus Mund und Nase blutend, sich auf ein Knie erhob.

»Er hat dein Bankbuch genommen!« rief er und zeigte mit ausgestrecktem Arm auf seinen Vater.

»Wer hat es genommen?« schrie Lauretz. »Du hast es nehmen wollen! Hast du nicht gehört, was der Anwalt sagt! Sie wird erst im nächsten Februar zwanzig.«

»Gib mir das Buch, ich werde es einsperren«, sagte Silvelie.

»Im Februar kriegst du es, sag' ich!«

»Ich will es jetzt gleich haben. Ich werde dir etwas von dem Geld geben.«

»Das besorge ich selber«, rief Lauretz. »Inzwischen bestimme ich über alles, was vorhanden ist!«

Niklaus, der sich nicht mehr beherrschen konnte, sprang auf und stürzte sich auf den Alten. Silvelie versuchte ihn zurückzuhalten, aber es gelang ihr nicht. Die beiden wurden handgemein und rangen miteinander, bis Niklaus durch einen Fausthieb in den Magen zu Boden gestreckt wurde. Außer sich vor Wut, ging Hanna auf den Vater los, aber auch sie bekam ihr Teil ab. Silvelie packte den Alten beim Arm.

»Du bist ein wildes Tier, ein gefährliches Tier!« stieß sie zwischen den Zähnen hervor.

Lauretz packte sie am Halse und stieß ihren Kopf gegen die Wand. Sie sank auf den Fußboden nieder, während Lauretz außer sich, brüllend wie ein Verrückter, den Raum verließ.

»Ich werde euch zeigen, wer der Herr im Jeff ist, ich werd' es euch schon zeigen!« schrie er auf dem Weg zur Treppe. »Ich hab' es satt, das sage ich euch! Ich habe genug davon! Jetzt komm' ich an die Reihe! Ich hab' genug Militärröcke geflickt, ich hab' mir das Geld verdient.«

Er ging die Treppe hinauf und wischte sich das Gesicht ab.

»Traut euch noch einmal, mich zu schlagen!« brummte er.

185

»Traut euch noch einmal, dann werdet ihr ja sehen, was mit euch passiert!«

Er lachte wie ein Irrer, drehte sich um und rief die Treppe hinunter:

»Im Februar! Im Februar wird sie zwanzig, dann kann sie sich wegscheren und mit ihrem heiligen Gesicht Geld verdienen, das Luder! Zwanzig! Andere Weibsbilder sind in dem Alter längst verheiratet und bringen sich selber durch! Hol euch der Teufel! Ich will mit euch nichts mehr zu tun haben! Ihr Verschwörer! Ja, Verschwörer sag' ich! Geht jetzt in den Stall und schwatzt, solang ihr wollt. Ich kenn' euch! Ich kenn' euch!«

Die Stimme versagte ihm, er schöpfte Atem und rief dann in schrillem Ton:

»Ich bin euer Vater! Ich bin euer Vater!«

27

Jonas Lauretz war verschwunden und hatte Silvelies Bankbuch mitgenommen. Die Familie saß in dem düsteren Hause versammelt, debattierte, überlegte und versuchte zu einem Entschluß zu gelangen. Da sie nichts von den hundert und aber hundert Gesetzen des Zivil- und Strafrechts ahnten, die die Einzelperson und ihr Privateigentum schützen sollen, da sie lediglich aus Erfahrung und auf Grund der Kenntnisse, die sie sich während ihrer Kindheit bei den Bewohnern des Tales erworben hatten, wußten, daß der Sitte gemäß ein Vater unumschränkte Gewalt über seine Kinder und ihren Verdienst besaß, waren sie bald mit ihrem Witz am Rande und wußten nicht, was sie tun sollten, um Silvelies fünftausend Franken nicht in die Hände ihres Vaters gelangen zu lassen. Frau Lauretz schaute ihre Kinder geistesabwesend an, sie hatte gar nichts zu sagen.

»Wir müssen einen Ausweg finden«, sagte Silvelie schließlich.

»Und wenn ich zu Bonatsch gehe?«

»Das hat keinen Zweck«, meinte Niklaus, »außer du willst ihm die ganze Geschichte erzählen.«

»Was für eine Geschichte?«

»Daß er uns halbtot geschlagen hat und daß er gemeingefährlich ist.«

»Ja, zugegeben, ich würde es nicht gern tun. Aber was bleibt uns übrig?«

»Ah pah! Wieder die Polizei! Wir haben schon genug von der Polizei!«

Niklaus winkte verächtlich mit der Hand.

»Vielleicht kommt er gar nicht mehr zurück, jetzt wo er das Geld hat«, meinte Hanna.

»Das wäre das beste, was uns passieren kann, da könnte man ruhig das Geld verschmerzen!« Niklaus hob die Stimme und schaute seine Mutter unruhig an.

»Aber hört doch zu!« sagte Silvelie. »Wir müssen etwas unternehmen! Meister Lauters hat mir das Geld nicht deshalb hinterlassen, damit Vater es wegnimmt!«

»Vater! Sag lieber, der alte Sauhund«, brummte Niklaus.

»Niklaus!«

»Du hast ihm selber ins Gesicht gesagt, daß er ein wildes Tier ist. Alter Sauhund ist so ziemlich dasselbe, ein wildes Tier! Wir müssen etwas tun, basta!«

Er stand auf und humpelte aufgeregt durchs Zimmer. Sie schauten ihn an, als ob er ein Orakel wäre.

»Ich habe euch immer schon gesagt, diese lausigen Gesetze sind alle von den Eigentümern gemacht, die sich bloß schützen wollen.«

»Und wie will der Alte nach Zürich kommen, wenn er kein Geld hat?« fragte Hanna.

Niklaus drehte sich um und fuhr sie höhnisch an.

»Kein Geld? Verbrecher haben immer Geld. Sie machen es aus der Luft! Immer haben sie für den Notfall was beiseite geschafft. Ich weiß genau Bescheid. Ich habe viel darüber gelesen. Geld für die Fahrt! Wo hast du denn deinen Verstand!«

»Warum soll man nicht zu Bonatsch gehen?« wiederholte Silvelie.

»Das bedeutet viel mehr, als du glaubst! Viel mehr!«

Er machte eine düstere Gebärde.

»Hast du noch nicht genug von dem Inspektorengesindel, das

hier herumschnüffelt? Soll uns wieder der Dieterli seine Nase in unsere Angelegenheiten stecken? Nein, nein, wir dürfen dem alten Hund nicht die Polizei auf den Hals hetzen.«

»Aber Niklaus«, sagte Silvelie flehend, »wir können nicht noch einen Winter hier oben verbringen! Denk an Muattr!«

»Dummes Zeug! Wir bleiben im Winter nicht hier! Wie ich den Alten kenne, wird er das Geld nicht auf einmal abheben. Und er bleibt auch nicht für immer weg, glaub mir. Auf jeden Fall wollen wir noch eine Weile warten. Wenn er das Geld nimmt und nicht mehr wiederkommt, dann gehen wir zum Präsidenten Bonatsch, aber nicht früher. Ich habe euch noch nicht erzählt, was Bonatsch mir gesagt hat: ‚Wenn euer Vater sich nicht bessert, werde ich euch beistehen und einen Vormund bestimmen, der sich um euch kümmert.‘ Nun überleg dir bloß, daß Herr Wohl der Vorsteher des Waisenamtes ist! Würde dir das passen, wenn Herr Wohl unser Vormund wird, ja? Ihr versteht gar nichts, eine wie die andere! Ihr seht nicht, was ich sehe, weil ihr keine Augen habt.«

»Buab, setz dich«, sagte Frau Lauretz, »es macht mich ganz verrückt, wenn du immerfort herumläufst!«

Eine gespenstische Blässe schien die pergamentene Haut ihres Gesichts zu erhellen. Hanna streckte das Bein aus und trat ihrer Mutter auf den Fuß. Frau Lauretz blickte zur Seite. Niklaus schaute seine Mutter unruhig an. Silvelie starrte, den Kopf in die Hände gestützt, vor sich hin und merkte nichts von der stummen Unterhaltung, die zwischen ihrer Mutter, ihrer Schwester und ihrem Bruder geführt wurde.

»Wenn wir erst einmal ein wenig Frieden haben, werden wir klarer sehen«, bemerkte sie schließlich.

Aber sie fand keinen Frieden mehr. Die halbe Nacht lag sie wach in ihrem Bett, frierend und zitternd, und vor ihrem inneren Auge zogen all die Ereignisse der letzten paar Tage vorbei, in ihrer ganzen Kraßheit. Sie versuchte sich einzureden, daß es auf das Geld gar nicht ankomme, daß sie ja schließlich, wenn Lauters ihr nichts hinterlassen hätte, genau so daran wäre wie jetzt. Dieser Gedanke aber brachte ihr keinen Trost, denn ihr Herz empörte sich. Eine ehrliche Wut hatte sie gepackt. Nein, die tausend imaginären Kreise, die sie um sich zog, konnten an ihren Gefühlen nichts ändern. Sie überlegte noch einmal die Vorschläge ihrer Familie. Sie hatten gemeint, das Geld, das sie geerbt habe, sei vermutlich soviel wie nichts im Verhältnis zu den Schätzen, die das Schlößchen enthalte. Und das Schlößchen selbst! Ein Haus, ein richtiges Haus! Es mußte ein kleines Vermögen wert sein. Man konnte es über den Sommer an reiche Leute vermieten und auf diese Weise ein Einkommen haben. Vielleicht würde Meister Lauters ihr verzeihen, wenn sie jetzt gleich etwas verkaufte, um aus dem Elend herauszukommen. Aber sie konnte ja noch gar nicht in das Schlößchen, es war versperrt und vielleicht schon eingeschneit. Ganz plötzlich fiel ihr Doktor Aarenberg ein. Warum hatte sie nicht schon früher an ihn gedacht? Sie wollte mitten in der Nacht aus dem Bett springen, um es den andern zu sagen: »Ihr Dummköpfe! Ich gehe zu Doktor Aarenberg, der ist Anwalt! Natürlich!« Aber sie hörte Niklaus im Nebenzimmer schnarchen, sie hörte ihre Mutter und Hanna aus dem Schlafe reden, sie taten ihr leid, und sie blieb im Bett liegen. Endlich kam der Friede über sie. Sie schlummerte ein. Am nächsten Morgen stand sie sehr früh auf. Dickes Gewölk verbarg das Tageslicht, ein rauher, feuchter Wind, der einem durch Mark und Bein ging, trieb einen schweren, mit Schnee und Hagel vermischten Regen gegen die Mauern des Hauses. Ihre Mutter hatte bereits den letzten halben Brotlaib auf den Tisch gelegt und in gleiche Teile zerschnitten. Mannli saß auf der untersten Treppenstufe und nagte an seiner Brotschnitte. Niklaus war im Schuppen, sein rotes Gesicht sah verhärmt und düster aus. Die Säge fraß sich gierig ins Holz. Die Arbeit war für Niklaus ein tägliches Bedürfnis, sie schien ihn zu berauschen, schien wie ein Betäubungsmittel auf ihn zu wirken. Wenn er seinen täglichen Sklavenbecher leerte, schien er den Tropfen Lethe zu genießen, den dieser Becher enthielt. Er und die Säge waren Geschwister geworden. Die Säge sang das Lied seines Lebens. Aber ihn beherrschten Kräfte, die unerklärlicher waren als die Kräfte des Wassers. Silvelie stand auf dem Hofe und winkte ihn zu sich her. »Niklaus, ich weiß, was ich tue. Ich hab' es noch

niemand gesagt. Ich fahre nach Zürich zu Doktor Aarenberg.«
Er kratzte sich den Kopf.
»Warum ist dir das nicht schon früher eingefallen?«
»Warum dir nicht?«
Er zuckte die Achseln und schaute weg.
»Muß ich gescheiter sein als du?«
»Ich werde heute noch fahren«, sagte Silvelie. »Er hat einen
sehr netten Eindruck auf mich gemacht.«
»Mir gefällt er nicht besonders. Wie er den Brief vorlas, schien
er sich gar nicht wohl dabei zu fühlen.«
»Was meinst du damit?«
»Ja, als ob es ihm leid täte, daß die Erben nicht alles bekommen.
Und als er dann von dem Schlößchen und von den Bildern
sprach, da hat er ganz komisch dreingeschaut. Das ist ein
Mensch, mit dem ich nichts zu tun haben möchte. Ihm würde
ich nie etwas zum Verkauf anbieten. Außerdem war mir dieser
blasse Stadtmensch zuwider, den er da bei sich gehabt hat.
Wenn er dich noch länger angestarrt hätte, hätt' ich ihm eins
hinter die Ohren gegeben.«
»Du bist immer argwöhnisch, Niklaus. Doktor Aarenberg hat
mich doch aufgefordert, zu ihm zu kommen, wenn ich Schwierig-
keiten habe.«
»Dann geh!«
Er kratzte sich das Sägemehl aus den Haaren.
»Aber wie? Es ist eine lange Fahrt nach Zürich, kostet eine
Menge Geld. Und der alte Sauhund hat Schnufi mitgenommen.«
»Wahrscheinlich hat er ihn in Andruss bei Volkert eingestellt.«
»Natürlich ist er nicht bis nach Zürich mit dem Wagen gefahren.
Wo ist denn dieses Zürich überhaupt? Einen Tag hin, einen
Tag dort, einen Tag zurück! Und wo soll das Geld für die Reise
herkommen, du Gescheites?«
»Ich geh nach Andruss und bitte Frau Gumpers, sie soll mir
etwas leihen. Das kann sie mir nicht abschlagen. Ich bin jetzt
eine Erbin. Und ich bezahle ihr Zinsen. Ich werde sie um fünf-
zig Franken bitten und ihr hundert zurückgeben.«
Niklaus starrte sie an, als habe sie ihm soeben ein Geheimnis
enthüllt.

»Das nennst du Zinsen zahlen? Dunnerwätter! Natürlich kannst du dir jetzt etwas leihen. Darauf bin ich gar nicht gekommen. Aber wenn die Gumpers' Beweise sehen wollen?«

»Ich zeige ihnen Doktor Aarenbergs Brief. Ich habe sie noch nie angelogen. Warum sollen sie es mir nicht glauben?«

»Dunnerwätter, Silvelie! Ich zieh mir jetzt andere Stiefel an und begleite dich nach Andruss. Das mach ich, und wir wollen gleich losgehn.«

28

Es war an einem Montag, dem einundzwanzigsten November, spät am Nachmittag. Ein Eilzug aus Zürich traf auf dem Bahnhof in Lanzberg ein, und unter den Passagieren, die die Dritte Klasse verließen, befand sich Jonas Lauretz. Er trug einen dicken neuen Mantel, neue Schuhe, einen neuen schwarzen Hut und erkundigte sich bei dem Bahnbeamten, wann der nächste Zug nach Andruss gehe. Nachdem er seine Auskunft bekommen hatte – fünf Uhr fünfunddreißig –, schlich er sich in die Bahnhofswirtschaft, setzte sich hin und bestellte ein Glas Rotwein, Wurst und Brot.

»Was schaust du mich denn so an?« sagte er zu der Kellnerin. »Glaubst du, ich hab' kein Geld? Da schau her!« Er zog seine Brieftasche hervor, die mit Banknoten vollgestopft war, darunter einige rostbraune Tausender. »Ja, Mädchen, ich bin Jonas Lauretz, der Sägemüller, und einen besseren Zahler wirst du nicht so schnell finden können. Du brauchst nur ein Wort zu sagen, dann bleib' ich die Nacht bei dir und schenk' dir was. Bist ein nettes Mädel. Ich möchte wetten, du kennst dich aus.«

Er lachte mit schwerer Stimme.

Sie sah, daß er bereits viel getrunken hatte, und verließ ihn mit einer höhnischen Grimasse.

Eine Art Wahnsinn hatte Lauretz befallen, nachdem er auf der Bank in Zürich Silvelies Depot behoben hatte. Zwei Tage lang war er durch die Stadt gewandert, den Kopf voller Pläne. Aber

191

da er hier völlig fremd war, hatte er nicht recht gewußt, was er mit sich anfangen sollte, und da ihn die vielen Gesichter erschreckten (er war noch nie in einer größeren Stadt gewesen), hatte er sich in den schäbigsten Wirtshäusern umhergetrieben, argwöhnisch und mißtrauisch gegen jeden, der ihn auch nur ansah. In jedem Menschen sah er einen Dieb, der darauf aus war, ihm seine neugewonnenen Schätze zu stehlen. Der einzige Umgang, den er sich gestattet hatte, war ein blasses, stiernackiges Weib aus dem Sihlviertel gewesen, die ihn in ein schmutziges Quartier lockte und ihm für die Summe von zwanzig Franken ihre Liebe schenkte. Stundenlang hatte er vor sich hingebrütet und Zukunftspläne geschmiedet. Er würde eine neue Säge kaufen, er würde seine Konkurrenten zugrunde richten. ,Ja, ich, Jonas Lauretz, ich werde ihnen endlich zeigen, was ich mit fünftausend Franken Bargeld schaffen kann, ja!' Und dann hatte es ihn plötzlich gejuckt, nach Andruss zurückzukehren, bloß um »ihnen« zu zeigen, wie reich er jetzt war, und um über Hirt, Volkert, Schmid und die übrigen Andrusser zu triumphieren. Deshalb war er jetzt auf dem Heimweg.

Er kaufte eine Flasche Wein und nahm sie in den Zug mit. Während sie das Tal entlangfuhren, schaute er sich seine Mitreisenden an. Nur einen von ihnen kannte er ein wenig, es war das ein Fleischer aus Ilanz. Er begann in seiner groben Art, diesen Mann zu belästigen, bot ihm Wein an, zeigte ihm seine Brieftasche voller Geldscheine und erzählte ihm, was für erbärmliche Dummköpfe die Menschen seien.

»Und auf der ganzen Welt gibt es kein schweinischeres Heuchlerpack als die Andrusser mit ihrem Kloster und ihren jungen Pfaffen, die die Mädels verführen. Sogar meine Töchter haben sie verführen wollen! Oh, ich kenne sie schon! Hier, Herr Rutz, einen Schluck Vältliner! Da ist die Flasche!«

Er hielt ihm die Flasche hin, der Fleischer lehnte ab, Lauretz begann zu schimpfen.

»Heuchler! Du gehörst auch dazu! Ich kenne dich, du heimlicher Dickwanst! Immer die Augen zum Himmel verdrehen, abends mit der Pfeife am Fenster sitzen und die Kunden grüßen! Für den Staat Kinder machen! Ha, ha, ha! Ich hab' eine Tochter, so eine gibt es im ganzen Bündner Land nicht! Sie hat von einem toten Maler ein Vermögen geerbt, Lauters heißt er! Haus und Teppiche und Möbel und Bilder! Sie wird einen Salis oder einen Richenau heiraten, jawohl! Ich, Jonas Lauretz aus dem Jeff, bin ein ebenso guter Edelmann wie irgendeiner von ihnen!« Er tat einen langen Zug aus der Flasche und wischte sich dann brummend den Mund. Die Leute im Abteil schauten zum Fenster hinaus. Der Fleischer aus Ilanz ging ins Nebenabteil. Lauretz trank die Flasche leer und warf sie zum Fenster hinaus in den Rhein. Das Fenster ließ er offen. Der Schaffner kam herein und machte es zu. Lauretz schlug Lärm. Der Schaffner forderte ihn auf, sich anständig zu benehmen.

»Habe ich nicht meine Fahrkarte bezahlt!« schrie Lauretz. »Hab' ich nicht das Recht, ein Fenster aufzumachen? Oder muß ich in dieser höllischen Hitze braten, wie diese Würmer da?«

Die Mitreisenden protestierten. Der Schaffner drohte Lauretz, ihn auf der nächsten Station der Polizei zu übergeben, wenn er sich nicht ruhig verhalte. Lauretz zerrte die Banknoten aus der Tasche.

»Polizei, du Esel! So eine große Geldstrafe gibt es gar nicht, daß sie mir was anhaben kann!«

»Er ist betrunken«, sagte ein Mann zu dem Schaffner. »Es ist Lauretz, der Sägemüller. Voriges Frühjahr hat ihn Richter Bonatsch zu vier Monaten verurteilt.«

»Wenn er sich nicht anständig benimmt, wird er noch einmal vier Monate bekommen«, sagte der Schaffner.

Lauretz grinste höhnisch und riß sich dann zusammen. Er bekam plötzlich Angst, man könnte ihn verhaften, wenn er es allzu arg trieb.

»Ah, ihr braven Leute!« brummte er. »Laßt doch einen Menschen sein Vergnügen haben, wenn er dazu in der Lage ist! Nicht jeden Tag verdient ein Sägemüller fünftausend Franken.« Er lehnte sich zurück, zog seinen schwarzen Hut ins Gesicht und versank in einen trunkenen Schlummer.

»Wenn er wieder anfängt, schmeiß ich ihn 'raus!« sagte der Schaffner mit einer beruhigenden Gebärde zu den anderen Passagieren in Lauretz' Abteil und ging dann weiter.

193

Kurz nach acht Uhr abends ging Lauretz durch die Hauptstraße von Andruss zu Volkerts Wirtshaus, wo er vier Tage zuvor Pferd und Wagen zurückgelassen hatte. Ein dichter Regen kam von der Oberalp herabgefegt, und ein dünner kalter Nebeldunst umhüllte die Lichter des Dorfes. Als er in die Gaststube trat, erblickte ihn Frau Volkert, und während er auf eine Ecke zusteuerte und mit der Faust auf den Tisch zu schlagen begann, lief sie in die Küche, wo ihr Mann gerade beim Essen saß.

»Töny, Lauretz ist wieder da!«

Herr Volkert runzelte die Stirn.

»So? Was will er denn? Du hast ihm doch nichts ausgeschenkt?«

»Er ist gerade erst hereingekommen.«

Sie hörten Lauretz auf den Tisch schlagen. Volkert stand auf und ging in die Gaststube.

»Was soll denn dieser Krach, Joni? Ich darf dir nichts geben, das weißt du doch selber.«

»Wo ist Schmid und Schulmeister Wohl!« schrie Lauretz. »Wo sind die verfluchten Schweine heute abend! Fürchten sich vor dem Regen, wie? Ich nicht! Schau her, Töny, hier ist Geld, diesmal bleib' ich dir nicht einen Centime schuldig!«

»Nichts zu machen«, sagte Volkert, »dein Name steht auf der Liste.«

»Liste? Was denn für eine Liste? Wer macht denn hier Listen? Einen halben Liter Vältliner will ich haben.«

Er zog die Banknoten aus der Brieftasche, hielt sie in die Höhe und stopfte sie wieder beiseite.

»Limonade oder Kaffee kannst du haben, aber ich lasse mich nicht deinetwegen bestrafen.«

»Teufel noch einmal!« brummte Lauretz. »Die Strafe bezahl' ich.«

»Zahl lieber deine Schulden«, sagte der Wirt.

Lauretz lachte brutal.

»Ich hab' keine Angst, das Geld herzuzeigen, es gehört mir. Verstehst du mich? Mir gehört es! Da machst du Augen, was? Los, gib mir jetzt einen halben Liter und trink ein Glas mit.«

»Joni«, sagte Herr Volkert energisch, »von mir kriegst du nichts.«

Frau Volkert, die inzwischen hinzugekommen war, konnte ihren Ärger nicht mehr bezähmen.

»Schämen sollst du dich, schämen! Mit dem Geld deiner Tochter herumzuschmeißen! Silvelie und Buab Niklaus haben dich überall gesucht. Und jetzt ist sie nach Zürich zu einem Advokaten gefahren.«

»Halt den Mund, Frau«, sagte Herr Volkert. »Er weiß ganz gut, was er tut. Es gibt keinen mehr in der ganzen Nachbarschaft, der sich mit ihm noch an einen Tisch setzt.«

»Seit wann bist du denn ein Heiliger geworden?« rief Lauretz.

»Ich bin kein Heiliger, gewiß nicht, das weißt du, und das wissen alle. Aber wenn ein Mensch so tief gesunken ist wie du, dann gehn ihm auch die Schlimmsten von uns aus dem Weg. Scher dich jetzt fort!«

Lauretz starrte einen Augenblick lang verloren den hölzernen Fußboden an. Er atmete schwer, sein Gesicht färbte sich dunkelrot.

»Uns geht es ja nichts an«, sagte Volkert vorsichtig, »und ich denke nicht daran, dir gute Ratschläge zu erteilen. Aber eins will ich dir sagen: In ganz Andruss gibt es heute abend keinen Menschen, der Geld von dir nimmt, und wenn er am Verhungern ist.«

»Geh nach Hause zu deiner Frau!« sagte Frau Volkert. »Läßt seine Familie jahrelang hungern und jetzt, wo Silvelie ein bißchen eigenes Geld hat, geht er hin und stiehlt es ihr und besäuft sich davon! Hinaus mit dir, sonst werfe ich dich hinaus!«

Lauretz hielt sich die Ohren zu.

»Schluß, Schluß!« schrie er. »Ich will das nicht hören. Der Teufel soll euch holen. Ich gehe schon, ich gehe schon!«

Er sprang plötzlich auf und stürzte in die Nacht hinaus. Er ging zum Stall hinüber, um nach seinem Pferd und seinem Wagen zu schauen. Sie waren nicht da. Er verfluchte Niklaus und ging dann die Straße lang zur »Alten Post«. Wohl, Gumpers, Schmid und Hirt saßen in einer Ecke neben dem riesigen Ofen und spielten Karten. Als sie Lauretz erblickten, legten sie die Karten weg und standen auf.

»Willst hier mit dem Geld deiner Tochter prahlen!« sagte Herr Hirt höhnisch. »Huarabuab, hinaus mit dir!« Der Schullehrer näherte sich Lauretz.

»Lauretz«, sagte er, »es freut mich, dich wiederzusehen. Wir hatten schon Angst, du würdest gar nicht mehr zu uns zurückkehren.«

»Es freut dich, so, so! Du hast geglaubt, ich mach eine Weltreise! Noch nicht.«

»Richtig.«

»Ich möchte nur wissen, was euch meine Privatangelegenheiten angehen!« rief Lauretz.

»Deine Privatangelegenheiten interessieren uns gar nicht!« erwiderte Herr Wohl. »Aber man wird beständig auf die Privatangelegenheiten des Herrn Lauretz aufmerksam gemacht. Ich sag' dir nur eins: Geh nach Hause und versuch, dich ein bißchen zu bessern. Du hast das große Glück, eine Tochter zu besitzen, die Geld geerbt hat, und ich gebe dir den Rat, deine Kinder etwas rücksichtsvoller zu behandeln, sie verdienen es!«

»Und jetzt scher dich fort!« sagte Hirt. »Wir sind beim Kartenspielen.«

»Was heißt das, ich soll meine Kinder rücksichtsvoller behandeln?« fragte Lauretz den Schullehrer, ohne sich um den Wirt zu kümmern.

»Ich hatte sie unter meiner Obhut, als sie noch klein waren«, sagte Herr Wohl, »und ich verstehe nicht, wie man sie so schlecht behandeln kann. Aber was hat es‾denn für einen Zweck, mit dir zu reden, es macht ja doch keinen Eindruck auf dich!«

»Ich bin so vernünftig, daß ich dir stundenlang zuhören könnte!« sagte Lauretz höhnisch.

»Ich habe alles gesagt, was ich zu sagen habe«, erwiderte Herr Wohl, setzte sich hin und nahm seine Karten auf.

Jonas Lauretz zögerte einen Augenblick, dann machte er kehrt und verließ das Wirtshaus. Er steuerte auf die Via Mala zu. Der Regen prasselte auf ihn nieder, er fühlte ihn nicht. Ein grimmiger, furchtbarer Zwang trieb ihn vorwärts. Er verschwand in die Nacht, eine dunkle, einsame Gestalt. Gegen Mitternacht erreichte er Nauders. Das Dorf lag in völliger Finsternis da, die Haustüren waren versperrt. Der Wolfshund des langen Dan kläffte. Lauretz schritt weiter.

29

Am einundzwanzigsten November gegen Abend verließ Niklaus den Sägeschuppen und begab sich ins Haus, um mit seiner Mutter und seiner Schwester Hanna zu Abend zu essen.

»Das Wetter ist schlecht«, sagte er, »der Regen kommt durchs Schuppendach herein. Ich muß es dieser Tage einmal ausbessern. Über die Bergwände fließt es wie ein Wasserfall, und der Nebel ist so dicht, daß ich mich kaum zu Jörys Hütte hingefunden habe.«

Er setzte sich nieder und nahm einige Kartoffeln aus der Schüssel. Dann griff er nach dem Brotmesser und prüfte die Schärfe der Klinge an seinen harten Fingern.

»Hast du mit Jöry gesprochen?« fragte die Mutter.

»Natürlich. Er sagt, wir haben keinen Mut – er glaubt, wir reden nur darüber.«

»Wer hat keinen Mut?« fragte Hanna und zog ihre dichten Brauen hoch.

»Wir, sagt er.«

Niklaus musterte seine Mutter mit einem eigentümlich harten Blick, den sie finster erwiderte.

»Jeses, Buab, wie du aussiehst!«

»Hast du einmal mit Jöry darüber gesprochen?« fragte Niklaus scharf.

»Haben wir nicht alle darüber gesprochen?«

»Ich meine, hast du ihm etwas versprochen? Dich auf etwas Bestimmtes eingelassen?«

»So dumm werde ich doch nicht sein, Niklaus.«

»Und du, Hanna? Hast du ihm gegenüber eine Geldsumme erwähnt?«

»Ich? Ich habe nie ein Wort gesagt.«

»Wie kommt es dann, daß Jöry meint, wir müßten ihm die tausend Franken zurückzahlen, die er dem Alten vor acht Jahren gegeben hat, und noch tausend zulegen?«

»Jöry, Jöry!« sagte Hanna voller Verachtung. »Er wird das nehmen, was wir ihm geben. Wenn er nicht zufrieden ist, schmeißen wir ihn in die Yzolla.«

»Du redest, als ob es so leicht wäre«, sagte Niklaus finster.

Frau Lauretz beugte sich über den Tisch.

»Ihr seid ja dumm! Wir reden und reden und keiner weiß, ob er überhaupt zurückkommt.«

»Er kommt nicht eher zurück, als bis er Silvelies Geld verputzt hat«, sagte Hanna.

Jörys gebeugte Gestalt erschien auf der Schwelle. Er verhielt sich ganz still, und seine Augen glitzerten im Dunkeln. Niklaus drehte sich um.

»Was willst du denn?«

»Ich will nur sehen, ob ich helfen kann!«

»Helfen? Was denn?«

»Ob ich euch helfen kann, die Sache in Ordnung zu bringen, die euch Sorgen macht.«

»Ich hab' dir doch gesagt, wir können nichts tun, bevor der Alte zurück ist.«

Jöry trat ins Zimmer, sein Kopf saß tief zwischen dem Buckel und dem Brustkorb.

»Bilde dir ja nicht ein, daß du besondere Ansprüche hast, weil wir uns mit dir über die Sache unterhalten haben«, sagte Niklaus streng.

Jöry setzte sich hin und fing zu kichern an.

»Nein, Meister Niklaus, so redet man nicht mit einem guten Freund, der alles weiß. Seit acht Jahren hab' ich Tag für Tag nachgedacht, und jetzt ist die Zeit, etwas zu tun. Jetzt!«

»Was denn tun?« fragte Niklaus, und seine Augen starrten den Bucklingen an wie zwei Revolvermündungen.

»Ihr müßt entscheiden, wie es gemacht wird. Wenn ich die Dreckarbeit erledigen soll, wie ihr das wollt, dann muß ich wissen, wie und wann es geschehen soll. Und was dabei zu holen ist.«

»Ich hab' dir doch gesagt, das Reden hat keinen Zweck, der Alte ist nicht da.«

»So! Er ist nicht da!« kicherte Jöry. »Und ob er da ist! Seit drei Tagen habe ich keinen Augenblick Ruhe, kann nicht sitzen, kann nicht liegen oder stillestehen, so sehr sitzt er mir im Blut. Und wenn er nicht bald wiederkommt, stürz' ich mich kopfüber in den Fluß. Ja, nach Zürich ist er gegangen, um fünftausend Franken zu holen und dann zu verschwinden! Das sieht ihm ähnlich! Ich kenne ihn doch seit Jahren! Er kommt bestimmt zurück, die Frage ist nur, wann?«

»Woher zum Teufel soll ich das wissen?« rief Niklaus. »Du kannst einen verrückt machen.«

»Eine schöne Nacht, Meister Niklaus, für einen einsamen Mann, um im Finstern hier heraufzuwandern.«

»Warum gehst du denn nicht auf die Straße hinaus und schaust, ob er kommt?«

»Das ist es nicht, Meister Niklaus. Wir müssen es bloß rechtzeitig erfahren, wenn der Alte zurückkommt. Er kommt mit der Eisenbahn. Es müßte einer in Andruss sein, wenn er ankommt, und uns Bescheid schicken.«

»Darüber haben wir uns schon tausendmal unterhalten. Es hat doch keinen Zweck, in Andruss auf ihn zu warten. Entweder kommt er nach Hause oder er kommt nicht nach Hause.«

Jöry krampfte die Finger zusammen und blickte langsam von einem Gesicht zum andern.

»Und wenn er kein Geld mehr bei sich hat?« fragte er zögernd.

»Du willst wissen, wer dich bezahlt, wenn der Alte kein Geld mehr bei sich hat?«

»So ist's richtig, Meister Niklaus!«

»Und deshalb bist du jetzt hierhergekommen, wie? Für diesen Fall also sag' ich dir hier vor meiner Mutter und vor meiner Schwester, daß wir, die Familie, dir das Geld bezahlen werden, auf das wir uns einigen. Du wirst dann bloß ein bißchen länger darauf warten müssen. Aber es wird eine anständige Summe sein. Wir werden dich anständig bezahlen.«

Jöry verschränkte die Arme über der Brust und beugte sich vor. Lächelnd, mit triumphierendem Blick, schaute er die Familie an. »Heute nacht regnet es«, sagte er langsam. »Frost steht bevor, dann kommt der Schnee. Wir werden es leicht haben. Möchte bloß wissen, wo er jetzt steckt!«

»Jöry«, sagte Niklaus und packte das Brotmesser mit der Faust, »immer redest du davon. Leute, die viel reden, haben keinen Mut, wenn es zu handeln gilt.«

»Ich hab' keinen Mut? Ich?«

Er stand auf, ging langsam zur Tür und drehte sich um. »Von euch hängt es ab! Ihr habt keinen Mut, alle miteinander! Ihr redet nur, ihr fürchtet euch!«

»Natürlich sind wir nicht so dumm, daß wir es selber machen und dich zuschauen lassen!« rief Niklaus. »Viel besser, wir lassen dich's besorgen und bezahlen dich dafür.«

»Ja!« sagte Jöry und streckte zwei Finger in die Luft. Kichernd drehte er sich um und verschwand.

»Jeses Gott!« flüsterte Hanna erschauernd.

Frau Lauretz' Kopf zitterte.

Niklaus zog seine schmierige Brieftasche hervor, entfaltete einen Eilbrief von Silvelie, der am selben Morgen angekommen war und den er aus dem Laden des langen Dan in Nauders geholt hatte. Zum zehntenmal las er ihn vor:

»Lieber Niklaus!

Sag zu Hause, daß ich zu spät gekommen bin. Ich bin mit Doktor Aarenberg auf der Bank gewesen, und dort hat man uns gesagt, daß er vorgestern dagewesen war und das ganze Geld abgehoben hat, fünftausend Franken. Sie hatten *seine* Unterschrift und sagten, er hätte seine Papiere vorgezeigt. Doktor Aarenberg meint, man kann nichts machen, weil ich noch nicht volljährig bin. Ihr sollt Euch aber nicht aufregen, bitte nicht. Für *ihn* kann dieses Geld schließlich sehr wichtig sein, vielleicht wird es ihm sogar helfen, ein neues und besseres Leben zu beginnen. Ich bin überzeugt, das Geld kann nicht verloren sein, an ihm hängt der Geist Meister Lauters'. Wer es besitzt, wird Glück haben.«

Niklaus unterbrach sich.

»Das größte Glück wär's, wenn der Alte heut nacht mit dem Geld nach Hause käme, solang Silvelie noch weg ist.«

Er grinste höhnisch.

»Auch wenn er ohne das Geld käme!« sagte Hanna und bohrte ihre Nägel in den Tisch.

»Lies weiter«, sagte die Mutter mit steinerner Miene. Ihre falschen Zähne klapperten. Niklaus fuhr fort:

»Macht Euch jetzt keine Sorgen. Ich bin bei Frau Professor Peters gewesen. Aber aus privaten Gründen wohne ich nicht bei ihr. Ich wohne in einem Hotel, das mir Doktor Aarenberg gezeigt hat. Er hat mir auch fünfzig Franken geborgt. Ich habe ihm gesagt, ich werde sie ihm so bald wie möglich zurückzahlen. Und was für eine große Stadt Zürich ist. Ich habe überall aufgepaßt, ob ich *ihn* finde, aber bisher habe ich *ihn* noch nicht gesehen. Sobald Doktor Aarenberg sagt, ich kann abfahren, komme ich nach Hause. Wenn er zufällig während meiner Abwesenheit nach Hause kommt, gebe ich Euch einen Rat: Seid gut zu ihm.

Eure liebende Schwester
Silvia.«

Niklaus faltete den Brief zusammen und steckte ihn wieder in die Tasche.
»Sie ist so gutmütig, sie verzeiht noch dem Mann, der ihr den Hals abschneidet«, bemerkte er trocken.
Er stand unvermittelt auf.
»Was hat es für einen Zweck, hier herumzusitzen? Warum geht ihr nicht schlafen?«
»Ich bin heute nacht so voll Haß, daß ich nicht schlafen könnte«, sagte die alte Lauretz.
»Ah, bah! Sechsundzwanzig oder siebenundzwanzig Jahre lang bist du mit dem Mann verheiratet, du mußt dich doch an deine Gefühle gewöhnt haben.«
Frau Lauretz' Kopf zitterte.
»Nein, Niklaus, ich laß dich nicht allein aufbleiben.«
»Warum denn nicht?« rief er mit wilder Stimme. »Glaubst du, ich hab' Angst?«
»Niklaus!« Hanna schlug mit der Faust auf den Tisch. »Sprich nicht in solchem Ton mit Muattr!«
»Und was ist dabei, du Idiot! Was liegt daran, wie ich mit ihr rede? Die Liebe redet aus mir, die Wut eines ganzen Lebens,

die sich in mir zusammengeballt hat wie eine Dynamitladung! Ich hab' keine Ruhe mehr. Ich muß es tun! Bei Jesus Christus, ich schwöre, ich muß es tun. Ich kann diese Arbeit keinem andern überlassen.«

»Wir müssen Jöry mit dabei haben«, sagte Frau Lauretz. »Er weiß von allem. Er muß es tun.«

»Ob er, ob ich!« knurrte Niklaus verzweifelt. »Das ist einerlei. Wir sind alle ins Rutschen gekommen, jeder von uns wird wie ein Felsblock auf ihn niedersausen und ihn zerschmettern. Geht jetzt schlafen. Ich bleibe auf, damit ich wach bin, wenn er heute nacht zurückkommt.«

»Dummer Buab!« sagte Hanna und legte den Kopf auf den Unterarm. »Glaubst du, er kommt nach Hause, bevor er den letzten Centime ausgegeben hat? Er amüsiert sich in Zürich, treibt sich mit Straßenweibern herum. Die gibt es in den Städten massenhaft. Er wird ihnen Hüte und Schuhe kaufen und mit ihnen schlafen, und erst, wenn er sie alle satt hat, wird er zu seinen Sklaven zurückkehren, eher nicht.«

»Du kannst sagen, was du willst, ich passe auf!« erwiderte Niklaus und verließ das Zimmer.

Er ging zum Haus hinaus, stapfte durch den Regen zum Schuppen und knipste eine elektrische Lampe an, die rötlich durch den Nebel schimmerte und im Winde hin und her schwankte. Dann sank er auf einen Baumstamm nieder, und seine Blicke begannen jeden Winkel der unheimlichen Umgebung zu durchforschen.

»Meister Niklaus!«

Jörys Stimme ließ ihn auffahren. Der Bucklige lächelte.

»Ja, ja, das Gewissen! Die Pfarrer erzählen davon und sagen, es läßt einen nicht schlafen.«

Niklaus setzte sich wieder hin, und Jöry beugte sich über den Baumstamm zu ihm:

»Ich hab' darüber nachgedacht, Meister Niklaus, für den Fall, daß der Alte betrunken nach Hause kommt! Es wär' gar nicht so schwer, ihn quer über den Stamm zu legen und die Säge in Gang zu setzen. Wenn sein Körper nicht aus Eisen oder Stein ist, muß die Säge durch ihn durchgehn. Für die Säge wär' das so leicht wie für ein Messer, wenn es Butter schneidet.« Niklaus starrte in die von Feuchtigkeit durchsättigte Finsternis hinaus. Er schien der wilden Symphonie zu lauschen, die all die Wassermassen ringsumher mit Tosen, Plätschern, Gurgeln und Zischen veranstalteten.

»Wir brauchen auch gar nicht zuzuschauen«, sagte Jöry. »Die Sache würde von ganz allein gehen. Du hattest doch denselben Gedanken, Meister Niklaus. Warum wollen wir es nicht versuchen?«

Niklaus starrte weiter in die Finsternis hinaus.

»Es wäre leichter, ein paar Bretter aus der Brücke herauszunehmen und dafür zu sorgen, daß er hinübergeht«, sagte er nachdenklich.

»Dann ist er vielleicht nicht tot.«

»Bestimmt.«

»Und alles, was er bei sich hat, ist verloren. Eine halbe Geschichte.«

»Das ist es eben«, stimmte Niklaus bei.

Sein Blick fiel auf eine Axt. Er ging langsam zu ihr hin und hob sie auf.

»Und das da?« Er ließ die Axt auf einen Holzklotz niedersausen. »Da!«

Er zog die Axt aus dem Holz.

»Das Blatt noch ein bißchen blanker putzen!«

Er humpelte zum Schleifstein, zog einen Hebel und begann die Axt zu schärfen. Rote Funken sprühten auf wie ein Kometenschweif. Jöry kam herbei und schaute zu.

»Glaubst du, Buab, der Alte wird stillhalten wie ein Ochse, wenn einer probiert, ihm den Schädel zu spalten?«

»Da, Jöry, versuch jetzt die Axt! Zeig mir, wie du mit einem einzigen Hieb diesen Klotz spaltest!«

Niklaus reichte Jöry die Axt und stellte einen Holzklotz vor ihn hin.

»Vorwärts jetzt!«

Jöry spuckte in die Hände, packte den Griff der Axt und trat einen Schritt zurück. Aus der unförmigen Masse seines Körpers reckte sich sein langer faltiger Hals hervor. Mit der linken Hand packte er den Griff der Axt dicht am Blatt, und mit der rechten hielt er das Ende des Griffes gepackt. Langsam hob er die Axt über die rechte Schulter, lockerte dann den Griff seiner Linken und ließ den langen Holzstiel durch die Hand gleiten. Die Axt sauste auf den Klotz nieder, spaltete das Holz entzwei, und das stählerne Blatt bohrte sich in die Erde. Er richtete sich auf und schaute Niklaus triumphierend an. Niklaus zog die Axt aus dem Boden.

»Ein Meisterhieb, das muß ich schon sagen!«

»So schlachtet man ein Schwein!« sagte Jöry. »Aber wie soll man den Alten dazu bringen, daß er den Kopf stillhält? Er ist stark wie ein Bulle. Man muß ihn überrumpeln.«

Niklaus humpelte auf und ab, die Axt hinter sich herschleppend. Er verschwand in einem finsteren Gang zwischen hohen Holzstapeln und kam dann wieder hervor. Seine Blicke wanderten zu dem Büro, und plötzlich winkte er Jöry näher heran.

»Schau mal! Angenommen, der Alte geht zwischen den zwei Holzstapeln durch den Schuppen, wie er das immer macht, und wenn hier einer steht, auf dieser Kiste, und auf ihn wartet, und im rechten Augenblick zuschlägt? Was meinst du, Jöry?«

»Ja, das ist ein Gedanke. Aber du sagst ja selber, im richtigen Augenblick!«

»Wenn ein anderer dort neben dem Licht steht und ihm ein Zeichen gibt, ja, und ruft: ‚Jetzt!‘ Das geht dann ganz automatisch.«

Er zog eine Kiste heran, stieg hinauf und hob die Axt über die Schulter. Der Bucklige beobachtete ihn.

»Komm hier herauf, Jöry!« sagte Niklaus. »Nimm die Axt. Ich geh dort hinüber und heb' den Arm und laß ihn sinken. Und wenn ich den Arm sinken lasse, schlägst du zu.«

Und damit stellte er sich in den Lichtschein der Lampe und hob den Arm. Jöry hob die Axt. Niklaus senkte den Arm, und Jöry ließ die Axt auf den Holzstapel niedersausen. Niklaus steckte die Hände in die Tasche. Die schwankende Lampe machte seinen Schatten tanzen.

»In einer solchen Nacht müßte man etwas zu trinken haben«, brummte er.

204

Er nahm die Axt und lehnte sie gegen die hölzerne Kiste, dann zog er den Hebel. Langsam geriet der Sägerahmen in Bewegung, ratternd, immer schneller auf und nieder zuckend.

»Wir wollen lieber was tun, statt zu faulenzen«, sagte er und schob das Wägelchen mit einem Baumstamm zurecht.

Die Säge packte das Holz. Jöry verschwand geheimnisvoll, aber Niklaus blieb im Schuppen. Er lehnte sich gegen einen Stoß Bretter. Dicht neben ihm drang ein Wasserstrahl durch das Dach herein. Sägemehl wirbelte empor, schwebte dann auf den feuchten Boden nieder. Niklaus' Gesicht war totenbleich, mit einer automatischen Handbewegung strich er sich durch sein wirres, mit Sägemehl bedecktes Haar. Seine Blicke hafteten starr an der Stelle, wo die Sägezähne das Holz packten, gleichsam an dem Mutterleib, aus dem die Bretter und Planken geboren wurden. Bis nach Mitternacht arbeitete er weiter. Dann nahm er eine Stallaterne, zog einen Sack über den Kopf und ging ins Haus. Hanna saß immer noch am Tisch, die Arme vor sich hingestreckt. Ihr Gesicht sah ganz weiß aus unter dem schwarzen, zerzausten Haar, und auf ihren breiten, vorspringenden Backen schimmerten vertrocknete Tränen.

»Bist du fertig?« fragte sie mit dumpfer Stimme.

»Nichts ist fertig, bevor wir *damit* nicht fertig sind«, erwiderte er rätselhaft.

»Jeses!« murmelte sie, »wie du ausschaust!«

»Und du! Bist du denn nicht müde?«

»Bist du müde? Du hast die ganze Zeit gearbeitet!«

»Ich bin nie müde«, sagte er und stellte die Laterne auf den Tisch.

Er rieb sich die Hände und hielt sie an die Laterne, um warm zu werden.

»Wo ist Muattr? Schlafen gegangen?«

»Ja.«

»Hat sie wieder in ihrem Buch über die Bischöfe gelesen?«

»Nein, wir haben uns unterhalten.«

»Worüber denn?«

»Worüber kann man sich denn unterhalten?« sagte sie müde.

»Ihr bereut es schon?«

205

»Niklaus«, rief sie, »mir ist so schrecklich zumute, ich möchte weglaufen und nicht mehr wiederkommen!«

»Das ist ein natürliches Gefühl, Schwester Hanna, mir geht es auch so, seit der Alte weg ist. Aber jetzt darf man nicht nachgeben. Seit Jahren rückt es heran. Bald ist das Schwerste geschafft. Nein, wir dürfen nicht umkehren. Wir müssen über den Gipfel weg, dann kommen wir alle in ein neues Leben.«

Sie schauerte zusammen. Er sah auf ihre zitternde Brust.

»Warum gehst du nicht schlafen?« fragte er mit veränderter Stimme.

Sie hob den Arm und raufte sich die Haare.

»Oh, ich kann nicht!« stöhnte sie.

Sie schüttelte den Kopf, ihre Lippen bebten.

»Wenn er bloß nie wieder nach Hause käme! Nie wieder! Ich denke jetzt genau wie Silvelie. Er soll das Geld behalten, und wir sagen ihm, wir wollen ihn nicht mehr hier haben. Aber das da! Das da! Herr Jeses, Gott im Himmel! Wenn Silvelie es erfährt! Nein, ich könnte das nicht ertragen. Ich habe sie viel zu lieb.«

»Dumme Gans!« sagte er. »Wir tun es doch ihretwegen!«

»Nein, nein! Unsertwegen!«

»Und warum auch nicht?« stieß er hervor. »Niemand wird etwas davon erfahren. Muß ich jetzt wieder ganz von vorne anfangen, nachdem wir uns längst entschlossen haben?«

»Es ist scheußlich, Niklaus, der Alte ahnt nichts – er wird nach Hause kommen und sich nicht wehren können.«

»Soll ich ihn vielleicht warnen? Es ist gerecht so! Gerecht! Viele Jahre lang haben wir ihn ehrlich abgeurteilt und ihn schuldig befunden. Jetzt, wo das Urteil vollstreckt werden soll, kommt ihr Weiber mit moralischen Bedenken. Hol's der Teufel! Ich hab' mir's feierlich geschworen, als er mich damals in Andruss geschlagen hat. Hundertmal hab' ich mir's feierlich geschworen. Ich will endlich Ruhe haben.«

Er schlug mit der Faust auf den Tisch.

»Meine Ruhe will ich haben! Frieden für uns alle und für mich! Ich schwöre dir, wenn ich's nicht schaffe, dann mache ich mit mir ein Ende, dann kannst du dir deinen Bruder aus dem Sägemehl zusammenklauben und kein Doktor wird ihn mehr flicken können. Die Sache muß glücken, und wenn sie mir nachher in Lanzberg den Kopf abschlagen. Aber so weit wird es nicht kommen. Ich, Niklaus Lauretz, bin nicht so dumm, wie ihr alle glaubt. Für mich ist das Leben eine einzige schmerzhafte Wunde gewesen, und ich weiß jetzt endlich, wie ich sie heilen kann. Ja, ich, Niklaus Lauretz! Und ich sage dir, wenn ich hundert Nächte lang auf seine Rückkehr warten muß, ich werde die richtige Stunde finden. Ich werde es tun! In mir ist nicht mehr Erbarmen als Leben in diesem alten Tisch!«

Er ging zu seiner Schwester hin und legte ihr die Hand auf die Schulter.

»Geh zu Bett!« sagte er, und seine Stimme wurde mit einem Male zärtlich. »Leg dich schlafen. Ich brauche dich nicht, wenn der Alte kommt. Ich hab' jetzt schon zwei Nächte auf ihn gewartet. Vielleicht wird das die dritte Nacht sein, die ich umsonst warte. Wenn er überhaupt nicht mehr zurückkommt, ist es gut für ihn. Dann müßt ihr alles vergessen oder euch nur noch erinnern, daß Niklaus es machen wollte aus Liebe zu euch.«

Er wandte sich rasch um.

»Wo ist Mannli?«

»Er schläft.«

»Wo?«

»Im Stall.«

»Was soll das? Da hör' ich ihn ja nicht, wenn er den Alten ankündigt.«

Er nahm die Laterne und ging hinaus. Durch den tiefen Morast stapfte er zum Stall und öffnete die Tür. Schnufi erwachte und hob den Kopf. Die Kuh der Gumpers' hatte sich hingelegt und lag wiederkäuend da. An ihren Bauch gepreßt schlief Mannli. Waldi, der Hund, der dicht bei ihm lag, blickte auf. Er kannte den Schritt des nächtlichen Besuchers und bellte nicht, sondern wedelte nur mit dem schwarzen Schwanz. Niklaus hatte nicht das Herz, seinen Bruder aufzuwecken. Er seufzte mitleidig und verließ den Stall. Gerade als er die Tür hinter sich zumachte, hörte er Hannas Stimme aus dem Dunkel.

»Niklaus, Niklaus, der Alte ist eben gekommen!«

Er stand einen Augenblick still, wie versteinert. Dann zog er den Sack über den Kopf und schritt langsam durch den Morast.

»Wo ist er?«

Hanna stand zitternd im Regen vor ihm.

»Er ist gleich hinaufgegangen, um sich auszuziehen. Er ist patschnaß.«

Ihre Finger umklammerten wie ein Schraubstock seinen Arm.

»Nicht heute nacht, Niklaus! Bitte, nicht heute nacht! Er hat so müde ausgesehen! Er ist den ganzen Weg zu Fuß gegangen.«

Niklaus riß sich los und stieß sie weg.

»Geh, mach ihm etwas zu essen, er wird essen wollen«, sagte er mit stahlharter Stimme.

»Ja, ja«, erwiderte sie und begann mit den Zähnen zu klappern.

Niklaus hinkte langsam in den Schuppen und setzte die Säge in Gang. Dann warf er den Sack weg und pfiff. Jöry kam herbeigeschlichen, wie ein Gespenst erschien er hinter einem Bretterstapel. Er steckte den Finger in den Mund, zwischen Backenzähne und Wange, wie das seine Gewohnheit war, wenn er aufgeregt war, und musterte Niklaus mit einem harten, gläsernen Blick. Niklaus erriet seine Frage und nickte. Sein Körper straffte sich, er biß die Zähne zusammen.

Ein paar Minuten später erschien Lauretz im Schuppen. Seine überhängende Lippe zog sich entschlossen zusammen, seine Unterlippe hing herab. Niklaus sah seinen Vater an.

Lauretz ging auf den Hebel zu und brachte die Säge zum Stehen. Dann drehte er sich schnell um.

»Wer hat dir erlaubt, das Pferd und den Wagen aus Andruss abzuholen?« sagte er drohend.

›Du glaubst doch nicht, ich werde zu Fuß hier heraufgehen?« erwiderte Niklaus. »Außerdem kostet es Geld, wenn Schnufi in Volkerts Stall steht.«

»Was geht das dich an?«

»Ich verdiene das Geld«, rief Niklaus. »Ich habe ein Recht, mich darum zu kümmern, wo es bleibt!«

»So, so!«

»Jawohl! Und es schadet dir gar nichts, wenn du zu Fuß gehst.«

Lauretz' Adern schwollen an, und er ging auf Niklaus zu, wuchtig, muskulös und drohend. Aber Niklaus sprang behende zurück und stellte sich hinter einen Baumstamm. Lauretz starrte seinen Sohn finster an. Ein unbestimmter Verdacht schien in ihm zu erwachen, als habe Niklaus' harte Stimme diesmal anders geklungen als sonst. Aber ohne ein weiteres Wort kehrte er ins Haus zurück, stieg die Treppe hinauf und schrie nach seiner Frau.

»Wo ist die Lampe?« brüllte er und stieß einen schrecklichen Fluch aus, der durch das ganze Haus dröhnte. »Eine Lampe will ich haben! Huaravolk! Ihr habt wohl geglaubt, ich komm' nicht wieder nach Hause! Ihr habt geglaubt, ich mache mir mit dem Geld einen guten Tag! Aber ich werde euch schon zeigen, wer hier im Jeff der Herr ist! Ich werde es euch schon zeigen, mich nachts im Regen zu Fuß gehen zu lassen! Hurenpack!«

Er trat mit dem Fuß gegen die Schlafzimmertür der alten Lauretz, während er schreckliche Drohungen und Flüche ausstieß.

»Die Lampe! Wer hat die Lampe weggenommen?«

Niklaus trat ins Haus.

»Ich bring' dir eine Lampe!« rief er die Treppe hinauf.

»Von dir will ich nichts wissen, du heimtückischer, verlogener Dreckkerl! Ich rede jetzt zu dieser schmutzigen alten Sau!«

»Sag das nicht noch einmal!« schrie Niklaus blaß vor Wut. »Sie ist meine Mutter! Und sie wird dir keine Lampe bringen, nie wieder, solange ich da bin!«

Ein hölzerner Schemel kam die Treppe heruntergesaust, Niklaus wich aus. Dann nahm er den Schemel und schleuderte ihn mit aller Kraft die Treppe hinauf. Der Schemel traf seinen Vater.

»Das ist ein Spiel, bei dem zwei mitmachen können!« rief Niklaus spöttisch.

Er nahm eine Lampe, trug sie hinauf und stellte sie auf den Treppenabsatz.

»Da hast du Licht«, sagte er furchtlos. »Und wenn du dich beruhigt hast, können wir miteinander reden.«

Schwer atmend stand Lauretz in dem schmalen Korridor.

»Hanna macht dir unten was zu essen.«

Lauretz nahm die Lampe und ging in sein Zimmer. Niklaus ging in die Küche.

»Ich decke ihm den Tisch. Die Kartoffeln gut braten und den Kaffee recht heiß machen! Gib ihm dieses letzte Stück Brot. Wenn es bloß voller Gift wäre!«

Er riß die Augen auf, als hätten seine eigenen Worte ihn verwundert.

»Daran hab' ich noch nie gedacht!«

Sie starrten einander an und lauschten den schweren Schritten über der Decke.

»Wenn er in Muattrs Zimmer geht, schlag' ich ihm den Schädel ein.«

»Das kann er nicht. Die Tür ist versperrt. Was er jetzt bloß macht?« sagte Hanna.

»Vielleicht betet er.«

»Niklaus!« rief sie entsetzt.

Er lächelte zynisch.

»Warum denn nicht? Es ist Zeit.«

Wieder lauschten sie. Der verhängnisvolle Augenblick rückte immer näher.

»Niklaus«, sagte sie, »du bist der Sohn deines Vaters.«

»Ja! Und er hat mir etwas vererbt, was ihm teuer zu stehn kommt. Seine verfluchte Saat ist es, die jetzt endlich für uns alle zum Segen wird!«

Sie zitterte am ganzen Körper.

»Wo ist Jöry?« murmelte sie.

»Ich werde ihn suchen«, sagte er ruhig. »Komm dem Alten nicht in die Quere. Wenn er anfängt, dann brauchst du nur zu rufen, wir kommen dir zu Hilfe. Wenn er sich beruhigt hat, geh zu Muattr hinauf und sperr dich ein.«

»Niklaus!«

»Tu, was ich dir sage!«

In dicken, grauen, wollenen Unterkleidern, einem alten Rock, einer Hose und Stiefeln ohne Strümpfe saß Jonas Lauretz am Tisch, aß Bratkartoffeln, Brot und Käse. Er war ganz allein und schaute sich mit wütenden Blicken um. Er war hungrig und müde. Hanna hatte die Anweisungen ihres Bruders befolgt und sich im Zimmer ihrer Mutter eingeschlossen. Nach einiger Zeit erschien Niklaus auf der Schwelle. Er lehnte sich anscheinend ganz gemächlich an den Türpfosten und beobachtete seinen Vater. Als Lauretz den Burschen erblickte, begann sein Gesicht zu zucken. Alle seine Muskeln wurden steif.

»Was willst du jetzt mit dem Geld machen?« fragte Niklaus.

Sein Vater aß weiter.

»Geld? Was für Geld?«

»Schwester Silvelies Geld.«

»Ich weiß von keinem Geld, das ihr gehört.«

»Fünftausend Franken, die sie von Lauters geerbt hat, und die du von der Bank abgeholt hast.«

»Das Geld kommt ins Geschäft«, brummte Lauretz.

»Ja, der Rest!«

»Neues Betriebskapital«, brummte Lauretz, biß wütend einen Brocken Brot ab und stopfte sich ein Stück Käse in den Mund.

»Wenn es dir damit ernst ist«, sagte Niklaus kalt, »dann leg das Geld hier auf den Tisch und laß es liegen. Ich leg' einen Stein drauf, und ich schwöre dir, niemand soll es anrühren, bis Silvia aus Zürich zurückkommt. Ich gebe dir diese letzte Gelegenheit. Es ist ihr Geld. Nur sie hat das Recht, darüber zu bestimmen.«

»Das Geld kommt ins Geschäft!« sagte Lauretz mit erhobener Stimme. »Und wir ziehen über den Winter von hier weg.«

»Wir, wir! Dein Geschäft kennen wir! Wir wissen, wer diesen Winter nicht hier sein wird, wenn das Geld in deinen Händen bleibt«, sagte Niklaus in bitterem Ton. »Und du weißt das auch ganz genau! Ein neuer Mantel, neuer Hut, neue Stiefel!«

Sie starrten einander an.

»Du hast das Geld schon ausgegeben!«

»Was ist denn heute mit dir los!« brummte Lauretz. »Ich hab' das Geld hier, du Lausekerl, schau her!«

Er zog seine Brieftasche, öffnete sie und zeigte Niklaus die Banknoten.

Lauretz verzog das Gesicht, die Augen quollen ihm aus den Höhlen, als wollten sie bersten.

»Vielleicht interessiert es dich, daß eine von deinen Liebsten im Sterben liegt«, sagte Niklaus mit erzwungener Ruhe.

»Jörys Weib.«

»Höchste Zeit, daß sie stirbt. Je früher, desto besser.«

Lauretz rülpste und wischte sich mit dem Handrücken den Mund ab.

»Geh zum Teufel!« brummte er. »Ich kann deinen Anblick nicht ertragen. Morgen rechnen wir ab, dann wirst du sehen, was geschieht.«

»Morgen ist heute«, sagte Niklaus und verschwand wie ein Schatten.

Er ging in den Schuppen hinaus und machte Licht. Jöry schlich herbei und schaute ihn forschend an.

»Meister Niklaus, wieviel?«

Er hielt zwei Finger in die Höhe. Niklaus nickte stumm.

»Schnell, Meister Niklaus, schreib es auf einen Zettel. Da ist Papier und Bleistift.«

Das Gesicht des jungen Burschen färbte sich dunkelrot.

»Wenn ich ja sage, heißt das ja!« Er stieß Jöry heftig zur Seite.

»Mit mir ist es jetzt schon so weit, daß es mir gar nichts ausmacht, wenn ich es selber tue und dich hinterher auch noch totschlage!«

»Du schwörst es, Buab Niklaus! Zweitausend! Du schwörst es mir!«

»Ich schwör' es!« sagte Niklaus. »Geh jetzt hinüber und nimm die Axt. Ich lasse die Säge leer laufen und die Glocke läuten. Das wird er nicht vertragen können. Wenn er die Glocke hört, packt ihn die Wut. Er wird bestimmt herkommen, um nachzusehen, warum die Säge leer läuft. Er wird zwischen den zwei Bretterstapeln hindurchmüssen, er wird sicher nicht von wo anders herkommen, er wird doch nicht durch den Regen gehen wollen. Ich stelle mich hierher, und wenn ich den Arm senke, schlägst du zu. Schlag fest zu, Jöry, und du sollst dein Geld kriegen, so wahr ich Niklaus heiße!«

Er beobachtete den Buckligen, wie er auf die Kiste kletterte, in die Hände spuckte und dann die Axt packte. Eine Sekunde später zog er den Hebel, und der Draht, der an dem Getriebe

212

befestigt war, begann zu rucken. Dann ertönte eine laute schrille Klingel. Ihre metallene Stimme überschrie das höllische Lärmen der Wasserfluten und das dumpfe Poltern des Sägerahmens. »Bim-bim-bim-bim-bim –!« Die Lampe schwankte im Winde hin und her, wie ein rhythmisches Pendel das Läuten begleitend. Und es dauerte nicht lange, da erschien die schwerfällige Gestalt des alten Lauretz zwischen den Bretterstapeln, sein schwarzer, langgestreckter Schatten folgte ihm nach.

Auf der Schwelle des Hauses tauchten zwei dunkle, zitternde Frauengestalten auf, die jüngere von den beiden hielt eine Windlaterne in der Hand. Aus dem Stall hörte man den Hund bellen. »Bim-bim-bim –« ging die Glocke. Lauretz schimpfte laut vor sich hin. Er hatte die Ellbogen an den Leib gepreßt, und als er Niklaus in einiger Entfernung wie einen starren, blassen Teufel dastehen sah, den einen Arm hoch emporgereckt, mit der Hand gegen den Himmel weisend, da ballte er die Fäuste und stieß eine Verwünschung aus. Aber noch bevor er damit zu Ende war, ließ Niklaus schnell seinen Arm sinken, und Lauretz stieß einen wilden Schmerzensschrei aus. Er taumelte gegen einen Holzstoß und hielt sich wie betäubt den Hals und die Schultern.

»Schlag zu! Schlag zu!« schrie Niklaus mit einer Stimme, die den ganzen Schuppen erfüllte.

Und die Schneide der Axt, silbern glänzend, sauste durch die Luft und traf Lauretz an der Schulter. Lauretz schrie auf wie ein verwundetes wildes Tier. Der Bucklige sprang von seiner Kiste auf ihn hinunter wie ein Raubtier, das sein Opfer anspringt. Lauretz verdrehte die gequälten Augen und schaute Niklaus an.

»Was hab' ich denn getan? Laßt mich in Ruhe!« heulte er und packte mit einer wilden Kraftanstrengung Jöry am Nacken.

»Niklaus! Niklaus! Zu Hilfe! Zu Hilfe!«

Die beiden Frauen schlichen sich näher heran, ihre mageren wachsbleichen Gesichter glänzten wie beleuchtete Masken.

»Jeses, Jeses! Wie er blutet!« flüsterte Frau Lauretz.

Hanna hielt den Arm ihrer Mutter umklammert, die Laterne in ihrer Hand zitterte.

213

»Niklaus!«
Ihre Stimme klang schrill und markerschütternd.
»Mach ein Ende, Niklaus, mach ein Ende!«
Der alte Lauretz blutete wie ein Bulle unter dem Schlacht-
messer.
»Buab, zu Hilfe!« schrie er. »Niklaus, nie wieder tu ich dir was!
Komm und hilf mir!«
Ein Messer glitzerte in Jörys Hand. Er stieß es Lauretz in die
Seite. Lauretz ließ den Buckligen los. Sein Schreien wurde
immer lauter. Die Rufe seiner Frau und ihrer Tochter erfüllten
die Luft. Jöry warf Niklaus das Messer vor die Füße und stol-
perte in die Nacht davon.
Jonas Lauretz sank gegen den Holzstoß zurück. Seine Arme
fielen schlaff herab.
»Er stirbt, er stirbt«, rief die alte Lauretz.
»Bleib stehen, oh, bleib stehen!« stöhnte Hanna und hielt sie
fest.
Verzweifelt starrte der Alte seinen Sohn an.
»Buab«, murmelte er, »Buab, du hast mir nicht geholfen.«
Niklaus stand unschlüssig da. Plötzlich bückte er sich, hob
Jörys Messer auf und näherte sich seinem Vater.
»Dir helfen!« schrie er außer sich. »Ich werde dir helfen! Ich
werde dir jetzt gleich helfen! Du wirst uns nicht mehr die
Knochen zerschlagen. Du wirst mir nicht mehr Muattr blutig
schlagen. Und jetzt hol' ich mir das Geld zurück, das du gestohlen hast!«
Lauretz' Kopf fiel herab.
»Nimm es, nimm es!« flüsterte er und machte eine matte Anstrengung, die Hand zu erheben, als wolle er den Rock auf-
knöpfen.
Niklaus griff in seines Vaters Tasche, zog die Brieftasche hervor
und steckte sie ein.
»Ich kann nicht mehr«, wimmerte Lauretz. Er sank vornüber
zu Boden und wälzte sich dann auf den Rücken. Sein Gesicht
wechselte langsam die Farbe. Er atmete schwer. Seine weit aufgerissenen Augen waren mit einem hoffnungslosen Ausdruck
auf Niklaus geheftet.

»Buab«, wimmerte er, »hab Erbarmen! Ich werde dir nie wieder was tun.«

Er versuchte mühsam, den Arm zu erheben, als wolle er seinem Sohne die Hand reichen.

»Es ist zu spät«, sagte Niklaus feierlich. »Zu spät! Ich muß es tun!«

Er kniete auf die Brust seines Vaters. Zwei schrille Stimmen riefen seinen Namen. Er schaute sich um, wie ein Raubtier, das über seiner Beute kauert und Angst hat, sie zu verlieren. Dann stieß er seinem Vater das Messer ins Herz. Lauretz bäumte sich auf. Er stieß einen Seufzer aus und sank dann langsam zurück. Niklaus zog das Messer aus der Wunde, aber noch bevor er sich erheben konnte, packte Hanna seinen Arm und nahm ihm das Messer weg.

»Du sollst es nicht allein tun! Ich bin mit dabei! Ich mache es genauso wie du!«

Mit geschlossenen Augen beugte sie sich über den Körper ihres Vaters und stach wie eine Verrückte blindlings zu. Dann fiel sie rücklings hin. Schaum stand ihr vor dem Mund. Niklaus zerrte sie weg und half ihr auf die Knie. Das Messer entfiel ihren Händen. Frau Lauretz packte es. Sie stand neben ihnen.

»Ich habe euch geboren«, sagte sie und blickte auf sie nieder. »Ich tue es aus Liebe zu euch! Ihr sollt nicht sagen, daß ich euch in diesem Augenblick im Stich gelassen habe!«

Mit weit ausholendem Schwung ließ sie das Messer niedersausen und fiel dann vornüber, das Gesicht an ihres Mannes Gesicht gepreßt.

»Joni, mein Joni!« murmelte sie und drückte ihre welken Lippen fest auf des Toten Mund. Die Kinder zerrten sie weg und schleppten sie ins Haus, sie war mit Blut bedeckt und sträubte sich heftig.

Die Klingel läutete weiter. »Bim-bim-bim – bim-bim-bim-bim –«

Mannli stürzte an ihnen vorbei, mit schriller Stimme seine idiotischen Kadenzen plärrend. Die Yzolla toste. Der erste, der wieder zur Besinnung kam, war Niklaus. Tränen stürzten ihm aus den Augen. Er verließ Mutter und Schwester und kehrte auf den Schauplatz des Mordes zurück. Er hörte nicht den

Regen und nicht das Klappern der Säge und nicht die Glocke. Wie versteinert stand er da und betrachtete die Szene, die sich seinen Blicken darbot. Mannli saß rücklings auf dem Leichnam seines Vaters und schlug mit einem Holzscheit auf seinen Kopf ein, und der Hund leckte das Blut auf. Einen Augenblick lang taumelte Niklaus wie ein Betrunkener. Ein schwarzer Nebel legte sich vor seine Augen. Ein paar Sekunden lang vergaß er alles, wußte nicht mehr, wer er war, wußte nicht, wo er sich befand. Dann überkam ihn ein irrer Zwang, den er nicht beherrschen konnte. Kalter Schweiß lief ihm über die Stirne. Er sprang hinzu, riß Mannli von dem Leichnam weg und schleuderte ihn beiseite. Dann versetzte er Waldi einen heftigen Fußtritt, und der Hund hinkte davon, als habe ihn plötzlich ein Gefühl der Scham gepackt. Niklaus nahm eine Schaufel, holte Sägespäne und deckte den Leichnam zu, bis er unter einem Spänehaufen völlig begraben war. Er streute Sägemehl auf die Blutlachen. Dann hob er das Messer auf und steckte es in die Tasche. Er stellte die Axt in einen Winkel, machte dann einen Rundgang durch den Schuppen und blickte argwöhnisch in jeden Winkel. Und da stieß er auf Jöry, der zusammengekauert mit klappernden Zähnen im Dunkeln saß.

»Es ist zu Ende«, sagte er zu Jöry. »Geh jetzt und wasch dich und wasch deine Kleider!«

Jöry stand auf. Seine Augen glitzerten drohend zwischen den verschwollenen Lidern.

»Du bist ganz blutig. Du mußt dich unbedingt waschen«, fuhr Niklaus fort. »Was schaust du mich denn so an? Mach dir keine Sorgen. Jetzt bin ich der Herr. Ein ehrlicher Herr. Ich halte mein Versprechen.«

Jöry schien erleichtert. Die Muskeln seines Körpers entspannten sich. Er steckte seine blutbefleckten Hände in die Taschen und spuckte aus.

»Ja, es ist zu Ende, Meister Niklaus. Und es war ein schweres Stück Arbeit. Ich werde dir helfen müssen, ihn zu begraben. Wann?«

»Bevor es hell wird.«

»Oben im Tal? Bei den Bergwerken? Ja?«

»Ich weiß, wo.«

»Hä, hä«, kicherte er. »Alles berechnet! Aber er ist schwer.«

»Schnufi wird ihn tragen.«

»Schnufi? Ja, Schnufi wird uns helfen.«

»Geh jetzt und wasch dich gründlich. Ich werde dich dann anschauen, ob du dich auch wirklich gewaschen hast.«

»Ich gehe schon, Meister Niklaus. Es ist klebrig, das Blut deines Vaters.«

Er drehte sich um, verschwand in der Nacht, und Niklaus kehrte ins Haus zurück.

Als er ins Zimmer kam, schlang Hanna die Arme um seinen Hals und bedeckte sein Gesicht mit Küssen. Mit zuckenden Lippen erwiderte er ihre Küsse.

»Alles ist jetzt vorbei. Bist du froh?«

Ihre Tränen benetzten seine Wangen.

»Bruder Niklaus, ich liebe dich mehr, als ich sagen kann.«

Er küßte sie abermals und drückte sie an die Brust.

»Wo ist Muattr?«

»In der Küche. Sie heult.«

»Sie soll herkommen und sich zu uns setzen.«

»Sie zittert immer noch am ganzen Leib.«

»Geh und hol sie. Sie wird gleich wieder ruhiger werden.«

Hanna ging hinaus. Niklaus verschränkte die Hände auf dem Rücken und schritt auf und ab, dann ging er zum Brunnen und wusch sich. Triefend naß kam er zurück. Seine Mutter saß am Tisch.

»Buab, Buab«, flüsterte sie, »ist er auch bestimmt tot?«

Er nickte.

»Es ist besser, wenn wir jetzt ein Weilchen still sind. Die Toten haben gern Ruhe.«

»Was wirst du Silvelie erzählen?« flüsterte die Alte.

»Ich hab' dir doch gesagt, wir wollen still sein. Trinken wir Kaffee.« Er zog ein Päckchen billiger Zigarren aus der Tasche und zündete eine an. »Die rauch ich zu Ehren des Toten, eine von seinen eigenen.«

Sein krampfhaftes Bemühen, völlig beherrscht zu erscheinen, flößte den andern ein wenig mehr Zuversicht ein. Er setzte sich an den Tisch und blätterte seines Vaters Papiere durch, während sie ihm zusahen. Dann ging Hanna hinaus, und ein paar Minuten später tranken sie zusammen Kaffee. Ihre Hände zitterten immer noch. Frau Lauretz umklammerte ihre Tasse mit allen zehn Fingern. Keiner sprach ein Wort, bis sie vor der Tür Schritte hörten und einander ansahen.

»Komm herein, Jöry!« rief Niklaus.

Der Bucklige erschien auf der Schwelle, er hatte sich die Hände gewaschen, aber seine Kleider waren mit Blut bespritzt, und auf seiner Wange saß ein Blutfleck.

»Setz dich und trink Kaffee«, sagte Frau Lauretz unruhig und schaute ihm in die Augen.

Er erwiderte ihren Blick und lächelte dabei ein wenig. Dann ging er wie eine Spinne zum Tisch, setzte sich hin, streckte die Hand aus. Seine Finger bewegten sich wie Klauen.

»Morgen ist Zahltag«, sagte Niklaus. »Gleich in der Früh erledigen wir unsere Geschäfte. Inzwischen haben wir noch einiges zu schaffen. Jöry und ich laden ihn Schnufi auf den Rücken und begraben ihn in einer seiner Bettdecken und einigen Säcken. Ich will mich draußen umschauen. Wir müssen uns alle umschauen. Vier Paar Augen sehen mehr als ein Paar. Wir müssen jede Blutspur verwischen, jedes Tröpfchen Blut. Ich habe viele Geschichten gelesen, wie die Polizei diese – diese –« er konnte das Wort nicht über die Lippen bringen – »entdeckt, in dem sie kleine, ganz kleine Blutspuren findet. Das alles muß erledigt werden, bevor es hell wird.«

»Aber was werden wir Silvelie erzählen?«

»Warte doch! Eines nach dem andern! Je weniger wir über den Alten wissen, um so besser. Wir sagen Silvelie bloß, daß der Alte heute nacht nach Hause gekommen ist. Wir können ihr erzählen, daß er wie ein Verrückter über uns hergefallen ist, weil er entdeckt hat, daß sie nicht da ist. Dann wird sie sich Vorwürfe machen. Und dann sagen wir, er hat fünfhundert Franken auf den Tisch geschmissen, uns alle verflucht und erklärt, daß er uns nie wieder sehen will, und dann ist er weggegangen.«

»Aber er wird nicht mehr wiederkommen«, murmelte Hanna.

218

»Gott sei Dank! Darüber brauchen wir uns jetzt nicht den Kopf zu zerbrechen. Das ist eine Sache für sich. Habt ihr alle verstanden, was ihr Silvelie erzählen müßt?«

Sie nickten. Hanna wiederholte: »Ich werde sagen, der Alte war hier, hat Krach geschlagen, weil sie nach Zürich gefahren ist, hat fünfhundert Franken auf den Tisch geschmissen und ist dann weggegangen, frühmorgens, ganz früh.«

»Ja, ganz früh, vor neun.«

»Aber wenn er weggeht, nimmt er doch immer Schnufi mit«, sagte Frau Lauretz.

Niklaus dachte nach.

»Ich werde sagen, Schnufi war lahm. Und ich werde auch dafür sorgen, daß er lahm ist.«

Er klopfte auf den Tisch und schaute bedeutungsvoll von einem Gesicht zum andern.

»Nicht nur Silvelie müßt ihr die Sache so erzählen, sondern jedem Menschen, der früher oder später danach fragt. Und ganz dasselbe müßt ihr auch der Polizei erzählen, falls die Polizei sich einmischt. Habt ihr gehört?«

Sie nickten zustimmend.

»Ich werde euch morgen früh noch einmal daran erinnern. Ihr dürft es nicht vergessen. Sonst sind wir alle geliefert.«

Sie rissen die Augen weit auf, von Angst und Grauen gepackt.

»Geh jetzt, Jöry«, sagte Niklaus ruhig. »Ich halte mein Wort.«

Jöry schaute Frau Lauretz sonderbar an. Sie wich seinen Blicken aus.

»Was schaust du denn Muattr so an?« Hanna richtete sich auf.

»Was soll denn das heißen, du Schwein?«

Jöry nahm seine Nase in die Hand und kicherte.

»Das geht nun seit zehn Jahren, seit ich hier bin«, sagte er. »Ich weiß, ihr werdet alle eure Versprechungen halten, einer wie der andere.«

Die Alte und die beiden Jungen schienen verblüfft und wußten nichts zu sagen. Dann schlug Niklaus auf den Tisch.

»Ich halte mein Versprechen!« rief er. »Ich bezahle dich von Silvelies Geld. Aber es ist ihr Geld, und ich werde es ihr eines Tages zurückgeben, bis auf den letzten Centime.«

219

Er sprang auf und packte Jöry beim Arm.

»Hörst du? Das Geld gehört Silvelie, nicht uns! Und du wirst nie ein Wort darüber sagen. Geh jetzt schlafen. Ich wecke dich rechtzeitig.«

Jöry stand auf und schlich wie eine Spinne hinaus. Sie saßen da und schauten stumm die Türe an, noch lange, nachdem seine Schritte verhallt waren.

»Ich lasse ihn nicht aus den Augen«, sagte Niklaus, »solange er lebt.«

»Und wenn er Muattr noch einmal so anschaut, schlage ich ihm den Schädel ein!« fügte Hanna hinzu.

Lange vor Anbruch der Dämmerung ging Niklaus in den Stall und schnallte einen alten Packsattel auf Schnufis Rücken. Dann holte er eine Decke, einige Stücke altes Sackleinen und einige Stricke, kehrte zum Sägeschuppen zurück, grub den Leichnam des alten Lauretz aus, wickelte ihn in die Lumpen und verschnürte ihn fest mit den Stricken. Dann ging er zur Hütte der Wagner und rief nach Jöry. Gemeinsam luden sie den Leichnam auf den Rücken des Pferdes. Einen Augenblick später marschierten sie in Nebel und Regen das Bergwerkstal hinauf. Niklaus führte das Pferd, Jöry folgte mit einer Hacke und einer Schaufel hinterdrein.

»Einen seiner Socken muß ich haben, Buab, und in den Rauchfang hängen«, sagte Jöry.

»Vor seinem Geist brauchen wir uns nicht zu fürchten«, erwiderte Niklaus, während er vorsichtig auf dem schmalen Pfad in der Finsternis dahinschritt. »Vor uns selber müssen wir uns fürchten.«

»Am besten, wenn ich gar nichts weiß! Das meinst du doch, ja?«

»Ja. Du weißt gar nichts. Du bist gleich nach Dunkelwerden zu deiner Frau gegangen, weil sie im Sterben liegt.«

»Und wenn deine Schwester Silvia mich anschaut und mich fragt?«

»Sag, du weißt nichts. Sag, du weißt nur, was ich dir erzählt habe. Der Alte ist frühmorgens gegen neun weggegangen.«

»Aber einen seiner Socken muß ich haben, Meister Niklaus.«
»Nichts mußt du haben!«
Ungefähr eine halbe Stunde lang marschierten sie langsam dahin.
Dann machte Niklaus halt. Sie befanden sich in der Nähe der
Bergwerke, er sah sich im Dunkeln um.
»Das ist die richtige Stelle. Kleine Hügel, Grasflecken zwischen
den Felsen, kein Wasser, das die Erde wegwaschen kann. Tragen
wir ihn hierher.«
Sie packten den Leichnam, der schon fast steif war, und legten
ihn auf den Boden.
»Heb ihn auf! Heb ihn auf!« brummte Niklaus. »Nicht schleifen!
Pack ihn bei den Beinen! Jetzt – hüpp – allo hüpp!«
Sie trugen ihre Last ungefähr fünfzig Schritt weit von dem
Pfade weg. Jöry holte Hacke und Schaufel. Dann setzten sie sich
hin und warteten, bis es hell wurde. Der Regen hörte auf.
Als das erste kalte Grau des Tages durch den weißen Nebel
schimmerte, gingen sie an die Arbeit und hoben ein Grab aus.
Niklaus sammelte sorgfältig die Rasenstücke. Nachdem sie end-
lich den Leichnam seines Vaters bestattet hatten, füllten sie die
Grube mit Erde, traten die Erde fest und legten oben drauf
Rasenstücke. Mit vereinten Kräften wälzten sie dann einen
großen Felsblock auf das Grab, warfen mit einem Gefühl der
Erleichterung einen letzten Blick auf das Werk ihrer Hände
und machten sich auf den Heimweg. Es war noch gar nicht
richtig Tag geworden, als sie zu Hause ankamen.
Hanna hatte bereits die blutdurchtränkten Sägespäne in einem
Eimer weggetragen.
»Wo hast du sie hingetan?« fragte Niklaus.
Sie zeigte nach der Yzolla. Niklaus schien befriedigt.
»Wir müssen Jöry die alten Kleider schenken, die Vater früher
getragen hat. Und die Kleider, die er jetzt anhat, müssen wir
verbrennen. Nach einiger Zeit kann er sich einen neuen Anzug
kaufen, aber nicht zu früh. Es könnte Verdacht erregen. Schau
dir die Wand an! Sie ist blutig! Die ganze Stelle muß man ab-
kratzen und mit Erde beschmieren. Schau dir den Fußboden
an! Weg mit den alten Brettern! Tu andere hin, auch alte. Und
die Axt! Wasch sie in heißem Wasser, Hanna. Ich mach einen

neuen Griff. Das Messer hab' ich, ja, das muß man auch auskochen. Es ist Jörys Messer. Nein, ich werde es lieber ganz beiseite schaffen und später ein neues besorgen. Eingetrocknetes Blut kann man nicht mehr richtig wegwaschen. Ich weiß genau, wie sie es machen, sie haben eine ganze Wissenschaft, die nur mit Blut und mit Messern und mit Fingerabdrücken zu tun hat.«

Um acht Uhr morgens frühstückten sie gemeinsam. Jöry hatte sich ihnen angeschlossen. Seine Nähe war wie die eines unheimlichen Hausgespenstes. Sie merkten voll Grauen, daß er auf dem Stuhle saß, auf dem der alte Lauretz immer gesessen hatte.

»Vergeßt es ja nicht!« sagte Niklaus mit Nachdruck. »Gegen zwei Uhr früh ist er nach Hause gekommen. Er war den ganzen Weg zu Fuß gegangen. Er war wütend, weil Silvelie ihm nachgereist ist. Er hat geschimpft und getobt und ist dann zu Bett gegangen. Frühmorgens ist er heruntergekommen. Er hat fünfhundert Franken auf den Tisch geschmissen, fünf Geldscheine! Diese da, schaut sie euch an! Da sind sie! Und er hat geschworen, daß er uns nie wieder sehen will! Er wollte Schnufi und den Wagen nehmen, aber da hat er entdeckt, daß das Pferd lahm ist. (Ich habe schon dafür gesorgt, daß es lahm ist, es kommt nicht einmal bis zur Landstraße.) Der Alte hat geflucht und ist weggegangen. Zum Glück hat der Regen heute früh aufgehört. Es ist bewölkt. Das ist alles.«

30

Niklaus ging Silvelie bis nach Nauders entgegen. Er sah sie zusammen mit dem langen Dan aus dem Postauto steigen. Sobald dieser gute Mann in seinem Haus verschwunden war, trat Niklaus auf seine Schwester zu und küßte sie auf beide Wangen.

»Du Armes!« sagte er. »Jetzt bist du so lange weggewesen und so weit gefahren – wegen gar nichts. Der Alte ist gestern nacht um zwei nach Hause gekommen und heute früh wieder weggegangen.«

Voll Überraschung schaute sie ihren Bruder an.

»Er ist zu Hause gewesen und wieder weggegangen! Wo ist er denn hingegangen?«

Niklaus zuckte die Achseln.

»Wie soll ich das wissen? Ich bin jedenfalls froh, daß er weg ist. Als er erfahren hat, daß du nach Zürich gefahren bist, um ihn zu suchen, da hat er getobt wie ein Verrückter. In der Früh dann ist er heruntergekommen und hat fünfhundert Franken auf den Tisch geschmissen. Ich hab' sie hier – schau – fünf Hundertnoten. Dann hat er uns alle auf seine gewohnte Weise verflucht und wollte mit Schnufi und dem Wagen wegfahren. Aber der alte Schnufi hat heute früh gelahmt. Er hat sich den Huf verletzt, wahrscheinlich an einem spitzen Stein. Er kann kaum stehen. Ich hab' ihn verbunden. So ist der Alte zu Fuß weggegangen, der Teufel weiß, wohin.«

Er lachte etwas verächtlich über seine eigene Nervosität. Aber es ging viel leichter, als er sich das vorgestellt hatte. Was wird sie jetzt sagen? Sie schaute ihm sekundenlang in die Augen.

»Komm schnell nach Hause!« sagte sie tief bekümmert. »Und erzähl mir das alles unterwegs.

Niklaus nahm ihr kleines Köfferchen, und sie zogen los. Als er wieder zu sprechen anfing, war seine Stimme trocken und hart. Silvelie starrte finster vor sich hin.

»Er hat sich wie ein Verrückter benommen. Und bevor er wegging, hat er sich in der Tür noch einmal umgedreht und einen feierlichen Eid geschworen, nie wieder, nie wieder will er einen von uns wiedersehen.«

Er hielt inne. Sie schaute ihn von der Seite an, als wolle sie seine Gedanken erforschen.

»Für uns wär's das allerbeste, wenn er gar nicht mehr zurückkehrt«, fuhr Niklaus fast leichtfertig fort. »Aber ich fürchte, wenn erst einmal das ganze Geld verputzt ist, wird er sich wieder auf uns besinnen. Mir ist es gleich! Wenn er das nächste Mal bei uns auftaucht, jagen wir ihn mit Fußtritten zur Tür hinaus.«

»Er hat uns also fünfhundert Franken gegeben«, sagte Silvelie nach einer Weile. »Ich bin mit dem Anwalt auf der Bank gewesen, und der Direktor hat uns mitgeteilt, daß das ganze Geld abgehoben worden ist. Fünftausend Franken! Sie hatten eine Quittung von ihm. Aber diesmal lasse ich ihn nicht entwischen. Das ist ja eine empörende Ungerechtigkeit! Das Geld hat mir gehört, uns...«

»Schöne Gesetze, muß ich sagen«, warf Niklaus ein, »schöne Gesetze, die solchen Eltern das Recht geben, über ihre Kinder zu verfügen. Ein Irrsinn, solche Gesetze!«

Er atmete tief auf, gleichsam erleichtert.

»War er betrunken?« fragte Silvelie.

»Betrunken?« sagte Niklaus, etwas verblüfft. Und nach einem kurzen Zögern: »Er hatte natürlich viel getrunken, aber der Spaziergang von Andruss herauf hatte ihn wohl ein wenig nüchtern gemacht.«

»Ist er denn zu Fuß gekommen?«

»Ja, natürlich! Ich hab' Schnufi wieder mit nach Hause genommen, nachdem ich dich in den Züricher Zug gesetzt hatte. Er ist erst spät nachts angekommen, um zwei. Wahrscheinlich hat er kein Fuhrwerk kriegen können.«

»Wo mag er bloß hingegangen sein! Sonderbar! Ich hab' gestern die halbe Nacht nicht schlafen können, hatte ganz schreckliche Träume. Ich hab' ihn auf einem Faß sitzen sehen. Ein Meer war da, ein ganz blaues Meer, und rundherum lauter Schiffe, und eine Menge kleiner Leute mit schiefen Augen und gelber Haut liefen umher. Mir kam das vor wie in China, oder was ich mir so unter China vorstelle. Und dann habe ich einen schwarzen Kerl mit einem langen Messer auf ihn zukommen sehen, und dann hab' ich aufgeschrien. Ich muß wohl meinen eigenen Schrei gehört haben und bin aufgewacht. Das wird grade um die Zeit gewesen sein, als ihr zu Hause den Krach hattet. Mir kommt es jetzt ganz sonderbar vor.«

»Er hat Krach gemacht!« sagte Niklaus schnell, »nicht wir.«

Dann nahm er ihre Hand.

»Es wird schon finster«, sagte er.

Seine Hand war kalt.

»Niklaus, wir müssen über den Winter aus dem Jeff heraus. Noch einen Winter hier oben, und wir werden alle verrückt.«

»Das soll uns jetzt kein Kopfzerbrechen mehr machen, Schwester. Die fünfhundert Franken, die ich bei mir habe, gehören
dir. Aber wenn du sie mir leihen willst, gehe ich nach Ilanz und
miete dort eine Wohnung für den Winter. Die Gumperssche
Kuh nehmen wir mit. Ich such mir Arbeit bei der Mühlen-
genossenschaft. Du und Hanna, ihr werdet auch etwas finden.
Und vergiß nicht, du bist jetzt Hausbesitzerin. Du hast ein
Haus voll Möbel und Bilder. Was mögen denn die Sachen wert
sein? Sicher Tausende von Franken. Dieser Lauters scheint ein
berühmter Maler gewesen zu sein. Bei Volkert hab' ich sagen
hören, daß er manchmal gleich für zwanzigtausend Franken
Bilder auf einmal verkauft hat. Nein, Schwester, du brauchst
dir keine Sorgen mehr zu machen. Du bist unser Glückspilz.
Es heißt, daß die Sterne bei der Geburt das Leben der Menschen
beeinflussen. Du bist unter einem Glücksstern geboren, deshalb
bist du auch so ganz anders als wir. Ich hab' keinen Glücksstern.
Und ich beklage mich auch nicht über mein Schicksal. Wie es
eben der Zufall will. Aber manchmal fällt mir auf, daß wir alle
so ganz anders sind als unsere Nachbarn, daß wir wie die Fremdlinge unter ihnen leben. Wir sind so gar nicht wie die andern.
Was ist der Grund dafür? Ich hab' viel darüber nachgedacht,
und ich sage dir, es ist deshalb so, weil wir das Blut unseres
Urgroßvaters haben, der aus Nordfrankreich stammte. Im
Geographiebuch heißt das Land, aus dem er gekommen ist, die
Normandie. Dort gehören wir eigentlich hin, und deshalb
passen wir nicht unter die Einheimischen, die hier geboren
sind. Du erinnerst dich, als wir noch klein waren, hat uns
Vater immer am Abend, wenn er mit seiner Pfeife zu Hause
saß, vom Hauptmann Lauretz aus der napoleonischen Armee
erzählt.«
Er erschrak selber einen Augenblick lang, weil er das Wort
Vater gebraucht hatte, und das Blut stieg ihm siedend heiß in
den Kopf.
»Damals ist er uns noch ein Vater gewesen«, fuhr er schnell fort.
»Jetzt natürlich... Was wollte ich denn sagen? Ja, unser Blut!
Ich hab' darüber nachgedacht! Bei dir ist dieses Blut am stärk-
sten zum Vorschein gekommen, Schwester. Wie es der Zufall

will. Deshalb bist du so schön und lieb und gutmütig. Ich möchte so sein wie du.«

»Was du heute abend für sonderbare Gedanken hast!« sagte Silvelie. »Und du hast mich noch nicht einmal gefragt, wie es in Zürich war, und was ich gemacht habe.«

»Ja, das kommt noch. Das wirst du uns beim Abendbrot erzählen müssen. Die andern werden es auch wissen wollen.«

Ein feiner, riesliger Regen fegte durch das schmale, sich verengende Tal, und sie beschleunigten ihren Schritt. Als sie an der letzten Straßenbiegung anlangten, dort, wo der Fußpfad abzweigt, der nach dem Jeff führt, blieb Silvelie ein paar Sekunden lang stehen. Eine tiefe Unruhe überkam sie. Sie preßte die Hand aufs Herz.

»Was ist denn, Schwester?« fragte Niklaus.

»Mir ist, als könnte ich keinen Schritt mehr weitergehen. Es erschreckt mich so, daß ich wieder hier bin. Die Welt ist so groß, und doch muß ich immer wieder hierher zurück. Niklaus, ich habe das Gefühl, wir sollten das Jeff ein- für allemal verlassen und uns anderswo ein neues Leben suchen. Schlag dir das Bergwerk aus dem Kopf. Für uns ist das Jeff wie die Hölle.«
Sie ging weiter.

»Nein, ich darf nicht jammern, komm, gehen wir zu Muattr.«
Sie schritten über die Brücke und näherten sich dem Mühlenhof.

Als Silvelie das Haus betrat, fühlte sie sich von einer rätselhaften Niedergeschlagenheit gepackt.

,Weil ich weggewesen bin und viele neue Gesichter und neue Bilder gesehen habe, deshalb ist mir so zumute!' dachte sie bei sich.

Als sie ihre Mutter und ihre Schwester blaß, hohläugig, gleichsam verzaubert, stumm am Tische sitzen sah, erfüllte Mitleid ihr Herz, und sie packte ihr Köfferchen aus und holte die kleinen Geschenke hervor, die sie ihnen aus Zürich mitgebracht hatte.

»Niklaus hat mir schon erzählt, was passiert ist«, sagte sie ruhig.
Die Frauen schraken auf.

»Sie sind todmüde!« sagte Niklaus. »Sie haben die ganze Nacht nicht geschlafen. Das wundert mich nicht. Jetzt aber, wo der Alte weg ist und gesagt hat, er kommt nicht wieder, jetzt sitzen sie herum und stöhnen, als ob ihr Schutzengel sie verlassen hätte. Nächstens werden sie ihm noch ein paar Tränen nachweinen. Schau, Muattr, da sind ein Paar warme Filzpantoffeln für dich, die dir Silvelie gekauft hat, und für dich, Hanna, eine neue Bürste und ein neuer Kamm! Schildpatt? Das ist sicher nur eine Imitation! Wartet noch ein Weilchen, und ich verwandle euch alles in Silber, in Silber, ja! Jetzt wollen wir lustig sein. Warum sollen wir denn an ihn denken? Warum sollen wir ihn denn nicht vergessen? Ich sage euch, wenn er noch einmal zurückkommt, werfe ich ihn hinaus, so wahr ich Niklaus heiße.« Er schlug mit der Faust wie mit einem Schmiedehammer auf den Tisch.

»Ich mach Feuer«, sagte Hanna. Sie stand auf. »Wir essen Abendbrot, und dann wollen wir gleich schlafen gehn. Ich hab' Kopfschmerzen, und Muattr kann kaum noch auf den Beinen stehen.«

»Hanna, wie siehst du denn aus!« sagte Silvelie.

Sie stand aufrecht da, die Hände in die Hüften gestemmt und die Ellbogen nach auswärts gekehrt.

»Was ist denn mit dir los.«

»Kopfschmerzen und Kummer – das soll einen nicht verrückt machen!«

Hanna ging in die Küche.

»Jeses, das war eine Nacht!« sagte Frau Lauretz. »Hoffentlich werden wir eine solche Nacht nie wieder erleben.«

»Ist er denn so wild gewesen?« sagte Silvelie.

»Ich hab' gedacht, er bringt uns alle um.«

»Hol's der Teufel!« rief Niklaus. »Jetzt ist er weg. Wir wollen ihn doch eine Weile vergessen!«

Er warf seiner Mutter einen wütenden Blick zu.

»Morgen geh ich nach Ilanz und such eine Wohnung für den Winter. Ich lasse euch nicht länger hier. Ihr müßt in eine andere Umgebung – alle miteinander.«

»Die fünfhundert Franken werden nicht weit reichen«, sagte Silvelie. »Wir müssen uns das alles sehr sorgfältig überlegen. Doktor Aarenberg hat mir insgesamt hundert Franken geliehen, und in meiner Börse, die im Schlößchen liegt, habe ich noch über fünfzig Franken. In ein paar Tagen, wenn die Formalitäten alle vorüber sind, werde ich die Schlüssel bekommen und mir meine Börse holen können.«

Niklaus zog die Brauen hoch.

»Haben sie dich in Zürich nicht übers Ohr hauen wollen? Du hast doch wohl von deinen Rechten nichts preisgegeben?«

»Nein. Meister Lauters' Anwalt ist ein so ehrlicher Mensch, daß er das nicht zulassen würde. Er ist sehr nett und uneigennützig.«

»Wie alle Anwälte«, warf Niklaus ein, »deshalb sind sie alle so arm.«

»Was haben denn Lauters' Verwandte gesagt?« fragte Frau Lauretz.

»Ich hab' nicht viel von ihnen gesehen«, erwiderte Silvelie, »obwohl ich bei ihnen war. Der Herr Professor hat mich empfangen und sich mit mir unterhalten. Ein sehr netter Mann. Der mit dem langen Bart. Und dann ist Frau Professor mit einer von ihren erwachsenen Töchtern herausgekommen, und sie haben mich in die Küche geführt und mir gesagt, ich soll mit den Dienstboten essen, und das hab' ich auch getan, weil ich Hunger hatte. Dann haben sie mir gesagt, ich kann oben in einer Rumpelkammer schlafen, und haben mich hinaufgeführt. Ich hab' durch das kleine Dachfensterchen hinausgeschaut. So eine Aussicht habe ich noch nie gesehen. Ringsherum lauter hohe Kirchtürme und unten die hellgrüne Limmat mit den großen Brücken, über die Tausende von Autos fahren. Blaue Straßenbahnen gibt es dort, und die Straßen wimmeln von Menschen. Ich bin aber nicht bei Professor Peters geblieben, weil Doktor Aarenberg mich weggeholt hat. Er hat mich in ein hübsches Hotel gebracht und ein Zimmer für mich gemietet. Später dann ist er mit mir in ein Restaurant und in ein Kino gegangen. Ihr könnt euch gar nicht vorstellen, wie so ein Kino aussieht. Wunderbar! Da habe ich erst gemerkt, wie wenig wir hier oben vom Leben wissen und vom Leben haben. Ich glaube, es bekommt einem nicht, wenn man so einsam lebt und keinen Menschen sieht. Man kann dann nicht mehr richtig denken und sieht alles in einem falschen Licht. Und am nächsten Tag ging

228

ich zu Doktor Aarenberg in die Kanzlei, und dann sind wir zusammen auf die Bank gegangen. Das ist ein großer Palast in der Bahnhofstraße. Massenhaft Menschen waren dort. Ich hab' mich wegen meiner Kleider richtig geschämt. Aber an den Gesichtern der Leute habe ich gesehen, daß sie gewußt haben, ich komme von ganz anderswo her, und sie schauten mich ganz neugierig an. Der Direktor hat uns in sein Büro geführt, und ich hab' zu ihm gesagt, ich hätte nicht gewußt, daß Vattr dagewesen ist und das Geld abgehoben hat, sonst wäre ich nicht den weiten Weg nach Zürich gefahren. Ich sagte: ‚Wenn er das Geld abgehoben hat, dann ist es schon richtig.' Ich hätte ihm doch nicht die Wahrheit sagen sollen, nicht wahr? Dem Doktor Aarenberg habe ich natürlich alles erzählt, denn er wußte ja, warum ich nach Zürich gekommen bin. Und nachher bin ich stundenlang durch die großen Straßen gelaufen und hab' mich nach Vattr umgeschaut, aber ich konnte ihn nicht finden. Ich hab' euch einen Brief geschrieben. Dann hab' ich in der Kanzlei Doktor Aarenbergs mit einem zweiten Rechtsanwalt gesprochen, der Meister Lauters' Familie vertritt. Ein sehr schlauer Kerl. Das hab' ich gleich gesehen. Die Familie wollte wissen, ob ich für meinen Anteil an der Erbschaft eine bestimmte Geldsumme nehmen will. Doktor Aarenberg hat mir davon abgeraten, und er wurde ganz böse mit dem Lautersschen Rechtsanwalt. Und dann erschien Frau Professor. Zuerst war sie so süß und freundlich, daß ich gleich das Gefühl hatte, sie will mich hineinlegen. Ich hab' mich nicht hineinlegen lassen. Aber meine Gedanken habe ich für mich behalten. Sie sind so schäbig, diese Leute, o wie schäbig sie sind! Jetzt weiß ich, warum Meister Lauters allein gelebt hat, fern von seiner Familie.«

Silvelie knöpfte ihren neuen Mantel auf.

»Ihr schaut alle den Mantel an, nicht?« sagte sie, »Doktor Aarenberg hat ihn für mich gekauft. Ich hab'versprochen, ihm das Geld zurückzuzahlen, sobald ich kann. Er hat mich dazu gezwungen. Er hat nicht nachgegeben. Ich hab' ihn eine Nummer zu groß genommen. Ich dachte mir, das ist besser so, damit Hanna und ich ihn abwechselnd tragen können. Probier ihn einmal an, Hanna.«

31

Frühmorgens ging Silvelie in den Schuppen, um Niklaus und Hanna zu suchen. Sie waren beide an der Arbeit. Hanna zerrte mit zwei eisernen Haken einen schweren Holzklotz durch den Schuppen, Niklaus schärfte die Sägezähne. Sie fand es sonderbar, daß Hanna sich mit dieser schweren Arbeit beschäftigte – das war früher niemals vorgekommen – und sie überlegte im stillen, was für eine teuflische Energie denn so plötzlich in ihre Schwester gefahren sei. Niklaus schaute sich um, und als er Silvelie erblickte, stieg er von der Sägebank herunter und ging auf sie zu, an seinem Zeigefinger lutschend, der aus einer kleinen Rißwunde blutete. Ihre gespannte Miene erschreckte ihn.

»Wo ist Jöry?« fragte sie.

»Jöry? Der ist weg.«

»Seit wann denn? Wo ist er denn hin?«

Er zuckte die Achseln.

»Er ist gleich nach dem Alten weggegangen.«

»Und seine Frau und der kleine Albert?«

»Er hat sich in Nauders einen Wagen geborgt und sie weggebracht!«

»Warum ist er denn weg?«

»Er hat gesagt, er will hier nicht mehr bleiben, seit der Alte uns für immer verlassen hat.«

Silvelie schaute ihren Bruder erstaunt an.

»Du willst behaupten, daß er ohne Bezahlung weggegangen ist?«

Niklaus erwiderte mutig ihren Blick und nickte.

»Wie ist denn das möglich!« sagte sie ungläubig. »Jöry ist doch bloß hiergeblieben, weil er gehofft hat, er bekommt die tausend Franken zurück, die Vater vor ein paar Jahren geliehen hat, und seinen rückständigen Lohn.«

»Ja, ich hab' ihm gesagt, ich werde ihm das Geld zahlen.«

»Wie und wann willst du ihm denn das Geld zahlen?«

»Sobald ich genug verdient habe. Er weiß, daß ich meine Versprechungen halte.«

Silvelie betrachtete mit ungewissem Blick Hannas stämmige, gebeugte Gestalt. Ihr schien, als ob die sonst so neugierige Schwester sich jetzt absichtlich an dem Holzklotz zu schaffen mache, um an diesem Gespräch nicht teilnehmen zu müssen. Ein unbestimmter, bis jetzt noch fast gestaltloser Verdacht tauchte in ihrer Seele auf. Sie schaute sich mit kalten Blicken in dem Schuppen um, als wolle sie die stumme Umgebung befragen.

»Warum, Niklaus, seid ihr alle so sicher, daß Vattr nicht mehr wiederkommt?«

»Natürlich sind wir sicher. Er hat es doch gesagt. Und wenn du ihn gesehen hättest...?«

»Aber du weißt, daß er schon oft gedroht hat, er bleibt weg, und du hast es ihm nie geglaubt, und er ist immer wieder zurückgekommen. Wie kommst du denn auf den Gedanken, daß er diesmal für immer wegbleiben wird?«

»Weil er jetzt das viele Geld hat!« rief Niklaus hitzig.

»Glaubst du, ich lasse ihn dieses Geld behalten?«

Sie schaute ihm fest in die Augen.

»Was denn noch alles? Das ist doch ganz ungeheuerlich, daß er das Geld einfach mitnimmt. Der reine Diebstahl.«

»Wir können ja doch nichts machen!«

»Niklaus«, sagte sie fast feierlich, »ich verstehe das alles nicht!« Und ein Schauer lief ihr über den Rücken.

»Ich frage dich, was können wir machen?«

»Ich weiß es noch nicht. Aber ich lasse es nicht dabei bewenden. Ich werde zu Richter Bonatsch gehn und ihn bitten, Vattr suchen zu lassen.«

»Was!« rief Niklaus. »Du willst dich bemühen, ihn wieder hierherzuschleppen?«

»Ich will versuchen, mein Geld zurückzubekommen!« sagte sie mit harter Stimme. »Es gehört mir. Als ob wir es nicht brauchen würden! Soll er doch zurückkommen, das ist mir jetzt ganz egal! Es wird viel besser für ihn sein. Er muß mir das Geld geben, und dann sind wir unser Leben lang nicht mehr von ihm abhängig.«

Sie starrte ihn an, als wolle sie seine tiefsten Gedanken erraten.

»Du machst mich verrückt mit deinem dummen, weinerlichen Geschwätz«, sagte er böse. »Lauf zur Polizei, wenn du Lust hast!«

»Zur Polizei?«

Ein Zittern lief durch ihren Körper. Sie zögerte.

»Warum zur Polizei? Ich habe doch nicht gesagt, daß ich es der Polizei melden will.«

»Du hast gesagt, du willst den alten Hund suchen lassen. Was glaubst du denn, wer ihn suchen wird? Glaubst du, Richter Bonatsch wird mit seinem Trommelbauch in der ganzen Gegend herumlaufen und ihn suchen?«

»Warum schreist du mich an?« sagte sie und stellte sich vor ihn hin. »Ich will doch nur das Geld haben, damit wir uns weiterhelfen können.«

»Hol der Teufel das Geld!«

Seine Stirnadern schwollen an.

»Wir haben uns entschlossen, uns ohne jede Unterstützung durch den alten Schweinehund durchzuschlagen. Wir wollen so leben und so handeln, als ob wir für ewige Zeiten nichts mehr mit ihm zu tun hätten. Wir werden ihn beim Wort nehmen. Soll er doch das Geld behalten!«

Silvelie hatte das Gefühl, als öffne sich plötzlich vor ihr eine riesige schwarze Höhle, als müsse sie in diese Höhle hinein. Sie sah Niklaus an, zögerte eine Weile und sagte dann langsam: »Du redest nicht vernünftig, und ich glaube dir nicht, was du sagst.«

»Du wirst lernen müssen, genauso zu denken wie wir, wenn du dich nicht unglücklich machen willst«, brummte er.

»Was soll das heißen – genauso wie *wir*?«

»So wie wir alle. Und du mit dazu! Aber natürlich, wenn du nicht anders kannst, dann geh doch zur Polizei, sie soll ihn suchen. Ich werde dich nicht zurückhalten, wenn du so auf dein Geld erpicht bist, daß du unsern lieben Vattr wieder nach Hause holen willst.«

»Es ist meine Pflicht, herauszufinden, wo er steckt!«

»Ich habe dir schon gesagt, ich will nicht mehr an ihn denken! Ich will meine Ruhe haben!« schrie Niklaus und ballte die Fäuste.

»Du lügst mich an!« schrie sie ihm ins Gesicht. »Du bist ein Lügner!«

Sie machte kehrt und ging ins Haus.

Ihre Mutter saß auf einem Schemel neben dem Herd, vornübergebeugt, das Kinn in die Hände gestützt, und starrte in die leuchtende Glut des Holzfeuers.

»Was ist denn los, Muattr?«

»Silvia, Silvia, Silvia!« stöhnte Frau Lauretz.

Der dunkelrote Feuerschein beleuchtete ihr faltiges Gesicht.

»Bist du wach gewesen, als Vattr nach Hause kam?«

Frau Lauretz' Gesicht blieb starr und regungslos.

»Wach? Ich? Was meinst du damit?«

»Niklaus sagt, Vattr ist um zwei Uhr morgens nach Hause gekommen.«

»Ja, ha, und er hat einen schönen Krach gemacht.«

»Ist Jöry dagewesen?«

»Jöry?«

Sie schüttelte langsam den Kopf.

»Ich weiß es nicht.«

»Du mußt doch wissen, was passiert ist. Sag es mir.«

»Jeses, Kind! Was stellst du für Fragen! Vattr ist jetzt für immer weg.«

Silvelie lehnte sich an die Wand. Sie schaute forschend ihre Mutter an, eine panische Angst schlich sich in ihre Blicke. Plötzlich schien Frau Lauretz' Körper schlaff zu werden, und ihr Kopf sank vornüber auf ihre Arme.

»Der Satan ist im Hause!« rief sie mit schriller Stimme. »Heilige Mutter Gottes, steh uns bei!«

Mannli kam um die Ecke geschlichen, setzte sich auf die steinernen Stufen und begann auf seiner Mundharmonika zu spielen. Nur noch drei ganz dünne Töne waren intakt geblieben, und er spielte monoton diese drei Töne, einen nach dem andern.

»Was hast du denn gemacht, als der Vater nach Hause kam?« fragte Silvia scharf.

»Silvia, Silvia, Silvia!« stöhnte Frau Lauretz.

»Jetzt glaube ich wirklich, daß der Satan unter uns ist!« rief Silvia. »Und du lügst mich an!«

Sie ging zu Mannli hin.

»Steh auf! Geh hinaus! Du machst mit deiner Mundharmonika alle Leute verrückt!«

Mannli kroch schnell davon.

»Muattr«, sagte Silvelie, »mir ist, als müßte das Haus über mir zusammenstürzen.«

»Ah, ah!« stöhnte Frau Lauretz. »Jonas hat viele Feinde. Er muß sich vor ihnen hüten. Sie werden ihm etwas antun, jetzt, wo er ganz allein ist. Sie werden ihn überfallen und ihm das Geld wegnehmen. Heilige Muattr Gotts! Silvia, Silvia! Es stehn ihm schlimme Zeiten bevor. Er hat nie die Sakramente genommen. Er wird ewig in der Hölle braten. Heilige Muattr Gotts! Sei du seiner Seele gnädig!«

»Ich kann nicht verstehen, was du da redest!« rief Silvelie.

»Ich will die Wahrheit wissen! Ich will wissen, was geschehen ist, während ich in Zürich war. Was ist hier in diesem Hause geschehen, während ich weg war?«

Frau Lauretz schluckte. Sie richtete sich auf.

»Jeses! Ich hab' sein Gesicht im Feuer gesehen!« schrie sie entsetzt.

Sie zeigte auf den Herdrost.

»Schau ihn dir an! Er ist es, ganz wie er war!«

Sie warf ihre welken Arme empor.

»Er ist es! Jonas! Jonas! Jonas!« schrie sie plötzlich.

Hanna erschien auf der Schwelle. Ihr Körper füllte die ganze Tür aus.

»Hanna, Hanna!« rief Frau Lauretz. »Ich hab' sein Gesicht im Feuer gesehen.«

Sie schlug sich mit den Fäusten gegen die Schläfen. Silvelie packte sie bei den Schultern.

»Du hast sein Gesicht gesehen? Wo ist er? Wo ist er?«

»Komm und laß sie in Frieden!« ertönte Hannas tiefe, hohle Stimme. »Seit der Alte weg ist, ist sie so komisch. Laß sie in Frieden.«

»Ich werde niemand in Frieden lassen! Ich will die Wahrheit wissen. Ihr lügt mich an! Ich weiß, daß ihr mich anlügt. Diese Wände hier sind ehrlicher als ihr. Sie sagen mir etwas.«

Sie schüttelte ihre Mutter.

»Warum hast du denn sein Gesicht im Feuer gesehen? Sag mir die Wahrheit!«

Sie wartete, bekam aber keine Antwort. Schließlich ließ sie ihre Mutter los – schwer atmend wie ein zu Tode verwundetes Tier.

»Komm heraus, Schwester Silvia«, sagte Hanna, »ich muß mit dir reden.«

Hannas dunkle Brauen senkten sich schwer herab. Eine lose Haarsträhne hing ihr ins Gesicht. Sekundenlang stand sie regungslos wie versteinert da. Dann bewegte sie sich wieder fast unmerklich.

»Willst du nicht mit mir mitkommen?«

Silvelie zögerte einen Augenblick lang.

»Ich komme schon«, sagte sie und folgte Hanna zum Hause hinaus.

Sie schritten durch den Morast und traten in den Stall. Die Gumperssche Kuh lag wiederkäuend auf der Seite, die stumpfen Augen halb geschlossen. Waldi stand auf und wedelte mit dem Schwanz. Sie machten die Tür zu und setzten sich auf einen mit Heu gefüllten Sack. Hanna legte den Arm um Silvelies Schultern. Lange Zeit herrschte Schweigen.

»Du hast gesagt, du willst mit mir reden«, sagte Silvelie.

»Ja, Schwester, das ist sehr schwer. Denn eigentlich gehörst du nicht zu uns. Dazu bist du viel zu gut. Aber aus Liebe zu dir muß ich sprechen. Es liegt mir so schwer auf der Seele. Es gibt keinen Gott, der mich von der Last befreien kann. Alle diese Jahre hindurch haben wir zusammengehalten und mehr Elend erlebt als irgendein Mensch hier in der Gegend. Das will ich beschwören. Um uns von diesem Fluch zu befreien und uns Frieden zu bringen, hat dich das Schicksal deinen Freund, den Maler, beerben lassen. Deshalb mußtest du nach Zürich fahren. Und wenn du nicht gefahren wärest, wäre dieses Elend immer noch da, tagaus, tagein, und es würde uns in kurzer Zeit unter die Erde bringen. Das ist ganz sicher. Es könnte so nicht weiter gehen. Es gibt keinen Menschen aus Fleisch und Blut, der das für immer auszuhalten vermag. Und wir sind alle nur schwache Geschöpfe. Es wäre lange nicht so schlimm, von einer Lawine oder einem stürzenden Baumstamm getötet zu werden oder zu ertrinken. Damit wäre das Leben zu Ende, nicht wahr? Und man wäre erlöst. Aber ein grausames Tier zum Vater haben, das einen jahrein, jahraus zerfleischt, einem nichts als Böses antut und sich dann noch über die Schmerzen lustig macht, nein, das ist mehr, als ein Mensch ertragen kann.«

Sie nahm ihren Arm von Silvelies Schultern, faltete die Hände in ihrem Schoß und schwieg.

»Was soll denn dieses dunkle Gerede bedeuten?« fragte Silvelie atemlos.

»Es ist kein dunkles Gerede«, fuhr Hanna fort. »Es ist das hellere Licht, das jetzt in meinem Leben ist. Lieber will ich für das, was geschehen ist, leiden, als ein Leben ertragen, wie wir es bisher bei unserem Vater hatten. Das wäre dann wirklich eine ewige Nacht gewesen. Jetzt aber ist alles hell. Der Alte lebt nicht mehr.«

Silvelie rang nach Luft. Ein kalter Schauer jagte durch ihre Glieder bis in die Fingerspitzen. Sie hielt den Atem an und griff sich mit beiden Händen an den Kopf.

»Es ist so wahr, daß ich vor Freude singen möchte!« fuhr Hanna fort. »Er wird keinen von uns mehr anrühren.«

»Du hast mir erzählt, daß er weggegangen ist«, sagte Silvelie fast tonlos, als ob sie die Hoffnung hätte, Hanna würde das noch einmal bestätigen.

»Ja, er ist von uns gegangen«, fuhr Hanna fort, »am frühen Morgen. Schnufi hat ihn ins Jeff hinaufgetragen. Und die Wahrheit ist, Schwester, daß Jöry ihn in der Nacht getötet hat.«

Ein schreckliches Schweigen folgte, die Schwestern schauten einander an. Hanna blickte zur Erde. Sie nahm einen Strohhalm und begann ihn zu kauen.

»Jöry hat es getan!« sagte sie. »Er hat ihn mit einer Axt erschlagen!«

Silvelie glitt von dem Heusack herunter. Sie verließ den Stall und ging langsam dem Hause zu. Auf der Schwelle blieb sie ein paar Sekunden lang stehen und beobachtete Niklaus, der im Schuppen arbeitete. Dann trat sie ganz langsam ins Haus, ging die Treppe hinauf und schloß sich in ihrem Zimmer ein.

236

Kreischend und schnarrend drehte der Schlüssel sich im Schloß. In dem engen Zimmer sah sie sich hilflos um. Plötzlich fiel sie wie betäubt auf das Bett, bedeckte ihr Gesicht mit den Händen und begann zu zittern. Stunden vergingen. Hanna klopfte an die Tür. Silvelie hörte sie nicht. Der Abend brach herein, eine schwere, graue, neblige Finsternis, und es fing in Strömen zu regnen an. Sie fühlte, wie ihr ganzer Körper feucht und kalt wurde. Schließlich raffte sie sich auf. Sie fühlte einen Schmerz in der Seite und eine Trockenheit in der Kehle und der Lunge, als müsse sie in Flammen aufgehen. Sie lief die Treppe hinunter, um Wasser zu trinken. Ihre Angehörigen saßen in dem kleinen Zimmer. Keiner belästigte sie, keiner richtete eine Frage an sie. Sie ging zum Brunnen, trank und kehrte sogleich wieder in ihr Zimmer zurück. Dann sperrte sie die Tür zu und setzte sich aufs Bett.

32

Am nächsten Morgen blieb sie liegen. Sie schien nicht mehr zu merken, wie die Zeit verging. Es kümmerte sie nicht mehr. Allmählich aber erwachte ihr Geist, und sie begann zu denken. ‚Jöry hat ihn mit einer Axt erschlagen. Schnufi hat ihn ins Jeff hinaufgetragen. Er ist begraben. Dort also ist er hingegangen. Und wer hat das Geld genommen? Jöry?'
Sie starrte die Deckenbalken an. Nach einiger Zeit hörte sie unten laute Stimmen. Sie zwang sich aufzustehen, räumte das Zimmer auf, hielt ab und zu inne, um den Geräuschen unten zu lauschen. Schließlich sperrte sie die Tür auf und ging hinunter. Sie sah sehr blaß und zerzaust aus, ihre Augen waren gerötet und verschwollen.
Im Wohnzimmer war ein Streit im Gange. Jöry und Niklaus schrien einander an. Jörys Nase war puterrot. Seine schmalen, schwarzen Augen glitzerten feucht. Auf seiner linken Schulter trug er einen schlaffen Sack.
»Ja!« rief er, als er Silvelie erblickte. »Da kommt seine Tochter Silvia! Wie ist es denn in Zürich?«

Er stimmte sein meckerndes Lachen an.

»Im Jeff ist es so finster und kalt, daß ich selber schon dran gedacht habe, nach Zürich auf Urlaub zu gehen. Jetzt bin ich schon seit acht Jahren hier. Na, Buab Niklaus, was meinst du?« Er hob die Hand und streckte zwei Finger aus.

»Ich werde draußen mit dir reden, du Schwein! Komm hinaus!«

»Ich werde hier drinnen mit dir reden!« rief Jöry. »Gottverfluchte Lügner seid ihr alle zusammen!«

»Wenn du nicht das Maul hältst, bring' ich dich um!« schrie Niklaus, keuchend vor Wut.

»Was soll denn das alles?« fragte Silvelie.

Hanna sprang auf. Zornerfüllt versetzte sie Jöry eine so heftige Ohrfeige, daß er taumelte und der Sack ihm von der Schulter fiel.

»Jetzt, wo der alte Hund weg ist, fängt die junge Hündin an!« schrie Jöry und wandte sich mit flehender Gebärde an Silvelie. »Ich will jetzt voll bezahlt werden. Zweitausend hat Niklaus gesagt, und er hat mir nur tausend gegeben!«

Hanna sprang hinzu und packte ihn bei der Kehle. Silvelie warf sich auf sie und riß sie zurück.

»Laß ihn in Ruhe! Was will er denn?«

Jöry nahm seinen schmutzigen, zerbeulten Filzhut, der von unbeschreiblicher Farbe war, und warf ihn auf den Tisch. Niklaus trat vor ihn hin, das Gesicht bleich vor tödlicher Wut.

»Komm ein andermal wieder, dann werde ich mit dir verhandeln«, sagte er, stülpte den alten Hut auf Jörys Kopf, hob den Sack auf und warf ihn dem Buckligen über die Schulter.

»Ja, ich komme wieder!« meckerte Jöry zitternd. »Bei Tag und bei Nacht komm' ich wieder. Ich komm' wieder, wie der Alte!«

»Er ist betrunken!« sagte Frau Lauretz mit einem wilden Leuchten in den schwarz umrandeten Augen.

»Ich komme wieder! Ich komme wieder!« kreischte Jöry. »Ich hole mir, was mir für meine ehrliche Arbeit zusteht! Glaubt ihr, ich kann ehrliche Leute nicht von Lügnern und Betrügern unterscheiden? Beim heiligen Satan, ich habe euch alle das Messer packen und auf ihn losstechen sehen!«

Niklaus nahm den Krüppel an der Kehle und stieß ihn zur Tür. Silvelie breitete die Arme aus.

»Nein, solange ich hier bin, werdet ihr so nicht davonkommen! Ihr müßt mir alle die Wahrheit sagen, sonst schwöre ich, ich gehe sofort nach Andruss und spreche mit Richter Bonatsch.«

Als der Name Richter Bonatsch fiel, trat ein eisiges Schweigen ein. Niklaus setzte sich schwerfällig an den Tisch.

»Man soll ihr lieber gleich die ganze Wahrheit sagen«, ermunterte ihn Hanna. »Die ganze Wahrheit, wenn es schon so weit ist. Sie gehört zu uns.«

Mit zuckendem Gesicht schaute Silvelie ihre Schwester an, als wolle sie sagen: ‚Gehöre ich zu euch? Ja?‘

Niklaus zog die Brauen hoch. Sein Atem ging schwer, und er schien fast von Sinnen.

»Jöry«, sagte Silvelie, »was hast du damit gemeint, als du sagtest, du hättest sie alle das Messer packen und auf ihn losstechen sehen?«

Jöry zog den Hals ein und sah Niklaus an. Niklaus erwiderte seinen Blick.

»Du hast so viel Mut wie ein Huhn, der Teufel soll dich holen!« knurrte Niklaus Hanna an. »Ich wußte ja, daß sie dahinterkommen wird.«

Er stieß ein sonderbares Geheul aus, raufte sich mit beiden Händen die Haare, riß seinen Körper herum und kehrte Silvelie den Rücken.

Sie hörten das Pferd im Stall wiehern und den gefangenen Waldi bellen.

»Jeses, wie der Waldi bellt!« stöhnte Frau Lauretz, die in der dunklen Küchentüre stand.

»Geh weg, Schwester!« sagte Niklaus mit einer Stimme, die plötzlich weich und flehend geworden war. »Geh weg, du gehörst nicht mehr zu uns.«

Er spuckte aus und wischte sich den Mund.

»Hanna hat dir alles erzählt«, fuhr er fort. »Was sie gesagt hat, stimmt. Jöry hat den Alten erschlagen, und ich habe geholfen, ihn einzuscharren.«

Er zog seine Brieftasche und warf sie auf den Tisch. Jörys Augen leuchteten auf. Silvelie hielt immer noch mit großer Anstrengung ihre starren Arme weit gebreitet.

»Ich will wissen, was Jöry mit dem Messer gemeint hat!« sagte sie mit harter, nachdrücklicher Stimme.

»Messer? Was für ein Messer?« rief Niklaus aus. »Es war kein Messer dabei, es war eine Axt.«

Er zog eine Handvoll Kleingeld aus der Hosentasche und legte es auf den Tisch, nahm einen Packen Geldscheine aus der Brieftasche, zählte sie nach und reichte sie Jöry.

»Jetzt sind wir quitt. Verlaß das Haus! Laß dich hier nicht wieder blicken, sonst ertränke ich dich in der Yzolla. Ich halte mein Wort. Den Beweis dafür hast du in deinen Händen!«

Jöry stürzte sich wie ein Raubvogel auf das Geld. Eine plötzliche wilde Lebendigkeit erwachte in seinem mißgestalteten Körper, er zog das Kinn ein, schob den Sack auf seinem Buckel zurecht und setzte sich in Bewegung. Als er sich der Tür näherte, fielen Silvelies Arme schlaff herab. Sie machte die Augen zu, als er an ihr vorüberkam. Er verließ das Haus. Waldis Bellen wurde lauter. Schließlich rührte sich Niklaus, hob das Bein über die Bank und stand auf.

»Da ist dein Geld, nimm es!« sagte er zu Silvelie. »Es ist schon ziemlich viel davon weg. Zweitausend hat Jöry bekommen, damit er die Dreckarbeit erledigt. Er hat den Henker gemacht. Wir sind nur die Richter gewesen. Manchmal verurteilen die Richter einen Menschen, über den sie zu Gericht sitzen, wie? Nun, wir haben den Alten zum Tode verurteilt. Du kannst das aufnehmen, wie du willst. Du kannst uns ins Gefängnis bringen oder den Mund halten. Was du auch tust, ich werde dich nicht tadeln. Es mußte sein, nicht nur deinetwegen, sondern auch unseretwegen. Nur – wenn du nicht anders kannst und zu Richter Bonatsch gehen mußt, dann sag ihm, daß wir alle bei der Geschichte mitgemacht haben. Ja, wir alle! Ich, Niklaus Lauretz, habe den Mut, es dir zu sagen. Wir alle! Hanna, Muattr und ich! Ja, Schwester, wir haben den Mut gehabt, Jörys Arbeit für ihn zu Ende zu führen. Glaubst du, ich fürchte mich, Silvia? Wovor? Vor wem? Und erzähl mir nicht, daß du aus Liebe zu dem alten Hund jetzt so erbärmlich zitterst. Dein Bruder wird so etwas nicht glauben, nicht einmal von dir. Wenn du Angst hast, dann will ich dir sagen, daß die Sache gut erledigt ist. Tausend Dieterlis und Bonatschs werden das Grab des Alten nicht finden. Ja, Schwester! In unserm Haus ist kein wildes Tier mehr. Wir haben eine ruhige Zukunft vor uns, wenn nicht« – er warf ihr einen zärtlichen, fast liebevollen Blick zu – »wenn nicht du dich entschließt, gegen dein eigenes Fleisch und Blut zu handeln.«

Er näherte sich ihr. Sie lehnte an der Wand, hatte die Augen immer noch geschlossen. Er sah sie mühsam schlucken, sah ihren Atem stocken.

»Ich werde dich nicht weniger liebhaben, wenn du hingehst und dem Richter alles erzählst. Aber du sollst mir einen letzten Dienst erweisen. Ich bitte dich um eines, gib mir vorher Nachricht, eh du es tust. Es ist wegen der Ehre unserer Familie. Ein Lauretz im Gefängnis hat genügt.«

Sein Blick wanderte zum Tisch zurück.

»Dort ist der Rest deines Geldes!« sagte er und verließ das Zimmer.

Silvelie ging hinauf. Sie packte ihre paar Habseligkeiten in einen kleinen Korb. Als sie damit fertig war, trug sie ihn die Treppe hinunter. Das Zimmer war leer. Das Geld lag noch auf dem Tisch. Sie nahm einen Teil davon, ohne zu zählen, griff nach dem Korb, verließ das Haus und schlug in der Dunkelheit den Weg nach Andruss ein.

ZWEITES BUCH

I

Es war ein warmer Frühlingstag. Überall standen die Obstbäume in voller Blüte. Die Wälder strömten köstliche Düfte
aus. Tiefe, weiche Schatten ließen die benachbarten Berge dem
Auge ganz nahe erscheinen. Die dunklen Kämme der Tannen-
wälder, untermischt von dem frischen Grün der Buchen, bildeten einen lieblichen Kontrast zu den üppigen, fetten Wiesen
auf den Lichtungen. Weiche Federwolken hingen am blauen
Himmel. Die Silhouetten der Gletscher und des schneebedeckten Oberlandes schimmerten undeutlich durch die dunstige
Atmosphäre. Das goldene Kreuz auf dem wie eine Mitra ge-
stalteten Turm der Kathedrale von Lanzberg schleuderte leuchtende Blitze, und die roten und grauen Dächer der Stadt glitzerten hell. Kleine, dunkle menschliche Gestalten tummelten
sich geschäftig in den steilen Weingärten, um die Vorarbeiten
für die noch ferne Weinlese zu treffen. Leise zitterten die hohen
Pappelbäume, die in stattlichen Reihen längs der Landstraße
im Tale wuchsen. Schwärme schwarzer Krähen flogen mit mattem Flügelschlag über den Rhein. Die Natur schwelgte in
Wollust.
In einiger Entfernung von der Stadt stand ein großes, graues
Gebäude, von einer grauen Mauer umgeben. Von weitem sah
es aus wie ein Amtsgebäude, in seiner langweiligen Architek-
tonik um nichts freundlicher und schöner, als manches schweizerische Schulhaus, Postgebäude oder eine Militärkaserne. Aber

242

wenn man näher kam, zeigte sich sofort, daß die Insassen dieses Gebäudes sich schwerlich der gleichen Freiheit erfreuen konnten wie die Schulkinder, die Departementsbeamten oder Soldaten; denn die reihenweise angeordneten kleinen Fenster waren durch schwere Eisengitter geschützt, und nirgends schien ein Entrinnen möglich. Ein ahnungsloser Beobachter hätte vermuten können, daß in diesem Gebäude wilde Tiere hausten, die bereit waren, jeden Augenblick auszubrechen, und, sobald sie in Freiheit waren, Menschen in Stücke zu reißen.

Durch ein schweres hölzernes Tor kam man in einen inneren Hof. An der Ostseite dieses Hofes stand ein Verwaltungsgebäude. Zahlreiche Tafeln hingen am Eingang: Gefängnisdirektion, Büro der Untersuchungsbehörde, Büro der Staatsanwaltschaft usw. An der Westseite war ein unheimlich düsteres, eisenbeschlagenes Tor in die Mauer eingelassen. Keinerlei Tafeln hingen daran; nur eine große Glocke schmückte dieses rätselhafte Sesam.

In einem dunklen Raum gleich hinter dem Fenster des offiziellen Eingangs saß ein uniformierter Herr. Sooft er auf dem gepflasterten Hof Schritte vernahm, hob er ruckartig den Kopf, um hinauszublicken. Er trug einen Revolver an einem Gürtel um die Hüften; aber man darf nicht etwa annehmen, daß er nach jemand Ausschau hielt, an dem er seine Schießkünste hätte erproben können. Nein, er tat hier bloß seinen Dienst, einem uralten Ideal der Menschheit gemäß und im vollen Gefühl seiner Wichtigkeit. Sein zeremoniöser Titel lautete: »Herr Volk.« Er diente seit zweiundzwanzig Jahren dem Staat.

Durch einen hohen, luftigen Gang erblickte man einen Saal mit gelb gefirnißten Möbeln und einem großen Tisch, auf dem Tintenfässer, Federn und Löschpapier zu sehen waren. An der Wand hing ein großes Bild von Pestalozzi, und der Raum machte einen recht ruhigen und freundlichen Eindruck, denn die Sonne schien ungehindert durch ein breites Fenster herein. An einer geräumigen Treppe, deren graue Steinstufen ziemlich abgenutzt waren, hing ein Schild, das nach oben wies. Auf dem Schild stand: »Untersuchungsbehörde.«

Der obere Korridor hatte einen blanken Parkettboden, Tapeten an den Wänden und zu beiden Seiten einige dunkle Türen. An jeder Tür hing eine Tafel. An der einen stand: »Aktuar« – »Herein ohne zu klopfen.« An der anderen: »Dr. Rosenroth, ordentlicher Untersuchungsrichter.« Beide Tafeln waren von Emaille. Weiter unten im Korridor befand sich eine dritte Tür mit einem hellen Messingschild, auf dem in eleganten Buchstaben eingraviert war: »Dr. Andreas von Richenau, Untersuchungsrichter.« Wenn jemand an diese Tür klopfte, rief für gewöhnlich eine lässige tiefe Stimme: »Nur herein!« Und der Besucher, der dem lässigen Befehle nachkam, sah alsdann einen ungefähr dreißigjährigen Mann vor einem großen Mahagonitisch sitzen, auf dem ein antikes silbernes Tintengeschirr stand. Der Besucher war im allgemeinen recht angenehm überrascht über die gemütliche Atmosphäre, die in diesem Zimmer herrschte – über die großen Wandbretter voll von Büchern, die Lehnstühle, den kleinen gläsernen Kandelaber und die vielen alten Drucke und Stiche mit Bündner Landschaften an den Wänden.

Doktor von Richenau stand gewöhnlich auf, wenn er einen Besucher begrüßte. Er war groß, breitschultrig, hatte einen runden, säulengleichen, muskulösen Nacken, ein gewinnendes offenes Lächeln und blitzende Zähne. Er besaß ganz und gar nichts von jenen finsteren Charaktermerkmalen, die man im allgemeinen einem Manne zuschreibt, dessen Beruf es ist, Missetäter zu verhören. Wenn ihn jemand gefragt hätte, wie er zu einer solchen Stellung gekommen sei, würde er zweifellos erwidert haben, er wäre nun einmal dazu erzogen worden, »etwas« zu tun. Er fand es durchaus möglich, ja, sogar angenehm, den Genuß eines vom Luxus getragenen Lebens mit der Arbeit zu vereinen. Ursprünglich hatte er nur deshalb Rechtswissenschaft studiert, um sich eine gute Stellung in der Industrie oder Finanz zu verschaffen und in die Fußtapfen seines Vaters zu treten. Aber weil er bald zu der Ansicht kam, daß es eine verächtliche Sache und unter der Würde seiner Herkunft sei, das Geld in den Mittelpunkt seiner Lebenstätigkeit zu stellen, war die Abneigung gegen eine derartige Laufbahn immer größer geworden. So hatte er sich endgültig für den juristischen Beruf entschieden und sich dem Studium des Strafrechtes zugewandt.

Der Umgang mit Verbrechern und Auswürflingen der Gesellschaft befriedigte sein tiefeingewurzeltes Interesse an allem Geheimnisvollen in der Menschennatur. Seine Unparteilichkeit, sein liebenswürdiger Charakter, seine körperliche und moralische Gesundheit, sein ausgeprägter Sinn für Humor und seine Aufrichtigkeit schienen ihn in hervorragendem Maße für den Posten eines Richters zu qualifizieren.

Nach einer zweijährigen Weltreise war er in seinen Heimatkanton zurückgekehrt. Als er erfuhr, daß die Bevölkerung gerade dabei war, einen neuen Richter zu wählen, bewarb er sich um die Stellung. Er fühlte sich sehr geehrt, als der Kleine Rat ihn unter zwölf Bewerbern erwählte und ihm den freigewordenen Posten des zweiten Untersuchungsrichters übertrug. Das war vor ungefähr einem Jahre. Bei der Wahl ging es durchaus mit rechten Dingen zu. Die ehrenwerten Lanzberger ließen sich keineswegs durch das große Ansehen beeinflussen, das Andreas' Vater in der ganzen Gegend genoß. Obgleich die Richenaus eine glänzende Vergangenheit hatten und ihr Vermögen groß genug war, um bei den weniger wohlhabenden Bürgern Respekt und Neid zu erwecken, hatten die Lanzberger den jungen Doctor juris nur auf Grund seines inneren Wertes zum Richter gemacht, denn es schmeichelte ihrem snobistischen Bürgerstolz, in ihrer Mitte als Diener des Staates einen jungen Mann zu haben, bei dem die Eigenschaften eines Aristokraten sich mit den Tugenden eines schlichten Bürgers zu vermählen schienen.

An diesem Frühlingsmorgen hatte Andreas von Richenau zwei Stunden lang eine, wie er sich auszudrücken pflegte, »richtige Nummer« verhört. Es war das ein Kellner, den die Polizei erwischt und eingeliefert hatte unter der Beschuldigung, er habe in einem großen Hotel im Oberland eine Reihe von Diebstählen verübt. Er wurde nebenbei wegen ähnlicher Vergehen auch von der französischen Polizei gesucht. Doktor von Richenau hatte das Kreuzverhör mit dem schmächtigen, blassen, mausäugigen Jüngling von zwanzig Jahren viel Spaß gemacht. Sie hatten beide oft hell aufgelacht. Sogar der feierlich ernste Protokollführer hatte manchmal zu lächeln geruht, weil der Kellner

Doktor von Richenau immer mit »Herr Baron« und von Richenau den Kellner mit »Herr« anredete. Nachdem Andreas trotzdem eine Anzahl sehr schwerwiegender Tatsachen zutage gefördert hatte, die das schlechte Betragen dieses kleinen Mannes beleuchteten, und ihn wieder der Obhut der Gefängnispolizei übergeben hatte, sah er nach der Uhr, stand auf, zündete sich eine türkische Zigarette an, ging ans Fenster und blickte in den Hof hinunter. Dort stand sein neuer Alfa Romeo, ein langgestreckter, niedriger, bequemer Zweisitzer, mit einem Notsitz hinten, dunkelblau, anscheinend ein erstklassiger Wagen.

Es war seine Gewohnheit, das Büro erst nach zwölf Uhr zu verlassen, denn um zwölf wimmelte es in Lanzberg von Radfahrern, die zum Mittagessen trudelten. Aber um zwölf Uhr fünfzehn waren die Straßen so leer, als ob die Pest sie rein gefegt hätte, und während alle Welt zu Hause bei Tisch saß, konnte er mit einer für einen vornehmen Herrn passenden Geschwindigkeit durch die Stadt sausen.

In dem Blick seiner grauen Augen lag ein ungewisser Ausdruck, recht sonderbar für einen Mann seines Gewerbes, in dessen Hirn es ordentlich zugehen soll. Seine Gebärden waren ebenso unbestimmt wie sein Blick. Er rieb sich das Kinn, atmete den Rauch ein, blies ihn langsam von sich und fuhr fort, auf den Hof hinunterzustarren. Er machte den Eindruck eines Menschen, der nicht weiß, was er mit sich beginnen soll. Schließlich blieb sein Blick an dem Pförtner haften, der den Hof überquerte und das große Tor aufschloß. Dann warf er endlich seine Zigarette in einen Aschenbecher, setzte seinen hellbraunen Sommerhut auf und ging die Treppe hinunter.

2

Das langweilige Einerlei eines monotonen Bürgerdaseins hatte Andreas bisher noch nicht in seinen Bann gezogen. Abgesehen von seiner Arbeit, die interessant genug war, um ihn völlig in Beschlag zu nehmen, hielt er an den Traditionen seiner Familie fest. Und so widmete er sich am Sonnabendnachmittag oder am Sonntag, wenn er nicht beschäftigt war, sportlichen Vergnügungen, spielte Tennis und Golf, ritt oder fuhr mit seinem Wagen über die herrlichen Bündner Straßen, die erst ein paar Jahre zuvor für den Autoverkehr freigegeben worden waren. Sein Auto diente ihm auch als Kilometerfresser und setzte ihn in den Stand, regelmäßig eine junge Dame namens Luise Helene Frobisch zu besuchen, die in dem nördlich gelegenen Sankt Gallen lebte. Sie war die Tochter eines Fabrikanten. Andreas hatte sie bei einem Tennisturnier in Ragaz kennengelernt und sich in der Folge mit ihr verlobt, unter all dem feierlichen Drum und Dran, wie das in ehrenwerten Familien üblich ist, wenn die Aussicht, sich durch Blutsbande miteinander zu verknüpfen, gefeiert wird. Alle Leute behaupteten, Luise würde für ihn eine ganz ausgezeichnete Frau sein, und er schloß sich bereitwillig dieser Meinung an. Da er nur selten mit ihr zusammen war – die Heirat sollte im Juli stattfinden, an Luises vierundzwanzigstem Geburtstag –, wurde Andreas die Zeit oft recht lang. Um sich zu zerstreuen, durchforschte er Lanzberg und die Umgebung des Städtchens. Da das Schloß Richenau, in dem seine Familie im Frühling und im Sommer lebte, viele Kilometer weit entfernt oben im Tale des Hinterrheins lag, hatte er sich zu seiner Bequemlichkeit eine kleine Wohnung in dem alten Viertel der Stadt eingerichtet und hauste dort ganz behaglich, umgeben von den Resten des Mittelalters.

Es war an einem Sonnabend. Frau Frobisch, Luises Mutter, hatte telephonisch mitgeteilt, daß sie mit ihrer Tochter Luise nach Schloß Richenau kommen wolle. Es sei sehr vieles für die Zukunft zu besprechen und vorzubereiten. Sie wolle mit ihrer Tochter nach dem Schloß fahren, Andreas aber könne sie, um nicht sein Golfspiel opfern zu müssen, zum Mittagessen im »Quellenhof« in Ragaz erwarten. Luisli würde den Nachmittag über in Ragaz bleiben und mit Andreas Golf spielen. Dann könnten sie zusammen nach Richenau fahren. Und ja nicht zu spät kommen! Sie erkundigte sich am Telephon, ob es denn auch angängig wäre, wenn sie zusammen das Schwimmbad aufsuchten. Altmodischer Unsinn!

Andreas fuhr also in seinem Alfa Romeo nach Ragaz. Er hielt

vor dem stattlichen Portal des »Quellenhof«-Hotels, sprang frisch und lebhaft aus dem Wagen, ging in die »prunkvoll eingerichtete« Halle und setzte sich hin. Eine halbe Stunde später fuhr draußen ein großes Auto vor. Er stand schnell auf, ging zur Tür und begrüßte Frau Frobisch und Luise.

Er küßte sie beide, die Mutter etwas weniger herzlich als die Tochter – ein feiner Unterschied, über den ein unparteiischer Beobachter nicht weiter verwundert gewesen wäre. Denn die Mutter war eine recht reizlose Dame mit einem dicklichen Gesicht. Sie war in schwarze Seide und hellbraune Spitzen gekleidet und hatte trotz ihrer stattlichen Haltung nichts von jener feineren Lebensart, die das Kennzeichen guter Herkunft ist, während ihre Tochter hübsch und schlank war, ein elegantes rotweißes Sportkostüm trug, auf dem kastanienbraunen, im Nacken gekräuselten Haar eine freche weiße Mütze sitzen hatte und von äußerster Lebhaftigkeit war, elastisch und interessiert, stets bereit, zu lachen und lachend zwei Reihen kleiner unmerklich voneinander abstehender Zähne zur Schau zu stellen.

Beide, Mutter und Tochter, sprachen mit sehr lauter Stimme, mit einer Stimme, wie sie sich vorzüglich dazu eignet, Dienstboten umherzukommandieren, und Frau Frobisch entwarf sofort das Tagesprogramm.

»Ihr könnt nach dem Essen Golf spielen, ich fahre nach Schloß Richenau weiter!« rief sie und umfing die Halle mit einem majestätischen Blick. »Aber kommt nur ja nicht zum Essen zu spät!«

Nachdem sie solchermaßen ihren Willen verkündet hatte, befahl sie dem Portier, den Hoteldirektor zu rufen. Dann vertiefte sie sich in eine weitläufige Unterhaltung über die Sorgen der heutigen Zeit, über das schändliche Benehmen der Sozialisten und über die unbotmäßigen Arbeiter, die sich nicht ohne Widerstand eine Herabsetzung ihrer Löhne gefallen lassen wollten.

»Was soll bloß aus der Welt werden, Andi? Kannst du mir das sagen?«

Er lächelte liebenswürdig und drückte sanft Luises Hand.

»Ich weiß es nicht. Darüber sprichst du besser mit meinem Vater. Ich bemühe mich, alle diese Umwälzungen zu vergessen und mich nur um meine Arbeit zu kümmern.«

»Arbeit! Arbeit! Das ist ja ganz schön, aber wenn die Dinge so weitergehen, wird es bald keine Arbeit mehr geben. Ja, zu guter Letzt wird man auch noch die Gefängnisse öffnen.«

»Mutter sieht schwarz«, sagte Luise. »Vater scheint sich große Sorgen zu machen. Er redet in der letzten Zeit nur noch über geschäftliche und finanzielle Dinge.«

»Schwarz? Ich sehe schwarz?« rief die Dame. »Rot sehe ich, rot!«

»Mit der Zeit wird sich das alles wieder einrenken«, sagte Andreas mit freundlicher Stimme. »Inzwischen solltet ihr etwas zu euch nehmen, um euch nach der Fahrt zu erfrischen, vielleicht ein Glas Portwein.«

Sie speisten an einem Ecktisch. Frau Frobisch machte eine Bemerkung über die gähnende Leere in dem großen Speisesaal. Schuld daran sei die Krise, für die allein die Arbeiter und Sozialisten verantwortlich wären. Auch Andreas fühlte eine gewisse Leere, eine Leere in seinem Innern. Aber als Luise unter dem Tisch ihr Knie an das seine drückte, als ihre Blicke den seinen begegneten, und als sie in einer dieser kurzen Sekunden sich ihm völlig hinzugeben schien, empfand er das Feuer des Frühlings und sehnte sich danach, sie in seine Arme zu nehmen. Er war Sportsmann genug, um vor dem Spiel nur mäßig zu essen und zu trinken. Luise aß fast nichts. Frau Frobisch aber griff herzhaft zu, und ihr Gesicht wurde von Minute zu Minute röter. Sie aß so reichlich, daß sie nach beendeter Mahlzeit ermattet in einen Stuhl sank. Nachdem sie abermals all ihren aufgehäuften Gefühlen bezüglich der Arbeiter Luft gemacht hatte, begann sie schließlich, auch an andere Seiten des Lebens zu denken, und plauderte über Verwandte, Tanten, Cousinen, ihr Treiben, ihr Befinden, ihre Anschauungen und ihr Aussehen, bis Andreas und Luise in ernstliche Sorge um ihr Golfspiel gerieten. Schließlich erklärten sie, sie müßten jetzt wirklich gehen, standen zusammen auf, sahen nach der Uhr, legten die Zigaretten weg, beugten sich über Frau Frobisch, und verabschiedeten sich von ihr auf eine diplomatische, aber dennoch sehr entschiedene Weise. Nachdem sie beteuert hatten, sie würden rechtzeitig zum Abendessen an Ort und Stelle sein, verließen sie die Halle. Einen Augenblick später fuhren sie Seite an Seite im Auto zum Golfplatz.

Als das Dorf hinter ihnen lag, hielt Andreas am Wegrande an. Luise wandte sich zu ihm, die hellbraunen Augen voll jugendlicher Begeisterung, und sie küßten einander.

»Ah, das war gut«, brummte Andreas.

»Du liebst mich, Andi, ja?«

»Ob ich dich liebe?«

Er küßte sie wieder, auf den Mund, auf die Augen, auf das Kinn, auf den Hals. Sie wand sich in seinen Armen. Sie hatte einen schlanken, aber straffen Körper und roch nach Puder und Parfüm.

»Ah, das war gut!« wiederholte er und fuhr weiter.

»Ich langweile mich zu Hause ganz schrecklich«, sagte sie.

Ihre Stimme war tief und etwas weinerlich, viel zu tief, um mit ihrer schlanken Erscheinung zu harmonieren.

»Nichts als Politik und finanzielle Sorgen! Vater meint, es stehen uns schlimme Zeiten bevor. Er hat meine Mitgift von einer halben Million in Goldobligationen angelegt. Er sagt, ich darf sie nicht anrühren.«

Andreas schüttelte sich vor Lachen.

»Chaibi vorsichtiger Herr! Mitgift! Eine halbe Million! Man wird mir noch den Vorwurf machen, daß ich ein Mitgiftjäger bin!«

»Verachte das Geld nicht, Andi, wir können ohne Geld nicht leben. Vater hält das einfach für seine Pflicht mir gegenüber, damit ich dir nicht zur Last falle.«

»Ich denke nie an Geld. Solche Gedanken kommen mir nie in den Sinn.«

»Du würdest schon daran denken, wenn du nicht viel Geld oder überhaupt kein Geld hättest.«

»Ich habe nicht viel.«

»Aber eines Tages wirst du viel haben.«

»Ich werde etwas haben, aber das kümmert mich nicht.«

»Auch mich kümmert es nicht«, sagte sie nervös. »Aber es ist klüger, man denkt daran und spricht darüber.«

»Liebling, dieses ganze Gerede über Geld führt zu nichts. Ein sicherer Beruf ist heute mehr wert als alle Kapitalien der Welt. Früher hat mein alter Herr fast nie über Gelddinge gesprochen. Jetzt aber! Pah! Immerfort nur Politik und Finanzen! Je älter er wird, desto schlimmer wird es mit ihm. Ich habe ihn gebeten, er soll alle seine Aufsichtsratsstellen und Vorsitzendenposten niederlegen, sich ins Privatleben zurückziehen und sich um seinen Grundbesitz kümmern.«

»Wir können nicht wieder Bauern werden«, sagte sie schnell. »Es wäre schrecklich!«

»Das weiß ich nicht«, sagte Andreas. »Schweine und Kühe haben – das hat eine Menge für sich. Unsere Väter haben sich auch nicht geschämt, Bauern zu sein.«

»Andi, Andi! Wir müssen wie kultivierte Menschen leben. Und was soll denn unsere ganze Erziehung, wenn wir unter Schweinen und Kühen leben wollen? Wir brauchen geistige Nahrung. Wir müssen in Kunst und Literatur auf dem laufenden bleiben, Konzerte hören und ins Theater gehen. Und der Mensch muß reisen. Wir jedenfalls werden reisen. Wir haben es uns vorgenommen, erinnerst du dich noch? Sobald du Urlaub hast, machen wir eine Reise.«

»Ja, ich reise gern«, sagte er. »Ich habe große Lust, mir mit dir Paris und London anzusehen.«

»Das wäre doch nett, wie?« sagte sie sinnend. »Und stell dir nur einmal vor, auf den englischen Golfplätzen mit ihren entzückenden grünen Rasenflächen zu spielen!«

»Ich habe mehrere Einladungen nach England«, sagte er. »Und stell dir vor, wenn wir miteinander auf der Themse rudern!«
Sie lächelte ihn eifrig an.
Er beugte sich zu ihr und legte seine Wange an die ihre.
»Aber alles in allem, Luise«, fuhr er nach einem kurzen Zögern fort, »es gibt auch hier sehr vieles, das einen glücklich machen kann. Schau dir unsere schönen Wiesen an! Schau dir unsere hübschen braunen Kühe an, mit ihren lilafarbenen Ohren und schwarzen Mäulern, wie sie das Gras kauen! Schau dir diese

wunderbaren Felswände an, die da vor uns aufsteigen, blau und rot und grau! Schau dir meine riesigen Bündner Berge an! Ich liebe sie! Ich liebe es, durch unsere Bergtäler zu wandern. Ich liebe es, in unseren zahllosen kleinen Bächen und Seen zu fischen. Ich möchte mit dir ganz oben auf der Julier-Straße stehen, dort, wo sie sich nach Sils Maria hinabsenkt, und stumm die Seen des Engadins betrachten, die tief, tief unten wie grüne Saphire inmitten der hellgrünen Wiesen und dunklen Wälder liegen. Liebling! Das alles ist unsere Heimat. Das heißt, meine Heimat! Du stammst aus Sankt Gallen, ich aber bin in meinem Herzen ein Bündner, und du wirst durch die Liebe zu mir eine Bündnerin werden. Lassen wir London und Paris beiseite. Abgehetzte Ausländer kommen hierher, weil sie es bei sich zu Hause nicht mehr aushalten können, und immer ist es für sie wie ein Wunder. Liebling, wenn du mich liebst, wirst du mich in unsern Flitterwochen nicht von meinen Bergen trennen. Irgendwo dort oben, in einem dieser herrlichen Wälder, werden wir einander zum erstenmal gehören.«

»Andi, Andi!«

Sie nahm ihre Unterlippe zwischen die Zähne und schaute ihn nachdenklich an.

»Ich wußte nie, daß du so ein Patriot bist«, fügte sie in etwas entsetztem Ton hinzu.

»Pah! Ein Patriot! Ich bin nicht der Meinung, daß auf jedem Gipfel eine Schweizer Flagge wehen sollte, und ich betrachte auch nicht den allmählichen Rückgang unserer Gletscher als ein nationales Unglück. Aber ich habe zuweilen das Gefühl, als sei hier etwas in der Erde, in den Felsen und in den Wäldern, das mir in Fleisch und Blut übergegangen ist.«

»Nun, hoffentlich bist du froh, daß du eine Schweizerin heiratest?«

»Ja, verdammt froh! Da ist das Klubhaus! Lieber Gott, keine Menschenseele ist zu sehn! Wir werden den Platz ganz für uns allein haben.«

Andreas war kein guter Golfspieler, aber ab und zu gelang ihm ein guter Ball. Luise spielte wirklich schlecht. Sie schritten beide leichtfüßig über das grüne Gras und die Gänseblümchen und waren beide der Meinung, daß Golf zwar ein recht hübsches Spiel, aber kein ideales Spiel für verliebte Leute sei. Ihre Unterhaltung drehte sich um recht oberflächliche Dinge, wie sie ihnen gerade zufällig einfielen. Und sie benahmen sich auch nicht im mindesten wie kultivierte Menschen. Die blühenden Apfel-, Birnen- und Kirschbäume nahmen sie manchmal in ihren Schatten auf, und sie küßten einander unter einem Blütendach, während die Bienen um ihre Köpfe summten. Als Luise einen Ball verlor, suchten sie ihn zwanzig Minuten lang und konnten ihn nicht finden.

»Ein teures Spiel!« klagte sie. »Jedesmal verliere ich ein paar Bälle. Es ist wirklich viel zu extravagant. Nur reiche Engländer und Amerikaner können sich das leisten!«

Ihr Verlust schien sie sehr zu betrüben, und Andreas hatte Mitleid mit ihr. Nach beendeter Runde kaufte er ihr eine Schachtel Bälle, und sie schalt ihn aus und nannte ihn einen Verschwender.

»Ich werd' auf dich achtgeben müssen, Andi, ja! Du weißt nicht, was Geld ist!«

»Das habe ich auch nie behauptet.«

»Eine Schachtel Bälle! Dreißig Franken! Stell dir das bloß vor!«

»Dieser arme englische Professional muß doch irgendwie leben.«

»Er wird von den Hotels bezahlt. Wenn du dir's recht überlegst, geht es ihm gar nicht schlecht.«

»Oh, mir gefällt sein nettes Pferdegesicht, und er kann mich gut leiden. Wir sind dicke Freunde, und ich bin überzeugt, er verdient viel zuwenig.«

»Nun, jedenfalls bist du ein Verschwender.«

»Das ist deine Schuld. Du mußt immerfort Bälle verlieren.«

»Im Grunde genommen ist mir Tennis lieber als Golf.«

Sie setzten sich unter eine riesige Ulme, tranken Tee und rauchten Zigaretten.

»Wunderbar diese Zweige!« murmelte er. »Jeder Mensch ohne Ausnahme müßte ab und zu einmal Gelegenheit haben, in das Laubwerk eines solchen Baumes hinaufzusehen!«

Luise wischte mit einer Teeserviette einen Schmutzfleck von

ihren neuen, weißbraunen Kreppgummi-Schuhen und warf dann einen Blick in die Höhe.

»Schön, schön! Solch einen Baum wollen wir eines Tages in unserem Garten haben!« sagte sie.

3

Am Abend versammelte sich auf Schloß Richenau die Familie zu einem gemeinsamen Mahl. Acht Menschen saßen um den ovalen Tisch, der mit einer Fülle von Gold, Silber und Blumen beladen war. Zwei alte Diener, etwas schäbig, aber solid gekleidet, baumwollene Handschuhe an den Händen, servierten. Des Obersten schmales, derbes, tief zerfurchtes Gesicht, sein steifer, gerader Rücken, seine hohe, kahle, durchfurchte Stirn, deren Wölbung in einen runden, mit borstigen grauen Haarstoppeln bedeckten Schädel verlief, sein hartes Kinn und seine schief herabhängenden Mundwinkel versprachen keinen vergnügten Abend. Es war ein offenes Geheimnis, daß einige der Gesellschaften, an deren Verwaltung er beteiligt war, nicht recht florierten. Aber wem ging es in diesen Tagen gut? Die Industriekonzerne und Finanzunternehmungen in der Schweiz waren endlich auch von der allgemeinen Wirtschaftskrise erfaßt worden. Die während des Krieges so mühelos erworbenen Vermögen schmolzen langsam und stetig zusammen. Die Bundesbahnen wiesen ein großes Defizit auf. Die Hotelindustrie war lahmgelegt. Und obgleich die Banken mit Gold und ausländischen Kapitalien vollgepfropft waren, herrschte ein Mangel an Schweizer Kapital, und das Volk litt unter schlimmen Entbehrungen. Die kleinen Leute klammerten sich verzweifelt an ihre Ersparnisse. Das Land produzierte wenig, die Zölle waren hoch. Einfuhr und Ausfuhr waren auf ein verschwindend geringes Maß zurückgegangen. Der Faschismus warf begehrliche Blicke auf den südlichen Kanton Tessin. Österreich, der Nachbar im Osten, hatte Bankrott gemacht, Deutschland sperrte seine Grenzen. England und die Länder im Norden waren vom Goldstandard abgegangen, während durch alle möglichen Kanäle die billigen russischen Rohstoffe ins Land strömten. Die Arbeitslosigkeit wuchs, bald würden auch die Steuern wachsen müssen. Unterdessen saß in Bern ein Bundesrat, in dem das bäurische Element und die Rechtsanwälte vorherrschten, und regierte das Land gemäß den alten bürgerlichen Traditionen. Alle seine gesetzlichen Maßnahmen dienten nur dem Zweck, das Eigentum, das Gold, die Verfassung und die Neutralität zu schützen. Kein Wunder, daß Oberst von Richenau finster dreinsah und schwieg. Er hatte viel zu verlieren, und das Leben rief ihn zu einer Zeit in die Schranken, da er von Rechts wegen als alter Mann in einem Lehnstuhl hätte sitzen müssen, warme Pantoffeln an den Füßen, in die Lektüre eines nützlichen Buches vertieft, oder mit dem Studium der Taktik der Grenzverteidigung für den nächsten Krieg beschäftigt.

Frau Frobisch saß zu seiner Rechten. Seit der Verlobung ihrer Tochter hatte sie sich der Familie Richenau, ihrem Stil und ihrer Lebensweise angepaßt. Sie sprach nicht mehr mit ihrer gewohnten lauten Bourgeoisstimme, die zuweilen so schrill klingen konnte wie das Gekreisch der Weiber, die sich in den Hintergassen einer Großstadt zanken. Auf Schloß Richenau girrte sie wie eine Taube. Nun, bei Tische, hob sie von Zeit zu Zeit den Kopf und lächelte ihrer Tochter und ihrem zukünftigen Schwiegersohn, die ihr gegenüber saßen, mit mütterlichem Entzücken zu. Ja, Luise sah wirklich hübsch aus in ihrem blaßgrünen Kleid mit der schmalen Perlenschnur und dem nett gerollten Haarknoten. Sehr lieb und damenhaft! Luise lächelte zurück. Sie fühlte sich hier ganz wie zu Hause, trotz der zahlreichen Ahnenbilder, die von den Wänden auf sie herabblickten und sie an ihre plebejische Herkunft erinnerten. Da war erst einmal der gepanzerte mürrische Jakob, der 1554 in der Schlacht von Siena gefallen war. Da war ferner der schlaue Rudolf, der den Bischof Albrecht erschlagen hatte und auf Befehl König Karls IV. eine Pilgerfahrt nach Jerusalem unternehmen mußte, um sein Verbrechen zu sühnen. Er war aus dem Heiligen Lande nicht mehr zurückgekehrt, und die Legende behauptete, er habe sich irgendwo an der persischen Grenze als orientalischer Potentat mit einem großen Harem etabliert. Über dem wuchtigen

Kamin hing Thomas Konrad, der größte Halunke, der je gelebt. Er hatte sich dadurch berühmt gemacht, daß er wie kein anderer die Leute foltern und aufhängen ließ. In den Parteienkämpfen im siebzehnten Jahrhundert flatterte sein Banner stets in der vordersten Front. 1621 war er die Seele der spanierfeindlichen österreichischen Partei gewesen und hatte gegen den gefürchteten Bobustelli gekämpft, der die Protestantenverfolgung im Valtelino leitete. Luise kannte die ganze Geschichte der Richenaus auswendig. Sie hatte ein gutes Gedächtnis für Jahreszahlen und Ereignisse. Sie war eine vorzügliche Schülerin gewesen. Ihr schlanker Busen atmete stolz, wenn sie an ihre Hochzeit dachte, da der Name Richenau ihr vor dem Altar in Tausch gegen ihre Jungfräulichkeit und das Vermögen ihres Vaters würde angeboten werden. Sie war das einzige Kind ihrer Eltern. Bei diesem Familienmahl waren auch Uli und seine Frau Minnie zugegen. Uli war Andis jüngerer Bruder, ein sehr großgewachsener, dicker, junger Geistlicher. Seine Frau hingegen war außerordentlich klein, dabei gleichfalls recht rundlich – eine Schnieselin aus Basel und sehr reich. Man flüsterte sich zu, daß sie zwei Millionen besitze. Ihr Pfarrhaus stand in einem nördlich gelegenen Dorf im Thurgau. Um an der Familienfeier auf Richenau teilnehmen zu können, hatte Uli einen armen Kollegen, der acht Kinder hatte, durch ein Geschenk von zwanzig Franken veranlaßt, am kommenden Sonntag für ihn zu amtieren. Er ging immer gern nach Richenau, denn das Essen dort war ausgezeichnet und reichlich. Die Weine waren sehr gut, und alles bekam man umsonst. Man wußte, daß er seit seiner Verheiratung, offenbar unter Minnies Einfluß, in Gelddingen recht knauserig geworden war. Wenn er auch dreimal soviel wog wie sie, bezweifelte doch niemand auch nur einen Augenblick lang, daß er sich völlig ihrem Willen unterworfen habe.

Links von Oberst von Richenau saß eine sehr ruhig dreinblikkende alte Dame. Sie war mager, hatte schwarze, aufmerksame Augen und trug ein glänzend schwarzes, bis an den Hals geschlossenes Seidenkleid. Der hohe Kragen reichte fast bis an die Ohrläppchen und wurde durch einige Fischbeinstäbe gestützt, damit er nicht verrutsche und ihren ausgemergelten Hals entblöße. In ihrem Gesicht fehlte es nicht an Spuren früherer Schönheit. Es war oval, ein wenig hart und sah recht altmodisch aus über der schmalen weißen Rüsche, die unter dem schwarzen Kragen hervorschaute. Eine schwere Goldkette hing um ihren Hals und baumelte über ihrem unsichtbaren Busen. Die goldene Lorgnette, die an einer Kette hing, ruhte in ihrem Schoß. An ihrem Halse hatte sie mit Hilfe einer riesigen Brosche, die aus einem mit kleinen Perlen eingefaßten Aquamarin bestand, ein Stück zarter Spitze befestigt. Und auf ihrem sauber gebürsteten weißen Haar ruhte noch ein Stück schwarzer Spitze, durch zahlreiche Nadeln festgesteckt. Sie war die einzige Schwester des Obersten, die Witwe Toni Gehelins, eines angesehenen Baseler Bankiers. Kein Mensch wußte genau, wieviel Millionen sie besaß. Und wenn sie auch keine Kinder hatte, über die sie ihre Autorität geltend machen konnte, so besaß sie doch jedenfalls einige Neffen und Nichten, die sie tadeln und sogar umherjagen konnte in dem sicheren Bewußtsein, daß sie sehnsüchtige Blicke auf ihre weltliche Habe warfen und ihren Tod kaum zu erwarten vermochten. Zunächst freilich war kaum je die Rede von ihrem Tode, denn sie ließ ab und zu durch ihren Arzt der Familie mitteilen, daß sie einen Blutdruck wie eine Sechzehnjährige habe und daß ihr Herz kerngesund sei. Sie hieß Isabella, aber in der Familie nannte man sie einfach die Tante aus Basel. Sie repräsentierte in höchstem Maße das eigentliche echte Basel. Sie konnte gut kochen, war eine gute Haushälterin, verstand sich auf das Einkaufen und auf das Geldanlegen. Sie hatte einen tiefen Respekt vor patrizischen Familientraditionen, eine heiße Vorliebe für Klatschgeschichten und eine richtige Gier nach dem Kirchengehen. In ihrer Seele loderte ein gewaltiger Durst nach klassischer Musik und erstklassiger Literatur, während alles Oberflächliche und Unmoralische ihr eine richtige Gänsehaut verursachte. Sie verstand es sehr gut, die Ansprüche der Dienstboten zurückzudämmen. Aber sie hielt die Leute trotzdem jahrelang in ihrem Hause fest, weil sie in ihnen die Hoffnung erweckte, daß sie in ihrem Testament bedacht werden würden. Andis Verlobung mit Luise hatte sie gebilligt, freilich nicht ohne gewisse Bedenken gegen die Allianz zwischen den Richenaus, die etwas darstellten, und den Frobischs, die Niemande waren. Aber in solchen Dingen fiel auch bei ihr das Geld ins Gewicht. Und Luise hatte durch ihre gute Erziehung und dadurch, daß sie ihr Beethoven vorspielte, ihre Neigung erobert. Die jungen Leute schienen vor ihr Achtung zu haben. Sie schienen sie sogar zu lieben. Ein Teil der alten Generation entsann sich ihrer in Zusammenhang mit einem Abenteuer und einem schnell vertuschten Skandal. Aber schließlich war sie eine Bündnerin, und das Bündner Blut unterscheidet sich beträchtlich von dem Baseler Blut. Doch da sie die meiste Zeit ihres Lebens in Basel verbracht hatte, galt sie bei ihren hochländischen Verwandten als eine Baslerin, und sie sprach außerdem einen ganz ausgeprägten Baseler Dialekt, mit rollenden R's, die Vokale zerdehnt wie Gummibänder. Sie besaß ein prächtiges Haus mit roten Sandwegen im Garten und fuhr in einem fünfzehn Jahre alten Auto umher, das Hans, ihr Kammerdiener, Chauffeur, Mechaniker, Gärtner und Bibliothekar zugleich, ein Mann über fünfzig, mit grauem krausem Backenbart, steuerte.

Unter sämtlichen Anwesenden war zweifellos Madame von Richenau die anziehendste Erscheinung, Madame la Baronne, wie ihre Dienstboten, die nicht wußten, daß die Schweizer Adelstitel durch die Verfassung längst beseitigt sind, sie zu nennen pflegten. Man sah auf den ersten Blick, daß Andi ihre Schönheit geerbt hatte, denn sie war schön. Natürlich waren ihre Haare schon grau, aber ihre Haut war fest und ihr Teint fleckenlos geblieben. Sie hatte einen schönen Hals und schöne Schultern, und ihr dunkelbraunes Abendkleid bedeckte einen Körper, den das Alter noch nicht verunstaltet hatte. Sie war ein wenig kurzsichtig, machte aber kein Hehl daraus und trug auch beim Essen eine große Brille, durch die sie ihre Gäste heiter betrachtete. Für gewöhnlich sprach sie Französisch. Sie konnte die Schweizer Dialekte nicht leiden, obgleich sie sie beherrschte. Sie klangen ihr zu grob, denn sie war rein französischer Abstammung, stammte aus einer alten Hugenottenfamilie, die in den finsteren Tagen Richelieus aus Frankreich ausgewandert

258

war. Sie kam aus dem Elsaß, wo ihre Familie vor dem Welt-
kriege Ländereien und Fabriken besessen hatte.

»Alors, mon petit André«, sagte sie zu ihrem Sohn, »rien de
nouveau?«

»Rien, Maman!«

Sie sah ihn ungläubig an, lächelte aber.

»Du mußt einmal mit Vater unter vier Augen sprechen«, fuhr
sie fort. »Ihr habt einander in der letzten Zeit recht wenig gesehen. Er ist immer beschäftigt und macht sich viel Sorgen.
Er schläft sehr schlecht.«

»Ich werde nachher mit ihm sprechen und ihn ein bißchen auf-
heitern.«

Ein leidender Ausdruck glitt über ihr Gesicht. Andi war seit
jeher ihr Liebling. Seine Statur, seine scharfen Augen, sein aus-
geglichener Charakter, seine äußerliche Ruhe und Gelassenheit,
das alles hatte er von ihr geerbt. Eine gewisse Entschlossenheit
und Halsstarrigkeit in seinem Charakter waren das Erbe seines
Vaters.

Uli blickte auf und wischte sich die Schweißtropfen von seiner
rosigen Oberlippe. Bis zu diesem Augenblick war er völlig mit
der Sättigung seines riesigen Appetits beschäftigt gewesen,
unterstützt und betreut von Jean, dem alten Diener, der recht
gut wußte, daß der junge Uli zweimal so viel Nahrung brauchte
wie die übrigen Mitglieder der Familie. Nun schien Uli zu merken,
daß die gewaltige Rundung seines Bauches sich etwas zu span-
nen begann. Er knöpfte einige der unteren Westenknöpfe auf und
lächelte freundlich seine kleine Frau an, die ihm wegen seines un-
ziemlichen Benehmens stumme Vorwürfe zu machen schien.

»Ah, bah!« sagte er über den Tisch weg. »Ich bin ja zu Hause.«
Und er nahm seinen goldgeränderten Kneifer von der Nase und
putzte ihn mit seiner Serviette.

»Uli, hast du genug gegessen?« fragte seine Mutter.

»Das hängt davon ab, was noch kommt.«

»Erdbeeren und Eiscreme.«

»Ah, dafür habe ich noch massenhaft Platz!«

Die Tante aus Basel warf ihrem jungen Neffen einen mißbilli-
genden Blick durch die Lorgnette zu.

»Ah, bah!« fuhr Uli fort. »Man darf bloß nicht traurig sein. Es
hat keinen Zweck. Jeden Tag frisch aufwachen, den Himmel
ansehn und Gott danken, daß man noch lebt! Das ist das Richtige. Minnie und ich, wir machen das jeden Morgen, nicht wahr,
Minnie?«

»Jä, wir sind glücklich«, erwiderte sie lebhaft mit ihrem Basler
Akzent. »Jä, jä! Morgens gehen wir in den Garten und schauen
nach den Blumen. Und dann schauen wir zu den blanken Fenstern des Pfarrhauses und den Blumentöpfen hinauf und schauen
den Bienen und Schmetterlingen zu, wie sie Honig saugen. Das
ist immer ein so freundlicher Anblick.«

»Ah«, warf Uli ein, »und dann spazieren wir durch den Garten
und inspizieren das Kraut und den Blumenkohl. Der wächst
nirgends so groß und saftig wie im Thurgau. Dann geht Minnie
wieder ins Haus und beaufsichtigt die Elisa beim Saubermachen
und Aufräumen, und ich nehme die Schnecken und Raupen
von den Gemüsepflanzen ab und jäte ein bißchen Unkraut.
Bücken ist sehr gut für die Gesundheit. Ab und zu kommt ein
Dörfler vorbei, bleibt stehen und plaudert ein bißchen mit mir.
Ich führ' ihn ins Haus und biete ihm ein kleines Glas Apfelwein
oder Herrliberger an, und er wundert sich, wie sauber alles ist.
Was Sauberkeit betrifft, geht ihnen Minnie mit gutem Beispiel
voran, nicht wahr, Minnie?«

»Ich geb' mir Mühe. Ich hör' mir ihre Klagen an. Viele von den
Frauen möchten gern ein sauberes Heim haben, aber sie sagen,
sie können nicht auf den Feldern arbeiten, die Kühe melken,
Heu machen, für die Kinder kochen und dazu noch ihre Häuslichkeit in Ordnung halten. Und eine Stütze nehmen ist heutzutage viel zu teuer, wo die Löhne nach der Stunde berechnet
werden. Die Bauern verdienen ja so wenig Geld heutzutage!
Viele von ihnen müssen außerhalb arbeiten gehen, und da vernachlässigen sie eben ihr Heim, jä.«

»Sie müssen jetzt die Kleidung für ihre Kinder selber schnei-
dern«, fuhr Uli fort. »Stellt euch vor, was es die armen Bauern
kosten würde, wenn sie sich eine Näherin nehmen müßten.
Oder wenn sie mit ihren Kindern nach Winterthur gehen und
ihnen im Laden Kleider kaufen, wo alles heute so teuer ist! Ich

tue, was ich kann, um die Heimarbeit zu fördern. Ich hab' jetzt zweimal wöchentlich einige Mädchen im Pfarrhaus sitzen, dort müssen sie nähen, und eine zweite Schar besorgt die Wäsche am Dorfbrunnen. Das ist ein neues Experiment, häusliche Arbeit für alle gemeinsam. Man hat mich kritisiert und behauptet, das rieche nach Kommunismus. Ah, bah! Ich habe in der Kirche erklärt, durch Sparsamkeit und Sauberkeit kann man besser als durch alle andern Mittel Krankheiten und Seuchen verhindern, und Seife und Bürsten sind viel billiger als Arztrechnungen.«

»Jä, das war eine sehr gute Predigt, Uli!« warf Minnie ein. »Du hast ihnen gesagt, wenn man die Sachen sauber und in Ordnung hält, nützen sie sich viel weniger ab. Deshalb spart man Arbeit und Geld. Wenn aber die Leute ihre Sachen überall herumstreuen und niemals nach ihnen schauen, dann gehen sie verloren oder werden gestohlen oder gehen kaputt.«

»Ich hab' den Bauern auch gezeigt, wie man die Bienenzucht wissenschaftlicher organisiert«, sagte Uli, während er sich eine Ladung Erdbeeren und einen Berg Sahne auf den Teller lud. »Jetzt erzeugen wir im Thurgau den besten Honig und haben auf der Landwirtschaftsausstellung einen Preis bekommen. Meine Pfarrkinder sind begeistert. Dann habe ich einen Übungskursus für Marktgärtnerei eingerichtet. Die Regierung hat uns einen besonderen Lehrer gestellt. Der hat den Leuten gesagt, sie müßten in erster Linie gutes Gemüse für sich selber bauen. Erst wenn sie die notwendigen Erfahrungen gesammelt haben und wirklich erstklassige Ware zustande bringen, dürften sie damit auf den Markt gehen, vorher nicht.«

»Es ist doch ganz klar«, warf Minnie ein, »wenn sie erstklassiges Gemüse ziehen, werden sie auf dem Markt mehr Erfolg haben.«

»Richtig«, hob Uli wieder an. »Und wenn sie vorher für ihr minderwertiges Zeug wenig oder gar kein Geld bekommen haben, wird jetzt Wohlstand in ihre Häuser einziehen.«

»Ah«, seufzte Minnie, »wir haben lange gebraucht, um den älteren Leuten beizubringen, daß wir nur in ihrem Interesse und nicht in unserem Interesse handeln. Uli! Erzähl doch einmal, was dir der Vorsitzende des Gemüsegärtnervereins geschrieben hat!«

»Uli, willst du noch Erdbeeren?« fragte der Oberst brummend.

»Nein, Papa! Warum?«

»Weil Jean schon die ganze Zeit mit der Schüssel hinter dir steht.«

Uli schaute sich um.

»Oh, vielleicht noch ein paar.«

»Du läßt uns alle warten.«

»Oh, dann will ich lieber keine mehr nehmen. Nein, nein.«

Er richtete sich auf und schaute die Tante aus Basel an. »Ich werde sie statt dessen zum Frühstück essen«, sagte er heiter.

Madame von Richenau stand auf, und das Mahl war zu Ende.

4

Als Andi mit der Gesellschaft in das große Nebenzimmer ging, regte sich in seinem Herzen ein unbestimmtes, wehes Gefühl. Diese »Familienfeier« wirkte deprimierend auf ihn – diese Feierlichkeit, mit der man bei Tisch saß, sich vom Stuhl erhob, umherstand und sich anstrengte, ein Gesprächsthema zu finden. Der Zwang, sich »zu Hause« zu fühlen, sich immer in Gesellschaft zu bewegen und sich in der eigenen Familie angenehm zu machen, kam ihm ganz und gar lächerlich vor. Er merkte plötzlich, daß er hier wie ein Fremder war. Und als Frau Frobisch ihre Tochter aufforderte, »etwas« auf dem Klavier zu spielen, sank er mit einem Gefühl der Verzweiflung in den Sessel.

Uli dagegen war glänzend aufgelegt. Mit geröteten Wangen und heiterer Miene schwatzte er über seine Pfarrei. Er aß schon wieder, diesmal Schokoladenbonbons, die Schachtel auf Armeslänge von sich abhaltend, während Minnie neben ihrer Schwiegermutter saß und von ihren Blumen und dem Gemüsegarten erzählte. Sein Vater hatte sich eine Zigarre angezündet und unterhielt sich mit Tante Isabella, die ihr Arbeitskörbchen geöffnet und ihre Strickerei herausgenommen hatte. ‚Warum um Gottes willen?‘ dachte Andi bei sich. ‚Sie besitzt Millionen. Warum kauft sie nicht Wollsocken für die Spitäler und tut

etwas Vernünftigeres als Stricken? Muß sie ihr Christentum mit
Stricknadeln praktizieren?'
Als Luise die erste Taste anschlug, trat plötzlich tiefe Stille ein.
Sie fing ein Stück von Chopin an, spielte es recht hübsch und
exakt. Aber Andi wunderte sich, warum sie von Zeit zu Zeit
gleichsam zusammenknickte, warum sie nicht stillsitzen konnte.
Dieser schlecht verhohlene musikalische Fanatismus ärgerte
ihn. Erfordert musikalische Leidenschaft gymnastische Übun-
gen? Was fühlte sie in diesem Augenblick? Chopin? Keineswegs! Sie fühlte sich selber, sie fühlte das Schweigen, zu dem
ihr Spiel die anderen zwang, sie fühlte, daß sie beobachtet
wurde, daß man ihr zuhörte... Andi hatte ein sehr feines Gehör für Musik. Aber Luises Chopin irritierte ihn beträchtlich,
ebensosehr, wie sie selber ihm jetzt auf die Nerven fiel, während
Tante Isabella ihre Strickerei beiseite legte, sich zurücklehnte
und die Augen schloß, um zuzuhören. Schließlich lehnte auch
er sich in seinen Sessel zurück und schlug die Beine übereinander. Er überlegte, ob denn Luise ihn wirklich interessiere.
Sie hatte die tiefsten Tiefen seines Wesens bisher noch nicht zu
erfassen vermocht. All diese Monate hindurch waren sie einander nicht mehr gewesen als ganz oberflächliche Freunde. In
seiner Beziehung zu ihr fehlte es an jeglicher Tiefe, an jedem
Suchen, an jeder Qual. Es war das ein Bund zweier Menschen,
die einander gern Gesellschaft leisten. Sie sollten für zwei Familien einen neuen Weg bahnen, zwei Stämme sollten hinter
ihnen hermarschieren. Das alles war durch ein dummes Tennisturnier so gekommen. Lächerlich! Als Andi merkte, daß seine
Mutter ihn forschend ansah, wechselte er seine Miene und lächelte. Luise beendete ihr Spiel. Sie erntete großen Beifall.
Auch Andi klatschte in die Hände. Luise ging zu ihm hin und
setzte sich auf die Lehne des Sessels.
»Soll ich etwas für dich spielen?« fragte sie ihn. »Ein Nocturno?«
»Ein Nocturno? Nein – spiel mir einen hübschen Bauernwalzer
in D-Moll«, sagte er lachend.
»Andi, du bist müde.« Sie schaute ihn unruhig an. »Du bist zu-
viel mit deinen Verbrechern zusammengewesen, die ganze
Woche lang. Was ist das für ein Leben!«

Ihre nervöse, weinerliche Stimme irritierte ihn. Sie streichelte sein Haar.

»Wenn du eines Tages Gelegenheit hast, mit Papa allein zu sein, solltest du dich mit ihm über die Zukunft unterhalten. Er ist dafür, daß du deinen Beruf aufgibst und Geschäftsmann wirst. Wäre es nicht wirklich nett, wenn du sein Kompagnon würdest? Das ließe sich auch ganz leicht machen, glaub mir's. Meine Mutter und ich, wir sind beide dafür. Besonders in diesen schwierigen Zeiten! Stell dir nur vor, wir können dann in Sankt Gallen wohnen! Lanzberg ist doch schließlich ein schrecklich langweiliges Nest, nicht?«

»Luise«, sagte er, »du vergißt, daß ich von Natur ein fauler Mensch bin. Etwas zu tun, macht mir weniger Spaß, als drüber nachzudenken. Deshalb liebe ich Arbeiten, bei denen man nachdenken muß. Schade, daß du meine Verbrecher so gar nicht leiden kannst.«

»Liebling, du verachtest wie ein richtiger Aristokrat das Geld und das Geldverdienen«, sagte sie hartnäckig. »Das ist ein großer Fehler, glaub mir. Du rechnest nicht, du gibst einfach Geld aus. Zigaretten aus Ägypten! Englische Schneider! Drei Pferde! Ein Alfa Romeo! Überleg dir nur, was das heute heißt!«

»Das heißt, daß ich die Zigaretten, die ich gern rauche, frisch und knusprig aus Kairo bekomme, statt das nachgeahmte Zeug zu kaufen, das in der Schweiz fabriziert wird. Das heißt, daß ich mich gern anständig kleide, daß ich auf den Reitturnieren Preise gewinnen will und daß ich nicht in einem alten Kasten über die Landstraße zu gondeln wünsche.«

»Ja, Andi, aber die Zeiten sind schwer. Wir dürfen nicht zu verschwenderisch sein.«

»Liebe Luise, glaub mir, ich könnte das alles von einem Tag zum andern aufgeben und ganz friedlich in einer Hütte leben. Ich könnte mich an den primitivsten Vergnügungen erfreuen. Aber solange ich noch mit Glücksgütern gesegnet bin, werde ich die guten Sachen genießen, an die ich seit meiner Kindheit gewöhnt bin. Nimmst du mir das übel?«

»Nein, Liebling, aber – schau dir deinen Bruder an. Er ist ganz anders als du.«

Beide betrachteten sie stumm den breiten Rücken des jungen Geistlichen und seine dicken Beine, die wie die untere Hälfte des Buchstabens X unter seinem schwarzen Gehrock hervorstaken.

»Minnie ist eine furchtbar gute Hausfrau. Ich bewundere sie«, fügte Luise hinzu.

Andi lächelte.

»Ich weiß, sie sparen Geld. Ich möchte nur wissen, was das heute für einen Zweck haben soll. Die Währungen purzeln alle Tage, und ganze Völker verarmen über Nacht.«

»Wir haben immer noch den Goldstandard«, sagte sie. »Uns kann nichts passieren.«

»Oh, meinst du? Ich glaube an das Gold ebensowenig, wie ich an Steine glaube.«

»Andi!« sagte sie entsetzt. »Ich habe eine halbe Million in Gold-bonds liegen.«

»Das weiß ich«, sagte er und schaute ihr fest in die Augen. »Und das hat mir von Anfang an nicht gepaßt.«

»Eines Tages wird es uns sehr zugute kommen.«

»Ah, eine schöne Zivilisation, diese christliche Zivilisation!« sagte er vage.

»Andi, was ist denn heute abend mit dir los?«

Ihre Augen blickten etwas zornig drein. Er sah sie ungewiß an, ein Bild der Unschlüssigkeit. Frau Frobisch schielte von der Seite auf ihre Tochter. Sie wurde argwöhnisch, denn sie hatte gemerkt, daß dort eine ernste Unterhaltung im Gange war. Schließlich stand sie auf und ging zu Luise hin.

»Luise, spiel noch etwas.«

Es war seit der Verlobung ihrer Tochter ihre ständige Gewohn-heit, Luises Bewegungen zu überwachen. ‚Damit es nicht zu schnell passiert.' Die Geräumigkeit des Schlosses, die vielen Zimmer und winkeligen Gänge erfüllten sie mit einem unbe-stimmten Angstgefühl.

»Andi«, sagte sie jetzt, »willst du dich nicht ein bißchen zu mir setzen?«

Andi sprang auf. »Gewiß!«

»Jetzt wird uns Luise eine dieser schönen Beethoven-Sonaten vorspielen!« rief Frau Frobisch und sah dabei Tante Isabella an.

Mit ausgestreckten Armen, wie ein Mensch, der ein großes Servierbrett trägt, folgte sie ihrer Tochter zum Klavier. Andi schlenderte durch das Zimmer und setzte sich hinter seine künftige Schwiegermutter. Er langweilte sich. Dieses ganze Familienleben war ihm zu glatt. Er erinnerte sich an eine Zeit, da lebhafte Debatten sein tägliches Brot gewesen waren. Aber das war vor vielen Jahren, in seiner Studentenzeit. Mit einer gewissen Wehmut stellte er fest, daß sein geistiges Leben völlig erloschen war. Während Luise spielte, unterdrückte er einen Seufzer. Ein ungewisser Schmerz schlich durch seine Brust. Bald würde er ein verheirateter Mann sein.

Als Luise fertig war, bedeutete sein Vater ihm und Uli mit einer Handbewegung, ihm in sein kleines anstoßendes Arbeitszimmer zu folgen. Dort setzte er sich an seinen großen Schreibtisch, neigte sein mageres, faltiges Gesicht über den Tisch, runzelte die Brauen und preßte streng die Lippen zusammen.

Es war nie seine Gewohnheit gewesen, sich für die Charaktere seiner Söhne besonders zu interessieren. Sie hatten eine erstklassige Erziehung genossen, und im übrigen waren sie Richenaus. Das genügte. Sie hatten sich ihre Laufbahn selber gewählt. Wenn sie ihre vornehme Herkunft nicht ebenso wichtig nahmen, wie er das tat, dann war das nicht seine Schuld. Die Zeiten hatten sich geändert. Die Macht und die Vorrechte, die früher einmal in den Händen der Wenigen vereinigt gewesen, waren längst in die Hände der Vielen, in die Hände der unteren Klassen gelangt. Er lebte in einem demokratischen Lande, er war ein Demokrat und Republikaner. Etwas anderes konnte er nicht sein. Aber er hatte früher einmal eine Division Soldaten kommandiert. Das war doch etwas gewesen, und er konnte es nicht vergessen. Der Hammer der Uhr auf seinem Tisch schlug zehnmal gegen eine Spiralfeder. Er lauschte den zimbalähnlichen Tönen, blickte zu seinen beiden Söhnen auf, hüstelte nervös, lehnte sich dann in seinen Stuhl zurück und sah nach der Tür. Andi durchquerte das Zimmer und machte die Tür zu.

»Papa«, sagte Uli, »Minnie ist draußen. Sie hat mich hereingehen sehen und wird ein wenig neugierig sein. Vielleicht möchte sie mit dabeisein. Darf sie hereinkommen?«

»Wozu Frauen dabei haben?« fragte der Oberst. »Sie machen nur ein unnötiges Getue.«

»Minnie ist in Geschäftsdingen sehr geschickt«, sagte Uli.

»Vielleicht, wenn es angenehme Geschäfte sind. Hier aber handelt es sich um keine besonders angenehme Sache. Deshalb ist es mir lieber, wenn sie nicht hereinkommt.«

Uli ging zur Tür, öffnete sie und machte seiner Frau ein etwas ängstliches Zeichen, auf ihn draußen zu warten.

»Es wird nicht lange dauern. Bloß eine kleine Familienangelegenheit. Ich erzähle dir nachher alles«, flüsterte er. Und er kehrte wieder in das Zimmer zurück.

»Es wäre mir recht, wenn du ihr nichts von der Sache erzählen würdest«, sagte der Oberst, und ein Schatten glitt über seine Züge.

»Papa«, sagte Andi, »du machst einen müden Eindruck. Du arbeitest zuviel. Mama hat mir erzählt, daß du schlecht schläfst.«

»Kümmere dich nicht um das, was Mama sagt, sie ist überängstlich.«

»Warum machst du es dir nicht etwas leichter? Warum willst du denn nicht einige Aufsichtsratsposten abstoßen und das Militärdepartement abgeben! Immerfort bist du unterwegs und hetzt dich für andere Leute ab. Verlohnt sich das?«

»Ob sich das verlohnt?« brummte der Oberst. »Was redest du da? Was wäre aus euch allen geworden, wenn ich mich nicht um die Dinge kümmern würde? Uli ein Geistlicher und du eine Art höherer Polizeibeamter –«

»Untersuchungsrichter«, warf Andi ein, »und Hauptmann in unserer gefürchteten Armee.«

»Das ist dasselbe! Was, zum Teufel! Man könnte glauben, ihr habt alle beide nicht das geringste Verantwortungsgefühl. Wir werden uns einschränken müssen, liebe Jungs. Sämtliche Aktien sind gefallen, und an jeder Straßenecke starrt einem die Armut ins Gesicht.«

»Warum willst du nicht die Geschäfte hinschmeißen und einfach als Privatmann leben?« fragte Andi und bot seinem Vater eine Zigarette an.

»Du redest aus dem hohlen Bauch.« Er nahm die Zigarette und

zündete sie an. »Weil du dich für Geschäfte nicht interessierst und nichts davon verstehst! Aufsichtsratsposten bringen Geld ein!«
»Nun, Geld ist nicht alles. Es verlohnt sich bestimmt nicht, deshalb seinen Schlaf einzubüßen!«
Der Oberst erhob sich schwerfällig und begann auf dem dicken Perserteppich auf und ab zu gehen. Dann stellte er sich vor seine Söhne hin, die Arme auf dem Rücken verschränkt. »Ich habe durch den Krach der Genfer Bank über eine Million verloren«, sagte er. »Das wollte ich euch mitteilen. Es ist meine Pflicht, euch das mitzuteilen. Alle meine Verpflichtungen sind dadurch in Mitleidenschaft gezogen. Die Lage ist ernst. Leider seid auch ihr mit betroffen, denn ich kann euch keine Zuschüsse mehr geben. Ich brauche tatsächlich eine halbe Million, um über die Sache hinwegzukommen. Jetzt wißt ihr Bescheid!«
Uli sank auf einen Stuhl und stieß einen leisen, stöhnenden Laut aus. Andi setzte sich auf die Tischkante und ließ das eine Bein wie ein Pendel hin und her schwingen. Tiefe Stille herrschte. Andi schaute seinen Bruder an.
»Ja, so ist die Lage, liebe Jungs«, sagte der Oberst kurz und richtete mit nervöser Hand eine Kerze in einem der silbernen Leuchter auf dem Schreibtisch gerade.
»Kann nicht Tante Isabella etwas machen?« Uli war der erste, der das Schweigen brach.
»Tante Isabellas Geld ist festgelegt«, sagte der Oberst.
»Aber sie könnte dir doch etwas leihen, meinst du nicht?« fuhr Uli fort. »Schließlich werden wir eines Tages den größten Teil ihres Geldes erben. Außerdem ist eine halbe Million nicht sehr viel für sie, wie? Eigentlich nicht!«
»Ich ersuche euch ganz besonders, eurer Tante gegenüber nichts von dem zu erwähnen, was ich euch mitgeteilt habe«, sagte der Oberst. »Sie würde es sofort an die große Glocke hängen. Ihr wißt, wie die Basler sind. Sie sitzen auf der Lauer, bis einer zusammenkracht, um dann gleich auf ihn loszuspringen und ihn recht tief in den Dreck zu drücken.«
»Vergiß nicht, daß Ulis Frau eine Baslerin ist«, sagte Andi mit einem spöttischen Lächeln.
Er erhob sich von der Tischkante.

»Traurige Neuigkeiten, Papa«, sagte er, »sehr traurig.«
Er steckte die Hände in die Taschen und wandte sich seinem Bruder zu.
»Was soll man machen, Uli?«
Uli sank tief in seinen Sessel, als wolle er sich vor irgendeiner Gefahr schützen. Er nahm die Brille ab und putzte sie sorgfältig.
»Eines ist mir klar«, fuhr Andi fort. »Die Sache darf über diese vier Wände nicht hinausgehen.«
»Da ist erst einmal Luise, die eine halbe Million mitbringt, und dann ihr Vater, der soeben zwölfeinhalb Prozent Dividende bezahlt hat, zum größten Teil in seine eigene Tasche!« sprudelte Uli hervor. »Man kann doch mit Herrn Frobisch sprechen! Ich bin davon überzeugt, er wird sofort einspringen. Das ist tatsächlich das psychologische Moment! Andi heiratet Luise, und sie ist das einzige Kind!«
»Nun, Papa«, sagte Andi, ohne auf seinen Bruder zu achten, »ich habe die Viertelmillion, die mir Onkel Jakob aus Basel hinterlassen hat, in absolut sicheren Obligationen liegen, und sie stehen dir Montag früh, wenn die Bank ihre Schalter öffnet, zur Verfügung. Ohne Bedingungen! Sie gehören dir und Mama, ihr könnt damit machen, was ihr wollt. Ich habe meine Stellung, eine Stellung, über die vielleicht manche Leute die Nase rümpfen, aber sie ist gut. Ich werde meine Pferde verkaufen, es werden sich schon andere Vergnügungen finden lassen.«
Er wandte sich an seinen Bruder Uli.
»Uli, du hast auch eine Viertelmillion von Onkel Jakob bekommen. Wie steht es damit?«
Uli atmete schwer und betupfte sich mit seinem Taschentuch die Stirn.
»Aber – aber Minnie und ich, wir leben doch davon!« rief er.
»Und das übrige Geld, das sie mitgebracht hat?« fragte Andi. »Wie steht es damit?«
»Das kommt alles so plötzlich. Ich muß mit Minnie sprechen, ich muß mit Minnie sprechen!«
»Ihr seid ja nur zu zweit«, sagte Andi, »du hast ein Haus und

verdienst dir deinen Lebensunterhalt. Du ziehst dir deine eigenen Rüben und Zwiebeln und hältst dir deine eigenen Bienen. Ich gebe zu, daß du dreimal soviel ißt wie ein normaler Mensch, aber daran sind deine Drüsen schuld, und du willst ja nicht zum Arzt gehen.«

Der Oberst unterbrach ihn. Er stand regungslos da, an den blauen Porzellanofen gelehnt.

»Andi«, sagte er, »komm und gib mir die Hand.«

Andi reichte seinem Vater die Hand, der Oberst klopfte ihm auf die Schulter und schob ihn sanft zur Seite, als ob weitere Zärtlichkeitsbeweise keinesfalls mehr statthaft wären.

»Uli soll sich die Sache überlegen«, sagte er. »Ich verstehe vollkommen, daß er erst darüber nachdenken muß. Es war durchaus nicht meine Absicht, euch zu bitten...«

»Du darfst wirklich nicht schlecht von mir denken«, sagte Uli, nach Atem ringend. »Man kann so wichtige Entscheidungen nicht in einer Sekunde treffen. Ich bin durchaus bereit, es mir zu überlegen. Durchaus bereit.«

Andi drückte seine Zigarette aus und warf seinem Bruder einen schnellen erstaunten Blick zu.

»Warum zögerst du noch, Uli? Papa ist in einer schlimmen Klemme.«

»Ich muß mit Minnie sprechen«, sagte Uli, »ich muß mit Minnie sprechen!«

»Du darfst nicht mit ihr sprechen«, sagte Andi. »Papa hat es dir verboten.«

»Sie ist doch meine Frau!«

»Sie ist eine Baslerin!« sagte Andi, »Frau hin, Frau her!«

»Er soll mit ihr sprechen«, sagte der Oberst. »Das ist nur richtig so.«

»Ich weiß, was sie sagen wird!« rief Andi grob.

»Du bist ungerecht!« rief Uli, fast zu Tränen gerührt. »Sie ist meine Frau, und sie muß alles erfahren. Ich kann nichts dafür, daß ich mehr esse als du. Ich esse, weil ich hungrig bin! Und Minnie ißt fast gar nichts!«

»Das gleicht die Sache sicherlich etwas aus«, sagte Andi trocken.

»Vorwärts jetzt! Uli! Heraus mit diesen Papieren.«

»Wie grausam du bist!« erwiderte Uli, und die Tränen traten ihm in die Augen. »Wie grausam du bist! Das kommt davon, weil du immerfort mit Verbrechern zu tun hast und in einem Gefängnis wohnst! Schlechter Einfluß, Andi! sehr schlecht!«

Er rang mühsam nach Selbstbeherrschung.

»Ist es denn wirklich nötig? Muß es eine Viertelmillion sein? Kann es nicht weniger sein? Ich bin hierhergekommen, um mich zu erholen. Ich habe einen Kollegen gebeten, morgen für mich zu predigen, und mich frei gemacht, um eure Gesellschaft zu genießen. Nein, ihr dürft doch nicht ungerecht sein! Ihr könnt mich doch nicht so überfallen. Laßt mich erst einmal den ersten Schrecken überwinden, und dann werde ich versuchen, die Dinge klarer zu sehen. Es tut mir schrecklich leid, daß du solches Pech hattest, Papa! So eine Katastrophe! So ein Unglück! Was soll bloß aus der Welt werden! Untergang, völliger Untergang!«

»Mach keine Szene, Uli«, brummte der Oberst. »Ich habe dich nicht hierher gebeten, um Geld von dir zu borgen. Was ich dir mitteilen wollte, habe ich dir mitgeteilt. Ich glaube, Andis Unterstützung wird mir genügen. Ich werde schon irgendwie aus diesen Schwierigkeiten herauskommen. Aber ich habe euch bisher aus dem Familienvermögen zehntausend Franken jährlich gegeben. Ich weiß, daß du mit diesem Geld sehr viel Gutes getan hast. Aber ich fürchte, dieser Zuschuß muß jetzt aufhören. Ich weiß wirklich nicht, wo ich ihn hernehmen soll. Mama und ich, wir werden uns einschränken.«

»Wir alle werden uns einschränken«, sagte Andi.

»Könnten wir nicht das Schloß verkaufen?« meinte Uli.

Ein ominöses Schweigen folgte auf diese Frage. Er schluckte erregt und wünschte im stillen, sie wäre ihm nicht entwischt.

»Solange Papa und ich am Leben sind, wird es nicht zum Verkauf gelangen«, sagte Andi ruhig.

»Ja, so hab' ich das nicht gemeint – ich meinte nur –«

»Gewiß!« unterbrach ihn Andi. »Und jetzt wollen wir wieder zu den andern hineingehen, sonst werden sie sich wundern, wo wir bleiben.«

»Herr Jeses Gott!« murmelte Uli verzweifelt und raffte sich aus dem Lehnsessel hoch.

Die beiden Brüder verließen das Arbeitszimmer ihres Vaters. Im Nebenzimmer saß Minnie allein und wartete. Als sie die beiden erblickte, sprang sie auf.

»Was soll denn das alles, Uli? Erzähl mir!« rief sie lebhaft.

»Minnie, ich muß zu Bett! Ich muß zu Bett!« sagte Uli verzweifelt. »Komm mit!«

Andi küßte seine kleine Schwägerin auf beide Wangen, steckte die Hände in die Taschen und schlenderte mit seinem leichten, elastischen Schritt in den großen Salon. Er wunderte sich ein wenig über sich selber. Aber er hatte das Gefühl, daß er sich seinem Vater gegenüber nicht anders hätte benehmen können. Jedenfalls hatte er sich nicht der »unverzeihlichen Sünde« schuldig gemacht. Er gehörte immer noch zu einem Menschenschlag, der, wenn er vor bösen Zufällen steht, schnell und richtig aus der Tiefe seines Wesens heraus zu handeln weiß. *Ein* Pferd aber, dazu war er entschlossen, würde er trotz des Zusammenbruchs behalten – Jim Roper, seinen großen englischen braunen Springer, das beste Pferd, das je auf vier Beinen gestanden hat.

5

Frühmorgens saß ein Kuckuck auf einem Baumwipfel vor Andreas' Schlafzimmer und ließ seinen Ruf ertönen, bis ihm die Stimme versagte. Andreas wachte auf, sprang aus dem Bett und betrachtete durch das mittelalterliche Fenster die rosafarbenen Berggipfel und den Wald, der jählings in der Tiefe sich bis an den Rand des Städtchens Valduz hinabsenkte, das in dunstigen Rauch gehüllt dalag. Ein wunderbarer Friede ruhte über der Welt, und die frühe Sonne warf ein dunkelndes Licht über die Frühlingslandschaft, erfüllte einen riesigen dreieckigen Abschnitt des Tales mit einem blendenden Feuerschein. Andreas zog einen alten Anzug an und verließ das Zimmer mit der Absicht, vor dem Frühstück ein Weilchen umherzuschlendern. Er ging durch einen schmalen, teppichbelegten Korridor, spazierte an ein paar Türen vorüber und kam schließlich zu einer mit schweren eisernen Beschlägen verzierten Holztür. Dort blieb er stehen und horchte. Da nichts zu hören war, drückte er sanft die Klinke nieder, betrat ein kleines Vorzimmer, öffnete die zweite Tür und befand sich in einem Schlafzimmer. Das Sonnenlicht strömte durch ein schmales gotisches Fenster herein und fiel mit erschreckender Grelle auf das Bett, in dem Luise schlief. Das war das erstemal, daß Andreas sie schlafend im Bett liegen sah. Ihr Gesicht machte einen etwas verknitterten Eindruck, ihre Haut war blaß, und die geschlossenen Augen ließen sie älter aussehen, als ihren Jahren entsprach. Die langen schmalen Nasenlöcher und die lange Oberlippe verliehen ihr einen strengen Ausdruck. Die Spitzen an ihrem Nachthemd stammten aus der Fabrik ihres Vaters. Andreas schlich sich auf den Zehenspitzen zu ihr hin, beugte sich über sie und küßte sie auf den Mund. Sie fuhr aus ihrem Schlummer auf. Er setzte sich auf das Bett und lachte. Sie verbarg ihr Gesicht in beiden Händen.

»Andi! Wie lange hast du mich angestarrt?«

»Ich bin eben hereingekommen, um dir guten Morgen zu sagen. Du siehst bezaubernd aus! Dein Haar leuchtet wie Kupfer in der Sonne!«

Er nahm sie in die Arme, küßte sie auf den Hals und den Nacken und biß scherzend in ihr Ohrläppchen.

»Ich weiß gar nicht, wo ich bin«, sagte sie, machte sich los und musterte ihn von oben bis unten. »Wie bist du denn angezogen? Ist denn heute nicht Sonntag? Schau dir deine Hosen an! Da ist ja ein großes Loch drin!«

Er betrachtete ihren roten Mund.

»Ein schönes altes Loch! Was liegt daran? Ich gehe zum Gutshof hinunter.«

»Was, vor dem Frühstück?«

»Ja, ich will ein bißchen herumbasteln – die Zündkerzen säubern.«

»Ich wußte nicht, daß Kühe Zündkerzen haben.«

»Ich will die Zündkerzen im Auto nachsehen. Eine scheint nicht recht zu funktionieren.«

»Du hast doch gesagt, du willst auf den Hof gehen.«

»Richtig, das Auto steht in der Scheune. In der Garage ist kein Platz mehr.«

»Oh, ich verstehe!«

Sie begann ihr Haar zurechtzumachen.

»Geh, Andi! Mama schläft im Nebenzimmer. Sie wird uns hören und Fragen stellen.«

»Hoffentlich wirst du ihr recht interessante Antworten geben!« sagte er spöttisch. Denn es lag ihm eigentlich gar nichts an Frau Frobischs Meinung. »Steh jetzt auf! Draußen ist es einfach herrlich. Ich will dir sagen, was wir tun – wir melken zusammen die Kühe und buttern dann ein bißchen.«

»Oh, wie schrecklich!« sagte sie weinerlich.

Er drohte ihr scherzhaft mit dem Finger.

»Ich warne dich jetzt zum letztenmal! Ich werde dich nicht eher heiraten, als bis ich dich eine kleine Bündner Kuh hab' melken sehen!«

Er verließ sie schnell. Im Nu war er zum Zimmer hinaus und hatte die Tür geräuschlos hinter sich zugemacht. Luise begann ein Liedchen vor sich hinzusummen und im Schlafzimmer auf und ab zu gehen. Sie kratzte sich den Kopf, nahm einige Kleider zur Hand, betrachtete sie und legte sie wieder weg, setzte sich schließlich an den Toilettetisch und schaute mit herrischer Befriedigung in den Spiegel. Die Zukunft machte ihr Gedanken, ihre Zukunft. Sie mußte versuchen, Andi aus seinem abscheulichen Beruf herauszureißen und ihn lehren, das Leben mit ihr auf ihre Weise zu genießen. Sie mußte ihn bewegen, sich mit ihr in ihrem heimatlichen Sankt Gallen niederzulassen, wo sie so viele Freunde hatte. Sie mußte ihn veranlassen, sich für geschäftliche Dinge zu interessieren. Er behauptete, er könne Geschäfte nicht leiden, er verstehe nichts davon. Aber Andi mußte Geld verdienen. Er mußte der Kompagnon ihres Vaters werden. Er mußte lernen, mit Geld richtig umzugehen. Sie mußte ihm seine verschwenderischen Sitten abgewöhnen.

Dann nahm sie ein hellgrünes Kleid aus dem Schrank, das eine kleine Schneiderin in Sankt Gallen für sie angefertigt hatte. Und sie dachte an ihr Hochzeitskleid und an die Hochzeit. Ihr Vater hatte nach langwierigen Erörterungen eine Summe von dreißigtausend Franken für die Gesamtkosten der Hochzeit ausgesetzt. ‚Das muß für den ganzen Kram reichen‘, hatte er erklärt. Mit einigem Geschick aber würden sie und ihre Mutter ohne weiteres den ganzen Kram mit zwanzigtausend Franken bestreiten können. Sie hatten alles genau berechnet, Aussteuer, Wagen, Essen, Weine, Trinkgelder, Gäste. Und auch für zwanzigtausend Franken wird es eine Hochzeit werden, wie es sie seit vielen Jahren in Sankt Gallen nicht gegeben hat. Nein, man muß wirklich vernünftiger mit dem Geld umgehen. Sie wird Andi veranlassen, sich Reitpferde zu mieten, das kommt billiger, als Pferde zu halten. Er wird sich seine Kleider bei einem Schweizer Schneider machen lassen und seine Zigaretten in einem Schweizer Laden kaufen. Sie fuhr in einem Sechszylinder-Citroën umher. War das nicht auch für ihn gut genug? Mußte er unbedingt einen Alfa-Romeo-Kompressor-Luxus-Wagen haben?

Unterdessen schlenderte Andreas durch das große Tor, das zum Gutshof führte. Der alte Otto, der Vormann auf dem Hofe, kam aus der Stalltür. Als er Andreas’ hohe Gestalt erblickte, richtete er seinen gebückten Körper auf und faßte an seinen langen, grauen Bart.

»Guten Morgen, der Herr Junker!« rief er.

»Guten Morgen«, sagte Andi. »Wie geht es den Kühen?«

»Das Margeti kriegt eben ein Kalb.«

»Was, diesen Augenblick?«

»Vor einer halben Stunde hat es angefangen.«

»Ist etwas nicht in Ordnung?«

Otto zuckte die Achseln.

»Sie stöhnt und ächzt, und wir haben so heftig an dem Kalb gezerrt, wir drei, daß der Griff abgebrochen ist. Ich will gerade ein Stück Holz für einen neuen Griff aus dem Schuppen holen.«

»Dann mach schnell. Ich werde euch helfen.«

Während der alte Otto auf seinen krummen Beinen zum Schuppen ging, betrat Andi den Stall. Siebzehn Kühe standen in einer langen Reihe, kauend und mit den Schweifen wedelnd. Nur das Margeti lag auf dem Stroh. Das Tier verdrehte die Augen, so daß das Weiße zu sehen war, und sein schwarzes Maul troff von Schaum. Nachdem Andi sich die Sache mit fachmännischem

Blick betrachtet hatte, kniete er sich auf die Flanke der Kuh und begann ihren Bauch zu kneten. Otto kehrte mit einem zerbrochenen Besenstiel zurück und befestigte ihn an dem Strick.

»Sachte jetzt«, sagte Andi. »Das ist eine schwierige Geburt. Sie leidet. Zieht fest, wenn ich es euch sage. Schaut nach, ob die Beine des Kalbes dicht beisammen sind.«

»Ja, beide Beine.«

»Gut also, zieht langsam, ganz langsam. Gleichmäßig! Gleichmäßig!« Er begann beide Knie dem Tier in die Seite zu stemmen. »Zieht! Zieht!«

Die Kuh stöhnte. Ihr Atem ging heiß und schnell, und langsam kamen die Beine des Kalbes zum Vorschein.

»Ich hab' euch immer gesagt, daß er mehr davon versteht als wir alle«, sagte der alte Otto mit schriller Stimme und wischte sich den Schweiß von der Stirne.

»Vorgestern nämlich ist das Margeti hingefallen, sie ist auf dem steilen Pflaster ausgerutscht und bis zur Mauer hinuntergekollert. Deswegen ist das alles so schwierig gewesen.«

»Ein schönes Kalb!« sagte Andi. »Wer ist denn der Vater?«

»Doktor Plantas Preisbulle von der vorjährigen Bezirksschau.«

»Ich kenne den Bullen! Er ist pechschwarz, hat einen Rücken wie ein junger Elefant und ein freches Haarbüschel zwischen den Hörnern. Er heißt Neptun.«

Der alte Otto und die Gutsarbeiter tauschten Blicke miteinander und wischten sich mit den Unterarmen den Schweiß vom Gesicht.

»Hab' ich's euch nicht immer gesagt!« meinte Otto mit ehrlichem Stolz. »Der Herr Junker kennt sich aus. Er ist nicht so in die Autos vernarrt, daß er das lebendige Fleisch und Blut vergißt. Er ist wie sein Großvater, der hat jeden anständigen Bullen in der ganzen Gegend genau gekannt.«

Das Kalb streckte seine langen Beine aus, versuchte aufzustehen und rutschte aus. Der alte Otto kratzte sich den Kopf.

»Schaut euch dieses chaibi Geschöpf an! Es will schon gehen.«

»Heben wir es auf«, sagte Andreas und packte das Kalb bei den Vorderbeinen. »Vorsichtig! Vorsichtig! Oh, geh weg, Noldi, drei genügen!«

Und sie legten das neugeborene Kälbchen neben den Kopf seiner Mutter. Sie begann sofort es abzulecken. Andi tätschelte ihren Rücken. Er fühlte ihr den Puls, während Otto aufzuräumen begann.

»Ich glaube, innerlich bin ich immer noch ein Bauer«, murmelte Andi.

Ihn packte wieder die tiefe Liebe zu allem, was zu seinem heimischen Boden gehörte, Wiesen, Heu, Milch, Käse, Kühe, Bullen, Ziegen. Er erinnerte sich an die Ferientage seiner Kindheit, an die Tage und Nächte, die er hoch oben auf dem schwellenden Rasen im Schatten der Gletscher verbracht hatte. Und wenn nicht Luise gewesen wäre, er hätte sein Auto genommen und wäre die Julier-Straße zu dem alten Familienhof bei Rivar hinaufgefahren, wo die Julia wie flüssiger Kristall durch das bunte Schieferbett jagt und die Forellen zwischen den Blumen, die über das Ufer hängen, in großen Sprüngen Fliegen und Heuschrecken haschen. Ja, er sehnte sich danach, an diesem Tage dort oben allein zu sein, er sehnte sich danach, auf dem Rücken zu liegen, in den schwarzblauen Himmel hinaufzuschauen, den Duft des Tannenharzes zu atmen und nachzudenken. Er hatte über sehr vieles nachzudenken. Nachdem er den Stall verlassen und sich am Brunnen die Hände gewaschen hatte, sah er Otto, den jungen Noldi und Kaspar auf der Holzbank unter dem breiten vorspringenden Dache sitzen. Ottos Frau goß ihnen heißen Milchkaffee in dicke weiße Porzellantassen ein und schnitt auf dem wackeligen Tisch Brotstullen und Käse zurecht.

»Guata Tag, Frau Mariegeli!« rief er. »Schönes Wetter! Aber was ist denn mit mir? Glaubt ihr, ich habe hier umsonst den Tierarzt gespielt? Gibt es für mich kein Frühstück?«

»Ja, für den Herrn Junker!« sagt sie vorwurfsvoll. »Aber wer hätte denn gedacht, daß Er sich zu uns setzen und mit uns essen will? So was ist seit fünfzehn Jahren nicht mehr passiert, und damals war Er ein kleiner Junge und wollte mit den Soldaten des Herrn Oberst losziehen, um die italienische und die österreichische Grenze zu besetzen.«

»Nun, jetzt will ich mich zu euch setzen, wenn ihr mir's

gestattet«, sagte Andi und drückte der Frau des Alten die Hand. »Und mit euch frühstücken! Ich kann nur sagen, die fünfzehn Jahre sind scheinbar recht schnell vergangen. Mir ist, als ob es gestern erst gewesen wäre!«

Sie humpelte davon und kehrte mit einer Tasse, einem Messer und einem Teller zurück.

»Was soll denn das alles, Frau Mariegeli? Hab' ich denn keine Hände, mit denen ich essen kann?«

Andi nahm ein Stück Brot und begann zu essen.

»Aber es ist nicht mehr das Brot von früher«, sagte er mit einem knabenhaften Lächeln. »Zu weiß und trocken. Früher, als wir unser Brot noch selber buken, war es schwarz und saftig und außen ganz hart und verbrannt.«

»Ja, ja, das sind jetzt die Bäcker«, sagte Otto melancholisch. »Die Vereinigung schreibt es so vor. Wir werden industrialisiert.«

»Wenn man bloß überlegt, daß das Getreide für dieses Brot aus Amerika oder aus Kanada oder aus Rußland kommen mag!« murmelte Andi.

»Buab Noldi«, sagte der alte Otto, »du mußt jetzt Ordnung machen, wenn wir rechtzeitig zur Kirche wollen.«

Auf der andern Seite des Gutshofes tauchte die jugendliche Gestalt Luises auf. Sie sah aus wie ein grüner Schmetterling, ganz schlank in den Hüften, und ihr loser, bauschiger, langer Rock reichte ihr bis zu den Knöcheln. Sie hob den Arm und rief: »Andi! Andi! Hallo!«

Andi sprang schnell auf und ging zu ihr hin.

»Das ist nett, daß du kommst, Luise! Du kannst hier frühstücken! Schau dir die Leute an! Das ist Otto, hier seine Frau, Noldi und Kaspar. Margeti hat eben ein Kalb geworfen! Ich habe geholfen. Komm und setz dich zu uns!«

»Andi, um Himmels willen! Wir warten alle auf dich. Das Frühstück wird aufgetragen! Warum ist denn dein Ärmel so schrecklich schmutzig? Jeses, Andi! Schau dir deine Hosen an und deine Schuhe, die sind ja voller Schlamm! Puh! – wie das riecht! Und wir wollen doch jetzt gleich nach Valduz fahren! Weißt du denn nicht, daß Sonntag ist? Wir gehen in die Kirche.«

Langsam sein Brot kauend, blickte er auf seine Hose hinunter und lächelte breit.

»Einerlei, Liebling«, sagte er mit vollem Munde. »Wir haben massenhaft Zeit! Die Kirche fängt erst um zehn an.«

»Man erwartet dich zum Frühstück. Ich habe gesagt, daß ich dich hole!«

»Laß sie warten. Ich kann es nicht vertragen, wenn die Tante aus Basel von ihren Verwandten aus der Dalbe erzählt. Ich bin kein Baseler, ich bin aus trockenem Bündner Fleisch.«

»Du bist sonst immer so elegant«, sagte sie. »Aber schau dich jetzt an!«

»Elegant?«

Er nahm ihren Arm und wollte sie über den Hof zu der Holzbank führen.

»Ich habe weiße Schuhe an«, protestierte sie.

»Was macht das aus, Liebling? Laß sie schmutzig werden! Schuhe sind dazu da, um schmutzig zu werden.«

»Nein, wirklich nicht, Andi, wirklich nicht! Du hast gesagt, du willst die Zündkerzen an deinem Auto putzen!«

»Das wollte ich auch, aber statt dessen hab' ich den Tierarzt spielen müssen.«

»Oh, Andi, wie du riechst!«

»Komm mit, sei nicht langweilig!« sagte er. »Komm und lern unsere lieben alten Leutchen da drüben kennen!«

»Nein, Andi, du verlangst zu viel. Ich warte auf dich im Haus.«

Sie rümpfte einige Male die Nase, dann machte sie kehrt und entfernte sich.

»Beeil dich!« rief sie.

Er ging unter das Stalldach, setzte sich hin und begann seinen Kaffee zu trinken.

»Diese Dame wird meine Frau werden!« erklärte er nachdenklich.

»Hoffentlich kommen Sie recht oft zu uns aufs Schloß«, sagte der alte Otto und kratzte sich durch seinen Bart hindurch das Kinn.

6

Es war schon nach zwölf, aber Andreas blickte immer noch zu den Fenstern seiner Kanzlei hinaus. Seine Kollegen waren bereits zum Mittagessen nach Hause gegangen. Sie waren verheiratet und hatten Kinder und führten ein friedliches, bescheidenes Dasein, wie es ehrenwerten Magistratsbeamten geziemt. Andreas aber hatte noch nicht das Alter geistiger und häuslicher Stabilität erreicht, er spielte gern den Vagabunden, aß hier und dort in einem Restaurant oder suchte einen der wenigen Freunde auf, die er in der Stadt besaß, schwatzte mit ihnen oder spielte bei schwarzem Kaffee und Kirsch eine Partie Karten. Der liebste Aufenthalt in ganz Lanzberg war ihm die Bahnhofswirtschaft. Der Bahnhof machte ihm viel Spaß. Dort pulsierte ein lustiges Leben. Dort trafen während der Saison Fremde aus allen Weltgegenden ein. Der Engadin-Expreß kam um die Mittagszeit an und brachte manchmal interessante Ausländer mit. Und bevor sie umstiegen, belagerten diese Ausländer für gewöhnlich das Büfett und nahmen ihre erste Schweizer Mahlzeit ein. Der kluge Wirt hielt die verschiedensten ausländischen Zeitungen, um seinem Etablissement einen internationalen Anstrich zu verleihen, und Andi las oft nach dem Mittagessen einige dieser Blätter, um sich über die wichtigsten Ereignisse zu informieren, die in der Welt vor sich gingen. Schließlich gab es auch noch einen sehr guten Koch in der Küche der Bahnhofswirtschaft, und das spielte für Andi eine große Rolle, denn er war ein geborener Feinschmecker...

Lautlos verstrichen die Minuten. Andreas' graue Augen leuchteten seltsam, während er auf den Gefängnishof hinunterblickte und seine Zigarette rauchte; in fast heftigen Zügen atmete er den Rauch ein und blies ihn dann langsam aus den Tiefen seiner breiten Brust hervor. Man hätte meinen können, er träume oder grüble in einem Zustand der Selbstbetäubung. Er sah nicht glücklich aus, aber sehr beschäftigt.

Nach einiger Zeit warf er die Zigarette weg und verließ die Kanzlei. Herr Volk erwartete ihn, um ihm das große Tor zu öffnen.

»Guten Appetit, Herr Doktor!« grüßte er.

»Gleichfalls«, erwiderte Andreas und stieg in seinen Alfa Romeo. Die Lanzberger waren bereits in Schwärmen auf ihren Fahrrädern nach Hause getrudelt und saßen jetzt beim Mittagessen. Die asphaltierten Straßen sahen so leer aus, als ob die Pest gewütet hätte. Während er durch die Bahnhofstraße fuhr, gähnten ihn die großen Bankgebäude, das riesige Postgebäude, das Museum und die Mittelschule aus ihrem mittäglichen Schlummer an. In den letzten zehn Tagen hatte die Bahnhofswirtschaft ihn immer stärker angezogen. Er hatte jede Gelegenheit benützt, um dort zu essen, und sich für sein tägliches Mittagsmahl ein kleines Tischchen reservieren lassen. Und oft, sehr oft waren seine Gedanken dorthin gewandert, nicht wegen des ausgezeichneten Essens, sondern wegen eines Mädchens, jenes selben Mädchens, das er im vergangenen Sommer während der Manöver in dem Hospiz hoch oben am Yzollapaß kennengelernt und in lustiger Laune geküßt hatte. Und jetzt, da sie wie alle besseren Kellnerinnen ein schwarzes Seidenkleid und eine weiße Spitzenschürze trug, war er der Meinung, es habe noch nie in einer Bahnhofswirtschaft ein hübscheres Schweizer Mädchen gegeben.

Als er das Restaurant betrat, saß eine schwitzende Menschenmasse eifrig über ihre Teller gebeugt. Sie machten ein großes Geklapper und schienen sehr darauf erpicht, das Essen so schnell wie nur möglich hinunterzuschlingen. Der Duft des ‚Tagesgerichts‘, Schweinskoteletts mit Sauerkraut, hing in der Luft. Sowie Andreas in die Türe trat, sah er Silvelie am Schanktisch stehen und ein Servierbrett mit Tellern beladen. Herr Schans, der Wirt, ein Mann mit einem leuchtend roten Gesicht, drei Doppelkinnen, einer Glatze und mit einem Schnurrbart unter der fleischigen Nase, der dem des seligen Sultans Abdul Hamid glich, zählte etliche Messingmarken, die Privatwährung seines Betriebes, die Silvelie auf den Schanktisch gelegt hatte. Frau Schans stand neben ihm, füllte die Biergläser und köpfte mit einem hölzernen Spachtel die schaumigen Kronen. Kellnerinnen stürzten herbei und riefen mit lauter Stimme die Bestellungen aus. Aber so sehr Silvelie sich in diesem

Augenblick geistig und körperlich auf ihre Arbeit konzentrieren mußte, wandte sie dennoch schnell den Kopf – sie mußte Andreas' Kommen gefühlt haben. Und als er den Hut ein wenig lüftete, um sie zu begrüßen, lächelte sie etwas nervös, machte dann gleich wieder eine ernste Miene, nahm mit beiden Händen, etwas ungeschickt wegen des steifen Armes, das schwere Tablett und steuerte auf einen entfernten Tisch zu, um eine Familie zu bedienen, deren Oberhaupt lauten Protest erhob, weil man ihn so lange habe warten lassen. Silvelie entschuldigte sich und stellte die Schüsseln auf den Tisch. Sie wußte jetzt schon sehr genau, daß viele ihrer Gäste ihre angebliche Unzufriedenheit nur zum Vorwand nahmen, um weniger oder gar kein Trinkgeld geben zu müssen.

Andreas setzte sich an seinen Tisch und griff nach der Karte. Schweinskoteletts und Sauerkraut! Nein, heute nicht. Wenn für manche Leute das Essen nur eine Notwendigkeit und für andere noch überdies ein Vergnügen ist, so war es für ihn eine Kunst, und zwar eine recht schwierige Kunst, denn sie setzte eine umfassende Kenntnis der Rohstoffe und der fertigen Produkte voraus. Die mannigfaltige Vielzahl der Lebewesen auf Erden und in den großen und kleinen Gewässern mußte genau erwogen werden, vierbeinige Tiere, Vögel, Fische und Seegetier. Und aus dieser Vielfalt galt es, das Wesentliche auszusuchen und nach wissenschaftlicher Regel zusammenzustellen: Das war die Kunst, ein Menu zu schaffen. Alles übrige war eine Angelegenheit des Kochens, Dünstens, Bratens und Backens, sozusagen die exekutive Seite der Sache. Zum Glück verfügte die Bahnhofswirtschaft über einen recht guten Exekutivbeamten.

Silvelie näherte sich Andreas und legte das Besteck zurecht. Andreas hatte bisher noch nie Gelegenheit gefunden, sich länger mit ihr zu unterhalten. Er lächelte etwas verlegen. Sie betrachtete seine großen, gutgeformten, sonnverbrannten Hände, seinen Zeigefinger, der über die Karte wanderte, seinen großen Siegelring mit dem viereckigen blauen, von goldenen Blattornamenten umränderten Stein, auf dem ein Wappen eingraviert war. Dann warf sie einen nervösen Blick nach dem Schanktisch, eilte zu einem Nachbartisch und kehrte wieder zurück. »Was essen Sie heute?«

»Sie machen ein so verdrossenes Gesicht, Fräulein, was ist denn los?«

Ihr Blick streifte sekundenlang seine Augen.

»Junge Ente ist heute sehr gut, Herr Doktor.«

»Wirklich? Nun, wenn Sie meinen, bringen Sie mir junge Ente. Aber gut gebraten, bitte.«

»Was essen Sie inzwischen?«

»Nichts! Ich werde von der Ente träumen, bis sie kommt, und einen Tropfen von dem Château la Rose trinken, den ich für gewöhnlich nehme.«

Sie entfernte sich. Er beobachtete sie, wie sie sich nach links und nach rechts neigte, um sich durch die schmalen Zwischenräume zwischen den Tischen hindurchzuzwängen. Sie bewegte sich weich und biegsam wie ein Ding, das draußen in der freien Natur wächst, etwas Wildes und Unberührtes – er konnte sich nicht darüber klarwerden, ob es eine Pflanze oder ein Tier sei. Aber er hatte das Gefühl, daß sie gar nicht hierher paßte. Mit ungewissen Blicken starrte er seine ausgestreckte Hand auf dem weißen Tischtuch an. Als sie einander zum erstenmal begegneten, hatte sie ihn mit weitaufgerissenen Augen angeschaut, ernst, fast überrascht. Sie hatte sich sogleich an ihn erinnert. Und das hatte ihm eine unheimliche Freude bereitet. Er hatte sich ihr vorgestellt. Warum auch nicht? Und sie hatte ihm ihren Namen gesagt.

Silvelie kehrte an seinen Tisch zurück, schenkte ihm langsam den roten Wein ein. Er betrachtete ihre Hüften, folgte der Linie ihrer schlanken Taille, malte sich die verborgenen Reize ihrer wunderbaren Brüste aus, die sich unter dem schwarzseidenen Mieder zu zwei spitzen Hügeln erhoben. Seine Blicke hafteten auf ihren Schultern, auf ihrem glatten weißen Hals, der in stolzer Haltung das lieblich geformte Kinn und das nachdenkliche Antlitz trug, dieses seltsam wilde, melancholische, versonnene und kluge Antlitz. Sie gefiel ihm außerordentlich. Dann aber begegnete er ihrem heimlich abwehrenden Blick und geriet in Verwirrung.

»Sie brauchen sich nicht zu beeilen, Fräulein!« sagte er, und seine Augen baten sie um Verzeihung. »Ich habe sehr viel Geduld.«

»Das ist gut so, Herr Doktor. Auch ich habe Geduld.«

»Warum sind Sie eigentlich hier?«

Sie schaute ihn von der Seite an.

»Jetzt muß ich die Ente holen.« Und sie lief weg.

Was war denn nur an diesem Mädchen, das ihn so mächtig gepackt und ihn so tief und innig berührt hatte? Seltsam, wie oft und wie sonderbar zärtlich er seit dem vorigen Sommer an sie gedacht hatte. Sie hatte wohl die ganze Zeit in einem fernen Winkel seines Herzens gehaust, ohne daß er es merkte. Ah, da war sie schon mit der gebratenen Ente! Er hob die Schüssel mit beiden Händen hoch und bewunderte den Braten.

Sie lächelte ihn fast mütterlich an. Er kam ihr so jung vor. »Sind Sie nicht ein bißchen verwöhnt?« fragte sie und schüttete ihm etwas Wasser in sein Glas.

»Sie verwöhnen mich! Sehen Sie, es wäre doch nett, wenn Sie sich zu mir hinsetzen und mit mir essen könnten.«

»Ja, das wäre nett.«

Er stieß das Messer in die braune Brust der jungen Ente, hielt einen Augenblick inne und blickte stirnrunzelnd auf.

»Haben Sie nicht manchmal einen Tag frei?«

Ihre Miene wurde plötzlich hart.

»Warum, Herr Doktor?«

»Nun – ich habe mir gedacht, wir könnten einmal zusammen ausfahren.«

»Wozu?«

»Um einander kennenzulernen.«

»Ich habe leider nie frei«, sagte sie.

Er errötete ein wenig und begann seinen Braten zu zerlegen. Silvelie ging an einen anderen Tisch.

7

Andreas blieb nach dem Essen sitzen, rauchend und sinnend in der gemächlichen Art eines Menschen mit guter und friedlicher Verdauung. Nach einiger Zeit betrat ein Bekannter das Restaurant, ein gewisser Doktor Henri Scherz. Er war ein Mann von ungefähr dreißig Jahren, hatte einen großen, wohlgeformten, mit weichem eisengrauem Haar bedeckten Kopf und einen schlanken, fast knabenhaften Körper. Sein außerordentlich breites Gesicht war von romanischem Schnitt. Als er Andreas erblickte, machte er eine halb überraschte, halb vorwurfsvolle Miene.

»Hallo, Andi, da bist du ja!« Er hängte seinen Hut an einen Haken. »Du läßt es dir wie gewöhnlich gut gehen?«

»Setz dich! Kaffee und Kirsch?«

»Warum nicht?« Doktor Scherz winkte Silvelie herbei.

Sie näherte sich dem Tisch, und er nickte ihr wie ein alter Bekannter zu.

»Guata Tag! Wie geht es?« sagte er herzlich. »Ich habe mit Madame Robert gesprochen. Sie sagte mir, daß Sie nächste Woche bei ihr anfangen. Das freut mich sehr, Ihretwegen. Ein viel besseres Haus und ein paar sehr nette Mädelchen zur Gesellschaft.«

Sie schaute Doktor Scherz mit recht ernster Miene an und sagte dann ganz einfach: »Ich danke Ihnen sehr, daß Sie mir zu dieser Stellung verholfen haben.«

»Es ist nicht mein Verdienst«, sagte Henri, »bestimmt nicht! Mit Ihrem reizenden Aussehen brauchen Sie keine großen Empfehlungen. Und das ist auch nicht bloß ein Kompliment, dazu kennen Sie mich zu gut.«

Andi zog nachdenklich sein goldenes Zigarettenetui aus der Tasche. Henris gönnerhafter Ton gegenüber Silvelie ärgerte ihn ein bißchen. Warum mußte sich Henri so auffällig benehmen. Die Leute schauten schon zu ihnen her. In einem entfernten Winkel saß ein Mann, der eifrig den Hals reckte, ein Lanzberger. Er hatte bereits mehrmals versucht, Silvelies Aufmerksamkeit auf sich zu lenken. Andi kannte ihn vom Sehen. Die meisten Lanzberger kannten einander vom Sehen. Für gewöhnlich wußten sie auch sehr viel voneinander. Sie vermuteten auch noch mehr, als sie wußten, und liebten es, zu klatschen. Silvelie entfernte sich, um Henris Kaffee mit Kirsch zu bestellen. Andi schaute ihn forschend an. Henri legte die Hände vors Gesicht, rieb sich mit seinen dicken knolligen Fingern energisch die Augen und unterdrückte dann ein Gähnen.

»Ich bin müde«, sagte er. »Ich habe den ganzen Vormittag für den ‚Kurier' über unsere notleidende Bergbevölkerung geschrieben. Vorbereitungen für den nationalen Armensammeltag am ersten August! Unsere Heuchler schreien nach Mitleid. Unsere Intellektuellen machen sich Sorgen um unsere Bergbauern! Bergbauern! Warum um Himmels willen? ‚Warum verlassen sie die Berge?' das möchten die bürgerlichen Herren gerne wissen! Unsere Stadtbewohner haben Angst vor der wachsenden Zahl der Erwerbslosen. Unsere besitzenden Klassen haben eine Todesangst. Unsere Zeitungen mit ihren gelehrten Schaumschlägereien in wirtschaftlichen, literarischen und wissenschaftlichen Fragen sorgen nur für die überfütterten Geister. Schmeicheln immer nur unsern Bankiers und Pfarrern, die alle der Teufel holen soll und die man aus den zivilisierten Ländern davonjagen müßte. ‚Bitte, Doktor Scherz, vermeiden Sie alle st rittigen Themen, unsere Leser wollen das nicht haben!' Das sagt mir der Chefredakteur zehnmal am Tage. Ich soll über historische Gegenstände schreiben, den Mut unserer verfluchten dummen Ahnen loben, die sich immerfort gegenseitig umgebracht und sich als Söldner an ausländische Fürsten vermietet haben. Unsere heldenhaften Bauern! Die Leibwache des Papstes! Nur um den schäbigen Militaristen neue Vorwände zu verschaffen! Aber mutig in die Zukunft blicken, unsere dummen Leser vor der herannahenden Katastrophe warnen, oh, du lieber Gott, nein! Das könnte sie aus ihrem Schlummer wecken und ihr Familienleben stören. Nur nicht unsere Traditionen verletzen, nur nicht unsere Grenzen gefährden, keine Abschaffung der Zölle, keine Abrüstung! Immer der gleiche alte Unfug! Die andern sollen anfangen, dann folgen wir ihrem Beispiel. Und unser ganzes Land ist doch weiter nichts als ein riesiges Hotel! Eine Viertelmillion Betten, die an Ausländer vermietet werden. Achttausend Hotels und Pensionen. Zwei Milliarden Franken investiertes Kapital. Das Bett kostet also im Durchschnitt zehntausend Franken. Schreckliche Überkapitalisierung! Der allgemeine Bankrott ist unvermeidlich. Inzwischen pumpt man den Staat an. Jedes Gewerbe und jede Industrie will staatliche Unterstützung haben. Sie glauben, der Staat ist für jedermann eine fette Milchkuh, diese Dummköpfe! Zu guter Letzt werden sie selber die Zeche bezahlen müssen. Leute wie du werden es zu büßen haben. Ich habe nichts zu verlieren, deshalb bleibe ich auch ein unbeteiligter Zuschauer. Ich mache den Leuten keine Vorwürfe, sie sind dumm. Aber ich beschuldige die Führer, ich beschuldige die Intellektuellen, unsere sogenannten Patrioten. Wir haben einen Mann wie August Forel, einen Mann wie Romain Rolland bei uns, wir haben unsere Nachbarn Bankrott machen sehen... Aber nein! Wir müssen eine Nation sein, selbstgenügsam, mit einer persönlichen Kultur, einer persönlichen Kunst, einer persönlichen Literatur. Meyer und Gotthelf, Keller und Burckhardt, Böcklin und Hodler! Haltet ihre erzenen Schilde blank! Wir müssen eine Goldwährung haben! Unser kleiner Freiburger Finanzrat in Bern, der sich Minister nennt, hat die Kühnheit zu behaupten, daß unser Papiergeld durch das Gold in der Nationalbank doppelt gedeckt sei! Mit unseren Zöllen bezahlen wir Alterspensionen und Beamtengehälter und was weiß ich, was noch alles! Schutz – für wen? Wir sind gezwungen, für unsere Armee mehr Geld auszugeben als je zuvor! Und trotzdem haben wir die Stadt Genf an die ausländischen Kapitalisten vermietet, um ihnen eine Schwatzbude zu liefern. Wir Esel! Wir haben jede Gelegenheit versäumt, um eine moderne Nation zu werden. Esel, die wir sind!«

Er hielt einen Augenblick inne, während Silvelie ein kleines Tablett mit Kaffee und Kirsch vor ihn hinstellte. Andi lächelte zufrieden.

»Wie geht es deinem alten Vater?« fragte er.

Henri starrte ihn eine Sekunde lang etwas verblüfft an, aber er war es gewöhnt, bei seinen leidenschaftlichen Ausbrüchen durch Andi mit derartigen Bemerkungen unterbrochen zu werden. Er schlürfte seinen Kirsch.

»Oh, der alte Herr!«

Er schnitt eine Grimasse und fügte sich dann gut gelaunt dem jähen Wechsel des Themas und der Unterhaltung.

»Heute früh hatte er wieder einmal einen Anfall von Vergeßlichkeit. Er kroch aus dem Bett, erwischte seine Krücken und spazierte umher. Er fand meine Kognakflasche und begoß die Geranien in der Galerie mit Kognak. Samisoff kam natürlich zu spät hinzu. Er ist nie da, wenn man ihn braucht.«

Er verstummte und folgte Andis Blicken.

»Du schaust sie gern an, wie!« sagte er mit spöttischer Miene.

»Was mag nur mit ihrem Arm los sein!« meinte Andi sinnend.

»Sie hat sich ihn gebrochen. Als Kind.«

»Hat sie dir das erzählt?«

»Ja. Ich habe mich gestern abend längere Zeit mit ihr unterhalten.«

»Ob vielleicht Professor Gruber den Arm wieder reparieren könnte! Ich bin fast davon überzeugt. Es ist doch keine eigentliche Lähmung, wie?«

»Warum forderst du sie nicht auf, zu ihm zu gehen?« schlug Henri vor und tauchte ein Stück Zucker in den Kirsch. »Du hast massenhaft Geld, du kannst dich bereit erklären, die Sache zu bezahlen.«

»Vielleicht werde ich das später einmal tun.«

»Oh, wie zaghaft und diskret! Warum so zeremoniös? Sie gehört zum Volk.«

»Leider bin ich Beamter in dieser Kleinstadt und muß mich in acht nehmen«, sagte Andi und blickte nachdenklich vor sich hin.

»Du scheinst sie schon recht gut zu kennen. Du hast ihr eine Stellung in Madame Roberts Konfiserie besorgt, wie? Bist du schon mit ihr im Kino gewesen? Wer ist sie denn überhaupt?«

Henri spielte mit Andis Zigarettendose.

»Sie spricht nicht über ihre Familie«, sagte er. »Und warum soll sie auch? Sie sagte mir, sie stamme aus der Gegend des Yzollapasses. Ihr Vater war Sägemüller und scheint ein roher Patron gewesen zu sein. Im Herbst vorigen Jahres hat er seine Familie

288

verlassen und ist verschwunden, niemand weiß, wohin. Eins ist sehr interessant: Sie hat Lauters, den Maler, gut gekannt.«

»Meinst du Lauters, der voriges Jahr gestorben ist?«

»Ja. Er hat ihr anscheinend sein Chalet auf dem Yzollapaß und eine Unmenge Bilder hinterlassen.«

Andi verzog ganz unmerklich den Mund.

»Hat *sie* dir das erzählt?«

»Ja. Es überrascht dich, wie?«

»Glaubst du, daß es stimmt?«

»Schau sie dir an! Kann dieses Geschöpf lügen?«

»Ich weiß es nicht. Ich habe schon hinter den unschuldigsten Blicken ganze Berge von Lügen entdeckt. Meine Verbrecher bemühen sich immer, unschuldig dreinzuschauen. Außerdem erzähle auch ich Lügen, massenhaft.«

»Geh!« sagte Henri und blies ihm den Rauch seiner Zigarette ins Gesicht. »Das Jus hat alle Menschlichkeit in dir erstickt. Du bekommst einen richtigen Polizeigeist, mißtrauisch gegen die Tugend, argwöhnisch gegen die Unschuld.«

»Wenn sie Lauters' Bilder geerbt hat«, sagte Andi langsam, »warum treibt sie sich dann in Lanzberg umher? Warum bedient sie in der Bahnhofswirtschaft? Lauters' Bilder sind sehr viel Geld wert. Glaubst du wirklich, berühmte Maler hinterlassen Dienstmägden ihre Bilder? Das war sie nämlich! Ich weiß es. Vorigen Sommer während der Manöver habe ich sie im Yzolla-hospiz bedienen sehen.«

»Du bist ein Snob!« sagte Henri und stimmte ein schrilles, trockenes Lachen an, das ganz sonderbar klang, wie Vogel-gezwitscher, und das nur selten zu hören war.

»Mein Vater hat vor Jahren in Zürich ein Bild von Lauters gekauft und zehntausend Franken dafür bezahlt, eine große Landschaft«, sagte Andi ungerührt.

»Wenn du das Gehirn eines Bürgers öffnen würdest«, sagte Henri, »so würdest du alle die verschiedenen Zentren voll von Zahlen und Geldsummen finden, denn der Bürger denkt nur in Geldbegriffen.«

»Aber sie braucht nur ein einziges Bild zu verkaufen und ist alle ihre materiellen Sorgen los«, fuhr Andi hartnäckig fort.

»Nun, offenbar hat sie irgendwelche Gründe, warum sie Lauters'
Bilder nicht verkaufen will.«

»Was für Gründe? Hat sie sie dir gesagt?«

»Nein. Aber sie spricht mit solcher Wärme und Verehrung von
Lauters, daß ich mir denken könnte, seine Werke seien für sie
ein Heiligtum.«

»Dann zählst du sie offenbar nicht zu deinen bürgerlich gesinnten
Lebewesen«, sagte Andi. »Das ist ja interessant! Aber wenn
Lauters ihr seine wertvollen Bilder hinterlassen hat, warum hat
er ihr nicht auch ein wenig Geld vermacht?«

»Das hat er getan.«

»Was hat sie mit dem Geld gemacht?«

»Sie hat es mir nicht erzählt, aber ich glaube, es ist irgendwas
passiert, und sie hat es auf einen Schlag verloren.«

»Hat sie erzählt, wieviel es war?«

Henri trank seinen Kirsch aus und wischte sich mit Andis
Serviette seinen Mund.

»Noch etwas?« fragte er. »Warum fragst du sie denn nicht
selber?«

Andi schaute nach der Uhr.

»Ich muß mich auf die Beine machen«, sagte er. Er versuchte,
Silvelies Blicke auf sich zu lenken, und machte ihr ein Zeichen,
als schriebe er etwas in die Luft.

Sie verstand ihn, nickte ernst und machte ihm die Rechnung
zurecht. Er bezahlte auch Henris Kaffee und Kirsch, und Henri
protestierte dagegen wie gewöhnlich.

»Warum mußt du für mich bezahlen, Andi?«

»Unsinn! Mir macht es nichts aus.«

»Aber du bezahlst immer.«

»Warum nicht?«

Henri zuckte die Achseln.

Sie standen auf.

8

Schloß Richenau stand auf dem Gipfel einer Kuppe, die zwischen hohen, schroffen Bergen ungefähr dreihundert Meter aus dem breiten Tale emporstieg. Seine Mauern und Türme blickten auf einen Wald grüner Lärchen und dunkler Tannen, in die an manchen Stellen die Buchen ihr helleres Grün mischten. Am Fuße der Kuppe nistete das uralte Städtchen Valduz, über das in vergangenen Jahrhunderten alle möglichen Naturkatastrophen hereingebrochen waren. Wüste Überschwemmungen hatten seine Häuser weggeschwemmt, Feuersbrünste hatten es in Asche gelegt, und die Waffen der Menschen hatten es mehrere Male verwüstet. Immer wieder aber war das Städtchen neu aufgebaut worden, und heute besaß es eine breite Hauptstraße mit freundlich bemalten spitzen Häusern, mehreren kleinen Hotels und Wirtshäusern, einer großen, weißen protestantischen Kirche und zahlreichen Läden für die Touristen. In Valduz trafen sich zwei Täler. Die Gewässer, die aus diesen Tälern stammten und sich oberhalb der Stadt miteinander vereinigten, waren von geschickten Ingenieuren gezähmt worden und produzierten jetzt hundertfünfzigtausend Pferdekräfte elektrischen Stroms. Die steinernen Häuser hatten vom Feuer nur noch wenig zu fürchten. Außerdem waren sie versichert, und es gab eine Feuerwehr, die der Schullehrer befehligte. Ein feindlicher Überfall war erst recht nicht zu erwarten. Denn es ist höchst unwahrscheinlich, daß in Valduz oder in seiner Umgebung jemals ein moderner Krieg ausgefochten werden wird.

Eines Morgens waren die Valduzer bereits in aller Frühe auf der Hauptstraße versammelt, spazierten zwischen den fahnengeschmückten Häusern auf und ab und bewunderten mit ernster Miene das Begrüßungs- und Glückwunschtransparent, das über die Straße gespannt war. Das Polizeikorps war durch eine Anzahl Leute aus der Nachbarschaft verstärkt worden. Die Polizisten standen mit festlichen Gesichtern umher, trugen Galauniform, komplett mit Säbel und Revolver. Das Festkomitee marschierte, geführt von seinem Präsidenten Rümpli, durch den geschmückten Haupteingang des »Ochsen« und wurde von dem Wirt empfangen, der in Hemdsärmeln dastand. Sie scharten sich sogleich unter der niedrigen Decke des Stübli zusammen, um sich ausgiebig zu erfrischen, bevor sie an ihre schwerwiegenden Pflichten gingen. Unterdessen versammelte sich der Valduzer Jungfrauenchor im Schulhaus. Draußen standen in Gruppen die jungen Männer beisammen, hörten zu, wie die Mädchen mit aufgeregten Stimmen schwatzten, warfen heimliche Blicke auf einen Ellbogen, auf einen Hals, auf die langen schwarzen Röcke, die in geradem Wurf von den Hüften niederfielen, und auf die mit Edelweiß bestickten, fest verschnürten Mieder. Ab und zu erschien an einem Fenster oder in einer Tür ein rotbackiges Gesicht, ein weiblicher Kopf, überschattet von einem flachen, mit Kirschen verzierten, tellerförmigen Hut, der auf zwei dicken, über den Ohren wie Schneckenhäuser geflochtenen Haarzöpfen saß, ein rosiger Arm flog senkrecht empor, und eine Hand schwenkte wild die Graubündner Fahne mit dem Steinbock, der auf seinen Hinterbeinen steht. Der Präsident von Valduz bahnte sich in seinem erst kürzlich erworbenen Sechszylinder-Chevrolet vorsichtig hupend seinen Weg durch die Hauptstraße zum Bahnhof, wo er die Abordnungen aus Rhazuns, Trums, Thusis und Fürstenau empfangen sollte, die alle mit dem Zug um elf Uhr siebzehn erwartet wurden. Die Lanzberger »Concordia« erschien in einem riesigen offenen Kremser. Die Mitglieder standen aufrecht im Wagen, ihr Chef hatte sich auf seinen Sitz geschwungen und dirigierte von dort aus den Berner Marsch »Tram tram trabidida«. Vor dem Garten des »Ochsen« hielt der Kremser, aber die Spieler zeigten keinerlei ungebührliche Hast, sich zu erfrischen. Sie schienen vielmehr durch ihre Lungenkraft und ihre musikalischen Fähigkeiten auf die Valduzer Eindruck machen zu wollen.

Da kein Marsch die kriegerischen Gefühle barbarischer Herzen tiefer zu rühren vermag als das »Tram tram trabidida«, fuhren sie fort zu blasen, bis die Töne ihrer mit Speichel verstopften Messingungetüme zu zittern begannen. Dann beschrieb endlich Herr Güggel aus Lanzberg mit seinem dicken Dirigentenstab

einen heftigen Halbkreis in der Luft und machte der ehrfurcht-
gebietenden, imposanten Darbietung seiner Kapelle ein Ende.
Er erteilte ein militärisches Kommando, die Lanzberger »Concordia« stieg von dem Kremser herab und stürmte Hals über
Kopf in den Biergarten des »Ochsen«.

Um zwölf Uhr füllte bereits eine dichte, schwitzende Menschenmenge die Straße von Valduz. Aus den benachbarten Tälern
trafen Delegationen ein. Der Bauernbund schickte eine, der
Töpferverband gleichfalls. Langweilige Beamte geruhten zu
erscheinen, gewichtige Persönlichkeiten mit bedeutender Miene,
desgleichen einige magere Exemplare mieselsüchtiger Bürokraten, die in Begleitung ihrer mieselsüchtigen Frauen hinter
ihren Chefs und Unterchefs einhermarschierten. Doktor Scherz
und Silvelie trafen mit einem der verbilligten Sonderautobusse
ein. Er hatte sie eingeladen, denn er wollte sie einmal ausführen.
Silvelies Wangen glühten, aber ihre Erregung hing keineswegs
mit dem fünfundsiebzigjährigen Jubiläum des Valduzer Musik-
vereines zusammen. Ganz andere Erwartungen hatten diese
Röte verursacht: Doktor Scherz hatte ihr mitgeteilt, daß sie
wahrscheinlich Andi begegnen würden.

Nichts interessierte sie außer dem Gedanken, Andi zu sehen.
Denn seit sie begonnen hatte, ihn in der Bahnhofswirtschaft zu
bedienen, hatte er von ihrem ganzen Wesen Besitz ergriffen,
tiefer und gewaltiger, als sie jemals irgendeinem Menschen
gegenüber zugegeben hätte. Nein, nie würde sie es zugeben.
Sie hielt ihr großes Geheimnis verborgen. Es war ihr etwas
Großes widerfahren, wie es einem sicherlich nur einmal im
Leben widerfahren kann.

Jetzt ging sie mit Henri die Hauptstraße entlang.

»Wo gehen wir hin?«

»Wir haben kein besonderes Ziel«, sagte er. »In dem Programm
steht, daß die Festlichkeiten um zwei Uhr auf der Entenwiese
beginnen. Das ist die Gemeindewiese, wo alle Feiern stattfinden, eine Art Fußballplatz. Ich erinnere mich noch, sie liegt
an dem Ende eines kleinen Gäßchens links von der Kirche.«

Eine Kapelle zog vorbei, blasend, marschierend, die Jubiläums-
fahne schwenkend. Die Zuschauer kicherten, lachten und

klatschten Beifall. Es waren die Valduzer in ihren neuen Uniformen, dunkelgrüner Waffenrock, Militärmütze, Hosen mit orangefarbenen Streifen, orangefarbene Schnüre vor der Brust, orangefarbene Epauletten. Hochrufe ertönten. Henri und Silvelie traten zur Seite.

»Finden Sie, daß sie richtig spielen?« fragte er.

»Mir scheint nicht.«

»Die Hörner sind qualvoll. Aber wir wollen nicht kritisch sein. Sie tun ihr Bestes. Ihre Brust ist von Stolz geschwellt. Komischer Gedanke, daß jeder einzelne von ihnen nicht nur ein Messinginstrument blasen, sondern auch lesen und schreiben kann. Kultivierte Leute, diese Valduzer! Sie haben auch ihr ,Valduzer Tageblatt'. Auflage ungefähr tausend. Zur Pflege der öffentlichen Meinung! Ich habe für das Blatt geschrieben. Warum, um Gottes willen, haben sie sich bloß für ihre Musikkapelle richtige Polizeiuniformen ausgesucht? Sie hätten sich doch zu etwas Besserem aufschwingen können. Ich glaube, alles, was an Polizei erinnert, gibt ihnen ein Gefühl der Sicherheit. Hier wie überall herrscht der Polizeigeist. Ordnung, Ordnung! Nur ja kein Abenteuer! Jeder Mensch in Europa wird zum Polizisten. Liebes Fräulein Lauretz, wir stecken immer noch im Mittelalter. Wir haben alle Gelegenheiten verpaßt, um während des Weltkrieges aus der Schweiz ein großes Land zu machen. Von der Dorfschule bis zur Universität haben wir alle Gelegenheiten verpaßt. Mein Gott! Sehen Sie sich diese brummigen, stiernackigen Bauernlümmel an, die dort aus dem Biergarten kommen. Gestickte Samtkragen, Augen wie wütende Rhinozerosse. Wunderbar! Völlig wunderbar! Wie kommt man bloß zu solchen Stiernacken und stolzen Bäuchen? Ich kriege kein Pfund Fleisch auf meine Rippen, so viel Mühe ich mir auch gebe. Ich werde mich irgendwo hinsetzen müssen, Fräulein, ich fühle mich heute nicht sehr kräftig. Ich habe die Nacht kaum geschlafen, meinem Vater ist es auch nicht gut gegangen. Wollen wir uns in diese Konditorei dort begeben und etwas essen? Sie sind sicherlich hungrig. Ich nicht. Aber Sie müssen etwas essen.«

»Gut, gehen wir!« sagte sie und schaute ihn etwas ängstlich an. Sie gingen über die Straße zu einem Laden, der die englische

Aufschrift trug: »Afternoon Teas and Toasts.« An der Eingangstür stand: »English spoken. Man spricht deutsch. Ici on parle français.« Es saßen nur wenig Gäste in dem Laden, und die beiden fanden ein kleines Tischchen neben dem großen Fenster, durch das sie einen guten Ausblick auf die Landschaft und die benachbarten Berge genossen.

»Um diese Zeit beginnen die Leute sich vollzustopfen und aus bloßer Gewohnheit zu essen«, sagte Henri und wischte sich mit einem seidenen Taschentuch die blasse Stirn.

Er entfaltete das Taschentuch nicht, sonst hätte Silvelie vielleicht die Initialen erblicken können, die nicht die seinen waren, sondern die Andis. Er bestellte belegte Brötchen und Milchkaffee und blickte dann verloren zum Fenster hinaus. Silvelie sah ihn besorgt an.

»Sollten Sie nicht zum Arzt gehen?« meinte sie.

Er lächelte.

»Seit zehn Jahren tue ich überhaupt nichts anderes als zu Ärzten laufen, und jetzt bin ich schon selbst ein Spezialist geworden. Über Ärzte und Patienten läßt sich nur eines sagen: Beide sind in der Welt völlig überflüssig. Es wäre durchaus möglich, sie beide abzuschaffen. Man muß aufhören, minderwertige Geschöpfe wie mich in die Welt zu setzen, dann hat der ganze Jammer ein Ende. Aber Artikel 54 der Verfassung lautet: ‚Das Recht zur Ehe ist durch die Verfassung geschützt. Dieses Recht darf weder aus kirchlichen noch aus wirtschaftlichen Rücksichten eingeschränkt und darf auch nicht aus Gründen des Verhaltens oder der polizeilichen Sicherheit behindert werden.‘ Das heißt, daß jeder das Recht hat, eine Familie zu zeugen, mag er noch so krank oder noch so kriminell veranlagt sein. Deshalb muß man alles tun, was man kann, um dem Gesetz Jehovas zu gehorchen: ‚Seid fruchtbar und mehret euch‘, einerlei wie. Setzt zu Tausenden Henris wie mich in die Welt! Die Irrenanstalten, die Gefängnisse, die Spitäler, die Kirchen und die Kanzleien brauchen Henris. Ehrt die Einrichtungen der Menschheit!«

Er schaute Silvelie in die Augen.

»Regen Sie sich nicht auf«, rief er. »Sie brauchen sich keine Sorgen zu machen. Sie sind ein vollendetes Exemplar.«

»Meister Lauters hat oft mit mir über solche Dinge gesprochen«, sagte Silvelie, seine persönliche Bemerkung ignorierend.

»Er war ein Genie, und das Genie ist eine Ausnahme«, sagte Henri. »Aber in einer Welt, wie wir sie heute haben, brauchen wir keine Genies. Meister Lauters hätte die Welt zweifellos verbessern können, wenn man ihm dazu Gelegenheit gegeben hätte, aber wir andern wären ja nie mit ihm einer Meinung gewesen.«

»Deshalb hat er sich eine eigene Welt geschaffen, eine Phantasiewelt.«

»Das konnte er mit seinem Talent machen. Aber die, die kein Talent haben, was sollen die anfangen? Wenn sie intelligent genug sind, müssen sie ungefähr só werden wie ich. Sie müssen innerlich krank werden und sich verzweifelt an die paar schönen Dinge klammern, die einen noch erfreuen können. Ja, wenn ich stark wäre! Wenn ich körperliche Kräfte besäße, wenn ich ausdauernd wäre, was würde ich nicht alles machen! Ich würde mich an die Spitze einer neuen Bewegung stellen. Ich würde alle einsamen Menschen um mich sammeln, die besten unter uns, die so wie ich denken und fühlen. Ich würde mein Leben einer großen Sache weihen! Ich würde für sie meine Gesundheit oder meine Kräfte verschwenden, mich für sie verzehren! Aber ich bin bereits geopfert worden. Ich bin immer ein Opfer gewesen. Ich bin von Anfang an ein krankes Lamm gewesen. Nur bin ich nicht einer großen Sache geopfert worden. Nein, man hat mich ganz einfach als krankes Ding in die Welt geschleudert. Ich bin durch und durch degeneriert. Mein Vater war früher einmal Bezirksleiter im Postdepartement, meine Mutter war die Tochter eines Schullehrers, eine Angehörige jener wutschnaubenden Klasse, die unserem Lande seine moralischen Gesetze vorschreibt. Sie war sehr kränklich, und was meinen Vater betrifft –« Henri schauderte. »Ich bin das Resultat der zwei Hauptmängel unserer Zeit – Egoismus und Unwissenheit. Außerdem sind meine Eltern in ihrem Bestreben, ihre Sünde, nämlich mich, wieder gutzumachen, dem bestialischen Instinkt ihrer Klasse gefolgt und haben aus mir einen Intellektuellen gemacht. Ich bin ein völlig nutzloser Doktor der Naturwissenschaften, ein arbeitsloser, zielloser, gelehrter Narr. Manchmal glaubte ich, der einzige Unterschied zwischen mir und dem ungebildeten Mann von der Straße besteht darin, daß ich mir meiner Nichtigkeit bewußt bin, während er seine Nichtigkeit nicht fühlt und sich sogar einbildet, er spiele eine wichtige Rolle im Weltall. Und das muß er sich ja einbilden, der Dummkopf, denn überall, wohin er auch blickt, überall findet er seinesgleichen. Die Esel, die uns führen, verkünden, daß das Demokratie ist.«

Silvelie war durch das melancholische Leuchten in den Augen ihres Begleiters tief gerührt. Auch seine traurige trockene Stimme rührte sie. Sie legte an ihn, wie an alle Menschen und Dinge, die Maßstäbe an, die sie von Meister Lauters geerbt hatte. Und sie merkte zu ihrem Schmerz, wie wenig sie eigentlich seit dem Tode des Meisters richtig gelebt hatte, wie völlig einsam sie gewesen war und dennoch so voll von Gefühl und Sehnsucht, das Herz bleischwer in der Brust.

Sie begann an einem belegten Brötchen zu knabbern. Henri schob das seine beiseite.

»Ich habe keinen Hunger«, sagte er. »Wenn Sie nichts dagegen haben, werde ich mir einen kleinen Kognak bestellen. Das ist die einzige Medizin, die mir gut tut.«

»Ist sie nicht etwas stark?«

»Für mich nicht. Wenn Sie erst einmal bei Madame Robert sind, werden Sie sehen, wieviel ich vertragen kann, ohne mit der Wimper zu zucken.«

»Ich kann Trinken nicht ausstehen!«

»Selbstverständlich. Sie brauchen auch keinen Alkohol. Sie sind aus Milch und Butter gemacht. Trotzdem werden Sie sich Ihr Brot damit verdienen, daß Sie anderen Leuten Alkohol servieren, und wenn Sie konsequent wären, dürften Sie das nicht tun.«

»Daran habe ich noch nie gedacht«, sagte sie und betrachtete seine großen Pferdezähne.

»Oh, nicht böse sein. Ich will Sie nicht kritisieren. Es ist nicht Ihre Schuld. Unsere Zivilisation ist so eingerichtet, daß sie zwar auf der einen Seite Vorteile gewährt, aber auf der andern Seite die Menschen zwingt, Übles zu tun, ob sie wollen oder nicht. Wahrscheinlich kann nur ein Einsiedler sich diesem Konflikt entziehen. Das Fleisch und der Geist sind in unserem Leben so sehr miteinander vermischt, daß einem nichts übrigbleibt, als Kompromisse zu schließen. Alles ist Kompromiß. Schauen Sie sich Andi an. Abermals ein Beispiel für das, was ich sage. Ich habe Andi sehr gern. Ich will sogar behaupten, daß unsere Freundschaft in unserer heutigen Welt recht altmodisch ist. Aber dafür gibt es hunderterlei Gründe. Ein wunderlicheres Paar kann man sich schwerlich vorstellen. Er ist doch wirklich ein großer, gesunder Kerl, kerngesund, ein Tier, das man unwillkürlich bewundern muß. Sein Gehirn funktioniert viel normaler als das meine. Er ist in einem Schloß zur Welt gekommen. Ich habe meine elenden Augen zu einer Vierzimmerwohnung aufgeschlagen, mit der Aussicht auf ein Hintergäßchen voll Wäsche, die auf Drähten zum Trocknen hing, zerrissenen Hosen und allem möglichen derartigen Kram armer Leute. Unsere Freundschaft begann, als wir zusammen auf der Universität waren. Ich werde Ihnen erzählen, wie das kam. In einer rivalisierenden Studentenvereinigung gab es einen Kerl, der meinen Anblick nicht ausstehen konnte – was ich gewissermaßen durchaus begriff, wenn ich auch nicht damit einverstanden war... Dieser Kerl verfolgte und terrorisierte mich, sooft er nur Gelegenheit dazu fand. Eines Tages saß ich allein an einem kleinen Tischchen in einem Café in Zürich. Andi saß mit zwei Kameraden an einem Nachbartisch. Ich kannte ihn damals noch nicht persönlich. Ganz plötzlich kam mein Feind heran, die Mütze schief in den Nacken geschoben. Er erblickte mich sofort und ging auf mich zu. ‚Hallo, junger Sowieso!‘ sagte er, steckte die Spitze seines Spazierstocks in meine Tasse und rührte den Kaffee um. Dann entfernte er sich achselzuckend und setzte sich an einen Tisch zu einer Schar von Freunden, die aus voller Kehle lachten. Ich hätte am liebsten mitgelacht. Ich sah sehr wohl die komische Seite der Sache – ein Bärenkerl insultiert einen Schwächling wie mich, der nicht die leiseste Hoffnung hegen kann, ihm jemals gewachsen zu sein. Zugleich aber überwältigte mich ein so scheußliches Gefühl der Demütigung, daß

ich in Tränen hätte ausbrechen mögen. Ich verfluchte in Gedanken meine Eltern, weil sie mich in die Welt gesetzt hatten. Und ich fühlte, wie mir das Blut ins Gesicht schoß. Wenn ich einen Revolver bei mir gehabt hätte, wäre ich auf der Stelle zum Mörder geworden. Ich erinnere mich noch heute an den Ausdruck von Andis Augen. Er saß an einem Nebentisch, den Oberkörper vorgebeugt, das Gesicht in die Hände gestützt und die Ellbogen gegen die Knie gestemmt. Er schaute mich fest an. Mit schwerem Blick. Sie erinnern sich an seine großen, runden, grauen Augen? Eine Mischung von Panther und Taube und stets voll von Fragen! Mir war, als seien alle Leistungen der Menschheit, als sei alle Zivilisation in diesem einen starren Blick seiner Augen vereinigt. So viel Kraft, so viel Güte! Mir wurde ganz heiß. Er stand auf und kam zu mir herüber. Er fragte mich sehr höflich, ob ich einen Streit mit dem Kerl gehabt hätte, der mir den Kaffee umrührte. Ich erwiderte – nein, er sei mir nicht einmal bekannt, und ich wolle ihn auch gar nicht kennenlernen.
‚Warum lassen Sie sich diese Beleidigung gefallen?‘
Ich erwiderte, daß ich der stoischen Schule angehörte, daß ich mir meiner Unterlegenheit bewußt sei und mich sehr schwach fühlte. Tatsächlich hatte mir gerade am Tage zuvor ein Arzt seine krummen Instrumente in die Nase gebohrt, bis an den Rand des Gehirns, und mich geätzt.
‚Kommen Sie, setzen Sie sich an meinen Tisch‘, sagte Andi. Er nahm mich am Arm, führte mich zu seinen Freunden, und ich nannte ihm meinen Namen.
Dann machte Andi kehrt, ging auf meinen Feind zu und forderte ihn höflich auf, sich sofort bei mir zu entschuldigen. Der Kerl musterte Andi von oben bis unten in einer für Andi höchst beleidigenden Weise. Ganz plötzlich kam der Tiger in Andi zum Vorschein. Er sprang auf den Kerl los, packte ihn beim Kragen, riß ihn empor, schleppte ihn zum Fenster – Sie wissen, so ein großes Caféfenster, das vom Fußboden fast bis zur Decke reicht – und schleuderte den Burschen durch das Fenster auf die Straße. Die Glasscherben klirrten. Andi kam wieder an unseren Tisch und setzte sich hin. Natürlich gab es einen großen Skandal.

Die Polizei erschien. Andi ließ sich abführen. Sein Vater, der Oberst, unser schweizerischer Moltke, Gott segne ihn, löste ihn telephonisch aus. Kein Wort gelangte in die Presse, obgleich dieser Kerl zwei Wochen im Spital lag und geflickt werden mußte. In der Verfassung heißt es, Artikel Nummer vier: ‚Alle Schweizer sind vor dem Gesetze gleich. Es gibt keine Vorrechte der Stellung, Geburt, Herkunft oder Person.' Natürlich weiß jeder Schweizer, daß das bloße Rhetorik ist, und Andi kam mit einer Geldbuße und mit einer Verwarnung durch den Rektor der Universität davon.«

Henri schlürfte langsam seinen Kognak und blickte zum Fenster hinaus.

»Das waren Zeiten! Wenn wir doch nie älter würden, sondern immer ungefähr zwanzig Jahre alt blieben und uns den Idealismus der Unerfahrenheit bewahren könnten. Aber ich glaube, ich habe mich viel weniger verändert als Andi. Sie können sich nicht vorstellen, was er ein oder zwei Jahre nach dem Kriege für ein Mensch war. Er schien der Führer der neuen Bewegung werden zu wollen. Sonderbar, je mehr Jus er studierte, desto radikaler wurde seine Feindschaft gegen alles Konventionelle. Ein Bolschewik oder Nihilist wirkte in seiner Gesellschaft wie ein milder Vegetarier. Körperlich überragte er die meisten von uns. Keiner hat unsere großmäuligen Patrioten jemals so heftig angegriffen, wie das Andi damals zu tun pflegte. Zwei Jahre lang war er wie von einem heiligen Feuer besessen, verkündete Utopia, den Bankrott des Kapitalismus, den Zusammenbruch der westlichen Zivilisation. Oswald Spengler hatte ihn infiziert. Er schimpfte auf Wilson und Clemenceau und die Engländer, warf sich auf die Soziologie, lernte Esperanto, tobte wutschäumend gegen Zölle, Steuern und bürokratische Tyrannei. Er studierte internationales Recht, und als wir in Leipzig waren, bildete er dort einen Zirkel von zwanzig Teilnehmern, und wir versammelten uns gewöhnlich in einem Weinkeller, rauchten Pfeife und fabrizierten so viel geistigen Dynamit, daß man damit die Welt hätte in die Luft sprengen können. Ich bereitete mich auf den Universitätsprofessor vor. Eine Idee meiner Eltern! Staatsdienst, Sicherheit und Pension, das Ideal einer

bestimmten Menschenklasse. Stellen Sie sich vor, ich sollte die Jugend lehren, daß die Familie die Grundlage der menschlichen Gesellschaft sei, daß der Staat heilig sei, und daß Gott im Himmel auf seine Kinder herabblicke. Ich war dazu einfach nicht imstande. Wenn ich trotz meiner Skepsis Lehrer geworden wäre, würde ich mich als ein überzähliges Glied eines überalterten Systems fühlen, voll konventioneller Lügen und Vorurteile – ein Schul-‚Meister‘, einer unserer zahllosen kleinen Autokraten, die in den Schulzimmern über die Sprößlinge anderer Leute regieren. Ja, wenn ich ein Pädagoge nach meinem Sinn hätte werden können, der sich um alle die staatlich vorgeschriebenen Formeln und um die ganze moralische Heuchelei nicht kümmert, dann hätte mich das vielleicht interessiert. Aber die Schulausschüsse, die die staatlichen Systeme und das Privatleben der Lehrer bespitzeln, sorgen schon dafür, daß das bürgerliche Krämer- und Hotelier-Ideal nicht durch die Anwendung wissenschaftlicher Vernunft und gesunden Menschenverstandes geschädigt wird. Diese alten Schnüffler sind im Grunde genommen richtige Barbaren. Sie sind in ihrem Klassenbewußtsein rücksichtslos blinde Egoisten und haben eine Todesangst vor grundlegenden Veränderungen. Sie fürchten sich davor, weil sie wissen, daß sie durch diese Veränderungen ihr Eigentum einbüßen und für ihre Verbrechen bestraft werden könnten. Wundert es Sie, daß ich an keiner unserer respektablen Hochschulen eine Stellung finden konnte?
Ich habe an meinen Idealen festgehalten. Das Ergebnis sehen Sie vor sich. Ich bin nichts und will auch nichts sein. Aber Andi! Du lieber Gott, sehen Sie doch bloß, wie weit er es gebracht hat!«
Henri lächelte spöttisch.
»Ich weiß nicht, wie er es angefangen hat. Er machte in Deutschland sein Doktorat, mit Auszeichnung, über das Thema ‚Recht und menschliche Freiheit‘. Aber in Deutschland hat man die alten Gesetze satt und sehnt sich nach neuen Gesetzen, die den Menschen frei machen. Poincaré war in das Ruhrgebiet einmarschiert, die Mark ging zum Teufel, das ganze Land war von einer physischen, moralischen und geistigen Erschütterung gepackt. Den Deutschen ist nur noch der Zorn geblieben.

Wenn es einen unverwundbaren Menschen gäbe, einen Menschen, den man nicht töten kann, der die Kugeln mit der Hand auffängt und auf den Gegner zurückschleudert – dieser Mensch würde zum Gott erklärt und würde heute wahrscheinlich Kaiser der Welt werden. Ich bin Bibliothekar gewesen, Handlungsreisender, Magazinredakteur (das Magazin ist natürlich eingegangen), Literaturhistoriker an einem unserer großen bürgerlichen Blätter. Ich war Sekretär einer Gesellschaft, die sich die Aufgabe stellte, geistig minderwertigen Personen Beschäftigung zu verschaffen. Ein Mißerfolg nach dem andern! Aber Andi ist dank seiner Beharrlichkeit in einer sicheren und ehrenhaften Staatsstellung gelandet. Untersuchungsrichter! Achttausend Franken jährlich für den Anfang, mit der Aussicht, in zwanzig Jahren ungefähr fünfzehntausend zu bekommen und Gerichtspräsident zu werden. Daneben hat er ein großes Privateinkommen und ein Schloß, wird Staatsrat werden und in seiner militärischen Laufbahn es wahrscheinlich bis zum Obersten bringen. Der uralte Unfug geht weiter. Die Familie ist die Grundlage des bürgerlichen Lebens und das gute alte Helvetia ist eine Vereinigung zahlreicher Familien.«

Henri goß den Rest seines Kognaks hinunter.

»Kyrie eleison! Einer muß Andis Seele retten, bevor er in dem fetten Tümpel unserer Bourgeoisie ertrinkt. Wenn ich es schaffen kann, wird mein Leben einen Zweck gehabt haben.«

»Warum verachten Sie das Familienleben?« fragte Silvelie, zog die Schultern hoch und verschränkte ihre Hände über dem einen Knie.

Sie schaute sich unruhig um, ihr Blick hatte etwas Gehetztes, sie wippte nervös mit dem Fuß.

»Weil unser Familienleben in der Regel seine Interessen nicht den Interessen der Allgemeinheit unterordnet. Wenn die Mitglieder einer Familie für ihre Mitmenschen ebenso eifrig tätig wären, wie sie für sich selber tätig sind, dann wäre das bewundernswert. Für gewöhnlich aber tun sie es nicht. (Bis auf einige wenige natürlich, und die sind zu bewundern.) Schauen Sie sich Andis Familie an! Wo diese Leute hausen! In einem alten Schloß, das früher einmal eine Räuberhöhle war. Ich weiß, was in diesen reizenden Kreisen vorgeht, unter den reichen Verwandten, die meist einige Millionen besitzen. Der Oberst selbst bezieht Jahr für Jahr riesige Gelder aus den verschiedenen Aufsichtsräten, denen er angehört. Ganz zu schweigen von den Dividenden und Zinsen, die sein Vermögen ihm abwirft. Seine sogenannten Pflichten gegenüber seiner Familie und gegenüber dem Vaterland sind nicht viel mehr als eine Schutzwand, hinter der er und seine Geschäftsfreunde die Allgemeinheit ausbeuten. Familienmoral! Amtsstubenmoral! Soldatenmoral! Auf den Lippen die religiösen und ethischen Grundsätze, feine und rührende Phrasen. Elterliche Autorität! Strenge Erziehung der Kinder – das heißt, die Kinder ducken und brutalisieren, bis sie in die bösen Fußtapfen ihres Vaters treten. Aber nein! Andi jedenfalls ist nicht in die Fußtapfen seines Vaters getreten. Auch sein jüngerer Bruder Uli nicht. Der hat sich in die Kirche geflüchtet und ist Pfarrer geworden – dem Oberst muß das fast das Herz gebrochen haben, falls er eins besitzt. Was Uli gemacht hat, nenne ich von einem Egoismus in den andern springen. Andi arbeitet doch wenigstens für seine Verbrecher. Das hat etwas für sich. Er behandelt sie mit viel Teilnahme, wenn er sie auch nachher verurteilen muß. Dieselbe alte Methode – durch Strafe bessern. Jeder Mensch, der noch etwas taugt, müßte heute an die Ursachen unserer Übel herangehen, faule Wurzeln ausgraben und frische einpflanzen und nicht an den Wirkungen der Fäulnis herumpfuschen. Jeder echte Kerl müßte mithelfen, einen neuen Staat zu schaffen, eine neue Menschheit, eine neue Welt, in der es unsere heutigen Mißstände nicht mehr gäbe. Den Krebs operieren! Amputieren! Unsere Welt ist krank und verkrüppelt. Sogar ich, das Unvollkommenste aller Menschengeschöpfe, habe ein Recht, nach einer besseren Welt zu streben. Andi gehört zu den Leuten, die sagen: ‚Ich tue, was ich kann, was verlangt man denn von mir?‘ Ah!«

Henri zog seine Börse und bezahlte die Zeche. Dann streichelte er verstohlen mit den Fingerspitzen Silvelies Hand, wie einer, der ein Idol berührt.

»Ich habe unheimlich viel Unsinn geschwätzt«, entschuldigte er sich. »Ich weiß nicht, warum, Sie haben mich anscheinend ermuntert, einige der überschüssigen Gedanken, die ich mit mir herumtrage, abzulagern. Wollen wir jetzt von hier weggehen? Es ist Zeit, nach der Entenwiese zu wandern. Ich möchte unsere Bonzen auf der Tribüne sitzen sehen. Sicherlich werden wir unter ihnen auch Andi und seine Familie finden. Andi liebt poetische Volksfeste.«

Sobald sie auf der Straße waren, schüttelte Silvelie schnell die trübe Stimmung ab, die sich ihrer während Henri Scherz' Geplauder bemächtigt hatte. Soeben marschierte in festlicher Prozession der Jungfrauenchor unter Führung des Lehrers vorbei. An der Spitze des Zuges schmetterte die Lanzberger »Concordia« Barblans aufrüttelnde Volkshymne hinaus, während die Valduzer in ihren neuen Uniformen schweigend und mit soldatischem Schritt unter ihrer flatternden Seidenfahne einherstolzierten, die Brust gewölbt, die Stiefel aufs Pflaster knallend, fest entschlossen, alle ihre musikalischen Freunde auf der Entenwiese kleinzukriegen. In dem Zuge schritten die örtlichen Würdenträger, Staatsbeamte, Bezirks- und Sektionspräsidenten, unter ihnen Nationalrat Rümpli, ein strengblickender, dicker, kleiner Mann, von Beruf Weinhändler; er hielt einen schwarzen Regenschirm aufrecht an den Leib gepreßt wie ein Offizier, der mit gezogenem Säbel paradiert. Neben ihm marschierte Oberst von Richenau, groß, hager, mit einem schwarzen Anzug und einem schwarzen steifen Hut bekleidet.

Die Entenwiese war voller Menschen. Von den Masten flatterte das weiße Kreuz im roten Feld, umgeben von den Fahnen des Kantons und der Gemeinden. Die großen Zelte waren bis zum Bersten mit schwitzenden Bürgern besetzt, die an langen, schmalen Tischen saßen und mit ihren Fäusten schäumende Biergläser umklammerten. Weißbeschürzte Männer und Frauen rasten mit riesigen Tabletts umher, die mit Würstchen, Brot, Käse, Bier und Wein beladen waren.

Punkt zwei Uhr dreißig begann das Programm.

Henri und Silvelie mischten sich unter die Menge. Der Jungfrauenchor eröffnete das Fest mit dem Gesang der Volkshymne auf der erhöhten hölzernen Plattform gegenüber der mit Fahnen und Girlanden geschmückten Tribüne, auf der der

Festausschuß, die Bürokraten und Würdenträger untergebracht waren.

»Würden Sie nicht gerne mitsingen?« fragte Henri Silvelie.

»Sie haben doch bestimmt eine schöne Singstimme.«

»Sie scheinen sich alle sehr wohl zu fühlen.«

»Warum bloß?« sagte er trocken.

»Hören Sie sie nicht gerne singen?«

»Wenn sie bloß nicht so feierlich dastünden! Es soll doch ein Freudenfest sein, und dabei klingt es, als wollten sie gleich zu heulen beginnen. Warum denn alles so ernst nehmen? Warum denn nicht ein bißchen lustig sein?«

Sie gingen weiter. Der Gesang verstummte, und die Gesichter der Menge wandten sich der Tribüne zu. Oberst von Richenau stand barhäuptig auf der Rednerkanzel, um als Präsident eine offizielle Ansprache zu halten. Silvelies Blicke musterten die Tribüne, und mit einem Male erblickte sie Andi, der sich sehr lebhaft mit einer weißgekleideten jungen Dame an seiner Seite unterhielt.

»Bleiben wir hier«, sagte Silvelie und packte Henri beim Arm.

»Wollen wir nicht auf die Tribüne gehen? Dort sitzt Andi, sehen Sie ihn?«

»Wie können Sie ihn denn unter den vielen Menschen sehen?«

»Dort – sehen Sie, in der ersten Reihe, zwischen zwei Damen!«

Ein wunderlicher Schmerz durchzuckte Silvelie. Sie zog nervös die Brauen hoch.

»Jetzt glaube ich Ihren Freund zu erkennen. O ja, ich seh ihn schon. Die Dame rechts von ihm ist seine Mutter?«

»Ja.«

»Und die Dame links von ihm, ist das seine Schwester?«

Henri verzog etwas spöttisch seinen Mund.

»Nein – sie stammt aus Sankt Gallen. Sie heißt Frobisch. Luise Helene Frobisch. Das klingt recht heroisch, aber sie ist eine – nun, eine recht gewöhnliche Person, obwohl sie selber mir darin nicht beistimmen würde. Und Andi ebensowenig, wie ich fürchte.«

Henri kniff die Augen zusammen. Silvelie schaute ihn von der

Seite an. Ihr war, als habe sich plötzlich eine schwere Last auf ihre Seele gewälzt. Ihre Qual verdoppelte, verdreifachte, vervielfachte sich unermeßlich. Sie biß einen Augenblick die Zähne zusammen.

»Ist sie sein Mädchen?« fragte sie dann.

»Ja – ja, bis jetzt wenigstens, soviel ich weiß«, sagte er. »Sie sind verlobt.«

‚Was bin ich für ein Dummkopf‘, dachte Silvelie. Sie blickte weg und schaute verloren den Obersten an, der soeben seine Rede begonnen hatte – mit einer schwachen, leisen Stimme, die bereits in einer Entfernung von zwanzig bis dreißig Schritten kaum noch zu hören war.

Voller Dankbarkeit, sagte er, dürften sie auf die bisherigen Leistungen des Valduzer Musikvereins zurückblicken. Es könne nicht sonderlich schlecht bestellt sein um ein Volk, das so große Verehrung für die Musen beweise. In jüngster Zeit sei viel Kritik an der Demokratie geübt worden, unter dem Volk herrsche große Unruhe, aber der Patriotismus sei das richtige Gegenmittel. Eine durch die Furcht Gottes geheiligte Solidarität müsse auch weiterhin uns Schweizer zusammenhalten, so wie sie ehemals die Eidgenossen zusammengeschweißt habe. Es sei wichtig, den Ernst der Stunde zu erkennen und Gott zu danken, daß es im Lande noch Männer gebe, die die Verantwortung auf sich zu nehmen bereit seien. Niemals dürfe man mit dem Leben und dem Eigentum leichtfertig umgehen. Jeder müsse sein eigener Hüter sein und sich vor dem Geiste des Aufruhrs schützen, der unter bestimmten Klassen der Allgemeinheit im Anwachsen begriffen sei. »Uns steht ein geistiger Kampf bevor!« rief er mit einer ruckartigen nervösen Handbewegung. »Auf der einen Seite bedroht uns die Macht des Goldes, auf der anderen Seite die Zersetzung unserer heiligen Ideale. Deshalb dürfen wir unsere Waffen nicht weglegen, sonst werden andere sie aufheben und gegen uns kehren. Unsere Wehrfähigkeit soll für niemanden eine Drohung sein, sondern wir wollen immer nur bereit sein, unsere Pflicht zu tun und das heilige Erbe unserer Väter, das Vaterland, zu schützen. Und hier haben wir uns versammelt, um im Geiste allgemeinen Frohsinns das

Jubiläum unseres Musikvereins zu feiern, dem ich, mein Vater und mein Großvater als lebenslängliche Mitglieder angehört haben. Ein Anlaß wie dieser erfüllt unsere Herzen mit Stolz. Er verkündet unseren Glauben an die moralische und politische Festigkeit unseres Staatslebens. Er zeigt, daß unsere Demokratie Freiheit für alle gewährt, und legt abermals Zeugnis ab für unseren nationalen Geist, den alle Fremden, die in unser Land kommen, bewundern. Lang lebe unser Vaterland!«

Er brachte ein Hurra aus, und die Versammlung stimmte ein. Drei Hurras stiegen zum Himmel empor. Fast im selben Augenblick stimmten die vereinigten Kapellen der Lanzberger und Valduzer den Jubiläumsmarsch an. Valduzer Jungfrauen trugen Blumen zur Tribüne und verteilten sie unter die Damen und Herren, während Nationalrat Rümpli einen wackligen Kneifer auf seine kleine Stupsnase setzte und mit dem Manuskript seiner Rede nervös zu hantieren begann. Es war das eine Lobrede auf die Musik nebst einem Anhang bezüglich der Maßnahmen, die die Regierung beabsichtigte, um der Entvölkerung der Gebirgsgegenden Einhalt zu tun. Sowie die Kapellen verstummten, trat er vor und begann mit einer hitzigen, bellenden Stimme zu reden. Er hielt sein Manuskript hoch in die Luft empor, und diese Gebärde verlieh seinem sonst recht unbedeutenden Aussehen einen Anstrich feierlicher Wichtigkeit. Henri legte die Lippen dicht an Silvelies Ohr.

»Das Komische bei unseren Rednern ist für mich folgendes: Sowie sie den Mund aufmachen, weiß ich bis zum letzten Satz fast alles, was sie sagen werden, im voraus. Das heißt, daß das alles schon einmal gesagt worden ist. Es ist wie ein altes Lied, das man auswendig kennt. Aber diese Demagogen glauben wirklich, sie sagen es zum erstenmal, und eine Unmenge von Leuten läßt sich zu der gleichen Ansicht verführen. Unsere Zeitungen setzen die Reden auf die erste Seite und liefern einen ernsten Kommentar dazu. Wenn Sie wirklich interessante Reden hören wollen, müssen Sie in die Arbeiterviertel unserer Städte gehen und den Kerlen zuhören, die auf leeren Bierkisten stehen und von dort aus ihre Reden halten.«

»Hallo, Henri!« ertönte Andis Stimme hinter ihrem Rücken.

»Was machst denn du hier?«

Henri und Silvelie drehten sich um. Henri legte den Finger an die Lippen.

»Sprich nicht so laut. Stör nicht den Redner.«

Sie reichten einander die Hände. Andi nahm Silvelies Hand und drückte sie warm.

»Wie kommen denn Sie hierher?«

Seine grauen Augen strahlten vor Lebendigkeit.

»Er hat mich mitgenommen«, sagte sie.

»Großartig! Großartig!« Er beugte sich zu ihr. »Ich habe Sie von meinem Platz aus gesehen. Wenn ich gewußt hätte, daß Sie und Henri hierherkommen, hätte ich mich frei gehalten. So haben wir leider nachher einen Empfang bei uns zu Hause.«

»Aber Herr Doktor«, sagte Silvelie. »Bitte machen Sie sich meinetwegen keine Mühe. Ich hoffe, Doktor Scherz wird auch zu dem Empfang gehen. Ich finde mich allein nach Lanzberg zurück.«

Er sah recht verlegen drein. Sie beobachtete seine Augen, sie sah seinen Blick zu der Tribüne wandern, sie wußte, wem dieser Blick galt.

‚Was bin ich für eine Närrin!' dachte sie bitter.

Tagelang hatte Andi ihr Leben ausgefüllt. Jetzt war das mit einem Schlag vorbei. Alles ringsumher war leer und sinnlos geworden. Sie machte kehrt, ließ die beiden Männer stehen und drängte sich durch die Menschenmenge. Sie gelangte bis an das große Zelt und setzte sich dort auf eine der ungehobelten Holzbänke. Ihr Herz, das heimliche Liebes- und Jubellieder gesungen hatte, war verstummt.

‚Oh, wie dumm von mir, mir solche anmaßende Gedanken in den Kopf zu setzen! Wie konnte ich nur!' Sie bemühte sich, Andi böse zu sein. Hatte er sie denn überhaupt ansehen müssen? Hatte er denn überhaupt mit ihr sprechen müssen?

‚Dumme Sivvy!' sagte sie zu sich. ‚Nur du bist schuld daran. In deiner Einsamkeit bildest du dir Dinge ein, die es gar nicht gibt.'

Sie öffnete ihr Handtäschchen und holte ein vertrocknetes Stück Brot hervor, das Andi in der Bahnhofswirtschaft hatte auf dem Tisch liegenlassen und auf dem die Abdrücke seiner

Zähne zu sehen waren. Es fühlte sich steinhart an, und sie warf es unter den Tisch, zögernd, wie ein Mensch, der einen kostbaren Schatz opfert. Sie tastete mit dem Fuß nach ihm und zertrat es mit der Spitze ihres Schuhes. Dann bereute sie sofort, was sie getan hatte, und es war ihr zumute, als habe sie ein nie wieder gutzumachendes Zerstörungswerk vollbracht. Sie stützte das Kinn in die Hand und betrachtete mit abwesenden und verzweifelten Blicken die Menschen, die sich zu Hunderten rings um sie her bewegten. Aber das einzige, was sie deutlich vor sich sah, war die Gestalt einer schlanken, weißgekleideten jungen Dame – die Beine übereinandergeschlagen, die eine Schulter zu ihm hingewandt, ihr Gesicht nahe dem seinen, um den roten Mund ein Lächeln, das Andi galt... Sie bedeckte ihr Gesicht mit der Hand und biß die Zähne zusammen. ‚Alles vorbei‘, sagte sie. ‚Aus, zu Ende, ein Traum.‘

»Da ist sie!« hörte sie plötzlich Henris Stimme sagen. »Läuft uns weg!«

Andi und Henri kamen auf sie zu und setzten sich rechts und links von ihr nieder. Henri tätschelte ihre Hand.

»Was ist denn los?« sagte er. »Warum sind Sie weggelaufen?«

»Ich wollte mich ein Weilchen hinsetzen.«

»Ja, wenn man Rümpli über seine eigenen Verdienste reden hört und über die Bemühungen der Regierung, unserem Bergvolk die Existenz zu sichern und seine heimische Kultur zu fördern, dann kann einem wirklich heiß werden«, sagte Andi jovial. »Nun, Fräulein Lauretz, stärken wir uns ein wenig! Etwas trinken? Ich habe einen höllischen Durst.«

Er rief eine Kellnerin an, die gerade vorüberkam.

»Was soll es sein, Fräulein?«

»Für mich nichts, danke«, erwiderte Silvelie und wich seinen fragenden Blicken aus.

»Nichts? Wie können Sie so etwas sagen! Nach diesem weiten Weg hierher wollen Sie nichts zu sich nehmen! Kellnerin, Kellnerin! Eine Flasche Schampus, so kalt wie möglich und schnell!«

Er warf einen Blick auf seine Armbanduhr.

»Ich habe ein paar Minuten Zeit.« Dann beugte er sich zu Henri.

»Sonderbar, daß man dich auf einer patriotischen Feier findet! Was hat dich veranlaßt, von deinen Grundsätzen abzugehen?«

»Die Macht der Reklame«, sagte Henri spöttisch.

»Ich freue mich jedenfalls, dich zu sehen.«

»Es war ihr letzter freier Tag«, erklärte Henri, »deshalb habe ich sie gebeten, mit mir mitzukommen. Sonntags kann man ohnedies in Lanzberg nichts anfangen.«

»Und wie gefällt es Ihnen, Fräulein Lauretz? Kümmern Sie sich nicht um Henris höhnische Bemerkungen über uns arme Menschlein. Er hat nun einmal einen verdrossenen Charakter. Sagen Sie mir, wie Ihnen diese Art von Festlichkeiten gefällt.«

»Ich bin noch nie auf einem Fest gewesen«, erwiderte sie. »Es ist sehr amüsant.«

Andi bemerkte den bitteren Zug um ihre Lippen. Er sah bewundernd ihre reizende Nase, ihr Kinn und ihren weißen Hals

»Nett von Henri, daß er Sie mitgebracht hat«, sagte er und blickte weg.

»Sehen Sie mal, Fräulein Silvia!« Henri zeigte auf die Bergkuppe, die hinter Valduz emporstieg. »Dort oben steht sein Schloß. Dort ist er geboren worden. Wie finden Sie es?«

Sie blickte zu den Turmzinnen auf, die aus dem Walde hervorlugten.

»Wie steil es dort oben ist!« murmelte sie.

»Ich fahre Sie einmal hinauf!« sagte Andi mit einem breiten Lachen.

Der Champagner wurde aufgetragen. Andi gab der Kellnerin eine Fünfzigfrankennote.

»Für das Fest, Maidi!« sagte er. »Ich möchte die ganze Welt heute glücklich sehen.«

»Da müßten Sie viel Geld hergeben, wenn Sie das Unglück der Welt auslöschen wollten!« sagte Silvelie, und jetzt lächelte sie ein wenig.

Andi wiegte lachend den Kopf hin und her.

»Nett, wenn Sie so lächeln, Fräulein Lauretz!«

Er neigte sich zu ihrem Ohr, während er den Champagner einschenkte, stieß mit ihr an und leerte sein Glas auf einen Zug. Sie begann an dem Wein zu nippen.

»Viel Glück!« sagte sie. »Sie haben heute mehr als einen Menschen glücklich gemacht.«

»Nun, was soll denn das heißen?«

Andi stellte sein Glas hart auf den Tisch und starrte sie an.

»Chaibi Donnerszüg!« sagte er zu Henri. »Wenn ich bloß den Abend mit euch verbringen könnte!«

»Ich würde es nicht aushalten«, erwiderte Henri trocken. »Meine Gesundheit würde dabei kaputtgehen.«

»Wir werden uns ein andermal schadlos halten«, sagte Andi. »Wir drei! Nur wir drei! Wir werden das in Lanzberg arrangieren. Wir machen uns selber ein Fest, jawohl! Was meinen Sie dazu, Fräulein Lauretz?«

»Man sagt, drei ist eine schlechte Zahl«, erwiderte sie.

Er schaute nach seiner Uhr und stand auf.

»Auf baldiges Wiedersehen!« rief er, und einen Augenblick später sah Silvelie seine hohe Gestalt in der Menge untertauchen.

»Sie dürfen ihn nicht für einen Snob halten«, sagte Henri.

»Warum sollte ich ihn für einen Snob halten?«

»Ich meine, weil er uns nicht zu dem Empfang eingeladen hat!«

»Warum sollte er uns einladen?«

»Er kann es meinetwegen nicht tun.«

»Ihretwegen?«

»Ja. Seine Familie hält mich für einen ganz unmöglichen Menschen. Ich war früher ziemlich oft mit ihnen zusammen, aber meine ,Anschauungen' bringen sie in Wut. Jetzt bin ich Andis bolschewistischer Freund. Diese Leute nennen alles bolschewistisch, was nur einigermaßen modern und idealistisch ist. Sie haben ihre steifleinene Überzeugung und können keinen Widerspruch vertragen – und schon gar nicht können sie es vertragen, wenn man ihnen beweist, daß sie mit ihrem schäbigen Egoismus im Unrecht sind. Andi hat mich trotzdem oft ins Schloß eingeladen, aber ich will dort nicht mehr hingehen. Jetzt weiß er, daß ich es mir zur Regel gemacht habe, nie mehr mit den Leuten zu verkehren, unter denen er sich bewegt.«

»Ich finde Ihren Freund sehr nett, aber ein wenig impulsiv«, sagte Silvelie.

»Er versteht sich wunderbar auf Kompromisse. Ich mache ihm

keinen Vorwurf daraus, und ich will auch nicht behaupten, daß er keinen Charakter habe. Er spielt um größere Einsätze als ich armer Hund. Seine ehrliche Freigebigkeit entschuldigt ihn. Er hat eine lockere Hand, aber er vergißt sich nie.«
Die Valduzer hatten nun das Podium erklommen und tischten das musikalische Zugstück des Abends auf: »Fantasie über Faust.« Sie hatten sich eine gewaltige Aufgabe gestellt, und nur ab und zu, an den komplizierten Stellen, rutschten sie ein wenig aus. Schließlich brachten sie die Sache zu einem recht würdigen Abschluß und entfesselten einen Beifall, wie man ihn seit langer, langer Zeit auf der Entenwiese nicht mehr gehört hatte. Als wieder Stille eintrat, stieg Herr Präsident Balzar auf das Podium und rezitierte ein langes Festgedicht, an dem er seit drei Monaten gearbeitet hatte.

9

Am späten Nachmittag fand in den großen Räumen des Schlosses Richenau ein Empfang statt. Da nicht genügend Diener verfügbar waren, um eine Schar von über hundert Menschen bei einem Bankett richtig zu bedienen, und da die Zeiten nicht gerade rosig waren, hatte man in dem großen Saal ein kaltes Büfett errichtet, das eine solche Vielfalt von Fleischgerichten, Salaten, Kuchen, belegten Broten, Würsten und anderen ausgewählten Leckerbissen zur Schau stellte, daß der Betrachter in einen Zustand peinlicher Unschlüssigkeit geriet, bevor er seine Wahl treffen konnte. Madame von Richenau war eine gute Gastgeberin. Ihre wachsamen Augen achteten darauf, daß jeder satt wurde, und die anderen Mitglieder der Familie ermunterten ihre Gäste, aus allen Kräften zuzupacken und sich nach Lust und Laune zu bedienen. Ja, sie holten sogar eigenhändig Teller, Messer und Gabeln herbei und reichten sie den kleineren Leuten, die an die üppige Nahrung und an die prächtige Umgebung nicht gewöhnt waren. Selbst Luises Mutter trug ein Tablett mit gefüllten Gläsern umher und bot sie den Herren an, die in Gruppen beieinander standen. Auch Luise entwickelte sehr viel

Energie und spielte mit Stolz die Rolle einer zweiten Gast-geberin. Andis Mutter merkte das und lächelte heimlich.

Auch Andi beobachtete Luise sinnend. Ihre Kleidung war ein-wandfrei, ihre Bewegungen waren recht vornehm, wenn auch manchmal etwas ruckartig. Ihre Bildung war solide, obgleich sie zum größten Teil aus einer Anzahl recht alltäglicher Gemein-plätze bestand. Sie war zweifellos ein praktischer Mensch. Aber regte sich jemals in ihrer Seele ein tieferer Gedanke oder eine erhabene Idee?

Sie hatte eine nüchterne, trockene Art. Ihre Handschrift wirkte aristokratisch. In ihren moralischen Anschauungen war sie so weit konventionell, daß er sich ihrer ewigen Treue sicher fühlte. Ihre Angehörigen – Gott segne sie – waren natürlich recht ge-wöhnliche Leute und wußten es nicht. Aber darauf kam es nicht so sehr an, obgleich es ihm zuweilen recht lästig fiel. Wie Schlangen bewegten sich jetzt ihre mageren Arme über die Tasten. War sie musikalisch? Er mußte sich gestehen, daß ihr Spiel ihn noch nie auch nur im mindesten bewegt hatte. Man behauptete, sie sei musikalisch und hätte eine große Pianistin werden können. Aber es wird ja oft sehr viel Unsinn geredet. Er hatte wenig Vertrauen zu dem Urteil der »Leute«. Er wußte, daß Luise nicht eigentlich musikalisch war. Er fühlte, daß er in seiner Seele für jedes Gran Musik, das sie in sich hatte, eine ganze Tonne besaß, wenn er auch nur Gitarre spielen und kleine Liedchen singen konnte. Seine Ohren waren taub für ihren Chopin, seine Augen blind für seine Umgebung...

Eine tiefe Enttäuschung überschlich ihn. Seine Gedanken irrten zu der Entenwiese zurück, zu dem Volksfest, zu der sonder-baren Silvia Lauretz. Und es packte ihn plötzlich das Verlangen, allein zu sein.

»Pourquoi si triste, mon petit André?«

Es war die Stimme seiner Mutter.

»Ich bin nicht trist«, sagte er, »ich will nur etwas Luft schnappen. Diese Masse Menschen, die heute bei uns ist«!

»Hat dir Luises Spiel nicht gefallen?«

»Doch, sehr.«

313

»Warum bist du weggelaufen?«

Sie schaute ihren Sohn forschend an.

»Du weißt, ich kann viele Menschen auf einem Haufen nicht leiden«, sagte er mit unterdrückter Ungeduld.

Sie beobachtete ihn genau.

»Du bist nicht glücklich.«

»Mutter, nur Dummköpfe sind glücklich.«

Sie legte die Hand auf seine Schulter.

»Ich verstehe durchaus, was du meinst.«

Er schaute sie fest an. Ihre hohe Gestalt, ihre schönen Schultern, ihre mütterliche Stärke entzückten ihn. Sie war eine ideale Mutter.

»Mach dir keine Sorgen, Mama. Es wird alles gut gehen. Mag geschehen, was will, ich finde mich schon zurecht. Wahrscheinlich werde ich sehr bald meine kleinen Eitelkeiten überwunden haben und mich endlich an den Ernst des Alltags gewöhnen. Während die Welt zusammenkracht und zahllose arme Teufel im Gefängnis graue Haare kriegen, werde ich versuchen, mich für die neuesten Sankt Gallener Spitzenmuster zu interessieren. Wenn bloß der alte Frobisch nicht wie ein Schweineschlächter aussähe! Sankt Gallen! Ich werde nicht nachgeben. Ich werde nicht in Sankt Gallen wohnen und in die Firma Frobisch eintreten. Ich will nicht in diesem todlangweiligen Nest leben, wo kein Mensch zu leben versteht. Dazu habe ich meine Bündner Berge, meine Bündner Freiheit viel zu lieb!«

»Andi, liebst du Luise nicht?« fragte sie und betonte dabei das ‚nicht‘.

»Bleib gesund, Mama, bleib gesund, damit du den Schrecken aushältst, wenn ich dir eines Tages sage, daß ich sie nicht liebe.«

Er warf den Zigarettenstummel weg.

»Zwischen uns gibt es keine Geheimnisse, wie du weißt! Ehrliche Freundschaft, und immer klaren Wein!«

Er sah sich um, wie um festzustellen, ob man sie belausche. Sie standen auf einem hohen Balkon und hatten von dort einen freien Ausblick auf die Landschaft mit ihren Wäldern, Tälern und Bergen. Ein Habicht zog weite Kreise am abendlichen Himmel.

314

»Da wir allein sind, Mama, will ich dir lieber gleich alles sagen. Logik ist eine schöne Sache. Sie bewahrt einen vor Illusionen. Du weißt, ich bin kein Heiliger. Du bist ein großzügiger Mensch, und Leute wie die Frobischs stehen tief unter dir.«

»Und was folgt jetzt nach dieser weitläufigen Einleitung?« fragte sie ironisch.

»Es kostet mich allerhand, Luise zu lieben. Ohne Zweifel. Sie ist schrecklich verwöhnt und egoistisch. ‚Ich, ich, ich‘, immer ‚ich‘! Nie du. Meine Bemühungen, sie zu ändern, sind nutzlos. Sie ist ein harter Mensch. Kristallhart in ihrem Egoismus. Ich habe versucht, ihr auf zarte Weise klarzumachen, daß es außer ihr auch noch andere Menschen gibt. Ich habe versucht, ihr klarzumachen, daß auch ich unabhängig von ihr mein besonderes Dasein besitze. Sie kann das nicht begreifen. Ich verlange von einer Frau in erster Linie, daß sie ein Herz hat. Luise hat kein Herz. Du merkst das an der Art, wie sie Chopin spielt.«

Er hielt inne und nahm den Arm seiner Mutter.

»Es hat etwas Verächtliches, reich zu sein, wenn man ein vollendeter Egoist ist, und es hat etwas Verächtliches, ein reiches Mädchen zu heiraten. Wenn Luise freigebig wäre, würde es mich nicht so sehr stören. Aber sie führt über alle ihre kleinen Ausgaben sorgfältig Buch – genau wie ein Handlungsreisender oder ein Bankbuchhalter. Ich habe mir das kleine Heft neulich angesehen. Nicht einen einzigen Centime hat sie für jemand anders verbraucht als für sich. Und sie weiß gar nicht, daß sie geizig ist, das ist das schlimmste dabei. Mich stößt es ab. Es verletzt mich in meinen sozialen Instinkten. Sie kann in kein Geschäft gehen, ohne um die Preise der Waren, die sie kaufen will, zu feilschen. Ich kann einem Menschen fast jedes Laster verzeihen, nur nicht den Geiz. Denn Geiz ist das schäbigste aller Laster.«

»Andi, du beurteilst sie falsch. Sie ist eine brave kleine Hausfrau. Und eines Tages wirst du vielleicht ihr kleines Büchlein schätzen lernen und dir sogar selber eines anlegen.«

»Nein, dazu hast du mich nicht erzogen, Mama. Stell dir die Flitterwochen vor, wenn die junge Frau jede kleine Ausgabe in ein Notizbuch einträgt! Und sie interessiert sich auch nicht für meine Arbeit! Diese Seite meines Lebens kümmert sie nicht im mindesten. Sie findet es schrecklich, daß ich mich mit Verbrechern abgebe, sei es auch nur als Untersuchungsrichter. Nein, ich fürchte, es führt zu nichts Gutem.«

Er verstummte. Seine Mutter entzog ihm ihren Arm. Nach einem längeren Schweigen sagte sie: »Es wäre eine sehr ernste Sache, wenn du jetzt deine Verlobung lösen würdest. Luise hat alle ihre Hoffnungen auf dich gesetzt. Die Sache ist sehr ernst. Andi.«

»Gewiß. Ich weiß das.«

»Aber du bist doch alt genug gewesen, um zu wissen, was du tust! Du hast dich doch nicht leichtfertig gebunden, wie?«

»Leichtfertig!« brummte er. »Angefangen hat es recht leichtfertig. Aber diese Geschichten beginnen immer mit Narreteien. Liebling hin, Liebling her! Oh, wie nett! Ein Tennisturnier! Fünfzehn ,Liebe‘, dreißig ,Liebe‘, vierzig ,Liebe‘, Spiel! Eine Flasche Schampus und ein paar Rumbas! Und dann zwei Arme um einen Hals und ein Gespräch über Leben, Liebe und Religion! Wirklich lauter dummes Zeug! Verzeih mir diese Bemerkung.«

»Aber du hast dir doch alles ernstlich überlegt, bevor du sie gebeten hast, deine Frau zu werden?«

»Habe ich das getan? Habe ich gewußt, was ich tue? Wenn einen eine Schlange beißt, weiß man dann immer ganz genau, ob sie giftig ist?«

»Andi«, sagte Madame von Richenau mit einem leichten Vorwurf in der Stimme, »du bist ungerecht gegen Luise. Sie ist wirklich sehr lieb und hübsch. Sie mag, wie wir alle, ihre kleinen Fehler haben, aber sie ist ein braves Mädchen.«

»Brav? Das weiß ich. Vielleicht zu brav für mich.«

Madame von Richenau betrachtete nachdenklich die fernen, rosaroten Schneegipfel.

»Sieh dir Uli an, wie glücklich er jetzt ist!« sagte sie. »Und er hatte anfangs auch seine Bedenken wegen Minnie.«

Andi warf ihr einen ironischen Blick zu.

»Wenn du mich mit Uli vergleichen willst, schön!« Er lächelte. »Uli ist wie ein guter Ochse, der einen hübschen Stall gefunden hat. Er frißt das Christentum, wie ein Ochse das Heu frißt, und wird fett dabei. Soeben hat er sechzehn Stück Geflügel in Gelee und zwölf Gänseleberbrötchen verzehrt. Und ich möchte wetten, er wird der erste sein, der zum Abendessen erscheint. Minnie aber mag manchmal ganz angenehm sein – als Charakter existiert sie nicht. Eine bloße Maus! Ja. Eine reiche Maus.«

Er schaute nach seiner Uhr.

»Es wird spät. Soll ich dir einen Mantel holen oder willst du hineingehen?«

Er holte tief Atem.

»Ah, es gibt viel Sorgen im Leben. Wissen wir es denn nicht? Aber das Wichtigste ist, in Form zu bleiben und sich an die Arbeit zu halten!«

Er nahm den Arm seiner Mutter, und sie gingen hinein.

»Eine meiner üblichen Stimmungen!« sagte er achselzuckend. »Schenk ihnen bitte nicht mehr Beachtung, als ich selber es tue.«

»André«, erwiderte sie, »du hast mich heute abend sehr erschreckt. Du mußt mir helfen, über diesen Schreck hinwegzukommen!«

Er küßte ihre Hände.

»Solange wir beide gute Freunde bleiben, ist es mir ziemlich einerlei, was geschieht.«

10

Der Lüster in dem großen Salon war erloschen. Eine kleine bunte Tischlampe und ein Licht über dem Bildnis des blassen Schurken Thomas Konrad erhellten geheimnisvoll den großen Raum. Als Andi hereinkam, ging er sofort auf das kleine Tischchen zu, auf das Jean einige Erfrischungen hingestellt hatte, und schenkte sich einen Whisky ein. Plötzlich hörte er Luises tiefe Stimme seinen Namen rufen. Er drehte sich schnell um und sah ihr Gesicht im Schein einer Zigarette aufleuchten.

»Hallo, Luise! Verzeih – ich dachte nicht, daß du noch hier sein würdest. Alle sind zu Bett gegangen.«

»Ich habe auf dich gewartet. Wo bist du gewesen?«

»Ich war ein Weilchen mit Mama zusammen, und dann bin ich in mein Zimmer hinaufgegangen, um mich umzuziehen.«

Er durchquerte den Raum und setzte sich neben sie auf das Sofa.

»Du dachtest also, ich sei zu Bett gegangen?«

»Ja, ich habe dich nicht bemerkt, als ich hereinkam. Verzeih bitte. Das Licht...«

»Ich verstehe. Ich habe dir doch gesagt, daß ich auf dich warten werde.«

»Deshalb bin ich auch heruntergekommen, aber ich habe dich nicht gesehen, es ist hier so finster.«

»Du bist sehr unaufmerksam, Andi, und du wirst immer unaufmerksamer. Du hast mich heute so wenig beachtet, als wäre ich gar nicht vorhanden gewesen.«

»Das tut mir schrecklich leid, aber ich habe alle möglichen Sachen im Kopf.«

Sie zündete sich eine frische Zigarette an dem Rest der alten an und musterte ihn mit ziemlich kühlem Blick.

»Darf ich erfahren, was geschehen ist?«

»Geschehen? Nichts ist geschehen.«

»Darf ich nicht wissen, worüber du mit deiner Mutter auf dem Balkon gesprochen hast?«

»Nun, Luise, das ist eine Privatangelegenheit. Ich kann wirklich nicht darüber sprechen.«

»Auch nicht mit mir, deiner künftigen Frau?«

»Es ist nicht interessant, Luise.«

»Ich möchte es trotzdem wissen.«

»Es tut mir leid, ich kann es dir einfach nicht sagen.«

»Warum mußt du Geheimnisse haben, von denen ich nichts wissen darf?«

»Warum nicht? Ist es so schrecklich, wenn man seine kleinen Geheimnisse hat?«

»Du selbst hast gesagt, daß wir immer ehrlich und offen zueinander sein wollen.«

»Ja, aber du vergißt, ich habe auch gesagt, daß wir unsere Freiheit behalten wollen, und daß keiner versuchen soll, den andern zu seinem Sklaven zu machen.«

318

»Ich weiß«, sagte sie etwas schroff. »Emanzipiert! Jeder macht, was er will!«

»Richtig«, stimmte er in entschiedenem Tone zu. »Das wäre viel besser, als sich gegenseitig in eine barbarische Abhängigkeit zu begeben!«

»Ich möchte wissen, was für Geheimnisse du mir noch vorenthältst.«

»Mein ganzes Leben ist für dich ein Geheimnis, und das ist nicht meine Schuld.«

»Was meinst du damit?«

»Ich verbringe täglich viele Stunden in meinem Beruf, für den du dich nicht im mindesten interessierst. Ja, mir scheint, du verabscheust ihn zuweilen.«

Er blickte nach der Whisky-Karaffe.

»Willst du ein Glas, Luise?«

»Du weißt, daß ich Whisky nicht leiden kann. Ich finde, er schmeckt wie Seifenwasser.«

»Du hast nichts dagegen, wenn ich noch einen Schluck trinke?«

»Nein, aber ich finde wirklich, daß du zuviel trinkst. Heute früh um zehn hast du mit einer Flasche Rheinwein angefangen. Zum Mittagessen hast du dreieinhalb Gläser Bordeaux getrunken. Am Nachmittag, als du für mehr als zwanzig Minuten von der Tribüne verschwunden warst, bist du mit einem roten Gesicht zurückgekehrt. Offenbar hast du auch mit deinem Freund Doktor Scherz wieder getrunken. Als du dann zu dem Empfang kamst, sah ich dich Marsala trinken. Zum Abendessen hast du fünf Gläser Champagner getrunken, nach dem Essen zwei Liköre, und jetzt fängst du wieder mit Whisky an! Das gefällt mir nicht, Andi.«

Einen Augenblick lang fühlte Andi seine Schläfen vor Wut erglühen, so demütigend wirkten auf ihn ihre Vorwürfe. Aber es gelang ihm, sich zu beherrschen.

»Luise«, sagte er, »du siehst nur die eine Seite der Sache, die feuchte Seite. Sie hat aber eine andere Seite. Dieser Trunkenbold Andi ist um sechs Uhr aufgestanden, und als er sich zum Frühstück hinsetzte, hatte er zwei Stunden Reiten und Hindernisspringen hinter sich. Er hatte in eiskaltem Wasser geschwommen – so kalt war das Wasser, daß deine lieben kleinen Füße in ein paar Sekunden erfroren wären. Dann mußte er stundenlang bedeutungslose Konversation führen, bis er fast einschlief.«

»Doch nicht mit mir!«

»Natürlich nicht. Unsere Unterhaltungen sind nie unbedeutend. Dann am Nachmittag das Fest auf der Entenwiese, am Abend zwei entsetzlich langweilige Stunden, und jetzt sind wir endlich miteinander allein. Eine wahre Freude. Warum willst du mir diese Freude verderben?«

Einen Augenblick lang herrschte Schweigen in dem großen Raum. Dann seufzte sie.

»Wir werden uns wohl aneinander gewöhnen müssen«, sagte sie. »Ich wollte dir keine Vorwürfe machen.«

»Es macht nichts, Luise, es macht gar nichts.«

Er zog sie zu sich und legte einen Arm um ihre Schulter. Sie rührte sich nicht. Tränen funkelten in ihren Augen. Er wußte, daß sie böse war, bitterböse. Aber sie beherrschte sich, wurde schließlich weich und legte den Kopf an seine Brust.

»Andi, was meintest du eigentlich, als du sagtest, dein ganzes Leben sei für mich ein Geheimnis, und das sei nicht deine Schuld?«

Ihre Frage rührte an die entscheidenden Dinge. Er fühlte das und zog sich instinktiv in sich zurück.

»Nun«, sagte er, einer direkten Antwort ausweichend, »mein Beruf bringt es mit sich, daß ich beständig mit dem menschlichen Elend zu tun habe. Immer wieder erhalte ich Einblicke in das Leben armer, unglücklicher Männer und Frauen, die mit dem Gesetz in Konflikt geraten sind, und muß mein Wissen für mich behalten.«

»Mich interessieren doch diese großen sozialen Fragen!« protestierte sie und wandte ihm ihr blasses Gesicht zu.

»Das weiß ich.« Er sah nachdenklich weg. »Du aber hast nur eine entfernte Berührung mit ihnen, während sie für mich ein wesentlicher Bestandteil meines Lebens sind.«

»Mußtest du Untersuchungsrichter werden«, sagte sie mit tiefer weinerlicher Stimme. »War es nötig? Gibt es nicht Dutzende von Männern aus niedrigeren Schichten, die einen solchen

320

Posten ausfüllen können? Vielleicht nimmst du durch deine
Tätigkeit einem anderen sein Brot weg. Überlege dir die Sache
einmal unter diesem Gesichtspunkt! Du brauchst doch wohl
schwerlich ein Nebeneinkommen von achttausend Franken im
Jahr. Wir können von dem, was wir haben, recht bequem leben
und dabei noch eine Menge beiseite legen.«
Er blickte ihr in die Augen.
»Meinst du nicht, daß man vielleicht auch als Empfänger eines
großen unverdienten Einkommens andern Leuten ihr Brot
wegnimmt?«
»Welchen Leuten?«
»Den arbeitenden Klassen.«
Als sie das Wort »arbeitende Klasse« hörte, verzog sie den
Mund.
»Ich hasse diese Menschen!« sagte sie. »Sie sind an dem ganzen
Durcheinander schuld. Sie geben sich nie zufrieden, wollen
immer mehr haben – abscheuliche Sozialisten und Bolsche-
wiken!«
Sie rückte von ihm weg und richtete sich auf.
»Gott sei Dank, daß wir nicht zu den arbeitenden Klassen gehören!«
Andi erhob sich und schritt im Zimmer auf und ab.
»Das ist alles sehr kindisch, Luise!« sagte er unvermittelt. »Ent-
weder liebt eine Frau einen Mann und geht mit ihm durch dick
und dünn, oder sie hat ihre eigenen Anschauungen und tut,
was sie will. Vergiß nicht, daß wir vielleicht in ein paar Jahren
arme Leute sind und froh sein werden, wenn man uns zu den
arbeitenden Klassen zählt. Ich hätte nichts dagegen, und ich
wünschte nur, daß auch du nichts dagegen hättest.«
»Andi, du sprichst heute wie ein Fremder mit mir.«
»Vielleicht bin ich für dich ein Fremder.«
Sie sprang auf.
»Ich gehe hinauf!« rief sie und lief zur Tür.
»Gute Nacht!« rief er ihr nach.
Aber sie antwortete nicht. Achselzuckend setzte er sich in
einen großen Lehnstuhl und fing zu grübeln an. Die Welt
ist doch eigentlich schlecht eingerichtet. Aber so ist es schon

immer gewesen. Und jeden Tag werden neue Menschen geboren und in die Welt gesetzt, ob es ihnen paßt oder nicht. Im besten Falle können sie sich schnell einmal in der Welt umsehen, dann müssen sie wieder gehen. ,Traurig', dachte Andi, ,und äußerst lächerlich.'

Nach einer Weile aber leuchteten seine Augen seltsam auf. Ein verzaubertes Lächeln umspielte seine Lippen, und es war, als blickte er träumerisch in weite Fernen. Dann schlug er plötzlich mit der Faust auf die Lehne seines Sessels.

»Chaibi Silvelie!« murmelte er auf echte Bauernart. »Chaibi Donners Häxli!«

Obgleich das recht derbe Ausdrücke waren, die eigentlich gar keinen richtigen Sinn hatten, klangen sie in seinem Munde sonderbar zärtlich und lieb.

Er stand auf und ging hinaus. Wenige Minuten später fuhr er die steile, gewundene Straße zur Entenwiese hinunter. Während er sich Valduz näherte, beleuchteten die Scheinwerfer seines Autos mit einem weißen Flammenschein wie mit dem Schein der Mitternachtssonne die vom Wein und von der Liebe berauschten Pärchen, die in den Büschen am Straßenrande kauerten. Nach einigen weiteren Minuten parkte er seinen Wagen unter der Kirchenlinde und schritt zwischen den Brombeersträuchern zur Entenwiese hinunter.

I I

Die rohgezimmerten Tanzböden waren mit tanzenden Paaren befrachtet. Ein frecher junger Bengel brannte Knallfrösche ab, die Mädchen liefen nach allen Richtungen auseinander, und ihre fröhlichen Stimmen übertönten schrill das Getöse. Die Musikanten saßen in Hemdsärmeln da. Abwechselnd spielten sie und tranken Bier. Eine Rakete fauchte zum Himmel empor und verstreute explodierend eine Unzahl roter und grüner Sterne, begleitet von einem langgezogenen Seufzer der bewundernden Menge. Das »Orientalische Fest« war noch in vollem Gange. Rote und orangefarbene Papierlampions bau-

melten an langen Drähten hin und her, elektrische Bogen-
lampen warfen ihre weißen Kreise um die Erfrischungszelte,
und der fast volle Mond schüttete sein blasses, gespenstisches
Licht über die Schwelger aus. Ein Gefühl leidenschaftlicher
Erwartung trieb Andi unter die Menge. Manch ein Mädchen
wandte ihm ihr glühendes Gesicht zu, manches Augenpaar
blitzte ihn herausfordernd an. Aber er eilte weiter, in der Hoffnung, Silvelie zu finden. Wo war sie? Er setzte hartnäckig
seine Suche fort, in der fast verzweifelten Hoffnung, daß sie
noch da sei. Zweimal umstreifte er die Entenwiese, und allmählich packte ihn die Enttäuschung, die weit tiefer war, als
er erwartet hatte. Zwei junge Mädchen nahmen ihn lachend an
den Armen.
»Jö, ein netter Kerl wie Sie muß ganz allein herumstehen wie
ein Laternenpfahl!« sagte die eine.
»Schau nur, wie er die Stirn runzelt, wie der Löwe in der Mena-
gerie«, fügte die andere hinzu.
»Aber ihr seid doch sicherlich nicht allein?« sagte er.
»In einer solchen Nacht ist niemand allein!« rief die eine.
Andi lachte.
»Herr Jeger! Was er für schöne Zähne hat!« rief die größere
von den beiden.
»Wollen Sie nicht tanzen, Herr Einsiedler?«
»Grade das will ich!« rief Andi. »Hüppla, Marie, oder wie du
heißt?«
»Hedi.«
»Und du?«
»Luisabella!«
»Luisabella! Hedi! Herr Gott, was für schöne Namen! Beide
zusammen! Wir drei! Avanti!«
Er nahm sie um die Hüften, die in den bäurischen Miedern
sich anfühlten wie hartes Holz, und drängte sich zwischen die
Paare auf den Tanzboden. Der Überschwang des Augen-
blicks ergriff von ihm Besitz, und es dauerte nicht lange, da
stürmte sein Blut wild durch die Adern inmitten der lärmenden Schar junger Weiber. Luisabella kreischte vor Vergnügen.

»Kinder, Kinder!« rief Andi nach dem Tanz. »Jetzt wollen wir in ein Zelt gehen und etwas trinken.«

»Wollen Sie nicht nur eine von uns mitnehmen? Werden wir beide einander nicht im Weg sein?« fragte Luisabella.

»Kein Gedanke! Je mehr, desto lustiger!«

»Du!« rief Hedi, in plötzlichem Erschrecken. »Ich glaube wirklich, das ist Herr von Richenau.«

»Dumms chaibi Züg!« rief Andi.

»Jesses ja, er ist es«, sagte Hedi mit angehaltenem Atem.

»Kümmert euch nicht darum! Kommt jetzt mit, wir wollen lustig sein!« sagte er. »Morgen ist Montag, und die ganze Welt fängt von vorne an!«

Die beiden Mädchen begannen miteinander zu kichern und folgten Andi wie die Lämmer.

»Heute darf man ungestraft glücklich sein!« sagte er und nahm sie um den Hals. »Und wenn ihr eure Burschen da habt, ladet sie ein. Ich möchte mit euch allen herzlich lachen. Das ist gut für den Magen.«

Andi setzte sich hin, schwatzte ziellos unablässig mit den Mädchen und den festlich gestimmten Menschen, die in seiner Nähe saßen. Er fühlte sich zu ihnen gehörig, mit ihnen aufs engste verbunden, und er blickte mit warmem Herzen zu dem Mond am dunklen Himmel und zu den Sternen über den Berggipfeln auf. Er vergaß, daß Hedi schwitzte und schlechte Zähne hatte, daß Luisabellas Nase furchtbar stupsig und ihre Stirn sehr schmal war. Es war, als sickere ein fruchtbarer Saft aus der Erde, als umfange der Duft des Erdreichs alle Welt mit seiner mütterlich warmen Hülle. Herzhaft küßte er die beiden Mädchen. Ein Geruch nach Kühen, Milch, Dünger und Schweiß lag über der Menge. Es herrschte ein wildes Getöse, immer hitziger wurden die Männer und Weiber, die für eine kurze Weile der schmalen Finsternis ihrer Ställe und Hütten auf den grünen Alpen entronnen waren. Der musikalische Kampfesmut der Valduzer hatte nachgelassen. Die gewichtigen Musiker hatten sich jetzt in eine bescheidene Schar lustiger Bauern verwandelt. Sie hatten ihre Blasinstrumente weggelegt und rangen mit riesigen Zieh-

324

harmonikas, spielten Zither und schlugen wie verrückt die Trommel.

Die Präsidenten, die Räte und Beamten, denen sie am Nachmittag ihre Hymnen vorgespielt hatten, waren längst zu Bett gegangen. Ihre gewichtigen Worte über Patriotismus und Politik waren vergessen, denn das echte, das eigentliche, das überhitzte Vaterland war in dieser Nacht erwacht. Eine jubelnde Menschenmasse war hier versammelt, sie wollte leben, sich freuen, ihren bescheidenen Anteil an der irdischen Seligkeit erraffen. Ihre Begierden verliehen diesem nächtlichen Fest einen Rhythmus, der in Andis Seele ein tiefes Echo erweckte. Die Liebe zu allem, was von der Erde und von den Bergen war, von seiner Erde und von seinen Bergen, loderte in ihm auf. Luisabella legte den Arm um seinen Hals und küßte ihn herzhaft. Aus hoch erhobener Flasche goß Hedi den rosaroten Herrliberger in die Gläser. Und sie sang mit ihrem ungeschulten Bauernsopran:

> »I weiß a Dörfli, nu a chlüs,
> Doch schöö am Bächli lyt's
> Und in dem Dörfli staht a Hus,
> Vom Weg echli absyds!

> I weiß zwei bruni Äugali,
> Dia strahlen Freud und Liab;
> Sie glitzera wia Edelstei,
> Und i – i bi der Diab!«

Andi stand auf und nahm sie um die Hüften.
»Du Diab! Du Diab! So jetz' tanz' ich!«
Sie sang ein neues Lied:

> »Anna Babali, lupf dr Fuaß,
> Weil i mit dr tanza muaß;
> Tanza cha i nit allei,
> Anna Babali, lupf das Bei.«

Und sie stürzten sich mitten in die Menge der Tanzenden, Körper an Körper.

»Jeses Maria«, flüsterte Luisabella, »der Herrliberger ist mir zu Kopf gestiegen!«

12

Die Konfiserie Robert war das erstklassigste Etablissement seiner Art in Lanzberg und lag mitten in der Bahnhofstraße, fast genau gegenüber dem »Capitol«. In seinem großen Hauptfenster waren alle möglichen Kuchen ausgestellt, Pfannkuchen, Biskuits, Pralinés und Schokoladen sämtlicher Sorten, in hübsche Schachteln von jeder nur möglichen Farbe und Form verpackt. Wer die Produkte des Zuckers verachtete, brauchte nur zu dem nächsten Schaufenster überzusiedeln und fand dort eine höchst angenehme Ausstellung von belegten Brötchen, Schinken und Würsten, nett arrangiert rings um einen großen Hummer, der wie ein rotes Meerungeheuer auf einem riesigen silbernen Tablett ruhte, unter lauter spanischen, mit norwegischen Anschovis gefüllten Oliven und viereckigen, mit Kaviar bestrichenen Toastschnitten. Hinter dem Hummer türmte sich eine Mauer von Dosen, die alle nur erdenklichen Delikateßkonserven enthielten, und über dieser Mauer ragten in silbernen Eimern wie schwere Geschütze zwei Flaschen Perriet Jouet (Maison fondée en 1811. Fournisseurs de la Cour d'Angleterre). Das Lokal war in drei Abteilungen eingeteilt. Der große, mittlere Raum enthielt ein riesiges, mit einer Glasplatte bedecktes Büfett, auf dem eine unglaubliche Auswahl von Pasteten und Kuchen entfaltet war. Hinter dem Büfett stand ein imposanter Nickelkessel mit Ventilen, Hähnen und Thermometern, eine moderne Erfindung, die zu jeder Zeit heißes Wasser, heißen Kaffee und heiße Milch spendete. Auf kleinen Hockern standen kleine Palmen und Vasen voll Blumen, und eine riesige Registrierkasse verbarg sich hinter drei gläsernen Regalen, die mit Flaschen beladen waren: Cointreau, Anisette, Apricot Brandy, Cherry Brandy, Crème de Bananes,

Pfirsichschnaps, Crème de Chocolat, Crème de Menthe Verte, Crème de Rose, de Noyaux, de Vanille (pour dames) und daneben die ölig-süßen Erzeugnisse von Bols und Fockink, ihre Curaçaos, Pfefferminze und Danziger Goldwasser. Da gab es Martells Kognak, ein Stern, zwei Sterne, drei Sterne, da gab es Flaschen Cordon bleu, V. S. O. P. 1848, S. O. P. 1836, Courvoisier V. O. S. P., fine champagne, 50 ans, Grande fine champagne, Napoléon, 80 ans, Bisquit Dubouché, Duc de Montebello, Brunier, Gagneur, da gab es Oporto rouge, Oporto blanc, nicht zu vergessen Johnny Walker, Haig and Haig, King George IV., Dewars White Label, Black and White, White Horse, Kirsch, Rum und Wodka.

Zwei Räume schlossen sich an dieses Heiligtum der Freuden an: Eine Veranda mit einer Terrasse, die auf einen kleinen Wintergarten ging, und ein ziemlich großer Saal mit kleinen Glastischen, hübschen rotgepolsterten Stühlen und bequemen Wandsofas. Am Abend waren diese Räume diskret beleuchtet. Am Nachmittag und Abend sorgte Billie Bamboos berühmte Florida-Band für Musik, spielte im allgemeinen Jazz, zuweilen aber auch klassische Musik oder besondere Stücke, die von den Gästen verlangt wurden. Offenbar hatte nur eine so geniale Persönlichkeit wie Madame Robert ein solch hervorragendes Etablissement ins Leben rufen können. Sie stammte aus Montreux am Genfer See, dieser Brutstätte für Meister des Hotel- und Konditoreigewerbes. Ihr Mann, der an Krebs gestorben war, hatte ihr ein beträchtliches Vermögen hinterlassen. Sie selbst war in den Engadin gezogen, weil sie an einem hartnäckigen Lungenkatarrh litt. Dort hatte sie einige Jahre lang vergebliche Anstrengungen gemacht, sich ein Geschäft zu gründen. Die Engadiner würgten ihr Geschäft ab und würden wahrscheinlich auch sie abgewürgt haben, wenn sie sich nicht von diesem heiligen Boden zurückgezogen hätte, bevor es zu spät war. Mit bekümmertem Sinn, aber scharfblickenden Augen spazierte sie eines Tages durch Lanzberg, während sie auf den Anschlußzug wartete, der sie wieder an den Genfer See bringen sollte. Auf diesem einsamen Spaziergang kamen ihr plötzlich die Größe Lanzbergs, seine mürrische Rechtschaffen-

heit, seine gewichtige Ruhe und geistige Langeweile zum Bewußtsein. Sie zählte alle die Lehren ihrer Erfahrungen zusammen und dachte an all die Geburtstage, Kindtaufen, Hochzeiten, Jubiläen, Osterfeste, Weihnachtsfeste, Kirchweihfeste,
Allerheiligenfeste, Allerseelenfeste, an all die Bankette und
Leichenfeiern, die zweifellos in einer Stadt wie Lanzberg sich
ereignen mußten. Und da ihr auffiel, daß kein einziges Unternehmen vorhanden war, das sich um die Belieferung derartiger
Feste gekümmert hätte, begriff sie schnell, daß sich hier tatsächlich eine Gelegenheit bot, die auszuprobieren der Mühe
wert war, sei es auch auf die Gefahr hin, dabei den letzten
Groschen einzubüßen. Da sie sehr wohl die snobistischen Instinkte und die Unwissenheit kannte, die in den Seelen jeder
größeren Menschenmasse hausen, richtete sie ihr Geschäft in
französischem Stil ein und bot alle ihre Waren, mit Ausnahme
der Spezialitäten, die eine einheimische Bezeichnung trugen,
unter französischen Namen an. Es dauerte nicht lange, da
spitzten die Lanzberger die Ohren und begannen auf sie aufmerksam zu werden. Sogar die örtliche Presse unterstützte sie.
Ja, eine französische Konfiserie von großstädtischem Charakter,
das war es gerade, was in Lanzberg seit Jahren gefehlt hatte.
Willkommen, Madame Robert! Und Madame Robert schickte
dem Chefredakteur zu Weihnachten einen riesigen Kuchen,
stiftete einem öffentlichen Bankett der staatlichen Würdenträger gewaltige Crèmetorten ‚mit Madame Roberts besten
Komplimenten‘ und lieferte zu Ostern ganze Körbe voll
Rosinenkuchen und gefärbter Eier an das Waisenhaus.
Sie mietete einen Stand auf der Internationalen Kochaus-
stellung in Zürich, schrieb mit großen Lettern ‚Lanzberger
Spezialitäten‘ auf das Schild und setzte in kleinen, roten Buchstaben ihren Namen darunter. Sie machte Lanzberg berühmt.
Sie schlug alle Konkurrenten in Kuchen-, Crème- und Zuckerwaren, denn sie hatte einen der besten Konditoren der Schweiz,
einen jungen Mann mit einem schütteren roten Bart, den sie, um
sich an den Engadinern zu rächen, durch zahlreiche Bestechun-
gen aus einem der größten Hotels in Sankt Moritz weggelockt
hatte. Diese Königin im Reiche des Zuckers bot keinen sehr

imponierenden Anblick. Sie war eine kleine Frau an die Vierzig, sehr adrett, etwas dicklich, mit roten Wangen und einem glatten, dunklen Haarknoten auf dem kurzen Nacken. Sie benützte zum Lesen eine goldene Brille, ging immer in schwarze Seide gekleidet und verbreitete eine Atmosphäre jugendlicher Tatkraft um sich. Um den Hals trug sie eine Kette winzig kleiner schwarzer Perlen, und ein schwarzes, mit Diamanten eingelegtes Kreuz baumelte zwischen ihren dicken Brüsten. Sie war von peinlicher Sauberkeit, sehr freigebig, auch zu einer Zeit, als sie längst ihre ersten großen Erfolge eingezeichnet hatte, stand mit der Polizei auf gutem Fuß, kannte so ziemlich alle wichtigen Persönlichkeiten in Lanzberg und hatte ein Dutzend Heiratsanträge erhalten.

Aber sie war nun einmal gleichsam mit dem Zucker verheiratet, und in ihrem Herzen schien für andere Süßigkeiten kein Raum zu sein. In der Tiefe ihres Herzens verachtete sie die Männer, besonders die Männer von Lanzberg. Sie fand sie abscheulich. Dem einen und dem andern hatte sie ins Gesicht erklärt, er sei ein Rüpel, freilich mit liebevoll zärtlicher Stimme und süßem Lächeln, denn auch Rüpel können gute Kunden sein.

An einem Montagmorgen erschien ihr neues Serviermädchen Silvia Lauretz mit einem japanischen Reisekorb.

»Nun, da ist sie ja endlich!«

Sie musterte Silvelie kritisch von oben bis unten.

»Recht hübsch und nett und frisch. Was schauen Sie sich denn so verloren um?«

»Guten Morgen, Madame Robert«, sagte Silvelie.

»Guten Morgen. Aber warum haben Sie denn Ihr Haar so frisiert, daß man die Ohren sieht und hinten ein Knoten herunterhängt, wie bei einem Malermodell?«

»Meine Haare, Madame, sind so frisiert, wie es mir gefällt«, sagte Silvelie. »Und ich werde daran nichts ändern.«

Madame Robert machte ein überraschtes Gesicht.

»Vielleicht würden Sie mir einmal sagen, Fräulein Lauretz, wer hier Herr im Hause ist?«

»Sie, Madame, und ich werde alles tun, was Sie von mir verlangen, aber Sie haben kein Recht, mein persönliches Aussehen zu kritisieren. Wenn es Ihnen nicht paßt, werde ich mich dort an das kleine Tischchen setzen und mir einen Kaffee bestellen. Damit werde ich mich in einen Gast verwandeln und Bedienung verlangen für mein Geld, das ebenso gut ist wie das Geld aller anderen Leute.«

»Warum regen Sie sich so schrecklich auf, mein Kind?«

»Ich bin kein Kind, und ich rege mich auch nicht auf«, sagte Silvelie. »Aber ich glaube doch, daß ich über meinen Körper und über meinen Geschmack selbst zu verfügen habe. Ich will aus freien Stücken für Sie arbeiten, und wenn ich meine Arbeit nicht richtig mache, werde ich jeden Verweis ruhig entgegen-nehmen. Aber ich lasse mir keineswegs vorschreiben, wie ich mich zu frisieren habe.«

Madame war eine solche Sprache von ihren Untergebenen nicht gewöhnt. Sie wurde einen Augenblick lang wütend, erinnerte sich aber, wie warm Doktor Scherz ihr das Mädchen empfohlen hatte. Und sie hielt außerordentlich viel von Doktor Scherz' Meinung.

»Trudi!« rief sie. »Kommen Sie und führen Sie Fräulein Lauretz auf ihr Zimmer.«

»Danke, Madame«, sagte Silvelie. »Ich habe im ‚Weißen Kreuz‘ eine Kiste stehen. Kann ich die heute noch holen lassen? Sie ist sehr schwer.«

»Schwer? Was ist denn in der Kiste?«

»Bücher.«

»Bücher? Du lieber Gott, wozu denn?«

»Zum Lesen.«

»Zum Lesen? Sie werden nicht viel Zeit zum Lesen haben. Hm, Bücher, was für ein Einfall!«

»Ein sehr guter Einfall, glauben Sie mir! Nicht nur der Magen braucht Nahrung, sondern auch der Geist. Und man findet im-mer Zeit zum Lesen. Wenn man auf der ganzen Welt keinen Freund hat, ist es ein Trost, in den Büchern Freunde zu finden.«

Trudi kam gelaufen.

»Führen Sie Fräulein Lauretz hinauf«, befahl Madame Robert kurz und zog sich mit recht nachdenklicher Miene zurück.

Trudi führte Silvelie zwei Treppen hinauf in ein langes, schma-les Zimmer mit zwei Betten.

330

»Hier wohnen wir beide zusammen«, erklärte sie. »Hoffentlich werden wir uns vertragen!«

Silvelie blickte in Trudis dunkelbraune Augen und kam sich etwas verloren vor.

»Ich glaube schon. Warum nicht?«

»Ja, weißt du, es ist hier ziemlich schwer. Man muß für den Lohn, den man bekommt, reichlich schuften. Und wir kriegen auch nicht allzuviel, weil Madame sehr viel nach außerhalb liefert. Die Trinkgelder werden auf die Rechnung gesetzt. Zehn Prozent. Mir ist das lieber, als wenn ich herumstehen und auf das Trinkgeld warten muß. Dumm sind wir. Wir hätten uns längst zusammenschließen und unsere Arbeitgeber zwingen müssen, uns anständige und gerechte Lebensbedingungen zu gewähren.«

»Wie viele sind wir denn hier?« fragte Silvelie.

»Rosamunde, ich und jetzt du. Drei Stück. Am Sonnabend und Sonntag werden zwei Aushilfen eingestellt. Dann sind noch der Küchenchef und die Köche da, aber mit denen haben wir nichts zu tun. Wir sehen sie nur im Kontor, wenn wir Bestellungen machen. Und zum Schluß kommt Momie mit seiner Kapelle.«

»Momie?«

»Ja, ein junger Italiener, der wunderschön Geige spielt. Er ist wirklich ein großer Künstler, aber Madame wollte nicht, daß er seinen richtigen Namen benutzt, und deshalb muß er sich Billie Bamboo aus Florida nennen. Madame findet, daß das viel besser klingt als Momie Scali mit seinem Orchester. Er heißt nämlich Momie Scali. Er ist Italiener.«

Silvelies ruhiger Blick begann Trudi zu beunruhigen.

»Ich schlafe in diesem Bett. Das andere gehört dir«, fuhr sie etwas nervös fort. »Den Schrank und den Toilettentisch müssen wir gemeinsam benützen. Es ist viel zu wenig Platz im oberen Teil des Hauses. Alle Räume sind mit Vorräten vollgestopft.«

Sie sahen zu den kleinen Dachfensterchen hinaus.

»Frühmorgens ist das ein hübscher Anblick, diese vielen Baumwipfel! Unten haben wir einen kleinen Wintergarten. Du wirst dort jeden zweiten Tag bedienen. Weißt du, Madame läßt uns jeden zweiten Tag wechseln, so daß jede von uns jede Woche

das ganze Lokal bedient. Manche Kunden haben ihre Stamm-
tische, aber sie sollen nicht auch ihre Stammkellnerin haben.
Madame hat ihre Augen überall, und bei der kleinsten Kleinigkeit brummt sie. Du brauchst dich aber nicht darum zu kümmern, sie meint es nicht so ernst. Neulich hat sie mich schrecklich beschimpft, weil ich ein Glas fallen ließ. Ich bin sofort her-
aufgelaufen und hab' mich hingesetzt und hab' geweint. Sie hat
Rosamunde heraufgeschickt, sie soll mich holen, aber ich bin
nicht hinuntergegangen. Ich habe auch meinen Willen. Und
ich sagte: ‚Ich gehe nicht hinunter. Ich lasse mir Madames
Sprache nicht gefallen.‘ Ich bin auch nicht hinuntergegangen.
Nach einer Weile kam Madame selber herauf und sagte, es tue
ihr leid, daß sie so böse war, und dann hat sie mich geküßt, und
ich bin mit ihr hinuntergegangen. Es hat nicht viel zu bedeuten,
wenn sie brummt. Adele, die an deiner Stelle hier war, ist deshalb entlassen worden, weil sie an ihrem freien Tag eine Schachtel Schokoladebonbons mitgenommen hat. Gib acht, Silvia,
daß du nie etwas mitnimmst! Du kannst von den ausgestellten
Sachen essen, soviel du willst, aber du darfst ja nicht aus Versehen einmal etwas mitnehmen. Madame merkt es sofort.«
»Ich bin nicht hergekommen, um zu stehlen!« sagte Silvia erstaunt.
»Das ist doch kein Diebstahl, wenn man eine Schachtel Schokoladebonbons nimmt. Aber Madame duldet das nicht. Ich geh
jetzt hinunter, inzwischen kannst du auspacken. Ich habe meine
Sachen alle auf die rechte Seite geschoben. Die linke Seite gehört dir. Und hier die zweite Schublade ist leer. Und mach dir
dein Haar so, wie ich es trage, ganz gewöhnlich. Rosamunde
wird dir ein Stück weiße Spitze geben, die mußt du dir oben
feststecken. Madame kann loses Haar nicht leiden. Sie sagt, es
fällt herunter, und manchmal kriegen die Gäste es in den Mund.
Adele hat immer eine Menge Haare verloren und hat sogar hinter dem Büfettisch gestanden und sich den Kopf gekratzt.
Kratz dir nie den Kopf, nie!«
Trudi verließ das Zimmer. Silvelie sah sich eine Zeitlang um,
in tiefes Sinnen versunken. Dann wandte sie sich dem Fenster
zu und blickte in das grüne Laub der Kastanienwipfel hinaus.

Schließlich lehnte sie sich an das Fensterbrett, legte den Kopf auf die Arme und fing zu grübeln an, während sie den zarten Flötentönen einer Drossel lauschte.

‚Und es ist mir auch ganz egal, ob Doktor von Richenau glaubt, ich führe ein trauriges Leben. Es wird nicht traurig sein. Ich werde nicht mehr die Leute auf mir herumtrampeln lassen. Die Welt gehört mir ebensogut wie allen andern Menschen. Ich hole mir meinen Anteil! Jedenfalls fange ich hier ganz von vorne an, und Madame Robert weiß schon, daß ich auch meinen Willen habe.‘

Zum Fenster wehte Schokoladengeruch herein, vermischt mit Kaffeeduft. Das wirkte irgendwie tröstlich auf sie. Jedenfalls war sie jetzt endlich den Gestank von Bier, Wein und gebratenem Fleisch los! Ihr Chef war eine Frau, die noch dazu einen recht netten Eindruck machte. Nicht ein Mann, ein Besitzer, der vielleicht an der Treppe auf sie lauern würde, wenn sie in den frühen Morgenstunden zu ihrem Schlafzimmer hinaufstieg! Diese abscheulichen Männer verdienen den ganzen Tag und die halbe Nacht an dem Schweiß ihrer Kellnerin und wollen dann auch noch obendrein das Weib haben! Ihr wurde fast übel, wenn sie sich an alle ihre Erlebnisse erinnerte, die sie hatte durchmachen müssen, seit sie aus dem Jeff weg war. Zuerst in einem großen Kurhaus während der Wintersaison: Der Direktor, die Kellner und die Gäste verfolgten sie mit ihren lumpigen Begierden; der eine Kellner schlich sich sogar in ihr Zimmerchen und lauerte ihr dort auf. Sie hatte ihm, bevor er verschwand, mit dem Wasserkrug eins über den Schädel gegeben und dann den Besitzer aus dem Schlafe geweckt und ihm ihre Meinung über sein großes Kurhaus gesagt, wo anscheinend nicht einmal die Gäste des Nachts sich an die Nummern ihres Zimmers erinnern konnten. Sie war entlassen worden. Dann jenes andere Hotel, wo sie im »Bündner Stübli« hatte bedienen müssen, einer gewölbten, altmodischen Weinstube, in der die Männer einkehrten, um zu trinken und Karten zu spielen. Bis in die frühen Morgenstunden hatte sie diese Kerle bedienen müssen. Brummige, mit Wein vollgesogene, halbwilde Rüpel waren das gewesen, nicht um ein Haar besser als ihr Vater, und bei jeder Gelegenheit hatten sie versucht, ihren Körper zu betasten. Sie war dort wegen eines Hoteldirektors weggegangen, eines eleganten Herrn mit schwarzem, glattem Haar und einem kleinen schwarzen Schnurrbart – er beherrschte fünf Sprachen, hatte eine goldene Uhr, eine goldene Zigarettendose und brillantengeschmückte Manschettenknöpfe. Einmal hatte der Lump sie schon fast überwältigt, und wenn nicht Hans hinzugekommen wäre, der nette Hausknecht mit der grünen Schürze, der mit seiner Frau Barbara, dem Zimmermädchen, im selben Stockwerk wohnte, weiß Gott, was mit ihr in jener Nacht geschehen wäre. Der Hausknecht hatte dem Hoteldirektor beinahe den Schädel eingeschlagen. Aber am nächsten Morgen hatte sie ihre Stellung verlassen müssen. Der Besitzer hatte erklärt, sie treibe Unfug, und hatte ihr nicht einmal den vollen Lohn ausgezahlt.

Dann war sie für drei Wochen zu den Gumpers gegangen. Die waren sehr freundlich zu ihr gewesen. Hernach hatte sie mit ihrer Mutter und ihrer Schwester einige Wochen in Ilanz verbracht, die düstersten Wochen ihres Lebens. Alle Welt wußte jetzt, daß ihr Vater sie verlassen hatte, und bisher hatte noch niemand sich darum gekümmert. Alle schienen es ganz natürlich zu finden, daß er seine Familie für immer hatte sitzen lassen! Wie lange aber würden die Leute das glauben? Niklaus hatte den Winter über bei den Vereinigten Mühlenwerken gearbeitet. Jetzt saß er wieder oben im Jeff. Sie hätte es bei ihrer Mutter und Schwester nicht länger aushalten können. Deshalb hatte sie eine Anzeige aufgegeben und die Stellung in der Bahnhofswirtschaft von Lanzberg erhalten. Alle ihre Sinne empörten sich, wenn sie sich an die üblen Gerüche erinnerte, an das Geratter der Züge und das Gekreisch der Bremsen, wenn sie sich daran erinnerte, wie die Mädchen und Frauen des Nachts erschöpft und krank in die Betten sanken, aber sich ängstlich bemühten, nur ja nicht die Stellung zu verlieren, denn der Bahnhof galt als ein guter Platz. Man konnte dort monatlich bis zu dreihundert Franken verdienen.

Silvelie hatte Erlebnisse durchmachen müssen, die so ziemlich jedes junge Mädchen um den letzten moralischen Halt gebracht hätten. Zum Glück aber lebte sie immer noch unter dem schützenden Schatten Meister Lauters' und fand unendlichen Trost in den Büchern, die er ihr hinterlassen hatte. Jetzt las sie sich durch den ganzen »Jean Christophe« von Romain Rolland hindurch. Was für ein wunderbares Buch! Dieser Adel und diese geistige Höhe! Sie liebte »Jean Christophe«, sie liebte den Verfasser, der ihren beschwerlichen Weg erhellte und ihrem Leben die freundliche Gabe des Mitleids und Trostes gewährte. Und sie hatte noch viele andere Bücher gelesen, bittere und heitere Bücher, Bücher von Menschen, die die Menschheit liebten und bemitleideten, Bücher von Menschen, die die Menschheit mit den Waffen der Ironie und des Spottes befehdeten, Waffen, die schärfer waren als die Instrumente des Chirurgen. Und sie wußte selber nicht, ob sie die einen oder die andern mehr bewunderte...

Schließlich wandte sie sich vom Fenster ab und betrachtete stirnrunzelnd ihren Reisekorb, stellte ihn dann auf das Bett und begann auszupacken.

»Hoffentlich wird er mich nicht bis hierher verfolgen«, murmelte sie.

Sie hängte ihr bestes Kleid aus grünem Voile in den Schrank, an die freie Stelle, die Trudi ihr eingeräumt hatte, und wunderte sich über die vielen Kleider ihrer Kollegin, die dort hingen, rot, braun, grün...

13

Draußen vor dem Fenster flötete die Drossel ohne Unterlaß. Um die Mittagszeit wurde Silvelie ans Telephon gerufen.

»Wer ist dort?«

»Nun, Fräulein Lauretz, wer kann es wohl sein?« ertönte Andis Stimme. »Gibt es denn so viele Männer, die Sie kennen?«

Ihr Herz begann hörbar zu klopfen.

»Was wollen Sie?«

»Wenn ich jetzt eine einfache Frage an Sie richte, werden Sie sie mir beantworten?«

»Sie stellen immer Fragen –«
»Das macht mein verfluchter Beruf, ich kann nichts dafür –«
»Fragen Sie.«
»Wann haben Sie einen Abend frei?«
»Warum?«
»Weil ich mit Ihnen sprechen möchte. Es ist sehr wichtig.«
Sie begann zu zittern.
»Können Sie mir das nicht gleich jetzt sagen?«
»Nein. Telephonisch geht es nicht.«
»Worum handelt es sich denn?«
»Um Sie.«
»Ich habe Mittwoch frei.«
»Dann werde auch ich frei sein. Ich erwarte Sie um zwei Uhr
mit dem Auto am Bahnhofsplatz.«
Sie horchte. Aber seine Stimme war verschwunden, und sie
legte langsam den Hörer auf. Eine tiefverborgene Angst er-
wachte in ihrem Herzen. Was hatte er vor? Was wollte er wissen? Es dauerte einige Zeit, bevor sie sich fassen konnte. Nein,
unmöglich, daß er wegen dieser Geschichte... Er wollte sicherlich etwas ganz anderes wissen... Was denn nur?
Die Stunden verstrichen wie Stunden in einem Traum. Sie hatte
das Gefühl, als sei plötzlich die ganze Welt unwirklich geworden. Sooft die Eingangstür sich öffnete, pochte ihr Herz. Sie
wurde von einer geheimnisvollen Unruhe gepackt und wußte
kaum, was mit ihr geschah. Sie dachte daran, ihm zu schreiben,
daß sie nicht kommen wolle, aber dieser Gedanke wurde nicht
zur Tat. Es war, als habe eine seltsame Macht von ihr Besitz
ergriffen. Und am Mittwochnachmittag ging sie durch die Bahnhofstraße zum Platz und sah ihn sogleich in seinem Auto sitzen.
Als er sie erblickte, stieg er schnell aus, nahm ihre Hand und
drückte sie kräftig.
»Das ist sehr lieb von Ihnen, daß Sie gekommen sind, sehr lieb.«
Sein Gesicht strahlte vor Freude. Es tat ihr wohl, seine Freude
zu sehen, und sie stieg in das Auto. Er stieg von der anderen
Seite ein und schaute sie schnell und heimlich an, mit einem
einzigen Blick ihr einfaches Voilekleid und ihre schwarzen
Schuhe musternd.

»Wo wollen wir hin?« fragte er.

»Das ist mir gleich.«

Sie betrachtete seine Finger, die das Steuer gepackt hielten, sein blaues Hemd aus feinem Stoff, die Manschetten, die durch blaue Steine zusammengehalten wurden. Von dem Siegelring wanderten ihre Blicke an den Ärmeln eines Jacketts empor, das aus weichem, braunem, englischem Stoff verfertigt war, erfaßten schnell seine dunkelblaue Krawatte mit der schönen Perlennadel, seinen Hals, sein Kinn, seine faltigen Wangen, seine lodernden Augen, die von einer Mütze überschattet wurden.

»Sie haben mir noch nicht gesagt, wo wir hin wollen«, sagte er.

»Ist es denn so wichtig, ein bestimmtes Ziel zu haben?«

»Sehr wichtig.«

»Warum?«

»Weil ich nicht den ganzen Nachmittag die Straße vor mir anstarren will. Ich möchte mich gerne ausführlich mit Ihnen unterhalten.«

Er betrachtete in dem kleinen Spiegel an der Windschutzscheibe ihre Augen. Dann fuhr er aus Lanzberg hinaus.

»Sie werden mich rechtzeitig nach Hause bringen, ja?« sagte sie. »Madame Robert ist sehr genau. Sie ist eine tüchtige Geschäftsfrau, nie vergißt oder versäumt sie etwas. Sogar den Satz aus den Tee- und Kaffeetöpfen läßt sie aus irgendwelchen Gründen sammeln.«

»Oh, tatsächlich?« lächelte er. »Wie wäre es, wenn wir schnell einmal zu Ihrem Chalet fahren? Ja?«

Sie packte seinen Arm.

»O nein! Nicht!«

»Warum nicht?«

»Es ist viel zu weit. Das dauert stundenlang. Und wahrscheinlich liegt dort Schnee.«

»Schnee! Ich liebe den Schnee. Wir wollen zusammen eine Schneeballschlacht auskämpfen. Das wird uns beiden gut tun.« Er lachte. Sie sah seine Lippen, die ein wenig aufgesprungen waren, durstige Lippen, Berglippen, ausgetrocknet durch die Luft und durch die Sonne, so wie das mit ihren Lippen auch gewesen war, bevor sie nach Lanzberg ging. Und plötzlich erfaßte sie ein grenzenloses Vertrauen zu ihm. Sie hatte das Gefühl, als könne er ihr unmöglich etwas zuleide tun, als könne er überhaupt niemals etwas Schlechtes tun. Stumm blickte sie voraus. Und mit einem Male war eine Musik in der Luft, und alles ringsumher schien in heiteren Farben zu leuchten.

»Besteht irgendein Grund, warum wir beide nicht sehr gute Freunde werden sollten?« fragte Andi leichten Herzens.

‚Dein Freund zu sein, wäre wunderbar‘, dachte sie und schaute ihn auf ihre seltsam neugierige und frische Weise an.

‚Ein trauriges Gesicht‘, dachte Andi, ihren Blick erwidernd.

»Ich weiß, daß Sie nicht sehr glücklich sind«, sagte er, als wolle er sie trösten. »Aber eines Tages wird das anders werden.«

»Woher wissen Sie das? Haben Sie etwas Glück übrig?«

Er zuckte die Achseln, und das Blut schoß ihm in die Schläfen.

»Die Leute, die mich kennen, halten es immer für ausgemacht, daß ich ein glücklicher Mensch sein müsse«, sagte er. »Es wäre zwecklos, wenn ich versuchen wollte, ihnen ihre Illusionen zu rauben: Sie sehen doch alle, wieviel ich habe.«

»Sehr viel, nicht wahr?«

»Ich würde manches darum geben, wenn ich weniger hätte und das besäße, was ich mir wirklich wünsche.«

»Das heißt, Sie wollen alles haben, nicht wahr?«

Er war sehr betroffen über ihren Scharfblick.

»Im Augenblick fühle ich mich recht elend«, sagte er.

Mit wachsender Geschwindigkeit sauste das Auto bergauf durch die Wälder.

»Zu schnell?«

»Nein, nein, ich habe das gern.«

Er lächelte vor sich hin und dachte an Luise, die stets voll Angst die Nadel des Geschwindigkeitsmessers beobachtete, und an ihr ewiges: »Oh, bitte, Andi! Fahr nicht so schnell!« Nach einiger Zeit rasten sie einen steilen Hang empor und kamen in eine breite, freie Kurve. Tief unten erblickten sie den Eingang eines V-förmigen Tales, aus dem ein Wildbach hervorschäumte. Der Gletscher des Pic Sol ragte über den zackigen Umriß der Wälder empor. Andi hielt den Wagen an und stieg aus. Bauschige weiße Wolken schwebten hoch über den Bergen wie eine Herde wolliger Tiere, die in dem Himmelsblau weideten.

»Setzen wir uns hier ins Gras und lassen wir die Beine in den Abgrund hängen!« Er öffnete ihr die Autotür.

Sie sprang heraus.

»Haben Sie Angst, so nahe am Abgrund zu sitzen?«

Er trat dicht an den Rand und blickte in die Tiefe.

»Mindestens dreihundert Meter!«

Sie stellte sich neben ihn hin und blickte gleichfalls hinab.

»Ich weiß nicht, warum die Menschen eine solche Angst vor tiefen Abgründen haben!« sagte sie. »Es genügt, wenn man fünf Meter tief stürzt, um sich den Hals zu brechen.«

»Einbildung!« sagte er. »Vielleicht hat es körperliche Ursachen. Das Schwindelgefühl hängt vielleicht mit der Leber und den Drüsen zusammen!«

Und wieder fiel ihm Luise ein: ,Guter Gott, Andi! Geh von dem Abgrund weg! Mir wird ganz kalt, wenn ich dich dort stehen sehe.'

Er setzte sich hin, und sie setzte sich neben ihn. Eine Zeitlang betrachteten sie mit eifrigen Blicken das gewaltige Panorama.

»Es ist mir immer ein Rätsel, daß wir trotz unserer wunderbaren weiten Landschaftsblicke, die vielleicht die schönsten der ganzen Welt sind, so viele engstirnige Menschen in unserem Lande haben. Unser Volk ist besonders engstirnig. Man sollte glauben, sie müßten ihr Leben viel großzügiger einrichten, um sich dieser geräumigen Natur geistig anzupassen. Aber keineswegs! Ganz im Gegenteil! Man müßte meinen, diese riesigen Dimensionen würden niederdrückend auf sie wirken, sie ihre eigene Nichtigkeit erkennen lassen und sie bewegen, nach größeren Zielen zu streben. Aber ich habe die Leutchen oft von ihren Bündner Bergen mit einer Miene des glücklichen Besitzers sprechen hören, als ob unsere Berge und Gletscher nur deshalb schön wären, weil *sie* zwischen ihnen leben. Wir sind ein sehr komisches Volk.«

Er hielt einen Augenblick inne.

»Ich möchte nichts als ein paar Flügel haben«, sagte er dann.

339

»Ich würde nie wieder meinen Fuß in eine Stadt oder in ein Dorf setzen. Ich würde mir in den höchsten Felsen ein Nest bauen. Ich würde wie die Adler leben.«

Er merkte, daß er ein wenig vom richtigen Wege abkam, und wandte sich zu Silvelie.

»Natürlich rede ich lauter Unsinn.«

Dann nahm er ihren Arm und hob ihn empor.

»Was ist denn eigentlich mit diesem Arm los?«

Sanft entzog sie ihm den Arm.

»Ich habe ihn mir vor zwölf Jahren gebrochen. Bei einem Sturz.«

»Hat man ihn denn nicht eingerichtet?«

»Wir haben im Jeff weit und breit keinen Arzt, und es war Winter.«

»Tut es Ihnen weh?«

»O nein.«

Er griff wieder nach ihrem Arm.

»Ich verstehe etwas von Anatomie. Wo haben Sie sich ihn gebrochen?«

»Hier oben.«

»So dicht an der Schulter?«

Er blickte nachdenklich zu dem Pic Sol hinüber.

»Ich glaube wirklich, man könnte den Arm wieder in Ordnung bringen. Es ist doch schrecklich lästig für Sie, daß Sie ihn nicht richtig bewegen können. Ich habe einen Freund, Professor Gruber, und ich möchte, daß Sie ihn aufsuchen.«

»Ich habe mich so daran gewöhnt«, sagte sie resigniert. »Ich merke es kaum noch.«

»Wie können Sie nur solchen Gefühlen nachgeben? Nein, wie können Sie nur!«

Er nahm ihre Hand und legte sie flach auf seine Hand, als wolle er die Form und Größe vergleichen.

»Sie sollen mir einen Gefallen tun«, sagte er sehr ernst. »Ich möchte, daß Sie zu Professor Gruber gehen und hören, was er sagt. Schütteln Sie nicht den Kopf. Lassen Sie mich erst einmal ausreden. Vielleicht ist es von mir bis zu einem gewissen Grade Egoismus, aber solange Sie davon etwas haben, liegt nichts daran. Ich sehe keinen Grund, warum ich Ihnen nicht helfen sollte. Ich will, daß Sie nach Zürich fahren und Professor Gruber aufsuchen. Wenn Sie wollen, bringe ich Sie hin. Was meinen Sie dazu?«

»Sie sind sehr gütig«, sagte sie. »Aber bedenken Sie nur, wieviel schlimmere Krüppel es auf der Welt gibt.«

»Das klingt ganz nach Henri Scherz. Mein Gott, hat er bereits seine Erziehungskünste an Ihnen ausprobiert?«

Sie zuckte lächelnd die Achseln.

»Jedenfalls ist das meine Empfindung, und wenn Doktor Scherz genauso empfindet, kann ich nichts dafür.«

»Ich bewundere Henri«, sagte er. »Aber er ist wirklich verrückt. Zweifellos. Unnormal. Sein Kopf ist mit einem unmöglichen Mischmasch von Christentum, Wissenschaft, Bolschewismus und Kunst vollgestopft. Er ist ein problematischer Mensch.«

Silvelie strich sich ihren Rock glatt.

»Ich bemühe mich immer, das Leben zu verstehen. Ich will lernen, meinen Gesichtskreis zu erweitern, denn alles, was ich bisher gelernt habe, befriedigt mich noch nicht. Nirgends finde ich eine Erklärung für die Ungereimtheiten und Widersprüche unseres Daseins.«

»Vielleicht haben Sie noch nicht in der rechten Richtung gesucht?« murmelte er.

»Ich fürchte mich, zu viel zu suchen. Ich habe einige große Enttäuschungen erlebt. Und das macht mich manchmal so müde. Dann bin ich geneigt, an keinen Menschen mehr zu glauben.«

Andi blickte zur Seite.

»Aber wenn jemand Ihnen persönlich eine Freundlichkeit erweisen will, werden Sie sofort kopfscheu und denken an sämtliche Krüppel auf der Welt! Henri wird sich freuen, daß er ein Geschöpf gefunden hat, das ihm geistig so ähnlich ist.«

Er betrachtete ihre Stirn, die schmale, kühne Wölbung ihrer Brauen, und der Ausdruck seiner Augen veränderte sich und wurde voll von Zärtlichkeit.

»Nein, Sie sind ihm gar nicht ähnlich«, sagte er mit veränderter Stimme. »Er ist der vollendetste Neinsager, den es je gegeben

341

hat. Er redet Dynamit und kann keiner Fliege etwas zuleide tun. Er betet Kraft und Schönheit an und ist selbst schwach und häßlich. Er schwärmt von Gesundheit und hat selbst keine. Deshalb will er alle anderen stark und schön und gesund sehen. Er sagt für andere ja und für sich selbst nein. Eine Art Martyrium! Bewundernswert? Warum nicht. Ich mache kein Hehl daraus, ich bin im Vergleich zu ihm ein abscheulicher Sünder. Aber ich ziehe es vor, ein Sünder zu sein, und ein guter Sünder scheint mir besser als ein böser Heiliger. Ich denke nicht Tag und Nacht an meine Mitmenschen. Wer sind sie denn, diese Mitmenschen? Ein Nebelgebilde. Eine riesige graue unbekannte Masse. Ich bin zu der Überzeugung gelangt, daß ich unbedingt das Recht habe, einfach ich selbst zu sein und meine Neigung zu verschenken, wie es mir beliebt. Und wenn ich nichts dafür bekomme, ist das mein Pech, und ich jammere nicht über soziale Ungerechtigkeit und die unnatürlichen Lebensbedingungen. Und ich versuche auch nicht, alle Rätsel des Lebens durch die Ökonomie zu lösen. Wenn ich in Schwierigkeiten gerate, bemühe ich mich, so gut ich kann, mich herauszuwinden, und borge mir nicht links und rechts anderer Leute Waffen aus, um zurechtzukommen. In gewisser Weise bin ich zu einer richtigen bäuerischen Lebensanschauung gelangt. Keine Künstelei. Ein Dieb ist ein Dieb, ein Mörder ist ein Mörder, die Gesetze sind da, damit man sie beachtet. Ich kann mich nicht wie unsere modernen Wissenschaftler zu dem Gedanken bekehren, daß niemand für seine Handlungen verantwortlich sei, und ich kann nicht alles von einem erbwissenschaftlichen oder sozialen oder geistlichen Standpunkt aus beurteilen. Trotz alledem aber bin ich kein Anhänger der Grausamkeit. Ich liebe Großmut.«
Er begann, sich seine Pfeife zu stopfen. Mit weit aufgerissenen, ängstlichen Augen betrachtete sie sein Profil.
»Manchmal nimmt mein Geist Urlaub«, fuhr er langsam fort. »Dann erscheint mir alles ganz ungeheuerlich. Manchmal habe ich das Gefühl, daß alles nicht stimmt. Aber ich weiß dann, daß meine natürliche Anarchie an dieser Empfindung schuld ist, und bemühe mich, sie zu überwinden. Es ist verflucht komisch, Untersuchungsrichter zu sein und so viele Fehler zu besitzen

wie ich. Aber so ist es nun einmal! Jetzt habe ich genug in diesen Abgrund hineingeschwatzt.«

Er wandte sich zu ihr.

»Und Sie –«, sagte er sanft. »Sie haben ein hartes Leben hinter sich?«

Sie zuckte die Achseln und schwieg.

»Ich weiß es. Doch eines Tages werden Sie mir alles erzählen. Alles! Ich verstehe unter Freundschaft restlose Aufrichtigkeit. Ich finde es ganz egal, was für Ansichten jemand hat, solange er es ehrlich meint.«

»Aufrichtig sein ist gar nicht so einfach, wie manche Leute glauben«, sagte Silvelie. »Es heißt nicht nur mit dem Hirn denken, sondern sich unaufhörlich das Herz zerquälen.«

»Es ist eine Gabe des Himmels«, sagte Andi, »aber nur wenige Menschen besitzen sie.«

Er berührte leicht ihre Schulter.

»Sie zum Beispiel.«

Silvelie schlug die Augen nieder.

»Woher wissen Sie das?«

Er antwortete nicht.

»Wollen wir jetzt gehen?« sagte er. »Mir wird kalt.«

»Ja, gehen wir!«

Sie stand zuerst auf. Er betrachtete bezaubert ihre große Gestalt. Und während er die schlanke Höhe ihrer Glieder bewunderte, kam ihm zum Bewußtsein, welche Tiefen in ihrer Seele waren. Vielleicht war mehr Tiefe in ihr als in all den Bergtälern, die er kannte. Ihre Haare schienen alle erdenklichen Schattierungen von Braun und Gold in zarter Mischung zu enthalten, und als er zu ihren Augen aufschaute, glaubte er durch zwei ovale Tunnels den blauen Himmel zu erblicken. Sie beugte sich vor und reichte ihm die Hand, er griff zu. Dann zog sie ihn empor und staubte ihm den Rock ab. Wenige Augenblicke später fuhren sie los.

14

Es dämmerte bereits, als sie bei dem alten Wirtshaus am Rhein-
ufer anlangten und vor dem Tore hielten.

»Grüß Gott, Frau Baedeker!«

Andi begrüßte eine ältliche, rotbackige und formlose Dame, die
in dem grünen hölzernen Türrahmen erschien.

»Ja, kann denn das der Herr von Richenau sein!« rief sie und
schlug die Hände zusammen.

»Er ist es persönlich, und das ist Fräulein Lauretz, mit der ich
befreundet bin.«

Andi stellte sie mit einer Handbewegung vor und wandte sich
dann an Silvelie.

»Eigentlich heißt sie Frau Müller. Aber ich habe sie Frau Baedeker getauft. Sie weiß, warum. Es gibt in dem ganzen Kanton
kein Fleckchen Boden, dessen Geschichte und Geographie sie
nicht kennt. Und sie hat jeden einzelnen Berg bestiegen.
Stimmt's, Mutter Baedeker?«

»Ja, Sie sind immer noch der alte Spaßmacher!« lachte sie,
»ich möchte wetten, das junge Fräulein glaubt Ihnen kein
Wort.«

Sie lupfte ein wenig ihre Röcke und verbeugte sich.

»Es wird wohl mit einer Hochzeit enden?«

Andi und Silvelie schauten einander unbehaglich an.

»Wie kommen Sie auf einen solch altmodischen Unsinn!« schalt
Andi. »Wenn ich jede junge Dame heiraten müßte, die ich im
Auto mitnehme, wäre ich schlimmer daran als ein Mormonen-
häuptling oder der Prophet Mohammed. Jetzt sind Sie empört!
Aber Sie haben ja schon erklärt, daß man mir nicht glauben
darf, finden Sie also selber die Wahrheit heraus. Und da heute
ein schöner Sommerabend ist und wir beide Appetit haben,
möchte ich Sie fragen, ob Forellen da sind.«

»Soviel Sie wollen!«

»Dann setzen wir uns unter die große Pappel und lauschen der
Musik des Flusses – ist das gestattet? – während Sie uns einige
Truites au bleu richten. Vergessen Sie nicht, sie müssen dreimal
schwimmen.«

»Ich weiß«, sagte Frau Müller. »Zuerst im Wasser, dann in der Butter und dann im Wein.«

»Prächtig! Und haben Sie noch etwas von diesem besonderen ausgewählten Spätlesewein aus Koblenz?«

»Natürlich! Glauben Sie denn, ich habe nicht ein paar Flaschen für den Herrn von Richenau aufgehoben?«

»Und nach der Forelle«, fuhr Andi fort, »wollen wir ein paar von meinen speziellen kleinen Kalbsschnitzeln haben, ganz dünn und gut gebräunt. Und zum Schluß vielleicht Erdbeeren oder Ananas mit dicker Schlagsahne.«

»Ja, gewiß!« sagte Frau Müller. »Ich werde mein Bestes tun.«

Lächelnd trennten sie sich. Silvelie ging die Stufen hinauf. Ihr Gesicht war leicht gerötet. Andi blieb einen Augenblick lang am Fuß der Treppe stehen, blickte ihr mit einem fröhlichen Lächeln nach und bewunderte ihre Knöchel und Hüften. Und ihm war, als verzehre ihn eine heiße Flamme. Mit einem verlorenen Ausdruck in den Augen spazierte er unter die Bäume hinaus. Während er auf Silvelie wartete, betrachtete er die grünen, schäumenden, rasch vorübereilenden Wasser, lauschte dem Gurgeln des Rheins, der in jugendlichem Überschwang talabwärts jagte, und blickte nach den Schilfpflanzen, die sich dem unwiderstehlichen Rhythmus beugten. Ein ungeheures, fast erschreckendes Glücksgefühl erfüllte ihn; jugendliche Leidenschaft brandete in ihm auf wie in dem laut singenden Rhein. Aber der kühle Wind, der seine brennenden Wangen umfächelte, war wie die Hand der Natur, die ihn zärtlich streichelte, mit ihm sich verschwor, ihn neckte und weiterlockte.

Silvelie kehrte bald zurück. Als sie ihn erblickte, zögerte sie eine Sekunde lang. Er sah, in Gedanken versunken, so böse und finster aus. Aber sowie er ihre Schritte auf dem Kies vernahm, drehte er sich schnell um und lächelte. In seinem Blick lag so viel Liebe, daß sie fast erschrak.

‚Es hat keinen Zweck‘, dachte sie. ‚Ich werde nicht warten, bis es zu spät ist. Ich werde ihm alles erzählen.‘ Sie setzten sich einander gegenüber an ein kleines Tischchen, am Ufer des Flusses. Frau Baedeker erschien und goß eine goldene Flüssigkeit in hellgrüne Kristallpokale. Sie sahen die alte Hand an, die geschickt die langhalsige braune Flasche kippte, als kredenze sie ihnen einen mächtig wirkenden Geheimtrank. »Auf Ihre Gesundheit!« sagte Andi und erhob sein Glas. Er blickte fragend in Silvelies Augen. Auch sie erhob ihr Glas. Andi nahm einen Schluck, drehte den Wein mit der Zunge in seinem Mund und schluckte ihn langsam hinunter. Dann stellte er nachdenklich sein Glas hin und blickte über den Fluß. Sie beobachtete seinen schön geschnittenen Mund, um den ein bitterer Zug lag, seine stolzen grauen Augen, die von einem geheimnisvollen Kummer überschattet waren. Sie neigte den Kopf. Sie hatte Angst. Was sollte sie ihm erzählen? Wer war sie denn? Eine ganze Welt trennte sie von ihm. Er wandte ihr sein Gesicht zu, als sei er aus tiefen Gedanken erwacht.

»Wissen Sie«, sagte er, »ich bin wirklich sehr von meiner menschlichen Umgebung abhängig. Ich überlege mir oft, wie sonderbar es ist, daß ich so viele Geheimnisse mit mir herumtrage, die andren Leuten gehören, und doch niemanden habe, dem ich mich selbst anvertrauen kann. Ich habe wirklich keinen Freund, ich meine einen Menschen, der keine Angst davor hätte, auch das schlimmste über mich zu hören.«

Er blickte finster vor sich hin. Ja, sie war eine gute Zuhörerin. Sie schien ihm wie ein Taubstummer die Worte von den Lippen abzulesen und in sich aufzunehmen. Er zuckte die Achseln.

»Nun, ich werde Sie nicht als Abladeplatz für meine Geständnisse benützen, obschon ich nicht weiß, warum ich – warum ich Ihnen sagen möchte...«

Sie beugte sich ein wenig zu ihm hin und schob das Kinn vor.

»Wenn einer verlobt ist, soll er nicht mit andern jungen Mädchen soupieren gehen. Das ist doch wohl das Problem!«

»Nicht dumm sein!« sagte er. »Was für ein Einfall! Eine solche Kleinigkeit ist kein Problem, außer man macht sie dazu.«

»Aber manche Leute verstehen das ausgezeichnet!«

»Ich weiß«, sagte er. »Ach, da kommt die Forelle!«

Sie bedienten sich, hoben die großen, blauen, zusammengerollten Forellen mit den weißen Augen und offenen Mäulern auf die heißen Teller (Forellen mit Dauerwellen, sagte Andi), taten einige neue mehlige weiße Kartoffeln hinzu und gossen dann über das Ganze die zischend heiße, duftende Butter. Er beobachtete ihre Hände, wie sie zart den Fisch zerteilten, kleine, begabte Hände, gewandt, kräftig, mit wunderbar spitzen Fingern und kräftigen, sehr beweglichen Daumen – ohne Ringe, aber mit einer Haut von reinstem Weiß, auf der fast kaum ein Äderchen zu sehen war.

»Verzeihen Sie«, sagte er. »Sie fangen es falsch an. Ich schneide immer zuerst den Kopf und den Schwanz ab, dann ziehe ich die Haut ab und kratze das Fleisch von den Gräten. Es gibt Leute, die essen die Augen. Schrecklicher Gedanke! Jetzt sehen Sie zu!«

»Aber es heißt, man soll die Haut essen«, bemerkte sie lächelnd, »weil es für das Gehirn gut ist.«

»Wer braucht Gehirn? Noch nie war die Welt mit so viel Gehirn vollgestopft wie heute und noch nie so leer an Liebe und Ehrlichkeit.«

»Es ist freilich keine Vertrauen einflößende Welt, das finde ich auch«, erwiderte sie und schob sauber die Fischgräten beiseite.

»Sie haben das richtige Wort gefunden. Eine Vertrauen erweckende Welt? Es ist eine abstoßende, dumme heuchlerische Welt. Lassen Sie mich etwas von dieser geschlagenen Butter über die Kartoffeln gießen, sie riecht wunderbar.«

Die Nacht nahte heran, und die Bergkette gegenüber dem Wirtshausgarten ruhte in ihrem letzten tiefen Schimmer wie eine erlöschende Feuersglut. Er lehnte sich zurück, seine Blicke hingen schwer an Silvelies Gesicht. Eine weiche Zärtlichkeit ging von ihr aus und umhüllte ihn mit einem Schleier sinnlichen Entzückens.

»Was hat es für einen Zweck, wenn sich einer für das Leben des anderen interessiert? Was hat es für einen Zweck? Ich muß ohnedies um elf Uhr zurück sein.«

Sie schaute ihn fest an und sah einen traurigen Ausdruck in seine Augen gleiten.

»Sie sind sehr sonderbar«, sagte er. »Sie sind wie ein Haus mit vielen offenen Türen, aber durch welche Tür ich auch einzutreten versuche, sie wird mir stets vor der Nase zugeworfen.«

Schweigend sah sie weg.

347

»Es wird finster, soll ich nicht ein wenig Licht machen?«
ertönte Frau Müllers Stimme von der Tür her, und fast
im selben Augenblick flammten einige elektrische Lampen
auf.

Ein hübsches blauäugiges Mädchen kam mit einem Servierbrett,
um den Tisch abzuräumen.

»Ah, da kommt Lieseli!« sagte Andi. »Wie nett, Lieseli wiederzusehen!«

Und als sie sich ihm näherte, packte er sie an ihren kleinen
blonden Zöpfen, zog sie zu sich herab und gab ihr einen Kuß.

»Du schmeckst noch besser als das letzte Mal, Maideli!«

»Aber Herr von Richenau, ein letztes Mal hat es doch gar
nicht gegeben«, erwiderte Lieselie und schaute Silvia errötend
an.

»Oh doch! Vielleicht nicht mit mir!«

»Nimm dich vor ihm in acht, Lieselie«, sagte Silvelie. »In Lanzberg nennt man ihn den Scharfrichter – die Mädchen nennen
ihn so.«

»Müssen Sie meinen guten Namen verleumden?« lachte Andi.

»Nein, Lieselie! Glaub dieser Dame kein Wort. Ich bin ein sehr
ernster Mensch.«

Lieselie nahm die leere Flasche vom Tisch.

»Wollen Sie noch eine Flasche?« fragte sie mit kindlicher, dünner Stimme.

»Sieh einer an!« sagte Andi gewichtig. »Wie Mutter Baedeker
ihren Kindern den Geschäftsgeist einimpft! Nein, Lieselie, heute
keinen Wein mehr, aber die Rechnung, wenn du so lieb sein
willst, weil es spät wird, und alle braven Kinder früh ins Bett
müssen.«

Andi und Silvelie fuhren stumm nach Lanzberg zurück. Kurz
bevor sie sich der Stadt näherten, hielt er für einen Augenblick an.

»Wo soll ich Sie absetzen, Fräulein Lauretz?«

»Wo Sie wollen. Aber wenn es Ihnen recht ist, nicht vor der
Konditorei.«

Ihre Stimme klang farblos, fast müde.

»Am Bahnhof? Ist Ihnen das recht?«

»Ja, aber nicht vor dem Bahnhof, etwas an der Seite, unter den Bäumen.«

Er zog ein kleines Paketchen aus einer Tasche an der Autotür. »Sind Sie sehr böse, wenn ich Ihnen ein kleines Andenken an den heutigen Tag anbiete?«

Er reichte ihr das Päckchen. Aber sie machte keinerlei Anstalten, es zu nehmen. Er legte es ihr in den Schoß.

»Sie würden mir eine große Freude machen, wenn Sie es nehmen wollten. Es ist ein kleines Handtäschchen mit ein paar Sächelchen drin.«

Er nahm ihre Hand, drückte sie fest, führte sie dann an seine Lippen und küßte sie.

»Es ist sehr freundlich von Ihnen«, sagte sie, »aber Sie verwöhnen mich...«

»Wollen Sie es annehmen?«

»Darf ich es ansehen?«

»Jetzt nicht. Später. Es ist bloß eine Bagatelle.«

Sie reichte ihm die Hand. Er umfing sie mit festem Druck. Dann zog sie die Hand zurück und nahm das kleine Päckchen aus ihrem Schoß. Er gab Gas und ließ das Auto schneller laufen. Kurze Zeit später trafen sie in Lanzberg ein. Er machte in der Nähe des Bahnhofs unter den Bäumen halt und öffnete ihr die Tür. Sie verabschiedete sich von ihm mit einem fast tonlosen »Gute Nacht.«

Er schaute ihr nach, wie sie mit schnellen Schritten, gleitend fast, nach dem Eingang der Bahnhofstraße zu verschwand.

15

Andis Geschenk war eine lachsfarbene seidene Handtasche. Der antike Verschluß daran war aus Goldfiligran und mit kleinen Rubinen, Smaragden und Perlen besetzt. Innen hatte sie kleine Täschchen, und in dem einen Täschchen befand sich eine flache, ovale, goldene Puderdose, in die er einen Zettel mit einem Gedicht hineingesteckt hatte.

»Gegen den Willen des Himmels
kein noch so harter Zwang
menschlicher Kräfte siegen kann.
Das Leben fließt wie ein Fluß
in vielen Windungen.
Nicht aus eigener Laune wählt es seinen Lauf,
unbekannte Gesetze schaffen ihm Hindernisse,
sie lenken es hierhin und dorthin,
streng, väterlich.
O Narr, der du gegen den Willen des Schicksals
deine eigene freie Wahl behaupten wolltest!«

Silvelie las die Zeilen immer wieder und starrte mit ungläubigen Blicken das Geschenk an. ,Nein, es ist zu kostbar. Viel zu kostbar für mich. Ich muß es ihm zurückgeben. Es war gar nicht für mich bestimmt.' Aber sie wußte, daß das Täschchen für sie bestimmt war, und sie wußte, daß seine Verse ihr tief in die Seele gedrungen waren.

Als sie am nächsten Morgen aus ihrem schmalen Bett stieg, fühlte sie, daß der Fluß ihres Lebens sich geteilt hatte. Ein unbekanntes Gesetz hatte jählings ein Hindernis geschaffen und lenkte den Strom in eine neue Richtung ab.

Die Zweige der Bäume schienen grüner, der Himmel blauer, und sogar ihre Atemzüge schienen tiefer in ihre Lungen einzuströmen. Das ermüdende Geplapper Trudis konnte sie heute nicht zur Verzweiflung bringen.

Sie sah zu, wie das Mädchen ihr Nachthemd auszog, ihren etwas plumpen Oberkörper entblößte, sich über das Waschbecken beugte und sich mit vielem Geplätscher das Gesicht und den Hals wusch.

,Man meint, wir müßten wie Schwestern zusammenleben', dachte sie, ,aber es stimmt doch nicht.'

»Wo warst du gestern abend?« fragte Trudi und trocknete sich an einem Handtuch ab.

,Warum erröte ich?' dachte Silvelie. ,Und warum soll ich ihre Frage beantworten? Was geht es sie an?'

»Ich habe einen Ausflug gemacht«, sagte sie kurz.

»Deshalb bist du so schläfrig nach Hause gekommen, daß du nicht einmal aufgewacht bist, als ich ins Bett stieg!«

»Ich war müde.«

»Und was hat es für einen Zweck, allein einen Ausflug zu machen! Hast du keinen Mann?«

»Wozu?«

»Geh, spiel nicht die Unschuld! Weißt du denn nicht, wozu die Männer da sind? Geschöpfe mit zwei Armen und zwei Beinen, die dir den Hof machen und dir dafür etwas schenken. Eine hübsche Person wie du! Dir müßten sie doch alle nachlaufen, und du könntest dir aussuchen, welchen du willst!«

Sie zog ihr Leibchen an.

»Doktor Scherz war den ganzen Abend hier und hat nach dir gefragt. Er ist Madame über hundert Franken schuldig. Er bezahlt nie, und Madame steht immer an seinem Tisch und hört ihm zu, als ob er der liebe Gott wäre. Vorige Woche habe ich Rosa auf der Treppe mit Momie erwischt, und er hat ihr auch nicht gerade was vorgegeigt? Gefällt er dir?«

»Der Kapellmeister?«

»Ja, mit seinen schwarzen Augen. Für ihn ist das Leben ein einziger Roman, und er glaubt, wir Mädels warten nur darauf, uns von seiner Fiedel bezaubern zu lassen. Diese Einbildung! Bloß weil er ein Faschist ist! Er sagt, daß er nach Zürich geht und dort eine neue Stellung bekommt. Im ‚Huguenin‘ oder im ‚Baur au Lac‘ oder sonst in einem vornehmen Lokal, und tausend Franken monatlich für ihn allein. Aber er ist Italiener, und die Polizei wird ihm Schwierigkeiten machen, denn wir haben genug eigene Musiker in der Schweiz, die nichts verdienen und hungern. Wenn du erst ein paar Tage hier bist, wirst du schon selbst sehen, was er für ein Kerl ist. Er wird anfangen, dir den Hof zu machen. Du wirst noch vieles andere sehen! Es ist hier nicht alles nur süße Schokolade! Wenn es finster wird, geht hier allerlei vor. Madame natürlich wohnt im Nebenhaus, und kein Mensch weiß, was sie treibt. Aber manchmal schaut sie um die Augen herum so müde aus, daß es mich gar nicht wundern sollte, wenn nachts einer durch ihr Fenster klettert. Aber warum sitzt du denn im Nachthemd herum und ziehst dich nicht an?«

Silvelie saß auf dem Bettrand und brachte ihr Haar in Ordnung. Sie machte nie Toilette, wenn jemand im Zimmer war. Dazu mußte sie allein sein. Sie konnte die Mädchen und Frauen nicht verstehen, die ohne jede Scham voreinander sich auszogen und ihre Mängel und Reize entblößten.

»Sobald du fertig bist, fange ich an«, sagte sie.

Die Glocken der Kathedrale schlugen sieben Uhr.

Trudi zog ihre Strümpfe und Schuhe an. Sie warf einen heimlichen Blick auf Silvelie.

»Ach, ist das ein Leben! Ich habe wieder einen Brief von zu Hause bekommen. Mutter schreibt, daß Vater wieder ohne Arbeit ist. Meinem Bruder Fortunat hat man den Lohn gekürzt.«

»Wo bist du denn zu Hause?«

»In Olten. Ein fast ebenso abscheuliches Nest wie dieses Lanzberg! Ich habe früher dort in einer Bierhalle gearbeitet, aber du kannst nicht an dem Ort, wo deine Eltern wohnen, so richtig dein eigenes Leben führen. Du stolperst immer über ihre bürgerliche Achtbarkeit. Mein Vater arbeitet im Baugewerbe. Ja, für uns Mädels bleibt nur eins: einen Kerl erwischen, der Geld hat, und ihn einfangen. Ihn dazu bringen, daß er einen heiratet, und wenn er nicht will, es mit dem nächsten versuchen! Das schlimme ist, man findet nicht oft einen mit Geld! Die werden von Tag zu Tag seltener. Glaubst du, sie kommen in ein solches Lokal wie hier und geben etwas aus? Keine Spur! Die Männer, die hierher kommen, wollen alles umsonst haben. Mit dir für ein Fünfflibre ins Bett gehen, dir ein Kind machen und dann verschwinden. So kommt es immer. Laß dich ja nicht in die Falle locken, Fräulein Lauretz!«

Silvelie sank ein wenig in sich zusammen, und ihre Blicke irrten verloren zum Fenster hinaus.

»Ich weiß«, sagte sie. »Ich weiß.«

»Jetzt bin ich fertig«, fuhr Trudi fort, »und jetzt laß ich dich allein. Ich geh frühstücken. Frisches Brot mit Butter und Honig. Madame ist der Meinung, wir sollen nur altbackenes Brot essen. Sie denkt ja schließlich sehr viel über solche Dinge nach. Aber wir auch! Wenn du hinunterkommst, sieh dich vor, daß du etwas altbackenes Brot zur Hand hast für den Fall, daß

sie in die Küche kommt und nachsieht. Wenn du ihr kein altbackenes Brot zeigen kannst, gibt es Krach. Natürlich redet
sie sich darauf aus, daß es gesund ist. ‚Altbackenes Brot ist
bekömmlich‘, sagt sie. Wenn sie könnte, würde sie uns mit
Heu füttern.«

Silvelie stand auf, und Trudi verließ ihr Zimmer. Silvelie nahm
eine Haarbürste, schlug sie krachend gegen den Tisch. Ein
heftiges Ekelgefühl stieg in ihr auf.

»Das ist kein Leben«, keuchte sie, »ich habe es satt!« In einem
Zustand unterdrückter Erregung bereitete sie sich auf ihr Tage-
werk vor. So wie die Stunden vergingen, überschlich sie eine
sonderbare Spannung. Ihre Gedanken liefen nach allen Richtungen auseinander, stets aber kehrte ihre Erinnerung zu dem
Ausflug mit Andi zurück, und sooft sie an ihn dachte, fühlte
sie eine tiefe Wärme durch ihre Adern gleiten, eine tiefe, tröst-
liche Wärme. Aber Andi machte ihr Kopfzerbrechen. Was
wollte er von ihr? Hatte er nicht schon ein Mädchen, das er
heiraten sollte? Nein, er konnte unmöglich zu diesen Männern
gehören, die den Mädchen nachlaufen und sie verführen wollen!
Sie schämte sich fast, daß ihr überhaupt ein solcher Gedanke
kam. Sie konnte aus ihm nicht klug werden. Nein, er war ganz
anders als alle andern Menschen. Madame Robert machte die
Runde durch die Gastzimmer, und ihre forschenden Blicke durch-
suchten jeden Winkel. Sie rieb die Stuhllehnen und die Glas-
platten der Tische mit dem Zeigefinger, um festzustellen, ob
die Mädchen den Staub ordentlich entfernt hätten. Sie unterhielt sich mit den Gästen, die hereingeschlendert kamen, um
Tee oder Kaffee mit Kuchen und Sahne zu verzehren. Silvelie
stand hinter einem Tisch und füllte eine Bonbonniere mit
Schokoladenpralinés, vorsichtig mit ihren rosigen Fingerspitzen die Bonbons aneinanderreihend. Sooft eine der Türen
sich öffnete, fuhr sie leicht zusammen und blickte schnell auf;
aber es war immer ein anderer. Die »Florida Band« begann mit
dem Marsch aus »Fausts Verdammung« von Berlioz. Gewichtige
dramatische Klänge erfüllten die Konfiserie. Binker, der Boy,
in seinem grünen Rock mit den goldenen Knöpfen, nahm den
Gästen die Hüte, Stöcke, Schirme und Pakete ab. Er hausierte

mit Zigaretten und sammelte die Aschenbecher ein. Madame Robert pflanzte sich hinter dem mittleren Ladentisch auf. Es war dort für sie eine hölzerne Plattform errichtet worden, weil sie klein war. Vor ihr lagen die Zuckerwaren auf schneeweißen Porzellantabletts, frische Kuchen, Pasteten, Obst und Crème-torteletten. Die Fenster schimmerten hell, alle die Metall-beschläge strahlten in lichtem Glanz. Nirgends ein Finger-abdruck oder ein Stäubchen! Trotz der weltumfassenden Wirtschaftskrise hielt Madame Robert ihr Etablissement stets in tadelloser Ordnung. Wenn die Zivilisation in Trümmer gehen sollte, sie würde mit wehender Fahne versinken, ein erstklassiges Unternehmen! Das Geschäft ging zwar schlechter als sonst, aber immer noch recht gut, denn sie belieferte ja den riesigen Magen der Menschheit, diesen gierigen Schlauch, der stets gefüllt werden muß, einerlei wie.

Sie beobachtete nun ihre neue Kellnerin und stellte mit Befriedigung fest, daß Silvelie in ihrem ganzen Wesen sich himmelweit von ihren Kolleginnen unterschied, und sie fing eben an, sanft darüber nachzudenken, welche Abenteuer wohl die Zukunft für dieses Mädchen in ihrem Schoße bergen mochte, als Doktor Scherz hereinkam. Er war ein regelmäßiger Gast. Sie war an seinen Anblick gewöhnt; trotzdem aber ließ sein Erscheinen sie stets ein wenig zusammenzucken. Nicht so sehr darum, weil er ihr eine beträchtliche Summe schuldete, sondern vielmehr, weil er einen geheimnisvollen Einfluß auf sie besaß, einen zweifellos nur geistigen, aber dennoch sehr starken Einfluß. Sie stand sogar gewissermaßen auf recht vertrautem Fuße mit ihm, denn sie hatten miteinander die meisten wichtigen Lebens-fragen erörtert. Es gefiel ihr bloß nicht, daß er ein geschworener Sozialist war, denn sie bekannte sich zur Moral der besitzenden Klasse und wollte nicht eines Tages ihr Etablissement in ein proletarisches Kaffeehaus verwandelt sehen. Als Henri herein-kam, lüftete er zeremoniös seinen Hut, zuerst vor Madame Robert und Silvelie und dann vor den Anwesenden im allge-meinen. Sodann hängte er den Hut an einen Haken, setzte sich hin und zog einen Stoß Zeitungen aus der Tasche. Madame Robert ließ sich herbei, persönlich an seinen Tisch zu gehen, und fragte ihn, was er wünsche, obgleich sie sehr wohl wußte, daß er Kaffee und Kognak verlangen würde. Sie kehrte an ihren Platz zurück und befahl Silvelie, die Bestellung auszuführen, Silvelie gehorchte, und Doktor Scherz hielt sie einen Augenblick zurück.

»Ich soll Ihnen ein paar Zeilen von Andi überbringen«, sagte er und legte einen Zettel hin, den sie sofort an sich nahm. Er blickte auf. »Was haben Sie denn mit ihm gemacht?«

»Ich? Nichts! Warum?« Sie schaute ihn verständnislos an.

»Ich habe ihn heute früh gesehen. Er war blaß wie ein Gespenst.«

»Was hat das mit mir zu tun?« sagte sie nervös.

Henri beugte sich vor.

»Vielleicht hat Luise ihn geärgert, oder es ärgert ihn der Gedanke an die bevorstehende Heirat! Ich persönlich freue mich schon darauf, all die hübschen Kleider zu sehen und den hübschen Schmuck und die blanken Autos und den netten, fetten, geistlichen Bruder am Altar, halb wie ein Nilpferd, halb wie ein Cherub: ‚Willst du diese Frau und so weiter... im Namen Gottes!‘ Dann die Flitterwochen in Venedig, und eines Tages wacht man in Lanzberg auf. Herr und Frau Doktor Richenau. Andi macht Karriere! Sie wollten ihn schon in den Rat holen. Andis Frau schneidet die Coupons von ihren Goldbonds ab, und beide werden von Jahr zu Jahr immer reicher, immer respektabler und angesehener. Ich sehe ihn schon in dieses Leben versinken. Ich sehe ihn Fettwülste um seinen Kragen sammeln und kleine Erben für das Schloß und das goldene Tafelgeschirr fabrizieren! Um Gottes willen, Fräulein Lauretz, tun sie etwas, um Andis Seele zu retten! Ich habe schon genug auf ihn eingeredet. Aber ich kann mich nicht in seine Affären mischen. Sie können das tun. Sie sind eine Frau. Ich will es wirklich nicht mit ansehen, wie er vor die Hunde geht und seine schönsten Talente unwiederbringlich zugrunde richtet. Ich bin sein Freund, vergessen Sie das nicht! Und das alles muß unter uns bleiben.«

Silvelie schaute sich verwirrt um und verließ ihn wortlos. Kurz darauf zog sie sich zurück, um Andis Brief zu lesen. In großen Buchstaben stand dort »S.O.S.« (Sie wußte noch nicht was das heißen sollte.) Dann ging es weiter:

»Ich kann Sie nicht aufsuchen. Aber ich bitte Sie, mir Ihren nächsten Abend zu reservieren. Sagen Sie Henri, wann das ist. Ich werde unter denselben Bäumen auf Sie warten.«

Wie ein heißer Strom durchzuckten sie seine Worte, sie faltete den Zettel sorgfältig zusammen und stopfte ihn in den Ausschnitt ihres Kleides.

16

An einem Donnerstagnachmittag um zwei war Silvia allein in ihrem Zimmer, hinter verschlossener Tür. Es war heiß. Die Sonne verkündete den Sommer. Silvia zog sich aus und wusch sich mit einem Schwamm. Sie putzte sich die Zähne und die Nägel und kämmte sich das Haar. Dann öffnete sie eine Schublade und holte neue, hübsche Unterwäsche und seidene Strümpfe hervor. Bei den Schwestern Jung, fast gerade gegenüber der Konfiserie, war ein Ausverkauf gewesen. Die Sachen waren schrecklich billig verkauft worden. Silvelie hatte nicht widerstehen können.

Oh, das Geld! Wie sie es haßte! Nie hatte man Geld, es kam so langsam herein und versickerte so schnell.

Und all die Monate hatte sie davon geträumt, so viel zu ersparen, daß sie den Sommer auf dem Chalet Meister Lauters' würde verbringen können. Wie sehr sehnte sie sich danach, ihrem jetzigen Leben zu entrinnen, es für immer von sich abzustreifen und sich eine neue Existenz, ein würdigeres, ein freieres Dasein zu schaffen. Was es auch sei! Nur nicht mehr Tabletts tragen, Befehlen gehorchen und umherstehen müssen, bis einem die Beine wehtun und man das Gefühl hat, als würde einem der Magen herausfallen; nicht mehr lächeln müssen für jeden Nickel, der auf den Tisch geworfen wird! Oh, diese Anfälle tiefster Müdigkeit, wenn einem die Lider schwer wie Blei werden. Und doch immer wach sein müssen, bereit, auf ein bloßes Augenzwinkern oder auf die leise Gebärde eines Gastes hin loszustürzen! Oh, wie abscheulich, sich sogar durch ein Fingerschnalzen umherkommandieren zu lassen, so wie man eine Katze oder einen Hund herbeiruft! Ach, endlich allein sein, ganz allein, um nachzudenken und träumen zu können! ‚Schluß! Schluß!‘ Sie knirschte mit den Zähnen.

Während sie sich anzog, konzentrierten sich ihre Gedanken auf ihren Körper. Sie legte einen neuen rosaroten Strumpfgürtel um und befestigte die Strümpfe an den Gummibändern, die vorn und hinten an den Schenkeln herumbaumelten. Vorsichtig zog sie einen seidenen Trikotschlüpfer an und umgürtete sich schließlich mit einem Büstenhalter. Sie brauchte lange dazu, um ihn auf dem Rücken zu schließen, weil ihr steifer Arm sie behinderte. Sie verzog das Gesicht, biß sich auf die Lippe und blickte ungeduldig durch den Fensterrahmen auf die grünen Baumwipfel hinaus. Als dann endlich der zierliche Harnisch in Ordnung war, schlüpfte sie in ein neues grünes Voilekleid und zog sacht die Rüschen und Falten zurecht, bis alles an Ort und Stelle war. Zum Schluß setzte sie eine kleine knappsitzende, gestrickte Mütze auf.

Auf dem Wege nach unten stellte sie sich, nachdem sie sich vergewissert hatte, daß niemand zugegen war, in einem der Privatzimmer Madame Roberts vor den Spiegel, zupfte und zerrte an ihrem Kleid, zog die Mütze zurecht, rückte sie ein wenig koketter auf die Seite, holte dann tief Atem, ging hinunter und verließ durch einen Seitengang das Haus.

Silvelie hatte das angenehme Gefühl völligen Wohlbefindens und völliger Sauberkeit. Wenn sie nur immer dieses Gefühl hätte haben können, wenn sie nur niemals mehr mit schmutzigen Dingen in Berührung käme! Wie schön, den warmen Sonnenschein auf den luftigen Kleidern zu fühlen und eine kühle, trockene Haut zu haben. Es war köstlich!

Schon von weitem sah sie Andi in seinem Auto sitzen. Er trug einen weichen, dunkelgrauen Flanellanzug mit einer rosaroten Nelke im Knopfloch, eine hellblaue, weißgetupfte Krawatte und eine entzückende englische Mütze. Als er sie erblickte, sprang er auf, wie von einem elektrischen Schlag getroffen. Das gefiel ihr sehr, und sie ging mit einem breiten, gar nicht verlegenen Lächeln auf ihn zu.

»Wie nett, daß Sie gekommen sind!« sagte er. »Hoffentlich haben Sie heute den ganzen Abend frei?«

»Ja.«

»Nun, dann wollen wir nach der Lenzerheide hinauffahren!«

»Gut.«

Sie stieg ein, und er fuhr los.

»Heute bin ich glücklich!« sagte er. »Ich wollte, dieser Kasten hätte Flügel und einen Propeller, dann würden wir über die Berge hinwegfliegen.«

»Ja, und uns den Hals brechen!«

Sie zeigte ihre weißen Zähne.

»Eine Stimme haben Sie wie Kreislers Violine! Es tut einem wohl, Sie lachen zu hören.«

Er hielt inne, dann fuhr er fort:

»Sehen Sie dieses lange, graue Gebäude dort links? Wir kommen jetzt gleich vorüber. Dort arbeite ich. Es ist das Gefängnis. Ich könnte Ihnen viele sonderbare Geschichten erzählen, die sich hinter diesen Mauern abspielen.«

»Ich auch«, sagte sie.

Er warf ihr einen schnellen Blick zu und war erstaunt über die jähe Veränderung in ihren Zügen.

»Sind Sie schon drin gewesen?«

»Nein, aber mein Vater hat drin gesessen.«

(,Es ist besser, ich sage es ihm gleich‘, dachte sie.)

Andi verlangsamte die Fahrt und schaute sie fragend an.

»Ich dachte, Sie wüßten es vielleicht«, sagte sie, »da Ihr Büro im Gefängnis liegt.« Sie biß sich auf die Lippe.

»Ich wußte es nicht.« Er schluckte.

»Sie sind überrascht?«

»Ja, ein wenig – natürlich.« Er lachte nervös. »Wer hat ihn denn ins Gefängnis geschickt?«

»Richter Bonatsch.«

»Ein Kreisrichter?«

»Ja, in Andruss.«

»Und weshalb?«

Sie blickte verloren zum Fenster hinaus und strich sich eine lose Haarsträhne aus der Stirn.

»Weil er leider kein sehr netter Mensch war.«

»Wie lang hat er hier gesessen?«

»Vier Monate.«

»Warum aber?«

Sie seufzte. »Ach, er hat immer zuviel getrunken. Er hat Kruzifixe mit Schmutz beworfen. Er hat Leute niedergeschlagen und ihnen die Nase kaputt gemacht. Das heißt, er hat sich allgemein unbeliebt gemacht.«

»Er scheint also ein recht lebhafter Herr gewesen zu sein.«

»Alle Leute im Tavetch kannten ihn. Er konnte sich wohl nicht helfen.«

»Aber ihr Vater wurde doch nicht wegen – nun, wegen eines sogenannten kriminellen Vergehens eingesperrt?«

»Was meinen Sie damit?«

»Ich meine wegen eines Diebstahls oder wegen eines wirklichen Verbrechens.«

»Niemals! Niemals!« erwiderte sie und ballte die Fäuste.

Andi holte Atem und schluckte wieder.

»Sie hatten es zu Hause recht schwer?«

»Manchmal, wenn Vater betrunken war. Aber sehen Sie, was sollte er denn anfangen in einem so abgelegenen Nest wie dem Jeff? Es gibt viele Menschen, die sich betrinken. Außerdem waren wir so ziemlich die einzigen Protestanten in der ganzen Gegend, und wir hatten massenhaft Feinde, die sein Geschäft zugrunde richten wollten.«

»Was für ein Geschäft denn?«

»Er hatte eine Sägemühle im Jeff, und das ganze Land ringsum hat ihm gehört. Es gehört der Familie, seit Hauptmann Lauretz sich dort niedergelassen hat –«

»Hauptmann Lauretz? Wer war denn das?«

»Ein Hauptmann unter Napoleon, ein Franzose aus der Normandie.«

»Lauretz! Das ist kein französischer Name –«

»Vielleicht war es einmal ein französischer Name und wurde dann in Lauretz abgeändert. Vater hat oft davon gesprochen.«

»Armes Kind! Sie müssen viel gelitten haben«, sagte Andi teilnahmsvoll.

»Wir haben alle gelitten. Ich kann es nicht bestreiten.« Sie sprach jetzt sehr langsam und wog jedes Wort ab. Er hatte den Eindruck, daß ihr das Sprechen weh tat, und drückte ihr einen Augenblick lang die Hand.

»Er war ein Mensch ohne jede Moral«, fuhr sie fort. »Er nannte sich einen Aristokratensohn – dumm, wie? Die Priester konnte er nicht ausstehen. Aber er war natürlich nicht immer so gewesen. Ich erinnere mich noch an die Zeit, wo er sehr nett mit uns war und mit uns gespielt hat – im Tavetch, wo wir den Winter über wohnten.« Sie hielt inne. Ihre Augen füllten sich mit Tränen.

(‚Ja, jetzt mußt' es heraus!' dachte sie bei sich. ‚Jetzt ist der richtige Augenblick da!')

»Eine Frau hat ihn gekapert«, fuhr sie fort. »Damit hat es angefangen. Sie hat zwei Söhne von ihm, und er ist oft wochenlang bei ihr geblieben.«

»Arme Mutter!« sagte Andi. »Sie muß Qualen gelitten haben.«

»Ja, aber wir haben uns sehr bemüht, ihr zu helfen, und haben, so gut wir konnten, die Sache zusammengehalten.«

Abermals hielt sie inne.

»Armes Kind«, sagte er, »es schmerzt mich, daß Sie so viel Unglück hatten. Ihr Freund Henri –«

»Mein Freund? Ihr Freund!«

»Unser beiderseitiger Freund also«, fuhr er fort, »hat mir von Ihnen erzählt. Ich bin jetzt sehr stolz darauf, daß Sie auch mich in ihr Vertrauen gezogen haben. Ich danke Ihnen dafür.«

»Hat er Ihnen erzählt, daß ich einen kleinen idiotischen Bruder habe, und daß Vater vorigen November von zu Hause weggegangen und nicht mehr wiedergekommen ist?«

Sie schaute ihn an mit einem verschleierten Blick, einem fast ausdruckslosen, harten Blick.

Er bog gerade um eine Ecke und sah ihren Blick nicht. Er zuckte die Achseln.

»Es ist doch schließlich ganz egal! Sie sind die, die Sie sind, und das ist die Hauptsache!«

Sie öffnete ihre schöne Tasche, zog ein Taschentuch hervor und wischte sich die Tränen ab.

»Sonderbar, sehr sonderbar«, murmelte er, »wie man seinen
Vater liebt, auch wenn er ein Lump ist.«

»Es war nicht nur seine Schuld«, sagte sie schnell. »Wenn er
unter besseren Umständen hätte leben können, wäre er sicherlich ein ganz anderer Mensch geworden und hätte uns auch nicht
verlassen.«

»Jedenfalls war es sehr unrecht von ihm, mit dem Geld wegzu-
laufen, das Matthias Lauters Ihnen hinterlassen hat«, brummte
er. »Wenn er wieder auftaucht, kann er schwer dafür bestraft
werden.«

»Das wissen Sie also auch!«

»Ja, Henri hat es mir erzählt.«

»Was hat er Ihnen noch erzählt? Darf ich das wissen?«

Er schüttelte den Kopf.

»Glauben Sie nicht, daß ich ein Klatschmaul bin, aber ich habe
mich vom ersten Tag an, da ich Sie kennenlernte, für Sie
interessiert.«

Eine Zeitlang schwiegen sie beide.

»Recht schlimm für Sie, daß er mit Ihrem Geld durchgebrannt
ist! Warum haben Sie ihm denn nicht die Polizei hinterher-
geschickt?« begann Andi wieder.

»Jeses, das hätte doch einen riesigen Skandal gegeben! Kinder,
die ihrem eigenen Vater die Polizei auf den Hals hetzen!
Würden Sie so etwas fertigbringen? Niemals! Und wir auch
nicht! Wir haben beschlossen, die Sache für uns zu behalten
und abzuwarten, was geschieht.«

»Wo steckt er denn jetzt? Haben Sie eine Ahnung?«

»Wir wissen es nicht. Keiner von uns weiß es.«

»Aber die Polizei weiß wohl, daß er verschwunden ist?«

»Ja, Niklaus ist zum Kreispräsidenten gegangen und hat es ihm
mitgeteilt.«

»Und was werden Sie tun, wenn er eines Tages zurückkehrt?«

»Wir werden uns damit abfinden, wir sind ja jetzt ganz unabhängig. Niklaus hat die Schulden abgearbeitet. Hanna hat Arbeit. Ich arbeite auch.«

»Für die Familie, wie?«

»Nein, nicht nur für die Familie. Ich will ganz selbständig

werden. Ich will dieses Leben loswerden und ein neues Leben beginnen. Und ich hoffe, daß ich später einmal ein paar Monate ganz allein verbringen kann. Bloß um nachzudenken und Pläne für die Zukunft zu schmieden!«

Sie fuhren die breite Straße entlang, die sich in großen Serpentinen durch den Wald schlängelte. Tief unten in einem Winkel des steilen Tales lag Passugg.

»Ich möchte gern einmal Ihre Angehörigen kennenlernen«, sagte Andi.

»Wir sind bescheidene Leute.«

»Das weiß ich noch gar nicht. Mit einem Großvater oder Urgroßvater, der Hauptmann unter Napoleon war! Eine richtige Ahnengeschichte!«

»Es ist nicht weit her damit«, erwiderte sie.

Er schaute sie einen Augenblick lang mit fröhlicher Miene an. »Ihr Vater muß ein ganz außerordentlicher Mensch gewesen sein.«

»Wieso?« fragte sie fast erschrocken.

»Nun, er hat in der Zeit eines Menschenlebens das geschaffen, wozu die Natur Millionen von Jahren gebraucht hat, ein menschliches Juwel namens Silvia!«

Silvelie führte ihr Taschentuch an die Nase und nieste.

»Verzeihung«, sagte sie, »ich kann nichts dafür.«

Und sie nieste noch einmal.

»So ist es richtig!« rief er lachend. »Sie haben ein wunderbares Talent, Sorgen leichtzunehmen. Und das ist wirklich ein Geheimnis, das viel wert ist! Sehr selten unter uns nördlichen Rassen! Die Griechen haben es verstanden, so zu leben. Selbst den Tod wußten sie leichtzunehmen, während er für uns ein schwarzes, in Tränen und Stöhnen gehülltes Mysterium ist.«

»Manchmal«, sagte Silvelie, »sehe ich zum Fenster hinaus und betrachte die Sterne, und dann denke ich mir nach einer Weile, daß die Dinge in unserer Welt gar nicht den Sinn haben, den wir in sie hineinlegen. Ich will nicht wissen, wie weit die Sonne und der Mond von mir entfernt sind. Mir ist das ganz gleich. Mir genügt es, daß ich sie sehen und lieben kann. Und dann habe ich das Gefühl, als ob ich immer lachen möchte, wenn die Leute weinen, und weinen, wenn sie lachen!«

362

Ihre Augen leuchteten heiter und glücklich, und ihre gute Stimmung teilte sich Andi mit.

Sie blickten die weiten, grasbewachsenen Hänge hinab, betrachteten die Bergdörfer und Hütten, die wie vereinzelte Tupfen in dem grünen Leuchten lagen. Dicht in der Nähe toste die Rabiosa, die überschwengliche Tochter der Gletscher.

»Wirklich ein entzückender Tag«, sagte Silvelie, und es war ihr so froh zumute, wie seit langem nicht mehr.

»Die Gegend erinnert mich jetzt ein wenig an das Yzollatal«, sagte Andi. »Komisch, ich kannte Lauters dem Namen nach schon seit Jahren. Ich kannte seine Arbeiten und wußte doch nie, daß er dort oben eine Hermitage hat. Sind Sie nicht sehr stolz darauf, daß Sie eine Sammlung seiner Bilder besitzen?«

»Ja«, erwiderte sie, »aber sie machen mir auch viel Kopfzerbrechen. Meister Lauters' Familie und ihr Rechtsanwalt schreiben mir immerfort, sie wollen mir die Bilder abkaufen.«

»Wissen Sie, was sie wert sind?«

Sie schüttelte den Kopf.

»Ich kann es nicht leiden, wenn Leute darüber reden, was die Bilder wert sein mögen. Für mich sind sie heilig. Bedenken Sie doch nur, die meisten dieser Bilder habe ich ihn malen sehen! Nicht eines will ich verkaufen, ich würde vor Scham in die Erde versinken!«

»Solange ich lebe«, brummte er, »werden Sie sie nicht zu verkaufen brauchen.«

Silvelie lehnte sich in den tiefen, gepolsterten Sitz zurück und betrachtete stumm das Instrumentenbrett. Er verstand den Sinn ihres Schweigens und achtete es. Mit einem Male aber überwältigte ihn eine wilde Freude. Ihre offene, freie Erzählung hatte sie ihm viel näher gebracht. Und als wolle er seiner Freude Ausdruck verleihen und die Sorgen abschütteln, die hinter dieser Freude drohten, legte er plötzlich ein höllisches Tempo vor, sauste schnell die steile Straße hinan, mit offenem Auspuff, während der Kompressor wie eine durch die Luft sausende Granate winselte. Eine wollüstige Starre bemächtigte sich Silvelies und hielt sie gleichsam in ihrem Bann, bis sie auf ein breites Plateau gesaust kamen, an dessen Rändern riesige

Tannen emporragten. Von einer Lichtung her glitzerte ein blauer See wie ein Türkisenfeld. Andi brachte den Wagen zum Stehen. »Heidsee!« rief er und öffnete das Fenster. »Wie wäre es mit einem Bad?«

Er streckte den Kopf hinaus.

»Wunderbar warm! Ah, wie die Tannen duften, wie der Weihrauch der Götter! Neben dem Kurhaus sind ein paar Badehütten.«

»Ich habe nichts mit.«

»Wir können uns Anzüge borgen. Wenn Sie bloß schwimmen können! Können Sie schwimmen?«

»Ja, ich habe es in der Schule gelernt. An warmen Nachmittagen sind wir immer an den Sankt-Gada-See hinunterspaziert. Das Wasser war wie Glas und sehr kalt, und dann spielten wir Fischreiher und standen am Ufer und lauerten auf die Fische und tauchten dann plötzlich ins Wasser und versuchten, einen zu fangen. Ich habe nie einen erwischt. Einmal haben mir zwei Schulkameradinnen den Kopf unters Wasser gehalten. Sie kamen plötzlich herbeigeschwommen und sagten: ,Jetzt wollen wir die Ketzerin ertränken.' Und wenn Schullehrer Wohl es nicht gesehen hätte, wäre ich vielleicht ertrunken.«

Andi lauschte voll Entzücken dem Steigen und Fallen ihrer Stimme.

»Ich hatte viel Wasser geschluckt. Nachher konnte ich tagelang kein Wasser trinken. Die Mädchen sagten, es war nur ein Scherz, und sie wurden nicht bestraft. Die eine von ihnen hatte später großen Kummer mit einem Seminaristen aus Andruss, von dem sie ein Kind bekam. Ja, ich möchte gern baden, aber Sie müssen mir versprechen, mich nicht unterzutauchen.«

»Das will ich gern versprechen«, rief er lachend. Seine Zähne blitzten, in seinen Wangen bildeten sich Grübchen, und Silvelie betrachtete mit fast verzückter Bewunderung die lächelnden, tiefen Falten in seinem kühnen, gebräunten Gesicht.

»Ehrlich?«

»Ehrlich!«

Dann fuhr er zum Hotel. Es waren nur sehr wenig Gäste da, und die Direktion bemühte sich, sämtliche Wünsche des jungen

Herrn von Richenau zu erfüllen. Andi borgte zwei Badeanzüge, einen hellblauen für Silvelie und einen schwarzen für sich, und ein Paar große Badetücher. Silvelie borgte sich noch eine Gummikappe und Gummischuhe dazu.

Dann spazierten sie den Miniaturstrand entlang, an dem Pfosten vorbei, an dem Dutzende von Polizeiverordnungen hingen.

Es waren außer ihnen nur noch zwei Leute am Strand, ein Ehepaar. Der Mann schwamm auf dem Rücken, sein kugelrunder Bauch ragte wie der Kopf eines riesigen Pilzes in die Höhe, und er schnaubte und prustete wie ein Walfisch. Die Frau stand bis zu den Hüften im Wasser, die Arme über dem schlaffen Busen verschränkt und schaute sich um, als fürchte sie sich vor Haifischen und Krokodilen.

Andi und Silvelie nahmen zwei nebeneinanderliegende Kabinen und zogen sich um die Wette aus. Sie gewann das Rennen, war bereits im Wasser, schwimmend, pustend und keuchend, und blickte erwartungsvoll nach Andis Tür, als die Tür aufging und er herauskam, groß, muskulös, sonngebräunt, ein Bild der Gesundheit. Er lief auf das Sprungbrett hinaus, streckte weit die Arme aus, als wolle er den leuchtenden, glitzernden Bergsee umarmen, und tauchte – mit dem Kopf voran, wie ein Salm hoch emporspringend, beide Arme dicht an den Körper gepreßt – in die Tiefe. Wenige Sekunden später schoß sein Kopf dicht neben Silvelie aus dem Wasser empor. Sie lachte laut. Das Echo ihrer Stimme sprang von dem dunklen Wald zurück.

»Wollen wir um die Wette schwimmen, bis zur Insel und zurück?« schlug er vor, während er sie schwimmend umkreiste.

Die von der knappsitzenden Gummikappe scharf umrissene Form ihres Kopfes gefiel ihm und faszinierte ihn.

»Ich kann nicht – mein Arm«, keuchte sie.

»Hol der Teufel den Arm!« rief er. »Ich will das nicht länger mit ansehen. Ich fahre mit Ihnen zu Gruber. Sie müssen mir das erlauben! Ich habe jetzt bald Urlaub, sechs Wochen lang, und dann fahren wir miteinander nach Zürich.«

»Sie müßten gleich einen Waggon voll Lauretze zu Ihrem Professor schaffen!« stieß sie hervor und schwamm ans Ufer.

Andi schaute zu, wie ihre Schultern aus dem Wasser hervorwuchsen und ihr Körper gleichsam dem See entstieg. ‚La nascita di Venere', dachte er. Voll Bewunderung folgte sein Blick den verführerischen Rundungen ihrer Schultern, die sich nach der Taille zu verjüngten, den Wellenlinien der Hüften, den glatten, seidigen Wölbungen der Schenkel, den schlanken, aber kräftigen Waden und den dünnen, vollkommenen Fesseln. Und als sie sich umdrehte und ihm zuwinkte, sah er mit Entzücken ihre festen, runden Brüste, unter denen die Sonne zarte Schatten schuf, die festen, symmetrischen Muskeln ihres Körpers modellierend.

Es war ihm bisher noch nie aufgefallen, wie gebückt Luise sich hielt. Ein kleinlicher Gedanke; er schämte sich halb und halb, konnte es aber nicht ändern. Der Vergleich drängte sich ihm auf.

»Ho, ho!« rief Silvelie. »Ich friere schon. Jeses, wie kalt das ist!« Und sie verschwand in ihre Kabine.

Sie wanderten unter den großen, dunkelgrünen Tannen umher. Zwischen den schwärzlichen Stämmen schimmerten der See und das gegenüberliegende Ufer. Die grünen Allmenden, die grauen, zackigen Felsen und die fleischroten Pics mit den Adern von Schnee spiegelten sich verkehrt in der strahlenden Wasserfläche.

Ab und zu sah Andi Silvelie an oder Silvelie sah ihn an. In ihren Blicken war etwas, das erkennen ließ, daß ihr Glück nicht vollkommen war. Es war, als lauere in ihren Augen ein heimlicher Ernst, eine Melancholie, vielleicht sogar ein gutes Maß von Verzweiflung.

»Kommen Sie, gehen wir tiefer in den Wald hinein, ich will mit Ihnen sprechen«, sagte Andi.

Sie schritt an seiner Seite dahin. Sie folgten einem Pfad, der bergauf führte, und bogen dann seitwärts ab. Bis zur Brust im Unterholz versinkend, drangen sie in das Dämmerlicht ein, zwischen den mächtigen Baumstämmen, während die Sonne hier und dort durch die Lücken hereinblitzte und den Efeu beleuchtete, der gleich hellgrün schimmernden Schlangen sich an den großen, hölzernen Säulen emporwand. Ringsumher

366

schwebte der Duft warmen Kiefernharzes, und ihre Füße traten lautlos in das weiche Moos.

Das große Schweigen hüllte sie ein.

»Setzen wir uns«, sagte Andi. Er hockte sich hin und lehnte sich mit dem Rücken an einen Stamm.

Silvelie ließ sich dicht neben ihm nieder. Ihr Herz begann zu pochen und die Pupillen ihrer Augen weiteten sich. Andi erhaschte von der Seite her einen Blick ihrer Augen. Eine tiefe Traurigkeit überwältigte ihn.

»Nein«, sagte er unvermittelt, seine Gedanken laut aussprechend. »Es ist nicht Heuchelei, wenn ich mein Ich und mein Tun vor der Welt geheimhalte. Ich bemühe mich nur, ihrem starren Blick und ihren gierigen Klauen zu entrinnen, die alles beschmutzen, was sie berühren. Ich habe ein Recht auf mein Eigenleben, und dieses Recht werde ich mir nicht nehmen lassen.«

Sie hörte das Pochen ihres eigenen Herzens.

»Was wollten Sie mir sagen?«

Ihre dunkle nervöse Stimme zitterte ein wenig.

Er lehnte den Kopf gegen den Baum zurück und starrte zu dem Streifen blauen Himmels empor. Seine Blässe, seine müden Augen taten ihr weh.

»Das Entscheidende ist, daß Sie alles, was ich sage, richtig verstehen und nicht glauben, es stecken egoistische Beweggründe dahinter«, begann er mit leiser Stimme. »Ich bitte Sie, mir zu glauben. Das ist alles.«

Sie ließ langsam den Kopf sinken. Er legte seine Hand auf ihre Hand. Plötzlich nahm er sie in seine Arme. Er beugte sich über sie und küßte sie auf den Mund.

Leidenschaftlich gab sie ihm ihre Lippen. Aus dem Wipfel zu ihren Häupten flog ein Vogel davon, und ein feiner Nadelregen rieselte auf sie herab. Er lockerte ein wenig seine Umarmung. Sie lag in seinen Armen, bleich, überwältigt, regungslos. Ihre Augen waren geschlossen, und ihre dünnen Nasenflügel zitterten. Er küßte sie auf den Hals, auf die Schultern, er küßte in atemloser Verwirrung ihren Körper.

»Sivvy, es ist mein Recht, dich zu lieben! Es ist mein gutes Recht!«

Sie konnte nicht antworten.

»Und ich liebe dich! Nichts wird mich je daran hindern können, dich zu lieben!«

Seine Blicke wanderten voll überfließender Zärtlichkeit über ihr Antlitz und über ihren Körper. Er zog sie enger an sich.

»Ich liebe nur dich! Nur dich!«

Er küßte sie wieder, aber ihre Lippen waren kalt geworden, und sie schien zurückzuschrecken, schien seinen Armen zu entgleiten. Ein rasender Schmerz durchzuckte ihn. Sie rückte langsam von ihm ab und schüttelte den Kopf.

»Ich bin eine schreckliche Egoistin«, sagte sie.

»Du Liebes«, sagte er und legte den Arm um ihre Schultern.

»Ich kann ohne dich nicht leben.«

Er drückte sie fest an sich.

»Ich kann es nicht ertragen, von dir getrennt zu sein. Durch dich ist mein Leben zum Stillstand gekommen. Ich möchte in dich hineinkriechen, mit meinem ganzen Körper in dir leben. Ich möchte du sein.«

Sie streichelte sanft seine Hand und nahm sie von ihrer Schulter weg.

»Oh, ich weiß genau, was du denkst und fühlst«, sagte er, ein wenig zur Seite rückend.

»Vielleicht weißt du, was ich denke, ja! Aber was ich fühle – ich glaube nicht, daß du das weißt!«

»Dann soll dein Denken deinem Fühlen treu sein.«

Sie schüttelte müde den Kopf.

»Ich kann nicht! Ich kann nicht! Ich darf nicht! Es ist unmöglich! Andi, es ist unmöglich!«

Er zögerte.

»Du glaubst, ich bin kein freier Mann, du glaubst, ich habe kein Recht, solche Forderungen an dich zu stellen.«

Ihre Blicke taten ihm weh.

»Nun, du irrst dich«, sagte er triumphierend. »Ich liebe Luise nicht.«

Immer schmerzlicher wurde der Ausdruck in ihrem Gesicht. Sie mußte sich anstrengen, um auch nur ein Wort über die Lippen zu bringen.

Seine Augen loderten in mühsam unterdrückter Spannung. Sie sah ihn von der Seite an, mit einem verschleierten Blick, mit einem Blick voller Argwohn.

»Arme Luise«, sagte sie. »Was würde sie sagen, wenn sie uns jetzt sähe?«

»Was hat es für einen Sinn, von ihr zu sprechen?«

»Ich versetze mich in ihre Lage.«

»Das macht dir Ehre«, sagte er, »aber du darfst es nicht – «

»Es würde ihr das Herz brechen«, unterbrach sie ihn.

»Ihr Herz?«

Er verzog den Mund.

»Was weißt du denn davon?«

»Ich habe sie in Valduz gesehen, bei dem Musikfest, und dein Freund, Doktor Scherz, hat mir viel von ihr erzählt.«

»Henri kann sie nicht leiden.«

»Das geht mich nichts an.«

»Wenn Luise leidet, leidet sie nur unter ihrem eigenen Egoismus und ihrem verletzten Stolz.«

»Herr Doktor, Sie dürfen keine Dummheiten machen«, sagte Silvelie kurz und bündig.

»Wenn du noch einmal Herr Doktor zu mir sagst, stehe ich auf und laufe weg.«

»Was soll ich denn sagen?«

»Ich heiße Andi.«

»Gut also, Andi, du darfst keine Dummheiten machen. Du bist mit einem sehr netten Mädchen verlobt, einem hübschen, klugen, reichen Mädchen, das deiner Klasse angehört – «

»Ich werde sie wohl besser kennen als du!«

Er zog sie brüsk in seine Arme. Und eine tiefe Zärtlichkeit überflutete ihr Herz.

»Das ist ja alles ganz unmöglich!« stammelte er. Die Leidenschaft überwältigte ihn. »Es widert mich an, Sivvy, versuch doch, mich zu verstehen! Es ist nicht meine Schuld, daß ich dir begegnet bin und mich in dich verliebt habe.«

»Ich weiß.«

Ihr Mund war dicht an seinen Augen.

»,Gegen den Willen des Himmels
kein noch so harter Zwang
menschlicher Kräfte siegen kann.
Das Leben gleitet wie der Fluß
in vielen Windungen.
Nicht aus eigener Laune wählt es seinen Lauf,
unbekannte Gesetze schaffen ihm Hindernisse,
lenken es hierhin und dorthin,
streng und väterlich.
O Narr, der gegen die Mächte des Schicksals
seine freie Wahl behaupten will!'

Ja, ich habe die Verse auswendig gelernt. Aber wir sind keine
Flüsse, Andi, wir sind Menschen. Wir haben einen eigenen
Willen. Manchmal dürfen wir bestimmte Dinge nicht tun, weil
wir an die andern denken, die darunter leiden könnten. Unsere
eigenen Gefühle hindern uns daran...«
»Ich weiß nicht, was das an dir ist, das mir so weh tut und mich
zugleich mit Entzücken erfüllt. Es ist eine solche Tiefe in dir,
und diese Tiefe erschüttert mich! Sie gleicht den großen Wäl-
dern, Bergen und Gletschern, die man nie ganz erforschen kann.
Es ist eine andere Welt in dir, die Welt, die größere Welt. Ich
habe viele Liebschaften gehabt, ich bin den Frauen nachgelaufen, immer in der Hoffnung, ich könnte ein neues Königreich
entdecken. Aber erst jetzt hab' ich es gefunden.«
»Warum erzählst du mir das alles?«
»Es ist ganz gleichgültig, was ich sage. Und was ist – ist!«
Er zog sie enger an sich. Sie sah wie geistesabwesend zur Seite.
Er schüttelte sie sanft.
»Sivvy, Sivvy, was hast du nur?«
Sie wandte ihm ihr Gesicht zu.
»Seit ich dich das letztemal gesehen habe, ist vieles mit mir ge-
schehen«, sagte er. »Ich bin ein anderer Mensch geworden. Ich
bin zu einer Entscheidung gelangt. Ich habe mich entschlossen,
meine Verlobung mit Luise zu lösen.«
Sie machte sich ganz langsam von ihm los, wandte sich ab und
blickte zu Boden.

‚Jetzt ist der Augenblick da, um ihm alles zu sagen‘, dachte sie. ‚Die nackte, schreckliche Wahrheit.‘

Sie betrachtete seine blanken, braunen Schuhe, seine weißen Socken von feiner Wolle.

‚Aber wird er das Geheimnis für sich behalten?‘

»Ich könnte nie heiraten und das Eigentum eines Mannes werden«, sagte sie. »Ich will frei sein und in meinem Leben etwas schaffen, was sich verlohnt. Ich würde mich nie damit zufrieden geben, meine eigene Persönlichkeit einfach in der eines andern aufgehen zu lassen. Ich brächte das nicht fertig, auch nicht, wenn ich liebte.«

»Du bist wunderbar selbständig, nicht wahr?« sagte Andi mit einer Bitterkeit, die fast an Spott grenzte.

Er glaubte zu merken, wie zwischen ihnen ein Abgrund sich öffnete.

»Ich mag sehr egoistisch sein«, fuhr er fort, »aber ich würde ebensowenig einen Menschen zu einem Sklaven machen wollen, wie ich selbst kein Sklave werden möchte. Keine hundert Pferde, nein, nicht einmal eine Lokomotive unserer eidgenössischen Bundesbahn könnten mich von meinem Entschluß abbringen, mit Luise zu brechen. Ich bin ihr nichts schuldig. Die Leute werden mich wahrscheinlich für einen Dummkopf halten, weil ich auf die Millionen der Frobischs verzichte. Das ist mir egal. Ich habe Bauernblut in den Adern, und wie ein Bauer verachte ich die Meinung der Leute. Was dich betrifft – es kümmert mich nicht, wer und was du bist. Mir genügt es, meine Gefühle zu kennen, und die habe nur ich zu beurteilen. Und ich werde mich auch nicht entschuldigen, weil ich dich geküßt habe. Im Gegenteil, ich hoffe, das noch viele Male zu tun. Ich hoffe, deine Unabhängigkeit und deinen erheuchelten Stolz zu besiegen. Ja, deinen erheuchelten Stolz! Dein Stolz ist eine Maske. Ich glaube nicht an ihn. Soweit es sich um mich handelt! Königinnen brauchen nicht stolz zu sein. Ihre Stellung ist sicher genug.«

Er lehnte den Kopf an ihre Schulter.

»Kannst du mich nicht ein bißchen liebhaben?«

Er wartete einen Augenblick, aber sie schwieg.

»Ich glaube, dich hat noch nie einer geliebt, wirklich geliebt, von ganzer Seele, sonst würdest du meine Gefühle nicht so geringschätzen. Ich liebe dich auch so, wie du jetzt bist, stumm und abweisend. Das kommt von deinem Leben in den Bergen. Sei nicht böse. Ich muß mir jetzt alles von der Seele reden.«
Sie sah ihm in die Augen. Eine milde Zärtlichkeit, eine reife menschliche Güte schimmerte feucht in diesen Augen.
‚Wie bringt er es fertig, Verbrecher ins Gefängnis zu stecken?‘ dachte sie.
Bei diesem Gedanken durchzuckte sie ein Schauer. Er rückte von ihr ab und setzte sich ihr gegenüber mit gekreuzten Beinen ins Moos.
»Nun hör mich an!« sagte er. »Ich muß auch an meine Familie denken, aber das macht mir kein Kopfzerbrechen. Die Leutchen sind recht gut beisammen und haben den festen Glauben, daß Gott ihnen alles, was sie besitzen, auch wirklich zugedacht hat. Ich liebe meine Mutter. Sie ist der einzige Mensch, den ich wirklich von ganzem Herzen liebe. Und sie steht auch weit über dem Durchschnitt. Sie hat Verstand und Gefühl. In ihrer Jugend muß sie dir ähnlich gewesen sein. Sie ist immer noch sehr schön... Mein Vater ist ein hartköpfiger Mensch. Ich glaube nicht, daß er jemals auch nur hundert Worte hintereinander mit mir gesprochen hat; trotzdem sind wir einander in vielerlei Hinsicht recht zugetan. Mein Bruder ist Pfarrer, ein dicker, rosiger Kerl, voll Lustigkeit, aber ohne jeglichen sozialen Instinkt. Meine Angehörigen werden empört sein. Abgesehen von meiner Mutter werden sie meine Handlungsweise nicht verstehen. Und zwar deshalb, weil sie nie an die Seele, sondern immer nur an das Geld denken. Jetzt wirst du begreifen, warum ich auf das Briefchen, das ich dir schickte, in großen Buchstaben S.O.S. hingeschrieben habe.«
Er zupfte einige Tannennadeln von seiner Hose.
»Du meinst vielleicht, daß ich das Ganze als eine Art Abenteuer betrachte. Es ist ja auch gewissermaßen ein Abenteuer, aber ein sehr ernstes Abenteuer, weil ich die feste Absicht habe, dich zu meiner Frau zu machen. Aber da du davon nicht sehr begeistert zu sein scheinst, werde ich warten. In der Zwischenzeit verlange

ich nur von dir, dein Freund sein zu dürfen, dein wirklicher Freund. Und als dein Freund habe ich gewisse Pflichten zu erfüllen. Erstens sollst du sofort den Posten bei Madame Robert aufgeben. Du hast ihn nur angenommen, um dir dein Brot zu verdienen, und was du dort verdienst, kann ich ebensogut für dich bereitstellen, und noch mehr, viel mehr. Es ist deine feierliche Pflicht, meinen Vorschlag anzunehmen, bevor deine Schönheit in diesem Etablissement zu einer stehenden Einrichtung wird. Zweitens müssen wir den Versuch machen, deinen Arm wieder ganz in Ordnung zu bringen. Dann wird es dir leichter fallen, ihn um meinen Hals zu legen!«

Silvelie brach in ein lautes Lachen aus. Ihre Stimme hob und senkte sich, hallte durch den Wald, und aus den Wipfeln schossen erschreckt die Vögel davon.

»Es ist wirklich nicht zum Lachen«, sagte Andi.

»Ich weiß, Andi!« erwiderte sie und sah ihn mit ihrem ehrlichen, geraden Blick an. »Aber du hast es so komisch gesagt!«

Er nahm ihre Hände und küßte sie, dann zog er sie näher zu sich heran und küßte sie auf den Mund. Sie erhob sich. Er sprang zugleich mit ihr auf und legte den Arm um ihre Hüften.

»Ich meine das alles ganz ernst!« Es klang fast streng.

»Du würdest mir nie verzeihen, wenn ich dein Anerbieten annähme!«

Sie strich sich den Rock glatt.

»So? Wenn du mich heimtückisch in einen Abgrund stößt, wird noch kurz vor dem sicheren Tod mein letzter Gedanke dir und meiner Liebe zu dir gehören!«

Er nahm ihren Arm, und sie gingen zum See zurück.

17

Am Freitag wurde Andi von Luise angerufen. Sie bat ihn, den Sonntag mit ihr in Sankt Gallen zu verbringen. Er fühlte sich durchaus nicht geneigt, die Frobischs zu besuchen, und erfand eine Entschuldigung. Er habe mit einigen Freunden, Offizieren, vereinbart, ein Wettreiten im Hürdenspringen auszutragen, und abends solle in Lanzberg mit den Mitgliedern des »Klubs« im »Hof« ein Bankett stattfinden. Luise meinte, sie würde nach Lanzberg kommen.

»Das wird leider nicht gehen«, sagte er, »es sind keine Damen eingeladen, du würdest die einzige Dame sein.«

»Andi, ich fühle mich schrecklich einsam ohne dich!« protestierte sie. »Ich werde so schrecklich froh sein, wenn wir erst verheiratet sind! Wenn ich nicht zu dir kommen kann, fahre ich nach Richenau und verbringe den Tag mit deiner Mutter.«

»Nimm deine Mama mit«, schlug er vor. »Ich telephoniere nach Richenau und melde euch an.«

Als er den Hörer auflegte, stieg ihm das Blut in die Wangen. ‚Ich werde mir jetzt bald einmal ein Herz fassen müssen‘, dachte er. ‚Ich werde es ihr sagen müssen! Wie aber? Was soll ich tun, um unsere Verlobung zu lösen?‘

Er sah in den Spiegel und ordnete seine Krawatte.

‚Was ist Glück?‘ fragte er sich. ‚Geben ist für mich das einzige Glück. Wenn ich etwas geben kann, bin ich glücklich. Luise kann ich nichts geben, Silvelie kann ich alles geben.‘

Er rückte seine Perlnadel zurecht.

‚Frobisch und Compagnie!‘

Er schüttelte sich.

‚Puh! Ein Schwiegervater, der wie ein Schweineschlächter aussieht, eine Schwiegermutter, die eigentlich hinter einer Glaswand vor einem Kontobuch sitzen und die Aufträge der Kunden notieren müßte! Ich soll die ganze verfluchte Familie heiraten. Und hinter meinem Rücken verschwören sich die Weiber, mich aus Lanzberg wegzulocken und in das Spitzengeschäft hineinzuschieben! Was noch alles!‘

Er sah sich in seinem Zimmer um.

‚Lieber will ich einen bösartigen Sägemüller zum Schwiegervater haben, der die Leute niederschlägt und ewig betrunken ist. Steck ihm ein wenig Geld in die Tasche, und er wird ein feiner Herr sein. Viel lieber mit einfachen Leuten aus den Bergen verschwägert sein, als diesen halbkultivierten, kleinbürgerlichen Kreis ewig um sich!‘

Seine Gedanken kehrten unablässig zu Silvelie zurück. Das

arme Kind haust in einer Dachkammer. Sie muß ihre herrlichen
Glieder auf einem Dienstbotenbett ausstrecken. Ja, die bloße
Erinnerung an sie war für ihn wie eine zarte Liebkosung. Millionen kleiner Fäden schienen ihn sanft zu ihr hin zu ziehen.
Diesen schöngeformten Mund, diese tiefgeschnittenen Lippen
zu küssen, sich an diese elfenbeinweißen Zähne zu pressen und
ihren Atem einzusaugen! Woran erinnerte ihn ihr Atem? Ja,
an den Milchreispudding, den er als kleiner Junge zu essen
pflegte. Und sie hatte Geist, einen unbekümmerten, hochfliegen-
den Sinn. Sie wiederholte nur selten einen Gedanken. Es war
nicht der Verstand eines gebildeten Menschen, sondern die
Denkweise eines jungen Weibes, das in der freien Natur aufgewachsen und durch vieles Elend reif geworden ist. Es lag
etwas sehr Primitives in Silvelies Charakter.
Und Luise? Konservatorium, Schleierspitzen, seidene Pull-
overs, schweizerische Imitationen ausländischer Spitzen – eine
Spitzenseele.
‚Ich habe einen großen Fehler begangen!'
Verzweifelt kehrte Andi an seinen Schreibtisch zurück und betrachtete Luises Photographie in dem silbernen Rahmen. Ihr
Dreiviertelprofil ärgerte ihn. Ihre hübsche Nase sprang zu weit
unter der flachen Stirn vor. Nichts von Romantik oder Poesie
lag in ihren ausdruckslosen Augen. In diesem Kopf war alles
sehr nett, sehr ordentlich und selbstverständlich. Ihr fehlte jede
wirkliche Sinnlichkeit. Ihre Nasenflügel waren zu sehr in die
Länge gezerrt und hatten etwas Gummiartiges. Sie erinnerte
ihn plötzlich an ein junges Zebra. Der Gedanke, er könnte für
immer durch gesetzliche Bande an diese Frau gebunden sein,
brach mit der Wucht einer Ladung Ziegel über ihn herein. Nein,
Luise war ihm fremd geworden; sie gehörte seiner Vergangenheit an. Nun galt es nur noch, ihr das klarzumachen, ohne ihr
allzusehr weh zu tun. Die Sache war nicht leicht, denn er wußte,
daß sie in Gedanken ihre ganze Zukunft auf ihn gestellt hatte.
In dieser Hinsicht hatte sie sehr viel Entschlossenheit bewiesen.
Er schob die Photographie von sich weg.
Als Andi seine Wohnung verließ, befand er sich in einer recht
sonderbaren Stimmung.

Er hatte im Laufe des Vormittags einige dienstliche Angelegenheiten mit dem Gerichtspräsidenten zu erledigen. Vielleicht, dachte er bei sich, als er das uralte Tor durchschritt, durch einen gewölbten Gang spazierte und eine abgetretene, mit einem schönen schmiedeeisernen Geländer versehene Steintreppe hinaufstieg... vielleicht würde es ratsam sein, Doktor Gutknecht mitzuteilen, daß er seine Verlobung zu lösen gedenke. Ja, er mußte die Sache sofort in ein ordentliches Geleise bringen, um einen Skandal zu verhüten. Ja, er mußte es dem Präsidenten sagen. Der alte Fuchs würde sich geschmeichelt fühlen.

»Guata Tag, Herr Doktor!« sagte der Schreiber, als Andi in das große Vorzimmer kam, dessen altertümliche Fenster mit den bunten Wappen der Stadt und des Kantons geschmückt waren, stand auf, öffnete die grüne Polstertür und verschwand im Zimmer des Präsidenten. Wenige Augenblicke später erschien er wieder in Begleitung Doktor Gutknechts, und Andi betrat das Allerheiligste des Präsidenten.

Doktor Gutknecht setzte sich in einen riesigen Ledersessel, der vor einem wuchtigen Schreibtisch stand. Er war ein Mann über die Sechzig, kahlköpfig, mit einem rötlichweißen Bart. Seine Augen blickten scharf und verschmitzt wie die Augen eines heimlichen Sünders, und in seinen langen, schmalen Fingern hielt er eine billige Zigarre. Andi war sehr ernst zumute. ‚Sonderbar‘, dachte er, ‚wie die Wände eines Amtszimmers einen sofort von der Außenwelt abzuschneiden scheinen‘. Und er beobachtete den Präsidenten, wie er sich schnaufend die trockenen Hände rieb, mit einer Beflissenheit, als wolle er aus der Haut Funken ziehen. Doktor Gutknecht begann sogleich einen Fall zu erörtern. Es handelte sich um eine Hebamme, die wegen Abtreibung vor Gericht gestellt werden sollte. Andi hatte diesen Fall bearbeitet, und der Präsident äußerte sich jetzt sehr ausführlich über eine Reihe von Einzelheiten. Er lobte Andis Arbeit, wollte noch einige Auskünfte über einen bestimmten Zeugen haben und bot schließlich Andi eine seiner Zigarren an, die Andi in die Tasche steckte, ohne die geringste Absicht, sie jemals zu rauchen.

»Und jetzt«, sagte Doktor Gutknecht, sich in seinem Sessel zurücklehnend, »muß ich Ihnen zu Ihrer Aufstellung für die Wahlen gratulieren. Sie treten in die Fußtapfen Ihres Vaters. Und Ihr Urlaub? Sie werden ihn wohl zu einer Hochzeitsreise benützen, wie?«

Er beugte sich schwerfällig über den Tisch, tastete nach einem großen messingnen Hörrohr und schob es sich ins Ohr.

Alle Welt kannte dieses Hörrohr. Alle Welt wußte, daß der Präsident auch ohne dieses Hörrohr recht gut hören konnte.

»Ich möchte Sie gern um einen Rat bitten«, sagte Andi, gab sich eine bescheidene Haltung und legte eine Handvoll Papiere auf den Schreibtisch. »Und zwar in einer Privatangelegenheit, wenn Sie mir gestatten wollen, die Sache hier zur Sprache zu bringen.«

»O ja, gewiß, Herr Doktor. Gewiß. Hier werden alle Angelegenheiten privat behandelt.«

»Nun, wenn Sie gestatten, will ich Ihnen die Sache in Form einer Frage vorlegen.«

»Nur los!«

»Gesetzt den Fall, Sie befänden sich in meiner Lage, Sie wären im Begriff, sich zu verheiraten, und entdeckten nun, daß Sie und die fragliche Dame doch ganz und gar nicht zusammenpaßten, ganz und gar nicht die nötige Übereinstimmung im Charakter besäßen, die die erste Voraussetzung für eine glückliche Ehe darstellt – was würden Sie in einem solchen Falle tun?«

Doktor Gutknecht beugte sich weiter vor und rückte mit seinem Hörrohr ein wenig näher an Andi heran.

»Dieser Fall ist mir noch nie passiert«, sagte er mit einem säuerlichen Lächeln.

»Leider handelt es sich um *meinen* Fall«, erwiderte Andi.

»Wohl, wohl!« erwiderte Doktor Gutknecht. »Ist es denn möglich? Ja, so etwas gibt es im Leben! Ich verstehe es durchaus.«

»Was würden Sie mir raten?«

Der Präsident faßte Andi scharf ins Auge, ohne sich zu rühren.

»Haben Sie den Gedanken ganz aufgegeben, noch einmal eine gütige Regelung zu versuchen?«

»Ganz und gar.«

Der Präsident nahm das Hörrohr aus dem Ohr und stellte es aufrecht auf den Tisch hin.

»Was gedenken Sie denn zu tun?«

»Ich habe die Absicht, die Verlobung zu lösen. Würden Sie das nicht für richtig halten?«

»Gewiß, gewiß! Ein Zeichen großer Charakterstärke! Die Millionen der Frobischs! Wohl, wohl, ich verstehe! Nun – natürlich, es ist vielleicht ein bißchen exzentrisch. Aber ich verstehe es durchaus. Die Neigung ist nicht tief genug. Und wer wird an die Stelle der jungen Dame treten?«

»Bis jetzt noch niemand!«

Der Präsident lehnte sich zurück.

»Die Frauen können einem recht lästig werden, nicht wahr? Wenn man so auf sein Leben zurückblickt und sie aus der Perspektive betrachtet, scheint einem die Wahl zwischen ihnen nicht schwerzufallen.«

»Ich sehe die Perspektive von der anderen Seite her«, sagte Andi, »und mir scheint es wichtig, ob man sich ein glückliches oder ein unglückliches Heim einrichtet.«

»Machen Sie sich von ihr los, junger Freund! Machen Sie sich von ihr los!« sagte Doktor Gutknecht mit hoher Falsettstimme. »Es handelt sich ja nicht um ein armes Mädel, das Sie sitzenlassen! Meinen Glückwunsch zu Ihrer Flucht, Herr Doktor. Mehr will ich nicht sagen, außer – besseres Glück fürs nächste Mal!«

»Vielen Dank für Ihren Rat, Herr Präsident!« sagte Andi, dann lächelte er vergnügt, machte eine kleine Verbeugung und verließ das Zimmer des Präsidenten. ‚Bisher läuft die Sache recht glatt', dachte er. Und einen Augenblick lang war er fest davon überzeugt, daß bereits alles in bester Ordnung war.

18

Gegen Ende Juni waren die Straßen Lanzbergs in bunten Flaggenschmuck gehüllt. Abermals wurde das Vaterland zur Schau gestellt. Es fand in Lanzberg der jährliche Kongreß des Pressevereins statt, und zur gleichen Zeit tagte die Schweizerische Esperantogesellschaft. Alles in allem waren an die dreihundert Delegierte erschienen. Die Polizei trug Galauniform.

Der Stadtrat begrüßte die Kongreßteilnehmer. Die Hotels und Gasthöfe waren voll besetzt. Ein besonderer Eisenbahnwaggon brachte eine zusätzliche Ladung Bier aus Zürich. Die Regierungsdepartements hatten eine Schar von Bürokraten entsandt. Die riesigen Eisentore des Ortsmuseums waren von acht Uhr früh bis sechs Uhr abends geöffnet, bei ausnahmsweise freiem Eintritt. Die Laternenpfähle unter den dorischen Stucksäulen waren frisch gestrichen, und die beiden Stucksphinxe, mit den jüdischen Nasen, am Eingang trugen hübsche Blumengirlanden um den Hals. Das runde Betonbecken im Garten hatte endlich frisches Wasser erhalten, und niemand freute sich mehr darüber als die fünf Goldfische, die dort seit undenklichen Zeiten lebten. Das Polizeiorchester veranstaltete auf dem Sankt-Basilius-Platz ein Konzert. Im »Capitol« wurden »Trader Horn« und Buster Keaton, Lanzbergs Lieblingskomiker, gezeigt. Sämtliche Schaufenster waren neu dekoriert, und in den Straßen des alten Städtchens roch es nach Braten, worüber man sich in einem Lande nicht wundern darf, allwo dreiundeinhalb Millionen Menschen jährlich fast zweihunderttausend Tonnen Fleisch verzehren, davon ein Drittel Schweinefleisch. Konzertorchester und Jodlerquartette waren aus den fernsten Gegenden herbeigeeilt und wurden von den Gastwirten eifrig mit Beschlag belegt. In gewissen Abständen ertönten die Glocken der Kathedrale, um die Leute daran zu erinnern, daß es jetzt eigentlich nicht angebracht war, nach außen hin ein leichtsinniges Gemüt zur Schau zu tragen, sondern daß man sein Gewissen zu erforschen und »gespaltene Feuerzungen« auf sein Haupt herabzuwünschen habe. Seine Bischöfliche Gnaden nahm die Gelegenheit wahr, um von der Kanzel herab seine Schäfchen in feurigsten Tönen zu erinnern, »daß nicht die Presse und nicht das Esperanto sie zur Seligkeit führen würde, sondern nur die heilige Mutter Kirche allein«.

Der Zug, der aus dem Tavetch kam und gegen Mittag in Lanzberg eintraf, brachte eine Schar von Bauernburschen und »Bergarabern«. Unter ihnen befand sich ein junger Mann von etwas sonderbarem Aussehen. Er trug einen funkelnagelneuen Konfektionsanzug mit ziemlich langen Ärmeln, neue braune

Stiefel, ein rosarotes Baumwollhemd mit Kragen und eine lila-farbene Seidenkrawatte. Er roch nach Parfüm, und sein neuer grüner Samthut schien ihm etwas zu klein zu sein, denn sein Haar war so dicht und widerspenstig, daß nicht einmal eine reichliche Anwendung von Pomade es auch nur einigermaßen hatte glätten können. Auf dem Bahnhofsplatz blieb er stehen, stützte sich leicht auf seinen mit einer eisernen Spitze versehe-nen Haselstock und sah sich wie ein Fremdling um. Seine grell-blauen Augen standen weit offen, als wollten sie sagen: »Das also ist Lanzberg!« Aber in ihren Tiefen lag eine heimliche Un-ruhe, als fürchte er sich vor den vielen Menschen. Langsam spazierte er auf die Bahnhofstraße zu, blieb jedoch nach einer Weile abermals stehen und sah sich um, jetzt schon viel auf-merksamer; sein Blick erfaßte Dinge und Menschen, besonders die jungen Mädchen. Dann öffnete er sein Jackett, enthüllte eine große, silberne Uhrkette, die ihm quer über die Weste hing, richtete sich mit wichtiger Miene auf und humpelte unter den Bäumen dahin. Vor dem »Capitol« machte er halt und betrachtete die Photographien der Filmdiven. ,Ja‘, dachte er, ,eines Tages werde auch ich mir ein Weib suchen. Jung und hübsch muß sie sein. So wie diese da. Klug muß sie sein und gut erzogen, eine Frau, die sich um das Geschäft kümmert und Briefe schreiben kann. Ich werde schon eine finden, und wenn ich monatelang her-umhumpeln muß. So eine, wie ich sie immer in meinen Träumen sehe. Sie ist schon irgendwo für mich da, sie weiß es nur noch nicht. Aber ich weiß es. Ich weiß vieles. Sägen ist Denken.‘ Und er schritt weiter. Von Zeit zu Zeit zog er seine große Uhr aus der Tasche, als wollte er den Vorübergehenden zeigen, daß er schließlich auch eine Uhr und nicht nur eine Kette besaß. Aber niemand schien ihn zu beachten. Außerdem war rings um ihn so viel Neues, das seine Aufmerksamkeit ablenkte, daß schließlich Lanzberg völlig die Oberhand bekam, ihn als Einzel-person auslöschte und in die namenlose Masse der neugierigen Bummler hinabdrückte. Ungefähr eine Stunde lang kam Ni-klaus sich völlig verloren vor. Dann wanderte er endlich in ein kleines Wirtshaus und ließ sich ein Glas Bier, einen Teller Suppe, ein Schweinekotelett mit Kartoffeln und ein Stück

Sahnentorte geben. In dem Gastzimmer sah es ganz so aus wie bei Volkert oder Hirt in Andruss. Die Leute sprachen fast den gleichen Dialekt. Nach einiger Zeit, nachdem er sich satt gegessen hatte, gewannen die Dinge ein anderes Aussehen, und er dachte wieder mit weit größerer Verachtung an die Welt: ,Wartet nur! Wartet! Ich, Niklaus Lauretz vom Jeff...' Er zog eine schwarze, schwere Börse voll Silber aus der Tasche, bezahlte und ging.

Nachdem er einige Zeit umhergeirrt war, kam er wieder in die Bahnhofstraße und sah sich nach der Konfiserie Robert um. Zu seiner Überraschung entdeckte er, daß er bereits mehrmals an ihr vorübergegangen war, ohne es zu ahnen. Als er jedoch jetzt durch die Fenster hineinsah, wurde er verlegen und scheu. ,Was? Da soll ich hineingehen? Ich?'

Und seine Blicke hafteten lange Zeit voll Verwirrung an den Flaschen mit den goldenen Hälsen in den silbernen Eimern. Plötzlich vernahm er eine wohlbekannte Stimme.

»Jeses! Niklaus! Was machst denn du hier?«

»So was! Du bist es!« erwiderte er.

»Ich hab' dich von drinnen gesehen. Komm herein!«

»Nein, das tu ich nicht, das darf ich nicht.«

Sie schüttelten einander förmlich die Hand.

»Ist etwas passiert?« fragte Silvelie nervös.

Er betrachtete ihren halb offenen Mund und wunderte sich sehr über den geheimnisvoll veränderten Ausdruck ihrer Augen.

»Ich kann weder hier noch da drin mit dir reden. Ich will dich allein sehen.«

»Das geht jetzt nicht.«

»Wann kannst du?«

»Vielleicht um sieben Uhr, bloß für ein paar Minuten.«

»Ich muß mit dem Zug um fünf Uhr fünfunddreißig nach Andruss zurückfahren.«

»Kannst du nicht die Nacht über bleiben?«

»Nein. Besser, wenn ich nicht weg bin, solange nicht alles wieder ganz in Ordnung ist.«

»Warte einen Augenblick, ich werde Madame Robert fragen«, sagte sie und verschwand.

Er ging ein Stück den Bürgersteig entlang und wartete. Nach einiger Zeit kam Silvelie wieder. Sie hatte die Schürze abgelegt, eine Kappe aufgesetzt und einen hellbraunen dünnen Mantel angezogen. Ihr Gesicht war blaß, und eine tiefe Falte stand zwischen ihren Augen.

»Du hast mich sehr erschreckt!« stieß sie hervor. »Gehn wir diese Straße entlang zum Güterbahnhof.«

Er zündete sich eine Zigarette an und warf den Kopf zurück.

»Ich wollte dich bloß warnen«, sagte er. »Brauchst keine Angst zu haben, es ist weiter nichts passiert.«

»Was denn, was denn?« fragte sie atemlos und raffte ihren Mantel zusammen, als ob ihr kalt sei.

»Am Freitag war ich unten bei Hirt mit dem langen Dan, dem blinden Jonathan und noch einigen anderen auf der Kegelbahn. Schmid, der Sägemüller, saß mit Herrn Lehrer Wohl und Baumeister Bolbeiß im Gastzimmer bei den Karten, und als dann Schmid herauskam, um aufs Klosett zu gehen, beugte er sich über die Mauer und sah uns zu. Und als er meinem Blick begegnete, da machte er eine ganz höhnische Miene und sagte:

,Sie werden dich schon kriegen!'

,Wer wird mich kriegen!' sag' ich.

,Ich meine, der lange Dan und der Jonathan werden dich kriegen!' höhnt er. ,Wen glaubst du denn, soll ich gemeint haben? Die Polizei?'

Und so sag' ich: ,Ich weiß nicht, was Sie meinen!'

Und da lacht er wieder höhnisch und sagt: ,Wart nur, bis sie die richtige Stelle finden!'

,Was für eine Stelle?' sag' ich. Aber ich hab' mich beherrscht und bin ganz ruhig geblieben.

Und er läuft die Bahn hinunter zu den Kegeln und sagt: ,Da, diese Stelle zwischen dem linken Vorderen und dem Mittleren! Das ist die Stelle, die ich meine, nicht die Stelle, an die du denkst!' Dann spuckt er aus und geht weg.

Am Sonnabend früh kam Dieterli ins Jeff herauf. Das ist jetzt schon das elftemal gewesen, daß er uns aufsucht. Er sagt, er möchte wissen, ob wir Nachricht von dem Alten haben. Ich sage ‚nein'. Und da sagt er auf seine dreckige Art: ‚Du weißt wohl, was manche Leute über euch sagen?'

‚Was sagen sie denn?' sag' ich.

Er zuckt die Achseln.

Und da hab' ich ihm gesagt, daß es eine Schande ist, uns etwas Schlechtes nachzusagen, und er soll sich nur recht gut hier umsehn. Aber weil sie ohnedies schon jeden Winkel durchsucht hatten, wußte er, daß das gar keinen Zweck hat, und so ging er wieder weg und sagte nur noch: ‚Vielleicht werde ich dir eines Tages deinen Vater finden!'

Ich bin noch am selben Tage bei Bonatsch gewesen und hab' ihm das alles erzählt und ihm gesagt, daß ich mich bei den Kantonalbehörden in Lanzberg beschweren will.«

Silvelie blieb stehen, lehnte sich an ein Geländer, alle Kraft schien aus ihren Gliedern gewichen.

»Du brauchst gar keine Angst zu haben«, fuhr Niklaus fort. »Aber Präsident Bonatsch hat gesagt, er wird dich noch einmal vorladen und deine Aussage noch einmal zu Protokoll nehmen. Deshalb wollte ich dir sagen, du sollst nicht unruhig werden, wenn du die Vorladung bekommst, und nichts vergessen und nichts hinzufügen zu dem, was du bereits gesagt hast.«

Sie richtete sich auf, und ein entschlossener Ausdruck trat in ihre Augen. Niklaus warf seine Zigarette weg.

»Solange sie nicht ihn oder irgendwelche Spuren finden, können sie nichts beweisen. Und solange sie nichts beweisen können, sollen sie sagen, was sie wollen, es kann uns nichts geschehen.«

»Jeses, aber Jöry!« flüsterte sie.

Niklaus pfiff vor sich hin, als wolle er damit seine Verachtung zeigen.

»Er ist in Luzern aufgetaucht. Er arbeitet jetzt im Baugewerbe. Aber sie haben nichts aus ihm herauskriegen können. Jöry ist kein Dummkopf, und seit ich ihm das restliche Geld gegeben habe...«

»Aber wenn er zurückkommt und noch mehr Geld von dir verlangt?«

»Ja, dann werde ich ihm erzählen, daß ich sein Taschenmesser versteckt habe. Ich hab' es doch aufgehoben, und wenn es zum Schlimmsten kommt, dann ist das sein Messer, und wir sind

Zeugen! Wir haben bloß geschwiegen, damit ihm nichts passiert. Verlaß dich auf mich, ich werde schon eine Geschichte zurechtmachen.«

Sie gingen langsam zur Bahnhofstraße zurück.

»Du hast mich furchtbar erschreckt«, sagte Silvelie mit zerquälter Miene.

Niklaus berührte sanft ihre Hand.

»Ach, es wird schon gut werden. Ich habe großes Vertrauen zur Zukunft.«

Silvelie blieb stehen. »Ob wohl einer von euch weiß, wie schwer ihr mir das Leben gemacht habt. Jeden Morgen beim Erwachen muß ich dran denken, jeden neuen Tag fange ich mit dieser schrecklichen Last auf dem Herzen an.«

»Du mußt es leichter nehmen, Schwester, die Zeit heilt alle Wunden.«

»Was ich fühle, wirst du nie fühlen.«

Er zuckte die Achseln.

»Es wird der Tag kommen, wo wir überhaupt nicht mehr daran denken werden.«

»Für mich wird dieser Tag nie kommen, und wenn ich achtzig Jahre alt werde.«

»Du wirst schon sehen! Aber du selber mußt zuerst die Sache überwinden. Du mußt dir einreden, daß es überhaupt nicht passiert ist. Sobald du dir das erst einmal eingeredet hast, wird sich deine ganze Stimmung ändern.«

»Du hast gut reden«, erwiderte sie in bitterem Ton.

»Für dich ist jeder Tag, jede Woche, die vergeht, eine Gnade! Für mich aber... Nein, du weißt nicht, was es für mich jetzt heißt, deine Schwester zu sein. Hast du je daran gedacht, daß du mit deinem Tun mir mein Leben ruinieren könntest? Du hast mir ein Gewicht um den Hals gehängt. Ich fühle es Tag und Nacht, und es hindert mich in allem, was ich tue. Ich muß immerfort daran denken, was geschehen würde, wenn . . . Manchmal ist es einfach eine Höllenqual. Ich bin nur froh, daß die Natur mich stark gemacht hat, das alles zu ertragen. Aber die Wahrheit läßt sich nicht vertuschen, und du sollst es endlich wissen: Jede Blume, jeder Baum, jeder Berg und selbst der

Himmel ist von der Angst vor der Zukunft befleckt. Ich kann mich über nichts mehr freuen, ohne zugleich Kummer zu leiden. Es ist, als hätte man mir ein scharfes Gift zu trinken gegeben. Hoffentlich werde ich es ertragen können.«

»Liebst du uns denn nicht mehr?« fragte er und blickte verzweifelt in ihre gequälten Augen. »Ist es so schlimm?«

»Es ist nicht mehr Liebe«, sagte Silvelie, »es ist etwas viel Tieferes geworden, ein ganz unpersönliches Gefühl. Ich habe das Gefühl, daß ich für euch die einzige Zuflucht bin, die ihr im Leben habt. Ihr werdet immer an mich denken und euch sagen können: ‚Sie jedenfalls hat nichts damit zu tun gehabt, und doch gehört sie zu uns.‘ Das wird euch vielleicht stark machen, wenn es eines Tages zum Schlimmsten kommt. Daß ich so fühle, ist nicht eine Frage des Gewissens, der Moral. Ich glaube ja nicht, daß die Gesetze alle falsch sind und daß keiner das Recht hat, einen andern zu verurteilen. Aber ich bin doch der Meinung, solange das Recht des Richters besteht, muß dazu auch das Recht gehören, einen andern zu töten.«

»Ja, Schwester Silvelie, du bist ein bißchen zu traurig in deinen Gefühlen, und du hast dich verändert.«

»Verändert? Natürlich habe ich mich verändert, und ich werde mich auch noch weiter verändern. Die Bäume verändern sich auch, wenn sie älter werden! Warum sollen denn wir an einer bestimmten Stelle steckenbleiben und nicht mehr weiterwachsen? Manchmal frage ich mich, was denn in mir noch weiterwachsen soll? Das macht mich unruhig. Ich hab' Angst, daß ich mich eines Tages ganz und gar verändern werde.«

»Aber dein Blut wird sich nie verändern!« sagte er fast triumphierend.

»Das ist mein Unglück«, sagte sie. Sie holte tief Atem. »Was hat Bonatsch gesagt, als du dich bei ihm beschwertest?« fragte sie dann mit veränderter Stimme.

»Er weiß, daß das lauter dumme Gerüchte sind.«

Sie lächelte bitter, fast höhnisch.

»Das hat er gesagt, nachdem er das Jeff von oben bis unten hat durchsuchen und die Polizei in der ganzen Umgebung hat nachgraben lassen?«

»Er wollte sich bloß selbst davon überzeugen, daß dem Alten nichts geschehen ist.«

»Bist du ganz sicher, daß sie den Leichnam nie finden?«

Er schaute sie herrisch von der Seite an.

»Verlaß dich auf mich.«

Nun wechselten sie das Thema und sprachen über ihre Mutter und über Hanna. Als sie sich schließlich der Ecke der Bahnhofstraße näherten, musterte sie ihn von oben bis unten. Sie fühlte sich innerlich von diesem herausgeputzten jungen Mann mit dem rosaroten Hemd und der lila Krawatte unendlich weit entfernt. Aber sein verkrümmtes Knie, die Narbe an seiner Lippe und das zerschlagene Ohr, ja, seine Augen, in denen immer noch die Schatten der Angst und Sorge lauerten, beschworen vor ihr all die Jahre der finsteren Vergangenheit herauf. Das gemeinsame Martyrium ihrer Jugend knüpfte immer noch ein unlösliches Band zwischen ihr und ihm. Was hatte er leiden müssen! Wie mutig hatte er geschuftet! Von seinem vierzehnten Jahr an war er ihnen das gewesen, was der Vater ihnen hätte sein müssen: ihr Beschützer, ihr Ernährer. Sie fühlte den geheimnisvollen Sinn dieser Bande und schaute ihn schweigend an.

»Jetzt gehe ich«, sagte er.

»Brauchst du Geld?«

»Ich könnte dir etwas geben«, sagte er stolz.

»Ich brauche nichts, danke. Behalt es für Mutter.«

»Ich habe schwer gearbeitet. Und die Schulden sind bezahlt, und du wirst jetzt bald dein ganzes Geld zurückbekommen.«

»Ich will dieses Geld nicht haben«, sagte sie mit Nachdruck.

»Vorige Woche«, sagte er, vor ihrem Blick ein wenig zurückweichend, »habe ich mir aus Flums eine moderne Maschine kommen lassen. Arbeitet wunderbar schnell! Der Bauholzlieferanten-Verband schickt mir immerfort Zirkulare, ich soll beitreten. Nein, nein! Ich arbeite auf eigene Rechnung. Ich hab' kein Vertrauen zu diesen Verbänden! Du erinnerst dich noch, was der Alte immer gesagt hat! Ja, er hat recht gehabt. Ich will nicht die Preise in die Höhe treiben. Ich verkaufe zu meinen eigenen Preisen und verdiene dabei... Übrigens möchte ich gern einmal die kleine Mühle in Andruss übernehmen, die schon seit Jahren unbenützt dasteht. Ich habe die Idee, dort eine ganz neue Sägemühle einzurichten und das Baugewerbe zu Vorzugspreisen zu beliefern. Aber das hat noch Zeit, viel Zeit, erst müssen wir warten, bis die Sache völlig eingeschlafen ist!

»So, ich muß jetzt zurück«, sagte Silvelie. »Ich habe Madame Robert gesagt: ‚Zehn Minuten‘, und bin über eine halbe Stunde weggeblieben.«

»Vergiß nicht, was ich dir wegen Bonatsch gesagt habe. Und es hat mich gefreut, dich zu sehen, Schwester!«

Wieder drückten sie einander fast förmlich die Hand. Silvelie ging schnell davon, während er sich, langsam humpelnd, nach der entgegengesetzten Richtung entfernte.

19

Madame Robert machte gute Geschäfte. Sie hatte ihre Preise ein wenig erhöht und eigens für den gegebenen Anlaß eine Tanzkonzession erworben. Die Ankündigungen waren sehr bescheiden. Weiter nichts als ein einfaches, mit der Hand gemaltes Plakat: »Heute abend Soirée de Gala. Eureka Sisters und Philibert.« In einem Glaskasten hingen ein paar Photographien von zwei blonden, halbnackten Mädchen und einem muskulösen Jüngling in griechischer Tracht, die zusammen einige akrobatische Kunststücke vollführten. Sie hatte sich in der Psychologie der Kongreßteilnehmer nicht geirrt. Kurz nach neun Uhr abends war ihr Etablissement bereits so dicht gefüllt, daß sie sich selbst zu wundern begann, wo denn die vielen Menschen plötzlich hergekommen waren. Sogar die jungen Damen aus Lanzberg tauchten unerwarteterweise auf, die Näherinnen, Putzmacherinnen und Friseusen. Um mehr Platz zu schaffen, mußte Madame Robert eine Fensterscheibe entfernen lassen und Billie Bamboo mit seiner »Florida-Cocosnuss-Band« auf die äußere Terrasse befördern. Um elf Uhr zählte sie von ihrer erhöhten Plattform aus die Gäste: Es waren ungefähr zweihundert, und da an diesem Abend kein Bier ausgeschenkt wurde, konnte keiner von ihnen im Durchschnitt unter zehn Franken davonkommen. Vielleicht wurden die Einnahmen noch höher, denn mehrere Tische hatten Champagner und Kaviar bestellt. Unter den Gästen befanden sich zahlreiche Doktoren der Rechtswissenschaft, der Philologie und anderer Fakultäten und hochgebildete Redakteure, von denen jeder einzelne Tag für Tag einen kräftigen Artikel über so ziemlich jedes beliebige Thema schreiben konnte, um auf diese Weise die öffentliche Meinung zu schaffen, sofern·sie nicht bereits vorhanden war.

Henri saß an seinem üblichen Platz. Da er dem Organisationskomitee angehörte, trug er ein blauseidenes Abzeichen im Knopfloch. Er hatte einige alte Bekannte um sich versammelt, meist Kerle von seinem eigenen Kaliber. Kurz nach elf hielt vor der Tür ein Auto. Eine kleine Dame in weißem Pelz stieg aus; sie machte den Eindruck, als komme sie geradeswegs aus einer »besseren« Abendgesellschaft. Sie betrat das Etablissement, ging mit gleichgültiger Miene an Binker, dem Boy, vorbei, der an einem kleinen Tischchen saß und Eintrittskarten zu einem Franken verkaufte. Sie besuchte für ein paar Minuten die winzige Damentoilette, kam dann mit blassem und verhärmtem Gesicht wieder heraus und ging in den nächsten Raum. Eine Menge Leute tanzten. Sie sah sich mit kaum verhohlener ängstlicher Neugier um. Schließlich erblickte sie Henri und winkte ihm zu. Henri erhob sich sogleich und drängte sich durch die Tanzenden zu ihr hin. Aus seiner Miene sprach Erstaunen.

»Hallo, Luise – ich meine, Fräulein Frobisch! Sie hier! Das ist ja eine richtige Überraschung, wie?«

»Haben Sie Andi nicht gesehen?« fragte sie mit beunruhigter Stimme.

Er schüttelte den Kopf.

»Wo mag er nur sein?«

»Ich weiß es nicht. Ich habe ihn heute noch nicht gesehen.« Er merkte erst jetzt, daß sie sich in einem Zustand äußerster Erregung befand.

»Können Sie mir nicht helfen, Andi zu finden!« rief sie. »Ich habe ihn schon überall gesucht.«

Silvelie ging mit einem Tablett vorüber.

»Fräulein Lauretz!« sagte Henri, »haben Sie vielleicht zufällig Andi gesehen?«

Luise und Silvelie sahen einander an.

»Ich habe den Herrn Doktor nicht gesehen«, erwiderte Silvelie.

Luise zog die Brauen hoch und starrte Silvelie an. Offensichtlich war ihr Argwohn erwacht.

»Andi! Andi! Woher weiß sie denn, wer Andi ist?«

Silvelie ging weiter.

»Sind Sie schon in seiner Wohnung gewesen?« fragte Henri und sah Luise forschend an.

»Ja. Er ist nicht da. Oh, helfen Sie mir doch, ihn zu finden! Ich habe ihn überall gesucht.«

Ihre Augen waren voll Verzweiflung.

»Vielleicht ist er in Richenau.«

»Nein, ich habe dort angerufen.«

Madame Robert näherte sich. Sie musterte Luise diskret von oben bis unten und verbeugte sich dann. Ihre Finger spielten mit dem Brillantenkreuz.

»Ich lasse Ihnen ein kleines Tischchen in eine Ecke stellen«, sagte sie energisch. »Würden Sie so freundlich sein, mir zu folgen?«

»Ich muß mit Ihnen sprechen«, sagte Luise fast grob zu Henri. »Kommen Sie mit!«

»Aber gewiß.«

Er ging dicht hinter Madame Robert her und machte für Luise Platz, während seine Tischgefährten »Ah! Ah! Ah!« riefen.

Sie erreichten schließlich die Ecke.

»Ist Andi verrückt geworden?« sagte Luise, während sie sich hinsetzte und sich in dem überfüllten Raum verzweifelt umsah.

»Nicht daß ich wüßte«, erwiderte Henri. »Warum denn, was hat er denn jetzt wieder gemacht?«

»Sie wissen also nicht, was er gemacht hat?«

»Ich weiß wirklich nicht, was Sie meinen. Was ist passiert?«

Sie öffnete ihr Handtäschchen.

»Sehen Sie sich das an! Lesen Sie! Sie dürfen es ruhig erfahren.«
Sie reichte Henri einen Brief. Er nahm ihn und begann zu lesen.

Liebe Luise!
Es ist ganz und gar meine Schuld. Ich hätte es Dir längst
schon sagen müssen, aber ich hatte nicht den Mut, Dir weh
zu tun. Ich wünschte jetzt, es stünde in meiner Macht, Dir
die Wahrheit in einer Weise mitzuteilen, die Deine Gefühle
nicht verletzt. Aber das ist leider nicht möglich. Ich werde
Dir also dieses eine Mal schrecklich weh tun müssen, aber
ich weiß, daß Du die Kraft hast, den Schlag zu ertragen, den
zu führen ich gezwungen bin.
Ich habe das Gefühl, daß unser gegenseitiges Verständnis nicht
jene Tiefe erreicht, die einzig und allein das Glück einer Verbindung, wie wir sie schließen wollten, gewährleisten kann.
Ich habe mich sehr bemüht, mir einzureden, daß ich Dich liebe,
aber ich habe die Empfindung, daß das Wesentliche fehlt.
Außerdem sind in unseren Anschauungen derartige Unterschiede und Gegensätze vorhanden, daß kein Kompromiß auf
Erden diese Kluft wirksam überbrücken könnte. Das Ergebnis
unserer Verheiratung würde lediglich eine beständige gegen-
seitige Demütigung sein. Dein und mein Wille würden stets
aneinander geraten. Ich glaube wirklich nicht, daß wir dazu
bestimmt sind, ein Paar zu werden.
Liebe Luise, es ist sehr schmerzlich, aber rufe Deinen gesunden
Verstand zu Hilfe. Du hast sehr viel Verstand. Frage Dich
selbst: Verlohnt es sich, unter solchen Umständen unser Ver-
löbnis fortzusetzen? Ich bringe es nicht fertig. Ich habe nicht
die Kraft, das Risiko auf mich zu nehmen. Gehen wir mit aller
Offenheit und aller Ehrlichkeit an die Sache heran! Ich weiß,
in der Tiefe Deines Herzens fühlst Du, daß ich recht habe. Ich
bin überzeugt, es gibt bessere Männer als mich, die Dir das
Glück bieten werden, das ich Dir leider nicht geben kann. Ich
bitte Dich, mir zu verzeihen, und bleibe

Dein aufrichtiger Freund
A. v. R.

Luises Hand zitterte, als sie den Brief wieder in ihr Täschchen steckte.

»Er hat mir den Ring zurückgeschickt!« sagte sie und neigte den Kopf, um ihr Gesicht zu verbergen.

Sie zeigte Henri den Ring und verschloß ihn dann in ihr Täschchen.

»Ich hätte ihn für anständiger gehalten«, sagte sie.

Henri schaute ausdruckslos vor sich hin.

»Was ist mit ihm geschehen? Können Sie mir das nicht sagen?«

Silvelie kam an den Tisch.

»Was soll ich bringen?«

Sie sprach wie ein Automat.

»Möchten Sie etwas Champagner haben?« fragte Henri.

»Für mich nicht. Aber bestellen Sie für sich. Ich lade Sie ein. Ich nehme einen schwarzen Kaffee.«

Henri strich sich über das Haar. Silvelie verschwand.

»Hat Andi Ihnen gesagt, was er vorhat?« fragte Luise.

»Kein Wort. Ich bin verblüfft.«

»Es freut mich, daß er wenigstens so anständig war, die Sache für sich zu behalten. Ich erwarte von Ihnen...«

»Sie können sich auf meine Diskretion verlassen«, sagte Henri.

Ihr sichtlicher Kummer rührte ihn.

Sie rutschte unruhig auf dem Stuhl hin und her. Ihre Lippen zuckten. Im nächsten Augenblick sagte sie: »Ich kann nicht hier sitzen. Ich muß ihn finden.«

»Wenn Sie wollen, werde ich versuchen, ihn zu finden.«

Er wollte aufstehen, aber sie zog ihn auf seinen Stuhl zurück.

»Bleiben Sie bei mir! Um Gottes willen, lassen Sie mich nicht allein!«

»Ganz, wie Sie wollen. Aber wenn Sie wünschen – «

Luise blickte nach dem Eingang. Es herrschte dort ein ziemliches Gedränge. Sie sah einige junge Herren, Offiziere, nach der Garderobe eilen, um dort die Säbel und Käppis in Gewahrsam zu geben. Sie machten einen sehr lustigen Eindruck, hatten rote Backen, Söhne des Bacchus, die einen vergnügten Tag mit einer vergnügten Nacht beschließen wollen. In ihrer Mitte befand sich Andi. Er schob gerade seinen Gürtel zurecht und glättete seinen Waffenrock. Er lächelte, seine Augen und seine Zähne blitzten, an seiner rechten Schläfe klebte eine Haarlocke. Luise packte Henris Arm, ein heißer Schmerz durchzuckte ihr Herz.

»Soll man es glauben!« stieß sie hervor.

Er antwortete nicht. Luise sah, wie Andi sich durch die Menge drängte und jene hübsche Kellnerin mit einem Lächeln begrüßte. Als Silvelie nach Luises Tisch zeigte, drehte er sich um, und ein Schatten glitt über sein Gesicht. Luise bemerkte die jähe Veränderung, die mit ihm vorging. Der Blick, mit dem er sie betrachtete, war streng und hart. Sie unterdrückte mühsam ein zorniges Schluchzen, stand auf, drängte sich durch die Menge, trat vor Andi hin und packte ihn am Arm.

»Ich will mit dir sprechen«, sagte sie. »Gehn wir hier weg!«

»Warum machst du mir eine Szene?«

»Du weißt warum!« stieß sie zwischen den Zähnen hervor.

Und sie zerrte an seinem Arm.

»Gut! Ich komme mit!« sagte er widerwillig.

Er holte sein Käppi und seinen Säbel aus der Garderobe und verließ mit Luise das Lokal.

Er ging über die Straße in den dunklen Schatten unter den tiefgestutzten Kastanienbäumen. Sie folgte ihm rasch. Dann blieben sie stehen. Die leuchtende Blässe ihres Gesichts erschreckte ihn. Sie packte ihn am Mantel und versuchte ihn zu schütteln.

»Bist du verrückt geworden?«

»Wo kommst du her?« fragte er.

»Ich? Wo ich herkomme? Ich habe mit der Nachmittagspost deinen Brief bekommen und bin im Auto hierhergefahren. Seit acht Uhr suche ich dich überall.«

Ihre schmächtige Gestalt schwankte, und er hielt sie am Arm fest.

»Das hättest du nicht tun sollen, Luise«, sagte er finster.

»Wenn du deiner Uniform würdig sein willst, kehrst du jetzt mit mir zu Madame Robert zurück und stellst mich deinen Freunden als deine Verlobte vor.«

Sie sah ihn den Kopf schütteln und stampfte zornig auf. »Bist du verrückt geworden?«

»Nicht daß ich wüßte«, erwiderte er trocken. »Es tut mir leid, Luise, aber ich mußte diesen Brief schreiben. Es wäre unanständig von mir gewesen, die Sache noch länger hinauszuschieben.«

Sie starrte ihn an.

»Weißt du nicht, daß, wenn zwei Leute sich verlobt haben, es ihrer gegenseitigen Einwilligung bedarf, um... Du hast dein Wort gebrochen, Andi!«

»Lieber will ich mein Wort brechen, als zwei Menschenleben zerstören!«

»Du weißt, daß das Unsinn ist«, sagte sie heftig. »Andi, sei kein Dummkopf. Komm jetzt mit mir, und wir wollen die Sache vergessen. Du hast doch mit niemand darüber gesprochen –«

»Ich habe kein Wort darüber gesagt, und der Teufel soll mich holen, wenn ich die Absicht habe, auch nur mit irgend jemand darüber zu sprechen.«

»Komm jetzt!« schmeichelte sie. »Ich weiß, daß ich Fehler habe, und ich verspreche dir, von heute an anders zu sein. Du wirst es nicht bereuen. Nimm mich in deine Wohnung mit, Andi. Ich will dort mit dir sprechen.«

»Nein, wirklich«, sagte er, »die ganze Geschichte ist außer Rand und Band geraten.«

Er blickte weg.

»Ich liebe dich, Andi. Genügt dir das nicht?«

»Nein, das genügt nicht«, murmelte er, »im Ernst, Luise, du würdest mit mir schrecklich unglücklich werden.«

»Ich bin bereit, dieses Risiko auf mich zu nehmen. Ich habe keine Angst. Warum also fürchtest du dich?«

»Aber es wird nicht gehen, Luise. Nein, es wird nicht gehen. Ich habe dir das in meinem Briefe gesagt.«

Sie sah ihn verzweifelt an.

»Bitte, bring mich von hier weg.«

»Du hast mich doch hierhergeholt!«

»Bring mich weg, sag' ich dir«, schrie sie hysterisch.

»Dann steigen wir in dein Auto?«

»Und wo wollen wir hin?«

»Wohin du willst! Aber es wäre wirklich besser gewesen, wenn du ein bißchen weniger impulsiv gehandelt und dir meinen Brief überlegt hättest, bevor du hierhergestürzt kommst, um mich zu suchen. Wie willst du denn jetzt mitten in der Nacht nach Sankt Gallen zurück? Du hast mich in eine sehr heikle Lage gebracht. Warum überlegst du dir nicht, was du tust?«

Er entfernte sich unwillkürlich, aber sie hielt ihn zurück.

»Oh, Andi, nicht! Nicht!« bat sie ihn. »Ich kann es nicht ertragen!«

Er kehrte jählings um.

»Sag mir, was ich tun soll. Du kannst die Nacht über nicht hierbleiben.«

»Denk an meine Eltern! Denk an meine Leute!« rief sie. »Denk an mich! Kannst du denn nicht über die kleinen Unterschiede in unseren Charakteren hinwegsehen? Sind sie denn so wichtig?«

»Ich denke an dich«, sagte er bitter. »Das scheinst du nicht zu begreifen. Schau dir dein Kleid an! Bist du so aus Sankt Gallen weggefahren?«

»Ach, was kümmert dich denn mein Kleid? Das ist doch ganz gleichgültig! Ich habe mich gleich nach dem Essen weggeschlichen!«

»Du hast deinen Leuten nicht gesagt, wo du hinfährst?«

»Natürlich nicht. Sie sollen es nicht wissen!« sagte sie mit gebrochener Stimme.

»Komm mit!« Er nahm sie beim Arm und führte sie über die Straße zu ihrem Auto.

»Willst du fahren? Ich kann jetzt nicht fahren –« schluchzte sie.

»Steig ein. Ich fahre!«

Er half ihr hinein, setzte sich ans Steuer und fuhr los.

»Verfluchter alter Kasten!« brummte er, geräuschvoll von einem Gang in den andern schaltend. »Warum schaffst du dir nicht einen anständigen Wagen an? Mit deinem vielen Geld!«

»Es ist nicht mein Geld«, flüsterte sie. »Es gehört jetzt ebensogut dir wie mir.«

»Danke. Ich will es nicht haben.«

Stumm fuhr er weiter und hörte ingrimmig zu, wie sie ihr Schluchzen in einem Taschentuch erstickte.

»Armes Kind!« sagte er schließlich, nach Selbstbeherrschung ringend.

»Beleidigungen sind mir lieber als dein Mitleid«, erwiderte sie.

»Ich habe dir in meinem Brief die volle Wahrheit gesagt. Ich kann nicht ehrlicher sein.«

»Auf mich kommt es nicht an. Das ist jetzt klar. Ich habe eigentlich in deinem Leben nie eine Rolle gespielt.«

»Woher weißt du das?«

»Sonst würdest du jetzt nicht versuchen, mich loszuwerden.«

»Luise, ich will dir doch nur klarmachen, daß wir eigentlich nicht zueinander passen. Ich bin einfach ganz ehrlich zu dir. Und trotzdem würde ich nicht gerne deine Freundschaft verlieren.«

»Andi, du bist schrecklich grausam!«

»Da sind wir!« sagte er. »Komm herauf, ruf sofort zu Hause an und teile deinen Leuten mit, daß du hier bist.«

Sie stiegen aus und gingen die breite Treppe eines alten Patrizierhauses in die zweite Etage hinauf, in der Andis Wohnung lag. Er öffnete die Tür, ließ Luise eintreten und folgte ihr.

»Du kennst dich hier aus. Mach dir's bequem. Mein Schlafzimmer steht dir zur Verfügung. Nimm dir was zu trinken!«

Er schob sie ins Wohnzimmer.

»Ruh dich aus, ich telephoniere inzwischen nach Sankt Gallen.«

Er ging ans Telephon. Luise zog ihren Mantel aus, ging zu Andis Schreibtisch und betrachtete den antiken Silberrahmen, aus dem ihre Photographie verschwunden war. Ein schreckliches Gefühl der Verlassenheit erdrückte sie fast. Wie konnte sich Andi denn von einem Tag zum andern ihr so völlig entfremdet haben? Dieses leere Viereck war gespenstisch anzuschauen. Ein Nichts! Bei dem Gedanken, daß vielleicht aus diesem Rahmen sehr bald ein anderes Antlitz blicken würde, durchzuckte sie ein scharfer Schmerz. ‚Ah, diese Katze, die es gewagt hat, ihn mir zu nehmen!' dachte sie. ‚Was war ich für ein Dummkopf! Ich hatte ihn in der Hand. Wenn ich nur den Mut gehabt hätte, es zu tun. Ich bin viel zu kalt, zu abweisend, zu prüde gewesen!'

Sie sah ein völlig leeres Leben vor sich. Es schien ihr nichts zu bleiben, nicht einmal ein Traum. Sie war nie eine Träumerin gewesen, hatte stets im wirklichen Leben gestanden. Ihre ganze Sehnsucht war darauf gerichtet gewesen, seine Frau zu werden. Und jetzt?

‚Oh, was soll ich tun? Wo soll ich hingehn? Nach Hause? Was soll ich dort sagen? Was werden die Leute denken? Und mein Trousseau ist fertig. Mein Hochzeitskleid hängt, bedeckt mit Seidenpapier, in meinem Schrank, ein Meisterstück Sankt Gallener Spitzen. Unmöglich daß das das Ende sein soll!‘

Sie sank auf einen Stuhl und schlug die Hände vors Gesicht.

‚Oh, wenn ich mich ihm schon längst hingegeben hätte, wenn ich jetzt ein Kind von ihm hätte! Ich hatte Andi in der Hand und habe ihn laufen lassen.‘

Andi kam ins Zimmer. Als sein Blick auf Luise fiel, schrak er zusammen.

»Luise! Was ist denn los?«

Sie hob den Arm.

»Meine Photographie!«

Er schien betroffen und blickte nach dem leeren Rahmen. »Es tut mir sehr leid«, sagte er verlegen. »Ich habe nicht gedacht, daß du noch einmal hierherkommen würdest.«

»Ja, das ist es eben! Du hast alles hinter meinem Rücken gemacht. An mich hast du überhaupt nicht gedacht. Oh, Andi, eines Tages wird es dir leid tun, daß du mir das angetan hast.«

»Es tut mir auch jetzt leid, aber ich kann es nicht ändern.«

Ein gereizter Ton lag in seiner Stimme.

»Warum willst du dich nicht bemühen, deinen gesunden Verstand zu Hilfe zu rufen, Luise? Du warst doch immer stolz auf deinen Verstand. Jetzt ist der Augenblick da, um ihn zu gebrauchen!«

»Du bist furchtbar egoistisch und herzlos!«

»Es mag so aussehen – « Er brach ab, fuhr dann mit veränderter Stimme fort: »Jedenfalls habe ich eben ein paar Worte mit deinem Vater gesprochen.«

Luises schlanker Körper schnellte aus dem Stuhl empor. »Hast du es ihm gesagt?«

»Bitte mach keine Szene!« sagte er besänftigend. »Ich habe ihm lediglich mitgeteilt, wir hätten uns geeinigt, uns nicht vereinigen zu wollen.«

»So!« rief sie. »Wir haben uns gar nicht geeinigt! Es ist eine Lüge!«

»Unsinn. Du weißt ebensogut wie ich, daß wir nicht heiraten werden.« Er wandte sich schroff ab.

Ihre Augen funkelten wütend. »Zum Teufel noch mal!« schrie sie. »Du kannst meine Photographie und meine Briefe verbrennen, aber mich kannst du nicht auf so leichte Weise loswerden. Dieses fromme Geschwätz über den Unterschied in unseren Charakteren! Natürlich gibt es Unterschiede! Können denn zwei Menschen ganz gleich sein? In Wirklichkeit hast du ein Mädel gefunden, mit dem du machen kannst, was du willst. Aber ich werde dir deshalb nicht erlauben, einfach über mich wegzutrampeln. Nein, weder dir noch irgendeinem Manne!«

»Wer trampelt denn? Ich gebe mir doch äußerste Mühe, dir die wirkliche Lage klarzumachen.«

»Wofür hältst du mich? Für eine Kellnerin? Für eine Schlampe, die du aufklauben und wieder wegwerfen kannst, wenn du von ihr genug hast?«

»Bitte, Luise! Du weißt nicht mehr, was du redest. Du wirst dir nur schaden, wenn du in Wut gerätst.«

»*Du* hast den Schaden angerichtet, nicht ich! Sag mir, wer meine Stelle einnehmen soll. Ich habe ein Recht, das zu wissen. Es ist deine Pflicht, es mir zu sagen.«

»Ich fühle mich in dieser Beziehung zu nichts verpflichtet«, sagte Andi kühl. »Diese Dinge kann man nicht erklären. So etwas passiert eben. Du kannst es Schicksal nennen, oder wie du willst.«

»Schweine seid ihr alle!«

»Nun, Luise – «

»Ihr denkt nur an euch selber und an euer Vergnügen. Wenn eure eigenen schmutzigen Interessen auf dem Spiele stehen, seid ihr wie die wilden Tiere. Was ist das für ein Mädel? Ich will es wissen!«

»Ich verweigere dir die Antwort!« sagte Andi eisig.

Luise starrte ihn mit feindseligen Blicken an.

»Ob du es mir sagst oder nicht, ich werde es schnell erfahren. Vielleicht weiß ich es jetzt schon. Weiß ich es, Andi?«

»Luise – «

Plötzlich brach sie in Tränen aus, ging zu ihm hin und legte ihre Arme um seinen Hals.

»Andi, Andi«, sagte sie mit stockender Stimme, »ich will alles tun, was du von mir verlangst. Ich werde meine Familie aufgeben. Ich weiß, du kannst meine Eltern nicht leiden und hältst sie für vulgär. Ich werde sie deinetwegen verlassen. Ich werde von Sankt Gallen wegziehen. Ich gebe dir mein ganzes Geld. Ich lasse es auf deinen Namen überschreiben. Ich werde dich nie etwas fragen. Du kannst dir englische Rennpferde und Autos kaufen, was du willst. Ich werde sogar mit dir auf einem Bauernhof leben, wenn du es wünschst. Ich werde für dich den Fußboden scheuern. Ich werde mit meinen eigenen Händen für dich waschen, ich werde für dich kochen. Nur – Andi – nur – gib mich nicht auf!« Sie sank vor ihm nieder, umklammerte seine Knie und küßte sie. »Nur wirf mich nicht so weg, Andi!«

Sie legte die Wange an seine Knie und schwieg. Auch er schwieg, schwieg verzweifelt, voll Angst, es könnte ihm ein mitleidiges Wort entschlüpfen. Sie wartete. Endlich sprach er, langsam, mühsam.

»Luise«, sagte er mit leiser Stimme. »Es tut mir leid, verteufelt leid, aber es läßt sich nicht ändern.«

Einen Augenblick lang schien sie fast leblos, schien seine Worte einzuatmen. Dann erhob sie sich langsam, nahm den weißen Pelzmantel und zog ihn an. Man hörte nur das Rascheln der Seide. Sie tat ein paar Schritte auf die Türe zu, dann drehte sie sich um, als erinnere sie sich an etwas, das sie vergessen hatte, und zog den Ring vom Finger.

»Du hast keine Ehre! Da ist dein Ring!« sagte sie und warf ihn auf ein danebenstehendes Tischchen. »Da hast du ihn! Es wird dir eines Tages leid tun. Du wirst für dein brutales Verhalten bestraft werden!«

Mit einer jähen, heftigen Gebärde öffnete sie die Tür und ging hinaus.

Andi rührte sich einen Augenblick lang nicht von der Stelle. Dann ging er ihr nach. Mit großen Sprüngen eilte er die Treppe hinunter und lief in die Nacht hinaus. Aber er kam zu spät. Er sah ihren Wagen schnell in die Dunkelheit entschwinden.

20

Am Montag früh erhielt Silvelie mit der Post zwei Briefe, einen weißen und einen grauen. Auf dem weißen erkannte sie Andis kräftige Handschrift. Der andere trug eine mit der Maschine geschriebene Adresse, war unfrankiert und mit dem Aufdruck versehen: »Amtlich – Kreisgericht Andruss.« Sie öffnete zuerst Andis Brief, las ihn ganz langsam, und ihr war, als ob seine Worte sie fast körperlich berührten, als ob er zu ihr sprach. Verzückt saß sie da.

‚Andi, Andi! Oh, wie gern würde ich es tun! Wie gern! Aber es geht nicht!'

Und ein Blick auf den grauen Umschlag genügte, um das plumpe Gesicht Richter Bonatschs heraufzubeschwören und die gespenstische Umgebung des Jeff, die von dem Schatten eines Ermordeten beherrscht war. Sie nahm den grauen Umschlag und riß ihn mit heftiger Gebärde auf.

‚Warum haben sie Vattr umgebracht? Warum?' Sie zog ein grünes vorgedrucktes Formular aus dem Umschlag, auf dem ihr Name und ihre Adresse ausgefüllt waren und das an sie die Aufforderung richtete, am Donnerstag um drei vor Richter Bonatsch zu erscheinen.

‚Was wird er diesmal wissen wollen? Wie kann ich das noch länger ertragen? Wie soll es enden? Ich habe es satt! Satt!'

In einem Anfall von Verzweiflung warf sie sich mit dem Gesicht nach unten aufs Bett.

‚Es ist nicht gerecht. Ich kann mich nicht damit abfinden. Ich will diesen Fluch loswerden. Ich hatte mit dem blutigen Handel nichts zu tun!«

Allmählich raste der Sturm über sie hinweg, und als sie sich schließlich auf dem Bett aufrichtete, hatte eine dumpfe, finstere

Müdigkeit ihre Gedanken abgestumpft. Sie schnitt eine Grimasse, lächelte leise. Über das Leben? Es kam ihr so unsinnig vor. So lächerlich kam es ihr vor, zu leben, den eigenen kläglichen Gefühlen und allen Geschehnissen so viel Wichtigkeit beizumessen. Das Leben kam ihr seltsam unwirklich vor, wie eine Sinnestäuschung. Nach einiger Zeit aber faßte sie sich wieder ein Herz.

‚Ich darf die Hoffnung nicht aufgeben. Das muß doch irgendwie vorübergehen. Ich muß durchhalten. Ich darf die armen Teufel im Jeff nicht im Stich lassen. Ich muß aus Lanzberg weg. Ich muß ins Yzollatal zurück. Dreihundert Franken hab' ich mir erspart. Ich werde ins Chalet ziehen. Ich muß allein sein, nachdenken, mich selbst wiederfinden. Ach, Andi, warum bist du überhaupt jemals in die Bahnhofswirtschaft gekommen? Warum? Wenn ich dich bloß nie getroffen hätte!'

Ihr Entschluß, Lanzberg sogleich zu verlassen, gab ihr neue Kraft. Es war, als ströme frischer Saft in die Wurzeln ihres Seins.

Sie zögerte nicht länger, sondern schrieb an Andi:

So gern würde ich es tun! Aber ich kann nicht. Ich bin furchtbar egoistisch gewesen. Das sehe ich jetzt ein. Arme Luise! Nein, es ist nicht recht. Heute oder spätestens morgen verlasse ich Lanzberg. Es ist besser, wenn ich gar nicht mehr zurückkomme. Du mußt mich vergessen. Erinnere dich: ‚Das Leben gleitet wie ein Fluß: in vielen Windungen.' Ich muß allein meinen Weg weitergehen. Ich bin unglücklich.

Sivvy.

Sie adressierte den Brief und ging dann hinunter, um Madame Robert zu kündigen.

‚Ich werde ihr sagen, daß Mutter nicht wohl ist und mich zu Hause braucht.'

Am Donnerstag fuhr Silvelie mit dem Frühzug nach Andruss. Als sie das Wasser des Rheins längs der Bahnstrecke dahinjagen sah, wurde ihr leichter zumute. Richter Bonatsch war doch schließlich nur ein Mensch. Er hatte sie immer sehr freundlich behandelt. Und Niklaus hatte ihr gesagt, sie habe nichts zu fürchten, solange sie nur ihre früheren Aussagen wiederholte.

Sie betrachtete den brausenden Strom, die dahinjagenden Wellen, die in Purzelbäumen über die verstreuten Felsblöcke sprangen, in weißem Gischt zerstiebend, zauberisch mit den Farben des Regenbogens von der Sonne durchleuchtet.

‚Oh, wenn bloß alles vorübergehen und der arme alte Vattr für ewig begraben bleiben wollte!‘

Als der Zug die steilen Hänge unterhalb von Andruss hinaufzudampfen begann, fing sie zu beten an. Sie schloß die Augen. Ihr Speichel schmeckte bitter, ihre Wangen und ihre Stirn waren blaß. Es schien ihr, als hänge von diesem Besuch bei Richter Bonatsch das Schicksal ihrer Angehörigen ab.

Es war drei Uhr, als sie mit angehaltenem Atem unter der Immaculata vor dem Hause des Richters ankam. Sie klingelte. Die halb blödsinnige Dienstmagd Maria öffnete die Tür, und am anderen Ende des gewölbten Flurgangs tauchte die massige Gestalt Johannes Bonatschs auf.

»Japoh! Guata Tag! Das ist doch Silvia Lauretz, nicht wahr? Komm herein! Komm herein!«

Sie folgte dem Herrn Richter in das Zimmer mit dem blanken Parkettboden und den Wandbrettern voll Büchern und Broschüren. Er reichte ihr seine riesige Pfote zum Gruß.

»Japoh! Was sehe ich da? Du bist ja eine richtige Dame geworden! Setz dich! Und wie sieht es in Lanzberg aus, meine kleine Silvia?«

Er bemerkte ihr Voilekleid, ihre Strümpfe und den neuen kleinen Hut.

»Japoh! Da sieht man, was ein junges Mädchen mit einem bißchen Energie erreichen kann. Die frühere Silvia Lauretz ist kaum noch wiederzuerkennen. Und so scheint es mit allen Kindern des alten Jonas zu gehen. Alle kommen sie in der Welt vorwärts, sind fleißig und gedeihen.«

Seine joviale Stimme beruhigte Silvelie.

»Vielen Dank, Doktor Bonatsch«, sagte sie bescheiden. »Wir tun, was wir können, soweit es uns die Umstände erlauben.«

»Das ist der richtige Geist«, sagte er. »Und nun wirst du wohl diesen Sommer zum Hospiz hinaufwandern, um dein Chalet in Besitz zu nehmen?«

»Ich gehe noch heute hin«, erwiderte sie.

»Ein famoser Mann war dieser Lauters! Das Land ist stolz auf ihn! Es heißt, daß seine Bilder viel Geld wert sind.«

»Die Leute behaupten das«, sagte sie. »Aber ich betrachte sie nie als Geldeswert. Ich habe nicht einmal das Gefühl, als ob sie mein persönliches Eigentum wären. Sie gehören durch mich dem ganzen Volk.«

»Das ist eine sehr edle Haltung, Silvia. Du solltest stolz darauf sein, daß du Professor Lauters' Magd gewesen bist.«

»Ja«, sagte sie. »Und ich bin sehr stolz darauf, daß er mein Freund gewesen ist.«

Richter Bonatsch zog ein großes, buntes Taschentuch hervor, wandte seinen massigen Körper zur Seite und leckte sich die dicken, wohlwollenden Lippen ab.

»Nun, Silvia, ich wollte mit dir über deinen Vater sprechen«, sagte er, setzte sich an seinen Schreibtisch und nahm eine blaue Mappe zur Hand. »Laß mal sehen... Am 22. November vorigen Jahres ist er verschwunden, und seither hat man nichts mehr von ihm gesehen oder gehört. Du hast wohl keine Ahnung, wohin er gegangen sein mag? Keine Nachricht, seit wir uns das letztemal gesehen haben?«

Sie schüttelte den Kopf.

»Ich habe nichts gehört – nichts!«

»Sicherlich nicht?«

»Ich habe nichts gehört.«

»So?«

Er hielt einen Augenblick inne.

»Du warst zu dem Zeitpunkt seines Verschwindens in Zürich«, fuhr er fort und nahm ein großes, mit Notizen bedecktes Blatt zur Hand. »Und als du dann nach Hause kamst«, sagte er, »war inzwischen dein Vater zu Hause gewesen, mit den fünftausend Franken in der Tasche. Bevor wir weitergehen: Bist du ganz sicher, daß es nicht während deiner Abwesenheit einen Streit gegeben hat?«

»Ja, ganz sicher«, erwiderte Silvelie, und ihre Augen weiteten sich.
»Wie kannst du es denn so sicher wissen? Du warst doch nicht
da?«

»Nein, aber als ich nach Hause kam, haben sie mir erzählt, daß
Vattr mit ihnen streiten wollte, und daß sie ihm ausgewichen
sind.«

»Das weiß ich. Sie behaupten, sie hätten die Nacht im Stall verbracht und ihn im Hause allein gelassen.«

»Ja«, sagte sie.

Sie ließ den Kopf hängen.

»Wir haben uns immer vor ihm gefürchtet«, fügte sie leise hinzu.

Richter Bonatsch betrachtete finster das Tintenfaß und spitzte
die Lippen.

»Aber der Stall!« sagte er. »Der ist gerade nur so groß, daß ein
Pferd und eine Kuh darin Platz haben. Wie konnten sie denn
bloß alle drin Platz finden?«

»Wenn Menschen Angst haben, können sie sich auf einen ganz
engen Ort zusammendrängen«, sagte Silvelie ruhig.

Er schien in Gedanken zu versinken, und einige Sekunden später schaute er ihr fest in die Augen.

»Eine bessere Antwort hätte ein Advokat auch nicht geben
können«, sagte er.

Plötzlich begann er sich heftig den Kopf zu kratzen.

»Er ist verschwunden, und da suchen wir ihn jetzt schon die
ganze Zeit und können ihn nicht finden!«

Er sagte das fast verzweifelt, wie jemand, der mit seinem Witz
am Ende ist.

»Wir haben in den Zeitungen annonciert. Ich weiß nicht recht,
was ich jetzt noch machen soll. Aber ich kann die Sache nicht
auf sich beruhen lassen. Das geht mir gegen den Strich. Ich
habe mit deinem Bruder Niklaus gesprochen. Die Leute scheinen alle möglichen Gemeinheiten über deine Familie zu ver-
breiten.«

»Doktor Bonatsch«, rief sie und richtete sich fast heftig auf,
»diese Leute sind Lügner!«

»Ich glaube selber kein Wort davon«, fuhr er mit einer freundlichen Handbewegung fort. »Aber Gesetz ist Gesetz. Buab

Niklaus muß geschützt werden. Ich bin momentan in einer verdrießlichen Lage. Deshalb habe ich dich gebeten, zu mir zu kommen. Ich habe großes Vertrauen zu dir, und ich erwarte von dir, daß du mir bei der Sache hilfst. Wie denkst du darüber, Fräulein Silvia? Schau mir fest in die Augen und sag es mir.«

Sie richtete ihre schönen Augen auf ihn, mit einem Blick, der so ziemlich jeden anderen Menschen verwirrt hätte. Aber der Richter begegnete ihm gelassen.

»Was soll ich sagen? Ich war damals in Zürich, als die Sache passierte. Es hat also gar keinen Zweck, mich zu fragen, Richter Bonatsch. Meine Angehörigen sagen, Vattr hat mein Geld genommen und ist weggegangen, um es auszugeben.«

»Nun, was meinst du, wo kann er mit dem Geld hingegangen sein?«

Sie zuckte die Achseln.

»Aber«, sagte der Richter, »deine Leute haben jede Hoffnung aufgegeben, ihn noch einmal wiederzusehen.«

»Das weiß ich.«

»Buab Niklaus hat mich gebeten, ihn für verschollen zu erklären. Das kann aber erst nach Ablauf eines Jahres geschehen, wenn keine Hoffnung besteht, daß eine bestimmte Person jemals wiederkehrt, oder wenn man mit Wahrscheinlichkeit annehmen kann, daß der Betreffende tot ist.«

»Vielleicht wird er nicht mehr wiederkommen. Er war zu uns allen sehr grausam.«

»Kannst du dir einen Grund denken, warum euer Vater euch verlassen haben soll?«

»Denken Sie an das Jeff, Herr Präsident! Vattr hatte auf der ganzen Welt nicht einen Freund. Seine Konkurrenten wollten ihn immer zugrunde richten. Er hat, wer weiß wie oft, erklärt, wenn er Geld hätte, würde er weit weggehen.«

»Aho! Das hat er gesagt?« rief der Richter und schrieb Silvelies Aussage nieder.

»Das habe ich noch nicht im Protokoll«, murmelte er, wie zu sich selbst. »Das ist wichtig. Es wirft ein gewisses Licht auf den Fall.«

»Ja«, sagte Silvelie und faßte sich ein Herz: »Ich glaube nicht, daß Vattr auch nur eine Sekunde lang an uns gedacht hat, als er so plötzlich das viele Geld in der Hand hatte.«

Richter Bonatsch warf einen Bleistiftstummel in die Luft.

»Das Geld hatte er doch schon in Zürich. Warum ist er denn nach Hause gegangen? Warum ist er denn nicht gleich in Zürich davongelaufen?«

Silvelie blickte zu Boden. Einen Augenblick lang überlief es sie heiß und kalt. Sie suchte wie verrückt nach einem Grund.

»Vielleicht hatte Vattr irgendwelche Papiere zu Hause vergessen.« Sie bemühte sich, mit fester, sicherer Stimme zu sprechen.

»Wo hat er denn für gewöhnlich seine Papiere aufbewahrt?«

»Das weiß ich nicht«, sagte sie, »das kann ich nicht sagen.«

»Weiß es dein Bruder Niklaus?«

»Ich kann es nicht sagen. Solange Vattr bei uns war, haben wir uns alle nicht getraut, an seine privaten Papiere heranzugehen.«

»Aber du weißt, daß er solche Papiere hatte?«

»Ja. Sein Büro war voll von verstaubten Papieren.«

»Nun sag mir einmal, warum meinen deine Angehörigen, daß er nie mehr zurückkehren wird?«

»Warum sollte er zurückkehren?« rief sie hitzig und bemühte sich, auch nicht eine Sekunde lang mit der Antwort zu zögern. »Wir wollen es glauben! Als Vattr noch zu Hause war, haben wir so viel leiden müssen, daß uns schon der bloße Gedanke an seine Wiederkehr erschreckt.«

»Nun, ich muß sagen, unter den bestehenden Umständen finde ich es ganz natürlich und durchaus menschlich«, sagte der Richter. »Es ist ein Vergnügen, sich mit einer klugen, jungen Frau wie du zu unterhalten«, fügte er nach einer Pause hinzu.

»Ich habe ein bißchen mehr Glück gehabt als die andern«, fuhr Silvelie fort. »Ich hatte an Meister Lauters einen guten Freund. Die andern hatten keine Freunde, und Vattr hat nur Feinde gehabt.«

Sie hielt plötzlich den Atem an. »Mir ist eben eingefallen, Herr Präsident, wenn manche Leute häßliche Sachen über uns sagen, könnten wir sehr leicht den Spieß umkehren.«

»Schlag dir das aus dem Kopf, Silvia«, sagte Bonatsch.

Er warf ihr einen scharfen Blick zu und stellte fest, daß ihre Hände zitterten.

Er lehnte sich zurück und wandte kein Auge von ihr. Einen Augenblick lang herrschte Schweigen. Eine kleine Uhr tickte auf dem Tische.

»Bist du erst jetzt auf diesen Gedanken gekommen?«

»Ja.«

»Warum?«

»Ich will nicht fremde Leute verdächtigen, aber ich habe Gründe, mich zu beschweren.«

»Worüber willst du dich beschweren?«

»Ah«, stieß sie hervor, »es ist scheußlich, wenn einem die Polizei ins Haus kommt, Fragen stellt, alles durchstöbert und überall nachgräbt, als ob wir unsern eigenen Vattr ermordet hätten.«

»Silvia«, sagte Richter Bonatsch, »sei froh, daß wir das getan haben. Die Polizei hat nur ihre Pflicht getan. Das Gesetz muß sich davon überzeugen, daß nichts Unrechtes geschehen ist. Ich muß mich davon überzeugen. Wenn ich nicht überzeugt bin, muß ich die Sache den Kantonalbehörden übergeben, und die leiten dann eine Kriminaluntersuchung ein. So aber, wie die Dinge liegen, gibt es keinerlei Spuren, aus denen man schließen könnte, was mit eurem Vater geworden ist.«

Sie begegnete standhaft seinen Blicken.

»Ich will nicht, daß man uns Übles nachsagt!« begann sie fast heftig. »Schützen sie unsern guten Namen, Herr Präsident!«

»Wenn die Leute reden, kümmere dich nicht darum. Der Polizeibericht ist fertig. Ich habe ihn hier. Bisher liegt nichts vor, was euch irgendwie zum Nachteil geraten könnte. Arbeitet ruhig weiter, und wenn ihr etwas zu fragen habt, kommt ohne Scheu zu mir. Schwatzt nicht mit anderen Leuten. Ihr habt ein schweres Leben hinter euch, und ich will euch helfen, soviel ich kann. Dabei soll es für den Augenblick sein Bewenden haben. Du kannst Buab Niklaus mitteilen, was ich dir gesagt habe. Wenn ihr hört, daß eine bestimmte Person euch häßliche Dinge nachsagt, dann kommt zu mir, und ich werde den Verleumder verwarnen.«

»Vielen Dank, Herr Präsident«, sagte Silvelie und stand auf.

Der Richter erhob sich gewichtig und schaute nach seiner dikken, goldenen Uhr. Er legte die Hand leicht auf Silvelies Schulter und führte sie zur Tür. Als er ihr die Hand schüttelte und
ihr mit lüsternen Blicken nachschaute, wie sie durch den Korridor schritt, leuchtete eine kleine Flamme in seinen Augen auf.
Ein paar Sekunden lang stand Silvelie versonnen auf der Hauptstraße von Andruss, ihr ganzer Körper glühte in feuchter Hitze.
‚Gott sei Dank, daß das endlich vorbei ist‘, murmelte sie. Und
sie ging über den Fußpfad zum Bahnhof, um das Postauto nach
dem Hospiz zu erreichen.

2 1

Wenn Meister Lauters wieder ins Leben zurückgekehrt wäre,
hätte er mit Freuden feststellen können, daß es nicht nur großmütig, sondern auch sehr klug von ihm gewesen war, Silvelie
seine reizende Einsiedelei in den Bergen zu hinterlassen. Er
hätte niemanden finden können, der sich mit größerer Begeisterung und größerem Fleiß seiner Bilder, seiner Teppiche und
seiner sonstigen Habseligkeiten angenommen hätte. Vielleicht
lächelte er in der andern Welt, falls es ihm gegeben war, die
fromme Verehrung zu sehen, mit der die neue Eigentümerin
den Besitz ihres Erbes antrat.
Während der ersten paar Tage war Silvelie nie anders als in
Begleitung eines Besens oder eines Staubtuches zu sehen. Kein
einziger Gegenstand entging ihrer zärtlichen Aufmerksamkeit,
und sie putzte sämtliche Fenster, bis sie durchsichtig waren wie
Brunnenwasser. Es waren mehrere hundert Bücher vorhanden,
die sie eines nach dem andern herausnahm, abstaubte, öffnete,
katalogisierte und wieder an den alten Platz zurückstellte. Sie
scheuerte einen kupfernen Buddha, bis er wie ein Goldnugget
glänzte, und verbrachte viele Stunden damit, die kleine Küche
und das Badezimmer in Ordnung zu bringen. Einer verwöhnten
Hausfrau hätten viele, auch notwendige Dinge gefehlt: für
Silvelie aber waren sechs Messer und Gabeln, ein Service von
Tassen, Tellern und Platten und ein paar primitive Küchen-

geräte schon der reine Luxus. Als sie schließlich das Inventar nachprüfte, entdeckte sie, daß einige Sachen fehlten, darunter zwei Bilder und eine Mappe mit Originalzeichnungen. Das ärgerte sie, und sie dachte einen Augenblick daran, an den Anwalt nach Zürich zu schreiben. Sehr bald aber änderten sich ihre Gefühle. Als sie zum Fenster hinaussah, über die gewaltigen Hänge in die riesige, grüne, mit Frühlingsblumen übersäte Mulde und die belebende, frische Luft atmete, die ihre Lungen zu weiten und ihren Körper leicht zu machen schien, so daß sie zuweilen das Gefühl hatte, sie schwebe durch die Luft... als ihr zu Bewußtsein kam, daß sie jetzt ihre eigene Herrin war, und daß sie viele Ruhetage vor sich hatte, daß sich ihr niemand ohne ihre Erlaubnis nähern konnte, dachte sie nicht mehr an die fehlenden Gegenstände und verzieh den Dieben. ‚Mögen seine Kinder sie behalten! Ich habe mehr, als mir zukommt.'

Ab und zu ging sie zu den Gumpers hinunter, um Brot, Butter, Käse, Honig, Milch, Bündner Fleisch, Reis und andere Lebensmittel zu holen; aber sie aß nie im Hospiz. Es machte ihr besonderen Spaß, für sich selber zu kochen. Außerdem vergingen die Tage schneller, wenn sie sich damit beschäftigen konnte, Omeletts zu backen, Kartoffeln zu rösten und sogar auch noch kompliziertere Gerichte zu bereiten. Ihre Angehörigen sah sie jetzt gar nicht mehr. Niklaus war am Tage nach ihrer Ankunft bei ihr gewesen, sie hatte ihm all das mitgeteilt, was Richter Bonatsch ihr gesagt hatte, und er war wieder gegangen. Manchmal blickte sie in das höhlenartige Tal der Via Mala hinab, zur Kapelle des heiligen Hubertus und zu der feuchten Dunkelheit des tiefer gelegenen Jeff. Sie hatte nicht den Mut, ihre Mutter und ihre Schwester zu besuchen. Die unsichtbare Wand zwischen ihr und ihnen schien mit der Zeit nicht kleiner, sondern größer zu werden, immer höher und höher zu wachsen, immer unübersteiglicher zu sein. Sie machte vor sich selber kein Hehl daraus: Sie waren Mörder. Silvelie zog dicke, genagelte Stiefel an und machte große Wanderungen. Stundenlang schlenderte sie am Rande der Schneefelder umher, pflückte Blumen, winzige, schüchterne Blumen, weiße und blaue Blumen, die so lieblich und zart waren. Sie steckte sie dann in die kleine ägyptische

Alabastervase mit dem alten holländischen Tisch mit den Löwen-füßen in dem großen Zimmer. Der schön polierte ovale Tisch mit der kleinen Vase voll Blumen: das tat dem Auge wohl. Sie weigerte sich hartnäckig, an die Zukunft zu denken. Mit ihrem Gelde ging sie möglichst vorsichtig um. Sie wußte, daß es eines Tages dahin, verschwunden sein würde, so wie der Schnee unter der glitzernden Sonne verschwand, die den ganzen schwärzlichblauen Himmel mit ihrem erdrückenden Leuchten erfüllte.

‚Verdammtes Geld! Aber es soll mir jetzt keine Sorgen machen!‘ Untätig gab sie sich der Natur hin. Sie schob alle traurigen Gedanken und alle Befürchtungen beiseite, die ihren neuerwor-benen Gleichmut hätten stören können. Sobald die Sonne unter-ging, schloß sie sich ein. Brach die Nacht herein, dann zündete sie eine Lampe an und las, trank eine Schale Milch und aß eine Scheibe von dem dunklen hausbackenen Brot der Gumpers' mit einer dicken Schicht frischer, saftiger Bergbutter drauf. Und wenn sie müde wurde, ging sie zu dem großen Diwan, der gleichzeitig als Bett diente, öffnete sämtliche Fenster im oberen Stock, zog sich aus, legte ihr Nachthemd an, kroch unter die Decke und deckte sich bis zum Halse zu. Und in kürzerer Zeit, als man braucht, um eine Tasse voll Milch aus dem Euter der Kuh zu melken, schlief sie ein.

Dieses glückliche Leben dauerte einige Tage. Dann erwachte sie eines Nachts kurz nach Mitternacht und konnte, sosehr sie sich auch bemühte, nicht mehr einschlafen. Ihre Gedanken be-gannen umherzuirren. Mit einem einzigen Satz hatte die Wirk-lichkeit, der sie hatte entrinnen wollen, sie eingeholt. In der Stille lag sie da und dachte an Andi und sah sein fröhliches Ant-litz vor sich. Während sie in der Erinnerung alle kleinen Er-lebnisse mit ihm durchlief, fühlte sie sich von einer Dumpfheit, einer sinnlichen Atemnot überkommen, die ebenso qualvoll wie köstlich war. So lag sie stundenlang in einem Zustand phy-sischer Anspannung da, bis sie schließlich vor Kälte zu zittern begann. Sie wälzte sich unruhig umher. Ein schrecklicher Hun-ger nach Liebe regte sich in ihr. Sie sehnte sich nach Andi, sie sehnte sich danach, in seinen Armen zu liegen und Frieden zu finden. Am nächsten Morgen erhob sie sich müde, fast erschöpft. In der folgenden Nacht erwachte sie wieder zur selben Stunde. Sie sah sich wieder auf der Entenwiese neben Andi sitzen, der funkelnden Wein in ihr Glas schüttete. Sie hörte Henris trockene, ironische Bemerkungen und sah sich die dichte Schar der tanzenden Paare betrachten, die schwitzend, lachend und jauchzend zu den Klängen einer dröhnenden Kapelle über den Boden schlurften. Prozessionen von Kellnerinnen mit Servierbrettern auf den Armen zogen an ihr vorüber. Da waren lange hölzerne Tische und Bänke, auf denen Männer, Weiber und Kinder dicht aneinandergepreßt sich drängten. Und mittendrin sah sie Andis lachendes Gesicht. Sie hatte das Gefühl, als gehe von ihrem Körper eine geheimnisvolle Strömung aus, als zitterten unsichtbare Wellen in den weiten Raum davon. Und dann war es ihr plötzlich, als würde sie von der Erde emporgerissen, als ob Andi sie in seine Arme nähme und mit ihr davonliefe, weg von der Menge, weit weg in einen Wald. ‚Andi! Andi! Andi!‘ Sie wälzte sich auf den Rücken, streckte die Arme aus und blickte durch das Fensterviereck nach einem schimmernden Sternbild, das mit kalter, nackter Helle in dem unendlichen, unerforschten Äther leuchtete.

Am nächsten Morgen wanderte sie weit in die flüsternde Einsamkeit hinaus zu den großen Felsen und den Schneefeldern. Dort kam ihr die ganze Qual ihrer Liebe zum Bewußtsein.

Sie ließ ihre Blicke über den erhabenen Areopag der Berghäupter schweifen, über die Pic Vial und Cristallina und Valdraus, die in majestätischer Heiterkeit einsam thronten, uralte Riesen ohne Gedächtnis, mit Schädeln von Eis und Bärten von Schnee, und sie sah von dem Antlitz des Valdraus eine weiße Flocke, eine breite Schneefläche in Wirklichkeit, sich lösen und wie eine große Träne in eine seiner tief eingefurchten Runzeln fallen. Und dann hörte sie das Tosen der Lawine, die in einen verlassenen Kamin hinabkrachte.

‚Wenn dort ein Dorf stünde, wäre der Valdraus ein Massenmörder‘, dachte Silvelie. ‚Aber es würde ihn nicht kümmern. Warum auch? Es ist ihm nicht gegeben, zu denken und zu fühlen. Ein Jammer, daß wir Menschen nicht auch so sind, daß wir

410

nicht so sind wie die Berge, daß wir nicht unsere Feinde zerschmettern und es dann für immer vergessen können.'
Ihre Augen füllten sich mit Tränen. Sie beklagte ihre Schwäche, die Kraft ihrer Gefühle und so auch die Kraft ihres Leidens.
,Ich habe ihn verloren, und ich hatte ihn doch zu eigen. Jetzt ist es zu spät. Es gibt zwei Arten von Menschen, die zufriedenen, die alles haben, und mehr noch, als sie brauchen, und auf der andern Seite alle die, die gegen Hunger und Schmerz revoltieren. Ich werde immer zu der zweiten Sorte gehören. Ich gehöre der Armut und ihren Enttäuschungen an. Es wird in meinem Leben nie einen andern Mann als Andi geben. Er ist der einzige, der eine, dessen Kommen Meister Lauters prophezeit hat. Und jetzt ist er weg. Ich muß versuchen, an ein neues Leben zu denken. Ich muß frei und ich selber bleiben, mir selber treu sein. Ich will lesen und studieren. Und sobald ich einige Kenntnisse habe, gehe ich in die Dörfer und spreche mit den Frauen und Kindern, die in diesen Bergen dahinvegetieren, in die Unwissenheit vergangener Zeitalter vergraben, wie das Vieh an Körper und Seele gefesselt und von den Pfaffen und der Bourgeoisie zu Boden getreten. Ich will alle diese Menschen zu einer neuen Freiheit führen. Ich will das Verbrechen der Lauretz' sühnen.'
Als Silvelie nach Hause zurückkam, nahm sie eine kleine Zeichnung, die Lauters von ihr angefertigt hatte, und auf der sie, in einen Schal gehüllt, die eine Schulter entblößt, neben dem Bache saß, und schrieb auf die Rückseite ein paar Worte, die sie in einem Buch gefunden hatte:

Es war ein Frühling, der niemals kam. Aber wir haben lange genug gelebt, um zu wissen, daß das bleibt, was wir nie besessen haben. Und das, was wir haben, vergeht.

Silvelie an Andi.

Sie packte die Zeichnung ein und trug sie zu den Gumpers' hinunter, um sie mit der Post wegzuschicken.

22

Endlich kam ein Brief für sie mit der Handschrift, die jemals wiederzusehen sie fast schon alle Hoffnung aufgegeben hatte. Es war ein dicker eingeschriebener Brief, und der junge Hirt lächelte, als er ihn überreichte.

»Da schickt Ihnen wieder jemand ein Vermögen, Fräulein Lauretz! Ich drehe mein Geld jeden Neumond um, aber mir schneit's nicht ins Haus.« Er reichte ihr das kleine Buch, in das sie ihren Namen einzutragen hatte.

»Vielleicht will jemand etwas von mir haben«, sagte sie lachend.

»Ein bißchen einsam hier oben, wie?« Er fing zu flirten an.

»Ich habe gute Gesellschaft, Herr Hirt.«

»Darf man fragen, wen?«

»Mich selber.«

»Das ist ein großes Unglück für jemand andern.«

»Für wen?«

»Für den, der Ihnen Gesellschaft leisten könnte.« Er nahm das Buch, in das sie ihren Namen eingetragen hatte, und steckte es in die Tasche.

»Vielleicht bringe ich Ihnen eines Tages einen Brief von Ihrem Vater«, fügte er rätselhaft hinzu.

»Wir wollen es hoffen«, sagte sie und legte den Brief in ihr Körbchen zu den Vorräten.

Es war Mitte Juli, am späten Nachmittag. Sie trug den Brief von einem Zimmer ins andere, als suche sie nach einem besonderen Ort, an dem sie ihn öffnen könnte. Sie küßte ihn. Sie legte ihn auf einen Tisch, sah ihn an, umkränzte ihn mit Blumen und quälte sich damit, daß sie ihn einfach ansah. Schließlich nahm sie ein elfenbeinernes Papiermesser, schnitt vorsichtig den Umschlag auf und zog einen Stoß engbeschriebener Seiten hervor. Fast schwindelig vor Freude ging sie auf die Veranda hinaus und setzte sich auf einen Stuhl, um zu lesen. Folgendes teilte Andi ihr mit:

Jetzt habe ich endlich einmal eine Nacht lang gut geschlafen, nachdem ich die letzten drei Wochen sehr viel unter der Schlaflosigkeit zu leiden hatte, und das wird Dich vielleicht nicht wundern, wenn Du erst einmal meinen ganzen Bericht gelesen hast. Henri sagte einmal zu mir: ‚Familienbande wiegen schwerer als Ketten, und die Flügel der Freiheit wachsen nicht im Gold.‘ Seit wir uns das letztemal gesehen haben, sind mir einige der Wechselfälle widerfahren, die aus einem komplizierten gesellschaftlichen System sich ergeben. Mein einziger Trost war es seltsamerweise, daß Du wirklich aus Lanzberg weggefahren warst. Deine Anwesenheit hier würde die Schwierigkeiten nur noch vergrößert haben. Der Grund für Deine Abreise ist nicht überzeugend, wenn Du auch selber an ihn glauben magst. Ich bin der Meinung, daß nur Dein Stolz Dich veranlaßt hat, Dich in Deinen Schlupfwinkel zurückzuziehen, nicht aber ‚der unbesiegliche Wille des Schicksals‘. Das Schicksal zwingt nicht die Menschen, voreinander davonzulaufen, im Gegenteil, es führt sie zusammen. Die wenigen schönen Dinge, die ich in meinem Leben erlebt habe, sind mir alle durch Zufall in den Weg gekommen. Auch die Begegnung mit Dir war ein Zufall, und ich habe recht schnell in Dir mein Schicksal erkannt. Oder nicht? Allerlei Leute, die sich noch vor kurzem mir gegenüber recht freundschaftlich verhalten haben, beschimpfen mich heute. Und wie gewöhnlich gibt man dem einen Unrecht, der den Frieden mehrerer Menschen gestört hat. Ich habe, ohne es zu wollen, den Frieden vieler Menschen gestört. Besonders eine Dame in Sankt Gallen, Luises Mutter, würde, wenn es keine Gesetze gäbe, mir sicherlich mit einer Axt den Schädel spalten. Sie hat sich in eine richtige Hexe verwandelt. In Richenau, Basel und Genf scheine ich in gewissen Kreisen ein ganz berüchtigter Kerl geworden zu sein. Vielleicht müßte ich meine Missetaten bereuen, aber es fällt mir äußerst schwer, mein Herz mit Reue zu erfüllen. Ein Glück, daß alle diese braven Leute noch nichts von Deiner Existenz wissen. Ich fürchte, es würde sich sonst ein Teil ihres Zornes auch über Dein liebes Haupt ergießen. Wenn ich mich nicht in den Sternen irre (ich verstehe nichts von Astrologie, ich verstehe nur meine eigenen Gefühle), wird früher oder später ein Hagel von Beschuldigungen auf Dich niederprasseln, aber dann wird Dein Andi bei Dir sein und einen dicken Regenschirm über Dich halten. In all den Schwierigkeiten hat meine Mutter sich prächtig benommen. Aber sie ist ja auch schließlich von einem ganz anderen Schlag als meine Umgebung. Sie ist eine Hugenottin. Die Geschichte der Hugenotten ist die Geschichte nordischer Helden, die für die Wahrheit und für den menschlichen Glauben gegen die Versklavung der Seele durch syrisch-rö ische Doktrinäre gekämpft haben. Es wäre unhöflich, meine Mutter tolerant zu nennen. Sie ist immer nur sie selber: echt und ehrlich. Sie ist jedes absichtlichen Mitleids unfähig; ihre Handlungen entspringen ihrem Charakter, wie das Wasser einem Quell. Sie ist der einzige Mensch, der weiß, daß ich Dich liebe. Ja, sie ist eine große Frau. Luise hat Lanzberg noch in derselben Nacht verlassen, in der sie zu Madame Robert kam. Vor ihrer Abreise war sie bei mir in meiner Wohnung, und es gab eine sehr peinliche Szene. Dann fuhr sie nach Sankt Gallen zurück, und am nächsten Tag besuchte mich ihr Vater. Ich hatte ihn immer als einen recht schweigsamen Mann gekannt und ihn in seiner Art respektiert, wenn er auch oft mit dem Messer aß und in seiner Wohnung Spucknäpfe stehen hatte. Sonderbar, wie gewisse Menschen ihren wirklichen Charakter entblößen, wenn das Leben sie in eine unerwartete Lage versetzt! Herr Frobisch war sehr imponierend. Ich hätte seine Tochter genasführt. Es sei unerhört, eine Verlobung vier Wochen vor der Hochzeit zu lösen. Wenn ich auf meiner Weigerung bestünde, würde er sich zweifellos nicht mehr imstande sehen, den Unternehmungen meines Vaters finanzielle Unterstützung zukommen zu lassen, so leid es ihm täte.

Ich sagte ihm gehörig meine Meinung. Anscheinend waren die Interessen der Richenaus und der Frobischs hinter meinem Rücken aufs engste miteinander verknüpft worden. Ich erklärte dem Mann so höflich wie nur möglich, daß mich seine finanziellen Transaktionen nicht im mindesten interessierten, und daß ich nur wenig für eine Zivilisation übrig hätte, in der an die Stelle der Könige und Fürsten die Bankiers und Wucherer getreten seien. Er ging wütend weg.

Dann kam mein Vater so ziemlich in der gleichen Absicht wie

Herr Frobisch nach Lanzberg. Es war äußerst peinlich, denn ich hänge an meinem Vater und würde fast alles tun, um ihm zu helfen. Oh, Sivvy! Warum hast Du mir nicht die Hand gereicht, als wir dort miteinander im Wald von Lenzerheide waren? Warum sagtest Du nicht: ‚Andi, ich will Deine Frau werden.' Ich würde einfach zu allen Leuten gesagt haben: ‚Ich habe die richtige Frau gefunden, mein Leben ist geordnet.'

Hier hatte Andi den Brief unterbrochen und ihn einen Tag später fortgesetzt.

Ich komme soeben aus der Klinik in Sankt Gallen. Luise geht es leidlich. Ich habe ihr einen Blumenstrauß gebracht und bin ein paar Augenblicke bei ihr gewesen. Unbeabsichtigte Grausamkeit von meiner Seite aus! Schade, daß sie nicht mehr Verstand und Mut bewiesen hat. Ich weiß nicht, ob sie sich die Sache wirklich zu Herzen genommen oder ob sie in momentaner Geistesverwirrung gehandelt hat. Vielleicht hat sie auch bloß eine dramatische Komödie aufführen wollen. Jedenfalls tut sie mir sehr, sehr leid, und ich würde viel darum geben, wenn sie es nicht getan hätte. Zuerst war ich tödlich erschrocken, als ihre Mutter mir telephonisch mitteilte, daß Luise sich erschossen habe. Anscheinend hat sie ihr Hochzeitskleid angezogen, Blumen ins Zimmer gestreut und sich dann in die linke Brust geschossen. Der Revolver war ein ganz winziges Ding, das sie bei einem Juwelier gekauft hatte, und die kleine Kugel traf eine der Rippen. Soviel ich aus einem Gespräch mit den Ärzten entnehmen konnte, muß sie die Mündung gegen eine Rippe gehalten und das verfluchte Spielzeug ein wenig schief angesetzt haben. Ein wohldurchdachter Bühnenselbstmord. Sie ist viel zu klug, um nicht zu wissen, daß man, wenn man sich umbringen will, nicht gegen einen Knochen zielen darf und eine ernste Waffe benützen muß. (Außerdem hängt die Armeepistole ihres Vaters vor ihrem Zimmer in einem Schrank im Korridor!) Tatsache ist, daß sie mir mehr geschadet hat als sich selber. Meine sämtlichen Verwandten umschwärmen mich wie die Wespen. Es meldete sich sogar eine Kusine meines Vaters, die

Frau eines Genfer Bankiers, eine ältliche, gezierte Person, die ich seit Jahren nicht gesehen hatte. Sie erinnerte mich daran, daß sie meine Patin und infolgedessen berechtigt sei, ihre Mißbilligung zu äußern. Man könnte glauben, die Schweiz sei ein Dorf. Meine Tante Isabella erschien in ihrem frischgestrichenen Vorkriegsauto mit ihrem geliebten bärtigen Hans und befahl mir, sofort zu Luise zurückzukehren, sie auf den Knien um Verzeihung zu bitten und sie auf der Stelle zu heiraten, andernfalls würde sie mich enterben. Tante Isabella weiß sehr gut, wieviel mir am Gelde liegt, und grade deshalb wird sie mich nicht enterben. Sie ist wie Maria Theresia – scheinbar ein Bündel von Launen, aber in Wirklichkeit solide wie ein altes Eisentor. Jedenfalls kenne ich sie zu lange um ihr Wetterleuchten zu fürchten. Ich sagte ihr das auch. ‚Tantchen, du weißt, wie gern ich dich habe. Ich kann es nicht ändern, daß du meine Handlungsweise mißbilligst. Ich will auch nicht versuchen, mich zu verteidigen. Was deine Drohungen betrifft, so hatte ich doch schließlich die Millionen der Frobischs in der Hand und wollte sie nicht haben. Wie kommst du also auf den Gedanken, ich könnte nach deinem Geld verlangen? Den Verlust deiner Zuneigung würde ich viel mehr fürchten als den deines Geldes. Genieße recht lange dein großes Vermögen.‘ Sie wurde so wütend, daß sie mit ihrem Stock fast ein Loch in meinen Teppich bohrte, und sie mußte Hans hereinrufen, um sich von ihm ans Auto führen zu lassen. Ich habe das Gefühl, daß Tante Isabella immer noch eine Schwäche für mich hat. Als kleiner Junge pflegte ich ihr fast den Hof zu machen. Sie sagte immer, ich hätte einen guten Teint, weil sie mich so oft küßte.

Bitte, Sivvy, halte mich nicht für frivol, weil mir die komische Seite dieser beinahe tragischen Ereignisse fast Spaß macht. Ich bemühe mich, sie so leichtzunehmen, wie ich nur kann, obgleich sie mich viel Nerven gekostet haben. Man kann nicht die Leute, unter denen man sich sein Leben lang bewegt hat, in fieberhafter Aufregung eines Vorfalles sehen, den man selbst verursacht hat, ohne daß es einem nahegeht! Außerdem hat mir Luises törichte Handlung ein wenig den Atem verschlagen. Ich denke mir immer: ‚Wie denn, wenn sie sich umgebracht hätte!‘

Aber sie hat es nicht getan, und ihr Selbstmordversuch ist ebenso unwirksam gewesen wie ihr Bemühen, in der Liebe großmütig und gebend zu sein. Liebe ohne Geben ist wie ein Garten ohne Blumen. Ich habe mich bemüht zu geben, zu geben! Ich habe mich sehr bemüht – und bin die ganze Zeit auf die steinerne Wand gestoßen.

Hier wurde der Brief abermals unterbrochen und einen Tag später fortgesetzt.

Henri ist heute bei mir gewesen. ‚Andi‘, sagte er, ‚weil ich dich gern habe, muß ich dir sagen, daß Silvia Lauretz eine sehr gute Frau für dich sein wird.‘ Er zwinkerte mit den Augen. Er weiß alles. Dann hielt er mir eine lange Predigt über den Fluch des Kapitalismus, beschimpfte mich, weil ich meinen Namen auf der konservativen Kandidatenliste erscheinen lasse, und wir aßen zusammen in der Bahnhofswirtschaft. Er erzählte mir den ganzen Tratsch aus Madame Roberts Etablissement. Deine plötzliche Abreise scheint dort alles durcheinandergebracht zu haben ...
Nun, Sivvy, die Zeichnung, die Lauters von Dir gemacht hat, ist wunderbar! Ich danke Dir tausendmal. Ich nehme sie dankbar entgegen, so wie ich immer alles entgegennehmen werde, was Du mir zu schenken beliebst. Es bedürfte aber eines größeren Malers als Lauters, um ein Bild von Dir zu schaffen, das so vollkommen wäre wie das Bild, das in mir lebt. Deine Gabe ist im richtigen Augenblick eingetroffen. Meine Mutter war aus Valduz herübergekommen, um ganz allein mit mir Mittag zu essen. Sie war ‚geflüchtet‘, um mich in aller Ruhe besuchen zu können, und als ich ihr die Zeichnung zeigte, geriet sie in Erregung wie ein neunzehnjähriges Mädchen. Sie küßte mich impulsiv, und ich begriff sofort, daß dieser Kuß eigentlich für Dich bestimmt war. Luise scheint ihr immer noch sehr leid zu tun, aber ich kenne sie besser, als sie selbst sich kennt. Weißt Du, was sie über Dich gesagt hat? ‚Sie scheint mehr dein Typ zu sein.‘ Ist das nicht köstlich? Als ob sie Dich instinktiv kennen würde. Ja, ich glaube, Du bist so tief in mich hineingewachsen, daß Du irgendwie aus mir herausschaust. Und meine

Mutter hat es gemerkt. Meine Mutter versteht es von Natur aus, die Wahrheit zu erraten, an die die Sinne nie herankommen. Genau wie Du, Sivvy. Ich habe in diesen letzten paar Tagen tausend Pläne in meinem Kopf gewälzt. Meine Ferien beginnen nächste Woche. Sei nicht überrascht, wenn ich eines Tages auftauche, um Deine Bildersammlung zu besichtigen. Du weißt, daß ich ein großer Kunstliebhaber bin.

Inzwischen muß ich zu meinen geliebten Gaunern zurückkehren. Ich habe grade jetzt ein Juwel von einem Kerl unter den Händen. Und lies keine Bücher mehr über Frühlinge, die nie kommen!

Für immer der Deine
A. v. R.

Eines Tages am späten Nachmittag schritt ein einsamer Mann den Pfad durch die schwellenden Wiesen hinan. Er trug einen Touristenanzug, schwere Bergstiefel und ein Flanellhemd mit offenem Kragen. Auf seinem Rücken hing ein großer Rucksack, an dem ein Strauß Alpenrosen festgebunden war. Vor sich sah er die in blaßblaue Schatten gehüllte Nordkuppe des Pic Valdraus. Ein Jahr zuvor war er mit einer schweren Geschützbatterie in dieser Gegend gewesen; sie hatte einen Teil des Gletschers am Pic Vial mit Granaten bepflastert und die obere Partie der schönen grünen Gebirgsmulde auf Kosten der Steuerzahler mit einem Haufen von Eisentrümmern zugedeckt. Manöver, ja! Aber bei Manövern schaut man nicht allzuviel nach der Natur. Man zerstört sie bloß. Während er sich nicht ohne Gefühl der Demütigung an das alles erinnerte, rückte er seinen Rucksack zurecht und marschierte weiter. Nach einiger Zeit erspähte er das Schlößchen, und sein Herz begann freudig zu klopfen. Er beschleunigte seinen Schritt. Schließlich kam er in die Nähe des Hauses und sah auf dem Balkon vor dem oberen Stockwerk ein Mädchen sitzen, das anscheinend in ein Buch vertieft war. Er pfiff ein paar Töne. Sie legte das Buch weg und stand erschreckt auf. Er warf seinen Rucksack auf die Erde. Sie blickte zu ihm hinab.

»Andi! Andi!«

»Spreche ich zufällig mit Fräulein Lauretz?« fragte er.
Sie kam schnell wieder zu Atem. »Ich glaube wohl.«
»Mein Name ist Andreas von Richenau. Man hat mir gesagt, daß dieses Chalet dem großen Maler Lauters gehört hat. Ich nehme an, daß das stimmt?«
Sie ging auf seine leichte Stimmung ein. »Ja. Aber was ist der Zweck Ihres Kommens, wenn ich fragen darf?«
»Ich liebe die Kunst und alles Schöne. Ich habe soeben meinen jährlichen Urlaub angetreten und möchte ihn mit einer Pilgerfahrt zu diesem heiligen Altar der Schönheit einleiten.«
»Das höre ich gern«, sagte sie mit großen, runden Augen. »Ich hatte Sie für einen bloßen Touristen gehalten.«
»Bitte, nimm mich etwas mehr ernst!« sagte Andi. »Ich bin über fünf Stunden von Andruss marschiert, durch alle die finstern Tunnels der Via Mala, und habe dich gesucht. Meine Beine sind müde, das linke etwas mehr als das rechte... Hör doch auf zu lachen, so gern ich deinen Hals sehe, wenn du lachst... Was ich dir erzähle, stimmt. Ich bin vor ein paar Tagen vom Pferd gestürzt und hab' mir das linke Bein zerschlagen.«
»Wer sich nicht im Sattel halten kann, soll nicht reiten!« rief sie, drehte sich schnell um und verschwand.
Er hörte ihre Füße über die Holztreppe trappeln, und einen Augenblick später stand sie auf der Terrasse.
»Komm herein, Andi! Komm herein!«
Ihre Stimme klang fast schrill vor Erregung. Er nahm seinen Rucksack und ging die Stufen hinauf. Sie reichten einander die Hand. Er setzte sich auf eine geschnitzte Holzbank und betrachtete die in die Mauern eingelassenen Basreliefs.
»Nun, Sivvy«, sagte er mit veränderter Stimme, »da bin ich!«
Er nickte gewichtig mit dem Kopf. »Ich habe dir absichtlich nicht geschrieben, ich wollte dich überraschen.«
Er streckte die Beine aus.
»Ich habe einen Monat frei, um mich von den verschiedenen unliebsamen Schlägen zu erholen, die ich in der letzten Zeit habe aushalten müssen. Ich habe alle meine Pläne geändert... Du siehst ein bißchen müde aus, Sivvy. Ist etwas los?«
Sie schaute ihn furchtsam an und schüttelte den Kopf.

»Geht es dir auch wirklich gut? Hast du keine Sorgen?«

»Es geht mir recht gut, danke, Andi.«

»Ich muß gestehen, daß ich ein wenig müde bin. Weniger körperlich als seelisch.«

»Wie geht es Luise?« fragte Silvelie und blickte zu Boden.

»Sie ist wieder ganz wohl. Warum fragst du?«

»Weil ich es wissen wollte.«

Er machte eine Handbewegung.

»Das alles gehört jetzt der Vergangenheit an, und ich will es vergessen. Hilf mir, es zu vergessen, Sivvy. Laß mich ein Weilchen hier bei dir bleiben. Ich werde mich mit ganz wenigem begnügen, solange ich dich zur Gesellschaft habe. Wenn du nein sagst, weiß ich wirklich nicht, was ich mit mir anfangen soll. Ich verlange nicht viel von dir, nur ein bißchen Gesellschaft, nur deine Nähe. Du bist so lebendig und stark. Ich werde in wenigen Tagen ein neuer Mensch sein.«

Sie zögerte sichtlich.

»Laß mich hierbleiben!« bat er. »Schick mich nicht weg!«

Sie sah ihn an, und ihre Züge wurden weich.

»Willst du in dem Zimmer wohnen, das Meister Lauters bewohnt hat?«

»Wo du willst. Es ist mir einerlei, nur laß mich bleiben. Ich will die Luft und den Frieden der Berge trinken und vergessen.«

Sie stand auf.

»Komm herein! Komm herein! Ich bin sehr froh, daß du gekommen bist.«

Er erhob sich langsam.

»Als ob man nach Hause käme!« sagte er und folgte ihr ins Haus.

23

Es wurde dunkel. Sie saßen im Zwielicht auf der Terrasse und sahen den Tag erlöschen. Sie zählte ihm die Namen der Berge auf, ein Dutzend Namen sprudelten von ihren Lippen.

»Wir werden auf den einen oder andern Gipfel hinaufklettern, wie, Sivvy?«

»Ja, hoffentlich! Ich habe noch ein Paar von Meister Lauters'
genagelten Schuhen, die werden mir passen, wenn ich zwei
Paar Strümpfe anziehe.«

»In anderer Leute Schuhen umhergehen!« sagte er lächelnd.

Sie blickte zu dem Schneegipfel des Valdraus empor, der dunkelrot an dem grünschimmernden Himmel leuchtete.

Andi fühlte ihre innerliche Einsamkeit, fühlte die undurch-
dringliche Region ihrer Seele, zu der er sich noch keinen Weg
hatte bahnen können. Wie wenig wußte er eigentlich von ihr!
Die Erkenntnis stimmte ihn ein wenig melancholisch.

»Sivvy, ich bin um mehr als zehn Jahre älter als du. Heute
kommst du mir besonders jung vor: Ja, eigentlich bist du noch
ein kleines Mädchen. Ich habe das Gefühl, daß meine Ankunft
dich ein wenig erschreckt hat, daß du dich nicht ganz behaglich
fühlst. Aber hab keine Angst. Ich bin ein recht verläßlicher
Freund. Mach dir meinetwegen so wenig Kopfzerbrechen, als
ob ich der alte Lauters wäre.«

Sie seufzte. Ihre strahlenden Augen blickten durch die Dunkelheit zu ihm hin. Ein rötlichblasser Stern schimmerte über dem
Valdraus.

»Warum verschließt du dich vor mir?« fragte er voll Enttäuschung. »Darf ich dich nicht kennenlernen?«

Ihr war, als habe er mit dem Finger an ihre Wunde gerührt und
sie aufs neue zum Bluten gebracht.

»Im Ernst«, sagte er, »du könntest Schlimmeres tun, als mir ein
wenig Liebe zu schenken.«

Er nahm ihre Hand.

»Hast du über all das, was ich dir gesagt habe, nachgedacht? Oder
glaubst du, ich meinte es nicht im Ernst? Ich kann dir jetzt nur
sagen, daß seit unserem letzten Zusammensein meine Liebe zu
dir immer tiefer geworden, daß sie für mich das wichtigste in
meinem Leben geworden ist. Ich kann mir ein Leben ohne dich
nicht vorstellen. Es ist für mich ein Rätsel. Aber sehr viele wichtige Ereignisse, die sich in unserem Inneren abspielen, sind
rätselhaft. Es ist besser, man denkt nicht zu viel über sie nach, sondern nimmt sie einfach hin. Das Denken nützt nichts. Ich könnte
niemandem erklären, warum ich mich in dich verliebt habe.«

Er streichelte ihre Hand.

»Sind wir so verschiedene Naturen, daß wir nie zueinander kommen können?«

Er lachte leise. Es war, als lache sein innerstes Ich.

»Ich weiß, daß es nicht so ist. Ich besitze genügend Erfahrung, um zu wissen, daß wir zueinander gehören. Wir bilden eine Einheit, so wie die Berge und die Täler zusammen eine Einheit bilden.«

Silvelies Blicke wanderten über die Berghänge hinab zu dem Eingang des Yzollatales, der in tiefblaue Schatten gehüllt war. ‚Wenn er es nur wüßte! Wenn ich es ihm nur sagen könnte!‘ Schließlich fuhr Andi mit müder Stimme fort: »Warum sprichst du nicht, Sivvy? Warum sagst du nicht etwas?«

Sie fuhr leicht zusammen.

»Ich habe nichts zu sagen, Andi. Du mußt mir Zeit lassen, nachzudenken. Viel Zeit!«

Ein wenig atemlos hielt sie inne.

»Ich bin nicht die, für die du mich hältst«, sagte sie ruhig. »Und eines Tages wirst du es merken. Du bist so klug, und ich bin so dumm. Du bist so reich, und ich bin arm. Du bist ein Richter, du gehst zur Kirche. Ich kenne keine Gesetze, und die Kirche ist für mich nur ein Gebäude. Du hast Frauen geliebt. Ich habe nie in meinem Leben einen Mann geliebt, nicht weil ich nicht wollte, sondern weil die Männer mir meinen Körper verhaßt gemacht haben. Du bist in einem Schloß aufgewachsen und hast auf Universitäten studiert. Ich bin mein ganzes Leben lang im Jeff gewesen – am Ende der Welt. Du hast eine feine Familie, eine prächtige Mutter, einen guten Vater. Ich, ich, ich bin mit katholischen Kindern zur Schule gegangen, die mich anspuckten und mir sagten, nach dem Tod würde Gott ein Huhn aus mir machen. Schullehrer Wohl hat mich gelehrt, daß Gott diese Welt und alles, was in ihr drin ist, geschaffen hat. Schullehrer Wohls Gott hat uns einen Trunkenbold zum Vater gegeben. Schullehrer Wohls Gott hat uns alle in eine Sägemühle eingesperrt.«

Sie hielt inne und wandte ihren Blick von ihm ab.

»Du hast schöne Konzerte gehört, glücklicher Andi! Meine

Musik war die Säge und das Brausen der Yzolla. Dein Leben war immer sehr ordentlich, das meine ist ein einziger langer, wirrer Kampf gewesen. Du hattest immer genug zu essen, wir Lauretz' mußten uns unser Essen zusammenscharren. Nein, Andi! Für dich mag es leicht sein, dir vorzustellen, ich könnte meiner finsteren Vergangenheit für immer den Rücken kehren und in deinen Armen die Rettung finden. Aber grade mein Elend hält mich davon ab, einen so leichten Schritt zu tun, ich will nicht vor meinen Sorgen und meinem Kummer davonlaufen. Ich will ihnen die Stirn bieten. Mein Leben wird nicht glücklich sein, wenn ich es nicht fertigbringen kann, der Ungerechtigkeit und dem Elend entgegenzutreten und sie zu bekämpfen. Ich werde nicht ruhen, bevor nicht den Kindern in den Dorfschulen beigebracht wird, daß es töricht ist, andere Kinder anzuspucken, die nicht an ihre Idole glauben. Ich werde nicht eher glücklich sein, als bis ich den Frauen, die hier ringsumher leben, begreiflich gemacht habe, daß ihre Männer sie wie Kühe in den Ställen halten, und daß sie kein besseres Leben führen als die Kühe. Ich will ihnen ein freies Gewissen geben. Das wird mich glücklich machen.«

»Ich behaupte nicht, daß in deinen Gedanken nicht sehr viel Wahres und Schönes sei«, sagte Andi müde und lässig. »Ich bewundere deinen Idealismus und deine Entschlossenheit. Aber glaube mir, du tust damit der Welt nichts Gutes. Du bereitest ihr nur Kummer und Leid. Als ich noch jünger war, habe ich all diese revolutionären Phasen durchgemacht. Aber ich habe mich wiedergefunden.

Das Schlimmste heutzutage ist, daß jeder etwas anderes sein will, daß keiner das bleiben will, was er ist, daß jeder seine Ideen den andern aufzwingen will. Nimm zum Beispiel meinen alten Vater. Er hat ganz vergessen, daß er eigentlich nichts weiter zu sein hätte als ein Grundbesitzer, ein Bauer, und er hat sich jetzt mit Industriellen und Händlern verschwistert. Er ist Protestant, unterstützt aber eine politische Partei, die von Katholiken geführt wird. Er ist Oberst von Richenau und sitzt Seite an Seite neben kleinen Bourgeoisleuten, Bankiers und Beamten, deren Interessen er mit den seinen verknüpft.

Er hält das für den einzigen Weg, um das Land vor dem Bankrott zu retten – und sich selbst natürlich auch. Die großen Mißstände unserer heutigen Welt sind alle in den Städten entstanden. Aus den Städten kommt nichts als Verwirrung. Sogar Lanzberg, wenn es auch nur ein Nest ist, leidet unter der Stadtseuche. Henri ist ein treffendes Beispiel dafür. Im Vergleich zu ihm halte ich mich für einen völligen Provinzler. Ich habe meine Neigungen und Abneigungen. Ich habe Grundsätze, die ich nicht preisgeben will, weil ich ohne sie in der allgemeinen Verwirrung untergehen würde. Die sozialistischen Weltverbesserer wollen alles gleichmachen. Ich sehe viel Gutes in der Tradition: Es ist das so wie mit meinem ältesten Anzug, den ich doch am liebsten habe. Ich verabscheue allen Mischmasch. Großstädtische Philosophie und Arbeiterdoktrinen sind mir zuwider. Alle die Theorien, die Henri dir in deinen lieben Kopf hineingetropft haben mag, über den Egoismus des Familienlebens, die falsche Erziehung der Jugend, die Ungerechtigkeit der Gesetze und wer weiß was noch alles, sind in Wirklichkeit weiter nichts als die Ergüsse eines intellektuellen Snobismus, der zynische Aufruhr des wertlosen und erfolglosen Menschen, der alle andern auf sein eigenes Niveau herabzerren und von anderer Leute Eigentum zehren will. Menschen wie Henri haben das, was sie lasen, niemals richtig verdaut. Es ist ihnen wie Schnaps zu Kopf gestiegen. Es regt sie auf, macht sie bösartig und streitlustig, aber wenn es darauf ankommt, die Theorie in die Praxis umzusetzen, versagen sie jämmerlich. Wenn daher eine politische Partei eine andere besiegt, begeht sie für gewöhnlich zu allererst die Dummheit, ihren Groll und ihre Rachsucht an dem geschlagenen Gegner auszulassen. Damit beweisen diese Leute nur, daß ihre Instinkte sehr niedrige sind, und daß sie nicht fähig sind, die Herrschaft auszuüben, geschweige denn, die gesellschaftlichen Zustände zu verbessern. Sie vergessen, daß Güte und Sanftmut unendlich größere Tugenden sind als Brutalität und Egoismus.«

Andi legte Silvelies Hand warm an seine Wange.

»Du sagst, ich sei reich und du seist arm! Kleines Herzchen! Ich weiß, daß ich ein angenehmeres Leben geführt habe als du. Ist das meine Schuld? Soll ich dafür bestraft werden? Was den Reichtum betrifft, so sage ich dir, ich habe alle Aussichten, binnen kurzem ein armer Teufel zu sein. Selbst wenn mein Vater ein Riese an geschäftlicher Tüchtigkeit wäre, könnte er das auf die Dauer nicht verhindern. Die Menschen haben eine bestimmte Situation herbeigeführt, und diese Situation beherrscht sie jetzt. Den Zusammenbruch unserer alten Systeme kann man ebensowenig verhindern, wie die Feuerwehr den Ausbruch des Vesuvs verhindern kann.« Er hielt inne, dann fuhr er fort: »Sivvy, ich will dich nicht überreden. Du mußt immer an deinen eigenen Anschauungen festhalten, immer! Du sollst nie etwas anderes sein, als du selber, meine liebe Silvelie.«

Er drückte ihre Hand. Lange Zeit saßen sie schweigend nebeneinander und sahen zu, wie die Umrisse der Berge allmählich zu undeutlichen, schwärzlichen Massen verblichen. Von all den grellen Farben des Tages blieben nur noch Licht und Schatten zurück, und ein glitzerndes Sterngesprenkel überglänzte den finsteren Himmel. Silvelie erschauerte.

»Es wird kalt. Gehen wir hinein. Ich mache Feuer. Du bist sicherlich müde und willst früh zu Bett gehen.«

Sie standen auf und gingen hinein. Silvelie zündete die Kerzen und das Feuer an.

»Schau, die vielen Bücher! Wenn ich die alle gelesen habe, bin ich sehr gelehrt. Du bist schon jetzt ein gelehrter Mann. Aber ich muß an den morgigen Tag denken! Ich werde früh aufstehen und Essen holen müssen. Wir sind jetzt zwei Personen. Wenn ich dann mit der Hausarbeit fertig bin, machen wir einen langen Spaziergang, und ich zeige dir alle schönen Stellen.«

»Gehen wir ins Jeff hinunter! Ich will deine Leute kennenlernen. Ich möchte sie gerne kennenlernen. Ich bin überzeugt, wir werden uns gut vertragen.«

‚Oh, mein Gott!‘ dachte sie.

Und sagte: »Wir sind für dich viel zu gering.«

»Das ist doch reiner Unsinn, Sivvy! So etwas darfst du nicht sagen! Ich verbiete es dir.«

»Aber es stimmt doch!« sagte sie naiv.

Sie fuhr sich langsam mit dem Handrücken über die Stirn und lehnte sich an den Tisch. Er nahm ihren Arm.

»Was ist denn los?«

Sie lachte.

»Ich bin müde, Andi, sehr müde.«

Er legte den Arm um sie, zog sie an sich und schaute ihr tief in die Augen.

»Jetzt gehe ich«, sagte sie, sich wie ein Schilfrohr in seinen Armen biegend.

Er ließ sie langsam los.

»Ich geh jetzt hinauf. Gute Nacht, Andi!«

Sie drehte sich unvermittelt um und verließ das Zimmer. Er schloß die Tür. Er setzte sich hin. Eine Zeitlang starrte er mit kalten und finsteren Blicken ins Feuer, zu guter Letzt aber begann er zu lächeln. Ja, er glaubte sie jetzt zu verstehen. Es gab Schurken und Heilige. Die Berge brachten sowohl die einen wie die andern hervor. Sie gehörte zu der letzteren Klasse von Lebewesen. Und deshalb ließ sie ihn leiden und würde ihn noch sehr oft leiden lassen. Er ging zur Tür, öffnete sie ein wenig und rief hinaus: »Gute Nacht, Sivvy! Gute Nacht!«

Mit angehaltenem Atem lauschte er. Er rief abermals nach ihr. Keine Antwort. Er schloß die Tür.

‚Meine Schuld!‘ dachte er. ‚Wie ein Betrunkener komm’ ich dahergeschneit! Ich hätte zartfühlender sein, sie veranlassen müssen, mich einzuladen, ihr Zeit lassen müssen, sich darauf vorzubereiten.‘

Langsam zog er sich aus und betrachtete voll Bewunderung die zahlreichen Bilder.

‚Morgen bei Tageslicht werde ich sie mir gründlicher ansehen‘, gelobte er sich.

Er gähnte. Er warf Kußhände nach der Decke und horchte.

‚Wie still sie sich verhält! Aber sie wird bei mir so sicher sein, als ruhe sie in Abrahams Schoß. Mein Mädchen, Sivvy! Meine kleine Frau! Du wirst meine Frau werden. Das weiß ich. Ich werde aus dir eine prächtige Sünderin machen.‘ Und er warf abermals eine Kußhand nach der Decke.

‚Liebes Herz! Hartes Herz!‘

24

Am Sonntagmorgen machte Andi bei strahlendem Sonnenschein einen Spaziergang. »Um nachzudenken und mich zurechtzufinden«, sagte er zu Silvelie, und damit sprach er wohl
die Wahrheit aus, denn die paar Tage, die er an ihrer Seite verlebt
hatte, so nahe und doch so fern von ihr, hatten seine Gesundheit und seine Stimmung beträchtlich angegriffen. ‚In gewisser
Weise‘, dachte er, während er über die sonnbeglänzten Wiesen
schlenderte, ‚gleicht Sivvy den Bergen hier. Um den Gipfel zu
erreichen, muß man über Eis und Schnee klettern. In Liebes-
dingen ist sie eine reine Anfängerin. Sie hat von frühester
Jugend an unter einer tyrannischen Fuchtel gestanden. Ihr
sind, Gott sei Dank, alle Möglichkeiten entgangen, die sich
anderen jungen Mädchen in dieser Gegend bieten. Eine seltsame Anomalie!‘ Er wußte aus seiner beruflichen und privaten
Erfahrung, daß die jungen Bündnerinnen trotz ihrer dicken,
selbstgewebten Röcke und engen Mieder sehr oft die lustigsten
und leichtsinnigsten Teufelsgeschöpfe sind, die man sich nur
vorstellen kann. Anders Silvelie. Sie war von Natur aus be-
gnadet, und in den Jahren des Heranreifens war Lauters ihr
Schutzengel gewesen. Sie verdankte ihm sehr viel, ihre Bildung,
ihre Geistigkeit. Sein Einfluß hatte so starke Spuren hinterlassen, daß sie bis zum heutigen Tage gewissermaßen einen
Lauters-Komplex besaß und das Kind in ihr immer noch den
Altar des großen Alten verehrte. ‚Enfin on verra!‘ dachte er.
‚Sie ist die Mühen und Sorgen wert, die sie mir macht. Ihres-
gleichen findet man nirgends. Es gibt massenhaft Luisen und
Minnies und hochgebildete Töchter aus sogenannten guten
Familien, mit Doktortiteln sogar und Konservatoriums-
diplomen, junge Damen, die Französisch, Englisch und Italie-
nisch sprechen, geborene Hausfrauen, die man dazu erzogen hat,
Gott und die gute Sitte zu fürchten, Dienstboten zu regieren,
Sparsamkeit zu üben. Aber sowie sie einmal verheiratet sind,
gehen sie aus sich heraus, werden wie Truthennen im Hause
und nehmen den Mann an die Leine, als fürchteten sie, ihn zu
verlieren, wenn er einmal allein über die Straße geht oder einen

Abend mit seinen Freunden verbringen will. Ich kenne meine Schweizerinnen', dachte Andi. ‚Sie sind alle gleich. Alle wollen sie schnell heiraten, die häßlichen noch schneller als die hübschen. Und sobald einmal der Brautschleier in der Schachtel gut weggestaut ist, versinken sie in die Häuslichkeit. Es dauert nicht lange, dann kommen sie im Schlafrock mit Filzpantoffeln zum Frühstückstisch, die Haare zerzaust und ganz in Unordnung. Sie holen das Haushaltsbuch vom Regal und fahren mit dem Zeigefinger die mit Bleistift geschriebenen Ziffern entlang. Ja, Jo! Das Leben ist teuer – wo kann ich zwanzig Centimes ersparen? Hatte er nicht Minnie zu seinem Bruder sagen hören: ›Uli, da wir heute abend zum Essen eingeladen sind, gibt es nur Kartoffeln und Kohl. Dafür kannst du heute abend das Doppelte essen.‹'

Ah, die Schweizer Frauen! Hart, tüchtig, prosaisch! In ihrem Mangel an Eitelkeit lassen sie die Haare ausfallen, lassen den runden, schlanken Hals fett und wulstig werden. Den ganzen Tag lang schwatzen sie über Kleider, aber wie kläglich waren die Ergebnisse! Sie besaßen wirklich nur sehr wenige Eigenschaften, die dem aristokratischen Geschmack eines Andi genügen konnten. Silvelie gehörte keiner Gesellschaftsklasse an. Sie war von Natur aus eine Dame. Er hätte sie gern in einem schönen Abendkleid gesehen. Kein Zweifel, sie würde darin wunderbar aussehen...

Während Andis Abwesenheit beendete Silvelie ihre Arbeit in der kleinen Küche. Sie nahm ihre Schürze ab und war nun fertig. Ihre Toilette beendete sie stets schon am frühen Morgen. Selbst als sie allein gewesen, war sie nie im Negligé, zerzaust oder unordentlich in ihrem Schlößchen umhergegangen. Sowie sie frühmorgens aus dem Zimmer trat, war sie ein frisches und fertiges Produkt. Das war von Kindheit an ihre Gewohnheit gewesen, selbst in einer Zeit, da sie nichts weiter anzuziehen hatte als die erbärmlichsten Lumpen. Nun trat sie auf die Veranda hinaus und sah in der Ferne Andis Gestalt über die Wiesen wandern. Die Glocken der Gumpersschen Kühe schallten an ihr Ohr. Keine Wolke war am Himmel. Es war ein Sommertag, der einem die Seele aus dem Körper locken konnte.

Plötzlich erblickte sie drei menschliche Gestalten, die über den Pfad vom Hospiz heraufkamen; zwei Frauen und ein Mann. Der Mann hinkte. Sie erkannte sie sogleich und erschrak. Sie sah, wie Niklaus und Hanna ihre Mutter stützten und zuweilen stehenblieben, damit sie Zeit hatte, Atem zu holen. Silvelie hatte das Gefühl, als führe ein schreckliches Schicksal diese drei Menschen zu ihr herauf. Was wollten sie? Was war geschehen? Sie sprang schnell auf und ging ihnen entgegen.

»Warum kommt ihr denn hierher?« rief sie, sobald sie nahe genug herangekommen waren.

Es fiel ihr auf, daß die drei ihre besten Kleider angezogen hatten: Ihre Schwester trug einen schwarzen Cheviotrock, eine grüne Seidenbluse und ein rotes Tuch auf dem Kopf, Niklaus seinen grauen Anzug mit der lila Krawatte und dem grünen Filzhut, ihre Mutter war in Schwarz, bis ans Kinn zugeknöpft, hatte neue, quietschende Knopfschuhe an und einen neuen schwarzen Strohhut auf dem Kopf, der mit einem schwarzen Seidenband und einem Büschel hellroter Kirschen aufgeputzt war.

»Schwester«, sagte Niklaus, »heute hat Muattr Geburtstag. Deshalb haben wir uns gedacht, wir wollen dich besuchen.«

Silvelie hatte das ganz vergessen gehabt. Schmerzlich kam ihr zum Bewußtsein, wie groß die Kluft zwischen ihnen schon war.

»Ich gratuliere!« sagte sie und drückte ihrer Mutter die Hand. Mit mürrischer, bleicher Miene schaute Frau Lauretz ihre Tochter an.

»Es wird bald der letzte sein. Ich werde *ihm* bald folgen.«

»Immer redet sie vom Sterben«, sagte Hanna. »Wie alle die Leute, die dann doch recht lange leben.«

»Habt ihr Nachricht von Bonatsch?« sagte Silvelie.

Sie schüttelten die Köpfe.

»Nichts Neues«, fügte Niklaus hinzu. »Aber du bist ja schön nervös. Was ist denn los?«

»Warum habt ihr mir nicht vorher mitgeteilt, daß ihr kommt? Ich habe einen Gast hier.«

Hanna und Niklaus sahen einander an.

»Die Gumpers' haben uns das schon erzählt«, sagte Hanna mit gewissem Ausdruck.

»So?«

»Sie sagten bloß, du hast deinen Freund hier.«

»Das stimmt.«

»Wie heißt er?« fragte Niklaus.

»Herr von Richenau.«

»Was für ein Richenau? Doch nicht einer von den echten aus Valduz, die der Alte immer im Munde geführt hat?«

»Er ist der richtige Herr von Richenau, der junge«, sagte Silvelie und betrachtete mit einer gewissen Scheu die Beule auf der Stirn ihrer Mutter.

Dieses unheimliche Memento schien in der letzten Zeit größer geworden zu sein, und die Augen der alten Frau schienen tiefer eingesunken denn je und zuckten unaufhörlich hin und her, wanderten schnell und unruhig von einem Gesicht zum andern, als wollten sie die verborgenen Gedanken der Leute erhaschen. Niklaus ließ den Arm seiner Mutter los.

»Aber zum Teufel nochmal!« sagte er tief erregt. »Wie bist du denn dazu gekommen, dich mit Herrn von Richenau anzufreunden?«

»Ich habe ihn in Lanzberg kennengelernt.«

»Was geht das dich an?« brummte Hanna. »Darf Silvelie nicht einen Freund haben, ganz wie es ihr paßt?«

Frau Lauretz' Kinn zitterte.

»Wirst du ihn heiraten, Silvelie?«

»Ich werde überhaupt nicht heiraten.«

Ihre Angehörigen starrten sie an, ein ungemütliches Schweigen machte sich breit.

»Kehren wir um«, sagte Niklaus. »Sie will uns nicht hier haben, und ich kann das verstehen.«

»So brauchst du das nicht zu drehen«, erwiderte Silvelie. »Du weißt, daß es nicht das ist. Ich habe bloß solche Angst...«

»Wegen uns brauchst du dir keine Sorgen zu machen«, sagte Niklaus mit einer Handbewegung. »Und dir kann nichts passieren!«

»Woher weißt du das?« sagte sie verlegen.

430

»Ist er das?« fragte Niklaus und zeigte auf die Gestalt eines Mannes, der sich dem kleinen Hause näherte.

Sie sahen alle in die gleiche Richtung.

»Ja. Er hat uns gesehen. Wir müssen hinaufgehen. Er ist sehr nett und wird sich freuen, euch kennenzulernen. Ich habe ihm oft von euch erzählt.«

»Das ist eine geheimnisvolle Geschichte«, beteuerte Niklaus, »jawohl, eine geheimnisvolle Geschichte.«

Sie näherten sich langsam dem Schlößchen.

»Herr von Richenau«, rief Silvelie, als sie auf die Veranda kamen, auf der Andi mit den Händen in den Hosentaschen stand. »Ich möchte Ihnen meine Familie vorstellen. Meine Muattr hat heute Geburtstag.«

Andi kam auf sie zu, sein sonniges Lächeln auf den Lippen, und reichte ihnen die Hand.

»Fräulein Silvia hat mir viel von Ihnen erzählt. Wir wollten Sie eigentlich unten im Jeff besuchen, nicht wahr?«

Silvelie nickte. Sie spazierten langsam in das große Zimmer, das früher Meister Lauters' Atelierraum gewesen war.

»Herr Jeger!« sagte Frau Lauretz. »Wie in einem Palast!«

»Jeses, schau einer die vielen Bilder an!« stieß Hanna mit angehaltenem Atem hervor.

Silvelie wandte sich an Andi. »Sie sind zum erstenmal hier.«

Fast betäubt setzte Frau Lauretz sich auf einen hochrückigen florentinischen Stuhl. Er war ihr zu hoch, aber sie richtete sich auf und ließ ihre Beine in der Luft baumeln. Andi holte schnell einen kleinen Schemel, den er ihr unter die Füße schob.

»Jetzt werden Sie es ganz bequem haben.«

Frau Lauretz war entzückt von Andis kleiner Aufmerksamkeit.

»Herr Jeger! Man könnte fast glauben, er ist mein Sohn, daß er so für mich sorgt. Schönen Dank, Herr von Richenau.«

Silvelie hatte inzwischen einen dunkelgrauen, bestickten Schal geholt, faltete ihn auseinander und legte ihn ihrer Mutter um die Schultern.

»Ein kleines Geburtstagsgeschenk für dich! Sieht sie nicht nett drin aus?«

431

Frau Lauretz strich mit ihren rauhen Fingern scheu über das seidene Gewebe. Ihr Kinn zuckte.

»Ist er nicht zu jugendlich für mich?« fragte sie, während sie ihn über der Brust zusammenraffte.

Hanna trat näher. Sie streichelte den Schal und musterte ihn mit begehrlichen Blicken. Niklaus lehnte sich unterdessen an den Tisch und betrachtete Andi nicht ohne einen gewissen Stolz, als wollte er sagen: ‚Du magst ein Richenau sein, ich aber bin ein Lauretz!'

Andi fühlte sich unbehaglich. Frau Lauretz' Gesicht, von der Farbe blassen Stucks, zuckte, ihr Kopf zitterte ein wenig, so daß die Kirschen auf dem zerbrechlich aussehenden Strohhut klapperten. Sie machte einen verschüchterten Eindruck, und ihre Blicke irrten unablässig umher, als sei ihr Geist etwas gestört. Sie erinnerte Andi peinlicherweise an eine Frau, die er nach fünfzehnjähriger Haft aus dem Gefängnis hatte kommen sehen, völlig zerschmettert, verdorrt, ihre Lebenssäfte vertrocknet, der Geist erloschen. Tief in Hannas Augen schimmerte eine ferne Unruhe, und auch sie schien Andi forschend zu mustern, wobei sie die rechte Augenbraue etwas höher emporzog als die linke. Aber ihre Haltung, ihre Stimme und ihr Äußeres waren die einer Frau, die sich ihrer Macht bewußt ist, und Andi konnte sich sehr wohl vorstellen, daß sie im Zorn einem Manne Furcht einzuflößen vermochte. Die einzige Ähnlichkeit mit Silvelie entdeckte Andi bei Niklaus, obgleich es eine sehr entfernte und verzerrte Ähnlichkeit war, die sofort verschwand, wenn Niklaus ihm gerade in die Augen sah – so hart und forschend wie jetzt. Zuweilen aber wurde Niklaus' Blick plötzlich ganz weich, ein gütiger und nachsichtiger Ausdruck schlich sich in seine Augen, und seine rauhe Bauernstimme nahm einen sanften, gewinnenden Ton an. Ein hartes Leben sprach aus Niklaus' rauhem Äußeren, die Spuren bitterer Entbehrungen und Leiden, einer Jugend, die keinerlei Schutz vor erschrecklichen Sorgen und Mühen genossen hatte. Silvelie beobachtete heimlich Andis Züge, um dort seine Eindrücke zu erhaschen. Es herrschte ein verlegenes Schweigen, das sie kaum ertragen konnte, und sie dachte vergeblich nach, was sie denn sagen könnte, etwas ganz Nebensächliches und Lustiges, um die finstere Atmosphäre zu verscheuchen, die hier eingedrungen war. Es war, als ob ihre Angehörigen die Düsterheit des Jeff mit heraufgebracht hätten. In heimlicher Verzweiflung sah sie Andi an. Er schien sie zu begreifen. Mit einem freundlichen Lächeln legte er die Hand auf Niklaus' Schulter.

»Was ist denn mit Ihrem Bein passiert, daß Sie so hinken!«

Andis angenehme Stimme wirkte auf Niklaus belebend. Er schnitt eine Grimasse.

»Ah, es ist lange her, seit sich jemand für mein Bein interessiert hat. Vor Jahren ist das schon passiert – du erinnerst dich noch, Silvelie – als wir auf unserem Grundstück im Tavetch wohnten. Wir fuhren damals auf Skiern zur Schule, nicht wahr? Als wir einmal mit voller Schnelligkeit über eine breite Wiese hinunter- segelten, bin ich mit dem Bein an einem im Schnee versteckten Drahtzaun hängengeblieben und hab mir fast das Bein ausge- rissen! Monate hat die Sache gedauert, bis das geheilt war, und dann war ich untauglich zum Militärdienst. Dieser ver- fluchte Draht!«

»So ein Pech!« sagte Andi teilnahmsvoll.

Niklaus' Züge wurden weicher, und er dachte bei sich, dieser Richenau scheine kein übler Kerl zu sein.

»Ich habe auch einmal einen recht schlimmen Skiunfall gehabt«, fuhr Andi fort. »Ich war ungefähr sechzehn Jahre alt. Im Engadin ist es passiert. Ich lief einen steilen Abhang hinunter und merkte nicht, daß da eine völlig eingeschneite Hütte stand, und auf der anderen Seite der Hütte ging es tief hinunter, und ich sprang in das Loch hinein. Dabei hab' ich mir das Bein ge- brochen, und die Skier waren natürlich auch kaputt.«

»Ja«, sagte Niklaus und warf den Kopf zurück. »Aber Sie haben Ärzte gehabt, die Ihnen das Bein wieder heil gemacht haben. Ich hab' keinen gehabt. Wir Lauretze...«

»Auch Muattr hat einen schlimmen Unfall gehabt«, unterbrach ihn Hanna. »Sie ist auf dem Glatteis ausgerutscht und mit dem Gesicht auf die Türschwelle gefallen.«

Frau Lauretz betastete die Schwellung an ihrer Stirn und be- wegte ihre falschen Zähne.

»Sie hätte sich leicht einen Schädelbruch holen können«, fügte Niklaus hinzu. »Aber zum Glück ist es gut abgegangen.«

»Ja, ein Wunder, daß wir überhaupt noch leben«, sagte Silvelie. »Wenn man bedenkt, wieviel Unfälle wir erlitten haben! Aber das ist mir eine recht heitere Unterhaltung!«

Andi bot Niklaus eine Zigarette an, entzündete ein Streichholz, hielt es ihm hin und betrachtete dabei das dicke Ohr des jungen Burschen.

»Wo haben Sie denn das dicke Ohr her, Niklaus?«

»Oh, das Ohr!« erwiderte Niklaus, zog ein schiefes Gesicht und blies langsam den Rauch vor sich hin.

»Sie sind ein kleiner Kampfhahn, wie?« fragte Andi heiter.

»Kampfhahn? Was meinen Sie damit, Herr von Richenau? Das Ohr hab' ich mir nicht beim Raufen geholt. Ich brauche nicht darauf stolz zu sein. Das Ohr kommt von einem Balken, der von einem Stapel heruntergesaust ist und mich erwischt hat. Es hat furchtbar weh getan, bis ich ein Stück Eis draufgelegt habe. Ja, Sie haben nie in einer Sägemühle gearbeitet, Herr von Richenau! Ich habe das jahrelang gemacht. Versuchen Sie es nur einmal! Sogar Silvelie hat sich den Arm gebrochen, ist im Finstern über ein Brett gestolpert. Sie wußte zuerst gar nicht, daß er gebrochen war, aber nach drei Tagen hat der Alte sie endlich zu einem Doktor nach Andruss gebracht. Die Sache ist nicht richtig ausgeheilt, weil sie zu lange gewartet hatte.«

»Sie hat mir das anders erzählt, aber ich bin der Meinung, der Arm ließe sich noch in Ordnung bringen.«

»Silvelie hat noch nie gelogen. Wir haben immer versucht, sie bei einer Lüge zu erwischen, aber es war nicht möglich. Immer aufrichtig, immer so aufrichtig wie ein Engel.«

»Ja, ja!« sagte Frau Lauretz mit hohler Stimme. »Ich will es euch heute an meinem Geburtstage sagen. Als Silvia geboren wurde, kam wirklich ein Engel zu uns und stellte sich in die Tür. Ich habe ihn mit meinen eigenen Augen gesehen. Er hat die Hand ausgestreckt und ist dicht ans Bett herangekommen. Das war noch, bevor Großvater Lauretz starb.«

Sie zählte an ihren Fingern ab.

»Sieben Jahre, bevor er starb. Und alle sieben Jahre hat Silvelies

Leben sich verändert. Mit vierzehn ging sie zu den Gumper's, und dort hat sie den Maler kennengelernt, der ihr dieses Haus hinterlassen hat. Und mit einundzwanzig Jahren ist sie mit einem neuen Freund, dem Herrn von Richenau, hierhergekommen. So wahr unser Herr Jeses in Kanaan Wasser in Wein verwandelt hat, wird sie dem Mann, der sie heiratet, ein gutes Weib sein.«

Frau Lauretz' Kinder waren über diese lange Rede erstaunt. Seit vielen Jahren hatten sie sie nicht so viele Worte hintereinander sagen hören. Andi schaute Silvelie an, als wolle er ihre Gedanken ergründen. Sie gab ihm einen Wink und machte mit dem Kopf eine leichte Bewegung zur Tür hin.

»Ich will einmal nachsehen, was in der Küche da ist!«

Und schnell verließ sie das Zimmer.

Andi ging ihr sofort nach. Sie erwartete ihn an dem anderen Ende der Veranda.

»Das wollte ich dir nicht antun«, stieß sie hervor.

Er erfaßte sofort ihre Gedanken.

»Unsinn, Sivvy, es sind sehr liebe Menschen.«

»Sie wußten ja nicht, daß du da bist. Muattr sieht so krank aus.«

Ihr flehender Ton brachte ihn aus der Fassung.

»Meinst du nicht, daß sie mich liebgewinnen werden?«

»Oh, sicherlich! Aber ich komme mir so schrecklich vor, daß ich jetzt in diesem hübschen Haus ein gemütliches Leben führe. Du wirst mich für eine Egoistin halten! Ich liebe meine Leute, Andi, wirklich, aber ich kann nicht mehr mit ihnen leben. Ich kann einfach nicht mehr.«

Er nahm ihre Hand und führte sie an seine Lippen.

»Du bist ein komisches kleines Herzchen!« sagte er liebevoll. »Wir alle haben kuriose Käuze in unseren Familien. Komm jetzt! Mach es ihnen gemütlich! Kümmere dich gar nicht um mich. Gib dich ganz, wie du bist. Wirklich – was liegt denn daran?«

Er hatte ein wenig die Stimme erhoben und sah ihr hungrig in die Augen. Sie erwiderte seinen Blick – forschend, versonnen.

»Vergiß nicht, daß sie ihr Leben lang im Jeff gehaust haben«, murmelte sie, »abgeschlossen von aller Welt. Und Muattr hat viel zu leiden gehabt. Ich traue mich gar nicht, Vattrs Namen zu nennen, es geht ihr so schrecklich nah!«

»Nun«, sagte Andi, »wenn es auf der Welt irgendeinen Menschen gibt, der bereit ist, dir seine ungeteilte Liebe zu schenken, dann bin ich es. Hab keine Angst. Ich werde den Namen des alten Herrn nicht erwähnen!«

Aus feuchten Augen sah er sie an. Ihr war, als umfange die angehäufte Güte von Generationen sie mit weichen Armen.

»Laß mich bloß ein bißchen großmütig sein«, fuhr er fort. »Und sträube dich nicht so sehr, wenn ich dir helfen will. Anders kann ich dir doch schließlich meine Liebe nicht beweisen.«

Er lächelte rätselhaft.

»Außerdem würdest du im umgekehrten Fall für mich genau dasselbe tun wollen, nicht wahr?«

»Ich werde sie auffordern, zum Essen dazubleiben. Gehen wir jetzt wieder zu ihnen zurück.«

Frau Lauretz saß auf ihrem Stuhl, als ob sie schon seit Jahren dort untergebracht wäre, und der Wirrwarr ihres schwarzen Kleides, ihres mit Kirschen geschmückten Strohhutes und der Knopfstiefel erfüllten Andis Seele mit tiefem Mitleid. Einen kurzen Augenblick lang schien ihn aus diesen blassen, welken Zügen eine flüchtige Ähnlichkeit mit Silvelie anzusehen. Er errötete innerlich über den ersten Vergleich, den er gezogen hatte: den mit einer Zuchthäuslerin. Jetzt, da der goldbraune venetianische Samt des Stuhls den Hintergrund für ihren ruhenden, abgezehrten Körper bildete, erschien sie ihm wie das heilige Bild einer mittelalterlichen Dulderin, einer durch ein Martyrium zerbrochenen Frau. Ihr Gesicht war wie von Pergament.

Sie beachtete niemanden. Stumm, die Züge verkrampft, die Augen fast völlig geschlossen, so saß sie regungslos da, in geheimnisvolle Schlupfwinkel vertieft, in die außer ihr keiner den Weg zu finden vermochte. Hanna und Niklaus betrachteten inzwischen die Bilder.

»Das ist der Valdraus!« sagte Niklaus. »Das ist der Medel, auf diesem Gletscher bin ich schon gewesen. Und dahinten schaut der Cristallina hervor. Aber was ist denn das für ein See?«

Er kratzte sich das Kinn.

»Hanna, hilf mir das Essen richten!« sagte Silvelie. »Ihr bleibt bis zum Abend hier.«

Sie sahen auf ihre Mutter und dämpften die Stimmen.

»Lassen wir sie allein«, meinte Hanna. »Sie wird schlafen.« Auf leisen Sohlen schlichen sie aus dem Zimmer.

»Sind Sie schon einmal auf einem dieser Berge gewesen?« fragte Andi, als er mit Niklaus auf der Terrasse allein war.

»Ja, als kleiner Junge. Auf dem Ufiern, auf dem Valatcha und auf dem Gletscher des Medel. Ich bin immer mit dem langen Dan aus Nauders auf die Gemsenjagd gegangen.«

»Jetzt können Sie wohl nicht mehr viel klettern?«

»Sie meinen, mit dem Bein da geht es nicht mehr?«

Niklaus starrte Andi fast wütend an.

»Ich steig' morgen auf jeden Berg hinauf, auf jeden Berg!«

Er schnitt eine Grimasse.

Sie gingen an das Ende der Veranda und setzten sich im hellen Sonnenschein auf die niedrige Mauer. Andi musterte mit wachsendem Interesse Niklaus' Züge. Seine klugen Augen, sein kräftiger, durch die mühevolle Arbeit etwas plumpgewachsener Körper, seine schwieligen Hände gefielen ihm, und der rosarote Baumwollkragen mit der lila Krawatte belustigte ihn ein wenig. Ab und zu lächelte Niklaus mit geschlossenem Munde, als wollte er Andi zu verstehen geben, er, Niklaus, sei nicht dumm genug, um nicht zu merken, daß Andi in Silvelie verliebt sei.

Aus der Küche kam das zischende Geräusch der brutzelnden Butter und der Ton weiblicher Stimmen.

»Erzählen Sie mir etwas von Ihrem Leben«, sagte Andi. »Es interessiert mich sehr.«

Niklaus' Miene veränderte sich. Er kniff die Augen zusammen und blickte auf die weiten grünen Hänge hinunter.

»Was gibt es da viel zu erzählen!« sagte er fast mürrisch. »Hier droben geschieht nie etwas. Arbeit – Geschäft. Von früh bis abends an der Säge stehen und verflucht wenig verdienen.«

»Die Geschäfte gehen überall schlecht. Das weiß ich.«

»Viel schlimmer ist die Unsicherheit.«

»Warum Unsicherheit?«

»Weil man nie weiß, was am nächsten Tag sein wird! Hat Ihnen

Silvelie nicht erzählt, daß unser Vattr sich davongemacht hat?«
Er versuchte in Andis Augen zu lesen.
»Ja, sie hat es mir erzählt«, erwiderte Andi.
»Alles?«
»Jedenfalls genug, um euch meine Teilnahme zu sichern. Wenn
ich euch helfen kann, werde ich es gern tun.«
Niklaus betrachtete mürrisch die Spitzen seiner Schuhe.
»Ich habe viel gearbeitet. Mit meiner neuen Säge kann ich jetzt
das feinste Holz sägen. Ich hab' mir die neue Einrichtung gegen
Ratenzahlung angeschafft. Und die Lärchen im Jeff liefern das
beste Holz, das es gibt. Ich gehöre nicht dem Verband an. Ich
arbeite auf eigene Rechnung. Die Schulden hab' ich abbezahlt.
jetzt bin ich von niemand mehr abhängig. Aber was hat das
alles für einen Zweck? Wenn der Alte zurückkommt, über-
nimmt er wieder die Mühle und ruiniert das Geschäft. Die
Mühle gehört ihm, nicht mir.«
»Darüber würde ich mir an Ihrer Stelle keine Sorgen machen«,
sagte Andi. »Ich glaube, es gibt Mittel und Wege, um sich gegen
solche Überraschungen zu schützen. Können Sie sich nicht
anderswo, in einer freundlicheren Gegend, ein eigenes Säge-
werk einrichten?«
»Ich habe kein Betriebskapital«, erwiderte Niklaus, stand auf
und schob die Hände in die Taschen. »Wenn ich sechs- oder
siebentausend Franken hätte, dann wäre das was anderes. Aber
ich hab' sie nicht.«
Ein träumerischer Ausdruck trat in seine Augen.
»Ich hab' viele Pläne im Kopf. Aber wir Lauretze haben keinen
Kredit. Jeder kennt den Alten. Er hat unsern Namen fast zugrunde gerichtet. Wir sind in diesem gottverlassenen Tal gewissermaßen Ausgestoßene. Es ist verteufelt schwer, Herr von
Richenau, verteufelt schwer!«
Einen Augenblick lang glaubte Andi das Leben der Lauretz'
mit aller Deutlichkeit vor sich zu sehen. Wäre er weniger in
Silvelie verliebt gewesen, dann hätte er sich vielleicht besser
auf seine eigene Stellung besonnen und begriffen, welche Kluft
zwischen ihm und diesen Menschen lag; und er hätte vielleicht
eingesehen, daß er sich auf ein Abenteuer einzulassen im

438

Begriffe war, dessen Ausgang recht zweifelhaft schien. Aber Niklaus' offene und gerade Redeweise machte auf ihn einen guten Eindruck. Und der junge Mensch war Silvelies Bruder. Freilich war er ein etwas sonderbarer Kerl, aber Andi erinnerte sich, daß er in den Hochtälern von Graubünden noch viel wunderlicheren Burschen begegnet war, jungen Leuten, die in ihrer Bergeinsamkeit von verborgenen Schätzen träumten, an Gespenster und Riesen, an Hexen und Drachen glaubten.

Andi verschränkte die Hände auf dem Rücken und ging ein paar Schritte auf und ab. Unterdessen erschien Silvelie und deckte den Tisch. Er lächelte ihr zu, schnell und verständnisvoll, und kehrte dann zu ihrem Bruder zurück.

»Nun hören Sie mal zu, Niklaus«, sagte er ohne weitere Formalitäten. »Sie sind ein vernünftiger Mensch. Es freut mich wirklich, daß wir uns heute kennengelernt haben. Was ich Ihnen jetzt sagen will, wird Sie vielleicht überraschen, aber es ist Zeit, daß Sie es erfahren. Es handelt sich um folgendes: Ich habe das Vergnügen, Ihre Schwester seit einiger Zeit zu kennen, und ich möchte sie heiraten.«

Als er merkte, daß Niklaus nicht sehr überrascht war, fuhr er fort:

»Vielleicht habt ihr es gleich gemerkt, wie? Nun, sie weigert sich, ja zu sagen. Sie hat ihre Gründe dafür, aber ich bin entschlossen, nicht die Geduld zu verlieren. Jetzt wissen Sie also Bescheid.«

»Ja, und ich behaupte, sie verdient den besten aller Männer«, sagte Niklaus grinsend.

»Ich will nicht sagen, daß ich der beste bin, aber ich werde mich bemühen, sie glücklich zu machen.«

»Sicher! Sie sind der Mann dazu!«

»Und ich hoffe auch, daß *wir* uns vertragen werden.«

»Wir werden uns bestimmt vertragen.«

»An Ihrer Stelle würde ich mir keine großen Sorgen um die Zukunft machen«, fuhr Andi freundlich fort. »Ich bin keineswegs ein reicher Mann, aber ich glaube, ich bin wohlhabend genug, um Ihnen bei der Verwirklichung einiger Ihrer Bestrebungen helfen zu können.«

439

Eine warme, behagliche Glut, wie eine Flasche Valtelino in einer kalten Nacht sie entfacht, durchflutete Niklaus' Glieder. Er sah sich um, als sei er plötzlich in ein Märchenland entrückt worden. Andi wurde leicht zumute. Er ging zu Silvelie hin, die die Teller auf den Tisch stellte.

»Eine Neuigkeit für Sie, Fräulein Lauretz. Ich mache ein Kompagniegeschäft mit Niklaus.«

Der Teller fiel ihr fast vor Schrecken aus der Hand.

»Doch, doch. Ich habe Vertrauen zu Niklaus. Ein kleines Kapital wird ihm auf die Beine helfen, und ich bin entschlossen, ihm etwas zu leihen.«

»Aber Niklaus ist kein Geschäftsmann, er wird vielleicht das ganze Geld verlieren!« stotterte sie.

»Und wenn auch – einerlei!«

Er zog eine Zigarette aus der Tasche.

»Aber bedenke doch«, murmelte Silvelie, »er ist kaum zweiundzwanzig Jahre alt!«

»Um so besser. Es stehen ihm noch alle Möglichkeiten offen.«

Silvelie sah ihn gequält an.

»Es wird ihm eine Last von der Seele nehmen«, fuhr Andi fort. »Wenn euer Vater zurückkehrt, hat er dann sein eigenes Geschäft. Ich halte die Idee für ausgezeichnet!«

Und er kehrte zu Niklaus zurück, um sich weiter mit ihm über seinen Vorschlag zu unterhalten.

25

Sie hatten ihr Mahl beendet – Omeletts, Salat, Bündner Fleisch, Käse, Brot und Butter. Es hatte ihnen geschmeckt, wie es hungrigen Leuten schmeckt, und ihre Herzen flogen Andi zu. Sie fühlten den echten Freimut seiner Natur und wußten instinktiv seine einfache Art zu schätzen. Er unterhielt sich sehr viel mit Frau Lauretz, und ihre Kinder sahen mit Erstaunen, wie sie auf seine Aufmerksamkeiten einging; und als sie schließlich sogar zu lächeln anfing, wenn auch etwas säuerlich und mürrisch, als habe sie das Lächeln fast völlig verlernt, da sahen sie einander

verwundert an. Aus den Tiefen des Wesens der alten Frau erhob
sich die Erinnerung an bessere Tage, an eine in anständiger
Umgebung verbrachte Kindheit, unter Leuten, die geachtet
waren und von Not nichts wußten. Und Andis feines Gefühl
für menschliche Werte entdeckte sehr bald, daß in der Haut
dieses Bauernweibes einmal ein anderes Geschöpf, ein reizvolles
junges Mädchen geatmet hatte. Dieses verwüstete Gesicht war
einstmals ein zartes Oval gewesen. Diese Augen hatten froh ge-
funkelt, und diese Lippen waren frisch gewesen wie Rosen-
blätter.

»Eure Mutter und ich, wir werden gute Freunde werden«, sagte
er zu den andern. »Das heißt, wir sind es bereits, aber wir werden einander noch viel besser verstehen lernen. Sie muß aus
dem Jeff heraus und in eine gesündere Gegend ziehen. Darüber
müssen wir uns ernsthaft unterhalten!«

Frau Lauretz starrte ihre abgearbeiteten Hände an, die auf dem
weißen Tischtuch ruhten. Ihr Kopf zitterte unaufhörlich, die
Kirschen klapperten.

»Muattr«, sagte Silvelie, »hast du gehört, was der Herr Doktor
sagt?«

Frau Lauretz nickte.

»Er wo, jah! Daß wir uns verstehen werden.«

Silvelie bereute, überhaupt etwas gesagt zu haben, aber Niklaus
beugte sich ein wenig vor, sah Andi an und sagte:

»So, ha! Sie sind ein Herr Doktor? Das wußte ich gar nicht.«

»Es ist auch nicht wichtig«, erwiderte Andi.

»Ein Doktor der Medizin?«

»Nein, ein Doktor der Rechtswissenschaften.«

»Ein Advokat?«

»Nein, nein! Ich bin bloß Untersuchungsrichter in Lanzberg.«

Niklaus rührte sich nicht. Er saß wie versteinert da, aber sein
Gesicht färbte sich langsam dunkelrot. Silvelie, die ihn beobachtete, merkte im Nu, daß sein Verhalten hinreichen mußte,
um jedermann argwöhnisch zu machen. Sie fing daher laut zu
lachen an und zeigte mit dem Finger auf ihn.

»Nun seht euch an, wie er rot wird! Jeses, er hat ein schlechtes
Gewissen!«

Immer noch lachend wandte sie sich zu Andi.

»Er glaubt, Richter sind Menschenfresser! Wenn er einen Polizisten sieht, fängt er zu zittern an! Nun, Herr Doktor, Herr Untersuchungsrichter, darf ich Ihnen meinen Bruder Niklaus vorstellen, den größten Wilddieb, der je an der Via Mala gelebt hat! Keine Forelle in der Yzolla, kein Auerhahn in den Wipfeln, ja, und keine Gemse in den Bergen, die er nicht schon zu fangen oder abzuschießen versucht hätte!«

Niklaus sah finster die Wasserflasche an, die auf dem Tisch stand, während Andi, um die Wahrheit zu sagen, sich ausschließlich für Silvelies weißen Hals und ihre vor Lachen zitternden Brüste interessierte. Plötzlich aber setzte er eine maskenstarre Miene auf. Silvelie verstummte. Schweigend sahen sie ihn an, ihre Herzen zuckten vor Angst.

»Ich wundere mich sehr«, sagte Andi mit ernster Stimme. »Das ist wirklich nicht zum Lachen! Ihr mögt es auf die leichte Achsel nehmen, aber wie könnt ihr annehmen, daß ich die Verbrechen, die ihr mir soeben mitgeteilt habt, pardonieren würde? Ihr scheint durch euer Lachen andeuten zu wollen, daß ich meinen Beruf nicht ernst nehme. Wilddieberei wird, wie ihr wißt, schwer bestraft. Und ich sage euch offen, daß ich verpflichtet bin, sofort Schritte zu tun, um Niklaus für immer das Handwerk zu legen. Nur eins hält mich davon ab, solche Schritte sofort zu tun.«

Er hielt inne und sah von einem Gesicht zum andern.

»Ich habe selbst wie der Teufel gewildert!«

Ein Seufzer der Erleichterung entrang sich Silvelies Kehle. Niklaus stimmte ein wildes Gelächter an, Hanna schrie erleichtert auf, aber Silvelie fiel leichenblaß vornüber auf den Tisch. Andi sprang auf und vergaß alles. Er nahm sie in die Arme und hob sie auf.

»Was ist denn los? Was gibt es denn?«

Das Blut kehrte in Silvelies Wangen zurück.

»Oh«, stöhnte sie, »du hast mich so erschreckt.«

»Das tut mir leid«, sagte er zärtlich. »Es war nicht meine Absicht.« Er hätte sie am liebsten in die Arme genommen, wenn nicht die andern zugegen gewesen wären.

442

Allmählich kam sie wieder zu sich. Aber es herrschte jetzt ein betretenes Schweigen. Andi bemühte sich, die Stimmung zu bessern.

»Denkt bloß an!« rief er. »Eure Mutter hat Geburtstag, und wir haben nicht einmal eine Flasche Wein!«

Niklaus blies aus vollem Munde die Luft von sich.

»Puh! Ich habe lange nicht so viel gelacht!«

»Nun, seht ihr«, sagte Andi, »das Wildern gilt als Verbrechen, und ist auch ein Verbrechen. Aber wie so viele andere Verbrechen nimmt man es nicht schwer, solange es nicht herauskommt.«

»Es freut mich, daß Sie die Sache so natürlich und weitherzig ansehen.«

»Bei manchen Verbrechen ist das möglich. Bei andern natürlich...«

»Warum nicht bei allen Verbrechen?«

»Wie ich sehe, denken Sie viel nach«, meinte Andi. »Wir haben schließlich alle gewisse anarchistische Instinkte in uns. Aber der Umstand, daß jeder von uns vor dem Gesetz verantwortlich ist, hält uns im Zaum. Ohne Gesetz und ohne Staat wären wir kein zivilisiertes Volk.«

»Was ist denn das Gesetz und was ist denn der Staat?« fragte Niklaus. »Was hat das Gesetz zum Beispiel für mich schon getan?«

»Ihre Schwester hat eben gesagt: Das Gesetz hat Sie gezwungen, sich vor Richtern und Polizisten zu fürchten, weil sie gewildert haben.«

»Gut«, fuhr Niklaus hartnäckig fort. »Ihnen geht es wohl genau so wie mir, man ist Ihnen nicht draufgekommen. Aber als Sie es taten...«

»Ah!« sagte Andi belustigt. »Natürlich habe ich den Behörden nicht mitgeteilt, daß ich wildern gehe. Ich habe nämlich Fallen für die Füchse aufgestellt, die unsern Hühnern nächtliche Besuche abzustatten pflegten.«

»Und hat man Sie nie dabei erwischt?«

»Nie!«

Niklaus sah Hanna an, die ihm durch ihre Blicke anzudeuten schien, das Gespräch lieber abzubrechen.

»Das Gesetz ist dazu da, um die Reichen zu schützen und die Armen zu verfolgen!« sagte sie mit höhnender Stimme.

»Das stimmt nicht ganz, Fräulein Hanna«, meinte Andi. »Das ist eine falsche Anschauung, die freilich sehr verbreitet ist. Wie soll ich Ihnen das Wesen der Justiz erklären? Nun, stellen Sie sich vor, daß das Gesetz ein fest verankerter Scheinwerfer ist, der einen Lichtstrahl in eine bestimmte Richtung wirft. Rund um dieses Licht herrscht Finsternis, und es kümmert das Gesetz nicht, was die Menschen in der Finsternis tun. Aber sowie einer in den Lichtstrahl kommt, wird er sichtbar und fällt unter die Macht des Gesetzes. Und wohlgemerkt, es passiert sehr oft, daß ein Stäubchen, das sich in dem Strahl verfängt, einen Berg von Schmutz ans Licht zerrt.«

»Das ist eine feine Erklärung«, sagte Niklaus nachdenklich. »Ich hab' heute viel gelernt.«

Und er wandte sich zu Hanna.

»Siehst du, wie unrecht du hast! Du bist ein ungebildetes Frauenzimmer und solltest lieber deine Gedanken für dich behalten. Wenn du klug sein willst, hast du immer unrecht.«

Er lehnte sich mit höchst selbstzufriedener Miene zurück und verschränkte die Arme vor der Brust.

»Ich wollte immer was lernen«, brummte er, »aber jetzt ist es zu spät.«

»Zum Lernen ist es nie zu spät«, tröstete ihn Andi. »Ich lerne jeden Tag etwas hinzu.«

Frau Lauretz begann zu zählen. Sie klopfte mit den Fingern auf das Tischtuch, wie ein Gichtkranker klopfen mag, wenn er Klavier zu spielen versucht.

»Hanna«, sagte sie, »ist in dem Jahr geboren worden, als mein Vater starb. Das sind jetzt sechsundzwanzig Jahre her, nicht wahr? Und ich war damals einundzwanzig Jahre alt.«

Die Kirschen klapperten auf ihrem Strohhut.

»Ich will mich gern wieder auf den netten Stuhl setzen und euch allein plaudern lassen.«

Im Laufe des Nachmittags zog die Familie ab. Andi und Silvelie begleiteten sie bis zum Hospiz und brachten sie an das Postauto. Dann suchten sie die Gumpers' auf und kauften einige Vorräte ein, die Andi bezahlte. Silvelie wollte das zuerst nicht zulassen, aber er wurde wütend.

»Ich bin hier dein Gast, bezahle keine Rechnung und esse wie ein Heuschreckenschwarm. Dummes Zeug! Du wirst jetzt nichts mehr für mich bezahlen, sonst trete ich in den Hungerstreik!«

»Du bist mein Gast«, erwiderte sie. »Aber wenn ich einmal kein Geld mehr habe, werde ich mich an dich wenden.«

Beide lachten. Er nahm ihren Arm, schob ihn durch den seinen, und sie gingen mit weit ausholenden Schritten die Straße entlang.

»Gehen wir bis zum Grenzkreuz und von dort nach Hause.« Andi atmete wollüstig die schwindelerregende Luft ein. Das geliebte Mädchen zur Seite, schritt er wie im Traum dahin, all den Wirklichkeiten entrückt, auf die sein Leben für gewöhnlich gegründet war. Wie eine lodernde Flamme umhüllte ihn die Leidenschaft. Silvelies schwere Schuhe klapperten neben ihm auf der Straße.

»Ja, Sivvy«, sagte er weich, »ich schwöre dir, eines Tages wirst du silberne Pantoffeln tragen.«

Er legte den Arm um ihre schmalen Hüften.

»Gehen wir im Schritt! Eins – zwei, eins – zwei, – eins – zwei«, und sie marschierten schweigend weiter.

Nach einiger Zeit drückte sie ihm die Hand.

»Du bist sehr nett zu ihnen gewesen. Sie werden dich sicherlich sehr, sehr liebhaben.«

Ihr gehetzter Blick wanderte den Abhang empor zu einer Kuppe, zu der die Straße in breiten Windungen hinanstieg; dahinter wölbte sich der sanfte Himmel Italiens. Sie wußte, daß Andi ihren Angehörigen gefiel, aber gerade deshalb wuchsen ihre Ängste. Er, der Mann, den sie nie hätten kennenlernen sollen, führte sie an seinem Arm und half ihr leicht den steinigen Weg entlang... Sie erreichten schließlich die höchste und letzte Kuppe. Auf dieser Kuppe stand ein riesiges hölzernes Kruzifix, an dem eine winzige Christusfigur hing, durch ein schmales Holzdach gegen die Unbilden des Wetters geschützt. Zu ihren Füßen tauchte die Straße steil in ein höhlenartiges Tal hinab, das sich in einen dunkelblauen Nebel verlor. Eine dünne weiße Schleierschicht strich flach an den Bergen der Lombardei und an den schneebedeckten Bergketten im Süden des Valtelino entlang, wie durch ein Wunder schwebend mitten zwischen Himmel und Erde. Silvelie und Andi blickten in ihr Heimatland zurück. Dort erstreckte sich die ungeheure Kette der Riesen im Herzen des Schweizerlandes: Der Oberalpstock, der Claidenstock, der grimmige, massive Tödi und hundert andere noch. Gegen Osten zu erblickten sie die Hänge des Pic Palü, des Morteratsch und die silberglänzende Königskrone der Bernina. Im Westen ragte chaotisch das undurchdringlich wirkende Massiv der Sankt-Gotthard-Gruppe. Den Liebenden schien es, als seien sie in all dieser erhabenen Größe verloren, als seien sie gebrechliche, zitternde und haltlose Geschöpfe, die in einer Welt von Fels und Eis umherirrten. Wie um sich zu schützen, klammerten sie sich einen Augenblick stumm aneinander an. Schließlich sagte Andi mit zögernder Stimme:

»Silvelie!«

»Ja, Andi?«

»Willst du nicht meine Frau werden?«

»Muß man heiraten, um glücklich zu sein?«

»Wir beide müssen!«

»Ich? Wer sagt dir das?«

Er legte die Hand an seine Brust.

»Der Mann hier drinnen.«

»Sag ihm, er soll sich gedulden.«

Sie machten kehrt und gingen langsam, Hand in Hand, zu dem Schlößchen zurück.

An den Ufern der Yzolla wuchsen dicht die schwärzlichen Lärchen. Riesige Felsblöcke lagen in dem steilen Flußbett verstreut, und das wilde, zornige Gewässer hatte ihre Oberfläche blankgescheuert, so daß sie nun wie Klötze von schimmerndem Metall aussahen. Zu beiden Seiten wucherte der Wald zu einer wirren Wildnis hinan. Hier und dort war einer der Baumriesen zu Boden gestürzt, und sein Stamm lag hingestreckt im Unterholz. Dicht oberhalb der Hubertuskapelle sprang ein hoher, flacher Fels von der Größe eines kleinen Hauses in den Fluß vor und zwang die Yzolla, ihren chaotischen Lauf zu mäßigen. Hier unten verfing sich in tiefen unterirdischen Höhlen das schäumende Wasser und kreiste in unablässiger Bewegung, einen silbern umrandeten smaragdgrünen Tümpel bildend, sanft wirbelnd und glucksend, bis es schließlich durch eine schmale Lücke zwischen den Felsen lärmend davonstürzte, um auf seiner jagenden Reise neue muntere Sprünge zu tun.
Oben auf diesem großen Felsblock wuchsen kleine Blumen und sehr viel Moos. Eine schwarze, stämmige Lärche hatte sich bis an den Rand vorgewagt und stand nun dort, verkrümmt und verkrüppelt, ein einsamer und entsagungsvoller Einsiedler. In ihrem Schatten ruhte Silvelie. Sie lag mit dem Gesicht nach unten, das Kinn in die Hände gestützt, und beobachtete eifrig das sonnverbrannte Gesicht eines Mannes, der in Badehosen und Bastschuhen auf einem Felsblock inmitten des Sprühwassers stand und mit dem rechten Arm breite Kreise in der Luft beschrieb, dieweil er in gewissen Abständen eine Angelschnur in den wirbelnden Schaum schleuderte, um mit einem künstlichen Köder eine Forelle anzulocken. Eine ungeschickte Bewegung oder ein Fehltritt, und er wäre ins Wasser gestürzt. Aber er schien keine Angst zu haben und seiner sicher zu sein. Während Silvelie ihn beobachtete, wuchs in ihr unwillkürlich die Bewunderung für den erfinderischen Geist der Natur, die diesen Menschen so geschaffen hatte, wie er war.
Es tat wohl, ihn anzusehen, seine breiten Schultern, die geschmeidigen Muskeln seines Rückens, seinen Hals und seine

langen, biegsamen Beine, die sich automatisch im Rhythmus des Augenblicks bewegten. Plötzlich sah sie seinen Arm emporschnellen. Die Angelrute knickte fast zusammen. Sekundenlang sprang ein Fisch wie ein silberner Blitz hoch über den Sprühdunst empor und jagte dann in dem wilden Wasser hin und her. Andi ließ die Forelle zappeln und begann langsam die Schnur einzuziehen. Schließlich bückte er sich, fischte die Forelle mit einem Netz aus dem Wasser, nahm sie vom Haken und steckte sie in eine Büchse. Dann blickte er zu dem Felsen empor und schwenkte triumphierend den Arm. Er rief etwas, aber das Tosen der Yzolla übertönte seine Stimme. Einen Augenblick später brachte er sein Gerät in Ordnung und warf die Schnur abermals aus.

Silvelie sah nach ihrer Armbanduhr mit dem kleinen, achteckigen, in einen Brillantrahmen gefaßten Platinzifferblatt, die mit einem dünnen, schwarzen, aus den Schwanzhaaren eines Elefanten verfertigten Band um ihr Handgelenk befestigt war. Andi hatte ihr gesagt, es seien Elefantenhaare. Er hatte sie ihr selber ums Handgelenk gelegt. Sie liebte die Uhr. Jetzt sah sie ungewiß nach den Zeigern. Es ging auf vier. Er fischte schon seit fast einer Stunde. Bis halb vier, hatte er gesagt. Dann wollten sie ins Jeff gehen, ihre Mutter besuchen, und dann zu Fuß nach dem Chalet zurückkehren. Abends würden sie nach dem Essen beisammensitzen und die Sterne betrachten. Dann würde sie ihn verlassen und in ihr Zimmer hinaufgehen und sich ins Bett legen. Sie würde die halbe Nacht lang wach liegen und an ihn denken, und die Zukunft würde vor ihr aufsteigen, wie das immer geschah, schwarz und drohend. Je mehr sie ihn liebte, desto mehr hatte sie Angst vor der Zukunft. Nein, sie konnte es nicht länger ertragen. Heute noch mußte sie es ihm sagen. Heute abend, ganz allein in der Bergeinsamkeit, würde sie zu ihm sagen: ‚Andi, ich muß jetzt mit dir sprechen, jetzt, bevor es zu spät ist.'

Sie würde ihn bitten, sie nicht zu unterbrechen, sondern sie alles erzählen zu lassen, alles. Nachher – nun – nun, – ja, nachher...

Sie blickte zu ihm hinab. Er warf noch immer die Angelschnur aus. Woran dachte er jetzt? An die Fische? Es war sonderbar: Er und sie, beide bestanden sie nur aus Fleisch und Blut, und doch, wenn sie auch so nahe beieinander waren, blieben in ihren Körpern all die Geheimnisse ihrer Seelen verschlossen, und in ihrem Leben waren sie einander zuinnerst fremd. Selbst wenn er sie in seine Arme nahm, wenn sie das Gefühl hatte, als schmelze sie dahin in seligem Vergessen, selbst dann noch fühlte sie dieses Zweisein. Aber es mußte doch etwas geben, das über diese Einsamkeit hinausging und größer war als sie, ein wunderbares Mittel, um wirklich zusammenzukommen, ein großes, noch unergründetes Glück!

Andi war seit gestern sehr schweigsam. Er sah tief bekümmert drein, als schleppe er eine heimliche Sorge mit sich umher. Seine Augen waren träg, seine Stimme klang seltsam kühl. Sie hatte bereits herausgefunden, daß er nicht gern über die Sorgen sprach, die ihn bewegten. Er behielt sie lieber für sich. Was war die Ursache dieser Schweigsamkeit? Er hatte gestern einige Briefe erhalten, sie gelesen und in die Tasche gesteckt. Ihren Inhalt aber hatte er mit keinem Wort erwähnt. War vielleicht ein Brief von Luise dabei? Forderte sie ihn auf, zu ihr zurückzukehren? Hatte er sich eines andern besonnen? ‚Viermal hat er mich geküßt, seit er hier ist, und ich habe seine Küsse nicht einmal erwidert. Vielleicht glaubt er, ich liebe ihn nicht.‘

Silvelie schaute Andi mit verlorenen Blicken an. Sie sah, wie er sein Angelgerät zusammenpackte und den Fischbehälter über die Schulter hängte. Und plötzlich packte sie ein leidenschaftliches Verlangen, ihm zu gehören, sich ihm für immer zu schenken. Es war, als ob eine Flamme sie plötzlich umhülle. Sie ließ den Kopf sinken, griff sich mit den Fingern in die Haare . . .

Mit einemmal hörte sie seine Stimme.

»Da sind wir, Sivvy, fünf schöne Fische! Ein feines Abendbrot! Ich werde sie selber zubereiten.«

Sie setzte sich auf.

»Es hat mir Spaß gemacht, dir zuzusehen. Ich war genauso aufgeregt wie du.«

Er sah einen seltsamen Schimmer in ihren Augen und legte das Angelzeug hin.

»Es ist heute zu hell«, sagte er und blickte zum Himmel auf. »Ich habe nur fünf Stück erwischt.«

»Wirklich?«

Sie lachte, rupfte ein paar Blümchen aus und warf sie nach ihm. Er betrachtete ihren hübschen Hals, ihre Brust, die sich hob und senkte, ihr Kleid, das vorne offenstand.

»Wollen wir ein Bad nehmen?« fragte er mit erstickter Stimme. »Gleich hier in dem Tümpel, es ist gar nicht gefährlich.«

Sie lächelte.

»Gefährlich!« murmelte sie. »Gefährlich!«

Er sah ihre Wangen erblassen.

Er setzte sich neben sie, legte den Arm um ihre Schultern. Sie wandte das Gesicht ein wenig von ihm ab, ihre Augen waren schwer, schicksalsschwer und sehr blau. Plötzlich nahm sie ihn um den Hals und küßte ihn mit atemlosem Ungestüm. Er fühlte, wie ihm das Blut in die Schläfen schoß. Und er zog sie dichter an sich heran.

»Sivvy! Sivvy!« flüsterte er.

Ihre Lippen öffneten sich und entblößten ihre weißen Zähne.

»Andi, ich habe dich schrecklich lieb. Du mußt mich lieben!«

Eine halbe Stunde später waren sie noch immer da, sie lagen einander im Arm, die Gesichter zum Himmel emporgekehrt. Sie blickten nach den weißen, leuchtenden Lämmerwölkchen, die langsam über die hohen Bergkuppen dahinsegelten. Silvelie schmiegte ihren Kopf an den seinen. Alle Unruhe war von ihr gewichen. Sie versank völlig in dem neuen Erlebnis und lag fast besinnungslos in seltsamer Seligkeit da. Es war, als hätte alle Qual sie für immer verlassen. Und sie unterhielten sich flüsternd, damit nicht die Bäume, die Blumen, die Ameisen und die Käfer ihre Liebesgeheimnisse belauschten.

»Gehör' ich dir jetzt, gehör' ich dir jetzt ganz?« fragte Silvelie.

»Du hast mir immer gehört.«

»Aber von jetzt an ganz besonders?«

»Jetzt wirst du meine Frau werden.«

Sie schüttelte den Kopf. Er fühlte, wie ihr weiches Haar sich an seiner Haut rieb, er sah ihr Gesicht an, ihre Augen, die weit aufgerissen zum Himmel emporstarrten, als erspähten sie ferne Wunder.

»Nein, Andi. Wir können auch so glücklich sein, ohne zu heiraten.«

Er beugte sich über sie, küßte sie, seine Lippen glitten an ihrem Hals entlang bis zum Ohr. In stürmischer Leidenschaft bot sie sich ihm dar.

Schließlich seufzte sie und machte sich von ihm los. Ein kühler Wind kam durch das Tal geweht, gesättigt mit dem Duft des warmen Harzes.

»Oh, Andi, Andi, du hast noch nie eine Frau so lieb gehabt wie mich, ja?«

Er küßte sie auf den Mund und legte sein Gesicht auf ihre Wange. Sie schlossen die Augen und schliefen ein. Er bewegte sich zuerst. Er wollte ein wenig von ihr wegrücken, aber sie hielt ihn zurück.

»Noch nicht, Liebster, noch nicht! Es ist wie im Himmel.«

Die Sonne rollte über die Kuppe, warf ihre letzten goldenen Strahlen, die sich wie Suchlichter zwischen die Bäume verstreuten. Silvelie setzte sich plötzlich auf, strich ihr Haar zurecht, brachte ihr Kleid in Ordnung.

»Jetzt schnell ein Bad!« schlug er vor und sprang auf.

Sie sah ihn ernst an, als wolle sie sich ihm mit diesem Blick für immer verpfänden.

»Du kannst baden. Mir ist warm, von deiner lieben Wärme. Ich will diese Wärme behalten. Ich warte, während du badest. Aber gib acht. Die Yzolla ist gefährlich.«

Wenige Augenblicke später sprang er in den seichten Tümpel und setzte sich ins Wasser, bis an den Hals. Schnell kehrte er zurück, nachdem er sich mit einem Taschentuch abgetrocknet hatte.

»Es war wunderbar! Wunderbar!«

Und seine Augen leuchteten hell.

Während er sich anzog, kehrte sie ihm den Rücken und saß regungslos da, eingehüllt in ein himmlisch süßes Gefühl des Reichtums. Er trat zu ihr hin und reichte ihr die Hand.

»Ich fühle mich so ganz anders, du auch?«

»Ich bin unheimlich glücklich!«

»Ich bin nicht mehr ich selber. Ich bin du.«

Er sah Tränen in ihren Augen glitzern. Und er erschrak.

»Was ist denn, Sivvy?«

Er küßte ihr die Tränen von den Wimpern.

»Nichts, Andi! Nichts! Es fließt nur ein wenig über.«

Sie nahm sein Gesicht zwischen ihre Hände.

»Gehör' ich dir wirklich? Ganz?«

»Liebes Herz«, sagte er zärtlich, »du hast ein schreckliches Leben geführt. Das begreife ich erst jetzt. Aber ich werde es dich vergessen lassen. Ich werde dich auf den Händen tragen. Du bist für mich der einzige Mensch.«

»Der einzige Mensch?«

Er nickte entschlossen. Sie blickte wieder zu ihm auf.

»Andi, gehen wir nach Hause zurück. Ich will mit dir allein sein. Gehen wir heute nicht ins Jeff. Komm in mein Heim. Es ist jetzt ja auch dein Heim.«

»Mein Heim – ja!« sagte er, und sie nahmen einander an der Hand, kletterten vom Felsen hinab und gingen durch den Wald der Straße zu.

28

In der Nacht regnete es heftig, und der Morgen dämmerte grau, farblos und traurig. Die Läden an Meister Lauters' Schlößchen waren geschlossen. Auch als der Vormittag vorrückte und die Mittagsstunde sich näherte, blieben sie zu. Am frühen Nachmittag aber begannen kleine grauschwarze Rauchwolken aus dem Küchenschornstein emporzusteigen, und ein wenig später öffnete Silvelie ein Fenster im oberen Stock, streckte einen nackten weißen Arm in den Regen hinaus und zog ihn wieder zurück.

Die Tür zu ebener Erde wurde aufgesperrt, Andi erschien auf der Veranda und begann auf und ab zu gehen, die Hände in den Taschen, die Blicke ziellos in den Regen gerichtet. Nach einiger Zeit setzte er sich in einen Rohrsessel und streckte die Beine aus. Seine Miene war unbestimmt und verträumt, aber zufrieden. Der Regen, die weißen Nebel, die gespenstisch über die Wiesen fluteten und wie Schlangen an den senkrechten Felsmauern emporkrochen, heimelten ihn an. Auch er glaubte, in der Luft zu schweben. Vergangenheit, Gegenwart und Zukunft verschmolzen grenzenlos in zeitlosem Entzücken. Kränze von Frühlingsblumen und ihr Duft schienen ihn zu umhüllen. Silvelie ging in einem Garten der Liebe umher. Tausend geheime Türen schienen vor ihr aufzuspringen, und sie sah durch jede dieser Türen und erblickte neue Bilder des Glücks. Ein glühender Eifer hielt sie gepackt, vor dem sie fast erschrak. Sie ging wie auf Federn im Hause umher. Sie sah in den Spiegel im Badezimmer und erkannte sich kaum wieder. Ein geheimnisvoller seelischer Wandel schien von innen heraus ihre Züge umgestaltet zu haben. Ein sanftes Leuchten machte ihre Augen hell, die Lider waren samtenweich, als liege der Tau der Liebe auf ihnen, und wenn sie ihren Körper berührte, kam er ihr seltsam unpersönlich vor, als gehöre er nicht mehr ihr, sondern einem andern. In ihren Ohren lag noch ein zärtliches Flüstern. Sie vermochte das Wunder noch nicht ganz zu erfassen.

Andi gesellte sich zu ihr.

»Schade, daß wir keinen Champagner haben«, sagte er. »Ich würde jetzt gern einen Pfropfen knallen lassen. Und ihn bis auf den Mond hinaufschicken! So ist mir jetzt zumute.«

Er nahm sie in seine Arme. Sie sahen einander in die Augen, als hätten sie sich noch nie gesehen. Ein tieferes und festeres Wissen um den andern lag in diesem Blick, als Worte es hätten ausdrücken können. Sie küßten einander. Silvelie schob ihn weg.

»Jetzt bin ich hungrig, sehr hungrig.«

»Ich auch! Es wäre fein, wenn wir uns jetzt in ein nettes Lokal setzen und gut essen könnten. Sich mit Omeletts und Käsebrot behelfen, ist ganz schön, aber ein nettes Wirtshaus oder auch ein gutes Hotel hat vieles für sich, besonders bei Leuten wie uns. Ich möchte nackt im Regen spazierengehen und mir die Haut von den kalten Tropfen kitzeln lassen.«

»Du würdest dir eine Lungenentzündung holen.«

»Oh, ich weiß nicht, was ich will!« sagte er lachend. Er hob sie auf und preßte sie fest an sich.

»Dich! Dich! Sonst nichts!«

Sie sah ihn verliebt an, frisch wie ein tauiger Morgen.

»Stell mich hin, Andi, du tust mir weh. Ich bin nicht von Holz.«

»Soll ich dir nicht weh tun?«

Sie küßte ihn und biß ihn in die Lippe. Er stellte sie wieder hin. Sie zog ihren Schal hoch und nadelte ihn fest zusammen.

»Du hättest nicht nur essen, sondern auch kochen lernen sollen!« sagte sie. »Komm, machen wir miteinander ein schönes großes Omelett. Und dazu trinken wir zwei große Gläser kalte Milch.«

»Ja, unsern guten alten Schweizer Kuhchampagner!«

Und er folgte ihr in die Küche.

In den frühen Abendstunden wurde Meister Lauters' Schlöß-chen wieder versperrt und verriegelt. Der Regen trommelte die ganze Nacht an die Läden, ein heulender Wind sprang auf und trieb ganze Wasserschwaden über die Yzolla hinweg.

Am nächsten Morgen ging Andi zum Hospiz hinunter, tele-phonierte mit Lanzberg und gab Anweisung, ihm sein Auto zu bringen.

Es regnete weiter. Die Gumpers' waren der Meinung, der Regen würde, da er nun einmal eingesetzt hatte, zehn bis vierzehn Tage lang dauern. Am Abend saßen Andi und Silvelie vor dem Feuer. Sie hatte ihm von ihrem Leben bei Lauters erzählt, mit einer Wärme, daß Andi trotz Lauters' vorgerücktem Alter eifersüchtig geworden wäre, wenn der Maler noch gelebt hätte.

»Ich gebe zu«, sagte er schließlich, »daß es hier oben sehr schön ist. Ich könnte mir nichts Besseres wünschen, als meine ganzen Ferien hier mit dir zu verbringen. Aber die Zeit drängt. Ich habe nur noch drei Wochen, und die genügen kaum, um all das zu erledigen, was ich erledigen will.«

»Was willst du denn tun?« fragte sie und beugte sich zu ihm.

»Dich heiraten.«

Sie wandte das Gesicht ab.

»Nein, Andi, es hat keinen Zweck, ich habe es dir doch schon gesagt.«

»Ich glaube dir deine Vorwände nicht.«

»Es sind keine Vorwände«, sagte sie hartnäckig. »Ich habe viel

zu viel unglückliche Ehen gesehen, um nicht gegen das Heiraten zu sein. Ich kann auch jetzt noch nicht vergessen, daß du meinetwegen Luise verlassen hast. Das ist Unglück Nummer eins. Nein, nein! Du weißt, daß ich meinen Ehrgeiz habe und daß du den deinen hast. Wir wollen das, was wir jetzt haben, nicht zerstören. Wir wollen glücklich sein, so, wie wir sind.«
Er blickte sie streng an. Seine Stirn runzelte sich.
»Hast du an die möglichen Folgen gedacht?«
Sie lächelte ernst und stolz.
»Ich fürchte mich nicht. Ich würde stolz darauf sein, von dir ein Kind zu haben.«
»Dein Leben wäre ruiniert.«
»Nein, ein Kind kostet sehr wenig.«
»Aber ich hätte doch wohl ein gewisses Anrecht auf dieses Kind?«
»Du würdest der Vater sein.«
»Richtig. Deine Argumente gegen die Ehe sind nicht sehr überzeugend.«
Sie sah ihn fast spöttisch an.
»Sag einmal, warum müssen wir dasselbe tun, was alle tun? Obwohl wir überall sehen, daß die Leute unzufrieden sind! Ach, Andi, auch eine Liebe wie die unsere kann nicht ewig dauern, nicht wahr?«
»Du bist ein Kind. Was weißt du davon? Man hat dich in Lanzberg vergiftet, das ist alles.«
»Wieso vergiftet?«
»Weil sogar Lanzberg von den schändlichen modernen Lehren gepackt worden ist, die aus den Großstädten stammen. Ich stoße in meinem Beruf fast jeden Tag auf Musterbeispiele verfaulten Denkens und moralischen Verfalls. Unter den fadenscheinigsten Vorwänden greifen die Leute bedenkenlos nach jeder neuen und abstoßenden Lebensphilosophie. Die Luft, die man atmet, scheint verpestet. Seit dem Kriege, ganz besonders aber seit dem Ausbruch der Weltwirtschaftskrise, raubt man uns immer mehr die Traditionen und Werte. Der Staat! Jeder unbedeutende Zeilenschinder bewirft die Autorität mit Schmutz, jeder enttäuschte Intellektuelle greift die Familie an und ruft nach freier Liebe. Die Gerechtigkeit und

das Gesetz, die letzten Pfeiler, die das Gebäude unserer Zivilisation tragen, werden verspottet, attackiert und angezweifelt. Man behauptet sogar, daß das Verbrechen nur eine moralische Krankheit sei. Sivvy, eine solche Weltanschauung kannst du dir nicht zu eigen machen. Das ist Barbarei.«

»Ich bin nicht klug genug, um mir irgend etwas zu eigen zu machen«, erwiderte sie. »Ich sage nur, was ich empfinde.«

Er sah ihren Fuß nervös hin und her wippen.

»Ich bin der letzte, der behaupten wollte, alles müsse immer so bleiben, wie es gewesen ist. Ich habe viele Fälle erlebt, für die sich nur sehr schwer eine Regel finden läßt. Ich gebe sogar zu, daß viele Ehen nie hätten geschlossen werden dürfen. Ich kann verstehen, daß manche Frau in dieser Zeit sozialer und wirtschaftlicher Unsicherheit lieber unabhängig bleiben und sich ihr Brot selbst verdienen will. Ich kann sogar verstehen, daß ein Mädchen sich ein Kind abtreiben läßt. Viele solcher Fälle sind durch meine Hände gegangen, und unsere Gerichte haben sie sehr nachsichtig behandelt, weil vieles zu ihrer Entschuldigung spricht. Aber ich lehne die Behauptung ab, daß alles erlaubt sein muß. Wenn ich dich zu meiner Frau machen will, dann tue ich das nicht in der Absicht, hinter deinem Rücken ein ausschweifendes Leben zu führen, und ich erwarte von dir, daß du mir treu bist. Ich meine es durchaus ernst, Sivvy! Es liegt mir im Blut, die Ehre der Frau und das Familienleben hochzuschätzen, und alle moderne Wissenschaft, die ich studiert habe, hat mir das nicht austreiben können. Ich halte daran fest. Heute, da alles ins Wanken gerät, ist das wie ein Fels! Selbst gesetzt den Fall, es käme gar nicht darauf an, ob wir unverheiratet in Lanzberg leben, gesetzt den Fall, das Gesetz würde gar nichts anderes von uns verlangen, so würde ich doch nicht glücklich sein, weil ich dich ganz für mich haben will, weil meine Liebe alles andere ausschließt. Wenn du nicht ebenso fühlst und mich nicht für dich allein haben willst, bist du keine richtige Frau. Aber ich weiß, daß du eine richtige Frau bist, und deshalb mußt du mich für dich allein haben wollen. Nun?«

Sie sah ihn verwirrt an.

»Du mußt Geduld haben!« sagte sie und stand auf. »Du mußt!«

Sie streichelte seinen Kopf, küßte ihn und ging hinaus. ‚Bald wird er es aus mir herauszwingen', dachte sie. ‚Ich muß stark bleiben. Ich muß durchhalten. Wenn ich es ihm sage?' Sie fühlte ihre Glieder schlaff werden. ‚Dann wäre alles zu Ende. Aber wäre es nicht vielleicht besser, ein Ende zu machen?'

Sie zog sich aus und hüllte sich in einen Schal.

‚Kein rechtes Nachtgewand... Aber wo soll ich ein Nachtgewand hernehmen, in dem ich mich ihm zu zeigen wagte?'

Sie blieb einige Zeit in ihrem Zimmer und ging dann zu ihm hinunter. Er war bereits zu Bett gegangen, er lag auf dem breiten Diwan, und sie kroch schnell zu ihm unter die Decke und schmiegte den Kopf an seine Schulter.

»So müßte es immer bleiben«, flüsterte sie. »So möchte ich leben und sterben und alles andere vergessen.«

»Sivvy«, sagte er, »ich bin sehr hart zu dir gewesen. Verzeih mir. Aber ich habe das alles ganz ehrlich gemeint. Wir müssen heiraten. Ich habe nur noch drei Wochen. Hier oben können wir nicht heiraten. Ich habe mir mein Auto kommen lassen, morgen früh wird es hier sein. Weißt du, was wir tun? Wir fahren nach Luzern und Zürich. Dort kaufen wir für dich ein. Das wird ein paar Tage dauern. Dann fahren wir ins Engadin, in meine Lieblingsgegend, und dort verbringen wir den Rest meines Urlaubs. Dein Chalet sperren wir zu, und übers Wochenende kommen wir hierher. Und wenn wir verheiratet sind, werden wir nicht in Lanzberg wohnen. Mein Vater hat mir ungefähr zwanzig Minuten von Lanzberg entfernt ein Stück Land mit einem Haus und einem Bauernhof geschenkt – zum Dank für einen Gefallen, den ich ihm erwiesen habe. Dort wollen wir wohnen, und ich kann ungefähr zehn Leuten Arbeit geben. Man muß an alle diese Dinge denken.«

Er zog sie zärtlich an sich. Atemlos hörte sie ihm zu.

Oh, wenn er nur wüßte! Sie würde ihm bis ans Ende der Welt folgen, würde für immer bei ihm bleiben!

Ihre Tränen benetzten sein Gesicht.

»So ist es recht, Schatzi«, sagte er, fast atemlos vor Zärtlichkeit. »So wirst du's am besten los.«

29

Am nächsten Tag fuhren sie nach Zürich. Andi steuerte seinen Alfa Romeo über die Oberalp nach Andermatt. Stundenlang fuhren sie durch Nebel und Regen, und erst als sie nach Flüelen am Luzerner See kamen, besserte sich das Wetter. Schließlich lichteten sich die Wolken, und sie fuhren über die Axenstraße nach Brunnen und von dort über Schwyz und Luzern nach Zürich. Sie quartierten sich in einem kleinen Hotel neben dem Bahnhof ein – Andi war überzeugt, daß er dort keine Bekannten treffen würde, und dann beschäftigten sie sich vier Tage lang mit den Einkäufen. Andi ging mit allem Ernst an die Sache heran. Er kaufte Silvelies Ausstattung. Er überschüttete sie buchstäblich mit Geld, gab so viel Geld aus, daß sie erschrak. »Andi, du mußt damit aufhören! Überlege dir nur! Manche Familien könnten ein Jahr von dem leben, was du eben ausgegeben hast.«

Aber er kümmerte sich nicht um ihre Einwände. Er kaufte Koffer voll Sachen für sie, Kleider, Mäntel, Schuhe, Unterwäsche und Hüte, alles von bester Qualität und aus den vornehmsten Geschäften. Als er fünfzehnhundert Franken für ein Pariser Toiletteköfferchen voll zierlicher Fläschchen mit Stöpseln aus Silber und Emaille und mit passenden Bürsten und Spiegeln bezahlte, verschlug es Silvelie fast den Atem. »Ich brauche das alles wirklich nicht, Andi!« sagte sie sehr nachdrücklich.

»Du mußt das alles haben, du wirst es brauchen! Ich weiß das besser als du, Liebling. Soweit ich die Sache überblicken kann, wirst du nicht gerade viel Hochzeitsgeschenke bekommen.«

Er merkte, daß sie trotz ihrer Einwände ein frauenhaft dankbares Verlangen nach hübschen Dingen und hübschen Kleidern trug, und er wunderte sich über ihren Geschmack. Denn wenn er sie veranlaßte, selbst etwas auszuwählen, griff sie unweigerlich nach den scheinbar einfachsten Sachen und entdeckte dann zu ihrem Erstaunen, daß das die teuersten waren.

Schließlich sagte Andi:

»Ich glaube, jetzt haben wir genug, um über das Schlimmste hinwegzukommen.«

Ein Schwindelgefühl packte Silvelie. Sie fühlte, wie ihr Kopf sich drehte, sie hatte das Gefühl, als würde sie in einen Strudel hinabgerissen. Ihre Widerstandskraft erlahmte.

‚Werde ich ihn wirklich heiraten?‘ fragte sie sich immer wieder. Sie war zugleich erschreckt und bezaubert. Andi riß sie mit sich fort. Sie gingen ins Kino, ins Theater, ins Konzert, in Ausstellungen. Sie fuhren in einem Rennboot über den See. Sie speisten in sämtlichen guten kleinen Lokalen. Silvelie konnte kaum mit ihm Schritt halten. Sie waren immer allein, trafen keinen Bekannten, spazierten wie ganz fremde Leute in der größten Stadt der Schweiz umher. Silvelie entdeckte hundert neue Seiten an ihrem Andi. Seine Seligkeit riß sie zu höchster Begeisterung empor. Ihr Körper und ihre Seele glühten wie in einem steten Fieber des Entzückens. Sein Humor reizte sie zum Lachen, seine Bemerkungen über alles, was vor seinen Augen sich abspielte, beflügelten ihre Phantasie und erweiterten ihren Lebenshorizont. Ab und zu eröffnete er ihr seine Pläne für die nächste Zukunft.

»Wir werden weder in Zürich noch in Lanzberg heiraten. Ich habe dort zuviel Bekannte, und die würden vielleicht behaupten, daß ich das nur mache, um Luise zu ärgern. Ich will dir sagen, was wir tun. Wir gehen in eine kleine Hütte bei Err, ein Stück weit oben im Julier-Tal. Dort ist der alte Otto mit unsern Kühen. Dort werden wir ganz allein sein.«

Er schenkte ihr sein versonnenes Lächeln, das sie so sehr zu schätzen gelernt hatte.

»Dort bleiben wir, bis ich meine liebe Sivvy heiraten kann.«

Sie runzelte die Stirn.

»Sprich nicht vom Heiraten, Andi!« sagte sie, bemüht einen scherzhaften Ton zu wahren.

Er lächelte nur.

»Wenn du dir diese Schrulle nicht aus dem Kopf schlägst, werde ich wohl zu drastischen Maßnahmen greifen müssen. In längstens vierzehn Tagen werden wir heiraten, und wenn du nicht mitkommst, mache ich die Sache allein. Basta!«

»Wie kannst du denn allein heiraten?«

»Wie? Ja, ich bin kein gewöhnliches Wesen, ich genieße Privilegien, von denen du nichts weißt. Wenn ich wollte, könnte ich dich festnehmen und von der Polizei ins Standesamt schleppen lassen. Ich brauche nur einen grünen Haftbefehl zu unterschreiben, und die Sache ist erledigt.«

Sie packte sein Ohr und drückte es so fest, daß er aufschrie.

»Das hast du dafür, daß du mich anschwindelst!«

Nach vielem Zureden gelang es Andi, Silvelie zu Professor Gruber zu schleppen. Es war für sie eine Qual. Was sollte sie erzählen? Nachdem sie Andi schon einmal angelogen hatte, stand sie jetzt vor der Notwendigkeit, neue Lügen zu erfinden. Alles Grauen des Jeff brach wieder über sie herein.

‚Ich werde das nicht überstehen – diesmal werden sie die Wahrheit herausfinden.‘

Aber sie hielt es dennoch aus. Professor Gruber ließ eine Röntgenaufnahme machen, und beim zweiten Besuch erklärte er, ihr Arm sei nie gebrochen gewesen.

»Aber, Herr Professor, ich konnte ihn wochenlang nicht bewegen, und meine Mutter hat ihn mir in eine Schlinge gelegt. Mit der Zeit ist er ausgeheilt, aber er ist steif geblieben.«

»Die Knochen sind unversehrt«, sagte der Professor, nahm ihren Arm und drehte und drückte ihn. »Aber die Nerven sind verletzt. Kommen Sie einmal zu mir, wenn Sie weniger beschäftigt sind« – (dabei lächelte er Andi an, der vor Begeisterung strahlte) – »und ich werde Sie operieren. Ich kann Ihnen nicht versprechen, daß die Sache wieder ganz gut wird, aber ich hoffe, eine Besserung wird jedenfalls erfolgen. Auf keinen Fall kann es schlimmer werden. Das verspreche ich Ihnen. Der Versuch lohnt sich.«

Er schaute sie mit seinen Äuglein an.

»Eine so reizende junge Dame! Es ist sozusagen Ihre Pflicht, wieder zu mir zu kommen, meinen Sie nicht?«

»Ich bringe sie im Herbst wieder zu dir, Fritz«, sagte Andi, »vorausgesetzt, daß sie einverstanden ist.«

Silvelie errötete ein wenig. Die Wissenschaft hatte ihre Lüge enthüllt. Was würde die Wissenschaft noch alles enthüllen, wenn sie ihr auf den Leib rückte? Innerlich zitternd, aber dennoch erleichtert, verließ sie Professor Gruber. Doch als Andi ihren Arm nahm, vergaß sie rasch ihre Befürchtungen. Sie fühlte sich sogleich mit ihm in den alten bezaubernden Kreis eingesponnen und achtete kaum auf die Leute in der Straße und auf all das, was ringsumher geschah. Es war, als schwinge ihre Seele in einer goldenen Helligkeit, in der sich jede Berührung mit der Wirklichkeit verlor. Das beschwingte Lied der Liebe, der Gesundheit, des willigen und eifrigen Opfers für Eros gab ihrem Leben einen unwiderstehlichen Schwung. Die Liebe entlockte ihr die heimlichen Melodien, die bisher stumm in ihrem Hirn und Schoß geruht hatten.

Sie drückte Andis Arm.

»Wo gehen wir hin?« fragte er.

Sie überschritten die Limmatbrücke und gingen den Fluß entlang, vorbei an den eng zusammengerückten, hohen, ehrwürdigen Häusern des alten Zürich, vorbei an den verblichenen, verwitterten Türmen der Kathedrale. Auf der andern Seite des Flusses schlug die Uhr des stacheligen Frauenmünsters kräftig die Stunde des Tages.

»Führ mich irgendwohin, irgendwohin, wo wir glücklich sein können.«

»Du«, antwortete er, »morgen fahren wir ganz früh los. Nach Zürich können wir immer wieder zurückkehren.«

Sie vergrößerte ihren Schritt, um dem schwingenden Rhythmus seiner Schritte nachzukommen.

Am nächsten Morgen um sechs holte er sein Auto aus der Garage. Kurz darauf fuhren sie die große Uferstraße entlang in einen makellosen Sommertag hinein, durch rotdächrige schmucke Dörfer, durch Felder und Obstgärten und hellgrüne, von den kürzlichen Regengüssen frischgewaschene Wälder. Mehrmals schoß Silvelie der Gedanke durch den Kopf, daß so ein überirdisches Glück nicht von Dauer sein könne. Aber sie brauchte nur Andi anzusehen, um sogleich wieder das Gefühl der Sicherheit und Erfüllung zu haben, die Gewißheit, daß ihr jedes Hindernis aus dem Wege geräumt würde.

461

Sie bogen um die Ecke, und vor ihnen ragten die grünen Zacken des »Kurfürsten«. Tief unten lag das langgestreckte Becken des Wallensees wie ein norwegischer Fjord. Der leichte Wind überzog das Wasser mit einem tiefblauen, silbern umrandeten Glanz.

»Ha, donderzügl« sagte Andi, die Fahrt verlangsamend. »Dort drüben liegt Appenzell! Die saftigsten Wiesen im ganzen Land. Schwarzweiße Rinder mit schwarzen Zungen, wenn ich mich nicht irre, und ein weißer Käse, der einem auf der Zunge zerschmilzt.«

In großen Windungen ging es an den See hinab. Sie passierten Wallenstadt. Die Ebene öffnete sich vor ihnen. Andi gab Gas. Sie kamen ins Rheintal. Jetzt waren sie nach Lanzberg unterwegs. Silvelie erkannte die Gegend.

»Halten wir in Lanzberg an?«

»Anhalten? Wir machen einen möglichst weiten Bogen!«

Silvelie lachte.

Um die Mittagsstunde erreichten sie Tiefencastel und fuhren die wunderschönen Terrassen des Julier-Tales hinauf. Um ein Uhr langten sie an ihrem Ziele an. Holpernd fuhren sie über einen Seitenweg, durch üppige Wiesen, zwischen hohen, schlanken Lärchen hindurch und kamen zu einer Scheune. In diese Scheune fuhr Andi hinein und machte vor einem Heuwagen halt. Der alte Otto hielt das Scheunentor geöffnet. Sein gebeugter Körper nahm eine verehrungsvolle Haltung ein. In der Hand hielt er seinen schwarzen Schlapphut und ein Telegramm. Und Mariegeli, seine Frau, ein eingeschrumpeltes altes Weiblein, half Silvelie aus dem Auto.

»Ich habe Ihr Telegramm erhalten, Herr Junker von Richenau«, sagte Otto. »Das Haus ist in Ordnung.«

»Das ist der alte Otto, und das ist seine Frau«, erklärte Andi, »sie werden für uns sorgen. Nicht wahr, Frau Mariegeli? Und diese Dame ist meine Verlobte. Wir werden uns in Sankt Moritz trauen lassen.«

Sie gingen ein Stück auf den Wald zu, und dort stand im Schatten der großen Lärchen ein kleines dunkles Haus, die braunen Läden an den tiefliegenden Fenstern weit geöffnet.

Silvelie schritt nachdenklich über die Schwelle.
Die Räume waren in einfachem Bauernstil eingerichtet.
»Andi, hier werden wir glücklich sein«, sagte sie.

30

Am nächsten Tag fuhren sie in glänzender Stimmung nach
Sankt Moritz hinunter. Silvelie trug einen weißen Rock und
einen goldbraunen Jumper. Sie sah zum erstenmal das Engadin
und betrachtete neugierig die Hotelstadt, das schweizerische
Gebirgsneuyork. Andi ging sofort aufs Standesamt, erledigte in
weniger als zehn Minuten die Formalitäten, und dann fuhren
sie wieder ab.
In Maloja aßen sie zu Mittag, und am Nachmittag kehrten sie
über die Julier-Straße zurück. Sie kamen durch eine ungeheure
Felslandschaft, durch eine ferne Welt, durch eine Luft, die die
Schründe des Pic Polaschin, der Suvretta und des Julier zu
vergrößern schien. Und nach einiger Zeit tauchten sie wieder
in die heimlichere Welt der Bergriesen hinab, der kleinen,
dunklen Dörfer, der Häuser mit winzigen, tiefliegenden Fenstern und sauber an die Wände gemalten romanischen Bibel-
versen.
Am frühen Abend waren sie wieder zu Hause in ihrer Hütte.

Sie machten Bergtouren. Sie gingen auf die Alp Err, kletterten
auf den Julier, kraxelten wie die Gemsen durch die schmalen
Kamine und über die Grate. Auf dem Gipfel des Julier standen
sie in stummer Ehrfurcht und blickten auf die Seen des Engadin
hinab. In gleicher Höhe mit dem Pic Morteratsch und der lieblichen Bernina streckten sie ihre Arme aus, als wollten sie sie
umfassen. Andi hatte Tränen in den Augen.
»Sooft ich das Engadin sehe, würgt es mich in der Kehle«, sagte
er. »Ich weiß eigentlich nicht, warum. Ich bin ein Narr. Aber
es liegt eine so tiefe Harmonie in der Landschaft des Engadins,
eine so heitere Vollendung. Es ist, als hätte ein Geschlecht
göttlicher Riesen sie sich zum Spielplatz geschaffen.«

Sie packten einen Rucksack aus und stärkten sich. Kurz vor der Mittagsstunde verließen sie den Gipfel, stiegen nach Veduta hinab und fuhren mit dem Auto zu ihrer Hütte zurück.

Stundenlang lagen sie nahe dem Julier in der Sonne, auf einer kleinen, trockenen, kühlen Wiese. Ihre Haut wurde rot, und sie rieben einander mit Öl ein. Dann wurden ihre Körper braun; sein Körper dunkel und satt, ihr Körper von hellerer Farbe. Ihre Augen in dem gleichmäßig gebräunten Gesicht sahen wie blaue Lichter aus. Sie badeten in dem kalten Fluß, bauten Wehre aus Steinen und schauten zu, wie das seidigglatte Wasser über die bunten Kiesel glitt.

Andi angelte jeden Tag Forellen. Er war sehr unruhig geworden. Er zählte die Tage an seinen Fingern ab. Es war, als habe ein Dämon von ihm Besitz ergriffen und treibe ihn an, sich seines Glückes zu versichern, damit nicht, wenn er zögere, jählings ein plötzliches Ereignis es zerstöre. Manchmal packte ihn ein heimliches Zittern, fast ein Schrecken. Seine Gedanken eilten über die Berge und Täler zur Via Mala, und er hatte das Gefühl, als schillere etwas Seltsames und Grausames in der Luft, ein mächtiger, böser, unsichtbarer Einfluß. Dieses Gefühl überkam ihn stets, wenn er sah, daß Silvelies Gedanken anderswo weilten, wenn er in ihren Augen jenen verlorenen, düsteren Blick sah, den er fürchtete. Er erwähnte ihre Familie und fragte sie, ob man sie nicht zur Hochzeit einladen sollte. Silvelie sah plötzlich ganz verwirrt drein.

»Werden sie nicht beleidigt sein, wenn wir sie nicht einladen? Ich habe an meine Mutter geschrieben, aber sie wird nicht kommen. Ich weiß das schon jetzt. Ich habe ihre Gefühle verletzt. Aber einerlei!«

»Wenn *deine* Mutter nicht kommt, warum sollen wir dann *meine* Mutter einladen?«

»Sollen wir überhaupt jemand einladen?«

Sie dachten darüber nach. Schließlich kam ihnen ein glänzender Einfall.

»Ich will dir etwas sagen: Wir bitten Henri und Madame Robert, unsere Gäste zu sein und als Trauzeugen mitzukommen.«

31

An dem festgesetzten Tage fuhren sie ins »Palace«-Hotel in Sankt Moritz, wo Andi für sich und Silvelie eine Flucht von Zimmern gemietet hatte. Er bestellte gleich noch zwei Zimmer für Madame Robert und Henri, die mit dem Nachmittagszug eintreffen sollten. Dann telefonierte er an seine Mutter und bat sie noch einmal, nach Sankt Moritz zu kommen, um Silvelie kennenzulernen. Sie erwiderte, daß sie kaum würde kommen können. Ihre Stimme klang sehr kühl und sehr fern. Er machte ihr Vorwürfe.

»Mais André«, erwiderte sie, »du bist deinen Weg gegangen, ohne uns zu fragen. Wir haben uns nicht eingemischt. Wir haben beschlossen, dir völlige Handlungsfreiheit zu lassen. Ist es von dir vernünftig, mir jetzt Vorwürfe zu machen?«

»Eh bien, Maman, demain je serai marié.«

»Ich wünsche dir von ganzem Herzen Glück.«

Er verließ das Telefon, ging ans Fenster, starrte auf den blauen See hinab und beobachtete geistesabwesend ein kleines Segelboot, das vor dem Winde kreuzte. Er knirschte mit den Zähnen und dachte an den Gefängnishof in Lanzberg.

Um fünf Uhr kamen Madame Robert und Henri an. Sie waren hocherfreut über die neueste Wendung der Dinge und wollten Silvelie sofort sehen.

»Ich werde sie suchen«, sagte Andi.

Er ging die Treppe hinauf, aber sie war nicht oben. Er eilte durch die Halle, durch die großen öffentlichen Säle, ging auf die Terrasse hinaus, sah sich überall um, konnte sie aber nicht finden.

»Wahrscheinlich ist sie ausgegangen, sie wird gleich wieder da sein«, sagte er, als er wieder zu den beiden zurückkam. »Der Portier wird ihr sagen, daß ihr angekommen seid.«

Sie warteten auf sie, aber sie kam nicht.

»Wo mag sie bloß hingegangen sein?« fragte Andi und stand schließlich voll Unruhe auf.

Er erkundigte sich beim Portier, bei den Boys, bei dem Liftführer. Aber keiner hatte sie gesehen, und sein Herz war voll Besorgnis. Er sah nach der Uhr. Halb sieben! Es wurde sieben!

Madame Robert und Henri gingen auf ihre Zimmer. Andi schritt in der Halle auf und ab, suchte abermals Silvelie in jedem Winkel, wurde in seiner ängstlichen Besorgnis fast wütend. Nach einiger Zeit trat der Portier auf ihn zu.

»Madame von Richenau ist soeben angekommen.«

»Madame von Richenau? Wo ist sie?«

»Im Empfangsbüro.«

Er folgte dem Portier, und wirklich, seine Mutter war da! Ein frohes Leuchten glitt über ihre Züge.

»Mon petit André, ich bin soeben angekommen.«

»Mutter, du bist ein famoser Kerl! Wie ich mich freue! Hast du schon ein Zimmer?«

Sie nickte, dann musterte sie ihn schnell von oben bis unten.

»Du bist braun, du siehst gut aus!«

Sie küßte ihn. Er begleitete sie auf ihr Zimmer.

»Papa est à Berne«, gestand sie unterwegs. »Du darfst ihm nicht verraten, daß ich hierhergekommen bin, bevor ich es dir erlaube.«

»Ich werde schweigen.«

»Wo ist denn deine Silvia?«

Andi verbarg seine Besorgnis um Silvelies sonderbares Verschwinden.

»Sie wird jeden Augenblick hier sein. Sie ist bloß ein bißchen ausgegangen. Ich habe meinen Freund Henri Scherz und Madame Robert eingeladen. Hast du etwas dagegen?«

»Was für eine Madame Robert?«

»Die Dame, der die Konfiserie in Lanzberg gehört.«

»O nein, warum sollte ich etwas dagegen haben?«

»Bist du mit dem Zug gekommen?«

»Nein, Jean hat mich hergebracht. Ich muß morgen nachmittag wieder zurückfahren.«

Sie betrat ihr Zimmer. Er folgte ihr, trat sogleich an das offene Fenster und blickte auf den sich langsam umdüsternden See hinab. Seine Angst wurde immer größer.

»Aber was sagt Vater dazu?« fragte er in gleichgültigem Ton.

»Er ist der Meinung, daß du unüberlegt und keineswegs korrekt handelst.«

»Bist du auch der Meinung?«

»Ja.«

»Obwohl ich dir in meinen Briefen alles erklärt habe?«

»Auch andere Leute haben ein Herz, vergiß das nicht.«

»Ich wollte, sie hätten mehr Verstand.«

»Du kannst nicht erwarten, daß jeder die Dinge mit deinen Augen betrachtet. Vergiß nicht, daß noch vor wenigen Wochen alle Welt davon überzeugt war, du würdest Luise heiraten. Die Frobischs hatten schon alle Vorbereitungen für die Hochzeit getroffen. Und nun heiratest du morgen nicht Luise, sondern eine andere.«

»Ich konnte mir nicht helfen, Mutter. Die Dinge wuchsen mir über den Kopf. Ich gebe zu, daß es für die andern recht hart und bitter ist. Aber mein Lebensglück steht auf dem Spiel.«

»Tu n'as pas de patience dans tes passions«, sagte sie in vorwurfsvollem Tone. »Tu aura dû attendre au moins quelques mois, égoïste!«

»Hochzeit unterm Weihnachtsbaum, wie? Vielleicht hätte ich gewartet, wenn nicht Luise mit ihrer Spielzeugpistole herumgespielt hätte. Das hat dem Faß den Boden ausgeschlagen.«

»Tu as brisé sa vie quand même«, sagte Madame von Richenau wehmütig.

Sie wandte sich ab und öffnete ihre Handtasche.

»Reden wir jetzt nicht mehr darüber. Du bist alt genug, um zu wissen, was du tust.«

»Jedenfalls danke ich dir sehr für dein Kommen«, sagte er liebevoll.

»Du mußt entschuldigen, wenn ich ein wenig neugierig bin.«

»Ist es nur die Neugier? Sonst nichts?«

Madame von Richenau richtete sich auf.

»Ich habe sie noch nicht gesehen. Vielleicht werde ich dir darüber Auskunft geben, nachdem ich sie gesehen habe.«

»Ich freue mich auf eure Begegnung, und ich habe gar keine Angst.« Dann fügte er in verändertem Tone hinzu: »Du wirst natürlich mit uns essen?«

Madame von Richenau nahm ihren Hut ab und ordnete ihre Frisur.

»Tu sais que j'aime l'aventure.«
Sie lächelte.
»Ne t'inquiète pas. Geh, hol die junge Dame und bring sie sofort zu mir.«
Andi ging hinunter und sah ängstlich nach der Uhr.
Der Portier trat auf ihn zu.
»Die Dame, die Sie suchten, ist soeben mit dem Lift nach oben gefahren.«
Andi jagte die Treppe hinauf, ging in den Salon und klopfte an die Verbindungstür. Er wartete einen Augenblick. Silvelie öffnete. Sie hatte ihr Kleid und ihre Schuhe ausgezogen und sah blaß und müde aus.
»Liebling, wo bist du gewesen?«
Sie sah ihn ein wenig zerstreut an.
»Ich habe einen langen Spaziergang gemacht.«
»Wie du mich erschreckt hast!«
»Wirklich?«
Ihr Blick flößte ihm eine heimliche Angst ein.
»Was ist denn los?« stieß er hervor.
Sie blickte zu Boden, schob ihn sanft weg und setzte sich auf den Rand des Bettes.
»Ich habe mir in diesen neuen Schuhen die Füße wundgelaufen.«
»Wo bist du gewesen?«
»Spazieren!« Sie machte eine unbestimmte Gebärde nach dem Fenster hin.
»Warum hast du mir nicht gesagt, daß du spazierengehen willst?«
»Ich wollte allein sein.«
»Meine Mutter ist soeben angekommen, sie will dich sehen.«
»Deine Mutter!« sagte Silvelie und schien zusammenzuzucken.
»Ja, sie ist nun doch gekommen. Soll ich dir schnell ein Bad richten?«
Sie schüttelte müde den Kopf.
»Ich besorge das selber, Andi. Danke, sehr lieb von dir.«
»Vergiß nicht, daß wir Henri und Madame Robert eingeladen haben. Sie sind auch schon da.«
Er beugte sich über sie, nahm sie bei den Schultern.

»Sivvy, mein Herzchen, warum bist du so sonderbar? Was ist passiert?«

Sie schob ihn sanft weg.

»Nichts ist passiert. Ich mußte nur ein wenig allein sein und nachdenken, ich mußte von mir Abschied nehmen.«

»Von dir Abschied nehmen? Was soll das heißen?«

»Weil – ich jetzt dir gehöre. Es ist so sonderbar, dieses Gefühl, daß wir morgen ein Ehepaar sein werden.«

»Hast du Angst, Sivvy?«

»Nein, natürlich nicht. Ich werde mich bald daran gewöhnt haben. Aber jetzt will ich mich anziehen. Es tut mir leid, daß ich so lange weggeblieben bin.«

»Du bist ein sonderbares kleines Wesen!« sagte er. Zögernd verließ er sie und ging in sein Zimmer.

Silvelie machte die Verbindungstür zu. Im Badezimmer sah sie in den Spiegel, drehte langsam das Gesicht hin und her. Andi öffnete die Tür ein wenig.

»Sivvy, mach dich so hübsch wie nur möglich.«

»Um sich hübsch zu machen, muß man mit ein bißchen Hübschheit beginnen. Ich sehe aus wie eine Negerin, und meine Lippen sind aufgesprungen.«

Er machte die Tür wieder zu und zog sich eilig an. Dann ging er in die Bar, trank ein Gläschen, ging in den Speisesaal, um nachzusehen, ob der Tisch gedeckt sei, ließ noch ein Gedeck auflegen und eilte dann zum Zimmer seiner Mutter hinauf.

»Encore un petit quart d'heure!« rief sie durch die Tür. Er entfernte sich, kehrte in sein Zimmer zurück, sperrte eine Schublade auf, holte zwei kleine Etuis hervor und öffnete sie. Sie enthielten zwei goldene Trauringe.

Inzwischen nahm Silvelie ihr Bad, ohne sich zu beeilen. Als sie fertig war, hüllte sie sich in ein großes Tuch und setzte sich hin, um auszuruhen. Eine volle Minute lang schloß sie die Augen. Endlich hatte sie es mit sich ausgekämpft. Zweimal war sie rund um den schönen See gewandert. Sie hatte auf einer grünen Bank gesessen und in die blaue Tiefe hintergeblickt. Sie hatte nachgedacht und gegrübelt und viel gelitten. Mit finsteren Blicken hatte sie die Fische beobachtet, die in dunklen Schwärmen am Ufer entlangschwammen, hatte dem Plätschern des Wassers gelauscht, das fast ihre Füße berührte. Der Boden des Sees war sandig, viele kleine Steine lagen auf dem Sand verstreut. Ein paar Schritte weiter färbte das Wasser sich schwarz. Dort fiel das Ufer jäh in unheimliche Tiefen hinab. Sie wäre nicht die erste gewesen, die leblos aus dem Wasser gezogen wurde. Aber das war nicht ihre Bestimmung. Der Gedanke an den Tod in diesen dunklen Gewässern war nur eine Laune ihrer Phantasie, ein törichtes Spiel mit dem Tod. Wenn sie sich das Leben nähme, was würde das nützen? Eine Tragödie mehr, nicht eine weniger! Sie hatte ein Recht, zu leben und glücklich zu werden, denn ihre Hände waren rein vom Blut ihres Vaters. Sie war unschuldig. Immer wieder hatte ihr Herz zu pochen angefangen und ein würgendes Gefühl ihre Kehle gepackt. Sie mußte es ihm sagen! Morgen würde es zu spät sein! Wenn die Tat je ans Licht käme, wäre sie verloren. Alles wäre verloren. Würde es nicht besser sein, ihre Liebe sogleich zu töten und weiterzuleben, als ob sie Andi nie kennengelernt hätte? Wie konnte sie denn glücklich werden, wenn das Verbrechen im Jeff drohend über ihrem Haupte hing? Das Wissen um dieses Geschehnis würde ewig an ihrem Herzen zehren, würde ihre Seele zermürben, und zu guter Letzt würde sie vielmehr nicht mehr imstande sein, das Geheimnis für sich zu behalten. Sie würde vielleicht im Schlaf ihre Zunge nicht mehr beherrschen können. Und was würde dann geschehen?

Sie hatte den bleichen Sonnenuntergang betrachtet. Finster und drohend erhob sich der Pic Julier. Eine unbekannte Macht mußte die Umrisse dieses Berges entworfen haben, um eine schwache und verwirrte Seele zu erschrecken. Dann hatte sie tausend Kreise um sich her gezogen, war in die Tiefen ihres Wesens versunken, fast bis an den Rand der Ekstase. Alles war ihr plötzlich so leicht erschienen. Das Leben, die Last, die Bürde, die von einem aus Knochen und Muskeln geformten, von Blut durchpulsten Körper getragen werden muß, war plötzlich federleicht geworden. Eine fremde Stimme hatte sie zum Bewußtsein des Alltags zurückgerufen.

»Kann ich Ihnen behilflich sein, Fräulein?«
Sie hatte in das Gesicht eines alten Mannes mit einem grauen
Bart und einer goldenen Brille geblickt.
»Nein, danke, mir fehlt nichts!«
Und er war weitergehumpelt, auf einen Stock gestützt, der
unten ein schwarzes Stück Gummi hatte. Und sie hatte sich
schnell erhoben.
‚Bin ich nicht eine Närrin?‘ hatte sie sich gesagt. ‚Wahrscheinlich wird der Mord im Jeff nie entdeckt werden. Es besteht
durchaus die Möglichkeit, daß man nie dahinterkommt. Ich
muß mich auf diese Möglichkeit verlassen. Ich muß vergessen,
daß so etwas überhaupt geschehen ist. Ich muß leben, als wüßte
ich gar nichts davon. Ich habe ein Recht, es zu vergessen. Oh,
dumme Sivvy! Da setzt du dich hin und hängst solch finsteren
Gedanken nach! Oh, dumme Sivvy, da versuchst du, gegen all
die grausamen Mächte anzukämpfen, die uns verfolgen! Ist es
deine Schuld! Laß dich vom Schicksal auf seinen starken Flügeln dahintragen. Es kann dir nichts Böses geschehen. Du bist
unschuldig.‘
Auf dem Rückweg zum Hotel hatte sie sich mindestens hundertmal gesagt: ‚Du bist unschuldig!‘
Sie warf das Badetuch weg.
‚Andis Mutter!‘
Hastig begann sie sich anzuziehen. Sie zog das weiße Kleid aus
weichem, mattem Satin an, ein einfaches, aber vollendetes Mo-
dell aus einem Pariser Haus. Ihr Haar kräuselte sich heroisch
um ihren gebräunten Hals.
Andi kam herein.
»Bist du fertig?«
»Beinahe.«
Er half ihr, ihre Toilette zu beenden. Dann führte er sie in sein
Zimmer, nahm ihre beiden Hände in die seinen und sah sie an,
als versuche er zu ergründen, was eigentlich in ihrem Kopfe
vorging.
»Du bist heute anders als sonst. Was gibt es denn?«
»Nichts.«
»Doch – heraus mit dem Geheimnis!«

»Das Geheimnis ist, daß ich dich liebe.«
Er holte die zwei Ringe aus der Tasche, gab ihr den einen und
behielt den andern.
»Steck ihn mir an den Finger!« sagte er.
Sie gehorchte.
»Jetzt will ich dir deinen anstecken.« Er schob ihr den Ring auf
den Finger und küßte ihn.
Dann sah er nach der Uhr.
»Gehn wir zu meiner Mutter hinauf!«
Sie warf einen Silberfuchs über die Schultern, und sie verließen
das Zimmer.
»Weißt du, Andi«, sagte Silvelie auf dem Korridor, »ich bin
schrecklich nervös, ich habe vor deiner Mutter Angst.«
Ihr Herz bebte.
»Habe ich vor deiner Mutter Angst gehabt?«
»Aber wie soll ich sie denn anreden? Sie kennt mich nicht.«
»Kümmere dich nicht darum. Gib dich ganz natürlich. Alles
andere kommt von selbst.«
Er klopfte an eine Tür.
»Entrez!« rief eine Stimme, und Andi öffnete die Tür. Er führte
Silvelie hinein und machte die Tür hinter sich zu.
»Da sind wir, Maman. Das ist Sivvy!«
Madame von Richenau stand mitten im Zimmer, und in dem
Abendkleid, das ihre schönen Schultern bloß ließ, wirkte sie
noch größer als sonst. Sie spielte nervös mit einer Perlenschnur
und musterte Silvelie mit einem schweren, finsteren Blick. Silvelie erschrak. Die Dame, die da vor ihr stand, schien ihr so
großartig, so selbstbeherrscht und herrisch, ja, so streng, daß
sie ein paar Sekunden lang keine Worte fand und bewegungs-
los, wie versteinert, dastand. Andi setzte sich auf die Tischkante
und beobachtete lächelnd die beiden Frauen.
»Eh bien, Maman?«
Silvelie errötete heftig. Ihr war, als müsse sie zu weinen beginnen.
Madame von Richenau erholte sich schnell von ihrem Erstaunen. Silvelies Schönheit, ihre Haltung, ihre Bescheidenheit, ihr
Zögern nahmen sie sogleich gefangen.

»C'est toi alors!« begann sie auf französisch; dann fuhr sie in dem Dialekt fort, den sie nie ganz beherrscht hatte: »Gefalle ich dir nicht?«

Silvelie schaute zu Andi hinüber, der mit verschränkten Armen dasaß. Sie zögerte. Dann warf sie sich in einer jähen Wallung fast ungestüm in die Arme von Andis Mutter und legte den Kopf an ihre Schulter. Madame von Richenau nahm Silvelies Kopf zwischen ihre Hände und küßte sie auf ihre Stirn. Dann wandte sie sich sogleich ab.

»Je te félicite, André«, sagte sie.

»Ich wußte, daß Sivvy dich im Sturm erobern wird«, erwiderte Andi lächelnd. »So hat sie es auch mit mir gemacht. Ich konnte mir nicht mehr helfen. Nun, Sivvy, habe ich dir meine Mutter richtig geschildert?«

Madame von Richenau sah Sivvy freundlich an, nahm ihre Hände und betrachtete den Ring.

»Gutes altes Gold, Mutter«, fuhr Andi fort. »Ich hatte kein Geld mehr, um Brillantringe zu kaufen. Wir haben für den Augenblick fast alles ausgegeben.«

»Geh jetzt«, sagte Madame von Richenau. »Wir kommen gleich nach.«

Sie nahm Silvelie am Arm und führte sie zum Sofa.

Andi verließ auf Zehenspitzen das Zimmer. Bevor er die Tür zumachte, stieß er einen Pfiff aus und blickte zur Decke hinauf. Unten suchte er nach Henri und fand ihn in der Bar.

»Hallo, Andi! Hast deine Bourgeoisuniform an? Ich bin in meinen alten blauen Lumpen. Macht es dir etwas aus? Wirst du mich hinausschmeißen? Ich höre, daß Silvelie wieder da ist. Mein Gott, siehst du blühend aus! Ich hatte schreckliches Kopfweh, als dein Telegramm ankam. Aber jetzt ist es weg. Die Luft im Engadin! Und wie steht es mit deiner Mutter? Es wird ihr nicht recht sein, daß ich hier bin, wie?«

»Wie kommst du auf diesen Gedanken? Sie hat keine Angst vor dir. Zwei Champagnercocktails!« sagte Andi zum Mixer. »Sie hat sich nie vor dir gefürchtet! Ja, deine besondere Spielart von Fanatismus wirkt oft sehr erfrischend auf sie. Aber wir wollen heute abend nicht streiten.«

»Es freut mich jedenfalls, daß du an mich gedacht hast. Ich werde das nicht vergessen.«

Andi stand mit gespreizten Beinen da, die weiße Hemdbrust vorgewölbt, und nickte gleichgültig einigen Herren zu, die soeben die Bar betraten.

»Andi, alter Freund«, sagte Henri, der so dicht neben seinem Freunde saß, daß er den Hals verdrehen mußte, um zu ihm aufzuschauen. »Mit Luise hättest du dich in die Tinte gesetzt. Mit Silvelie wird alles in Butter sein. Sie wird dich Tag für Tag daran erinnern, daß du zum Volk und nicht zu den Kapitalisten gehörst.«

»Gut, trinken wir noch einen Champagnercocktail!«

»Halt!« sagte Henri. »Jetzt bin ich dran.«

»Ganz egal, da ich ja doch nur ein dreckiger Kleinbürger bin. Noch zwei, Harry, aber diesmal nicht so süß.«

»Ja.«

»Wann kommst du wieder nach Lanzberg?« fragte Henri.

»Nächsten Montag.«

»Wirst du in deiner Wohnung bleiben?«

»Ich glaube wohl. Aber nicht sehr lange. Ich habe die Absicht, einen alten Gutshof zu übernehmen, der der Familie gehört. Ungefähr zwanzig Minuten von Lanzberg.«

Er sah sich um.

»Madame Robert ist draußen vorbeigegangen. Sie hat uns gesehen.«

»Gut, gehen wir zu ihr.«

Sie verließen die Bar. Madame Robert saß aufrecht in einem Lehnsessel. Sie sah elegant und frisch aus, ihr Haar war neu gewellt, das Brillantkreuz baumelte über dem schwarzen Dekolleté, und eine weiße Federboa hing um ihren Hals. Da sie sich im Lager ihrer alten Feinde befand und inzwischen genug Geld erspart hatte, um sich selber ein Hotel kaufen zu können, wenn sie je Lust dazu bekommen sollte, trug sie eine gewisse Überlegenheit zur Schau.

»Ich habe schon zweimal einen Cocktail bestellt«, sagte sie, »und der Kellner hat ihn noch nicht gebracht. Ist das eine Bedienung!«

»Ah, wir sind nicht chez vous!« erwiderte Andi und setzte sich neben sie in einen Lehnsessel.

»Ihre Mädchen stürzen sich sofort auf die Kunden, bevor sie noch die Tür hinter sich zugemacht haben«, sagte Henri.

Sie ignorierte seine Bemerkung.

»Also morgen«, begann sie voll Eifer. »Um zehn Uhr auf dem Standesamt. Das wird nicht länger dauern als zehn Minuten. Und nachher seid ihr alle meine Gäste. Ich lade euch zum Mittagessen nach Pontresina ein. Wir gehen zu Fuß hinüber, nehmen in der Meierei einen Apéritif und schlendern dann durch den Wald weiter. Ich habe Truites au bleu bestellt, aber wenn ich sage Truites au bleu, meine ich richtige Truites au bleu, wie wir sie im Waadtland zubereiten. Nachher Hummer à l'américaine. Das müßt ihr einmal probieren. Ich habe heute im Dorf zwei lebende Hummer aufgestöbert und lasse sie morgen früh nach Pontresina hinüberschicken.«

»Und dann gehen wir alle zu Bett?« sagte Henri.

»Zu Bett? Ich habe ein großes Auto gemietet, und wir fahren zu den Berninahäusern hinauf, dort erwartet uns eine Musikkapelle, eine Drehorgel und Gitarren, und wir werden uns eine Stunde lang amüsieren. Dann fahren wir mit dem Auto nach Samaden zurück, damit ich den Abendzug erwische. Ich muß leider nach Hause, um nachzusehen, was die Mädchen tun.«

»Sivvy wird das sehr viel Spaß machen!« rief Andi.

»Mehr Spaß als fünfzig wartende Automobile vor einer Kirchentür, wie?« warf Henri ein.

»Ich hätte auch nichts gegen hundert Autos, Herr Doktor, wenn sie vor der Kirche in Lanzberg stünden und nachher die Hochzeitsgäste zu mir schleppten!«

»Da kommen sie!« sagte Andi und sprang auf.

Madame Robert und Henri standen gleichfalls auf. Sie sahen Madame von Richenau und Silvelie vom andern Ende der Halle näher kommen. Madame Robert stand einen Augenblick lang verdattert da.

»Ist das Silvia Lauretz? Nun, wer hätte das gedacht! Ich werde jetzt Madame zu ihr sagen müssen, Madame von Richenau! Mais comme elle est belle!«

Und nachdem sie noch einige ähnliche Bemerkungen vor sich hingemurmelt hatte, trat sie in höchst geschäftsmäßiger Haltung vor, um die beiden zu begrüßen. Dann gingen sie alle ins Restaurant hinunter, zu einem mit Rosen und Wicken geschmückten Tisch in einer Ecke.

»Wir sind um einen Mann zu wenig«, sagte Andi.

»Du zählst ohnedies für zwei!« bemerkte Henri.

»Sivvy soll neben Maman sitzen, ich sitze zwischen ihr und Madame Robert. Und du, Henri, zwischen Maman und Madame Robert.«

Er reichte Madame Robert die Karte. Sie hatte ihre Überraschung und Aufregung noch nicht ganz überwunden, und ihre Hand zitterte leicht, während sie durch ihren goldenen Kneifer die Karte betrachtete. Andis Mutter machte einen etwas zerstreuten, aber äußerst beherrschten Eindruck.

»Qu'est ce que tu penses, Maman?« flüsterte ihr Andi zu.

»Je l'aime«, sagte sie kurz und wandte sich dann zu Silvelie, um ein unbeendetes Gespräch fortzuführen.

Das Restaurant war mit Blumen geschmückt. Es war zufällig ein Galaabend, eine jener hitzigen Angelegenheiten, bei denen Sankt Moritz sich in ein Babylon zu verwandeln bemüht.

Silvelies helles Lächeln erheiterte die Tischgesellschaft. Nach ganz kurzer Zeit war sie selbst wie der reine Champagner, fröhlich plappernd und überfließend vor Seligkeit. Andi stieß mit ihr an.

»Auf deine Mutter, auf Hanna und Niklaus!« flüsterte er ihr ins Ohr. »Wir dürfen sie heute nicht vergessen!«

DRITTES BUCH

I

Silvelies Heirat hatte in Andruss großes Aufsehen erregt. Die Angelegenheiten der Familie Lauretz wurden an so manchem Tische erörtert. Die Eltern sagten zu ihren Töchtern: »Da seht ihr's! Man weiß nie, was einem auf dieser Welt passieren kann. Jetzt ist eine aus der Sägemüllerfamilie Millionärin geworden. Möchte man glauben, daß es so ein Glück geben kann? Und die ganze Familie ist über Nacht reich geworden!«

Es gab auch andere Leute, frühere Feinde des Jonas Lauretz, die mit zusammengekniffenen Lippen lächelten und Präsident Bonatsch in anonymen Briefen freundlich darauf aufmerksam machten, daß der alte Lauretz immer noch verschwunden sei, keiner wisse, wohin. Aber Niklaus Lauretz war bei Bonatsch erschienen und hatte ihm mitgeteilt, daß er sich mit seinem Schwager, Doktor von Richenau, beraten habe und es gerne sehen würde, wenn Doktor Bonatsch eine öffentliche Bekanntmachung in Sachen des alten Lauretz erlassen wollte, denn der alte Lauretz würde, falls er noch lebte, auf die Nachricht von Silvelies Heirat hin sicherlich nach Hause kommen. Und Doktor Bonatsch hatte durch die Zeitung erklären lassen, Jonas Lauretz möge nach Hause zurückkehren. Falls er, Jonas Lauretz, binnen einem Jahr nicht zurückkehrte oder seinen Aufenthalt mitteilte, würde er, der Richter, ihn für verschollen erklären, worauf alsdann die gesamte weltliche Habe des Verschwundenen an die gesetzlichen Erben fallen und der besagte Jonas Lauretz als nicht vorhanden angesehen werden würde. Das hatte zur Folge, daß einer der geschworenen Feinde der Familie Lauretz Doktor Bonatsch nun erst recht mit anonymen Briefen zu belästigen begann. Der Richter aber ließ sich nicht aus der Ruhe bringen. Da er außerdem zu wissen glaubte, wer der Verfasser dieser anonymen Briefe war, begab er sich in ein Wirtshaus, in dem, wie er wußte, die in Frage stehende Person ständig zu verkehren pflegte, spielte dort in Gegenwart des Briefschreibers Karten und bemerkte plötzlich mit lauter Stimme, so daß jeder ihn zu hören vermochte:

»Wenn der Kerl, der mir immerfort anonyme Briefe schreibt, sein unmännliches Benehmen nicht sein läßt, verklage ich ihn wegen Beleidigung des Gerichts und brumme ihm eine ordentliche Strafe auf. Ich weiß ziemlich sicher, wer es ist.«

Er sah sich in dem Zimmer um, ohne daß auch nur einen Augenblick lang das wohlwollende Lächeln seine Lippen verließ, und fuhr fort: »Seit zwanzig Jahren bin ich hier Präsident, und mir braucht niemand zu sagen, was ich als Amtsperson zu tun habe.« Dann traktierte er die versammelten Gäste, verließ mit gewichtiger Jovialität das Wirtshaus, spazierte langsam die Straßen von Andruss entlang und reichte den Kindern, die ihm über den Weg liefen, die Hand.

Bald darauf wurde in der Nachbarschaft von Andruss ein Verbrechen aufgedeckt. Die Leute sprachen monatelang von nichts anderem mehr als von diesem neuen Ereignis und vergaßen die Lauretz'. Eine Witwe, Mutter zweier kleiner Mädchen, von denen das eine drei, das andere vier Jahre alt war, hatte auf Grund einer Versicherungspolice, die eine illustrierte Zeitung, um den Absatz zu steigern, ihren Lesern gewährte, Ersatzansprüche gestellt. Ihrer älteren Tochter war durch eine Pflugschar, die ihr von einem Scheunenboden auf das Bein fiel, der halbe Fuß weggeschnitten worden. Ein Jahr vorher hatte die Versicherungsgesellschaft der Witwe eine bestimmte Summe ausbezahlt, weil ihrer jüngeren Tochter, wie sie behauptete, durch einen ähnlichen Unfall der Daumen und der Zeigefinger weggerissen worden war. Der Inspektor der Versicherungsgesellschaft, der die Sache prüfte, hatte gleich vermutet, daß hier etwas faul war, und die Polizei benachrichtigt. Dieterli hatte die Witwe verhaftet, und sie war nach einer ersten Vernehmung durch Richter Bonatsch in das Gefängnis von Lanzberg gebracht worden. Es stellte sich heraus, daß in beiden Fällen die Mutter selbst ihre kleinen Töchter mit einem Hackmesser verstümmelt hatte. Sie wurde dann in Lanzberg vor Gericht gestellt und zu fünf Jahren Zwangsarbeit verurteilt.

Niklaus spazierte, von Kopf bis Fuß neu eingekleidet, wie es sich für den Schwager eines Richenau gehörte, in Andruss umher und äußerte sich, wenn die Rede auf dieses Verbrechen kam, genauso entrüstet und entsetzt wie alle andern auch. Ungefähr um die gleiche Zeit kaufte er für sechstausend Franken die alte Sägemühle des Bolbeiß oben am Bach, richtete sie neu ein und brachte ein großes Schild an: »Niklaus Lauretz vom Jeff. Holzhandel und Bauunternehmen.« Einige Zeit später ließ er das alte Familienhaus, »das Hundshüsli«, erneuern, in dem er und seine Angehörigen früher einmal die Wintermonate verbracht hatten; und sobald er ein paar Möbel hineingestellt hatte, zogen Frau Lauretz und Hanna dort ein. Die Leute aus der Nachbarschaft vermuteten mit Recht, daß hinter diesem plötzlichen Aufschwung der Familie Lauretz das Geld der Richenaus stecken müsse, und nickten mit den Köpfen.

»Ja, so ist es! Diese Silvia hat ihnen allen Glück gebracht. Ja, ja, wenn man Frau von Richenau wird, Dunnerwätter!«

Niklaus machte sich daran, sein Geschäft und seinen Ruf in die Höhe zu bringen. Seine Mitbürger entdeckten, daß er ein ernster, sparsamer, ehrlicher, heiterer und friedliebender Mensch war. »Ja, potts! Es muß doch in ihm stecken, sonst würde ein Herr von Richenau ihm nicht so viel Geld borgen!«

Er war in seinen Gewohnheiten bescheiden und, soweit seine Mittel ihm das erlaubten, freigebig. Einige fortschrittlichere Einwohner von Andruss freundeten sich mit ihm an, spielten mit ihm Karten und Kegel und begannen, ihn »Herr Lauretz« zu titulieren. Sogar einige der alten Feinde der Lauretz' entdeckten, als sie diesen Glückswechsel mit ansahen, an dem Sohn alle möglichen Vorzüge, die sie bei seinem Vater vermißt hatten, und ließen sich herbei, ihn zu begönnern. »Wenn man Richenaus Millionen hinter sich hat, jä, das ist was andres!«

Niklaus wich sorgfältig allen Gesprächen über Religion, Politik und sonstige umstrittene Themen aus. Er unterdrückte den Stolz, der wie ein Feuer in ihm brannte, und ließ sich nicht anmerken, wie sehr er diese Leute verachtete, die er für bigott und rückständig hielt. Er sagte jetzt auch nicht mehr: »Wartet nur, wartet, ich, Niklaus Lauretz...«

Jetzt fuhr er talauf und talab, sammelte Bestellungen und besuchte die Konkurrenten. Überall wuchs sein Ansehen, und jedermann empfing den Schwager des Aristokraten Doktor von Richenau mit Hochachtung. Es dauerte nicht lange, und Niklaus kaufte sich einen zweiten Anzug, braune Schuhe und ein halbes Dutzend steife, weiße Kragen. Eines Sonntags schließlich wagte er sich sogar mit einem schwarzen steifen Hut unter die Leute, mit einem Hut, wie ihn sonst nur Lehrer, Geistliche und Angehörige der freien Berufe trugen. In seinem Schrank hatte er mehrere neue Krawatten liegen, braun und rosarot waren die vorherrschenden Farben. Wenn er gerade nicht allzuviel zu tun hatte, am liebsten an einem Sonntagnachmittag, besuchte er die Mutter und die Schwester. Er saß etwas steif an ihrem Tisch, schwatzte über die Tagesereignisse und setzte sie durch seine guten Manieren in Erstaunen, durch seine Höflichkeit, durch die Art, wie er ihnen zuhörte, ohne sie zu unterbrechen – Sitten, die er Andi abgeluchst hatte und die er nun in seinem Umgang mit anderen Menschen sorgfältig zur Schau trug. Ja, für Niklaus war Andi das vollendete Musterbeispiel eines vornehmen Herrn und Aristokraten geworden.

Eines schönen Tages überraschte er die Welt damit, daß er nach zweitägiger Abwesenheit mit einem funkelnagelneuen Motorrad aus Lanzberg zurückkam. Er ließ das Rad den ganzen Abend vor Volkerts Biergarten stehen. Sein Geschäft, sagte er, sei derartig im Wachsen begriffen, daß er ein schnelles Fahrzeug brauche. Außerdem hatte er jetzt oben im Jeff einen Mann sitzen, der für ihn arbeitete, und mit dem Motorrad konnte er in einer knappen Stunde oben sein, um nachzusehen, was der Mann machte. Aus dem Jeff bezog er sein Rohmaterial, das er in der neuen Mühle am Bach verarbeitete. Noch ein paar Jahre fleißigen Arbeitens, dann würde er eine Parketthölzerfabrik errichten, ja, und vielleicht sogar eine Gesellschaft gründen. Er hatte in einem Buch über Aktienrecht nachgelesen. Ja, er war jetzt kein unwissender Löli mehr.

Geld ist es, das in dieser Welt zählt, nichts als Geld, und nur das Geld würde ihm ermöglichen, seine Träume zu verwirklichen. Mit Hilfe des Geldes würde er sich an diesem Leben rächen können, das ihm seine Jugend zerstört hatte. Mit Hilfe des Geldes würde er alle die Feinde zugrunde richten, die ihm und seinen Angehörigen das Dasein verbittert hatten und in erster Linie an dem moralischen Verfall seines Vaters schuld gewesen waren. Eines Tages würde sein Haß alle die früheren Schulkameraden treffen, die die Lauretz-Kinder als Ketzer beschimpft, sie mit Steinen beworfen und angespuckt hatten. Ja, und eines Tages würde er sich einen Weg in die große Politik, in die Regierung, in die Regionen der Macht bahnen und die römischen Pfaffen, die in Wirklichkeit sein Tal beherrschten, zu Boden zwingen. Schließlich würde er vielleicht sogar der Befreier seines Volkes werden, das Jahrhunderte hindurch von den Lehren dunkelhäutiger Ausländer versklavt worden war. Er würde sie fällen, wie er Bäume fällte, mochten sie noch so groß und alt sein. Das Blut des napoleonischen Hauptmanns war ein kräftiger Saft.

Zuweilen fiel Niklaus das Blut ein, das an seinen Händen klebte. Auch das war ein Saft, ein sehr bitterer Saft. Die Zeit und der Lauf der Ereignisse hatten die Erinnerung an die Mordtat im Jeff mit einem Schleier umhüllt, aber es gab immer noch Augenblicke, da ihn ein jäher wilder Schmerz durchzuckte, da ihn unversehens ein Zittern packte und das Blut des napoleonischen Hauptmanns zu Eis erstarren ließ. Dann versteckte er sich oder irrte stundenlang in den Wäldern umher, durchlebte abermals das alte Leben im Jeff, und alle Schrecken der Vergangenheit stürmten auf ihn ein. Schritt für Schritt wanderte er wieder durch sein leiderfülltes Leben, bis er zu dem unvermeidlichen Höhepunkte kam. ‚Aber wenn wir es nicht getan hätten, wären wir heute nicht dort, wo wir sind‘, sagte er bei sich. ‚Der alte

Hund hätte uns niemals hochkommen lassen. Die Mutter wäre daran gestorben. Silvelie hätte nicht den Mann gekriegt, den sie jetzt gekriegt hat. Alles, alles wäre anders gekommen. Und gerade, weil es nicht anders kommen durfte, als es kommen sollte, gerade deshalb *mußten* wir den Alten beseitigen.'

Nach solchen primitiven Überlegungen konnte er dann wieder die Vergangenheit ohne Erregung, gleichsam unpersönlich, betrachten, so, als hätte er nur die Rolle eines Werkzeugs gespielt, als hätte irgendein anderer Niklaus den alten Lauretz umgebracht, und er sagte dann bei sich: ,Es war eine gerechte Tat.'

Aber da die Vergangenheit unvermeidlich mit der Gegenwart verknüpft ist, und die Gegenwart unvermeidlich in die Zukunft mündet, so daß gewissermaßen jeder Atemzug, jeder Schlag seines Herzens zugleich Vergangenheit, Gegenwart und Zukunft war, wußte Niklaus zutiefst, daß ihm das Verfließen der Zeit allein keine Sicherheit bringen würde. In seinem Falle kam es vor allem auf die Haltung Richter Bonatschs an. Noch durfte er sich nicht sicher fühlen, ja, er durfte sich nicht eher sicher fühlen, als bis Richter Bonatsch den Augenblick für gekommen hielt, um den alten Lauretz für verschollen zu erklären. Das Gesetz selbst mußte Jonas Lauretz aus der Liste der Lebenden streichen. War erst einmal diese Erklärung erschienen, dann würde endlich Jonas Lauretz nicht mehr zu den Lebenden zählen, dann konnte man endlich vergessen, daß er jemals gelebt hatte. Diesem Tage galten Niklaus' Hoffnungen, er richtete alle seine Bemühungen auf diesen Tag, bot seinen ganzen schlauen Verstand auf, um niemand zu beleidigen und aller Welt hilfsbereit und freundlich zu begegnen, gab sich die größte Mühe, die Sympathie, die unter seinen Nachbarn für ihn erwacht war, zu vergrößern und es den Leuten leicht zu machen, jenen Mann zu vergessen, den bei seinen Lebzeiten keiner hatte leiden können, den alten Lumpen Jonas Lauretz.

2

Georg Pasolla und Hanna galten jetzt als verlobt. Georgs Eltern hatten ihren Einspruch zurückgezogen. Denn so unangenehm es ihnen war, ihren einzigen Sohn mit der Familie des alten Lauretz verschwägert zu wissen, so wußten sie doch andererseits sehr gut, daß eine Verbindung mit der mächtigen Familie derer von Richenau, mochten es auch Protestanten sein, ihm sehr viel nützen würde. Außerdem sah es jetzt so aus, als ob der Sägemüller wirklich ein für allemal verschwunden war. Viele vernünftige Leute meinten, er sei an jenem Novembertag, als er fortging, bei dem Versuch, über den Yzollapaß nach Italien zu wandern, im Schnee umgekommen. Dazu kam, daß ihm, wie immer deutlicher zu sehen war, seine Familie ganz und gar nicht nachgeriet, sondern ehrliches und achtbares Volk war. Und Niklaus hatte trotz seiner Jugend sogar großen geschäftlichen Erfolg. Es war also in keiner Weise Anlaß vorhanden, Georg den Umgang mit Hanna Lauretz zu untersagen.

Grün und Schwarz waren Hannas Lieblingsfarben, und sie hatte eine Leidenschaft für Seide. Man sah sie jetzt nie mehr im dicken Bauerntuch gehen. Sie trug Schuhe mit hohen Absätzen, trat gewichtig, fast majestätisch auf, breitschulterig, wie sie war, und den Kopf stolz emporgereckt. Spöttisch musterte sie ihre früheren Schulkameraden, die jetzt zu stämmigen Männern herangewachsen waren, und sogar die in reiferem Alter stehenden Männer, als wollte sie sagen: ‚Ihr – ich brauchte ja bloß mit dem kleinen Finger zu winken, dann könnte ich mit euch machen, was ich will!‘ Sie war wirklich ein hübsches Mädchen geworden, ein begehrenswertes Frauenzimmer. Georg war stolz auf sie, und man konnte die beiden oft auf seinem Motorrad mit Beiwagen durch die Straßen fahren sehen. Manchmal verschwanden sie heimlich, machten lange Spazierfahrten, ohne einem Menschen etwas zu sagen, und Hanna verliebte sich immer stärker in ihn, denn er war ein hübscher Kerl, mit seinem gezwirbelten Schnurrbart, immer sauber und ordentlich, ordentlicher denn je, seit er in das Amt des Postmeisters aufgerückt war. Er war ein sehr feuriger Liebhaber und wurde nicht müde, Hanna den Hof zu machen. Sie wären wahrscheinlich schon längst verheiratet gewesen, wenn es nicht auf beiden Seiten noch einige Hindernisse gegeben hätte. Silvelie war jetzt das natürliche Oberhaupt der Familie Lauretz geworden. Ohne ihre Zustimmung und Billigung wagte keiner ihrer Angehörigen auch nur die mindeste Kleinigkeit zu unternehmen. Sie war es, die ihnen heimlich vorschrieb, was sie sowohl in ihrem eigenen Interesse als auch zu ihrem, Silvelies, Schutz zu tun und zu lassen hatten. Und sie wußten, wieviel sie ihr verdankten. Sie verdankten ihr eigentlich alles und hätten um keinen Preis ihr Mißfallen erregen, um keinen Preis ihr wehtun wollen. Silvelie hatte Hanna verboten, Georg zu heiraten.

»Das kannst und darfst du nicht tun! Denk nur einmal, was geschehen würde, *wenn*...«

»Darf ich auch nicht heiraten, wenn die Gefahr wirklich vorbei ist und wir alle nichts mehr zu befürchten haben?« hatte Hanna sie gefragt.

»Das sollst du mit deinem Gewissen ausmachen!« hatte Silvelie erwidert.

Auf Georgs Seite war das Haupthindernis Pater Hugo. Das war ein untersetzter Mann, ganz in Schwarz gekleidet, bis hinab zu den schwarzen Stiefeln, mit einem flachen, schwarzen Plüschhut auf dem Kopf.

»Mein Sohn«, sagte er, »du weißt, daß du eine Protestantin nicht heiraten darfst. Sie soll ein Kind der heiligen Kirche werden, dann wird es um dich und deine Nachkommen gut stehen.«

Georg bemühte sich nach Kräften, Hanna zum Eintritt in die römisch-katholische Kirche zu bewegen, aber sie wollte nicht. Er sagte ihr, es würde eine bloße Formsache sein, sie brauchte nicht gläubiger zu sein als er, und das sei ja wirklich ein recht geringes Maß. Sie lehnte sein Zureden ab, ließ ihm aber dennoch schlauerweise eine leise Hoffnung, daß sie vielleicht später einmal, in der Zukunft, sich würde bewegen lassen, anderen Sinnes zu werden. Sie war froh, daß sie auf diese Weise Zeit gewinnen und die Schuld an dem langen Hinauszögern der Heirat Georg zuschieben konnte. Inzwischen genoß sie alle irdischen Freuden, die die Leidenschaft der Sinne ihr gewähren konnte.

Eines Sonntagsmorgens saß Frau Lauretz unter dem weit vor-springenden Dach des Hundshüslis in einer windgeschützten Ecke. Dort pflegte sie jetzt gewöhnlich die langen Stunden zu verbringen, saß regungslos da und starrte vor sich hin, wie ein Mensch, der seine Seele verloren hat. Sie lauschte den Glocken der Kirche von Andruss, schaute nach dem Dorf hinunter, stand plötzlich auf, ging ins Haus und zog ein schwarzes Kleid an.

»Wo willst du denn hin, Muattr?« fragte Hanna.

»Ich muß gehn, ich muß gehn!« rief Frau Lauretz, am ganzen Leibe zitternd.

»Wo mußt du hin?«

»In die Kirche.«

In steifer Haltung stieg sie die Holztreppe hinunter und schickte sich an, nach Andruss zu wandern. Hanna war einen Augenblick lang völlig verblüfft, dann lief sie ihr nach und hielt sie fest.

»Muattr, du kannst doch nicht in die Kirche gehen, das geht doch nicht!«

»Ich muß, Hanna, ich muß! Ich bin eine Katholikin!«

»Nein, nein, du bist Protestantin, sie werden dich hinaus-weisen!«

Frau Lauretz schaute ihre Tochter finster an.

»Unser Herr Jesus wirft keinen hinaus.«

»Komm zurück, Muattr, in der Kirche ist für dich kein Platz. Ich weiß, was du vorhast, aber das darfst du nicht tun! Du willst doch nicht für dein ganzes Leben in das Gefängnis von Lanzberg kommen?«

»Ins Gefängnis von Lanzberg?« stieß die Alte hervor.

»Ja. Wenn du beten willst, bete zu Hause. Keiner dieser Priester kann dir deine Sünden vergeben. Unser Herr Jesus ist in unserm Hundshüsli ebenso zu Hause wie dort unten in der Kirche von Andruss. Glaub mir, ich hab' ihn erst vor ein paar Tagen oben im Zimmer gesehen. Er hat zwischen uns beiden gesessen und uns um die Schultern gefaßt. Ja, du hast ihn nicht gesehen, aber ich! Und er sagte, daß er uns schon längst alles verziehen hat. Das ist wahr, ich schwör' dir's.«

Hanna gelang es, ihre Mutter zur Rückkehr zu bewegen, aber von diesem Augenblick an lebte sie in ständiger Angst, die Alte

485

könnte nach Andruss laufen und beichten. Eine neue Gefahr war entstanden. Hanna musterte ihre Mutter mit ängstlichem Blick. Eine unbestimmte, aber gefährliche Macht schien in dem ausgemergelten Körper der alten Lauretz zu wühlen. Oft versank sie in tiefes Grübeln, saß stundenlang da, die Hände wie zum Beten gefaltet, murmelte Worte vor sich hin, die aus fernen Winkeln ihres Gehirns zu kommen schienen, vielleicht aus den dunklen Erinnerungen an eine katholische Kindheit. Jesus, Maria und Josef spielten eine große Rolle in ihren düsteren Litaneien, und manchmal seufzte sie auf und stimmte ein unzusammenhängendes Gejammer an: »Du heiliger Herr Jesus! Heilige Muattr Gotts! Heiliger Josef!«

Hanna, die von dem Jesus der Graubündner recht wenig wußte, außer, daß an allen hölzernen Kreuzen in der Gegend sein Abbild hing, und daß er in Palästina gelebt und alle möglichen Wunder verrichtet hatte, an die sie nicht glaubte, erschrak über die Besessenheit ihrer Mutter. Mit der Zeit aber regte sich in ihr eine dunkle Neugier, und sie bat Silvelie, ihr ein Neues Testament zu schicken, da in der Devotionalienhandlung von Andruss keines aufzutreiben war. Und als sie es bekam, begann sie es zu lesen und las sogar ihrer Mutter laut daraus vor. Die Alte hörte atemlos zu. Hanna merkte zuerst gar nicht, welch gefährliches Feuer sie in der vertrockneten Brust ihrer Mutter und in ihrer eigenen Seele entfachte. Bald aber ertönten Tag für Tag in dem Hause, in dem Jonas Lauretz gesündigt und unrechtmäßige Kinder gezeugt hatte, die Worte der heiligen Apostel und die Legenden von dem Menschensohn, der durch die sonnbeschienene Landschaft einer östlichen Erde wandelte. Hanna, die kaum jemals ein Buch gelesen hatte, unterlag dem Zauber dieser Erzählung. Eine ungewisse neue Qual ergriff von ihr Besitz. Wie ein sanfter Wind aus einer anderen Welt rührte der Atem Jesu sie an. Eines Nachmittags fiel sie weinend auf ihr Bett und begann um Vergebung ihrer Sünden zu bitten. Als Georg sie an demselben Abend zu einem Spaziergang in den Wald abholte, leuchteten ihre Augen ganz sonderbar.

»Was ist denn heute mit dir los, Hanni?«

Sie sagte es ihm nicht. Denn als er sie in seine Arme nahm, regte sich wieder die Heidin in ihr, und sie zog ihn in das weiche Moos nieder. Das neue geistige Erlebnis beflügelte ihre Sinneslust.

Wieder kam ein Sonntag heran. Frau Lauretz saß an ihrem gewohnten Platz, und die Glocken von Andruss schienen abermals mit geheimnisvoller Gewalt die Seele in ihrem vertrockneten Körper zu packen und aufzurütteln. Sie sah sich verstohlen um wie ein Mensch, der eine heimliche Tat begehen will. Ihre Hände tasteten unruhig ins Leere. Sie preßte die Lippen zusammen. Plötzlich stand sie auf, ging auf ihr Zimmer und holte das schwarze Seidenkleid und die schwarzen Knopfschuhe aus dem Schrank. Kaum aber hatte sie den Wasserkrug zur Hand genommen, um sich zu waschen, als Hanna hereinkam. In ihrer Bestürzung und Aufregung ließ Frau Lauretz den Krug fallen.

»Was machst du denn jetzt, Muattr?«

»Heute muß ich gehen, Hanna, ich muß! Mir ist hier drin so kalt. Ich sterbe, wenn ich nicht gehe.«

»Habe ich dir nicht gestern erzählt, was unser Herr Jesus gesagt hat? Hat er nicht gesagt, daß die Leute, die in die Kirche gehen, nicht hingehen, um *ihn* zu suchen, sondern bloß, weil die Pfaffen es ihnen angewöhnt haben?«

Sie sah ihre Mutter verzweifelt an.

»Hanna«, sagte Frau Lauretz in bettelndem Ton, »ich werde nichts sagen. Ich werde nicht beichten. Ich will bloß dort sitzen und zuhören, wie sie singen, und wie die Orgel spielt.«

»Sie werden dich hinauswerfen«, erwiderte Hanna, während sie das schwarze Kleid ihrer Mutter nahm und es wieder in den Schrank hängte. »Du bist keine Katholikin! Wie oft muß ich dir das noch sagen? Du bist nichts, genau wie wir. Nichts! Und der Herr Jesus hat neulich abends gesagt, daß er gerade für die, die nichts sind, in diese Welt gekommen sei.«

»Heilige Muattr Gotts!« stöhnte Frau Lauretz und sank auf das Bett nieder. »Sie lassen mich nicht gehen, sie haben Angst, daß ich was sage.«

»Natürlich wirst du was sagen!« rief Hanna ungeduldig. »Ganz Andruss wird dich ansehen, wenn du plötzlich erscheinst, und die Leute werden sagen: ,Was will sie denn hier? Warum kommt sie denn plötzlich hierher!' Und Pater Hugo wird dich ganz bestimmt fragen, warum du gekommen bist, und du wirst ihm sagen, du bist gekommen – weshalb? Glaubst du, Muattr, er wird dir glauben, wenn du ihm sagst, du kommst, den Herrn Jesu suchen?«

»Ich bin eine Katholikin!« brauste Frau Lauretz auf.

»Eine schöne Katholikin!« schrie Hanna. »Auslachen wird er dich, der Pater Hugo, und sagen: ‚Du bist schlimmer als eine Ketzerin, du hast einen Protestanten geheiratet, und was für einen Protestanten, Jonas Lauretz, den Sägemüller, einen Gotteslästerer, einen Hurenknecht!' Er wird dir kein Wort glauben, wenn du ihm sagst, daß du den Herrn Jesu suchst. Er weiß, daß die Leute aus ganz anderen Gründen in die Kirche gehen. Komm jetzt mit mir hinunter.«

Mit einem dumpfen Ausdruck des Entsetzens folgte Frau Lauretz ihrer Tochter die Treppe hinab und kehrte an ihren gewohnten Platz zurück.

Am Nachmittag kam Niklaus zu Besuch.

»Es ist schon so schlimm geworden«, erzählte ihm Hanna, »daß ich sie nicht mehr allein lassen kann. Sie sagt, sie will gar nicht beichten, aber ich fürchte, sie wird sich eines Tages wegschleichen und dem Pater Hugo in die Arme laufen. Er geht überall in Andruss aus und ein und weiß alles, was geschieht.«

Niklaus kratzte sich den Kopf.

»Er darf uns hier nicht hereinschnüffeln, solange Muattr in diesem Zustand ist. Aber wir müssen auf der Hut sein. Niemand beleidigen!«

»Es wirkt nicht mehr, wenn ich ihr vorschwindle, daß Jesus uns besucht hat. Sie will ihn selber sehen. Was sollen wir tun?«

»Ich will dir was sagen«, meinte der praktische Niklaus. »Ich kaufe ihr ein Jesusbild, und wir hängen es an die Wand, da kann sie es ansehen. So etwas braucht sie, etwas, was sie ansehen kann.«

»Gut, versuch's! Sieh zu, ob es wirkt!«

Am Montag ging Niklaus in die Devotionalienhandlung in der Hauptstraße von Andruss und kaufte dort von dem erstaunten Krämer einen Öldruck, auf dem ein mildblickender, blasser

Mann mit einem hellbraunen, glatten Spitzbart und langen, welligen, über die Schultern fallenden Locken abgebildet war. Die eine Hand hielt er mit Dürerscher Geste an die Brust gedrückt. Durch die Öffnung des Gewandes sah man ein scharlachrotes, von Blut triefendes Herz, das von rosaroten und gelben Strahlen umkränzt war. Und da er nun schon einmal dabei war, kaufte Niklaus auch noch ein gerahmtes Bild der Madonna mit dem Jesuskind auf dem Arm, ein hölzernes Kruzifix und einen Rosenkranz. Als es ans Bezahlen ging, fand er, daß die Sachen eine Menge Geld kosteten.

»Es ist für ein Geschenk«, sagte er zu dem Ladenbesitzer, dann klemmte er seine mystischen Einkäufe unter den Arm, bestieg sein Motorrad und fuhr zu seiner Mutter. Mit Hannas Beistand befestigte er die Bilder über Frau Lauretz' Kommode und das Kruzifix über ihrem Bett. Und als sie damit fertig waren, holten sie ihre Mutter.

Frau Lauretz riß bewundernd die Augen auf und bekreuzigte sich.

»Und da hast du einen Rosenkranz«, sagte Niklaus und reichte ihr eine Holzperlenschnur. »Jetzt kannst du beten, und der Herr Jesus wird dir die ganze Zeit zusehen. Nächstens bring' ich dir Kerzen mit, die kannst du dann am Abend anzünden, dann hast du einen Altar und eine Kirche ganz für dich allein. Aber du mußt dir den Gedanken aus dem Kopf schlagen, daß du nach Andruss in die Kirche gehen möchtest. Ich weiß genau, was mit diesem schwarzen verhängten Kasten los ist. Schleichst du dich dort hinein, dann wirst du sehr bald in jenem anderen Kasten aufwachen, einem steinernen Kasten, der ein eisernes Gitter vor dem Fenster hat. Und wir mit dir. Vergiß das nicht!« Er ging mit Hanna aus dem Zimmer.

»Jetzt weiß ich, warum der Alte mit Erdklumpen nach diesen heiligen Dingen geschmissen hat!« sagte er zu Hanna. »Einundzwanzig Franken habe ich für das Zeug bezahlen müssen. Da verdient einer ein Vermögen dran. Aber es ist immer noch die billigste Art, um Muattr von der Kirche und von dem Gefängnis fernzuhalten. Wir werden jetzt an Schwester Silvelie schreiben und ihr das mitteilen, aber so, daß ihr Mann den richtigen Sinn nicht merkt, wenn ihm der Brief in die Hände fällt.«

3

Präsident Bonatsch war krank geworden. Er war bei einer Festlichkeit in Ilanz gewesen und hatte den ganzen Abend hindurch in Hemdsärmeln mit einigen ehrenwerten Freunden gekegelt, und einer dieser Freunde hatte ihn im offenen Auto nach Andruss mitgenommen. Offenbar war ihm in seiner Erhitztheit die Fahrt nicht bekommen, denn gleich nach seiner Ankunft zu Hause beklagte er sich über einen Schmerz in seiner mächtigen Brust. Nachdem er eine Tasse Kräutertee getrunken hatte, legte er sich ins Bett. Am nächsten Morgen ging es ihm nicht besser, sondern noch schlechter, und er fieberte. Seine Frau hielt es jetzt für nötig, sich die Auslage zu machen und den Arzt zu holen. Der Doktor kam, klopfte die behaarte Brust des Präsidenten ab, sagte nicht viel, verschrieb ein Arzneimittel und eine Diät und ging wieder weg. Zwei Tage später wußte jedermann in Andruss, daß Richter Bonatsch mit doppelseitiger Lungenentzündung zu Bett lag, und alle, die von der Sache etwas verstanden, waren neugierig, ob sein Herz es aushalten würde. Ängstliche Spannung überschattete das Haus. Zwei Pflegerinnen erschienen, die eine für den Tag, die andere für die Nacht. Eis wurde geliefert. Priester kamen und gingen. Aus Lanzberg kam mit dem Zug ein Sauerstoffzylinder. Aber nach sechs Tagen spielte Präsident Bonatsch allen einen Possen und starb unerwartet schnell und friedlich.

Die Jalousien an sämtlichen Fenstern des Hauses wurden herabgezogen, die Jungfrau Maria über dem Haupteingang mit einem Stück schwarzen Krepp verhüllt, und ganz Andruss legte Trauer an. Denn der Tod des Richters war nicht nur für seine Familie ein schwerer Schlag, sondern auch für alle diejenigen, die zu seinen Lebzeiten mit ihm in Berührung gekommen waren. Das Verschwinden seiner Elefantengestalt ließ in der Gemeinde eine große Lücke zurück. Er war in den Grenzen seiner Einsicht ein guter und gerechter Mensch gewesen, dem immer das allgemeine Wohl am Herzen lag. Und obgleich es im Unterland eine Partei gab, die ihn für einen eingefleischten Reaktionär hielt, war er in mancher Hinsicht für den seiner Obhut anvertrauten Distrikt noch viel zu fortschrittlich gewesen. Hatte er im Laufe seines Lebens seinen Reichtum beträchtlich vermehrt, so hatte er doch zugleich bei vielerlei Gelegenheiten eine offene Hand bewiesen, und die Kirchenbehörden, die sein Ableben vielleicht noch mehr bedauerten als jeder andere, rüsteten ihm, um ihre Dankbarkeit zu beweisen, ein Leichenbegängnis, wie es sonst nur ein Abt oder gar ein noch höherer kirchlicher Würdenträger zu erhalten gewohnt war.

Niklaus stand hoch oben auf einem Bretterstapel auf seinem Lagerplatz. Von dort aus konnte er die ganze Gegend überblicken. Er war in Hemdsärmeln, kaute an einem Grashalm und betrachtete den ununterbrochenen Strom der schwarzgekleideten Trauergäste, die nach dem oberen Teil des Dorfes wanderten. Manche von ihnen trugen Kränze und Blumensträuße. Die Möglichkeit, daß Richter Bonatsch plötzlich sterben könnte, war ihm nie in den Sinn gekommen. Dieser Todesfall hatte ihn völlig überrumpelt. Sein leerer Blick irrte zu dem Hause des Präsidenten. Dann begann er allmählich zu begreifen, daß jetzt alle möglichen unangenehmen Zwischenfälle eintreten konnten. Mit wachsender Unruhe erinnerte er sich an die große, mit Papieren angefüllte Mappe in Richter Bonatschs Kanzlei, auf deren Deckel in großer runder Handschrift geschrieben stand: »Angelegenheit Lauretz, Jonas.« Er erinnerte sich auch an die letzten Worte, die Bonatsch zu ihm gesagt hatte: »Nun, Buab Niklaus, wir haben alles getan, was wir konnten, um deinen Vater zu finden, und ich bin wohl derselben Meinung wie dein Schwager, der Herr Doktor von Richenau. Wenn wir also bis Jahresschluß nichts von ihm hören, erklären wir ihn für verschollen und bringen deine Familienangelegenheiten endlich ins reine.« Niklaus fragte sich, wer jetzt wohl an Richter Bonatschs Stelle treten, wer der Mann sein würde, der das Amt des Toten weiterführte. Ein Fremder wird zweifellos sich die Akten vornehmen und einen Blick hineintun. Bald wird Niklaus sich an einen neuen Präsidenten wenden müssen, der hundert Fragen an ihn richten wird. Er wird abermals denselben Weg zurücklegen müssen, den er von Anfang an gegangen ist.

Tausend Gefahren tauchten vor Niklaus' innerem Auge auf.

Sein Seelenfriede war dahin und eine finstere Nervosität bemächtigte sich seiner. Er kletterte von dem Holzstoß herunter, der sein gewohnter Beobachtungsposten war, und ging mit langem Gesicht in den Sägeschuppen. Er beachtete seine Leute kaum, ging weiter in die Hütte, die zugleich Büro und Schlafraum war, und setzte sich hin, um nachzudenken. Aber er konnte nicht lange untätig bleiben. Er sprang auf, nahm den Hut und begab sich, von einer unheimlichen Neugier getrieben, zu Bonatschs Haus. Dort läutete er. Als man ihm sagte, Frau Bonatsch könne niemanden empfangen, ließ er ihr im Namen der Familie Lauretz sein Beileid ausrichten und ging wieder weg. Kurze Zeit später fuhr er über die Tavetchstraße zum Hundshüsli, um mit Hanna zu sprechen. Lange Zeit saßen sie beisammen und überlegten, was jetzt wohl geschehen würde. Wer würde Präsident werden? Doch nicht der alte Pasolla? Nein, der würde zu alt sein, und er verstand auch nicht viel von juristischen Dingen.

»Wenn er aber trotzdem Präsident wird, dann mußt du Georg heiraten und katholisch werden«, sagte Niklaus grinsend. »Nein, er wird nicht Präsident werden. Sicher Doktor Thur, der Notar, das möcht' ich wetten, der Freund von Herrn Wohl, der scheinheiligste und neugierigste Schnüffler von allen. Na, wir werden es ja bald wissen. Sie werden die Namen nennen, und der Abt vom Seminar wird seine Meinung äußern, bei solchen Gelegenheiten ist er immer der erste Mann im Land. Dann wird uns der Waibel mit der Trommel zusammenholen. Wir gehen am Wahltag auf das ‚Mattli‘ in Berg und wählen durch Zuruf unseren neuen Präsidenten. So, heißt es, sind Bonatsch und alle seine Vorgänger gewählt worden. Hol's der Teufel – das ändert die ganze Sache für uns. Richter Bonatsch war ein freundlicher Mensch. Er hat geglaubt, was man ihm sagte, man durfte bloß nicht mit den Wimpern zucken. Aber ein neuer Mann! Es wird besser sein, wir benachrichtigen Silvelie.«

4

Das kleine Dörfchen Schlans lag an der Sonnenseite eines breiten grünen Tales, gar nicht weit von der Hauptstraße nach dem Oberland entfernt. Die Natur hat dort ein fröhliches und freundliches Antlitz. Die Apfel- und Kirschbäume blühten, und das Gras war fast schon für die erste Mahd reif. Ein Stück außerhalb des Dorfes stand ein Bauernhaus mit einigen Nebengebäuden und dicht dabei in einem Garten voll Frühlingsblumen und Frühgemüse das Schlanser Haus, das den Richenaus seit urdenklichen Zeiten gehörte, länger schon, als die ältesten Bauern sich entsinnen konnten. Dieses Haus hatte einen patrizischen Anstrich. Über der Wölbung des Tores war das marmorne Wappen der Richenaus in die Mauer eingefügt. An der Südwand befand sich eine schöne alte Sonnenuhr, und die Räume im Innern waren groß, die Decken gewölbt und die Wände mit geschnitztem Tafelwerk bedeckt. Riesige Ulmen und uralte Birken schenkten der Nachbarschaft ihren Schatten. Bis in die letzten Jahre des vorigen Jahrhunderts war das Haus gewissermaßen ein Lustschlößchen der Familie Richenau gewesen, seither aber hatte es leer gestanden und wies mancherlei Spuren des Verfalles auf. Früher einmal hatte ein großes Stück Land mit dazugehört. Heute war der Familie nur noch ein ungefähr zweihundert Morgen großer Streifen geblieben, meist Weideland. Das war der Besitz, den Andi gegen die Geldsumme, die er seinem Vater lieh, eingetauscht hatte. Er gehörte jetzt ihm und Silvelie – als ihr Heim. Andi widmete sich mit gleichem Eifer seinen Amtspflichten und der Sorge um sein Gütchen, er vernachlässigte weder seine Freunde, noch vergaß er die gesellschaftlichen Pflichten, die ihm auferlegt wurden. Seit seiner Verheiratung war er Mitglied des Großrates, stellvertretender Vorsitzender des Offiziersverbandes und des Künstlerklubs geworden und hatte daneben noch eine Reihe anderer kleiner Ehrenämter übernehmen müssen, die ihm zufielen, ohne daß er sich darum bemühte, und die er nicht zurückweisen wollte, um niemand zu beleidigen. Er kümmerte sich fleißig um sein Land, um seine Tiere, verbrachte den größten Teil seiner freien

Zeit an der frischen Luft, Pläne schmiedend oder im Garten und auf den Feldern arbeitend. Er fühlte, daß er in solch einer Zeit weltlicher Unrast für vieles dankbar zu sein hatte. Um sein Glück zu krönen, hatte Silvelie ihm im Frühjahr einen kleinen Sohn geschenkt. Das Kind hieß Tristan.— Um diese Zeit waren die Büros der Untersuchungsbehörde in Lanzberg mit Arbeit überladen. Andi spürte die wachsende Arbeitslast. Die Zahl der Verbrechen, besonders der kleinen Verbrechen, war beträchtlich gewachsen. Arbeitslosigkeit und das Sinken der Achtung vor dem Staate, der ständig wachsende Gegensatz zwischen den bürgerlichen Parteien und den organisierten Arbeitern, der Stillstand der produktiven Industrien, der Haß eines Teiles der Bevölkerung gegen den Militarismus und die zunehmende Verarmung der unteren Klassen, alle diese sozialen und wirtschaftlichen Störungen schienen das Böse und Rebellische in der menschlichen Natur hervorzulocken. Der politische Kampf wurde von Tag zu Tag wilder, nicht nur in Graubünden, sondern im ganzen Land. In den großen Städten fanden Demonstrationen und Gegendemonstrationen statt. Sogar Blut war geflossen. In Genf waren Truppen aufgeboten worden, um eine politische Demonstration zu zerstreuen. Man hatte mit Maschinengewehren auf die Leute geschossen, und es waren viele getötet worden. Henris düstere Prophezeiungen waren eingetroffen. Bundesräte verwandelten sich nun in Propagandisten und Demagogen. Der Finanzminister reiste im ganzen Lande umher, predigte gegen den Marxismus und legte das Programm der Regierung dar: »Die Staatsmacht schützen, die Verfassung wahren, das Heer unterstützen – die Löhne und Gehälter der Arbeiter und Beamten kürzen – den Kredit des Landes behüten und die Banken stützen.« Viele Leute verloren jedes Zutrauen zu diesen Politikern, die in so freigebiger Weise nur eine Bevölkerungsklasse unterstützten. Neue »Fronten« entstanden, überall tauchten Erlöser auf. Advokaten, Schullehrer, Offiziere, Redakteure und sogar bloße Abenteurer hielten den Augenblick für günstig, um sich dem Publikum bemerkbar zu machen. Die meisten dieser Agitatoren, die in die Fußtapfen Wilhelm Tells treten wollten, besaßen keine der Eigenschaften, die man von angeblichen geborenen Führern mit Recht erwarten durfte, während die wenigen, die es fertigbrachten, die Sorgen ihres Landes unparteiisch zu betrachten, keine Hoffnung hegten, daß es ihnen gelingen würde, sich über dem Lärm wilden Gezänks Gehör zu verschaffen. Ja, die kleine demokratische Republik der Schweiz wurde endlich auf die Probe gestellt. Die Gefahren, gegen die sie anzukämpfen hatte, drohten nicht mehr von außen her. Diesmal handelte es sich nicht darum, singende Regimenter an die Grenzen zu schicken, um eine einträgliche Neutralität zu schützen. Im Gegenteil, das war eine bisher unbekannte Not, der Kampf hungriger Untertanen um die Macht im Staat gegen eine Klasse, die sich ein Jahrhundert lang selbst beweihräuchert hatte, der man in der Schule beigebracht hatte, daß ihr Land das beste, das politisch stabilste und geistig höchststehende der Welt sei. Jetzt drohte der Bürgerkrieg, der soziale Zerfall. Eine verhängnisvolle Stunde hatte für die verschiedenen Stämme und Völker geschlagen, die bisher so friedlich im Schatten des alten Bundesbanners zusammen gelebt hatten.

Inmitten dieser allgemeinen Umwälzung ging es mit dem Vermögen der Familie Richenau ständig bergab. Eines Tages erschien Uli in Schlans, schrecklich aufgeregt und erstaunlicherweise ohne seine Minnie.

»Was sollen wir machen, Andi? Papa hat über eine Million in Schletzer Aktien angelegt, und die Fabrik hat vorige Woche zugemacht. Ruin, völliger Ruin! Für uns wird nichts bleiben. Und wenn du dann noch an die dreitausend Schwedische Zündholz-Aktien denkst, die Papa voriges Jahr verloren hat! Alles futsch! Und die Bank von Genf! Oh!«

Am ganzen Leibe zitternd und mit puterrotem Gesicht machte er seinem Bruder die heftigsten Vorwürfe.

»Warum bist du nicht ein Geschäftsmann geworden? Hättest du schon vor Jahren das getan, was wir alle für das Richtige hielten, dann brauchten wir nicht diese schrecklichen Verluste zu erleiden! Papa wird alt, er hat keine Übersicht mehr. Reist immerfort nach Genf, nach Bern, nach Zürich, ist immerzu unterwegs, das hält er nicht aus.«

»Nun, Uli, welcher Teufel hat dich geritten, daß du Theologie

studiert hast und Pfarrer geworden bist? Du hättest ein Finanzmann werden müssen. Warum nicht? Aber da du es nun einmal
nicht geworden bist, so denke bloß an den Kohl, der in deinem
Garten wächst, und an die Bienen, die dir deinen Honig kosten-
los ins Haus bringen, und sei mit deinem Los zufrieden.«
»Ich kann darüber nicht scherzen, Andi, ich kann nicht! Minnie
schläft keine Nacht mehr.«
»Und weil Minnie schlecht schläft, soll ich ein Finanzmann
werden?«
»Zumindest kannst du Papa aufsuchen, mit ihm unsere An-
gelegenheiten durchgehen und feststellen, wie die Dinge liegen.
Versuch doch, soviel wie möglich für uns zu retten. Außerdem
solltest du dich an der Kampagne gegen die Sozialisten beteili-
gen. Warum sprichst du nie im Parlament?«
Andi sah seinen Bruder spöttisch an.
»Ich werde nie für den Besitz des Goldenen Kalbes kämpfen.
Das überlasse ich euch braven Leuten. Ich habe nie mit seinen
Anbetern sympathisiert. Wenn ich mich überhaupt an einer
Kampagne beteiligen soll, dann muß es um eine größere Sache
gehen als um den Schutz des alten Regimes und um die Kon-
servierung des ganzen alten Mists.«
»Wirst du vielleicht gar Faschist?« fragte Uli und riß die Augen
auf.
»Ich werde gar nichts. Das Schlimme ist, daß die Leute immer
etwas werden wollen, statt an dem festzuhalten, was sie sind.«
Uli entfernte sich noch beunruhigter denn je. Von Andi war
keine Hilfe zu erwarten. Arme Minnie!

5

Obgleich Andi dem Ortsparlament angehörte, hatte er nur wenig
Zeit für politische Betätigung. Er nahm an den Sitzungen des
Rates teil, saß schweigend an seinem Platz unter einer großen
Schar von Liberalen und Konservativen, die sich mit einem
kleinen Häuflein von Sozialisten herumbalgten. Führer dieses
Häufleins war Doktor Henri Scherz, jetziger Herausgeber des

»Bündner Sozialist«. Ab und zu schaute Andi spöttisch zu seinem früheren Freunde hinüber, aber Henri beachtete ihn kaum, denn sie hatten längst ihren wechselseitigen Verkehr aufgegeben und trafen einander nur noch selten. Zwischen Henris kleiner Gruppe und den Graubündner Bürgern und Grundbesitzern gab es keine Brücke. Zwischen ihnen gähnte ein breiter Abgrund. Zwei verschiedene Weltanschauungen, zwei gegensätzliche Auffassungen, zwei feindliche Interessensphären trennten die Gegner. Henri hielt Andi für einen der schlimmsten Reaktionäre, und seit er sich öffentlich auf die Seite der Arbeiter und Lohnempfänger gestellt hatte, konnte es für ihn keine private Freundschaft mehr mit einem aus dem andern Lager geben, nicht einmal mit Andi. Henris Programm war das der Sozialistischen Partei der Schweiz, Schaffung eines sozialistischen Staates, aber ohne russischen Sozialismus. Durch seine unermüdliche Hingabe an die Sache war Henri der bestgehaßte Mann im Kanton geworden. Wie ein wachsamer Luchs hörte er den Debatten zu, oder er ging umher und beobachtete alle Leute, sowohl in ihrem Privatleben wie in der Öffentlichkeit. Nie ließ er auch nur die kleinste Gelegenheit vorübergehen, um sich auf einen Gegner zu stürzen. Sein Wissen, seine statistischen Kenntnisse, sein furchtloses Erfassen der politischen Lage sowohl im Lande selbst wie jenseits der Grenzen machten ihn zu einem mächtigen Feinde, wenn er sich mit patriotischen Dorfadvokaten, Schullehrern und Krämern zu messen hatte, deren Geister sich langsam, wie eine Bergbahn, im Vergleich zu Henris Schnellzugsgehirn bewegten. Immer wieder wurde Henri besiegt, immer wieder stellte er sich mit anscheinend unverminderter Kraft von neuem zum Kampfe. Körperliche Müdigkeit gab es für ihn nicht mehr. Oft machte es Andi Spaß, Henri mit seinen mageren Armen gestikulieren zu sehen, den großen grauhaarigen und dennoch jugendlich wirkenden Kopf zu betrachten, der auf dem knabenschlanken Körper lastete, und seine energischen Bewegungen mit der schwerfälligen, bäuerischen Gewichtigkeit der überfütterten und überschlafenen Räte an seiner Seite zu vergleichen. In manch einem Auge sah er ein wütendes, raubtierhaftes Funkeln, und er neigte zu der Ansicht, daß so mancher würdige Bündner, wäre nicht das Gesetz gewesen, gern diesen schmächtigen Sozi-Zeitungsherausgeber auf der Oppositionsbank in Stücke gerissen hätte. Die Ereignisse in Genf und anderen Orten hatten das ganze Volk erschüttert. Das Blut der Bürger, das in die Gossen von Genf geflossen war, hatte wie eine Säure auf eine chemische Verbindung gewirkt, hatte die beiden Hauptelemente des Landes geschieden und die Widersprüche der politischen Meinungen schärfer zum Vorschein gebracht. In den Herzen der Leute war ein Feuer aufgeflammt.

Andi betrachtete alle diese Ereignisse mit kühler Überlegung. Sein Herz war nicht leicht für irgendeine Sache zu entflammen. Er konnte das Tun der anderen Menschen mit kalten Blicken betrachten. Er war ein guter Offizier und respektierte das Heer, seine Traditionen und seinen Ehrenkodex, aber man konnte von ihm schwerlich behaupten, daß er für den alljährlich heranrückenden Tag lebte, da er die Uniform anziehen und sich zu seinem Bataillon begeben mußte. Eigentlich begann der Dienst ihn zu langweilen. Er wußte sehr genau, daß die Kameradschaft der Soldaten eine schöne Sache ist, daß Waffen Männer machen. Stets aber regte sich in den Tiefen seiner Seele der Gedanke, daß ein System, das alle gesunden Männer bewaffnete, um die Grenzen eines neutralen Landes zu verteidigen, das ohne den Zustrom der Fremden aus allen Gegenden kaum existieren kann und binnen kurzem verhungern müßte, wenn kriegführende Mächte ringsum es für seine Neutralität zu bestrafen wünschten, allem Anschein nach nicht sehr logisch war. Zu dieser Überzeugung gesellte sich ein heimliches Bedauern um die ungeheuren Kräfte, die seine Mitbürger auf die Aufrechterhaltung eines solchen Systems verschwendeten, eine Abneigung gegen den harten Automatengeist, den es den jungen Leuten einpfropfte, gegen den Geist eines künstlichen und fast unsinnigen Gehorsams, der in ihnen jene instinktive Seelengüte erstickte, die der Ursprung alles Schönen und Schöpferischen unter den Menschen ist. Außerdem wußte er aus Erfahrung, daß über die Hälfte der Leute, die sich an den Rekrutierungstagen stellten, wegen körperlicher Untauglichkeit zurückgewiesen wurden.

Auf diese Weise kam er zu der Schlußfolgerung, daß tief drinnen in seinem Volke etwas nicht in Ordnung sein müsse. Eine andere Seite des Bildes zeigte sich ihm in seinem Amtszimmer, durch das so viele seiner Landsleute hindurch mußten: Häßliche, schlechtgebaute, abstoßende Exemplare der Menschheit, die irgendeines Verbrechens, meist eines Eigentums- oder eines Sexualverbrechens, beschuldigt wurden. Sehr bald würde, wenn der politische Kampf fortdauerte, das Gebiet seiner Arbeit um das »crime politique« bereichert werden.

Im Offiziersklub schmiß Andi mit seinem Gelde herum, weil er dort nichts anderes tun konnte, und weil er wußte, daß die meisten seiner Kameraden während der Zivilistenzeit fleißig sparten, um in den lustigen Stunden des Militärdienstes wie große Herren Geld ausgeben zu können. Er lauschte mit gespitzten Ohren den patriotischen Reden, den Lobsprüchen auf die Tapferkeit und Ehre des Heeres, aber sie langweilten ihn. Und als sein Oberst einen Toast zu Ehren des Genfer Bataillons vorschlug, das mit Maschinengewehren den Boulevard Pont D'Arve gesäubert hatte, schwieg er unauffällig, um seine Kameraden nicht zu beleidigen. Er bezweifelte die Klugheit solcher militärischen Trümpfe. Auch die Richenaus hatten in vergangener Zeit Menschen getötet, hatten unter Kaiser und Königen für den Protestantismus und für große Reiche gekämpft. Sie hatten in der europäischen Geschichte ihre kleine Rolle gespielt, ihre Feinde aber waren bewaffnet gewesen.

Das Bild, das das Lanzberger Parlament bot, ähnelte in kleinem Maßstab dem aller übrigen demokratischen Parlamente, wie wir sie heute kennen: Eine Schar politisch interessierter Leute, die, in Parteien geteilt, blindlings mit einer Lage ringen, über die sie, selbst wenn sie durch ein Wunder untereinander zu einem Einverständnis gelangen sollten, wenig oder gar keine Gewalt haben konnten. Ein Jahrhundert falschen Denkens hat eine Menschheit geschaffen, die sich unmöglich besseren Dingen zuwenden konnte, sofern sie nicht ihre Denkweise und damit ihre Handlungsweise von Grund auf änderte. Hoffen zu wollen, daß das in einem Lande wie der Schweiz in dem kurzen Zeitraum einer einzigen Generation geschehen könnte, hieß allzuviel erhoffen. Der Mensch arbeitet sich lang- sam vorwärts. Und da er es gewohnt ist, sich beim Anblick seiner Schöpfungen vor Stolz aufzublähen, auch wenn sie noch so kläglich waren, packt ihn auch nur selten Nieder- geschlagenheit und Reue, wenn er über sie nachdenkt, und noch seltener erwacht in ihm der Entschluß, sein eigenes Werk zu vernichten. Es bleibt daher seinen Söhnen und seinen Kindeskindern überlassen, das auszulöschen, was ihre Väter und Vorväter nicht auszulöschen gewagt haben. Eine kun- terbuntere Architektur, ein mißgestalteteres Menschenge- wimmel, eine erhabenere Gesellschaft von Bauerntölpeln und Kleinbürgern, als sie das letzte Jahrhundert in der Schweiz hervorgebracht hatte, konnte Andi sich nicht ausdenken. Und dennoch hatte die Volkserziehung eine anderswo fast unbe- kannte Höhe erreicht, und so ziemlich jeder wichtige Posten, bei den Banken, den großen Unternehmungen, den öffent- lichen Betrieben, der Presse und sogar der Regierung war mit Männern besetzt, die irgendeinen Doktortitel ihr eigen nannten und infolgedessen als kluge und gelehrte Männer galten, die mit den Griechen, den Römern, mit Geometrie und Algebra, mit Botanik und Physik genau Bescheid wußten. Außerdem waren die meisten dieser Männer in ihrem Fache Spezialisten. Sich der Reinheit seiner Rasse, einer so unendlich vermischten Rasse wie der seiner Landsleute, rühmen zu wollen, wäre ver- gebliche Liebesmühe gewesen. Aber den Stolz seiner Mitbürger auf ihre nationale Kultur, ihre nationale Kunst und Literatur, mochte sie noch so tief und unmittelbar durch die Leistungen der größeren Nationen rings um die Schweiz beeinflußt sein – so tief und unmittelbar, daß selbst der Ungebildete fast auf den ersten Blick sagen kann, ob die Einflüsse deutschen, gallischen, italienischen oder anderen Ursprungs sind – zu dämpfen oder gar zu behaupten, die Schweiz besitze eigentlich gar keine eigene Kultur, wäre zumindest undankbar und deprimierend gewesen. Gegen die Juden vom Leder zu ziehen, die in bezug auf Schlauheit dem Schweizer für gewöhnlich das Feld räumen mußten, wäre ungerecht gewesen. Daher sagte

Andi bei sich: ‚Ich bin kein Politiker. Ich bin in meinem Herzen ein Bauer. Ich bin wie der Boden, und der Boden, der bin ich.‘ Eines Tages aber ließ er sich dazu veranlassen, im Rat eine Rede zu halten. Die Debatte drehte sich um eine Rechtsfrage. Es war eine geringfügige Angelegenheit, die aber dennoch sehr deutlich den allseits herrschenden Geisteszustand bezeichnete: Daß nämlich dort, wo ernsthafte private Interessen auf dem Spiele standen, das Gesetz mißachtet wurde. Er sprach sehr ruhig, und der Zufall wollte, daß er gerade in sehr guter Stimmung war. Alle Blicke richteten sich auf ihn, alles hörte sich aufmerksam seine Jungfernrede an. Er begann mit einem streng juristischen Argument. Nachdem er seinen Standpunkt klargelegt hatte, fuhr er fort:

»Wenn es sein muß, mag man den Staat den Leidenschaften ausliefern, die sich so leicht in jedem Herzen entflammen lassen. Auch die Leidenschaft hat ihren Zweck. Ich bin aber der Meinung, daß die Handhabung der Gesetze einsichtigen Männern verbleiben muß, die die Umbildung und den Neuaufbau unserer gesellschaftlichen Ordnung und der gesellschaftlichen Kräfte leidenschaftslos zu leiten vermögen. Ich bin der Meinung, daß das Ideal des Rechtes über dem Ideal des Staates steht. Und es erhellt von selbst, wenn man die vielen Regierungs- und Verfassungsänderungen betrachtet, die in ganz Europa stattgefunden haben, daß wir heute, wenn die Achtung vor dem Gesetz so völlig aus dem Herzen der Menschen verschwunden wäre, wie Regierungen und politische Parteien in Revolutionen verschwunden sind, gleich Tigern im Dschungel leben würden. Ich behaupte nicht, daß wir unsere Gesetze niemals ändern dürfen. Jedes Gesetz muß mit dem kulturellen Niveau eines Landes im Einklang sein. Aber ich behaupte, daß das Gesetz geachtet werden muß, und daß es sich als nötig erweisen kann, die Achtung vor dem Gesetze mit Gewalt zu erzwingen.«

Er sah zu Henri hinüber und fuhr fort:

»In unserem Lande gibt es eine Klasse von Menschen, die der Meinung sind, alles, was uns durch Tradition überliefert worden ist, alles Alte sei der Konservierung wert. Und selbst wenn ihre

Vernunft zugunsten einer Neuerung spricht, sträubt sie sich gegen das Neue. Die meisten dieser Menschen haben private Interessen im Spiel, ich zum Beispiel. Es gibt auch andere, die wenig oder gar nichts im Spiele haben. Ich will zugeben, daß das anständige Leute sind, die es gut meinen. Und ich glaube, wir haben vielleicht in mancher Hinsicht die gleichen patriotischen Anschauungen und stehen wahrscheinlich auf gemeinsamem Boden. Es scheint mir daher unvernünftig, unsere Kraft in Parteikämpfen zu zersplittern, eine Kraft, die ungeteilt sicherlich der Zukunft unseres Landes am besten nützen würde. Mögen einige von uns die bigotten Vorurteile gegenüber dem Nationalismus fallen lassen und andere ihrem seichten und wirren Internationalismus abschwören.«

Bewegung. Zurufe ertönten.

»Aha! Die neue Front! Der neue Staat.«

Andi erhob seine Stimme.

»Redet mir nicht soviel vom Staat, sprecht vom Volk!«

»Ja, auf unsere Rechte und Freiheiten verzichten!« rief einer aus seiner eigenen Partei.

Andi wartete, bis wieder Schweigen herrschte. Dann fuhr er mit trockener Stimme fort:

»Unsere berühmte Freiheit! Wir werden sie verlieren müssen, um endlich die wahre Freiheit zu finden! Seien wir mutig und geben wir unsere Fehlgriffe zu. Aber verlieren wir nicht den Glauben an die Kraft unseres Volkes. Der Glaube an das Gold und die Ersparnisse wird uns nicht zu einem neuen und besseren Staat führen, sondern nur der Glaube, der immer noch uns alle stützt, der Glaube an uns selbst und der Wille, Opfer zu bringen.«

Henri war aufgesprungen und verlangte das Wort. Seine Feinde versuchten ihn niederzuschreien.

»Ihr wollt das Volk verwirren, nicht retten!« schrie Henri mit schriller Stimme. »Ihr Maschinengewehrfabrikanten! Ihr Helden mit der Stahlrute!«

Seine Stimme erstickte in dem Lärm.

Schließlich hob der Präsident, der noch nie einen so wilden und plötzlichen Sturm erlebt hatte, die Sitzung auf. Er warf einen Blick auf seine Taschenuhr.

»Es geht auf den Mittag zu. Wir wollen lieber die Sitzung vertagen und ein bißchen frische Luft schnappen.«

Nach der Sitzung verließen die Männer gruppenweise das Rathaus und versammelten sich in verschiedenen Wirtsstuben. Diejenigen, die an ihre Frauen dachten, zogen ihre Taschenuhren und schlichen sich beiseite. Andi ging mit ihnen. Silvelie war gerade in Lanzberg und erwartete ihn, um mit ihm nach Hause zu fahren. Der Alfa Romeo brauchte dringend einen neuen Anstrich, und der Motor klapperte, aber – man mußte sparen. Ein Auto ist eine Maschine. Es ist nicht wie ein Pferd, wie eine Kuh oder ein Mensch, es wiehert nicht, es muht nicht, es stöhnt nicht. Es hat kein Herz voll Blut. Entweder arbeitet es, oder es arbeitet nicht. Der Alfa arbeitete noch.

»Müde, Schatzi?« fragte er Silvelie, als er sie begrüßte. Sie schüttelte den Kopf. Er öffnete ihr die Wagentür, geradeso wie damals, als sie miteinander zum erstenmal im Auto gefahren waren. Seine Höflichkeit blieb immer die gleiche. Er nahm ihr die Pakete ab, legte sie in den Wagen, und sie fuhren los.

Silvelie hatte sich ein wenig verändert. Die Steifheit ihres Armes war verschwunden. Sie konnte ihn jetzt ganz normal bewegen, und der Wegfall jeglicher Unbeholfenheit verlieh ihren Bewegungen eine neue Anmut. Die Mutterschaft hatte ihre frühere, etwas kindliche Eckigkeit beseitigt und sie mit dem Glanze frischer Reife übergossen.

Sobald sie aus Lanzberg draußen waren, gab ihr Andi einen herzhaften Kuß.

»Du«, sagte er, »heute habe ich mich dumm benommen. Ich habe eine Rede gehalten.«

»Ich werde es wohl in den Zeitungen zu lesen bekommen! Du hast doch nicht meine armen Arbeiter beschimpft?«

»Bestimmt nicht!«

»Worum handelt es sich denn?«

»Um den Antrag, zwei Millionen öffentlicher Gelder für die Stützung der Hypothekenbank zu bewilligen. Meiner Meinung nach soll man die Banken entweder ihrem Schicksal überlassen oder ganz verstaatlichen. Das Dumme bei mir ist, daß ich mich mit keinem Parteiprogramm einverstanden erklären kann, weil ich gern das Beste von jeder Partei nehmen und eine neue Partei bilden möchte, mit einem neuen Programm. Ich möchte ihr selbst angehören, und ich würde ihr Führer sein. So war mir heute zumute, als ich meine Rede hielt, und die anderen haben es auch gespürt.«

»Vielleicht hättest du dir vorher alles genau überlegen sollen«, sagte Silvelie nachdenklich.

»Ich kann mich nicht einmal genau erinnern, was ich gesagt habe. Ich weiß nur, daß jedes Wort wirklich empfunden war. So, als ob nicht meine Stimme, sondern mein Blut spräche. Ich erinnere mich nur noch an Henris Gesicht. Während des ersten Teiles meiner Rede hat er mich immerzu mit einem spöttischen Lächeln angesehen.«

»Armer Henri«, sagte sie seufzend.

»Es ist nicht meine Schuld, daß Henri und ich nicht mehr so miteinander stehen wie früher«, fuhr Andi fort. »Es hat ihm Spaß gemacht, jetzt Herausgeber dieses Arbeiterblättchens zu werden. Mir ist es einerlei, wenn er mit seiner bösen Zunge über die Leute herfällt. Es war ja seit jeher sein Geschäft, alles auf der Welt zu beschimpfen und anzugreifen. Solange er mich nicht persönlich angreift, ist es mir einerlei.«

»Das wird er nie tun!« unterbrach ihn Silvelie.

»Ach, ich weiß es nicht. Die Macht steigt einem schneller in den Kopf als der Schnaps. Im Grunde genommen sind sie alle Kleinbürger. Ich sehe nicht viel Unterschied zwischen den einzelnen.«

Er hielt einen Augenblick inne und fuhr dann fort:

»Zünde mir bitte eine Zigarette an, Sivvy, ich möchte rauchen.«

Sie zündete ihm eine Zigarette an und steckte sie ihm zwischen die Lippen.

»Nein, es hat keinen Zweck, ich bin kein Politiker. Ich wüßte nur eines: Alle diese Parlamente zusperren, all diese Burschen nach Hause schicken und selbst die Regierung übernehmen. Dieses ganze Schwatzen führt zu nichts. Keiner wird sich beschwatzen lassen, Opfer zu bringen. Es ist nur natürlich, daß jeder das behalten will, was er hat.«

Sie fuhren den Feldweg entlang nach Schlans. Sobald Andi

den Wagen zum Halten gebracht hatte, eilte Silvelie ins Haus, um Tristan zu sehen.

Es ließ sich nicht leugnen, daß Silvelie seit ihrer Verheiratung einen steten Einfluß auf Andi ausübte. Durch ihre Liebe, ihre Schönheit, durch die unkomplizierte Klugheit ihrer leidenschaftlichen Natur beherrschte sie ihn ganz. Er hatte fast vergessen, daß es noch andere Frauen auf der Welt gab. Ihre jugendliche Seele, die stets danach dürstete, neue Wege zu beschreiten, ihr eifriges Verlangen, das Leben und seinen wahren Sinn zu begreifen, machten sie zu einer idealen Gefährtin für Andreas von Richenau. Sie wurde des Disputierens nie müde, war stets bereit, ihr Wissen zu erweitern. Und dennoch hatte sie gerade um der Liebe willen, die sie ihm entgegenbrachte, einen großen Teil ihrer früheren Geistigkeit geopfert und sich daran gewöhnt, die Probleme des Lebens mehr oder weniger mit seinen Augen zu betrachten. Aber es gab in ihrem seltsamen Charakter manch einen heimlichen Winkel, den Andi noch nicht hatte erforschen können, und eine Tiefe, die er bisher noch nicht ergründet hatte.

»Ein sonderbares Wesen bist du«, sagte er oft zu ihr.

Sie hatte sich restlos jene reizende Leichtigkeit bewahrt, die ihn von Anfang an so mächtig angezogen hatte. Sie hatte keinen Sinn für Eigentum.

»Andi, gib mir etwas von deinem Geld!« – »Andi, eine deiner Kühe ist in den Garten gelaufen und frißt deinen Kohl!« – »Andi, ich habe heute dein Schlafzimmer aufräumen lassen.« (Ihr gemeinsames Schlafzimmer.) »Andi, dein Sohn ist heute aus seinem Bettchen gefallen.« Sogar wenn sie von ihren Kleidern sprach, sagte sie: »Die Kleider, die du mir geschenkt hast!«

Er wußte, daß das nicht etwa eine kindische Laune war, sondern ihre wahre Natur. *Wenn* sie etwas als ihr eigen beanspruchte, dann war er selbst es, und dann beanspruchte sie ihn restlos, gleichsam berauscht vor Verlangen, und gab sich nicht eher zufrieden, als bis er in ihren Armen gelobt hatte, daß er ihr gehöre, ihr allein und ganz.

Es gab kein Thema auf der Welt, über das er nicht mit ihr

sprechen konnte. Selbst für die abstraktesten Fragen hatte sie ein eigentümliches Verständnis. Sie interessierte sich für juristische Dinge, und oft lockte sie seine Berufsgeheimnisse aus ihm heraus und beschäftigte sich teilnahmsvoll mit dem Elend der Gesetzesübertreter, die in seine Hände gefallen waren. Aber der gleichmäßige Strom seines Lebens, der Gleichmut seiner Laune, der Friede seines Herzens wurden manchmal gestört. Silvelie durchlebte wunderlich düstere Stunden, da eine seltsame fremde Macht sich ihrer zu bemächtigen und einen anderen Menschen aus ihr zu machen schien. Dann wurde sie mürrisch, melancholisch und wollte allein sein. Manchmal dauerten diese Stimmungen nur einen Tag, zuweilen aber eine Woche oder noch mehr. Dann wurde ihre gewöhnlich so heitere Miene betrübt, ihre Bewegungen wurden fahrig, ihre Stimme rauh, und sie wollte nicht einmal mehr in ihrem gemeinsamen Schlafzimmer bleiben. Oft hatte Andi versucht, dem Ursprung dieser Anfälle von Niedergeschlagenheit nachzugehen, hatte freundliche Fragen an sie gerichtet, ihr seine Hilfe angeboten, aber vergebens.

»Ich kann nichts dafür, Andi! Kümmere dich nicht um mich. Es wird bald wieder vorbei sein.«

Schließlich und endlich war er sich darüber klargeworden, daß ihr sonderbares Benehmen mit ihrem früheren Leben, ihrer Familie und besonders ihrem Vater zusammenhing. Seiner Meinung nach war es das Verschwinden ihres Vaters, das ihr Kummer bereitete. Sie schien die Hoffnung vollkommen aufgegeben zu haben, daß der alte Lauretz noch einmal zurückkehren würde. ‚Sie muß diesen alten Lumpen doch gern gehabt haben und leidet immer noch um ihn‘, sagte er sich zuletzt.

Was aber konnte er tun, um ihre Leiden zu mildern? Es schien wenig wahrscheinlich, daß der alte Lauretz von sich aus wieder auftauchen würde, und wie sollte Andi es anstellen, um ihn zurückzuholen? Er konnte nichts weiter tun, als diesem Thema sorgsam aus dem Wege zu gehen. Er war äußerst zartfühlend und respektierte Silvelies Kummer. Der Gedanke, sich in das Heiligtum ihres innersten Lebens einzudrängen, wäre ihm ebenso unanständig erschienen, wie der Versuch, jemanden beim Beten zu stören. Es war, als leiste das Schicksal selbst dem Mord im Jeff Helfershelferdienste, indem es einen Schleier über Andis Augen breitete und ihn unter keinen Umständen jemals die Wahrheit sehen oder auch nur argwöhnen, geschweige denn ihn nach ihr suchen ließ. Silvelie trat gewöhnlich mit erneuter Kraft aus ihren melancholischen Stimmungen hervor. Mit einem Male hörte man ihre Stimme frisch und munter durch das Haus schallen. Sie warf sich Andi an den Hals und lachte: »Bin ich nicht dumm?« Und er strich ihr sanft über das Haar, sah ihr tief in die Augen und sagte: »Wenn ich dich nur von dieser Krankheit heilen könnte!«

Und sie sah zurück, mit jenem geraden blauäugigen Blick, der jedes Mißtrauen entwaffnete. »Aber es gibt doch nichts zu heilen. Ich bin nun einmal so!«

6

Doktor Rosenroth, der Erste Untersuchungsrichter von Lanzberg, erlitt einen Blutsturz, während er gerade in seinem Büro am Schreibtisch saß. Es war seit langem bekannt, daß er nicht allzu gesund und stark überarbeitet war, und sein Arzt hatte ihm oft Vorhaltungen gemacht. Doktor Rosenroth aber wollte, wie so viele gelehrte Männer, nicht auf seinen ärztlichen Ratgeber hören. Der Präsident schlug vor, Doktor Rosenroth einen längeren Urlaub zu gewähren und einen Vertreter zu ernennen, und es wollte ihm für diesen Posten kein besserer einfallen als Doktor von Richenau, der sich trotz seiner Jugend als ein guter Jurist bewährt hatte, überall beliebt war und Vertrauen genoß. Der Kleine Rat erörterte die Frage, und nach gewichtigem Köpfeschütteln gaben die Ratsherren tiefbrummende Töne der Zustimmung von sich. Auf diese Weise wurde Andi vorübergehend Erster Untersuchungsrichter von Lanzberg.

Diese Veränderung fand in dem Augenblick statt, da Andi sich bereits auf den wohlverdienten Urlaub freute. Der Präsident aber versicherte ihm, er brauche deshalb keine Angst zu haben, er könne im Juli oder August seinen Urlaub nehmen, so, wie er das ursprünglich beabsichtigt habe. Andi beschloß, Mitte Juli in Urlaub zu gehen und einige Wochen in dem Hause auf der Alp Err zu verbringen. Mit dem kleinen Hause oben im Julier-Tal waren für ihn so viele angenehme Erinnerungen verknüpft, daß er von nichts anderem mehr sprach und schon viele Tage vorher sein Angelgerät, seine Bergstiefel und seine Kleidung vorbereitete.

Zwei Tage vor seiner Abreise wurde er zu dem Präsidenten gerufen. Er ging hin, und nach den üblichen, etwas schwerfälligen Begrüßungen bot ihm Doktor Gutknecht einen großen Sessel und die gewohnte Zigarre an, die Andi nahm und in die Tasche steckte. Nachdem sich der Präsident mit seinem Hörrohr den etwas verblichenen roten Bart gekratzt hatte, lehnte er sich zurück und musterte Andi mit starrem, aber dennoch wohlwollendem Blick.

»So, so, ja, ja! Der arme Doktor Rosenroth ist nach Arosa abgereist. Anscheinend ist seine Lunge nicht in Ordnung. Der arme Mann. An den Büros kann es nicht liegen. Die Gesundheitskommission berichtet, daß die sanitären Verhältnisse in Ordnung sind.«

»Gewiß«, sagte Andi. »Aber ein bißchen zu nahe am Gefängnis.«

»Immerhin gesünder als die Zellen, wie?«

»Vermutlich.« Doktor Gutknecht würdigte seinen eigenen Scherz durch ein etwas säuerliches Lächeln, legte die Zigarre weg, rieb sich heftig die trockenen Hände und legte sie dann, Daumen an Daumen, auf ein großes, mit roter Schnur umwickeltes Aktenpaket, das auf seinem Schreibtisch ruhte. Dann sprach er mit leiser, fast unhörbarer Stimme:

»Können Sie sich an einen bestimmten Vorfall erinnern, vor ungefähr zwei Monaten, als ein gewisser Doktor Thur im Rat bestimmte Anschuldigungen gegen den verstorbenen Bezirksrichter Doktor Bonatsch in Andruss vorbrachte? Das heißt, um es genauer zu formulieren, dieser Mann machte gewisse Andeutungen im Zusammenhang mit bestimmten Urteilen des Bezirksgerichtes, die der verstorbene Richter Bonatsch gefällt hatte.«

»O ja«, meinte Andi, »ich erinnere mich. Die Kompetenz des Bezirksgerichts in Andruss wurde angezweifelt.«

»Richtig. Es hat ein ganz unnötiges Aufsehen gegeben. Erstaunlich, wie gewisse Presseleute unaufhörlich die Behörden beobachten und sich auf die kleinste Kleinigkeit stürzen, die irgendwann einmal irgendwo nicht ganz stimmt. In diesem Falle möchte ich nicht gerade behaupten, daß der neue Bezirksrichter von Andruss drauf ausgewesen wäre, seinem Vorgänger eins auszuwischen. Es war bloß unklug von ihm, die Sache im Rat zur Sprache zu bringen. Er hätte vorher zu mir kommen können. Ich hätte ihm geraten, in der Öffentlichkeit nicht darüber zu sprechen. Jetzt habe ich mir die Sache angesehen und festgestellt, daß dieser neue Bezirksrichter zu Beginn seiner Amtszeit erst einmal reinen Tisch machen will. Er hat mich ersucht, einen Unparteiischen zu ernennen, der die Geschäfte des verstorbenen Richters prüfen soll. Anscheinend sind einige Sachen übriggeblieben, die erledigt werden müssen. Entsprechend dem Geschäftsgang hatte ich Doktor Rosenroth für diese Arbeit bestimmt. Aber der arme alte Rosenroth ist leider nicht sehr weit gekommen, und da sitze ich nun vor diesem Stapel von Protokollen, Urteilen etcetera und weiß nicht, was ich mit ihnen anfangen soll. Ich finde einfach nicht die Zeit, um mich damit zu beschäftigen. Und deshalb habe ich an Sie gedacht, Doktor von Richenau. Die Untersuchung muß von jemandem geführt werden, der die Verantwortung tragen kann, denn der verstorbene Doktor Bonatsch war in seinem Bezirk sehr populär, und man interessiert sich für den Fall.«

Doktor Gutknecht steckte sich das Hörrohr ins Ohr und beugte sich vor.

»Er war einer dieser oberländischen Potentaten«, sagte er mit seinem säuerlichen Lächeln. »Er hat über eine Million hinterlassen. Das katholische Seminar hat ihm in seinem Testament runde Hunderttausend abgeknöpft. Diese Herren sollten doch ab und zu auch an die weniger vom Glück begünstigten ihrer Berufskollegen denken, wenn sie ihr Testament machen!«

Andi verschränkte die Arme.

»Muß ich auf meinen Urlaub verzichten, Herr Präsident?«

Doktor Gutknecht zog das Hörrohr aus dem Ohr, beschrieb einen großen Halbkreis und stellte es aufrecht auf ein Buch hin.

»O nein, o nein! Durchaus nicht, Herr Doktor, durchaus nicht!«

»Wann soll ich die Protokolle prüfen?«

»Ja, ich dachte mir, Sie könnten sie vielleicht während des Urlaubs durchsehen. Bei Ihrer großen Erfahrung werden Sie nicht lange dazu brauchen. Die Arbeit wird natürlich bezahlt.«

Andi wußte, daß das ein dienstlicher Auftrag war, und obgleich es ihm lästig fiel, während des Urlaubs an Arbeit denken zu müssen, gehorchte er mit Anstand.

»Es freut mich, daß Sie in diesem Punkt derselben Meinung sind wie ich, Herr Doktor«, sagte der Präsident und beugte sich gewichtig vor. »Ich möchte jetzt nur Ihre Aufmerksamkeit auf den modus operandi lenken. Wenn Sie auf wichtige Rechtsfragen stoßen, die erörtert werden müssen, dann reichen Sie einen amtlichen Bericht ein. Finden sich Fälle von Mißwirtschaft oder ernsten Ungesetzlichkeiten, dann führen Sie selbst die Untersuchung weiter, vergessen Sie aber nie, daß Bonatsch sein eigener Aktuar und Protokollführer war. Wir beide machen uns keine Illusionen über das Gerichtswesen. Wir sind beide nicht dafür, daß man Richter ernennt, die nicht viel mehr wissen als jeder beliebige Laie. Wir beide gehören nicht dieser Schule an. Daher muß der Öffentlichkeit diese Frage nachdrücklich zu Bewußtsein gebracht werden, denn es ist ja schließlich die Bevölkerung selbst, die ihre Zustimmung zu einer modernen Organisation des Gerichtswesens wird geben müssen. Sie verstehen, was ich meine?«

»Ich verstehe«, sagte Andi, »und werde mein Bestes tun, aber ich weiß nicht, ob das der richtige Augenblick ist, um neue Streitfragen vor die Öffentlichkeit zu bringen.«

»O nein, nein! Das wollen wir auch gar nicht. Aber wir sind alle überarbeitet, wir brauchen mehr Personal, und wenn wir unsere Wünsche durchsetzen wollen, dürfen wir nicht locker lassen. Sie wissen, daß ich dieses wichtige Problem wiederholt im Kleinen Rat zur Sprache gebracht habe, aber es wurden mir nie die notwendigen Gelder im Budget bewilligt.«

In seiner Aufregung warf Doktor Gutknecht mit dem Ellbogen das Hörrohr vom Tisch. Andi hob es auf. Der Wille zur Reform schien das Zimmer zu erfüllen.

»Danke schön, danke schön!« sagte der Präsident. »Ich gebe Ihnen für diese Untersuchung weitesten Spielraum. Glauben Sie ja nicht, daß Sie jede Kleinigkeit genau untersuchen müssen. Lassen Sie die Kleinigkeiten beiseite. Alles, was nicht wichtig ist, legen Sie ad acta. Wir wollen nicht ein Dutzend Fälle, in denen Bonatsch sich verhauen hat, neu aufrollen. Nehmen Sie sich nur die Fälle vor, die nach wirklicher falscher Auslegung der Gesetze, nach irriger Rechtsprechung aussehen, falls es solche Fälle gibt, was ich sehr bezweifle, und scheuen Sie sich nicht, Ihre persönlichen Ansichten und Vorschläge mit beizufügen.«

»Ich werde Ihren Rat befolgen, Herr Präsident.«

»Ich verlasse mich auf Ihren Scharfsinn, Herr Doktor. Ein Wichtigtuer könnte diese Gelegenheit benützen, um sich einen Namen zu machen. Ich weiß, daß Sie das nicht tun werden.«

Er kicherte.

»Sie haben bereits einen Namen.«

Andi betrachtete nachdenklich die großen und schäbigen schwarzen Schuhe des Präsidenten. Er hatte sich ja nun nicht gerade einen Packen Arbeit für seinen Urlaub gewünscht.

»Welche Frist ist mir gesetzt?« fragte er.

»Keine. Bis zur Herbstsession haben Sie Zeit.«

»Danke, Herr Präsident.«

Doktor Gutknecht sah nach der Uhr.

»Ich habe eine Sitzung«, sagte er und erhob sich von dem Stuhl. Dann nahm er das Paket zur Hand, als wolle er es Andi überreichen, um es möglichst schnell loszuwerden. Aber er besann sich eines Besseren, es fiel ihm ein, daß Herren nicht gern Pakete tragen, und er legte es wieder hin.

»Ich lasse Ihnen das Zeug in Ihr Zimmer schicken.«

Sie wechselten ein paar feierliche Höflichkeiten, und Andi verließ das Zimmer des Präsidenten. Am späteren Nachmittag wurde ihm das Paket überbracht. Nachdem er es herzhaft verflucht hatte, nahm er es mit sich nach Hause und legte es im Koffer zu seinen Urlaubsbüchern.

7

Die rötlichbraunen Läden des kleinen Hauses auf der Alp standen weit offen. Anneli, das junge Dienstmädchen, hing Wäsche an einem Strick auf, der an mächtigen Lärchenstämmen befestigt war. Im Schatten eines Baumes lag Tristan auf einer Decke, in seiner ganzen heidnischen Babynacktheit, spielte mit Fichtenzapfen und blubberte Blasen aus seinem Mäulchen. Seine Windeln lagen auf dem Grase ausgebreitet. In der Küchentür standen zwei Paar frischgeschmierte Bergstiefel. Die Wiesen in der Umgebung sahen wie Blumenteppiche aus. Auf einigen neugemähten Flecken weideten Kühe, und das ununterbrochene Läuten ihrer Glocken vermischte sich mit dem geschäftigen Rieseln und Plätschern des Baches, der durch die Schatten des angrenzenden Waldes lief.

Andi erhob sich von einem kleinen Nachmittagsschläfchen. Er kam aus dem Hause und fragte Anneli, wo Silvia sei. Das Mädchen sagte ihm, Frau Doktor sei mit dem Kindermädchen ins Dorf gegangen, um Vorräte einzukaufen. Andi spielte ein Weilchen mit seinem kleinen Sohn und kehrte schließlich ins Haus zurück. Zum ersten Male, seit er vor zehn Tagen auf die Alp heraufgekommen war, regte sich der Arbeitseifer in ihm, er holte Doktor Gutknechts Paket, das bis dahin ungeöffnet in einer versperrten Schublade gelegen hatte, trug es unter den Baum hinaus, legte es auf den Tisch, setzte sich hin und machte es auf.

»Nun wollen wir uns einmal die Tätigkeit des alten Bonatsch ansehen.«

Er wickelte die rote Schnur zu einem Knäuel zusammen, schlug das Papier auseinander und erblickte einige Aktendeckel, die in Bonatschs sauberer Schönschrift mit Titeln versehen waren. Er sah sie durch, blätterte aufs Geratewohl in den Papieren, etwas erstaunt über dieses große Quantum gewissenhafter Handschrift. Offenbar war in Andruss die Schreibmaschine noch nicht Mode gewesen.

Plötzlich fiel sein Blick auf den Namen Lauretz. Erstaunt zog er die Mappe heraus, auf der der Name geschrieben stand, und las:

Angelegenheit betreffend das Verschwinden des Lauretz, Jonas, Sägemüllers aus Jeff. Protokoll der Untersuchung bis zum heutigen Datum. Zeugenaussagen. Auf den Fall bezügliche Notizen, Berichte usw.

Er zögerte, ein rätselhafter Widerwille regte sich in ihm. Dann öffnete er den Aktendeckel und begann zu lesen. Sein Interesse wuchs, er las immer schneller und beugte sich immer tiefer über den Tisch hinab. Plötzlich hielt er inne, lehnte sich in den Sessel zurück und starrte leeren Blicks in den Wald. Dann begann er wieder zu lesen.

Am 22. Januar 19.. erschien Lauretz, Niklaus, Sohn des Lauretz, Jonas, von Beruf Sägemüller und in der Gegend des Jeff, zwischen der Ortschaft Nauders und dem Yzollahospiz im Bezirk Andruss beheimatet, persönlich in meinem Büro und machte die hier beigefügte, vor meinen Augen ordnungsmäßig unterzeichnete und beglaubigte Aussage.

Doktor Johannes Bonatsch.

Und nun folgte Niklaus' Aussage.

Am 22. November vorigen Jahres kam mein Vater nachts gegen ein Uhr nach Hause ins Jeff. Er war in Zürich gewesen, um fünftausend Franken von der Nationalbank abzuheben. Dieses Geld hatte meine Schwester Silvia von dem verstorbenen Matthias Lauters, dem Kunstmaler aus dem Chalet Lauters beim Yzollahospiz, geerbt. Mein Vater schien bei seiner Rückkehr in einem Zustand der Erregung zu sein. Ich glaube, er stand unter dem Einfluß des Alkohols. Meine Mutter und meine Schwester Hanna waren anwesend. Mein Vater war sehr schlecht gelaunt, weil er von Andruss herauf zu Fuß hatte gehen müssen, da ich Pferd und Wagen von Andruss nach Hause mitgenommen hatte, er hatte den Wagen dort stehenlassen. Um eine hitzige Auseinandersetzung zu vermeiden, zogen wir uns in den Stall zurück und ließen Vater allein im Haus. Wir blieben die ganze

Nacht im Stall. Am Morgen gingen wir wieder ins Haus und machten Frühstück. Mein Vater war auch dabei, er beschimpfte uns, und dann sagte er: ‚Ich habe dieses Leben satt. Ich gehe weg. Ich habe jetzt endlich etwas Geld, und wenn ich keinen von euch wiedersehe, ist es mir auch egal.‘ Ich machte ihn darauf aufmerksam, daß er das Geld meiner Schwester Silvelie genommen hatte, daß es von Rechts wegen nicht ihm gehörte. Ich sagte, wir hätten kein Geld und würden verhungern, da wir im Augenblick keine Gelegenheit hatten, etwas zu verdienen. Nach einigem Streiten warf mein Vater fünfhundert Franken auf den Tisch und verließ das Haus, um das Pferd anzuspannen. Aber das Pferd lahmte von zu vieler Arbeit, und mein Vater ging zu Fuß weg. Das war ungefähr um neun Uhr morgens. Es herrschte ein dichter weißer Nebel, und ich kann nicht genau sagen, ob er zum Yzollapaß hinauf- oder nach Andruss hinuntergegangen ist. Seit diesem Tag ist mein Vater nicht wieder nach Hause gekommen und hat sich auch mit keinem von uns in Verbindung gesetzt. Ich benachrichtige hiermit das Bezirksgericht von Andruss, daß es die nötigen Schritte unternimmt, um meinen Vater zu suchen, da wir alle gerne wissen möchten, was aus ihm geworden ist.

Unterzeichnet in Anwesenheit von Doktor Johannes Bonatsch:

Niklaus Lauretz.

Das war die von dem Präsidenten mit Nummer eins bezeichnete Aussage. Es schien Andi offensichtlich, daß Niklaus sie erst niedergeschrieben, nachdem er dem Richter die Tatsachen mitgeteilt, und daß der letztere sozusagen Niklaus beim Schreiben die Hand geführt und sogar hier und dort seine Orthographie verbessert hatte. Dann folgten drei weitere Aussagen, Nummer zwei, drei und vier, die von Martha Maria Lauretz, geborene Curay, von Hanna Lauretz und von einem gewissen Jöry Wagner, Tagelöhner, stammten. Die Aussagen der Frau Lauretz und der Hanna hatten fast den gleichen Wortlaut wie Niklaus' Aussage. Hanna aber hatte hinzugefügt, daß der Vater neue Schuhe, einen neuen Hut und einen neuen Mantel getragen habe. Silvelie war damals offenbar nicht zu Hause gewesen. Die Aussage des Tagelöhners Jöry Wagner war ganz kurz, in Richter Bonatschs Handschrift niedergeschrieben und vom 30. Januar datiert. Sie lautete:

In der Nacht vom 22. November war ich in meiner Hütte bei meiner Frau, die gerade im Sterben lag. Am nächsten Morgen erzählte mir die Familie Lauretz, daß Herr Lauretz zu Hause gewesen und wieder weggegangen war. Er schuldete mir 352 Franken Lohn, die mir der junge Niklaus versprochen hat, daß er sie mir später einmal bezahlen wird. Gestern, den 29. Januar, bin ich nach Ilanz gegangen, wo die Familie Lauretz jetzt wohnt, um von Niklaus meinen Lohn zu verlangen. Niklaus hat mich aufgefordert, mit ihm nach Andruss zu gehen und vor Richter Bonatsch diese Aussage zu machen.

Jöry Wagner.

Alle diese Aussagen klangen so unbestimmt, daß Andis Neugier erwachte. Nun las er eine längere Unterredung zwischen Richter Bonatsch und Silvelie, die erst am 1. März stattgefunden hatte und die der verstorbene Bezirksrichter selber niedergeschrieben hatte:

Ich habe heute Silvia, die Tochter des Lauretz, Jonas, vorgeladen und ihr Fragen vorgelegt und sie diese Fragen beantworten lassen wie folgt:
F. Wo waren Sie in der Nacht zum 22. November?
A. Ich war in Zürich.
F. Warum waren Sie nach Zürich gefahren?
A. Ich fuhr zu Doktor Aarenberg, dem Anwalt des verstorbenen Malers Lauters, um mich nach dem Geld zu erkundigen, das Maler Lauters mir in seinem Testament hinterlassen hatte.
F. Was ist mit diesem Geld geschehen?
A. Als ich mit Doktor Aarenberg zur Bank kam, wurde uns mitgeteilt, daß Vater es zwei Tage vorher abgehoben hatte.
F. Welche Bank war das?
A. Die Nationalbank.

F. Wann kamen Sie aus Zürich ins Jeff zurück?

A. Ich kam am 23. November zurück, mit dem Spätnachmittagszug aus Lanzberg.

F. Wußten Sie, daß Ihr Vater während Ihrer Abwesenheit nach Hause gekommen und wieder weggegangen war?

A. Nein.

F. Hat man es Ihnen mitgeteilt?

A. Ja.

F. Wer hat es Ihnen mitgeteilt?

A. Mein Bruder Niklaus. Er kam mir bis nach Nauders entgegen und ging dann mit mir wieder nach dem Jeff zurück.

F. Wußte er denn von Ihrer Ankunft?

A. Ich schrieb aus Zürich einen Brief, in dem ich meinen Leuten meine Ankunft mitteilte.

F. Hat Ihnen Ihr Bruder erzählt, was in der Nacht des 22. geschehen war?

A. Er hat mir alles erzählt.

F. Was hat er Ihnen erzählt?

A. Er sagte, Vater sei sehr spät nach Hause gekommen, er habe getrunken gehabt, aber der Fußmarsch von Andruss herauf habe ihn ein bißchen nüchtern gemacht. Er sei sehr zornig gewesen, als er hörte, daß ich ihm nach Zürich nachgefahren war. Sie gingen ihm aus dem Weg und verbrachten die Nacht im Stall. Am Morgen kam Vater herunter. Er beschimpfte sie, warf fünfhundert Franken auf den Tisch und verließ dann das Haus.

F. Hatte Ihr Bruder Niklaus die fünfhundert Franken?

A. Ja, er zeigte sie mir.

F. War es nur ein Schein?

A. Fünf Hundertfrankenscheine.

F. Haben Sie sich im allgemeinen mit Ihrem Vater gut vertragen?

A. Jeder weiß, was für ein Mensch er war.

F. Sie glauben nicht, daß bei dem Verschwinden Ihres Vaters etwas nicht mit rechten Dingen zugegangen ist?

A. Ich glaube das nicht.

F. Sie verdienen sich jetzt Ihren Lebensunterhalt selbst?

A. Ich bin seit zwei Wochen ohne Arbeit und wohne bei meiner

Familie in Ilanz. Aber ich fange nächste Woche wieder zu arbeiten an.

F. Arbeiten alle Ihre Angehörigen?

A. Alle bis auf meine Mutter.

F. Wann haben Sie Jöry Wagner zum letztenmal gesehen?

A. An dem Tag, nachdem mein Vater weggegangen war.

F. Wann hat er das Jeff verlassen?

A. Am selben Tag.

F. Wußten Sie, daß seine Frau im Sterben lag?

A. Ja, ich habe für sie alles getan, was ich konnte.

F. Hat Ihr Bruder Niklaus Jöry Wagner Geld gegeben?

A. Ja.

F. Wieviel?

A. Ich weiß es nicht.

F. Warum hat er ihm Geld gegeben?

A. Als Lohnzahlung.

F. War sein Lohn schon lange fällig?

A. Ja.

F. Wie lange?

A. Ich weiß es nicht.

F. Wußten Sie, wo Jöry Wagner hinwollte?

A. Ja. Ich forderte ihn auf, seine Frau in das Bezirksspital zu schaffen.

F. Hat er das getan?

A. Ja. Seine Frau ist dort eine Woche später gestorben.

F. Ist Jöry nachher wieder ins Jeff gekommen?

A. Ja.

F. Was wollte er?

A. Er wollte noch Geld haben.

F. Für geschuldeten Lohn?

A. Ja.

F. Hat er etwas bekommen?

A. Niklaus versprach ihm, er würde ihm den rückständigen Lohn bezahlen, sobald er dazu in der Lage sei.

Ein Ereignis der Vergangenheit, das Silvelie und folglich auch ihn aufs engste berührte, wurde Andi plötzlich mit einer Unmittelbarkeit und Greifbarkeit aufgedrängt, die ihn merken ließen, wie wenig er über ihr früheres Leben wußte, und wie sehr dieses Leben sich von der Vorstellung unterschied, die er sich selber zu gestalten versucht hatte. Seltsamerweise war er sich selber, vielleicht infolge der außerordentlich großen geistigen und körperlichen Überlegenheit Silvelies im Vergleich zu ihrer Familie, kaum richtig der Tatsache bewußt geworden, daß er mit Frau Lauretz, Hanna und Niklaus gesetzlich verwandt oder zumindest in eine gewisse Verbindung gebracht war. Sogar der idiotische Mannli, der seit einem Jahr in einem Heime für geistig minderwertige Kinder lebte, war sein Schwager. Das alles kam ihm so lächerlich vor, daß er kaum jemals anders als mit heimlichem Spott an diese Verwandtschaft dachte. Silvelie betrachtete er als ein Geschenk des Himmels, aber er brachte sie in Gedanken nie mit ihrer Familie in Verbindung. Sie war in jeder Hinsicht von jenen Menschen abgesondert, sie gehörte an seine Seite. Wenn er ihren Leuten mit ehrlicher Freundlichkeit begegnet war und ihnen aus der Klemme geholfen hatte, dann hatte er das nicht etwa darum getan, weil er für sie verwandtschaftliche Gefühle empfunden hatte, sondern nur aus gewöhnlicher menschlicher Teilnahme heraus. Er war freundlich zu ihnen gewesen, weil er wußte, daß seine Frau ihr Schutzengel war, daß sie sich auch um ihr Wohlergehen kümmerte, daß sie ihr etwas, vielleicht sogar sehr viel bedeuteten.

Andi war sich durchaus darüber im klaren, daß er durch seine Heirat die Tradition seiner Familie verletzt und sich von ihr abgesondert hatte. Das kümmerte ihn wenig. Er hatte tiefere und schärfere Begriffe vom Leben als seine in konventionellen Anschauungen befangenen Angehörigen. Sein Blick reichte weiter als der ihre. Im übrigen fand er den Unterschied zwischen den Lauretz' und den Frobischs oder auch den Richenaus nicht gar so groß. Silvelie war ihm seine Wirklichkeit geworden. Die anderen, nun, die waren gerade ein wenig mehr mit ihm verbunden als die vielen Menschen, die er auf den Straßen sah, diese zweibeinigen Wesen, die genauso wie er von Adam und Eva abstammten.

Was den alten Lauretz betraf, so war es für Andi immer ein

tröstlicher Gedanke gewesen, daß er den alten Lumpen nicht gekannt hatte, daß der alte Lauretz verschwunden war. Im geheimen hatte Andi sogar gehofft, daß er irgendwo wohlgeborgen unter der Erde ruhte. Die häufige Wiederholung des Namens Jonas Lauretz in den Papieren, die jetzt vor ihm lagen, machte auf Andi einen seltsamen Eindruck. Es überkam ihn eine tiefe Unruhe. Ein Umstand fiel ihm sogleich auf: Der Zusammenhang zwischen ihm und dem alten Lauretz konnte dem Präsidenten nicht bekannt sein, sonst hätte er ihm nicht diese Dokumente gegeben. Da Lauretz sein Schwiegervater war, hatte er rechtlich nicht die Befugnis, sich mit dieser Angelegenheit zu beschäftigen. ‚Aber ich kann die Sache jetzt nicht aus den Händen geben‘, dachte Andi bei sich. ‚Ich muß sie mir sorgfältig überlegen, bevor ich etwas unternehme.‘

Und so wurde er, ohne es zu ahnen, zu jener Macht, die den Schatten des alten Lauretz gleichsam aus dem Grabe heraufbeschwor, damit er abermals die Armen peinigte, die er verfolgt und gepeinigt hatte, solange er noch auf Erden gewandelt. Andi sah sogleich, daß in dem ganzen Verfahren große Unregelmäßigkeiten vorgekommen waren. Richter Bonatsch war nicht befugt gewesen, ohne die Unterstützung einer höheren Instanz eine derartige Untersuchung durchzuführen. Andi suchte sorgfältig nach der Abschrift einer Benachrichtigung des Kantonalgerichtes. Es war keine da. Und es fehlten auch die Instruktionen der höheren Instanz. Diese Einvernahme Silvelies stellte also in rechtlicher Beziehung mehr oder weniger nur eine private Unterredung dar. Andi las voll Erstaunen die Abschrift der von einem Polizeisoldaten namens Dieterli unterzeichneten Polizeiberichte, in denen der letztere mitteilte, daß er die Umgebung des Jeff sorgfältig durchsucht, auch hier und dort an einzelnen Stellen, wo die Erde erst kürzlich durchwühlt worden zu sein schien, nachgegraben, aber keinerlei Spuren einer Gewalttat, desgleichen keinerlei Blutspuren und keinen Leichnam gefunden habe.

In einer weiteren Untersuchung, die später stattgefunden hatte, protestierte Niklaus im Namen der Familie gegen das Vorgehen des Polizisten. Die Sammlung enthielt ferner das Protokoll einer Unterredung zwischen Richter Bonatsch und Silvelie, die zwei Jahre zuvor im Juni stattgefunden hatte, und die Abschrift zweier amtlicher Verlautbarungen.

Jonas Lauretz, Sohn des Sigismund Lauretz und der Irene, geb. Droller, Sägemüller im Jeff, im Bezirk Andruss, hat am 22. November 19. . sein Haus verlassen, und man hat seither nichts mehr von ihm gesehen oder gehört. Alle Personen, die über den besagten Jonas Lauretz, ob tot oder lebendig, Mitteilungen zu machen haben, werden aufgefordert, solche Mitteilungen innerhalb von zwölf Monaten ab heute an die unterzeichneten Behörden zu richten.

Die zweite Verlautbarung war acht Monate später datiert.

Das Bezirksgericht Andruss wird von den gesetzlichen Erben des Jonas Lauretz, Sägemüller aus dem Jeff, ersucht, ihn für verschollen zu erklären.
Jonas Lauretz hat am 22. November das Jeff mit unbekannter Bestimmung verlassen und seit damals kein Lebenszeichen mehr gegeben. Personen, die über das Leben oder den Tod des Obenerwähnten Mitteilungen zu machen haben, werden hiermit aufgefordert, sich innerhalb eines Jahres ab heute bei dem unterzeichneten Bezirksgericht zu melden. Im Falle, daß solche Mitteilungen nicht einlaufen sollten, wird das unterzeichnete Gericht auf erneutes Ansuchen der Erben gemäß Art. 36 und 37, S. Z. G., den Jonas Lauretz für verschollen erklären.

Um diese Verlautbarung zu erlassen, hätte Richter Bonatsch die Vollmacht einer höheren Instanz einholen müssen. Wo war die Vollmacht? Andi blätterte sämtliche Papiere durch und fand nicht eine einzige Zeile, die zwischen Bonatsch und einem höheren Gericht gewechselt worden war. Es schien Andi fast unmöglich, daß ein Mann wie Bonatsch seine eigenen Befugnisse so lächerlich wenig kennen und die Vorschriften der Gerichtsordnung so völlig außer acht lassen sollte. Um einen Menschen für verschollen zu erklären, muß die begründete Annahme, ja, fast die Gewißheit bestehen, daß die plötzlich verschwundene Person zur Zeit des Verschwindens in unmittelbarer Lebensgefahr gewesen war. Hatte im Falle des alten Lauretz eine unmittelbare Lebensgefahr bestanden?

In dem Polizeibericht hieß es:

Ich habe in Andruss eingehende Erkundungen angestellt. Niemand hat Lauretz am 23. November oder nachher gesehen. Er hat keine Fahrkarte auf dem Bahnhof genommen. Es scheint nicht, daß an diesem Tag jemand nach Italien hätte hinüber können, weil auf dem Yzolla viel Schnee gefallen war. Die Zollbeamten und Grenzwachen haben an dem obenerwähnten Datum niemand die Grenze überschreiten sehen.

Allem Anschein nach also konnte dem Alten nur von einer Seite her unmittelbare Lebensgefahr gedroht haben: Wenn er auf dem Yzollapaß in einen Schneesturm geriet. Andi fand es sogleich höchst unwahrscheinlich, daß der alte Sägemüller im Schnee umgekommen sein sollte, obgleich Richter Bonatsch es für möglich, ja, sogar für wahrscheinlich gehalten haben mußte.
Andi klappte die Mappe zu, ein Gefühl wie leises Grauen überkam ihn. Je mehr er nachdachte, desto größer wurde sein Erstaunen. Der Zufall, daß diese Aktensammlung gerade in seine Hände geraten war, schien das Geheimnisvolle des Falles nur noch zu steigern. Es sah wirklich so aus, als wollte eine böse Gewalt ihm einen schauerlichen Streich spielen. Er wußte sogleich, was im Augenblick seine Pflicht war: Er mußte die Angelegenheit dem Präsidenten Gutknecht zurückgeben, da er nicht befugt war, diesen sonderbaren Fall zu beurteilen und entsprechend den Anweisungen des Präsidenten abzuschließen. Dieses Aktenmaterial mußte in andere Hände kommen. Ein anderer würde die Dinge nachprüfen müssen, die Silvelie und ihn selbst so eng berührten. Die Untersuchung würde nicht lange geheimbleiben, sie würde bald an das Licht der Öffentlichkeit gelangen. Gerade, weil er jetzt der Familie verschwägert

war, konnte dabei ein Skandal von noch unbekanntem Ausmaß entstehen. Wie ein Mensch, der von der Bergeshöhe aus ein Panorama betrachtet, sah Andi Kette um Kette häßlicher Möglichkeiten vor seinen Blicken sich entfalten, und seine Furcht wurde immer größer, während eine Wolke nach der andern vor seinen Augen wich und seine eigene Frau hüllenlos mitten in das gespenstische Bild hineinzustellen schien. Nein, er mußte sich das gründlicher überlegen! Glücklicherweise hatte er Zeit bis zum Herbst! Und es waren auch noch alle die anderen Angelegenheiten des verstorbenen Bonatsch nachzuprüfen. Er brauchte keinen voreiligen Entschluß zu fassen.

Er packte das Paket ein, trug es ins Haus und sperrte es in die Schublade. Als er sich dem Fenster näherte, hörte er zwei singende Frauenstimmen, einen Sopran und einen Alt. Silvelie und das Kindermädchen kamen den Weg entlang, einen Einkaufskorb in den Händen.

8

Silvelie kam ins Zimmer. »Erdbeeren aus Schlans!« rief sie und hielt ein kleines Körbchen in die Höhe. Plötzlich aber ließ sie den Arm sinken und sah Andi forschend an. »Was ist denn los?«
»Nichts«, sagte er müde. »Ich habe Kopfschmerzen, ich glaube, es zieht sich ein Gewitter zusammen.«
»Armer Andi! Du bist zu lange im Bach gewesen, bis an die Hüften im Wasser, um das Schwimmbassin zu bauen. Du hast dich erkältet.«
Er schüttelte den Kopf.
»Nein – es ist wohl nur die drückende Hitze. Ich werde versuchen, mir durch einen Spaziergang zu helfen.« Er sprang auf. »Ich gehe spazieren.« Und er verließ hastig den Raum.
Erstaunt blickte sie ihm nach. Sie wußte sofort, daß während ihrer Abwesenheit etwas Unangenehmes passiert sein mußte. Aber was konnte es denn gewesen sein? Sie fragte Anneli, und das Mädchen sagte ihr, der Herr Doktor habe unter dem Baum gesessen und gelesen.

522

»Was hat er denn gelesen? Einen Brief?«

»Ich weiß es nicht, Frau Doktor.«

Silvelies Unruhe wurde noch größer.

Inzwischen spazierte Andi durch den Wald. Diesmal achtete er nicht auf seine Umgebung. Nicht einmal die Forellen im Bach konnten seine Aufmerksamkeit erregen, obgleich sie munter aus dem Wasser hüpften. Es war, als wüßten sie, daß ihr Erbfeind sie jetzt lange Zeit nicht mehr belästigen würde.

Viele kleine Einzelheiten, die den alten Lauretz betrafen, tauchten vor Andis innerem Auge auf, viele dunkle Dinge, über die Silvelie nie gesprochen hatte. Aber er war ja diesem Thema stets sorgfältig aus dem Wege gegangen! Die Frage, die ihn jetzt am meisten quälte, war: ‚Wer hatte vor ihm diese Aktenmappe in der Hand gehabt?‘ Das mußte er sofort feststellen. Er blieb stehen und starrte ausdruckslos vor sich hin. Silvelies zweite Unterredung mit dem Richter Bonatsch fiel ihm ein. ‚Warum hatte sie ihm nie davon erzählt, ihn niemals auch nur um seinen Rat gebeten? War er nicht ein weit fähigerer Jurist als Richter Bonatsch? Warum hatte sie sich immer so unbestimmt ausgedrückt, wenn von ihrer Familie die Rede war?‘

Während Andi sich diese Frage vorlegte, packte ihn ein fast physischer Widerwille. Aus einer tieferen Bewußtseinsschicht rief er sich ins Gedächtnis zurück, daß ihm gelegentlich, besonders ganz zu Anfang seiner Bekanntschaft mit Silvelie, der Gedanke durch den Kopf geschossen war, es könnte mit dem alten Lauretz etwas Unrechtes geschehen sein. Aber er wußte, daß sein Geist wie ein unendlich wandelbares Kaleidoskop war, daß seine Phantasie in spielerischer Weise Situationen, Bilder und Vorstellungen ersinnen konnte, die ihn mit Grauen und Abscheu erfüllten. Häßliche, höllische Visionen suchten ihn zuweilen heim und verschwanden. Manchmal vermischten sie sich sogar vor ihrem Erlöschen mit den edelsten und heiligsten Gedanken. Er besaß leider nicht die reine Seele eines stumpfsinnigen Dummkopfes.

Andi biß die Zähne zusammen, schüttelte ungeduldig den Kopf, als wolle er die finsteren Gedanken verjagen.

‚Unsinn. Wahrscheinlich ist Bonatschs Verdacht durch irgendein idiotisches Geschwätz unnütz erregt worden – Dorftratsch. Deshalb hat Niklaus sich bei ihm beklagt. Ich muß mir diesen Gedanken aus dem Kopfe schlagen. Ich darf mich nicht von ihm gefangennehmen lassen. Bonatsch hat ihn zweifellos weit von sich gewiesen...'

Ein wenig getröstet machte er sich auf den Heimweg. Er war entschlossen, fürs erste nicht mit Silvelie zu sprechen. Unterwegs aber fielen ihm wieder gewisse Sätze aus Niklaus' Aussage ein:

– »Ich glaube, er stand unter dem Einfluß des Alkohols.« –

– »Mein Vater war sehr schlechter Laune.« –

– »Um eine hitzige Auseinandersetzung zu vermeiden – «

– »Nach einigem Streiten – « Und am Schluß: »Da wir alle gerne wissen möchten, was aus ihm geworden ist.« –

Und später, viel später dann, war Niklaus zu Bonatsch gegangen und hatte behauptet, er handle auf seinen, Andis Rat hin. Er hatte Niklaus in dieser Angelegenheit nie einen Rat erteilt.

Wer war dieser Tagelöhner Jöry Wagner?

– »Das Pferd lahmte.« –

Andi erinnerte sich an seinen Besuch im Hause Lauretz im Jeff, seinen ersten und einzigen Besuch. Niklaus hatte ihm die Sägemühle und den Stall gezeigt. Er erinnerte sich, als ob es gestern gewesen wäre, wie Niklaus mit der Hand über Schnufis Fell strich und sagte: »Was sagen Sie zu unserem Gaul? Jetzt wird er schon bald fünfzehn, und es hat ihm noch nie etwas gefehlt.«

Und er hatte Niklaus gefragt: »Auch nicht an dieser dicken Sehne?«

»Nicht einmal an dieser dicken Sehne!« hatte Niklaus beteuert. Wenn es sich um Pferde handelte, hatte Andi ein gutes Gedächtnis. Aber es wäre sehr dumm gewesen, aus solchen gelegentlichen Redereien Schlüsse ziehen zu wollen.

Als er zu Hause ankam, legte ihm Silvelie die Hände auf die Schulter und sah ihn forschend an: »Was ist los?«

»Ich fühle mich jetzt bedeutend wohler«, erwiderte er. Ja, ihr Anblick schon tröstete und ermutigte ihn. Den Abend über schien er heiter, aber er wußte, daß er Komödie spielte. Hinter seinem Lachen lauerte eine schmerzliche Unruhe, und während sein Mund mit scheinbarer Lebhaftigkeit redete, sandte sein Geist Fühler aus, die im Dunkel nach der Wahrheit tasteten. Denn so war nun einmal sein Charakter, daß trotz seiner vielen Fehler und Mängel eine Leidenschaft ihn beherrschte, die sich wie ein Fluidum mit seinem Blut vermischte, die Leidenschaft für die Wahrheit. Jetzt, da er heimlich zu den Geheimnissen der Vergangenheit Silvelies und ihrer Familie hingetrieben wurde, quälte ihn der Umstand, daß er seine Gedanken verbergen und vor ihr Komödie spielen mußte.

Sie saß ihm gegenüber an einem kleinen Tischchen. Sie hatte ihr gelbseidenes Nachtgewand an und ein rosarotes Wolltuch über die Schultern geworfen. Durch das offene Fenster wehte der Kiefernduft herein. Sie legte eine Patience, dieselbe Patience, die seine Mutter ihr gezeigt hatte. Er sah in ihr reizendes Gesicht, das frischer war denn je, ihre Schultern, ihre gerunzelte Stirn. Und durch die offene Tür wanderten seine Blicke zu den zwei Betten, die nebeneinander in dem anstoßenden Zimmer standen, die frischen, kühlen, leinenen Tücher zurückgeschlagen. Zwischen den Betten war kaum so viel Raum, daß man eine Hand dazwischenschieben konnte.

»Sivvy«, sagte er, »ich muß morgen nach Lanzberg fahren. Ich habe im Amt etwas vergessen. Es ist mir erst heute eingefallen.«

Sie hielt in ihrem Spiel inne und beugte sich vor.

»Soll ich dich begleiten?«

»Nein, das ist nicht nötig.«

Sie hob die Lider und sah ihm tief in die Augen. Eine heimliche Erregung, ein zuckender Schmerz lief durch ihre Adern.

»Hast du die Berge satt?«

»Warum sollte ich?«

»Langweile ich dich?«

»Sprich kein dummes Zeug!«

Sie neigte den Kopf zur Seite und legte weiter Karten. Er stand auf.

»Böse, wenn ich zu Bett gehe?«

»Geh nur, Lieber. Ich komme bald nach.«

Er legte sich ins Bett. Er ließ die Tür offenstehen und betrachtete ihr Profil. Nach einiger Zeit beendete sie ihre Patience, kam ins Schlafzimmer, legte den Schlafrock ab und drehte das Licht aus. Sie ging zu ihm hin, küßte ihn im Finstern, schlüpfte dann ins Bett.

Nichts war zu hören als der Bach und ab und zu das Rascheln der Bäume, wenn der Nachtwind über sie hinwegstrich. Eine Kälte wie die Kälte des Winters stahl sich in Silvelies Herz. Sie wußte, daß nun endlich eine Wandlung über Andi gekommen war. Ihre Gedanken wanderten zur Via Mala zurück. Wilde Angst war in ihr, aber sie blieb stumm. Sie merkte an Andis Atmen, daß er noch nicht schlief, doch sie rief nicht seinen Namen, sie rührte sich nicht. Sie wußte, wenn sie es täte, würde diesmal die ganze Wahrheit aus ihr hervorbrechen. Sie preßte die Lippen zusammen, sie knirschte mit den Zähnen. Andi drehte sich um, seufzte, sagte aber nichts. Es war, als habe zwischen ihnen der Schatten des alten Lauretz sich aufgerichtet, um einen Wettstreit an Nervenkraft mitzuerleben. Seine Tochter siegte, denn Andi schlief schließlich ein. Sie aber schlich sich aus dem Bett, setzte sich ans Fenster und starrte in die Nacht hinaus.

9

Frühmorgens holte Andi das Auto aus dem Schuppen. Silvelie stand dabei, den kleinen Tristan auf den Armen. Sie sah, wie Andi ein Paket unter den Führersitz legte.

»Was hast du denn da, Andi?«

»O nichts. Einige Papiere, die ich durchsehen mußte. Ich will sie in Lanzberg lassen.«

Er sah sie nicht an, während er mit ihr sprach.

»Wann kommst du zurück?«

»Sobald wie möglich.«

»Heute noch?«

»Ich glaube kaum. Es wird mir zuviel, an einem Tage hin und zurück.«

»Morgen?«

»Ich glaube schon. Jedenfalls komme ich so schnell wie mög-

lich.« Er küßte Tristan, und als er Silvelie küssen wollte, reichte
sie ihm die Wange. Er küßte sie auf die Wange. Er forderte nicht
ihre Lippen.

‚Es ist etwas mit ihm los‘, dachte sie, während sie ihm nachsah,
wie er langsam den schmalen Weg hinunterfuhr, der zur Julier-
Straße führte.

Eine schmerzliche Unruhe beherrschte Andi. Er fuhr sehr rasch
nach Lanzberg und geradeswegs in den Gefängnishof. Herr
Volk kam aus seiner Pförtnerloge und machte erstaunte Augen.

»Guata Tag, Herr Doktor!«

»Ich komme hier schnell mal vorbei, Herr Volk, will nachsehn,
wie es hier steht.«

»Alles sehr still, Herr Doktor.«

»Sehr still, so, so. Wenn keine Richter da sind, bleiben auch die
Verbrecher weg. Ist Herr Amman da?«

»Der Herr Aktuar ist in seiner Kanzlei.«

‚Wirklich eine unnütze Frage!‘ dachte Andi, während er den
Korridor entlangging. ‚Wenn die Uhr fünf vor neun zeigt und
Amman erscheint, geht die Uhr falsch. Es kann nicht fünf vor
neun sein. Es muß neun Uhr sein, denn Amman ist immer
pünktlich. Er hat zwei Uhren in der Tasche.‘

Andi legte das Paket auf seinen Tisch und riß die Fenster auf.
‚Hier stinkt es wie in einem Archiv!‘ sagte er zu sich, und es
roch auch wirklich so, als hätten während seiner kurzen Abwesenheit die Bücher und Papiere in dem Zimmer zu verwesen
begonnen. Auf seinem Schreibtisch türmte sich ein Stapel büro-
kratischen Plunders, Stöße von Zeitungen und bedrucktem
Papier. Er fegte das ganze Zeug in den Papierkorb.

»Wer druckt bloß diesen vielen Mist?« murmelte er. Und fügte
dann mit lauter Stimme hinzu: »Sagen Sie bitte Herrn Amman,
daß ich hier bin.«

»Jawohl, Herr Doktor«, erwiderte Herr Volk und verließ das
Zimmer, respektvoll die innere und die äußere Tür hinter sich
schließend.

Andi setzte sich. Nun, da er sich abermals von den Wänden
seines Amtszimmers umgeben fühlte, erwachte in ihm ein unheimliches Selbstvertrauen. Hier jedenfalls war er der Herr und

konnte tun, was ihm paßte. Hier herrschte Verschwiegenheit. Er drückte einen elektrischen Knopf. Wenige Minuten später klinkte die äußere Tür, und ein Klopfen ertönte.

»Immer herein«, rief Andi.

Herein kam Amman, ein magerer Herr in mittleren Jahren, mit einem maskenhaften Gesicht, einem kahlen Kopf und falschen Zähnen. Hinter dem einen Ohr hatte er einen langen, schwarzen Federhalter, hinter dem anderen einen Bleistift. Aus seiner Tasche ragten zwei Füllfedern hervor, in brüderlicher Nachbarschaft mit einem roten und einem blauen Bleistift, deren scharfe Spitzen durch blanke Blechhülsen vor jeder Beschädigung geschützt waren: Eine gewaltige Reserve an Schreibmaterial.

»Guata Tag, Herr Doktor!«

Es klang, als hätte ein Ziegenbock gesprochen.

»Tag, Herr Amman«, erwiderte Andi. »Ich habe noch ein paar Sachen zu erledigen, und weil ich gerade vorbeikam...«

»Schneider, Max, Herr Doktor?«

»Warum? Ich werde mir seinetwegen doch nicht den Kopf zerbrechen. Er bekommt mindestens fünf Jahre und kann ruhig noch einen Monat sitzen. Es sind noch eine Menge Zeugen zu verhören. Wenn er Glück hat, rechnet ihm das Gericht die Untersuchungshaft an. Inzwischen genießt er die kleinen Vergünstigungen... Wie kommen Sie auf den Mann?«

»Die Polizei, Herr Doktor...«

»So, die Polizei!« unterbrach ihn Andi. »Was hat denn die Polizei damit zu tun? Die Leute sollen warten und sich um ihre eigenen Angelegenheiten kümmern... Ich wollte Sie nun um folgendes bitten. Telephonieren Sie nach Arosa, in das Sanatorium, in dem Doktor Rosenroth sich gegenwärtig aufhält, und fragen Sie den Herrn Doktor, ob ich ihm heute einen kurzen Besuch abstatten darf.«

»Jawohl, Herr Doktor.«

»Und legen Sie die private Leitung in mein Zimmer.«

»Jawohl, Herr Doktor.«

»Ich werde wieder nach Ihnen klingeln.«

Herr Amman nahm den Federhalter hinter dem Ohr hervor, steckte ihn waagerecht zwischen die Lippen und schlurfte, geräuschlos die Tür hinter sich schließend, zum Zimmer hinaus. Nun öffnete Andi das Paket und ordnete die Aktenmappen, sieben an der Zahl. Im Augenblick aber interessierte ihn nur der Fall Lauretz. Er entnahm seiner Bibliothek einige Gesetzbücher, sah alle Paragraphen durch, die auf die Untersuchung Bezug haben konnten, und frischte sein Gedächtnis auf. Dann zündete er sich eine Zigarette an und ging im Zimmer auf und ab. Das Telephon läutete. Herr Amman teilte mit, Doktor Rosenroth würde sich freuen, Doktor von Richenau in Arosa zu empfangen. Andi sperrte sofort die Mappen ein, und wenige Minuten später saß er in seinem Auto. Um die Mittagsstunde kam er in dem Bergsanatorium an und fragte nach Doktor Rosenroth. Eine Pflegerin führte ihn die Treppe hinauf durch ein Schlafzimmer auf einen Balkon, und dort sah Andi seinen Kollegen ausgestreckt auf einer Chaiselongue liegen. Doktor Rosenroth hatte nie sehr gesund ausgesehen. Von bleicher Gesichtsfarbe, dunkeläugig, eckig, das Haar von mattem Grau, stets in Schwarz gekleidet, auf dem Kopf einen weichen, breitrandigen, schwarzen Filzhut – so war er stets eine furchteinflößende Erscheinung gewesen, nicht nur für die Missetäter, die unter seine zärtliche Obhut gerieten, sondern auch für viele unschuldige Leute, die ihm auf der Straße begegneten. Jetzt waren seine Augen schwarz umrandet, die Hand, die er Andi reichte, war weiß, und seine Stimme klang dumpf.

»Guata Tag, Herr Kollege! Das ist eine große Freude, die ich vollauf zu würdigen weiß.«

Die Pflegerin brachte einen Stuhl und lächelte Andi an, so wie eine Frau, die Jahr für Jahr unter Schwindsüchtigen lebt, einen sonnverbrannten, athletisch gebauten Mann mit einer Brust wie ein Gladiator anlächeln mag.

»Ich wollte einmal sehen, wie es Ihnen geht«, sagte Andi herzlich.

»Oh, es geht mir schon viel besser«, erwiderte Doktor Rosenroth mit schwacher Stimme.

»Bitte, mein Herr«, sagte die Pflegerin, »der Herr Doktor darf nicht aufgeregt werden, sein Gehirn ist sehr unruhig, und er braucht völlige Ruhe.«

»Ruhe! Ruhe! Ruhe hab' ich genug«, sagte Doktor Rosenroth. Er beugte sich vor, wartete, bis die Pflegerin weggegangen war, und flüsterte dann vertraulich: »Nicht einmal eine Zigarette! Haben Sie eine für mich?«

Andi sah sich um. Die Pflegerin war verschwunden. Er gab Doktor Rosenroth ein paar Zigaretten, die der Kranke gierig packte.

»Sie glauben immer, sie wissen alles, diese Ärzte«, sagte er. »In Wirklichkeit aber wissen sie sehr wenig von den Lebenssäften, die in uns sind. Behandeln einen immer wie einen Todeskandidaten. Ich habe meinem Arzt gestern abend erzählt, daß Prinz Wilhelm von Oranien schwindsüchtig war, und daß er trotzdem viele Jahre gelebt hat, einer der größten Staatsmänner und Generale der Geschichte war, jede Woche auf die Hirschjagd ging und soviel trinken konnte wie ein Herzog von Burgund. Und was sie einem hier für Lektüre aufdrängen wollen! Romane von hübschen jungen Mädchen, die am Fenster ihrer elterlichen Wohnung sitzen und immerfort nähen oder spinnen. Wer spinnt denn heutzutage? Dann kommt der dumme Liebhaber, ein junger Pastor oder ein Fremder, der geheimnisvoll auftaucht, und zum Schluß ein brennendes Haus. Manche dieser stupiden Romanschreiber scheinen verhinderte Brandstifter zu sein. Auf dem Nachbarbalkon sitzt ein Mann, der liest nur Gottfried Keller und bezeichnet ihn als den größten Schriftsteller aller Zeiten. Ein etwas übertriebener Patriotismus! Da drüben auf diesem Balkon haust eine Dame, die früher einmal Opernsängerin war. Sie empfängt in ihrem Zimmer die Besuche eines jungen serbischen Politikers. Bei Tag und bei Nacht. Dann reden sie wohl über Politik, die Haare würden einem zu Berge stehen, wenn man zuhören könnte. Schließlich haben wir hier einen Wiener Nervenarzt, der sich mit mir über Pansexualität unterhält. Glauben Sie mir, Herr Kollege, ich lebe hier unter lauter Verrückten.«

»Sie werden bald imstande sein, ihnen den Rücken zu kehren«, tröstete ihn Andi. Er schaltete das Gespräch auf berufliche Fragen um. Zuerst sprach er über einige Fälle, die er von Doktor Rosenroth übernommen hatte, und schmeichelte in schlauer Weise dem beruflichen Ehrgeiz seines Kollegen. Schließlich kam er auch auf die Angelegenheit Richter Bonatsch zu sprechen, mit deren Prüfung Doktor Gutknecht ihn beauftragt hatte. »Ich habe mir die Sache durch den Kopf gehen lassen«, meinte Doktor Rosenroth. »Und ich beneide Sie nicht, Herr Kollege. Es ist immer eine heikle Aufgabe, die Angelegenheiten eines Verstorbenen nachzuprüfen. Man weiß nie, was dabei herauskommt.«

»Könnten Sie mir einen Rat geben?«

Doktor Rosenroth zuckte die Achseln.

»Was würden Sie tun, wenn Sie diese Untersuchung zu führen hätten?«

»Ich? Ich würde wahrscheinlich ein bis zwei besondere Fälle, krasse Fälle, falls es solche gibt, heraussuchen, mich auf diese Fälle konzentrieren und alles übrige beiseite lassen. Aber – ich weiß es nicht. Ich weiß eigentlich fast gar nicht, worum es sich handelt. Ich habe mir das Zeug noch nicht angesehen. Auch der Präsident ist nicht im Bilde. Wenn dieser neue Bezirksrichter etwas vorsichtiger gewesen wäre, hätte man das alles auf dem Verwaltungsweg erledigen können. So aber scheint er mit dem alten Bonatsch einen persönlichen Zwist gehabt zu haben und ist aus diesem Grunde an den Großrat herangetreten. Kennen Sie ihn?«

»Nicht persönlich.«

»Ein ehrgeiziger kleiner Dorfadvokat! Ich kenne ihn schon seit vielen Jahren. Ein Bonatsch mit all seinen Fehlern wiegt zehn dieser zudringlichen Kulturbesen auf. Es gibt Autokraten und Demokraten. Ich ziehe den Typ Bonatsch vor. Jammerschade, daß diese Patriarchen alle aussterben. Sie sind für unser Land ein sehr großes Plus gewesen.«

Doktor Rosenroth zog die Zigaretten hervor, die Andi ihm geschenkt hatte, sah sie sehnsüchtig an und steckte sie wieder in die Tasche. Dann lächelte er. »Haben Sie schon einmal einem Gefangenen Zigaretten geschenkt?«

Andi rieb sich das Kinn. »Und Sie, Herr Kollege?«

Sie sahen einander an.

»Es ist gegen die Gefängnisordnung.«

Beide lächelten.

Andi fühlte sich sehr erleichtert. Doktor Rosenroth hatte offenbar die Akten über den Fall Lauretz ebensowenig zu Gesicht bekommen wie die übrigen, die der Präsident ihm anvertraut hatte. Eine schrille Klingel begann durch das ganze Sanatorium zu gellen. Die Pflegerin erschien, und ihr bloßer Anblick schien wie ein Reizmittel auf Doktor Rosenroth zu wirken, denn er begann zu husten und tastete nach seinem Silberfläschchen. Andi stand auf, wandte sich ab, bis der Kranke mit seinem Husten und Spucken fertig war. Dann verabschiedete er sich nach einigen höflichen Bemerkungen und guten Wünschen herzlich von ihm. Als er dann im Auto saß, war ihm fast leicht zumute, unendlich leichter jedenfalls als eine Stunde vorher.

Aber als er sich Lanzberg näherte, überfielen ihn abermals finstere Gedanken. Obgleich er jetzt so ziemlich davon überzeugt war, daß vor ihm noch niemand die Affäre des alten Bonatsch untersucht hatte, war schließlich immer noch der neue Bezirksrichter da.

Andi nahm in Madame Roberts Konditorei eine kleine Erfrischung zu sich. Madame Robert freute sich sehr über das Wiedersehen und richtete eine Unmenge Fragen an ihn, und er war gezwungen, den Liebenswürdigen zu spielen. Aber sowie er sein leichtes Mahl verzehrt hatte, bezahlte er und ging weg. Er begab sich geradeswegs in seine Kanzlei und läutete nach Herrn Amman, der sogleich erschien, den Federhalter zwischen den Lippen. Andi diktierte ihm einen Brief an das Bezirksgericht in Andruss und ersuchte das Gericht in entschiedenem Ton, ihm die gesamte Korrespondenz zu übersenden, die während der letzten vier Jahre zwischen diesem Gericht und dem Hauptgericht hin- und hergegangen war. Dann befahl er, ihm sämtliche Andrusser Akten aus dem Archiv der Gerichtskanzlei in sein Zimmer zu bringen, ebenso die Gefängnisprotokolle aus jener Zeit, in der Lauretz seine Strafe abgesessen hatte.

»Und bringen Sie mir den Gummistempel und das Siegel der Gerichtskommission«, fügte er hinzu.

Diese ganze Untersuchung mußte in den Mantel strenger Anonymität gehüllt bleiben.

‚Mein Name darf nicht genannt werden‘, dachte Andi.

10

Am Abend fuhr Andi nach Schlans hinauf. Er machte die Runde durch seinen Besitz, schaute nach den Tieren und nach den Vögeln. Ottos Frau erbot sich, ihm im Hause ein Abendessen zu kochen.

»Nein«, sagte er, »tu das nicht. Wenn du nichts dagegen hast, setz ich mich zu euch an den Tisch.«

Der alte Otto warf seinen Hut auf eine Bank und strich sich den Bart.

»Was hab' ich gesagt!« rief er mit hoher Stimme. »Ist der Herr Junker nicht wie sein Großvater! Ich erinnere mich noch, wie der alte Herr Baron einmal vom Schloß herunterkam und einen großen Teller und einen silbernen Löffel mitbrachte und sich zu uns setzte und Witze machte. Na, Mariegeli, dein Gedächtnis ist schwach! Den Teller hast du zerbrochen, aber geh und hol jetzt den Löffel. Der Herr Junker wird heute abend mit demselben Löffel essen. Und er soll eine Flasche von dem Lanzberger bekommen, den wir von Marios Hochzeit vor drei Jahren aufgehoben haben.«

Der junge Noldi trat in die Stalltür. Er war jetzt Korporal und sorgte für Andis Pferde.

»Anabig!« sagte er und ließ seine sämtlichen Zähne sehen. »Wann wird Jim Roper wieder einmal zeigen, was er kann?«

»Vielleicht nächsten Monat auf der Internationalen in Luzern, wenn er genügend in Form ist.«

»In Form? Ich geh jeden Morgen um sechs mit ihm zum Schänzli und leg' eine Zündholzschachtel auf die Ziegelmauer, und nicht einmal die berührt er mit den Hinterbeinen. Wenn er eine Fliege auf dem Zaun sieht, spitzt er die Ohren und hebt den Fuß, damit er drüber wegkommt. Es ist Zeit, Herr Doktor, daß Sie ihn wieder einmal vorführen. Er schreit schon danach. Frühmorgens um vier fängt er zu stampfen und zu wiehern an, und ich gebe ihm sein Futter, und gestern hat er mich mit dem Kopf zum Stall hinausgeschubst. Major Clavouat wollte mit ihm über die Hürden reiten, aber ich habe nein gesagt, und der Major sagte:

‚Warte nur, was ich mit dir mache, wenn du im Herbst zum Militärdienst einrückst!'«

»Und was hast du erwidert?«

»Ich hab' erwidert: ‚Herr Major, ich bin Korporal. Im Herbst können Sie auf mir reiten, wenn Sie wollen, aber nicht auf Herrn von Richenaus Pferd.'«

Es gab viel Gelächter, während Noldi, an einem Strohhalm kauend, näherkam.

Am späten Abend setzte sich Andi mit ihnen zu Tisch. Er aß mit dem silbernen Löffel seines Großvaters, diesem Löffel, der jetzt ein Erbstück in Ottos Familie war. Wieder rührte ihn die Unbeweglichkeit der Bauern, wieder überraschte ihn die Entdeckung, wie viele ihrer schlauen und gesunden Anschauungen in ihm selbst lebendig waren. Ihre Anschauungen kamen gleichsam aus der Erde. Und so wie die Erde manchmal hart und dürr, manchmal weich und fruchtbar ist, so waren auch sie. Ihre Herzen pochten kräftig, und ihre Unbefangenheit nahm ihn gefangen. Er fühlte sich unter ihnen zu Hause, als gehörte er zu ihnen. Er lachte und scherzte mit ihnen. Und als einer der Knechte namens Wolfgang Huoni, ein Mann aus Schanfigg mit einem viereckigen blonden Bart, den Rock auszog und auf einer großen Ziehharmonika aufzuspielen begann, nahm Andi die alte Mariegeli um ihre steifen Hüften und tanzte mit ihr unter dem Beifall der Versammelten einen richtigen Hopser.

Das Fest war erst um elf Uhr zu Ende. Andi ging ins Haus hinüber. Ringsum war alles so still, als wäre das Haus ausgestorben. Er legte sich ins Bett. Silvelies Bett stand leer neben dem seinen. Die Tür zu Tristans Zimmer stand offen. Ihm war, als hüllte ihn das Vorgefühl einer grauenhaften Einsamkeit traurig ein. Wieder öffnete er die blaue Aktenmappe und las die Papiere durch. Er nahm einen Zettel und machte sich einige Notizen. Sein Gehirn war sehr wach. Viele Fragen stürmten auf ihn ein. Das Rätsel des alten Lauretz wurde immer geheimnisvoller.

Er stand auf und ging im Finstern umher.

‚Geduld, Geduld!' sagte er zu sich selbst. ‚Laß dich nicht durch Stimmungen beeinflussen.'

Er ging in den Garten hinaus und setzte sich hin. Es war eine warme Nacht. Die Bauern genossen ihren friedlichen Schlaf nach der ermüdenden Arbeit des Tages. In dem Bäumen war alles still. Kein Laut kam von den Feldern. Menschen, Tiere und Vögel erfreuten sich einer schönen Ruhe in der Dunkelheit und der Stille, vergaßen ihre Sorgen, ihre Arbeit. Andis Sinne aber schliefen keinen Augenblick lang. Für seine Augen gab es keine Nacht, für sein Herz keine Ruhe. Alle seine geistigen Kräfte waren wach, überwach in ängstlicher Erregung.

Schließlich kehrte er in sein Zimmer zurück. Wieder griff er mit heftiger Gebärde nach den Dokumenten, als wollte er ihnen gewaltsam die Antwort auf die Fragen abzwingen, die sich in seinem Hirn drängten. ‚Es hat alles keinen Zweck‘, sagte er sich schließlich und legte die Papiere in die Mappe zurück. ‚Ich muß warten.‘ Er drehte das Licht ab, das Haus versank in Finsternis. Schon vor neun Uhr war er wieder im Amt. Die Gefängnisregister lagen auf einem Tischchen, Schachteln voll Karten, die sauber in alphabetischer Reihenfolge bezeichnet waren. Er fand die Karte, die er brauchte.

Lauretz, Jonas. Alter einundfünfzig. Sägemüller. Jeff. Bezirksgericht Andruss. Protestant. Verheiratet. Gewicht bei Einlieferung: Hundertundzwei Kilo. Körperlicher Zustand: Robust. Vier Monate. Vergehen: §§ 19, 24, 81, 145. Starke Neigung zum Alkoholismus. Jähzornig. Neunmal verwarnt. Drei Wochen Einzelhaft. Ärztliche Behandlung wegen Trunksucht. Weist geistlichen Beistand zurück. Nach drei Monaten leichte Besserung. Hat sich verpflichtet, abstinent zu bleiben.

Andi schrieb die Karte ab und legte die Abschrift in die Mappe. Dann blätterte er sorgfältig die Korrespondenz durch, die zwischen Richter Bonatsch und dem Kantonalgericht hin- und hergegangen war. Es gab da eine Reihe von Angelegenheiten, die den gewöhnlichen Geschäftsweg gegangen waren: Ansuchen um Bestätigung von Urteilen, Fälle, die das Appellationsgericht betrafen. Nirgends aber war der Name Lauretz erwähnt. Andi atmete auf.

Um sich zu zerstreuen, begann er die Berichte über den Vorfall zu studieren, der die Interpellation im Rat veranlaßt hatte. Es war behauptet worden, Doktor Bonatsch habe seinen persönlichen Einfluß in einem Rechtshandel geltend gemacht, der vor dem Zivilgericht in Lanzberg hätte verhandelt werden müssen. Andi las automatisch weiter, es fiel ihm schwer, sich für etwas anderes als die eine Sache zu interessieren, die ihn so tief erschütterte. Er ahnte noch nicht, wie wichtig diese Berichte waren. Erst zu einem späteren Zeitpunkt sollte er merken, warum sie wichtig waren. Langsam erwachte in ihm ein Mißtrauen gegen Silvelie. Silvelie wußte mehr über all diese Vorgänge, als sie ihm jemals anvertraut hatte. Sie mußte etwas wissen, denn sie hatte Bonatsch manches erzählt. Warum aber war sie nie zu ihm gekommen?

Ihre Familie war von schwerer Sorge bedroht, und Silvelie hatte sich nie um Rat an ihn gewandt. Sie mußte gewußt haben, daß er der Mann sei, der ihnen helfen konnte. Hätte sie ihn gleich zu Anfang befragt, dann wäre er zu Bonatsch gegangen und hätte die ganze Sache in ein normales, ordentliches Geleise gebracht. Aber nein; sie war immer sehr zurückhaltend und sehr empfindlich gewesen, so empfindlich, daß er schon aus Zartgefühl die Angelegenheit nicht weiter verfolgt hatte. Auch er hatte einen Fehler gemacht. Schopenhauer sagt, ein Verliebter sei wie ein Mensch in einem Nebel. Andis Sinne waren umnebelt gewesen, erst jetzt kam er wieder ins helle Licht.

Dann fiel ihm ein, er müsse vor allem Silvelie bitten, die volle Wahrheit zu sagen. Das würde ihn beruhigen, und er konnte nachher entscheiden, was jetzt mit den Akten zu geschehen habe. Er nahm seine Notizen an sich, sperrte die Dokumente ein und teilte Herrn Amman mit, daß er in die Berge zurückfahre.

II

So wie eine Gemse den Kopf hebt und die Nähe des Jägers wittert, so ahnte Silvelie die Nähe der Gefahr, die ihr und ihrer Familie drohte. Sie fühlte, daß Andi auf der Spur ihres Vaters war. Das ereignislose Schweigen seit dem Tode Richter

Bonatschs war ihr von Anfang an unheilverkündend erschienen. Mehrmals hatte sie Niklaus antelephoniert und von ihm etwas Neues wissen wollen, aber er hatte ihr nichts Neues sagen können.

‚Ich hab’ nichts mehr gehört.‘ Oder: ‚Ich hab’ den neuen Präsidenten bei Volkert getroffen, er spielte dort Karten. Er hat mich angeschaut, meinen Gruß erwidert und freundlich gelächelt.‘ Oder: ‚Ich traue mich nicht zu ihm hin, ich hab’ Angst, er wird hundert Fragen an mich richten.‘

Niklaus schien überzeugt, daß nach Ablauf der gesetzlichen Frist die Verschollenheitserklärung veröffentlicht werden würde. Er glaubte nicht daran, weil er hoffte, daß es so kommen würde. Silvelie aber mißtraute der Güte des Schicksals. Sie war nun lange genug die Frau eines Untersuchungsrichters, um zu wissen, daß das Gesetz niemals schläft, daß selbst die glattesten Fische nur selten ungehindert durch das Netz der Paragraphen schlüpfen. Nicht umsonst hatte Andi ihr erzählt, daß es im Kanton der dreihundert Gletscher kein Verbrechen gebe, dessen zweiter Akt nicht früher oder später in seinem Amtszimmer in Szene ging. Ein schrecklicher Prozeß, der damit enden würde, daß alle ihre Angehörigen zu vielen Jahren Zuchthaus verurteilt wurden, schien drohend näher zu rücken.

Sie ging Andi nicht entgegen, wie das sonst ihre Gewohnheit war. Sie erwartete ihn im Haus. Sie hörte ihn die Stufen heraufkommen und die Schuhe an der Türmatte abstreifen. Tristan saß draußen unter dem Baum. Warum hatte Andi seinen Sohn nicht begrüßt? Er hatte den Kleinen gar nicht beachtet.

Sie kam sich völlig wehrlos vor. Als er ins Zimmer trat, konnte sie es kaum über sich bringen, ihn mit einem Lächeln zu begrüßen. Seine hohe, aufrechte Gestalt reichte fast bis an die Decke. In dem kleinen Zimmer sah er riesengroß aus.

»Da bin ich wieder. Alles in Ordnung?«

Er trat auf sie zu. Sie bot ihm die Wange. Er küßte sie auf die Wange, suchte nicht ihre Lippen und sah sie von der Seite an.

»Du siehst müde aus.«

Sie wußte, daß sie blaue Schatten um die Augen hatte.

»Ich kann nicht schlafen, wenn du nicht da bist.«

»Warum nicht? Du hast doch Tristan?«

»Wo hast du gestern nacht geschlafen?«

»Ich war zu Hause in Schlans.«

Er goß sich ein Gläschen ein und zündete sich eine Zigarette an. Silvelie fühlte sich außerstande, gelassen und natürlich zu erscheinen. Sie ging hinaus und holte Tristan herein, reichte Andi das Kind hin. Er küßte es, nahm es aber nicht auf den Arm. Sie ging hinaus und setzte sich mit Tristan unter den Baum.

Als sie dann bei Tisch einander gegenübersaßen, hatten mit einemmal ihre Zweifel ein Ende. Noch bevor sie den Sinn seiner Worte erfaßte, merkte sie an seinem absichtlich gleichgültigen Tone, an seinem freundlichen, aber neutralen Benehmen, daß er etwas entdeckt haben mußte.

»Weißt du, Sivvy, du könntest mir einmal etwas mehr über deinen Vater und sein Verschwinden erzählen. Sei nicht aufgeregt, weil ich mit dieser Frage zu dir komme.«

»Ich bin nicht aufgeregt. Warum auch? Es ist nur natürlich, daß du fragst.«

»Ich weiß es nicht«, sagte er behutsam. »Ich stelle nicht gern Fragen, von denen ich weiß, daß sie weh tun.«

Unwillkürlich seufzte sie. Daß er so ganz allgemein von »Fragen, die weh tun«, sprach, verletzte sie.

»Wie kommst du auf den Gedanken, daß es mir weh tun könnte, wenn du mir Fragen stellst?«

»Weil ich deine Empfindlichkeit kenne. Aber du brauchst keine Angst zu haben. Es ist mir wirklich ganz einerlei, ob dein Vater ein schlechter Mensch war. Du brauchst dich nicht zu schämen, wenn du mit mir über deinen Vater sprichst.«

Er hielt inne und fügte hinzu: »Du brauchst dich auch nicht zu fürchten.«

Sie legte Messer und Gabel hin.

»Ich schäme mich nicht, und ich fürchte mich nicht. Ich dachte, ich hätte dir alles erzählt. Oder nicht? Habe ich dir nicht schon alles erzählt, als ich dich kaum noch kannte – erinnere dich –, in deinem Auto, als wir an dem Gefängnis vorüberkamen?«

»Ich erinnere mich. Damals war ich für dich noch ein Fremder.

538

Manchmal ist es leichter, über gewisse Dinge mit einem Fremden zu sprechen als mit einem Menschen, den man genau kennt.«
»Aber du weißt doch sicher alles, was man wissen kann«, sagte sie und sah ihm gerade in die Augen.
»Ja?« sagte er. Er senkte den Blick. »Jedenfalls könnte ich einiges von dem, was du mir erzählt hast, vergessen haben, und deshalb frage ich dich noch einmal. Es wird etwas geschehen müssen, um die Angelegenheit endgültig in Ordnung zu bringen. Sie ist für uns beide immer noch eine peinliche Bedrohung. Du weißt, wie sehr ich Klarheit liebe, und wie sehr ich Dunkelheit und Verwirrung hasse.«
»Ist hier Dunkelheit und Verwirrung?«
»Ja. Sehr viel!« erwiderte er und begann zu essen.
Sie beobachtete ihn mit forschenden Blicken, beunruhigt, ängstlich, verwirrt.
»Du hast mir nie erzählt, daß Bonatsch im Zusammenhang mit dem Verschwinden deines Vaters eine gerichtliche Untersuchung eingeleitet hat«, sagte Andi plötzlich und legte Messer und Gabel hin.
»Eine gerichtliche Untersuchung?«
»Ja. Er war dazu nicht befugt. Wenn er Verdacht hegte, mußte er die Gerichte in Lanzberg benachrichtigen.«
»Hat denn eine gerichtliche Untersuchung stattgefunden?« fragte sie.
»Das Grundstück durchsuchen und überall nachgraben – was meinst du, was das ist?«
»Ich bin überzeugt, wenn Richter Bonatsch eine solche Untersuchung angestellt hat, dann wollte er damit nur den Leuten klarmachen, daß alle die Gerüchte sinnlos waren.«
Sie lehnte sich in ihrem Stuhl zurück.
»Was für Gerüchte?«
»Alte Feinde meines Vaters versuchten, uns Scherereien zu machen.«
Andi schüttelte düster den Kopf.
»Warum hast du mir nie etwas von diesen Dingen erzählt, Sivvy? Du hattest eine Unterredung mit Bonatsch und hast mir kein Wort davon gesagt.«

»Es war nicht nötig, dir etwas zu sagen«, erwiderte sie schnell. »Ich habe Bonatsch nichts erzählt, was ich nicht auch dir irgendwann einmal erzählt hätte.«

»Das weiß ich nicht. Vielleicht hast du einige Punkte vergessen. Deshalb frage ich dich noch einmal. Erzähl mir alles, was du weißt, alles!«

»Frage, was immer du fragen willst«, sagte sie, und ihre Wangen röteten sich. »Ich werde dir gern und bereitwillig antworten.«

»Ja?«

»Gewiß.«

Ihre Züge waren ein wenig verzerrt, und ihre Miene erschreckte ihn.

Am meisten Kopfzerbrechen machte Andi bei der ganzen Geschichte die (für ihn) neue Person des Tagelöhners Jöry Wagner. Es war ihm nicht klar, warum Niklaus diesen Mann veranlaßt hatte, freiwillig eine Aussage zu machen. Ein geheimnisvoller Instinkt bewog ihn, sich diese Person auszusuchen, um Genaueres über sie in Erfahrung zu bringen. Der bloße Name Jöry Wagner quälte ihn.

»Sag mir: Wer ist dieser Jöry Wagner?« Er stützte das Kinn in die Hand und beugte sich vor.

»Jöry? Das ist ein Tagelöhner, der bei meinem Vater gearbeitet hat.«

»War er lange bei euch?«

»Ungefähr sieben oder acht Jahre.«

»Verheiratet?«

»Ja«, sagte sie und wurde wieder rot.

Andi wechselte den Ton.

»Warum wirst du rot, Sivvy?« sagte er freundlich. »Ist denn das etwas Schreckliches, daß der Mann verheiratet war?«

»Das ist es nicht«, erwiderte sie mit trockener Stimme. »Aber –« Sie hielt einen Augenblick lang inne. »Da du es wissen willst, Jörys Frau hatte ein Kind, einen Jungen, Albert, und der war nicht Jörys Sohn – sondern der Sohn meines Vaters.«

Andi schaute auf seine Hand hinunter.

»Noch mehr Verwandte!« murmelte er trocken.

»Machst du das mir zum Vorwurf?«

»Liebes Kind – natürlich nicht! Außerdem ist es mir gleich. Vielleicht habe auch ich uneheliche Halbbrüder herumlaufen, von denen ich nichts weiß. Aber nun sag mir einmal: War dein Vater diesem Wagner noch Lohn schuldig?«

»Ich glaube, ja. Mein Vater hatte nie Geld für uns. Was er hatte, gab er bei fremden Leuten aus.«

Eine neue finstere Perspektive tat sich vor Andi auf.

»Hat Niklaus dem Wagner das Geld bezahlt?«

»Ich weiß es nicht«, sagte Silvelie.

Ihre Stimme wurde hart. Sie klang anders als sonst.

»Aber du mußt es doch wissen!« sagte er sanft. »Versuch doch einmal, dich zu erinnern, Liebes!«

Sie schwieg.

»Warst du nicht damals in Ilanz, als der Mann zu euch kam, um sein Geld zu fordern?«

»Vielleicht. Ich kann mich nicht erinnern.«

»Aber du hast doch Bonatsch erzählt, daß du damals in Ilanz warst.«

»So? Dann muß ich wohl dort gewesen sein. Aber ich kann mich jetzt nicht mehr erinnern, daß ich den Jöry damals gesehen habe.«

»Hat Niklaus dir nichts von Jörys Besuch erzählt?«

Sie schüttelte den Kopf. Plötzlich packte sie ein Gefühl der Schwäche und Verzweiflung. Das war ein Verhör, das sie nicht erwartet hatte. Sie sah, wie Andis Züge sich immer mehr verhärteten, obgleich seine Stimme sanft und leidenschaftslos blieb. Eine Kälte, wie die Kälte des Todes, nahm von ihr Besitz. Aber sie konnte nicht die Wahrheit sagen. Nein, sie konnte es nicht! Auch jetzt sollte er ihr nicht das schreckliche Geheimnis entreißen, das sie so lange gehütet hatte.

»Wie sieht denn übrigens dieser Jöry aus?«

»Er ist ein Buckliger mit einer langen Hakennase, schmalen Lippen und scheußlichen Zähnen.«

Andi nickte rasch.

»Ich scheine ihn jetzt zu kennen. Es gibt gewisse Typen, die ich auf den ersten Blick durchschaue. Selbst ein geistiger Blick genügt. So, als ob man den Schwanz einer Schlange sieht. Man

541

braucht nur die Schwanzspitze zu sehen und weiß, daß es eine Schlange ist. Warst du nicht überrascht, Silvelie, als du aus Zürich zurückkamst, und sie dir erzählten, was zu Hause vorgefallen war?«

Silvelie wurde von einer schrecklichen Verzweiflung gepackt. Sie erstickte ein Stöhnen in der Kehle.

»Andi«, sagte sie mit zitternder Stimme. »Warum richtest du diese Fragen an mich, als ob ich eine Angeklagte in deinem Amtszimmer wäre?«

Er beugte sich über den Tisch, haschte nach ihren Händen und hielt sie fest.

»Verzeih mir«, sagte er, »ich muß es tun. Ich habe den Auftrag erhalten, das Durcheinander zu ordnen, das Bonatsch zurückgelassen hat. Der Fall deines Vaters gehört zu einer Reihe von Fällen, mit denen ich mich als gerichtlicher Kommissar zu beschäftigen habe. Für den Augenblick ist die Sache ganz in meinen Händen, aber ich weiß nicht, wie lange das noch so bleiben wird. Jedenfalls muß ich klarsehen. Ich kann nicht mit verbundenen Augen handeln.«

»Hat Richter Bonatsch etwas Unrechtes getan?«

»Soweit ich sehen kann, ist er nach eigenem Gutdünken vorgegangen, ohne die Sache an ein höheres Gericht zu verweisen. Er dachte natürlich nicht daran, daß er sterben könnte, und daß dann ein anderer gezwungen sein würde, den Fall zu übernehmen. Er hat seine Befugnisse überschritten, das ist der ganze Jammer. Jetzt weißt du Bescheid, Silvelie. Und ich erwarte von dir, daß du mir nach Kräften hilfst. Wir müssen die Geschichte untersuchen, ob sie uns paßt oder nicht, und sehen, wie wir weitermachen.«

»Was soll ich tun?«

»Du sollst mir die ganze Geschichte von Anfang an erzählen: Von der Zeit deiner Abreise nach Zürich an bis zu dem Augenblick, da du für immer aus dem Jeff weggingst.«

»Ich werde dir alles noch einmal erzählen.«

Und sie erzählte ihm mit stockender Stimme genau dieselbe Geschichte, die sie Richter Bonatsch erzählt hatte, und paßte sehr auf, daß ihr Gedächtnis sie nicht in die Irre führte.

»Mehr kann ich dir nicht erzählen«, schloß sie, »weil das alles ist, was ich weiß.«

Er ließ ihre Hände los und lehnte sich schweigend zurück. Plötzlich fing sie zu weinen an, stand auf und ging in das Schlafzimmer. Er eilte ihr sogleich nach, faßte sie um die Schultern und preßte sie fest an sich. Eine irrsinnige Zärtlichkeit packte ihn. Er küßte sie. Nein, sie durfte keinen Augenblick lang denken, daß er es bereue, sie geheiratet zu haben! Sie schob ihn weg und sank auf ihr Bett nieder. Er beugte sich über sie, um sie zu trösten, aber sie rief:

»Geh weg, geh weg, Andi! Ich kann es nicht ertragen!«

Er verließ sie, ging wieder ins Nebenzimmer und setzte sich hin.

Er schlug mit den Knöcheln gegen die Tischkante.

»Ob das wirklich alles ist, was sie weiß?« murmelte er. Lange Zeit saß er grübelnd da.

‚Sie hat mir nicht alles erzählt‘, dachte er. ‚Wenn sie lügt, muß die Wahrheit fürchterlich sein!‘

Das Kindermädchen kam mit Tristan herein, das Kind sollte dem Papa gute Nacht sagen. Andi küßte den Jungen mit zerstreuter Miene, und das Mädchen trug ihn hinaus. Es kam ihr nicht besonders seltsam vor, daß jungverheiratete Leute sich zankten. Sie war eine ältere Frau und hatte viel vom Leben gesehen.

»Morgen früh ist alles wieder in Ordnung«, flüsterte sie dem kleinen Tristan ins Ohr.

Andi ging zu Bett. Das Zimmer war finster. Er machte kein Licht. Zuerst legte er sich zu Bett und blieb dort eine Stunde lang liegen. Dann wurde sein Elend so schlimm, daß er in Silvelies Bett schlüpfte, um bei ihr Trost zu suchen. Sie war wach. Er nahm sie in seine Arme.

»Ich liebe dich, liebes Herz! Sivvy, sei immer ehrlich und offen! Ich kann die ganze Wahrheit vertragen, die niederschmetternde Wahrheit. Aber ich kann eine Lüge nicht ertragen!«

Sie zitterte heftig in seinen Armen. Er hörte ihre Zähne knirschen.

»Warum tust du das? Gib nach! Renne dich nicht fest...«

»Geh fort, Andi«, stieß sie hervor. »Geh fort!«

»Aber ich möchte bei dir sein, ich möchte dir helfen!«

Sie gab keine Antwort, bewegte nur nervös die Beine auf und ab, wie ein Mensch, der Schmerzen leidet.

»Sivvy –«, sagte er.

»Geh in dein Bett!« rief sie plötzlich mit verzweifelter Stimme.

Er verließ sie schweigend.

Am nächsten Morgen gingen sie spazieren, aber es war ein peinlicher Gang; ihre Seele war voll Angst und die seine von so schweren Zweifeln und Befürchtungen geplagt, daß beide schwiegen. Der enge Kontakt zwischen ihnen war zerrissen. Sie ging ein Stück hinter ihm. Ihre Augen ruhten auf seinen breiten Schultern, die ein wenig herabhingen, so daß man nur allzu deutlich sah, wie tief seine Betrübnis war. Er kam ihr wie ein Fremder vor. Was würde er nun tun?

Bevor sie wieder zu Hause angelangt waren, fing sie endlich zu reden an.

»Woran denkst du denn immerfort?«

»Ich versuche, mich an deine Stelle zu setzen, um deine Gefühle richtig zu begreifen.«

»Und gelingt dir das?«

»Wenn dein Vater der meine gewesen wäre, würde es mir auch zuwider sein, von ihm zu reden.«

»Warum?«

»Ich würde mich schämen, genau wie du.«

»Aber ich schäme mich gar nicht«, sagte sie trotzig.

»Ich weiß, daß du es fertigbringst, den alten Lumpen zu entschuldigen. Mir erscheint das sonderbar. Wahrscheinlich ist es dein Mitleid, Frauenart. Aber sehr wenig logisch.«

Sein Ton war bitter.

Als sie sich dem Hause näherten, blieben sie stehen und sahen einander an.

»Merkst du denn nicht, wie anmaßend du bist?« sagte sie plötzlich. »Warum bildest du dir denn ein, daß der Himmel mit deiner Gerechtigkeit einverstanden ist?«

Eine jähe Wut erwachte in ihr.

544

»Ich weiß, daß der Himmel alle Gerichtshöfe haßt und verab-
scheut, alle die Richter, Advokaten und Staatsanwälte haßt und
verabscheut, die Gefängnisse und euer ganzes System der
Rechtsprechung haßt!«
Er zuckte die Achseln und ging ins Haus.
»Du bist schon immer eine Egoistin gewesen.«
Sie setzte sich auf einen Stein. Sie wußte, daß von nun an ihre
Wege sich trennen würden.
Der Augenblick, vor dem sie sich immer gefürchtet hatte, war
gekommen. Hier endete ihr Wissen um Andi, hier begann das
Fremde in ihm. Er hatte sie merken lassen, daß sein Vertrauen
zu ihr erschüttert war. Binnen kurzem würde sich vielleicht auch
die Liebe, die er für sie empfunden hatte, in Haß verwandeln.
Sie überlegte, ob es nicht besser wäre, sofort zu ihm zu gehen
und alles zu erzählen, statt abzuwarten, bis er am Ende die
Wahrheit entdeckte. Aber sie gab den Gedanken fast sogleich
wieder auf. Nie, um keinen Preis, würde sie an sich selber zur
Verräterin werden. Nein, lieber würde sie sterben, als jetzt die
Wahrheit sagen, denn gerade das Verschweigen der Wahrheit
war ihr tiefstes Leid geworden. Sie hatte ihr Glück mit einer
Lüge erkauft, und kein ehrliches Eingeständnis konnte daran
etwas ändern. Sie mußte den Preis bezahlen, und mochte ihre
Qual noch schrecklicher werden, sie mußte sie standhaft ertragen, damit ihren Leuten vielleicht um ihres Leides willen
verziehen würde.
Dieses Gefühl, daß sie das Verbrechen anderer auf sich nehme
und ihre Bürde trage, diese geheimnisvolle Entsühnungslehre
gab ihr mit einem Male neue Kraft.
Sie stand auf, ging ins Haus und stieg die Treppe hinauf.
Andi packte gerade einen Koffer. Sie lehnte sich an die Tür und
sah ihm schweigend zu. Er war so aufgeregt, wie sie das an ihm
noch nie erlebt hatte. Ohne sie anzusehen, sagte er heftig:
»Wem auf Erden soll ich jetzt noch vertrauen? Ich wußte es
schon immer, daß du meinen Beruf insgeheim verachtest!«
Sie verschränkte die Arme über der Brust.
Mit hastigen, ruckartigen Bewegungen preßte er seine Sachen
in den Koffer.

»Nicht so viel Himmel und ein bißchen mehr Erde!« knurrte er.
»Warum stehst du denn da und starrst mich an? Was willst du?«
Er wagte es nicht, sie anzusehen, so tief empfand er den Verlust
seiner Selbstbeherrschung.
Er fühlte einfach ihre Gegenwart.
»Ja. Ich gehe weg. Ich kann diese Ungewißheit nicht mehr er-
tragen. Ich fühle mich hier nicht sicher.«
Er machte den Koffer zu, hob ihn auf und ging zur Türe hin-
aus.
Sie packte seinen Arm.
Er hielt einen Augenblick lang inne, riß sich dann los und ging
zum Schuppen hinunter. Wenige Sekunden später fuhr er im
Auto davon.

12

An einem heiteren Sommermorgen erhob sich Niklaus in aller
Frühe. Er sollte einen wichtigen Auftrag auf Bretter und Balken
aus Lärchenholz für ein neues Schulgebäude, das gerade im
Entstehen war, bekommen. Er war ein wenig unruhig, denn er
wartete noch immer auf die Bestätigung des Auftrages durch
das Kantonale Baudepartement. Bevor er hinausging, um sich
in seinem Betriebe umzusehen, begab er sich in sein Büro, ein
Zimmer mit einem großen Fenster, das einen Schreibtisch,
Wandbretter, Mappen, eine alte Schreibmaschine, ein neues
Telephon, einen Stoß Schreibpapier und blaue Umschläge mit
gedruckter Firmenadresse enthielt. Niklaus fegte mit einem
Besen den Boden und staubte die Möbel ab. Dann sperrte er
das Büro feierlich zu, spazierte über den Lagerplatz und maß
mit seinen Blicken die aufgestapelten Holzvorräte. Bisher hatte
er mit seinen Unternehmungen Glück gehabt. Zweifellos. Aber
die wirkliche Ursache seines Erfolges war sein unermüdlicher
Fleiß, denn nie war er müßig, und wenn die Säge nicht arbeitete, wurde sein Körper schlaff, und er fühlte sich unglücklich.
‚Arbeitslosigkeit. Pah! Ein Märchen! Für alle ist Arbeit da!‘
dachte er und vergaß ganz, daß er selbst arbeitslos sein würde,

wenn Andi nicht an die zehntausend Franken in das Geschäft hineingesteckt hätte.

Um sieben Uhr erschienen seine beiden Arbeiter, der eine von ihnen, Herr Kaspar Domenig, hatte früher einmal eine Tischlerwerkstatt besessen. Aber es waren schlechte Zeiten gekommen, er hatte Bankrott gemacht und nach monatelanger Arbeitslosigkeit allzu bereitwillig den geringfügigen Lohn genehmigt, den Herr Lauretz ihm anbot. Dieser arme Teufel hatte eine Tochter, ein Mädchen von ungefähr neunzehn Jahren, mit braunem Haar, roten Backen und einem Kneifer auf der kleinen Nase. Sie hatte die Handelsschule besucht, konnte maschineschreiben, sauber rechnen, doppelte Buchführung besorgen und im Notfall auch ohne Hilfe einen Geschäftsbrief schreiben. Sie war adrett, nett gewachsen, im Benehmen und im Reden sehr zurückhaltend. Sie hieß Edelbertha, und Niklaus beschäftigte sie einige Stunden am Tage in seinem Büro, mit einem Stundenlohn von neunzig Centimes. Sie war jetzt schon zwei Monate bei ihm, ohne eine Aufbesserung zu bekommen, und schien mit ihrem Lohn zufrieden, denn sie beklagte sich nicht. Einige Male hatte Niklaus bemerkt, wie sie den Kneifer abnahm und sich die Tränen aus den Augen wischte. Das hatte ihm Spaß gemacht, denn er erinnerte sich der Tränen, die viele Jahre lang im Hause der Lauretz' geflossen waren, und es freute ihn, auch andere Leute unglücklich zu wissen. Er behandelte sie weder freundlich noch unfreundlich. Er war seiner Auffassung nach einfach korrekt, und um der Korrektheit willen kontrollierte er mit der Uhr in der Hand Edelberthas Arbeitsstunden und bezahlte sie nicht nur nach der Stunde, sondern auch nach der Minute. Es interessierte ihn nie, was sie sich dachte, er richtete nie eine Frage an sie, die sich nicht unmittelbar auf das Geschäft bezog. Er war korrekt und weiter nichts. Trotzdem fürchtete er sich ein wenig vor ihr – weil sie ein Mädchen war, ein Mädchen mit hübschen Beinen, hübschen Hüften und einem hübschen Busen, wenn auch ihr Gesicht nicht sehr schön war. Und sie war nicht dumm. Ganz im Gegenteil. Sie hatte Verstand, sie hatte Haltung, sie war gebildet und – sie beklagte sich nie.

Edelbertha erschien wie gewöhnlich um neun, um sich zu

erkundigen, ob Arbeit für sie da sei. Niklaus dankte ihr für ihr Kommen, meinte aber, es sei heute nicht genug Arbeit da, nicht einmal für neunzig Centimes. Sie entfernte sich also ganz still, und Niklaus sah beharrlich nach der entgegengesetzten Richtung, obgleich er sich versucht fühlte, ihr nachzusehen und ihren Gang zu beobachten.

‚Wenn sie bloß Geld hätte!‘ dachte er. ‚Das würde mich ihretwegen freuen.‘

Der Postbote kam zwischen den Bretterstapeln auf Niklaus zu und überreichte ihm einen Eilbrief. Niklaus erkannte Silvelies Handschrift. Er steckte den Brief in die Tasche, beendete die Arbeit, mit der er eben beschäftigt war, und zog sich in sein Büro zurück. Denn es stand für ihn fest, daß alle Briefe ins Büro gehörten und im Büro gelesen werden mußten.

Während noch einen Augenblick zuvor sein Lebensausblick voll Tatkraft und Hoffnung gewesen war, genügte dieser Brief, um ihn mit einem Schlag einer so grausamen Wirklichkeit gegenüberzustellen, daß er durch und durch erschüttert war.

»Jetzt kann ich dir sagen, warum wir seit Bonatschs Tod nichts mehr gehört haben«, schrieb Silvelie. »Unser Fall ist an das Lanzberger Gericht weitergeleitet worden und in Andis Hände geraten. Er wird ihn jetzt untersuchen. Ich habe keinen von euch verraten, aber ich kann euch nicht versprechen, daß Andi nicht selbst die Wahrheit herausfinden wird. Es besteht die Möglichkeit, daß er sie nicht herausfindet, aber das hängt davon ab, ob er euch alles glauben wird, was ihr ihm erzählt. Ich kann nichts mehr tun. Ich habe bisher schon soviel durchgemacht – noch ein wenig mehr, und ich sterbe. Aber ich habe schreckliche Angst um euch, mehr kann ich im Augenblick nicht sagen.«

Niklaus war es zumute, als verkrampften sich seine Eingeweide. Er sprang auf, ging umher, setzte sich wieder hin. Im selben Augenblick läutete das Telephon.

»Das ist sie!« rief er und sprang auf.

Aber als er den Hörer abnahm, hörte er Andis Stimme.

»Hallo, Niklaus! Guata Tag! Wie geht's?«

»Recht gut, Herr Schwager.«

Er konnte es nicht über sich bringen, Andi anders anzureden.

»Hören Sie«, sagte Andi, »ich muß mit Ihnen sprechen. Ich habe hier sehr viel zu tun. Können Sie sich heute frei machen?«

»Mein Motorrad ist nicht in Ordnung.«

»Können Sie nicht mit dem Zug kommen?«

»Muß es heute sein?«

»Es wäre mir recht. Ich bin in Urlaub, wie Sie wissen.«

Niklaus trat von einem Bein aufs andere, wie ein Mensch, der Schmerzen leidet.

»Ich werde sehen, ob ich das Rad reparieren lassen kann.«

»Was ist denn los?«

»Die Ölleitung hat ein Loch.«

»Schieben Sie ein Stück Gummischlauch drüber, aber kommen Sie her! Es ist wirklich ziemlich wichtig.«

»Wo sind Sie denn jetzt?«

»Bei mir zu Hause in Schlans, aber ich fahre nach Lanzberg in meine Kanzlei. Suchen Sie mich dort auf.«

»Ich werde tun, was ich kann«, erwiderte Niklaus. »Aber es wird Nachmittag werden.«

»Ausgezeichnet. Ich erwarte Sie.«

Andis Stimme war verschwunden. Niklaus legte langsam den Hörer auf. Ein tödlicher Ernst kam in seine Augen.

»Himmel Donner Maria!« brummte er. »Jetzt muß ich aufpassen!«

Und er ging in sein Schlafzimmer, um sich zu rasieren. Frau Lauretz saß, wie gewöhnlich, in ihrem windgeschützten Winkel. Sie hatte die Hände im Schoß und betrachtete leeren Blicks das ferne Dorf und die vielen Kirchtürme, die im Tale sichtbar waren, als plötzlich Niklaus auftauchte.

»Muattr, ich muß mit dir und Hanna sprechen. Komm hinauf. Wo ist Hanna?«

Hanna sah zu dem kleinen Fenster heraus.

»Was ist los, Niklaus?«

»Ich komme hinauf. Ich muß mit dir sprechen.«

Langsam und gehorsam schleppte Frau Lauretz ihren müden Körper hinter dem Sohn die hölzerne Treppe hinauf. Niklaus ließ sie ins Zimmer treten und machte die Tür zu. Ein paar Minuten lang humpelte er in dem schmalen Raume auf und ab.

Die Frauen warteten und beobachteten ihn mit ungewisser Angst. Er war leichenblaß, ganz außer Atem, und in seinen Blicken lag ein wilder, gehetzter Ausdruck.

»Lies, was Schwester Silvelie schreibt! Lies!« stieß er hervor und reichte Hanna den Brief.

Sie las ihn mit leiser Stimme vor.

»Jeses Maria!« rief Frau Lauretz. »Jetzt kommt es heraus!«

»Was kommt heraus?« schrie Niklaus. »Nichts kommt heraus! Jetzt müssen wir durchhalten, weiter nichts! Ich fahre sofort nach Lanzberg zu Silvelies Mann. Er will mit mir über die Sache sprechen, und ich habe mir gedacht, es ist besser, wenn ich euch davon verständige.«

Hanna schob eine dicke Haarlocke aus der Stirn. Ihre linke Braue zuckte empor.

»Was kann er viel tun?« sagte sie mit lauter, fast verächtlicher Stimme. »Er ist Silvelies Mann! Er ist doch unser Schwager!«

»Glaubst du, ich habe das nicht schon vorher gewußt, du Schlaue!« sagte Niklaus heiser. »Natürlich ist er unser Schwager.« Er zeigte auf Frau Lauretz.

»Sie ist seine Schwiegermutter.«

»Und was sollte er denn herausfinden?« rief Hanna. »Bald sind es drei Jahre her. Kein Mensch redet mehr davon.«

»Teufel, ja!« sagte Niklaus. »Aber er wird Fragen stellen, das ist mal sicher, und wir müssen genau dasselbe sagen, was wir zuvor zu Bonatsch gesagt haben, und uns nicht verraten, und wir dürfen auch nicht glauben, weil er Silvelies Mann ist, wird er sich nicht um die Wahrheit kümmern. Ich sage euch, wir müssen doppelt vorsichtig sein. In dem Lanzberger Gericht sitzen viele Schnüffler. Außerdem könnte er Lust bekommen, sein Geld aus meinem Geschäft zurückzuziehen. Stellt euch das vor! Und dann – diese Herren von Richenau sind nicht so wie unsereiner.«

»Geh und sieh, was er will«, sagte Hanna voll Zuversicht. »Paß selber auf!«

Frau Lauretz sank auf das kleine Sofa nieder.

»Es kommt heraus! Es kommt bestimmt heraus!« murmelte sie finster.

Niklaus beachtete sie nicht, setzte den Hut auf und verließ eilig das Haus.

Andi hatte inzwischen keinen Augenblick lang Ruhe. Er ging in seinem Arbeitszimmer auf und ab und wartete auf Niklaus. Hundert Fragen schossen ihm durch den Kopf, unheimliche Befürchtungen drangen auf ihn ein. Die wichtigste Frage, die alle anderen überschattete, war folgende: ,Was ist aus dem Manne geworden, der am 23. November mit einigen tausend Franken in der Tasche das Jeff verlassen hat und seither spurlos verschwunden ist? Wenn er viertausendfünfhundert Franken bei sich gehabt hatte, bedeutete diese Summe für viele Leute im Hochland ein wahres Vermögen.' Andi gestand sich offen ein, daß man mit gutem Grund ein Verbrechen vermuten durfte. Die Theorie, daß der alte Lauretz ermordet und beraubt worden sei, kam ihm jetzt gar nicht mehr so weit hergeholt vor. Das konnte sehr wohl die Lösung des Rätsels sein, und Andi hatte lange genug mit Verbrechen zu tun gehabt, um sogleich Blut zu riechen.

»Ich muß und werde dieser Sache auf den Grund gehen«, sagte er zu sich.

Kurz nach zwei Uhr hörte er auf dem Hofe ein Motorrad und trat ans Fenster, um Niklaus' Ankunft zu beobachten. Er sah ihn über den Hof humpeln. Kurz darauf brachte Herr Volk, den Andi instruiert hatte, ihn in Andis Amtszimmer. Niklaus' Gesicht sah hager und verhärmt aus. Er war zuerst sehr verlegen und schrak fast unter Andis geradem Blick zusammen.

»Setzen Sie sich, Niklaus«, sagte Andi. »Silvelie hat Ihnen wohl schon geschrieben?«

Niklaus schüttelte den Kopf und schluckte.

»Was denn geschrieben?«

»Sie hat weder geschrieben noch telephoniert?«

»Nein«, sagte Niklaus.

»Wann sind Sie von Andruss weggefahren?«

»Um elf. Gar nicht schlecht, wie?«

Niklaus fühlte seinen Mut zurückkehren. Er gewann jetzt seine Selbstbeherrschung wieder. Eine granitene Härte war in ihm, der unbezähmbare Wille, sich zu wehren.

»Sie müssen scharf gefahren sein«, sagte Andi. »Drei Stunden! Ich glaube nicht, daß ich es mit dem Alfa schaffen könnte!«

»Ja, mit dem Rad kommt man schneller durch die Kurven.« Niklaus setzte sich hin.

»Ist Silvelie in Schlans?«

»Nein, sie ist mit dem Kind oben in Err.«

»Wie geht es den beiden?«

»Gut, danke.«

Niklaus schlug die Beine übereinander und lehnte sich in die Tiefe seines Sessels zurück.

»Sie wollten Wichtiges mit mir besprechen, Herr Schwager.«

»Es handelt sich um Ihren Vater«, sagte Andi und setzte sich gleichfalls hin. »Und um die Verschollenheitserklärung, die Sie verlangen. Die Sache ist an mich verwiesen worden.«

Er berichtete in ein paar kurzen Sätzen, was sich ereignet hatte.

»Was soll jetzt geschehen?« fragte Niklaus.

Andi runzelte die Stirn und sah Niklaus über einen Stoß von Papieren hinweg an. Sein Blick war so forschend, daß Niklaus innerlich zu zittern begann.

»Wie die Dinge jetzt liegen, kann die Sache nicht so schnell und so leicht erledigt werden, wie das wünschenswert wäre.«

Andi wandte sich seinen Papieren zu. Er blätterte stumm, und Niklaus beobachtete ihn, von einer Unruhe gepackt, wie er sie ähnlich noch nie erlebt hatte.

»Ich nehme an«, sagte Andi und sah mit scheinbar gleichgültiger Gebärde einen Augenblick lang auf, während er ein großes, mit der Maschine beschriebenes Blatt Papier umwandte, »ich nehme an, daß Sie von diesem buckligen Jöry Wagner eine Quittung über den bezahlten Lohn erhalten haben.«

Niklaus fuhr zusammen.

»Ach, der Lohn! Ja, natürlich hab' ich ihn bezahlt, im Namen meines Vaters. Aber es ist mir nicht eingefallen, eine Quittung von ihm zu verlangen.«

»Pflegen Sie keine Quittungen zu verlangen, wenn Sie Gelder ausbezahlen?«

»Ja, gewiß! Aber es ist mir nicht eingefallen, von Jöry eine zu verlangen.«

Der Gedanke durchzuckte ihn: ‚Wie kommt er auf Jöry? Welche Spur verfolgt er jetzt?‘

»Hat Ihnen Schwester Silvia nichts davon erzählt?« sagte er laut.

Andi rutschte auf seinem Stuhl hin und her.

Es war ihm sehr unangenehm, daß Niklaus den Namen Silvelies in die Unterredung hineinzog.

»Silvelie hat mir vieles erzählt«, erwiderte er ruhig. »Aber sie konnte mir doch nicht erzählen, was am 22. November im Jeff passiert ist, weil sie damals in Zürich war.«

»Sie weiß, was geschehen ist.«

»Woher soll sie es wissen? Ist sie Hellseherin?«

»Nein, aber wir haben es ihr natürlich erzählt.«

»War Jöry noch da, als sie zurückkam?«

»Ich glaube schon.«

»Sie müssen es genau wissen.«

»Lassen Sie mich nachdenken – ja, Jöry war da. Silvelie kam schon am nächsten Tag zurück. Ich habe Richter Bonatsch alles erzählt.«

»Das weiß ich, Niklaus. Wissen Sie vielleicht zufällig, ob Ihr Vater einen Paß hatte?«

»Warum?« sagte Niklaus; diese unerwartete Frage erschreckte ihn, aber er versuchte, sich nichts anmerken zu lassen.

»Weil er ohne Paß das Land nicht gut verlassen konnte.«

»Ich weiß, daß er seine Militärpapiere und seinen Geburtsschein bei sich hatte«, sagte Niklaus. »Die hatte er nach Zürich mitgenommen, um sich bei der Bank auszuweisen.«

»Was ist Ihre Meinung, Niklaus? Wie erklären Sie sich das Verschwinden Ihres Vaters?«

»Ich bin ihm morgens bis zur Brücke nachgegangen, aber ich kann nicht schwören, ob er das Tal hinauf- oder hinunterging. Er war schrecklich aufgeregt. Vielleicht ist er zum Hospiz hinaufgegangen und hat sich im Schnee verirrt. Anders kann es gar nicht gewesen sein. In Andruss hat ihn niemand gesehen.«

»Sie haben erst zwei Monate später Bonatsch von dem Verschwinden Ihres Vaters unterrichtet. Warum haben Sie so lange gewartet?«

»Ja, er hätte ja wieder auftauchen können. Außerdem hatten wir fünfhundert Franken, mit denen wir auskamen.«

Andi zündete sich eine Zigarette an.

»Und dann, gegen Ende Januar, als Sie mit Ihren Leuten in Ilanz wohnten, haben Sie es fertiggebracht, Jöry den Lohn zu bezahlen?«

»Ja. Ich habe ihm dreihundertundzweiundfünfzig Franken bezahlt.«

»Das weiß ich. Silvelie war damals zu Hause.«

»Aber woher weiß sie es denn?« fragte Niklaus erstaunt. »Jöry ist gar nicht ins Haus gekommen. Ich habe ihn auf dem Bahnhof getroffen, und dann sind wir gleich mit dem Zug nach Andruss gefahren. Ich hab' auch niemandem erzählt, daß er bei mir war.«

»Sie fuhren mit ihm zu Bonatsch?«

»Ich fuhr mit ihm zu Bonatsch, damit er dort aussagt, weil Richter Bonatsch sich erkundigt hatte, wo Jöry in der Nacht zum 23. November gewesen war.«

Silvelie hatte ihm also in diesem Punkte die Wahrheit gesagt. Andis Herz wurde ein wenig froher.

»Wissen Sie, wo Jöry sich jetzt aufhält?«

Niklaus zuckte die Achseln.

»Ich weiß es nicht. Er fuhr mit der Bahn nach Lanzberg. Auf dem Bahnhof hatte er sich schon betrunken. Ich habe ihn nicht gefragt, wo er hin will. Er hat es mir nicht gesagt.«

»Er hat sich seither nicht mit Ihnen in Verbindung gesetzt?«

»Nie, Gott sei Dank.«

»Warum: ,Gott sei Dank'?«

»Wir konnten ihn alle nicht leiden.«

»Aus einem besonderen Grund?«

»So einen Menschen haßt man ohne allen Grund.«

»War er in seiner Hütte, als Ihr Vater wegging?«

Niklaus dachte nach.

»Ich weiß es nicht genau«, sagte er zögernd. »Aber ich glaube schon. Seine Frau lag im Sterben.«

»Sind Sie nie auf den Gedanken gekommen, daß dieser Jöry Ihrem Vater am 23. November gefolgt sein könnte?«

»Das ist nicht gut möglich. Er hat ja im Schuppen gearbeitet.«
Andi blätterte eine ziemliche Weile in seinen Papieren. Er drückte seine Zigarette aus.
»In Andruss gibt es einen Polizisten namens Dieterli«, sagte er schließlich mit veränderter Stimme. »Was ist denn das für ein Mensch?«
»Dieterli? Was für ein Mensch? Ein rothaariger, übereifriger Schnüffler, der sich für weiß Gott was hält. Den ganzen Tag schleicht er in Andruss herum, trägt immer irgendwelche amtlichen Papiere bei sich und steckt seine Nase in fremder Leute Privatangelegenheiten. Er ist der Kerl, der Silvelie aus Maler Lauters' Haus hinausgeworfen hat, als sie vor dem Toten kniete. Er hat zu ihr gesagt, sie darf nicht im Chalet bleiben, weil dort Wertsachen herumliegen. Es mag gute Polizisten geben, Herr Schwager, und schlechte, aber Dieterli ist sicher einer der schlimmsten. Jahrelang kam er ab und zu ins Jeff und stellte alle möglichen unverschämten Fragen: Ob wir heimlich Bäume gefällt hätten, ob ich Fische gefangen hätte, ob wir unsere Steuern bezahlt hätten, ob wir unsere Rechnungen bezahlt hätten, und ich weiß nicht, was noch alles. Jeden Abend hockt er bei Volkert und spielt Karten, und ich möchte wetten, seine zwei Kinder läßt er halb verhungern. Er ist der Mann, der vor fünf Jahren den italienischen Wilderer Giovanni erschossen hat. Er hat ihm hinter einem Felsblock aufgelauert und ihm eine Kugel durch den Kopf gejagt – in Notwehr. Dreihundert Franken hat er dafür bekommen. Ein Held, was?«
»Wir haben Sympathie für Wilddiebe, wie?« sagte Andi mit einem trockenen Lächeln. Allmählich aber nahmen seine Züge wieder ihren harten Ausdruck an.
»Soviel ich sehe, hat Dieterli das Grundstück im Jeff durchsucht.«
»Oh, öfter!« rief Niklaus.
»Wie oft?«
»Ungefähr zehn- oder zwölfmal hat er uns belästigt.«
»Hatte er eine Amtsperson mit? War Bonatsch auch dabei?«
»Niemand war dabei. Er hat es ganz allein gemacht, und ich habe ihm geholfen.«

»Ihm geholfen? Wie?«

»Ich sagte zu ihm: ‚Schauen Sie her, Herr Dieterli, da ist noch ein Winkel, in den Sie nicht hineingeschaut haben. Schauen Sie, da ist ein hübscher Fleck frischer Erde, da wollen wir nachgraben.' Und so weiter. Manchmal stand er da und starrte in den Wasserfall hinunter – ich weiß nicht, was er sich gedacht hat. Vielleicht hat er geglaubt, einer von uns hätte den Alten in die Yzolla geworfen. Dieser verfluchte Esel!«

Niklaus' Lachen klang ein wenig hysterisch. Andi starrte die Papiere an, die vor ihm lagen.

»Soll ich Dieterli vorladen?« fragte er.

»Wenn Sie Dieterli vernehmen, dann vergessen Sie nicht, daß er immer gesagt hat, Richter Bonatsch hat ihn beauftragt, die Untersuchungen vorzunehmen.«

Niklaus beugte sich vor.

»Könnten Sie nicht die Verschollenheitserklärung schnell durchsetzen?«

Andis Augen sahen schwer aus, wie mit Blei beladen.

»Ich weiß noch nicht, was ich tun werde. Ich habe meinen Amtseid geschworen. Ich bin ein Diener des Volkes und darf das Vertrauen des Volkes nicht mißbrauchen. Wir sind hier nicht in Bonatschs Kanzlei. Hier geht alles den gesetzlichen Weg.

Ich fürchte, Niklaus, es steht uns Schlimmes bevor.«

»Schlimmes? Warum?« fragte Niklaus und wurde rot. »Sie haben die Macht – «

»Das wird man erst sehen«, sagte Andi, und seine Stimme wurde härter. »Inzwischen wird es gut sein, wenn Sie mir noch ein paar Fragen beantworten!«

»Fragen Sie, soviel Sie wollen!« sagte Niklaus trotzig.

Andi rutschte auf seinem Stuhl hin und her.

»In einem der Protokolle erwähnt Bonatsch, Sie hätten ihm erzählt, daß ich Ihnen geraten hätte, zum zweiten Male die Veröffentlichung einer Verschollenheitserklärung zu verlangen.«

»Ich habe so etwas nie behauptet!«

»Aber hier steht es – sehen Sie!«

Andi zeigte Niklaus ein Blatt Papier, das mit Bonatschs

Handschrift bedeckt war. Er reichte Niklaus das Blatt. Und Niklaus las es.

»Ich habe so etwas nie gesagt!«

»Warum haben Sie dann die Aussage unterschrieben?«

»Ich kann sie nicht gelesen haben; wenn ich das gesehen hätte, hätte ich nicht unterschrieben.«

Andi wurde ärgerlich.

»Sie wissen genausogut wie ich, daß ich Ihnen in dieser Sache nie einen Rat gegeben habe. Ich habe auch nie eine Frage an Sie gerichtet. Und überlegen Sie sich, wie ich dastehe, wenn dieser Fall vor die Gerichte kommt!«

»Es ist eine falsche Aussage«, sagte Niklaus.

»Das weiß ich. Sie haben kein Recht, so auszusagen!«

»Ich meine von seiten Bonatschs.«

Einen Augenblick lang herrschte nun ein unheimliches Schweigen.

»Vielleicht habe ich – «, begann Niklaus in ruhigerem Ton.

»Was?« warf Andi ein.

»Vielleicht habe ich zu Bonatsch ein wenig geschwatzt, daß Sie jetzt mein Schwager sind und so weiter. Ich bin natürlich stolz auf Sie, und Herr Bonatsch mag sich gedacht haben – «

»Nun, Niklaus, ich verlasse mich auf Ihr Wort!« rief Andi.

»Aber die Sache ist trotzdem nicht einfach. Es ist sehr ungeschäftsmäßig von Ihnen, Aussagen zu unterschreiben, die Sie nicht gemacht haben, und Schulden Ihres Vaters zu bezahlen, ohne eine Quittung zu verlangen.«

Niklaus wand sich unter Andis hartem Blick. Es wurde ihm zuerst heiß und dann kalt.

»Ich habe es satt, satt! Ich habe genug davon!« schrie er auf.

»Gut also, dann entschließen Sie sich, die Sache ein- für allemal zu Ende zu bringen.«

»,Zu Ende bringen!'« rief Niklaus. »Während Sie die ganze verfluchte Geschichte von neuem aufwühlen! Fragen an mich stellen, als ob ich ein Verbrecher wär'! Ich habe doch auch Gefühle, vergessen Sie das nicht!«

»Niklaus«, sagte Andi streng, »Sie müssen meine Fragen beantworten. Wenn Sie es nicht tun, werden Sie vielleicht gezwungen sein, jemand anderem Rede zu stehen, der weniger Teilnahme für Sie aufbringt als ich. Sie behaupten in Ihrer Aussage Nummer eins vor Bonatsch, daß Ihr Vater sehr schlecht gelaunt gewesen sei, als er in der Nacht des 22. November nach Hause kam.«

»Er war immer schlecht gelaunt.«

»Was hat er in jener Nacht gesagt und getan?«

»Zuallererst schimpfte er fürchterlich, weil ich Wagen und Pferd mitgenommen hatte und er zu Fuß ins Jeff hatte wandern müssen.«

»Es waren alle Mitglieder der Familie bis auf Silvelie zu Hause?«

»Alle. Wir saßen in dem kleinen Zimmer.«

»Ist es zu einem Wortwechsel gekommen?«

»Eine höllische Szene! Sie können sich vorstellen, was wir ihm sagten, nachdem er Silvelies Geld gestohlen hatte.«

»Ist es zu Tätlichkeiten gekommen? Hat er einen von euch geschlagen?«

»Er hätte es auch getan, wenn wir ihm nicht aus dem Wege gegangen wären.«

»Seid ihr alle auf eure Zimmer gegangen?«

»Nein – ich ging in den Schuppen, Mutter und Hanna in den Stall.«

»Was machten Sie im Schuppen?«

»Ich überzeugte mich, daß das Licht abgedreht war.«

»Und dann?«

»Dann bin ich auch in den Stall gegangen.«

»Und nachher?«

»Wir blieben dort bis zum Morgen.«

»Und dann?«

»Dann kehrten wir ins Haus zurück. Der Alte schlief noch, und –«

»Einen Augenblick, ich will das aufschreiben. Es ist wichtig, die Bewegungen des Mannes genau zu verfolgen. Es ist sehr wichtig, weil er gleich darauf verschwand. Also weiter!«

»Wir waren halb erfroren, Hanna schürte das Feuer, und wir frühstückten. Während wir am Tisch saßen, kam der Alte herunter.«

»War er angekleidet?«

»Er hatte Hut und Mantel an.«

»Und dann?«

»Wir gingen aus dem Zimmer, und er setzte sich hin und aß die Reste unseres Frühstücks auf.«

»Ich bin verdammt froh, daß ihr jetzt alle etwas Ordentliches zum Frühstück habt«, murmelte Andi, während er eifrig schrieb.

»Und was ist dann geschehen?«

»Ich bin wieder ins Zimmer gegangen und hab' mich an den Alten gewandt.«

»An ihn gewandt?«

»Ja – ich hab' ihm die Lage geschildert, in der wir uns befanden. Ich hab' ihm Vorwürfe gemacht, ihm ordentlich die Meinung gesagt.«

»Und er?«

»Er hat mich ausgelacht.«

»Und wo waren Ihre Mutter und Hanna?«

»Sie saßen in der Küche und horchten, und dann kamen sie ins Zimmer herein.«

»Und dann?«

»Der Alte sprang auf. Er warf etwas Geld auf den Tisch und beschimpfte uns. ‚Ich gehe weg‘, schrie er. ‚Ich will eure Gesichter nicht mehr sehen!‘«

»Ist er einfach weggegangen?«

»Nein, er wollte das Pferd und den Wagen nehmen. Aber Schnufi hat gelahmt.«

»Gelahmt? Was war denn los mit ihm?«

»Er hatte ein krankes Bein.«

»Hat er schon lange gelahmt?«

»Ungefähr eine Woche.«

»Eine ganze Woche hat er gelahmt?«

Andi blickte auf.

»Wenn das Pferd nicht gelahmt hätte, würde dann der Alte talwärts oder bergauf gefahren sein? Was ist das Wahrscheinlichere?«

»Er wäre wohl nach Andruss hinuntergefahren.«

»Er muß also, wenn er zum Yzollapaß hinaufging, auf dem Weg vom Hause bis zur Landstraße seine Absicht geändert haben.«

»Er war furchtbar wütend. Vielleicht hat er sich gar nicht überlegt, in welche Richtung er gehen wollte. Vielleicht konnte er sich gar nicht zu einem bestimmten Weg entschließen. Schließlich kommt es doch manchmal vor, daß Leute blindlings umherirren.«

»Blindlings?« sagte Andi kaustisch.

»Er war wie ein Irrer«, beharrte Niklaus und lehnte sich in seinen Sessel zurück. »Und ich hoffe zu Gott, daß er nie mehr wiederkommt«, murmelte er wie zu sich selber.

»Wie spät war es da?« fragte Andi.

»Oh, früh, jedenfalls noch nicht neun.«

»Frühmorgens, vor neun Uhr, am 23. November«, schrieb Andi, die Angaben mit kaum merklicher Stimme wiederholend.

Er stand auf und ging einige Male durchs Zimmer. Dann blieb er vor Niklaus stehen.

»Haben Sie mir alles erzählt, was Sie wissen?«

»Ich kann Ihnen nichts anderes erzählen!« rief Niklaus verzweifelt.

»Hier steckt irgendwo ein Geheimnis«, sagte Andi. »Sie scheinen das nicht zu erfassen. Ich aber werde es herausbekommen müssen.«

Er wandte sich ab und sah zum Fenster hinaus. Niklaus sprang auf. Er war totenblaß. »Mich soll es freuen, wenn Sie es herausbekommen!« schrie er. »Es hat uns lange genug gequält!«

»Oh, ich werde es schon herausbekommen!« erwiderte Andi, ohne sich umzusehen.

»Es ist eine Schande, wie Sie mich behandeln! So, als ob ich ein Fremder wäre! Wenn Sie mir nicht glauben, sagen Sie es doch, dann weiß ich, woran ich bin.«

Andi blickte den wütenden jungen Mann über die Schulter hinweg von der Seite an, es war ein Blick, der bei Niklaus' Kopf anfing und langsam zu seinen Stiefeln hinunterglitt.

»Ich gebe Ihnen den Rat, sich zu beherrschen«, sagte er ruhig. »Ihre Haltung erleichtert die Sache nicht und überzeugt mich auch nicht.«

»Oh«, schrie Niklaus, völlig den Kopf verlierend, »ich muß still sitzen und mich wie einen Verbrecher behandeln lassen! Na,

560

dann suchen Sie sich doch den Alten selber! Vielleicht wird es Sie befriedigen, wenn Sie ihn wieder in den Schoß seiner Familie zurückbringen können.«

»Ich werde ihn finden, nur keine Sorge.«

Niklaus nahm seinen Hut.

»Haben Sie noch etwas zu fragen?«

»Nein, Sie können jetzt gehen.«

»Vielen Dank, Herr Schwager!«

Und mit einer höhnischen Verbeugung verließ Niklaus den Raum.

Aber sowie er draußen auf dem Gange war, schien ihm, als müßten die Wände über ihm zusammenstürzen. Und obgleich die Türen vor ihm offenstanden und Herr Volk sogar grüßte, als er die Stufen zu dem gepflasterten Hof hinunterstieg, fühlte er, daß eine unsichtbare Macht ihn gepackt hielt und ihn jetzt nicht mehr loslassen würde, einerlei, wohin er ging.

‚Alp Err!‘ dachte er, sobald er sein Motorrad bestiegen hatte. ‚Ich muß mit Silvelie sprechen.‘

Gegen Abend erreichte er sein Ziel. Silvelie führte ihn in das Zimmer im ersten Stock und machte sämtliche Türen zu. Niklaus berichtete ihr mit einem hastigen Wortschwall seine jüngsten Erlebnisse. Während er noch sprach, begann er sein Benehmen gegenüber Andi bitterlich zu bereuen.

»Ja, Schwester, du mußt ihm sagen, es tut mir leid, daß ich am Schluß so grob zu ihm war. Ich hatte den Kopf verloren. Aber er hat mich immerfort so angesehen! Ich wußte, daß er mich in Verdacht hat... Was sollen wir jetzt machen? Sag mir bloß, was wir machen sollen, was geschehen wird!«

Tränen standen in seinen Augen.

Silvelie bemühte sich, ihr eigenes Leid zu vergessen.

»Ich kann dir nicht sagen, was geschehen wird. Ich kenne Andi überhaupt nicht, das habe ich erst jetzt festgestellt. Ich weiß nicht, was er tun wird.«

Niklaus stand vor ihr und ließ den Kopf hängen.

»Ich bin fest entschlossen, auch das Schlimmste tapfer zu ertragen«, sagte sie.

»Wenn es zum Schlimmsten kommt, nehm’ ich mir das Leben.«

»Das wirst du nicht tun!« sagte sie schroff.

»Ich werde es tun! Ich werde es für die Ehre der Familie tun.«

»Eine sonderbare Ehre!« sagte Silvelie erbittert und sah zu, wie ihm die Tränen über die Wangen liefen.

Seine schmutzigen Hände, seine krummen Knie, sein verstümmeltes Ohr, ja, sogar die Art, wie er sein geöltes Haar scheitelte, erfüllten sie mit einer seltsamen Rührung. Er kam ihr vor wie die zerschlagene Ruine eines Menschen, der im Kampfe ums Dasein unterlegen war. Namenlose Angst blickte aus seinen Augen.

»Ich fürchte, es steht uns viel Schlimmes bevor!« sagte sie.

Erschrocken sah er sie an.

»Was ist los, Niklaus?«

»Genau dasselbe hat Andi gesagt, die gleichen Worte.«

»Ist das so sonderbar? Ich finde nicht.«

Niklaus lehnte sich an die Wand. Er schien völlig erschöpft.

»Kannst du ihn nicht bewegen, die ganze Sache fallen zu lassen?« fragte er verzweifelt. »Er ist dein Mann. Er liebt dich doch, wie?«

»Ich würde ihn nicht zurückhalten, auch wenn ich es könnte. Ich bin zu der festen Überzeugung gelangt, daß wir standhalten müssen.« Sie legte den Arm um die Schultern ihres Bruders und führte ihn zu einem Stuhl.

»Wirst du ihm alles sagen?« sagte er mit weitaufgerissenen Augen.

»Ich werde ihm nichts sagen. Ich werde es ihm überlassen, selber die Wahrheit herauszufinden.«

»Gut – er wird sie nie herausfinden! Nie!« schrie Niklaus und schlug mit der Faust auf den Tisch.

13

Andi verbrachte die Nacht allein in Schlans. Er lag wach und dachte über Silvelie und Tristan nach. Das Elend seines plötzlich aus den Fugen geratenen Lebens zerrte an seinen Nerven. Er war das Alleinsein nicht mehr gewöhnt. Sollte er nach Alp Err zurückkehren, sollte er allein hier bleiben oder wieder nach

Lanzberg gehen? Nein, er würde lieber Silvelie bitten, nach Hause zu kommen. Mit seinen Ferien war es ohnehin vorbei. Um einen Urlaub zu genießen, braucht man einen sorgenfreien Sinn, und seine Seele war gequält. Am nächsten Morgen telegraphierte er an Silvelie, sie solle nach Schlans kommen. Sie antwortete telegraphisch, daß sie am nächsten Tage eintreffen würde. Er mietete einen kleinen Omnibus und schickte ihn hinauf, um sie zu holen.

Am frühen Nachmittag kam sie mit Tristan und dem Kindermädchen an.

»Es ist, glaube ich, besser, wenn wir hierbleiben«, sagte er. »Ich bin hier vom Amt aus leicht zu erreichen. Und für mich ist auf jeden Fall der Urlaub zu Ende.«

Silvelie sah sehr müde aus. Ihre Züge waren abgehärmt, unbeweglich, ausdruckslos.

‚Auch meine Freudenzeit ist vorbei‘, dachte sie. »Du mußt tun, was dir am besten paßt«, erwiderte sie.

Als sie Tristans Kinderkleidchen auszupacken begann, kam Andi ins Zimmer. Er machte die Tür hinter sich zu.

»Weißt du, Sivvy, die Sache wird wirklich sehr ernst. Ich habe mit Niklaus gesprochen und ihm ein paar Fragen gestellt. Ich will dir lieber gleich sagen, daß ich nicht die Hälfte von dem glaube, was er mir erzählt hat. Hör jetzt einen Augenblick mit dem Auspacken auf, Sivvy, und setz dich bitte hin!«

Sie gehorchte, setzte sich hin und sah ihn aus seltsam traurigen Augen an.

»Wie sonderbar du bist, Sivvy, ich werde aus dir nicht klug.«

»Vielleicht suchst du mehr, als wirklich da ist.«

»Vielleicht. Willst du jetzt ehrlich und offen sein?«

»Andi, ich habe mich in dein Leben, in dieses Haus hineinzerren lassen, ich bin deine Frau, die Mutter deines Sohnes geworden, und ich wollte jetzt, ich hätte von Anfang an die Kraft besessen, dir zu widerstehen.«

»Ich weiß nicht, was du meinst.«

»Ich hätte dir gern meine Liebe geschenkt, ohne mit dir verheiratet zu sein. Aber du hast auf der Heirat bestanden, und jetzt ist es zu spät, noch etwas daran zu ändern.«

»Wir wollen diese Sache nicht wieder hervorholen. Ich habe keinen Augenblick lang meinen Schritt bereut.«

»Du bist gütig und ritterlich.«

»Nein, ich sage nur, was ich fühle. Und du weißt, daß ich dich heute noch ebenso liebhabe wie eh und je.«

Er näherte sich ihr, aber sie stieß ihn weg.

»Oh, laß mich jetzt Tristans Sachen auspacken, ich bin sonst zu nichts fähig!« rief sie.

Sie stand auf und begann mit nervösen Gebärden rosarote Kinderwäsche aus dem Korb zu nehmen.

»Ich habe sehr wenig geleistet«, fuhr sie bitter fort. »Ein Kind ist gar nichts. Jede Frau könnte von dir einen schönen Sohn bekommen! Seit ich verheiratet bin, lebe ich aus dem Vollen, während die arme Welt hungert. Ich habe mehr schöne Kleider als irgendeine andere Frau in Lanzberg, ich kann sie nicht einmal alle tragen. Ich habe nichts getan, nichts, nichts, habe nur für mich und mein Glück gelebt, habe für mich gesorgt und für mich sorgen lassen. Und da draußen ist eine weite Welt voll Elend, Kampf und Tod. Ich muß in ein bescheideneres Leben zurück. Ich muß wieder von vorne beginnen.«

»Du bist nicht gerecht gegen dich«, sagte er. »Du vergißt, was du mir bedeutest.«

»Ich verabscheue mich heute. Ich fühle mich so gemein und schäbig, daß ich mich am liebsten verkriechen würde.«

Andi beugte sich nieder und zog sie zu sich empor.

»Das sind ganz einfach melancholische Anfälle.« Er legte den Arm um sie. »Auch ich habe manchmal solche Stimmungen. Nicht die weite, weite Welt macht dir Sorgen, es ist etwas Bestimmteres. Sivvy, ich habe schreckliche Angst.«

»Wovor hast du Angst?«

»Ich fürchte mich vor dem Morgen und dem folgenden Tag und dem nächsten Tag.«

Er versuchte, in ihren Augen zu lesen. Aber es war ein Ausdruck in ihnen, den er nicht zu enträtseln vermochte. Er wartete einen Augenblick, dann ließ er sie los.

»Wir wollen uns später noch ein wenig unterhalten«, sagte er und ging hinaus.

Silvelie beschäftigte sich den ganzen Tag mit Aufräumen. Sie arbeitete nicht mit dem Eifer und der Hingabe einer Hausfrau, besorgte aber ihre Arbeit mit dem unpersönlichen Pflichtgefühl eines guten Dienstmädchens. Sie brachte Andis Sachen in Ordnung und sah sorgfältig die Wäsche durch, in die ihre Anfangsbuchstaben und kleine Krönchen eingestickt waren. Was hatte bloß Andi veranlaßt, ihre Anfangsbuchstaben und Krönchen in Leinentücher, Tischtücher, Servietten und Handtücher einstikken zu lassen? Sie ging in ihr Boudoir, zerriß Briefe und versuchte schließlich, das Haushaltungsbuch in Ordnung zu bringen. Sie wußte, daß die Rechnungen alle falsch waren. Sie stimmten nie, aber weder sie noch Andi hatten sich sonderliche Mühe gegeben, richtig Buch zu führen. Mit Kleingeld zu jonglieren oder einen täglichen moralischen Sieg im kleinen Kassabuch zu feiern, wäre ihnen beiden zuwider gewesen. Sie hatte selbst etwas Geld, sie hatte sogar ein kleines Bankkonto. Auch dieses Geld betrachtete sie als Andis Eigentum. Sie hatte nur gespart, um es ihm eines Tages zurückzugeben.

Den ganzen Tag über beobachtete sie Andis Bewegungen. Als er gegen Abend zum Gutshaus hinüberging, lief sie auf ihr Zimmer, packte einen kleinen Koffer und versteckte ihn unten in dem schmalen Garderobenraum neben dem Vestibül. Dann begann sie zu überlegen, ob sie die Nacht im Hause verbringen oder nicht lieber gleich weggehen sollte. Sie ging in Tristans Zimmer, nahm das Kind auf die Arme und liebkoste es.

Jedenfalls hätte keine Frau außer ihr ihm *diesen* Sohn schenken können. Und eines Tages, wenn Tristan heranwuchs und ein Mann wurde, würde Andi das entdecken. Tristan war das vollendete Zeugnis ihrer beider Liebe. Eine wilde Zärtlichkeit packte Silvelie, während sie die weichen Wangen ihres Kindes in die Kissen legte. In ihrem Mutterherzen war keine Furcht, daß er nicht gut versorgt sein würde – nur die ständig wachsende Qual um die nahe Trennung von ihm. Denn eines war sicher: Sie konnte nicht länger bei Andi bleiben. Sie mußte dorthin zurückkehren, woher sie gekommen war, in den Schoß ihrer Familie. Sie war eine Lauretz, das hatte sie nie stärker empfunden als heute. Sie hatte Andi durch eine betrügerische

List angehört. Nahm sie jetzt Tristan mit, dann würde sie noch zur Diebin. Nein, sie mußte ihn aufgeben, und sie mußte Andi aufgeben. Beide waren zu gut für sie. Sie, Silvelie, gehört einer andern Welt an, einer Welt von Krüppeln, von Mannlis, von zerschlagenen Seelen und Leibern, von armen Teufeln, die das Gesetz schließlich und endlich aus ihrem namenlosen Dunkel hervorzerren und auf die Anklagebank vor die Richter, Advokaten und Reporter hinsetzen würde, damit die Lanzberger offenen Mauls sie anstarren könnten. Die Folterung der Lauretz' mußte weitergehen – immer weiter. Nie würde man sie mit weißen Lilien durch die Feuerprobe hindurchschreiten sehen. Nein, sie würde neben Niklaus, Hanna und neben ihrer Mutter stehen, eine von ihnen, Tochter des Jonas Lauretz, des Sägemüllers, des Ehebrechers, des Trunkenboldes.

‚Oh, wenn ich bloß weg kann, ohne Andi eine Szene zu machen! Ich kann seinen Blick nicht mehr ertragen. Er wird mir mein Geheimnis entreißen, und ich werde eine Verräterin sein! Ich muß gehen! Ich muß jetzt gleich gehen!'

Sie legte Tristan in die Wiege und schlich in das Boudoir zurück. Dort schrieb sie schnell einen Zettel für Andi.

Ich kehre zu meiner Familie zurück, Andi. Ich habe mich dazu entschlossen. Es ist besser für uns beide. Ich werde wieder dort sein, wo ich herkomme, und Du wirst frei und ungehindert entscheiden können, was Du zu tun hast. Du sollst ganz frei sein! Versteh mich recht: Kümmere Dich nicht um mein Dasein. Ich weiß keine andere Entschuldigung als die eine, daß ich alles, was ich tat, nur aus Liebe zu Dir getan habe. Mehr kann ich jetzt nicht sagen.

Sivvy.

Sie schob den Zettel in einen Umschlag und versteckte ihn. Nach einiger Zeit hörte sie Andi die Treppe herabkommen. All die Freude und die Liebe, die sie sonst in seiner Nähe empfunden hatte, verwandelten sich nun in Angst und Schrecken.

‚Er kommt, um mich auszufragen! Er wird mich wieder quälen!'

Und sie dachte an Niklaus, der die Nacht über bei ihr in Err geblieben war und die halbe Nacht hindurch wie ein Kind laut geweint hatte.

Andi kam ins Zimmer. Seine Stirn war finster, seine Stimme klang tief.

»Warum hast du mir nicht erzählt, Sivvy, daß Niklaus dich in Err aufgesucht hat?«

»Ich hatte noch keine Gelegenheit dazu.«

Er war viel zu sehr der große Herr, um sich seinen Argwohn anmerken zu lassen. Seine Miene blieb undurchdringlich.

»Ich wußte es nicht«, fuhr er fort. »Und ich würde es wahrscheinlich nie erfahren haben, wenn nicht dein Kindermädchen es zufällig erwähnt hätte.«

»Mein Kindermädchen! Tristans Kindermädchen meinst du.«
Sie konnte ihre Züge kaum beherrschen.

»Ist es etwas so Ungewöhnliches, daß mein Bruder mich besucht?«

Andi zuckte ungeduldig die Achseln.

»Ob es in diesem besonderen Falle ungewöhnlich ist oder nicht, sollst du selbst beurteilen.«

Sie wandte sich ab. Es packte sie das irre Verlangen, aus dem Fenster zu springen. Nur weg von ihm, um mit der Schande allein zu sein, um seinen Blick nicht ertragen zu müssen! Er wartete. Er wartete geduldig, nahm eine Vase zur Hand, schob sie ein wenig zur Seite, richtete einen Stich gerade, der ein wenig schief an der Wand hing. Aber sie sagte nichts, und schließlich drehte er sich um und ging hinaus. Während sie ihm nachsah, wußte sie, daß sie ihn noch nie heißer geliebt hatte als gerade jetzt.

‚Oh, Liebe!' dachte sie. ‚Sie ist so selbstsüchtig, daß sie alles Gute in uns töten kann. Bald werde ich nichts mehr für ihn sein.'

Beim Essen war Andi zuerst nicht viel anders als sonst. Jedenfalls gab er sich diesen Anschein, und sein Verhalten ließ Silvelie eine kleine Hoffnung, an die sie sich anklammern konnte. Plötzlich aber blickte er zu ihr hinüber, und der Klang seiner Stimme durchzuckte sie wie ein Schwertstoß.

567

»Bereust du wirklich, daß du mich geheiratet hast?«

»Andi!«

»Warum also hast du heute diese bitteren Worte zu mir gesagt? Wenn du den Trieb in dir fühlst, eine bessere Welt herbeizuführen, wenn du dich danach sehnst, die Menschen in die Höhe zu bringen, warum tust du nicht etwas? Habe ich dich je gehindert, etwas zu tun?«

»Ich habe nur mir selber Vorwürfe gemacht«, sagte sie ganz verzweifelt.

»Das darfst du nicht tun. Du hast mir mehr Glück gegeben, als ich verdiene.«

Tränen, wilde Tränen drängten sich in ihre Augen. Sie stand auf.

»Verzeih mir, Andi! Ich kann nicht! Ich kann nicht!«

Sie lief in den Garten hinaus und ging zwischen den Blumen umher, seinen Blumen, auf die er so viel Mühe verwendet hatte. Nach einem Weilchen kam er heraus, suchte sie, fand sie, ging ihr nach und holte sie ein.

»Hör mal zu, Sivvy! Hier stimmt etwas nicht. So können wir nicht weitermachen. Ich ertrage es einfach nicht mehr.«

Seine Stimme wurde hart.

»Ich kann es unmöglich ertragen. Warum willst du nicht ehrlich sein und mir alles sagen? Ich bin darauf vorbereitet, auch das Allerschlimmste zu hören. Was auch immer hinter dem Verschwinden deines Vaters stecken mag, ich weiß, daß du nichts damit zu tun hast. Du deckst andere. Du bemühst dich, das Geheimnis anderer zu bewahren. Bitte, tu das nicht. Du hast mich belogen, und das quält dich. Oder ist die Wahrheit so schrecklich, daß du sie nicht einmal mir eingestehen willst?«

»Andi, frag mich nicht! Ich bitte dich, frag mich nicht! Ich kann dir nicht mehr sagen, als ich dir schon gesagt habe. Ich war nicht da. Ich – «

»Hältst du mich für einen Dummkopf?«

»Nein! Nein!«

»Dann sei ehrlich zu mir.«

»Ich habe dir nichts zu erzählen.«

»Gut – « Er trat einen Schritt zurück. »Gut also – ich werde es selbst herausfinden.«

Er ließ die Schultern hängen. Langsam entfernte er sich von ihr und verschwand im Garten.

Silvelie blieb die Nacht in Tristans Zimmer. Die Tür zu dem großen Schlafzimmer war geschlossen. Sie setzte sich in einen Lehnstuhl. Andi ließ im Nebenzimmer das Licht brennen. Sie hörte, wie er Streichhölzer anstrich, um sich Zigaretten anzuzünden. Offenbar las er im Bett. Vielleicht wartete er darauf, daß sie zu ihm kam, um sich zu ergeben, um alles zu verraten.

Ihre Gedanken wanderten ins Jeff, nach Andruss zurück. Sie war wieder die kleine Silvelie und trug einen Korb mit Lebensmitteln zu Meister Lauters' Chalet. Und sie sah ihn auf dem Balkon stehen und sich das lange silberweiße Haar kämmen, als ob er noch lebte. Matthias Lauters würde sie verstanden haben, ja, er bestimmt! Und sie sah ihren Vater vor sich, mit seinem zerzausten Haar, seinen geschwollenen Augenlidern, seinem dicken Nacken, seinen großen Fäusten. Kein bißchen Haß mischte sich in die Erinnerung an ihn. Nur eine schreckliche Reue, ein tiefer Schmerz. Warum mußte denn das Leben so sein? Warum verfolgte der Mensch den Menschen? Warum zeugte jeder Zorn einen neuen Zorn? Warum jede Leidenschaft eine neue Leidenschaft? Warum dieses Martyrium?

Sie hörte Andi das Licht ausdrehen. Er wußte, daß sie in Tristans Zimmer war. Warum kam er nicht zu ihr? Wenn er jetzt kam, war alles zu Ende. Sie würde ihm nicht mehr widerstehen können. Sie würde ihm ihr Herz ausschütten, sich ihm auf Gnade oder Ungnade ausliefern.

Aber Andi kam nicht. Die Müdigkeit hatte ihn endlich überwältigt. Er schlief. Silvelie saß da und betrachtete das kleine Köpfchen Tristans in dem trüben Schein eines Nachtlichtes. Es sah auf den Spitzenkissen aus wie ein großer rosiger Apfel. Andi würde sich freuen, wenn sie den Kleinen nicht mitnahm, denn er liebte ihn sehr. Er hatte bereits davon gesprochen, daß er ihn auf ein Pferd setzen und ihn schwimmen lehren würde. Ein einjähriges Baby!

Die Uhr unten schlug zwei, schlug drei. Sie ging um einige Minuten gegen die Kirchenuhr vor. Silvelie schlief ein paar Minuten, wachte auf, schlief ein, erwachte. Die Dämmerung

schlich heran. Silvelie hörte Andi aufstehen und sich ins Badezimmer begeben. Dort drehte er das kalte Wasser an und wusch
sich. Andi kam zu ihr, das Haar zerrauft, das Gesicht verhärmt
und müde.

»Du bist nicht zu Bett gewesen?«

»Ich bin im Lehnstuhl eingeschlafen.«

Seine Stirn runzelte sich zornig. Er machte kehrt. Kurz darauf
hörte sie ihn zum Gutshof hinübergehen.

Inzwischen beendete sie ihre Toilette. Sie erinnerte sich an ein
einfaches braunes Kleid in ihrem Schrank, holte es hervor und
legte es in den Koffer, den sie schon gestern gepackt hatte. Kurz
nach sieben fuhr Andi mit dem Auto vor der Türe vor. Er trank
seinen Kaffee, aß ein Stück Butterbrot und füllte seine Dose mit
Zigaretten.

»Sivvy!« rief er. »Sivvy! Wo steckst du?«

Sie antwortete aus dem oberen Stockwerk.

»Komm herunter, ich brauche dich!«

Sie kam herunter. Er machte die Speisezimmertür zu.

»Ich fahre jetzt ins Amt«, sagte er. »Wenn du mir etwas zu sagen
hast, sag es mir jetzt. Du wirst mir viel Zeit und Sorge ersparen.«

Sie sah ihn mit weitaufgerissenen Augen ausdruckslos an. Er
bewegte den Kopf.

»Du weigerst dich also noch immer? Gut, ich kann dich nicht
zum Sprechen zwingen, da ich nur dein Mann bin. Vielleicht
aber wirst du sehr bald einem Richter Rede stehen müssen. Ich
warne dich nur. Ich gebe dir einen ganzen Tag Bedenkzeit.«

Sie sah ihm lange nach.

Wenige Minuten später rief sie Niklaus an, teilte ihm mit, daß
sie nach Andruss komme, und bat ihn, Hanna zu verständigen,
sie möge ein kleines Zimmer für sie herrichten. Dann schickte
sie Annelie um einen Wagen. Sie sprach mit der Köchin und
dem Kindermädchen und erklärte ihnen, sie müsse ein paar
Tage verreisen, um ihre Mutter zu besuchen. Sie befahl der
Köchin, Andis Tisch nicht zu vernachlässigen, und bat das
Kindermädchen, möglichst gut für Tristan zu sorgen. Dann
badete sie den Kleinen selber, streichelte ihn mit mütterlicher

Liebe, puderte ihn, zog ihm seine Höschen an, legte ihn in die Wiege und riß sich von ihm los. Sie legte den Brief, den sie geschrieben hatte, auf Andis Schreibtisch und fuhr zum Bahnhof.

14

Erst als sie in Andruss den Zug verließ und die Kirchenglocken läuten hörte, merkte sie, daß Sonntag war. Niklaus empfing sie auf dem Bahnsteig in einem neuen Anzug und nahm ihr den kleinen Koffer ab.

»Bleibst du lange, Schwester?«

Sie blickte fast geistesabwesend an seinem Gesicht vorbei nach einigen schwarzgekleideten Männern und Frauen, die langsam die Stufen zum Dorfe hinaufkletterten. Der goldene Knauf des Kirchturms glitzerte in der Sonne.

»Ich weiß es nicht, Niklaus«, sagte sie. »Warten wir, bis die Leute in der Kirche sind. Ich will nicht aller Welt begegnen.«

Er stellte ihren Koffer auf die Erde.

»Du hast doch Andi nicht für immer und ewig verlassen, wie?«

»Frag mich nicht. Nichts ist im Leben für ewig.«

»Du hast dich mit ihm verzankt?«

Er konnte den Blick nicht von ihr wenden.

»Du darfst mich nicht fragen, Niklaus.«

Die Glocken verstummten.

»Komm, gehen wir«, sagte sie. »Bilden wir uns einen Augenblick lang ein, daß wir keine Sorgen haben.«

Der Weg zur Tavetch-Straße führte an der Kirche vorbei. Sie konnten die Orgel hören. Auf der Friedhofsmauer saßen eng aneinandergedrückt drei sonderbare Menschengeschöpfe. Es waren Mannlis, Dorftrottel, Wasserköpfe. Sie fauchten und grunzten, als Silvelie und Niklaus vorbeigingen. Der in der Mitte hatte einen Schnurrbart, er runzelte sein affenartiges Gesicht, schrie: »Holla ho!« und schleuderte wütend einen seiner alten Holzschuhe hinter ihnen her.

»Wenn man überlegt, daß unser eigener Bruder dort mit dabeisitzen könnte!« sagte Niklaus.

»Sie sind viel glücklicher als wir«, meinte Silvelie nachdenklich. »Sie haben kein Evangelium zu verteidigen, und wenn sie ein Verbrechen begehen, werden sie nicht bestraft. Ich möchte wissen, wo in der Welt Vernunft zu finden ist. Vielleicht haben diese Idioten die wahre Vernunft in ihren Köpfen, und wir bilden uns bloß ein, daß wir die Vernünftigen sind. Jedenfalls leiden wir, und sie leiden nicht. Das Leben kommt mir so komisch vor. Je mehr ich darüber nachdenke, desto weniger kann ich es begreifen. Warum hat man überhaupt die Gabe des Denkens mitbekommen? Warum sind wir nicht alle von Anfang an gedankenlose Idioten? Warum müssen wir ein Gewissen haben und uns von ihm quälen lassen? Ich glaube, das hat alles nur den einen Zweck, uns der Natur zu entfremden und uns zum Narren zu halten. Sicherlich sitzt einer außerhalb dieser Welt und lacht unaufhörlich über uns!«

Dann gingen sie schweigend zum Dorf hinaus, die Straße entlang, die durch den Wald zu der Hängebrücke führte. Nach einiger Zeit aber blieb Niklaus stehen und blickte sich um, als wolle er sich vergewissern, daß außer Silvelie keine Zeugen in der Nähe waren.

»Siehst du diesen Stein?« fragte er und zeigte mit dem Finger. »Schau dir ihn an! Ich habe mit meinem Messer dieses kleine Kreuzchen eingeritzt. Das ist die Stelle, wo der Alte mich vom Wagen gezerrt und mir dein Geld genommen hat. Das ist die Stelle, wo er mich aufs Ohr schlug, so daß das Ohr drei Wochen lang geblutet hat. Heute noch, wenn ich mir das andere Ohr zuhalte, höre ich nur halb, was vorgeht, und in meinem Kopf klingt es wie ein Wasserfall aus der Ferne. Ja, Schwester, auf diesem Stein hab' ich gesessen, als ich mir schwor, reinen Tisch zu machen. Und ich habe ein Kreuz in den Stein eingekratzt, denn das sollte heißen, ich habe hier den letzten Rest der Gefühle begraben, wie sie ein Sohn für seinen Vater empfinden soll. Hier auf diesem Stein hab' ich eigentlich den Alten umgebracht. Man könnte auch sagen, daß er hier begraben liegt.«

Er blickte an Silvelie vorbei, durch die Bäume, in den Himmel. »Damals war ich jung, ich meinte, ich würde uns alle aus unserm Gefängnis im Jeff erlösen. Ich meinte, wir würden nachher alle frei sein. Jetzt merk' ich, daß ich viel älter geworden bin, als ich meinem Alter nach sein müßte, und wenn ich zurückschau, dann ist mir, als hätte ich nur von der Freiheit geträumt. Es gibt keine Freiheit. Aber glaub ja nicht, Schwester, daß mich das Gewissen plagt, von dem du so gerne redest. Ich habe keins. Bis vor kurzem habe ich nur unter Angst gelitten. Ich habe mich immer nur vor der Entdeckung gefürchtet. Heute aber bin ich mit meinen Gefühlen schon viel weiter. Nein, ich fürchte nicht mehr die Entdeckung, ich fürchte die Wut, die mich packt. Wenn die Sache herauskommt, dann werde ich mir sagen müssen, daß alles umsonst war! So denk' ich euretwegen! Statt euch ein besseres Leben zu schenken, werde ich euch das Leben nur noch schwerer gemacht haben.«

Er nahm den Koffer und blickte zu Boden.

»Diese Wut auf mich selber ist's, der ich entrinnen möchte, wenn das möglich ist«, murmelte er. »Gegen sie muß ich ein Heilmittel finden!«

Finstere Gedanken und Erinnerungen erfüllten Silvelies Seele. Sie glaubte zu begreifen, was ihr Bruder meinte. Aber seine Verstocktheit erfüllte sie mit Grauen.

»Hanna hat Mutter einsperren müssen«, sagte er, während sie über den Feldweg zu dem kleinen Hause gingen, das auf einer fetten Wiese lag.

»Mutter einsperren?« fragte Silvelie verwundert.

»Weil sie sich das Kirchgehen so fest in den Kopf gesetzt hat, daß sie schon von gar nichts anderem mehr redet. Und wenn wir nicht auf sie aufpaßten, würde sie schnurstracks nach Andruss laufen.«

»Warum laßt ihr sie nicht gehen?«

»Sie gehen lassen?«

Niklaus lachte böse.

»Sie würde gleich zum Beichtstuhl laufen. Nein, wir können ihr nicht erlauben, ihre Last auf so bequeme und eigensüchtige Art loszuwerden. Besser, sie wird zu Hause eingesperrt, als im Gefängnis von Lanzberg.«

Er preßte hart die Lippen zusammen.

»Und Hanna geht Mutters Benehmen auf die Nerven. Hanna

573

will mit Georg zusammensein, und immer, wenn sie jetzt mit ihm ausgeht, muß ich 'rauf und Mutters Gefängniswärter spielen.«

»Laßt sie doch in die Kirche gehen!« sagte Silvelie in vorwurfsvollem Ton. »Es ist höchste Zeit, daß ich wieder zu euch komme.«

»Ich würde sie gehen lassen, wenn nicht Pater Hugo wäre. Ich habe ihn auf den Stufen der Kirche stehen sehen, er schwatzte mit den Leuten, und unaufhörlich wanderten seine Blicke die Straße auf und ab. Er schaute nach jedem Fenster, jeder Tür, jedem Winkel, aus seinen schnellen Schweinsäuglein, alles sieht er, und er versteht es, einem von weitem merken zu lassen, daß er einen gesehen hat. Ich kenne ihn! Ich hab' ihm für eine seiner Sammlungen zwei Franken gegeben, und da kam er zu mir, um sich vorzustellen und sich zu bedanken, und er war so neugierig, daß ich ihn darauf aufmerksam machen mußte, daß wir Lauretz' eine alte Protestantenfamilie und keine Katholiken sind. Aber er weiß, daß Mutter aus einer katholischen Familie stammt, und Hanna sagt, er behext sie mit seiner Willenskraft, um sie wieder zur Katholikin zu machen. Mit solchem verfluchten Unsinn muß ich mich herumschlagen!«

Er blieb stehen und streckte den Zeigefinger aus.

»Jetzt schau dir unser Häuschen an. Wenn du gesehen hättest, wie es ausgeschaut hat, bevor ich's hergerichtet habe! Erinnert es dich nicht an die Zeit, als wir noch kleine Kinder waren und Mutter abends eine Spitzenschürze anzog und uns frische Milch ans Bett brachte? Möchtest du wieder dahin zurück? Ich nicht! Ich nicht! Das alles noch einmal durchmachen? Ich nicht!«

Er stieß einen Pfiff aus.

Hanna erschien an dem Fenster im oberen Stock. Sie hatte Silvelie lange nicht gesehen und starrte sie wie gebannt an. Dann kam sie plötzlich ganz aufgeregt mit schwerem Tritt die Treppe heruntergelaufen und flog ihrer Schwester an den Hals.

»Komm, setz dich hin und erzähl uns, was geschehen ist!« rief sie, und sie setzten sich alle drei zusammen auf eine rohgezimmerte Bank.

574

Einen Augenblick lang schwiegen sie. Es schien, als trauten sie sich nicht zu sprechen.

»Er hat noch nichts herausbekommen, wie?« fragte Hanna schließlich.

Silvelie starrte ihren Koffer an. Ihre Gedanken weilten in Schlans. Die paar Stunden, die sie von Andi und Tristan weg war, kamen ihr bereits wie eine Ewigkeit vor. Sie kostete die Bitterkeit dieser Trennung und überlegte, wie diese Bitternis mit der Zeit immer größer werden würde.

»Ich weiß nicht, was Andi tun wird«, sagte sie. »Ich habe ihn verlassen, weil ich ihn nicht länger belügen konnte. Wenn ich noch einen Tag geblieben wäre, hätte ich ihm alles gesagt.«

»Was glaubst du, was er dann getan hätte?« fragte Niklaus.

»Was könnte er denn tun?« warf Hanna ein. »Er ist ihr Mann und unser Schwager!«

»Vom Standpunkt unserer Verteidigung aus hast du einen Fehler gemacht, Silvelie«, sagte Niklaus. »Deine Handlungsweise wird wie ein Schuldbekenntnis aussehen.«

»Wenn Andi uns weh tun wird, dann nur deshalb, weil er nicht anders kann, und wir dürfen es ihm nicht übelnehmen«, meinte Silvelie ernst.

»Ich werde es ihm nicht übelnehmen, wenn er gezwungen ist, schmutzige Arbeit zu tun. Ich nehme es nur dieser schönen Gesellschaft übel, die die Gesetze macht. Nennt sich eine Gemeinschaft! Teufel nochmal, eine schöne Gemeinschaft! Lies die Zeitung und sieh, wie es überall zugeht! Jeder will etwas haben, was er nicht hat! Jeder kämpft gegen jeden! Jeder will recht haben!«

In seiner Erregung stand er auf und humpelte zur Holztreppe hin.

»Dieses Geschwätz über die Gemeinschaft der Menschen!«

Er sah zu seiner Schwester zurück mit wütendem, fast fanatischem Blick.

»Wir Lauretz' sind Märtyrer, Blutzeugen!«

Er spuckte aus.

»Uns dürfen sie nicht verurteilen, ich sage dir, wir sind im Recht!«

Langsam ging er die Treppe hinauf. Als er oben angelangt war, drehte er sich um.

»Willst du nicht kommen und sehen, was Mutter treibt?«

15

Frau Lauretz erblickte Silvelie und nickte.

»Du bist es? Du bist zurückgekommen?«

Silvelie sah auf der Kommode eine Reihe von Kerzen, ein Neues Testament, ein hölzernes Kreuz und dahinter an der Wand Öldrucke von Jesus, Maria und Joseph. Frau Lauretz saß verbittert auf einem Stuhl in der finstersten Ecke des Zimmers. Sie hielt einen Rosenkranz in der Hand. Sie verfolgte die Bewegungen ihrer Tochter, ihre dunkel umränderten Augen glitzerten, sie richtete sich auf, starr und feierlich.

»Du bist gekommen, um mich hinauszulassen, ja?«

Der obere Teil ihres falschen Gebisses fiel auf ihre Unterlippe herab, und sie schob ihn mit den Fingern zurück.

»Heilige Muattr Gotts, was hab' ich für Kinder!«

Ihre Stimme war voll Groll.

»Ich darf nicht einmal mehr draußen sitzen und den Glocken zuhören! Das ist Hanna! Sie läßt mich nicht aus dem Haus! Aber du bist gekommen, um mich hinauszulassen, nicht wahr, Silvia!«

Sie zog Silvelie dicht zu sich heran.

»Sie sagen, ich will beim Pater Hugo beichten. Glaub's nicht! Ich will ja gar nicht. Ich will nur in der Kirche sitzen und die Orgel hören.«

Sie zog Silvelie noch näher heran und flüsterte:

»Sag ihnen, sie sollen mich gehen lassen! Ah, Silvelie, hab Mitleid mit mir! Sie wollen mir nicht glauben! Ah, Herr Jesus! Ich schwöre dir, ich werde nichts sagen. Aber ich bin ganz nackt, so nackt in meiner Seele, daß ich vor Kälte sterben werde. Sie wissen es nicht! Sie verstehen es nicht! Ah, Silvia! Es ist mir jetzt alles wieder eingefallen, nach so vielen, vielen Jahren! Ich bin das verirrte Schaf der Herde, und die Heilige Jungfrau

576

ruft mich zurück. Nachts höre ich ihre Stimme. Ich muß zu dem guten Hirten. Er ruft mich, er besucht mich im Schlaf. Ich muß zu ihm hin. Ja, Silvia, sag es Niklaus und Hanna. Ich sterbe, wenn ich heute nicht gehen darf. Es ist Mariä Himmelfahrt.« Sie hielt einen Augenblick inne.

»Sie sind bös'!« fuhr sie verzweifelt fort. »Sie halten mich gefangen. Jeses, Jeses, Silvia, du weißt nicht, was ich leide!«

»Was erzählt sie dir denn jetzt?« ertönte Hannas Stimme von der Tür her. »Ich weiß es schon, wir sind grausam!«

Ein Ausdruck der Wut zuckte in Frau Lauretz' Augen auf. Silvelie ging ins Nebenzimmer.

»Warum sperrt ihr Mutter ein?

»Das siehst du doch selbst! Sie verliert den Verstand!«

Silvelie schüttelte den Kopf.

»Es ist nicht natürlich. Ihr solltet das nicht tun.«

»Nicht tun!« sagte Hanna mit tiefer Stimme. »Wenn du auf sie aufzupassen hättest, würdest auch du sie einsperren.«

»Sie will doch nur in die Kirche!«

»Nur!« sagte Hanna, und ihr Gesicht rötete sich. »Man wird sie gleich in den Beichtstuhl schleppen!«

»Das gehört alles nicht zur Sache!« warf Niklaus ein. »Mutter sieht die Gefahr nicht. Ich kenne Pater Hugo. Er ist ein Jesuit, ein Spion des Papstes. Außerdem hat sie ihre Kapelle im Schlafzimmer, was will sie denn noch? Schläft gleich gegenüber der Heiligen Familie. Sie braucht nur die Augen aufzumachen, und da sind sie schon! *Wir* haben keinen so billigen Trost.«

»Ja, und zum Teil ist es meine Schuld«, jammerte Hanna.

»Ich habe ihr aus dem Testament vorgelesen. Ich hab' das alles wieder in ihr aufgeweckt. Da ist sie erst ganz verrückt geworden. Ich dachte, es hat mich auch gepackt, aber schließlich war es doch nichts. Jesus war ein guter Mensch, aber es hat auch andere gute Menschen gegeben! «

Die drei gingen hinaus und setzten sich auf dem hölzernen Balkon auf eine Bank. Ihre Blicke glitten über die zahlreichen Hügel des Rheintales, die fernen Dörfer und Kirchen.

»Wir sind recht übel dran«, brummte Hanna. »Es ist keine Hoffnung mehr.«

Silvelie lehnte sich mit dem Kopf an die Wand.

»Ich habe Angst. Mutter sieht so sonderbar aus. Ihr solltet sie nicht einsperren. Ich bin überzeugt, sie denkt jetzt nur an ihre Jugendzeit. Vergeßt nicht, sie hat von uns allen das unglücklichste Leben gehabt.«

Niklaus zuckte die Achseln.

»Sie wird auf keinen Fall nach Andruss in die Kirche gehen. Das muß sie sich aus dem Kopf schlagen. Ich mach ihr keinen Vorwurf, wenn sie sich mit ihrer Religion betäuben will, aber sie muß es hier zu Hause tun und an keinem öffentlichen Ort.«

Seine Stimme war voll Wut.

»Hol's der Teufel! Ich habe einen Haufen Geld für dieses heilige Gerümpel bezahlt! Ich sag' dir doch, sie hat jetzt ihre eigene Kapelle.«

Frau Lauretz erschien auf der Schwelle. Sie hatte ihren schwarzen Hut und Schal an.

»Da ist sie schon wieder!« schrie Hanna. »Sowie man die Tür offenläßt!«

Frau Lauretz' Gesicht war weiß. Ihr Kopf zitterte. Ihr Unterkiefer hing kläglich herab.

»Silvia, geh mit mir in die Kirche!« sagte sie.

»Wenn du nicht müde bist, Mutter, gehe ich mit dir ein wenig spazieren, aber nicht in die Kirche. Du darfst leider nicht in die Kirche gehen.«

»Ich werde nicht beichten.«

Ihre Stimme klang wie ein Keuchen.

»Darum handelt es sich ja gar nicht«, sagte Silvelie in überredendem Tone. »Aber unser Erscheinen würde Aufsehen erregen. Die Leute würden neugierig werden und wieder zu schwatzen anfangen.«

»Es genügt vollauf, wenn einem der eigene Schwager auf den Fersen ist«, warf Niklaus ein. »Geh auf dein Zimmer, Mutter!«

»Du gerätst deinem Vater nach!« sagte Frau Lauretz mit drohender Stimme. »Du wirst ihm auch von Tag zu Tag ähnlicher!«

Aber sie ging ins Haus zurück, legte Hut und Schal ab und begab sich dann in die Küche.

Niklaus' Gesicht war fahl.

»Ist das gerecht von ihr, daß sie vor dir so etwas sagt? Ich komme fast jeden Tag nach Hause. Ich sitze bei ihr und versuche sie abzulenken. Hat sie schon einmal hungern müssen, seit ich für sie sorge? Und jetzt sagt sie, ich gerate Vater nach!« Er beugte sich vor, und ein ersticktes Schluchzen kam aus seiner Kehle.

»Ja, du Dummkopf! Es ist nicht das Bäckerbrot, das sie jetzt will!« bemerkte Hanna trocken.

»Hol der Teufel das heilige Brot! Wie lange würde sie wohl dabei am Leben bleiben?« sagte Niklaus heftig.

»Niklaus, du sollst nicht über Dinge schimpfen, von denen du nichts weißt«, sagte Silvelie.

»Oh, ich bin nicht religiös, ich hab' nicht das Zeug dazu«, murmelte er verzweifelt.

Die Glocken von Andruss begannen zu läuten.

»Daß es eine Macht geben soll, die einen Menschen so zum Sklaven machen kann!« sagte Niklaus finster. »Es ist gegen alle Natur. Denkt an die Tausende von Kirchen, deren Glocken in diesem Augenblick läuten. Und die Orgeln spielen und die Leute singen Hymnen und jüdische Hallelujas! Glaubt ihr wirklich, Gott ist bei all diesen Gottesdiensten dabei? So was zu glauben, ist gegen die Würde der Vernunft.«

Und Niklaus preßte die Lippen zusammen – in plötzlichem Stolz auf das, was er gesagt. Silvelie lehnte noch immer mit dem Rücken gegen die Wand. Ein quälendes Gefühl der Einsamkeit kam über sie.

»Ah«, sagte sie langsam, »wenn ich unsere Wälder und unsere Berge anschaue! Wie still sie alle sind und trotzdem wie lebendig. Überall ist Frieden, nur nicht in uns selbst.«

Sie hielt inne.

»Wir müssen Mutter liebevoller behandeln. Sie ist nicht wie wir. Sie lebt nicht in der Welt, in der wir leben. Sie ist in ein Zwielicht versunken, das nur ihr zu eigen ist.«

Aus der Küche kam ein plötzlicher Lärm. Frau Lauretz trat in die Tür. Sie hielt einen glühenden Schürhaken in der Hand. Ihre Augen standen weit offen, quälende Verzweiflung brach aus ihnen hervor.

»Keiner von euch glaubt mir! Keiner von euch glaubt mir!«
Ihre Stimme brach.

»Schaut her, jetzt müßt ihr mir glauben!« kreischte sie.

Mit einer irren Bewegung stieß sie sich das glühende Ende des
Hakens zwischen die Lippen und verbrannte sich den Mund.
Rauch kam aus ihrem Gesicht und der Geruch versengten Fleisches. Mit einem heftigen Ruck schleuderte sie das Eisen über
den Balkon, griff sich mit beiden Händen an den Mund, und
während ihre Kinder entsetzt aufsprangen, während Hanna
gellend zu schreien anfing, taumelte sie hin und her. Ein seltsames Feuer loderte in ihren Augen. Sie sank stöhnend in die
Arme ihrer Kinder, aber ein verzerrtes Lächeln des Triumphes
umspielte ihre versengten Lippen.

»Lauf, Niklaus, und hol einen Doktor!« rief Silvelie.

Frau Lauretz schien etwas sagen zu wollen, aber sie brachte nur
unartikulierte Laute hervor. Sie trugen sie in ihr Zimmer. Auf
der Kommode lag ein Testament und auf dem Testament ein
falsches Gebiß.

Niklaus donnerte die Treppe hinunter und hinkte davon, so
schnell er nur konnte. Als er nach Andruss kam, läuteten wieder
die Glocken.

»Wenn euch bloß ein Erdbeben zerstören wollte!« schrie er und
schüttelte die Fäuste nach ihnen. »Wenn ihr bloß herunterfallen
und in tausend Stücke zerbrechen würdet! Euer faules Geläut
hat ihr den Verstand geraubt.«

Mit Tränen in den Augen ging er in Doktor Max' Haus.

16

Dem Arzt wurde mitgeteilt, Frau Lauretz sei ausgeglitten und
mit dem Mund gegen den Küchenherd gefallen. Frau Lauretz
sagte nichts dagegen, schüttelte nicht einmal den Kopf. Man
brachte sie zu Bett. Doktor Max schmierte ihr den Mund mit
einer fetten Salbe ein, die ganz dünn war wie Öl, und legte dann
einen losen Verband um den unteren Teil ihres Gesichtes. Er
erklärte mit philosophischer Gelassenheit, daß nur die Zeit ihre

Wunden heilen könne, ja, Zeit und gute Pflege. Er verschrieb einige schmerzstillende Tabletten und ging weg. Während ihre Kinder im Nebenzimmer zusammensaßen und sich flüsternd unterhielten, versank Frau Lauretz in völlige Apathie. Ihr ganzes Wesen schien einer finsteren Lähmung zu verfallen. In dem friedlichen Dämmerlicht ihrer halben Bewußtlosigkeit erinnerte sie sich kaum noch an das, was sie sich selber angetan hatte. Vor ihr schwebte die Vision einer kleinen Öllampe, die hoch an der Decke hing. Weihrauchschwaden stiegen von Schreinen und Altären zu ihr empor. Ihre zerquälte Seele war von dem zauberhaften Glitzern der heiligen Figuren in ihren Nischen gleichsam betäubt, und undeutlich tauchte vor ihr ein Dorf auf aus ferner Vergangenheit.

»Es ist ein Hang zum Wahnsinn in unserer Familie«, sagte Niklaus, »so wahr ich hier sitze. Ein verrückter Teufel, der alles gegen uns kehrt. Er bringt uns Unglück!«

Er beugte sich vor, wühlte seine Finger ins Haar und heftete seine blauen Augen auf Silvelies Gesicht.

»Mannli ist schuld an allem! Ja, er mag in seiner Anstalt sein, aber er wird uns Unglück bringen, solange wir leben. Ich hab' vor Jahren unser Schicksal in dem Sägestaub gelesen. Ob ihr mir glaubt oder nicht, es ist so. Hanna wurde zuerst geboren, dann kam ich, dann Silvelie, dann Mannli, dann die Zwillinge. Ich hab' darüber nachgedacht. Mannli hat die ganze Zeit in Mutter dringesteckt. Wenn er auch nicht vor uns gezeugt wurde, er war vor uns da und hat gewartet. Das ist das Geheimnis, daß man aus dem Fleisch geboren wird. Mannli hat es in sich, noch mehr Mannlis zu machen, die ihm gleichen, und diese Mannlis machen ihrerseits wieder zahllose neue Mannlis. Ja, das ist nur eine Frage der endlosen Aufeinanderfolge. Jeder von uns hätte als ein Mannli zur Welt kommen können. Ich bin nicht abergläubisch, aber ich glaube wirklich, in der Via Mala hat es böse Geister gegeben, die sind alle in Mannli gefahren. Es gab einen Tag, vor vielen Jahren, da hatte ich das Gefühl, ich muß mit ihm ein Ende machen. Damals tanzte er auf der Säge herum, und wenn ich ihm einen Stoß gegeben hätte, dann hätte die Säge ihn erwischt. Und dann wären alle die bösen Geister in

581

ihm frei geworden. Es wäre ein Opfer an die Natur gewesen und hätte uns vielleicht Glück gebracht. Aber im letzten Augenblick konnte ich's nicht tun. Und Mannli lebt immer noch. Gritli und Ursula sind nach ihm zur Welt gekommen; ihr wißt, was aus ihnen geworden ist. Ja, in unserer Familie ist ein Teufel des Wahnsinns. Schaut doch nur, was Mutter eben getan hat! Gotts Donnerwetter! Und es ist unsere Schuld.«

»Wenn du in Mutters Leib lesen kannst, warum hast du nicht in ihrem Hirn gelesen, daß sie so etwas vorhat?« fragte Hanna.

»Sie hat es uns uns zum Trotz getan, weil sie unsern Anblick nicht ertragen kann!«

»Niklaus«, warf Silvelie ein, »warum sagst du so häßliche Dinge?«

»Häßlich? Ach, du Heilige! Es ist so, wie ich sage. Eine Mutter, die ihre Kinder liebt, tut so etwas nicht. Sie würde wissen, daß sie ihren Kindern ja mehr weh tut als sich selber.«

Er zog ein großes neues Taschentuch hervor und wischte sich die Augen, steckte es ein und griff sich wieder in die Haare. Ein Ausdruck hungriger Verzweiflung trat in seine harten Züge.

»Wenn ich jemals über diesen Schrecken hinwegkomme, werde ich mich vor Freude so besaufen, daß ihr es nie vergessen werdet.«

Er sprang auf.

»Verfluchtes Leben!« schrie er. »Was wird das nächste sein, was passiert? Donner und Doria! Lieber möchte ich friedlich im Lanzberger Gefängnis sitzen, als mich jeden Tag so herum-stoßen zu lassen! Ich habe es satt! Satt!«

Er nahm seinen Hut und rannte zum Hause hinaus. Wie ein Betrunkener stolperte er den Feldweg entlang, hörte nicht auf Silvelie, die ihn zurückrufen wollte, und fuchtelte wild mit den Armen.

Als er schließlich seine Sägemühle erreichte, sperrte er auf und machte das Tor wieder zu. Verloren und unruhig humpelte er zwischen den Bretterstapeln umher, denn es war Sonntag, und es wurde nicht gearbeitet. Nur der Bach lärmte durch das betonierte Bett unter dem hölzernen Boden. Es war in den frühen Abendstunden. Er ging in den Sägeschuppen, zog den Rock aus und rollte die Ärmel hoch. Er mußte etwas arbeiten. Die Arbeit befreite das Leben von Schmerz. Er nahm eine Sichel, ging auf das kleine benachbarte Feld, das ihm gehörte, und begann dort das Gras zu schneiden. Und er mähte drauflos, bis die Sonne über der Oberalp unterging. Nun war er endlich müde und kehrte in den Schuppen zurück. Er nahm von einem Wandbrett eine Flasche Schnaps, hielt sie gegen das Licht und goß sich ein Glas voll, das nicht größer war als ein Fingerhut. ‚Nur eins‘, murmelte er vor sich hin, als fürchte er sich vor der Flasche.

Er suchte ein Stück Zucker. Schließlich setzte er sich hin, stellte das Gläschen an den Rand des Tisches, zerkaute das Stück Zucker zwischen den Zähnen und begann, in kleinen Schlückchen den Schnaps zu trinken. Nein, aus ihm würde nie ein Säufer werden! Er hatte im Lauf von drei Wochen nur drei Tropfen von diesem Schnaps getrunken. Niemand konnte ihn deshalb einen Säufer nennen. Er starrte in die heranrückende Dunkelheit. Das Geklingel der alten Glocke über dem Tor erreichte sein Ohr.

»Wer ist denn das wieder? Glocken, Glocken, den ganzen Tag! Ich schlag’ das verfluchte Ding in Stücke! Ich will keine Glocken mehr hören!«

Er nahm den Schlüssel und ging hinaus. Unruhig blickte er das schmale Gäßchen zwischen den Brettern entlang. Da stand ein junges Mädchen – Edelbertha. Was wollte sie von ihm?

»Bin schon da!« rief er und öffnete ihr das Tor.

Sie war nett angezogen; sie trug ein einfaches dunkles Kleid und Schuhe mit hohen Absätzen. Ihre Beine, Hüften und ihr Busen wirkten straff und jugendlich.

»Ich habe heute leider nichts für Sie zu tun, Fräulein!«

»Am Sonntag arbeite ich nicht. Ich wollte Sie nur etwas fragen.«

»Was ist es denn?«

Er lehnte sich gegen den Torpfosten.

»Ich habe einen Brief bekommen mit einem Stellenangebot aus Lanzberg. Es ist ein guter Posten; zweihundert Franken im Monat als Kassiererin in einem Möbelgeschäft.«

Sie sprach mit abgewandtem Blick.

»Würden Sie mir fünfzig Franken leihen, Herr Lauretz, weil ich kein Geld habe, und Vater hat auch keines?«

Niklaus steckte die Daumen in die Armlöcher seiner Weste und blickte zu den Bergen hinauf. Er schürzte die Lippen. Edelbertha wollte weg! Etwas zerrte an ihm, zerrte an seiner Brust, in der Nähe des Herzens.

»Sie wollen mich ganz allein lassen?« fragte er.

»Das Leben ist so schwer«, sagte sie. »Ich muß das Angebot annehmen.«

Er pfiff vor sich hin und streifte sie mit einem raschen Blick. Ihre Augen waren groß. Ohne Brille sah sie viel hübscher aus.

»Hm – fünfzig Franken«, murmelte er.

»Ich zahle es Ihnen zurück, sowie ich meinen ersten Lohn habe.«

»Sie wollen also gehen? Sie gehen gerne weg?«

»Ich muß.«

»Wann wollen Sie gehen?«

»Sobald ich kann. Die Stelle wartet auf mich.«

»Sie kündigen sehr schnell.«

Etwas in ihm regte sich. Ein jäher Schmerz. Er blickte ihr starr in die Augen. Sie sah weg. Ein Feuer loderte in ihm auf.

»Müssen Sie gehen?«

Er blickte weg, seine Blicke irrten umher, als zweifle er an dem Wert all der Dinge, die rings um ihn waren. Ja, sie mußte gehen, sie mußte gehen. Sie mußte fünfzig Franken haben.

»Sie können das Geld morgen haben«, sagte er. »Die Bank ist heute zu, ich habe nicht so viel hier.«

»Danke, Herr Lauretz, Sie sind sehr freundlich.«

Sie streckte ihm die Hand hin. Er nahm sie widerstrebend. Rasch zog sie ihre Hand zurück, drehte sich um und ging weg. Er sah ihr nach. Sie hatte einen hübschen Gang, setzte einen Fuß ordentlich vor den andern. Ihre Hüften schaukelten ein wenig hin und her. Je größer die Entfernung zwischen ihnen wurde, desto deutlicher fühlte er den Schmerz in seiner Brust. Er starrte hinter ihr her, dachte an ein Bett, an ein großes, breites Bett, mit schneeweißem Linnen. Sie entschwand seinen Blicken. ‚Edelbertha geht‘, dachte er. ‚Ob sie mir einmal aus Lanzberg schreiben wird?‘

Er sperrte das Tor zu und kehrte in seinen Schuppen zurück.

‚Heute abend also – noch einen Tropfen Schnaps!'

Er füllte sich ein zweites Gläschen voll und nahm wieder ein Stück Zucker in den Mund.

Dann fielen ihm plötzlich die Worte ein, die Silvelie vor wenigen Tagen in Err zu ihm gesagt hatte.

»Eines Tages wird dir verziehen werden, um der Leiden willen, die ich gelitten habe.«

Er nickte.

‚Heute verstehe ich dich, Schwester, nur heute.'

Und aus seiner Einsamkeit strebten alle seine Gedanken zu ihr hin.

‚Nein, hab keine Angst! Und wenn Edelbertha nackt in meinem Bett läge, würde ich sie doch nicht anrühren. Ich will nichts mit ihr zu tun haben, und auch mit keiner andern Frau. Ich werde nie die Leiden beschmutzen, die du für mich gelitten hast, Schwester.'

Eine tiefe Liebe für Silvia packte ihn, ein solcher Reichtum der Gefühle, wie er ihn noch nie in seinem Leben empfunden hatte. Sie erschien ihm übermenschlich, fast erschreckend in ihrer Lieblichkeit. Er umkrampfte die Kante des Tisches.

‚Ich werde für dich ein Lauretz sein, wie du für mich eine Lauretz gewesen bist! Ich werde noch einmal all das Blut von meinen Händen waschen. Ich werde noch ein Heiliger werden. Ja, man wird mir verzeihen um deiner Leiden willen, durch dieses Verzeihen wirst du glücklich werden. Ich, Niklaus Lauretz, Sohn des Jonas Lauretz, des Säufers und Hurenjägers und Schänders aller lebendigen und toten Würde, ich schwöre es. Ich schwöre es hier in meiner Einsamkeit mit einem Eid, der mich vor dem Angesicht des Himmels bindet. Und so wahr ich meinen ersten Schwur gehalten und ihn auf diesem Stein dort am Straßenrand, wo ich mein zerschlagenes Ohr davontrug, eingezeichnet habe, so sicher ich jenen Eid erfüllt habe, so sicher werde ich diesen Schwur halten! Alle deine Leiden sollen gerechtfertigt werden, Schwester, und eines Tages soll es heißen, daß wir Lauretz' ein Geschlecht von Helden sind!'

Im Dunkel der Nacht wanderte Niklaus noch immer auf seinem

Lagerplatz umher. Ihn trieb es mit rastloser Gewalt. Das unheimliche Bild seiner Mutter verfolgte ihn. Der Gestank verbrannten Fleisches wollte nicht aus seiner Nase weichen. Und ihm war, als müsse der Schmerz, den sie litt, ihn erdrücken. Wenn das dumme alte Weib bloß wüßte, wie sehr er sie liebte! Ab und zu blieb er stehen und blickte zu dem finsteren Himmel empor, als wolle er bei den Sternen Trost suchen. Aber nicht ein einziger war da, seinen dumpfen Kummer zu erhellen.

‚Ich muß ihr erlauben, in die Kirche zu gehen', beschloß er. ‚Sie kann jetzt nicht reden. Wenn sie in die Kirche geht, wird sie vielleicht der Finsternis entkommen, die ihren Geist bedroht. Vielleicht wird sie dem Fluch entkommen. Aber – ob es auch *mir* gelingen wird – und wie?...'

17

Frühmorgens fuhr Niklaus mit seinem Motorrad zum Hundshüsli. Hanna und Silvelie waren damit beschäftigt, Frau Lauretz durch einen schmalen roten Gummischlauch Milch in den Mund zu gießen. Er sagte ein paar Worte, verließ sie dann mit umwölkter Stirn, ging in die kleine Filiale der Bank, hob fünfzig Franken von seinem Konto ab und kehrte zu seiner Mühle zurück. In seinem Büro steckte er das Geld in eines seiner Firmenkuverts. Dann blickte er durchs Fenster und sah Edelberthas Vater beim Arbeiten zu. Edelberthas Vater hatte ein grimmiges und ehrliches Gesicht mit zusammengezogenen Brauen, das Gesicht eines Apostels, wie die Künstler ihn malen. Ein weiches Gefühl regte sich in Niklaus.

‚Ja, er ist ihr Vater, und ich bin sein Herr!'
Er wandte die Augen ab und blickte nach dem Tor. Eine unsichtbare Hand schien ihn plötzlich an der Kehle zu packen. Er sah Andi herankommen. Sogleich trat er vom Fenster zurück, setzte sich hin und machte sich am Tische zu tun. Gewaltsam riß er sich zusammen.
Andi klopfte an die Tür.
»Herein«, rief Niklaus und stand auf.

»Ah, mein Herr Schwager! Guata Tag! Freut mich, Sie zu sehen.«

Andi beachtete gleichsam zufällig die Hand nicht, die ihm Niklaus entgegenstreckte.

»Haben Sie Silvelie gesehen?«

»Sie ist zu Hause – gestern früh ist sie angekommen.«

»Ist sie jetzt dort?«

»Ja, bei der Mutter.«

»Was ist denn los?« fragte Andi, unruhig Niklaus' Gesicht beobachtend.

»Mutter hat einen Unfall gehabt. Sie ist gestern gegen den Küchenherd gefallen.

»Das tut mir leid.«

Er musterte Niklaus mit starrem Blick.

»Wenn ich Ihnen helfen kann, Herr Schwager –«, meinte Niklaus mit ungewisser Gebärde.

»Ja, Sie können mir helfen. Ich will ins Jeff hinauf und brauche einen Führer. Zeigen Sie mir den Weg.«

Niklaus starrte den Tisch an.

»Sie wollen doch heute hoffentlich nicht wieder damit anfangen – «

»Es ist ein schöner Tag für einen Ausflug«, unterbrach ihn Andi.

»Viel Licht! Als ich das letztemal oben war, war es ziemlich finster.«

Andis ominöse Worte trafen Niklaus tief ins Herz.

»Vorwärts, steigen Sie in mein Auto!« befahl Andi herrisch.

»Ich will bloß die Stiefel wechseln, wenn Sie gestatten. Es ist dort oben recht schmutzig.«

»Schmutzig ist es? Gut, machen Sie schnell.«

Niklaus ging in den Nebenraum. Andi folgte ihm. Niklaus sagte mit einer zeremoniellen Handbewegung:

»Machen Sie sich's bequem, Herr Schwager. Nehmen Sie Platz. Das ist sozusagen Ihr Büro, und wenn Sie ein wenig Zeit haben, möchte ich die Gelegenheit benützen, um Ihnen die Geschäftsbücher zu zeigen. Schließlich ist es unser gemeinsames Unternehmen, da Sie stiller Teilhaber sind.«

»Ziehen Sie Ihre Stiefel an und belästigen Sie mich jetzt nicht

587

mit Geschäftsbüchern«, sagte Andi ärgerlich. Ein kalter Schauer lief Niklaus über den Rücken. Aber er gehorchte schnell.

»Wissen Sie, ich habe einen Mann mit seiner Familie oben im Jeff wohnen«, keuchte er, während er sich niederbeugte und die Schnürsenkel festband.

»Seit wann steht er in Ihren Diensten?«

»Seit März.«

»Ein Mann aus der Gegend?«

»Nein. Er stammt aus Glarus. Er war arbeitslos, als ich ihn aufnahm.«

»Kennt er den Bezirk?«

»Er ist hier fremd. Er kam in zerrissenen weißen Leinenschuhen und völlig zerlumpt bei mir an. Ich habe ihm das Geld geliehen, daß er seine Familie herholen konnte. Er hat zwei Kinder, einen Jungen und ein Mädel, eines sechs und das andere sieben Jahre alt. Er sagte, er muß seine Familie bei sich haben, sonst wird er dort im Jeff verrückt. Ja, das ist auch so ein Ort, da könnte ein jeder seinen Verstand verlieren!«

Jetzt hatte er endlich die Stiefel festgeschnürt, stand auf und ging in das Büro zurück.

»Ich bin fertig, Herr Schwager.«

Er sah Andi unsicher an und streckte seinen Rücken.

»Wie soll ich Sie denn sonst anreden? Sie sind doch mein Schwager, wie?«

»Ja«, erwiderte Andi kurz. Und als er ein spöttisches Lächeln über Niklaus' Züge huschen sah, befahl er: »Vorwärts, gehen wir!«

Wenige Minuten später fuhren sie aus Andruss hinaus, den Abhang hinab in den finsteren Wald und über die Hängebrücke, die die tosenden Schluchten des Rheins überbrückt. Es ging die Via Mala entlang, durch die Tunnels, in denen die Straße ein einziger schleimiger Sumpf war. Keiner von ihnen sprach ein Wort. Andis Gesicht war in einem grimmigen, fast schrecklichen Ausdruck erstarrt. Er war bleich. Ein trübes, grausames Flackern spielte in seinen grauen Augen. Niklaus fühlte in seinem Körper schmerzlich die Spannung seiner Nerven. Seine Muskeln waren straff, sein Gesicht starr. Ab und zu sah er Andi von der Seite an, wandte aber sogleich voll Verzweiflung seinen Blick den nackten Felswänden zu, denn ihm schien, in dem von Nässe triefenden Gestein war mehr Erbarmen als in diesem Mann. In Nauders hielt Andi einen Augenblick an.

»War dieser Krämer, den sie den langen Dan nennen, ein Freund Ihres Vaters?« fragte er.

»Sie haben einander gekannt«, sagte Niklaus überrascht und dachte im stillen: ‚Wo hat er den Namen her?‘

»Wie lange haben sie einander gekannt?«

»Jahrelang.«

»Was ist der lange Dan für ein Kerl?«

Niklaus schwieg mürrisch.

»Kennen Sie ihn nicht?«

»Jeder kennt ihn«, brummte Niklaus.

Andi stieg aus. Er betrat den Laden des langen Dan und verlangte eine Schachtel Zündhölzer. Er sah sich in dem engen, kleinen Geschäft um, beobachtete den langen Dan, wie er mit mageren, runzligen, erdfarbenen Fingern ein Paket schwedischer Streichhölzer öffnete, hörte ihn schwer atmen und keuchen wie einen, der eine kranke Lunge hat. Er musterte das verbitterte, eckige Gesicht mit den schmalen Lippen, blickte in zwei schläfrige Säuferaugen. ‚Unfähig, einen tätlichen Gewaltakt zu begehen!‘ lautete seine Schlußfolgerung. Er steckte die Zündhölzer ein und warf eine kleine Münze auf den schmierigen Ladentisch zwischen die aufgestapelten Schnittwaren. Der lange Dan ließ sich in keine seiner Kombinationen und Theorien eingliedern. Dieser fettige, feige, träge Mensch, dieser winzig kleine Kerl hätte niemals die Kraft aufbieten können, um einen bärenstarken Mann, wie den alten Lauretz, zu erledigen. Anscheinend war Andi mit seinem Besuch bei dem langen Dan recht zufrieden. Schnell stieg er wieder in das Auto und fuhr weiter.

»Sie glauben nicht, daß der lange Dan mit dem Verschwinden Ihres Vaters etwas zu tun haben könnte?« fragte er.

Niklaus lachte nervös.

»Wenn der lange Dan den Alten erblickt hat, ist er gleich davongelaufen.«

Sie fuhren schweigend weiter, bis sie an die Biegung der Land-
straße kamen, wo der kleine Seitenweg nach dem Jeff abzweigte.
»Wird diese hölzerne Brücke den Wagen aushalten?« fragte
Andi.
»Wir fahren Tonnen von Holz über dieBrücke«, erwiderte Ni-
klaus.
Andi fuhr langsam hinüber. Eine Sekunde später brachte er auf
dem offenen Platz vor dem alten Steinhaus den Wagen zum
Stehen.
»Wann sind Sie zum letztenmal hier gewesen?« fragte er, wäh-
rend er ausstieg.
»Vorige Woche«, erwiderte Niklaus und kletterte hinter ihm aus
dem Auto.
Er räkelte sich und betrachtete böse und finster das Haus der
Qualen.
,Ja, wenn Andi wüßte, wie mir zumute ist, würde er anders mit
mir reden‘, dachte er.
Aber Andi kannte kein Erbarmen. In ihm war die heimliche
Grausamkeit erwacht, die bisher in seinem Charakter geschlum-
mert hatte, eine finstere und gewaltige Macht, eine Grausam-
keit, wie sie in einem Manne schlummert, der im Leben viel zu
erreichen vermag, denn sie hatte mit dem Licht und Feuer der
Wahrheit zu tun. Das Verschwinden des Jonas Lauretz war
keine Angelegenheit, die man im Schoße der Familie erledigen
konnte. Hier handelte es sich um ein unentdecktes Verbrechen.
Nicht Andreas von Richenau verfolgte die Spur dieses Rätsels,
sondern das Gesetz, dessen Diener er war. Andi war sich seiner
Verantwortung vollauf bewußt. Wenn ihn Mitleid überkam,
dann war das nur eine kurze Reaktion. Auch wenn er sich sagte
daß Silvelie jahrelang in der gespenstischen Gegend gelebt
hatte, daß diese hochragenden, von Nässe triefenden Wände,
diese sumpfige Erde, diese feuchten Wälder ihre Heimat gewesen waren, daß sie hinter diesen kleinen Luftlöchern in dem
Haus aus Granit geatmet, daß der donnernde Lärm der Yzolla
jahraus, jahrein in ihren Ohren gedröhnt hatte, mußte er dieses
Mitleid in sich ersticken, denn auch Silvelie würde er zur Rechenschaft ziehen müssen.

»Würde es Ihnen hier gefallen?« fragte Niklaus. »Ein bißchen laut, nicht? Aber man gewöhnt sich daran. Möchten Sie noch etwas mehr Lärm hören?«

Er ging in den Schuppen, um die Säge in Bewegung zu setzen, versehentlich aber zog er den falschen Hebel. Die Alarmglocke begann zu läuten. »Dill – dill – dill – – – dill – dill – dill – «

Er wurde blaß.

»Verfluchtes Ding!« schrie er laut. »Mußt du grade jetzt läuten?«

Er stellte die Glocke ab, aber sie klingelte noch ein Weilchen weiter, als wollte sie ihn verhöhnen. »Dill – dill – – ich erinnere mich!« Mit einem Schlag gegen den anderen Hebel setzte Niklaus die Säge in Gang, und der riesige Rahmen begann donnernd auf- und niederzuwuchten.

»Jetzt klingt das ganze Jeff zusammen!« rief er mit wilder Stimme aus dem Schuppen hervor.

Ein Arbeiter kam eilig aus dem Hause gelaufen. Er war in Hemdsärmeln.

Er kam schnell auf Niklaus zu.

»Was macht denn der Herr Lauretz?«

Niklaus fuhr erschrocken herum.

»Ich zeige dem Herrn da draußen, was für Lärm wir machen können«, sagte er.

Lachend stellte er den Hebel ab. Die Säge blieb stehen.

»Das Getriebe besser schmieren!« sagte er zu dem Mann. »Es läuft heiß. Das ganze Ding wird noch einmal zu brennen anfangen, sag' ich Ihnen! Ölen Sie jetzt gleich in meiner Gegenwart.«

Andi trat hinzu und nahm Niklaus beiseite.

»Sagen Sie diesem Mann und seinen Leuten, sie sollen für eine Weile das Haus verlassen. Ich möchte mich drinnen mit Ihnen unterhalten.« Seine Blicke musterten Niklaus, der fast das Gefühl hatte, als würde er an einen der hölzernen Balken genagelt, die das Dach trugen. Andi verschränkte die Arme auf dem Rücken, spazierte gemächlich hin und her, sah sich die Unordnung in dem Schuppen an. Plötzlich wich sein grimmiger Ausdruck einem Ausdruck tiefen Leides. Niklaus trat zu ihm hin.

»Ich habe dem Mann etwas Geld gegeben, er ist nach Nauders

gegangen, Herr Schwager. Seine Frau und seine Kinder sind nicht mehr hier. Er hat sie vorige Woche weggeschickt, sie konnten die Gegend nicht mehr ertragen. Sie leben in Nauders.«

»Dann wollen wir hineingehen«, sagte Andi. »Zeigen Sie mir das Haus, ich möchte alle Räume sehen.«

Andi ging mit Niklaus durch das ganze Haus. Dann setzten sie sich in das untere Zimmer neben der Küche.

»Es tut mir leid, Herr Schwager, daß ich Ihnen nichts anbieten kann«, sagte Niklaus und fuhr fort: »Besonders gut müssen Sie sich das oberste Zimmer merken, das ich Ihnen gezeigt habe.«

»Warum?«

Niklaus zuckte die Achseln.

»Weil!«

»Weil?«

»Weil!«

Andi schaute stumm vor sich hin. Seine Gedanken schienen in weiter Ferne zu weilen. Er hatte kurz mit dem Kopf genickt, als ob seine Ohren die Bemerkung Niklaus' mechanisch registrierten. Dann lehnte er sich zurück und sah Niklaus voll ins Gesicht.

»Sie sind kein Dummkopf!« sagte er. »Und das wissen Sie auch. Sie haben es bewiesen. Sie haben Richter Bonatsch hübsch hineingelegt. Ich muß Ihnen mein Kompliment machen. Aber Bonatsch ist plötzlich gestorben, und damit hatten Sie nicht gerechnet, wie?«

Er beugte sich vor.

»Kommen Sie, Niklaus. Sie werden mir doch nicht einreden wollen, daß Ihr Vater an einem Novembertag zum Yzolla hinaufspaziert ist, ohne Paß und mit viertausend Franken in der Tasche, um acht Stunden weit über einen Bergpaß nach Italien zu wandern.«

Niklaus packte die Kante des rohgezimmerten Tisches, der viele Jahre lang seine Krippe gewesen war.

»Ich habe nicht behauptet, daß ich gesehen habe, wie er ins Tal hinaufging!«

»Das weiß ich. Sie haben ihn angeblich im Nebel verschwinden sehen.« Er hielt einen Augenblick inne und sagte dann:

592

»Sind Sie sicher, daß Jöry Wagner ihm nicht gefolgt ist?«

»Ganz sicher, Jöry hat mit mir im Schuppen gearbeitet.«

»Aber sie sagten doch, er hätte noch am selben Abend das Jeff verlassen.«

»Ja, aber erst später. Er ist mit seiner sterbenden Frau auf einem Karren nach Andruss gefahren.«

Andi hielt inne. Seine Blicke, streng und von finsterem Spott erfüllt, waren unverwandt auf den jungen Burschen gerichtet.

»Haben Sie noch den alten Gaul?«

»Ja, ich hab' ihn in Andruss.«

»Hat er wieder einmal gelahmt?«

Niklaus holte Atem, stemmte die Ellbogen auf den Tisch und stützte das Kinn auf die Hand.

»Nein!« sagte er verzweifelt.

»Niklaus«, fuhr Andi ungerührt fort, »da sitzen wir nun allein beisammen. Etwas muß geschehen.«

»Werfen Sie mich doch in die Yzolla!« rief Niklaus. »Ich kann nicht mehr sagen, als ich weiß.«

»Aber Sie wissen vielleicht mehr, als Sie sagen. Vergessen Sie nicht, das Gesetz ist langsam und geduldig. Wollen Sie mir nicht etwas mehr über Jöry Wagner erzählen? Ich würde gern mehr von ihm wissen, bevor ich mit ihm spreche.«

»Mit ihm sprechen?«

Niklaus richtete langsam seine Blicke auf Andi.

»Gewiß! Sie glauben doch nicht, ich werde ihn weiter im Lande herumspazieren lassen? Ich habe bereits seinen Haftbefehl unterzeichnet.«

Niklaus hob langsam das Kinn, nahm den Arm vom Tisch. Er zitterte so heftig am ganzen Körper, daß es Andi weh tat, ihn anzusehen.

Aber Andi blieb äußerlich völlig gelassen.

»Hoffentlich hat Jöry, seit er damals in Ilanz bei Ihnen war, keinen Lohn mehr von Ihnen verlangt?«

»Lohn?« murmelte Niklaus.

»Ja, oder sonst eine Geldsumme, die Sie ihm vielleicht schulden, oder die er vielleicht fordert – «

»Ich weiß nicht, was Sie meinen. Seit dem Tag, von dem ich Ihnen erzählt habe, habe ich Jöry nicht mehr gesehen.«

»Können Sie das beschwören?«

»Ich beschwöre es auf Silvelies Haupt!«

»Ich werde es bald wissen«, fuhr Andi ruhig fort. »Ich habe den Haftbefehl unterzeichnet.«

Er preßte die Lippen zusammen und bewegte den Unterkiefer. Niklaus vergrub das Gesicht in beide Hände.

»Hol der Teufel alles!« rief er, Tränen der Wut in den Augen. »Was habe ich getan? Was wollen Sie denn herausbekommen? Ich habe den Alten nicht umgebracht! Ich bin kein Mörder! Zwei Jahre lang habe ich meinen Frieden gehabt und jetzt nehmen Sie ihn mir weg! Was habe ich Ihnen getan?« Er sprang wie ein Rasender auf, sein Gesicht war verzerrt. »Sie machen mich verrückt! Sie machen mich verrückt!« schrie er. »Erst ist es der Alte, der einen jahrelang herumstößt, und jetzt ist es Silvelies Mann! Mich hier heraufschleppen und auf mich losstürzen und mich nach dem alten Hund ausfragen!« Er schüttelte die Fäuste und schlug auf den Tisch.

»Ja, Sie können hier sitzen und lächeln! Lachen Sie nur, Herr Schwager und Untersuchungsrichter! Sie mögen über mich zu Gericht sitzen – ja – Sie mit Ihrem Schloß und Ihrem Auto. Aber bilden Sie sich nicht ein, daß ich nicht ebensoviel wert bin wie Sie! Was ist leichter, als in einer Kanzlei sitzen und Haftbefehle gegen arme Teufel unterzeichnen und im Rat sitzen und über das Wohl des Volkes schwatzen! Sehen Sie sich diese dampfenden Wände an! In diesen Wänden sind wir Lauretz' jahrelang lebendig begraben gewesen, verfolgt von dem Anblick eines Menschen, der sich unser Vater nannte. Ja, Vater unser im Himmel, unser täglich Brot gib uns heute! Donner und Doria! Von fünf Uhr früh bis in die Nacht hinein arbeiten, um gerade so viel zu verdienen, daß man wie ein halbverhungertes Tier sein Leben fristet! Lassen Sie mich mit Ihren Fragen in Ruhe! Ich verweigere jede Antwort!«

Andi betrachtete Niklaus mit eisiger Ruhe. Er fand diesen Ausbruch nur natürlich. Er hatte Ähnliches oft in seinem Amtszimmer erlebt, und gerade der Umstand, daß das jetzt passierte, überzeugte ihn von dem schlechten Gewissen Niklaus'.

»Setzen Sie sich, ich kann solche Komödien nicht leiden«, sagte er.

Mit einem Fluch warf sich Niklaus auf die Bank an der Wand, machte den Mund zu und biß die Zähne zusammen.

Andi stand auf, ging um den Tisch herum, legte die Hand leicht auf Niklaus' Schulter.

»Wer hat die Schmutzarbeit getan?« fragte er.

Niklaus starrte Andis gepflegte Hand an, packte sie und schob sie weg. Er verschränkte die Arme über der Brust, und die Muskeln um seinen Mund verhärteten sich. Er sah vor sich hin und sagte kein Wort. Andi richtete sich auf, steckte die Hände in die Taschen und ging langsam um den Tisch herum. Sein Kopf berührte fast die Decke. Plötzlich knöpfte er den Rock zu.

»Kommen Sie, verlassen wir dieses gespenstische Haus! Ich möchte mich in der Gegend umsehen.«

Niklaus rührte sich nicht.

»Hören Sie nicht?« fragte Andi mit erhobener Stimme. »Ich möchte mich draußen umsehen.«

Niklaus scharrte mit den Füßen und kehrte ihm den Rücken.

»Gut, dann werde ich mich allein umsehen.«

Andi ging hinaus. Er blieb auf der Schwelle stehen, blickte nach links und rechts, bemerkte dann einen Pfad, der zum Walde führte, folgte ihm und kam kurz darauf zu einer elenden Hütte. Jörys Hütte. Die Tür stand offen. Er trat ein. Drinnen war es finster, nichts zeugte davon, daß hier Menschen gehaust hatten. Andi blickte zurück und konnte gerade zwischen den Baumstämmen den Eingang des Hauses sehen. Er sah Niklaus herauskommen, sich nach allen Seiten umsehen und dann den Hut aufsetzen.

Andi zweifelte nicht mehr daran, daß Niklaus wußte, wohin der alte Lauretz verschwunden war. Und obgleich er bisher versucht hatte, sich einzureden, Niklaus müsse nicht unbedingt an seinem Verschwinden beteiligt gewesen sein, war er nun vom Gegenteil überzeugt. Er hegte keinerlei Zweifel mehr. Er sah Niklaus davonschreiten und rief ihn mit lauter Stimme an. Niklaus blieb stehen und sah sich um. Andi ging schnell zu ihm hin.

»Wenn Sie sich wegschleichen wollten, dann lassen Sie sich von mir sagen, daß das keinen Zweck hat. Ich finde Sie überall.«

Niklaus hob einen langen, dünnen Fichtenzweig auf, der gerade in seiner Nähe lag. Er brach ihn entzwei, warf die eine Hälfte Andi vor die Füße, die andere vor seine eigenen Füße. Dann machte er kehrt und ging weg. Andi sah ihm verblüfft nach, er überlegte, was der Bursche mit dieser unheimlichen Handlung gemeint haben konnte. War es eine Drohung gewesen?

Raschen Schrittes ging Niklaus die Via Mala entlang. Ab und zu schlug er eine Abkürzung ein. Oft blickte er sich um, als erwarte er, daß Andi ihn mit dem Wagen überholen würde.

»Jetzt ist alles vorbei!« keuchte er verzweifelt. »Er hat mich erwischt. Er läßt Jöry verhaften. Jöry wird sicherlich reden. Ich muß nach Hause und die andern sofort warnen.«

Wie ein am Bein verwundeter Mensch, der seinem Verfolger entrinnen will, hinkte er schweißgebadet weiter.

‚Er wird uns alle verhaften! Ich kenn' ihn jetzt. Schwester Silvelie sagt, er wird seine Pflicht tun.'

Er knirschte mit den Zähnen.

‚Was ist ihm Silvelie jetzt? Ja, ich kenn' ihn! Er ist einer dieser vornehmen Herrn, von denen man liest. Er wird sie abschütteln. Er wird sich scheiden lassen. Und ich hab' ganz umsonst dieses verfluchte Geschäft aufgebaut. Er wird sein Geld zurückziehen, sich die Hände in Unschuld waschen, und uns wird man in das Lanzberger Gefängnis stecken.'

Er blieb stehen und wischte sich die Zornestränen aus den Augen.

‚Nein! Keiner von uns wird ins Gefängnis wandern, das schwör' ich!'

Er schritt schneller aus. Er mußte rasch nach Hause. Er mußte zu seinen Leuten.

Und dann hörte er hinter sich das Signal von Andis Wagen. Schnell versteckte er sich hinter einem vorspringenden Felsen am Straßenrand und wartete. Wenige Augenblicke später fuhr Andi vorüber. Niklaus hätte gern gewußt, wohin er fuhr. Vielleicht geradeswegs zum Hundshüsli!

‚Er wird ihnen die Wahrheit herauslocken! Donner und Doria –
wir sind verloren!‘
Als Niklaus in Andruss ankam, ging er in Volkerts Garten und
stürzte ein Glas Bier hinunter.
‚Ich darf den Kopf nicht verlieren!‘
Er versuchte sich zu beruhigen.
‚Schließlich ist er wirklich mein Schwager.‘
Nach kurzer Rast verließ er Volkerts Wirtshaus und eilte wei-
ter. Es war Abend, als er den Feldweg erreichte, der zum Hunds-
hüsli führte. Er suchte auf dem Boden nach Reifenspuren. Es
waren keine da. Vielleicht aber war Andi zu Fuß gekommen?
Er beschleunigte seine Schritte und stieß bald auf seine Schwe-
stern, die auf der Bank unter dem Dache saßen. Er blieb einen
Augenblick stehen, um Atem zu holen, dann ging er zu ihnen hin.
»Nabig!« grüßte er und setzte sich ihnen gegenüber auf einen
Stein, den gleichen Stein, auf dem sein Vater drei Jahre zuvor
am Abend seiner Verhaftung gesessen hatte. Sie sahen ihn ver-
wundert an.
»Wie er aussieht! Jeses Gott!«
»Was ist passiert?«
»Er ist also nicht bei euch gewesen?« fragte er.
»Wer?«
»Dein Mann.«
Sie blickten einander an.
»Ich dachte, er würde zu euch gehen und euch den Hals um-
drehen! Mir hat er ihn heute nachmittag umgedreht.«
In abgehackten, quälenden Sätzen erzählte er ihnen alles, was
geschehen war. Er sah das Entsetzen in ihren Augen.
Silvelie war die erste, die den Mund aufmachte.
»Er läßt Jöry verhaften! Dann sind wir erledigt. Jöry wird alles
verraten.«
»Ich hätte den buckligen Kerl längst in die Yzolla schmeißen
müssen!« sagte Niklaus heftig. Dann blickte er Silvelie an:
»Was sollen wir jetzt tun?«
»Lieber Gott, das kann ich dir nicht sagen!«
»Du bist jedenfalls unschuldig. Was auch passiert, dich können
sie nicht anrühren.«

597

Tiefe Stille senkte sich herab.

»Andi ist ein Ehrenmann«, sagte Silvelie schließlich.

»Haben wir keine Ehre?« fragte Hanna.

»Vielleicht – aber nicht die gleiche Ehre wie er!«

Ihr Kopf sank vornüber, und sie schluchzte leise auf. Hanna erhob sich mit einem Fluch und ging ins Haus. Niklaus beobachtete Silvelie. Er hatte sie so selten weinen sehen, daß er jetzt ganz verlegen wurde. Es war ihm, als hätte er sie plötzlich nackt gesehen. Eine heftige Röte breitete sich über sein Gesicht. Er blickte weg. Rasch trocknete sie ihre Tränen.

»Meine Nerven versagen«, sagte sie mit ruhiger Stimme, »ich muß stark sein.«

»Kein Wunder, daß du zusammenbrichst, wenn du einen so unmenschlichen Mann hast«, murmelte Niklaus mit schwankender Stimme. »Ich habe überhaupt keine Nerven mehr. Ich sehe nachts Gespenster und rede mit mir selber.«

»Andi tut nur seine Pflicht!« sagte sie fast streng.

»Pflicht! Pflicht! Eines Tages wird er klug werden und merken, daß in dieser Welt der eine so unschuldig ist wie der andere. Jeder hat etwas angestellt, es gibt keinen, dem nicht etwas anhängt. Auch die Richter machen keine Ausnahme. Wenn Mutter recht hat, und Gott alles weiß, dann soll Gott unser Richter sein. Dagegen hätte ich nichts. Gott würde einem nichts tun.«

Er holte zitternd Atem. Der gehetzte Ausdruck kehrte in seine Augen zurück.

»An deiner Stelle würde ich wieder zu Andi gehen, Silvelie. Du gehörst nicht zu uns... Komm, wir wollen jetzt etwas essen. Damit wir neuen Mut fassen. Das ganze Leben ist doch nur der Magen. Ein Irrtum, wenn man anders denkt.«

Er hinkte die Treppe hinauf.

18

Frau Lauretz saß in ihrem Winkel, ein Kissen unter dem Kopf. Den unteren Teil ihres Gesichts bedeckte ein loser Verband, der durch einen Knoten am Hinterkopf befestigt war. Sie schien kaum zu leben. Und hätten nicht ihre Hände ab und zu eine zuckende Bewegung gemacht, dann hätte man sie für eine Puppe halten können. Ihre Kinder waren eben mit dem Essen fertig geworden, da kam jemand die hölzerne Treppe an der Außenwand des Hauses herauf. Es war offensichtlich, daß das ein Fremder sein mußte, denn er stieß immerfort mit den Fußspitzen gegen die Stufen. Sie hielten in ihrem Gespräch inne und starrten einander an. Es wurde an die Tür geklopft, und einen Augenblick später stand die hohe Gestalt Andis auf der Schwelle. Er blickte von Gesicht zu Gesicht, seine Augen hefteten sich schließlich auf Silvelie.

»Es tut mir leid, daß ich störe«, sagte er, ohne sich zu rühren. »Aber ich muß mit dir sprechen, Sivvy.«

Sie stand auf und ging zu ihm hinaus. Er machte die Tür hinter ihr zu. Sie trat einen Schritt zurück.

»Ich weiß!« sagte er und sah sie finster an. »Ich weiß! Auch ich würde mich schämen, wenn ich an deiner Stelle wäre.«

Sie stützte sich auf das hölzerne Geländer.

»Erinnere dich, Andi!«

»Ich erinnere mich an alles«, unterbrach er sie. »Ich erinnere mich an so vieles. Ich erinnere mich sogar an eine Zeit, da ich dir noch vertraute!«

Ihr Blut geriet plötzlich in Wallung.

»Was willst du mir antun?«

»Nichts«, sagte er mit Nachdruck. »Ich will nur die Freiheit nutzen, die du mir in deinem Abschiedsbrief so großmütig gewährt hast. Und nun, bist du bereit, mir die Wahrheit zu sagen, bevor ich sie selbst herausfinde?«

Sie schwieg.

»Du willst es mir also nicht sagen?«

Über ihre Lippen kam kein Wort.

Er legte die Hand auf die Klinke. Sie griff nach seinem Arm.

»Warte! Laß Mutter erst auf ihr Zimmer gehen. Sie darf eigentlich noch gar nicht auf sein.«

Aber er öffnete die Tür und ging hinein. Niklaus und Hanna saßen zusammengekauert nebeneinander auf der Bank. Frau Lauretz umklammerte die hölzernen Armlehnen ihres Stuhles und schrie leise auf. Andi schwang das Bein über die Bank, als bestiege er einen Gaul, und setzte sich hin. Sein Gesicht sah erschöpft aus.

»Da sind wir!«

Ein langes, unheimliches Schweigen trat ein. Hanna legte ihre gefalteten Hände auf den Tisch.

»Wollen Sie Niklaus noch einmal quälen? Glauben Sie immer noch, daß er lügt?« sagte sie.

»Ich möchte wissen, wer hier nicht lügt«, sagte Andi mit einem Blick auf Silvelie.

Hanna starrte ihn feindselig an.

»Ein schöner Gatte sind Sie!«

»Oh, laßt Andi reden!« bat Silvelie.

»Ja, wenn ihr fertig seid«, erklärte Andi. »Ich habe etwas zu sagen.«

Er hielt inne und fuhr dann fort: »Ich fürchte, wenn ich nicht rede, wird euch eines Tages ein anderer die Gefährlichkeit der Lage, in der ihr steckt, zu Bewußtsein bringen. Ich warne euch jetzt. Die Sache befindet sich noch in meinen Händen. Es war ein bloßer Zufall, daß ich sie in die Hände bekam. Wäre es anders gekommen... Ich verstehe natürlich, daß ihr euch zu schützen versucht. Wenn man ein – Verbrechen zu verbergen hat...«

Er brach ab und schaute Niklaus an.

»Ich bitte euch jetzt, mir nichts zu verschweigen. Ich bitte euch alle, mir die ganze Wahrheit zu sagen.«

»Warum warten Sie nicht, bis Jöry verhaftet ist? Der wird es Ihnen sagen«, murmelte Niklaus beiseite, als spreche er mit jemand unter dem Tisch.

»Jöry ist der einzige Außenstehende, der mir vielleicht etwas hätte erzählen können. Das weiß ich. Aber Jöry wird mir nichts mehr erzählen.«

Andi zog ein Papier aus der Tasche und reichte es Niklaus.

»Das ist heute abend mit der Post aus Lanzberg gekommen.«

Niklaus las. Es war eine amtliche Mitteilung der Luzerner Polizei in Beantwortung eines Haftbefehles, den Andi hatte veröffentlichen lassen.

Besagter Jöry Wagner, hieß es darin, ist während der Arbeit am Neubau des Hauses Berner Straße Nummer zwölf von einer Leiter gefallen und an einem Schädelbruch gestorben. Die Autopsie ergab, daß besagter Jöry Wagner zu dem Zeitpunkt des Unglücksfalles in alkoholisiertem Zustande war...

Niklaus blickte von einem Gesicht zum andern. Die Blicke seiner Mutter begegneten den seinen. Sie beugte sich vor und reckte den Hals. Niklaus schob das Papier über den Tisch, stand auf und ging rasch ein paar Schritte auf seine Mutter zu.
»Jöry hat sich erschlagen, er ist vom Gerüst gefallen, Mutter! Jöry hat sich erschlagen!« Triumphierend kamen die Worte von seinen Lippen. »Donner und Doria! Jetzt können wir sprechen, jetzt sind wir frei!«
Frau Lauretz' Kopf begann heftig zu zittern. Sie umklammerte die hölzerne Lehne ihres Stuhls, aus ihrem Munde kam ein Laut wie ein halbersticktes Heulen. Andis Blicke ruhten schwer auf ihr.
»Nun, Herr Schwager!« sagte Niklaus mit lauter Stimme und schob die Hände in die Taschen. »Jetzt, da dieser arme Jöry tot ist, habe ich ein Gefühl, als ob mir ein Stein vom Herzen gefallen wäre.«
Er blies seinen Atem von sich.
»Wir schulden seinem gottverlassenen Andenken keine Dankbarkeit. Wenn wir ihn bis jetzt nicht verraten haben, dann nur deshalb, weil ich ihm mein Ehrenwort gab, es nicht zu tun. Jetzt aber kann mich nichts mehr daran hindern, Ihnen alles zu sagen. Er ist tot! Was brauchen wir mehr? Seit Jahren war Jöry auf den Alten wütend. Der Alte schuldete ihm Geld, tausend Franken samt Zinsen und den Lohn. Er war der Todfeind des Alten. Sein Sohn Albert und alle diese Geschichten! Und als der Alte damals mit Silvelies Geld aus Zürich zurückkam, entwickelte sich zwischen den beiden eine Prügelei. Hier sind die Zeugen! Hanna war da! Mutter hörte den Lärm im Haus. Ich kam zu spät, um dazwischenzufahren. Jöry hielt ein Messer, ein langes, spitzes Messer in der Hand! Ich habe dieses Messer noch! Ich kann es Ihnen zeigen! Ich kann es beweisen, was ich sage.«
»Weiter!« sagte Andi, ohne sich zu rühren.

»Mit diesem Messer hat er den Alten umgebracht. Ich kam zu spät. Das schwöre ich!«

»Und was haben Sie dann getan?« fragte Andi.

»Jöry sagte, er würde den Leichnam des Alten wegschaffen, so daß ihn keiner mehr finden kann. Und er schaffte ihn weg.«

»Wohin?« fragte Andi.

»Ich weiß es nicht. Ich habe nicht gefragt. Wir waren viel zu aufgeregt. Er hatte das Geld, das man ihm schuldete. Er nahm es dem Toten weg – und gab mir den Rest. Aber ich versprach Jöry, ihm später noch etwas Geld zu geben.«

»Warum das?«

»Er wollte mehr haben. Er drohte uns. Und wir konnten nicht wissen, was er sagen würde. Wir waren halb irrsinnig vor Angst – wir alle.«

»Und haben Sie ihm noch Geld gegeben?«

»Ja – in Ilanz. Wir schworen alle, wir würden ihn nie verraten.« Niklaus schlug sich mit geballten Fäusten vor die Brust.

»Und wir haben es auch nicht getan. Wir Lauretz' halten unser Versprechen!«

Andi betrachtete seinen Siegelring. Totenstille herrschte im Raum. Ohne aufzublicken, begann er an seinem Ring zu spielen, ihn an dem Finger auf- und abzuschieben.

»Sie erwarten von mir, daß ich das alles glauben soll?« fragte er schließlich.

Und dann sah er auf.

Niklaus zog seine Lippen straff. Er antwortete nicht.

»Angenommen selbst, ich würde Ihnen Glauben schenken – wissen Sie, was ich dann tun müßte?«

Er hielt inne. Immer noch war es still in dem Zimmer. Niemand rührte sich.

»Ich müßte Ihre Aussage schriftlich niederlegen und sie dem Präsidenten des Strafgerichts vorlegen. Wenn Sie sich für so wunderbar klug halten, dann versuchen Sie sich einmal vorzustellen, was geschehen würde, wenn einer meiner Kollegen, ein Bursche vielleicht, der ein wenig schlauer ist als Sie, mit Ihnen ein Kreuzverhör anfinge? Ich kann Ihnen nur eines sagen, Niklaus – bevor Sie mit Ihrer Antwort fertig wären,

hätten Sie schon ein Paar Handschellen um die Gelenke. Das gleiche würde euch allen passieren, einschließlich Silvelies.«
Er sah die Frauen der Reihe nach an.
»Wie könnt ihr bloß so dasitzen und Niklaus zuhören, ohne für ihn zu erröten? Setzen Sie sich jetzt hin, Niklaus, und lassen Sie sich Zeit. Versuchen Sie, sich etwas Besseres auszudenken. Ich habe es nicht eilig. Ich brauche nur zwanzig Minuten, um von hier in mein Bett zu kommen.«
Er blickte Hanna an, die vor sich hinstarrte.
»Es wundert mich nicht, daß Sivvy –« begann er.
Er brach ab, wandte sich an Hanna und sagte:
»Vielleicht können Sie, Hanna, eine bessere Geschichte erfinden?«
»Ich kann nur sagen, daß ich es nicht länger ertrage!« erwiderte Hanna. Ihr Atem ging stoßweise. Ihre linke Braue zuckte empor, ihre Hände waren für einen Augenblick lang still. Wieder trat ein langes Schweigen ein, das nur durch Silvelie gestört wurde, die ganz allein neben dem Ofen saß und in ihr Taschentuch schluchzte. Andi hatte ein Gefühl chaotischer Verwirrung. Finster lag die Zukunft vor ihm. Sein Glück war zerbrochen. Silvelies Schluchzen rührte ihn nicht. Sie war es, die ihn in dieses Schlangennest hinabgezerrt hatte. Er hatte sich noch nie in seinem Leben gefürchtet. Jetzt aber fürchtete er sich.
»Hören Sie zu, Niklaus«, sagte er und bemühte sich, einen natürlichen Tonfall zu wahren. »Sie sind doch ein viel zu anständiger Kerl, als daß Sie hätten zusehen können, wie Ihr Vater von seinem Arbeiter ermordet wurde.«
»Ich sagte doch schon, daß ich zu spät kam!«
»Wenn das stimmt, dann war es immerhin nicht zu spät, um den Mörder Ihres Vaters der Gerechtigkeit auszuliefern.«
Schweigen.
»Versuchen wir es mit einer anderen Theorie. Nehmen wir an, daß Sie nicht zu spät kamen, um sich in den Streit einzumischen. Als Sie Ihren Vater in Gefahr sahen, versuchten Sie vielleicht, ihm zu helfen. Vielleicht packten Sie irgendeinen Gegenstand, einen Holzklotz, eine Eisenstange, etwas, das gerade zur Hand war, und gingen auf diesen Jöry los. War es so?

Es war finster. Sie konnten nicht sehen, was Sie machten, Sie trafen aus Versehen den Falschen, und der Schlag war tödlich. War es so, mein Junge? Hat das schwer auf Ihrem Gewissen gelastet?«

Während er sprach, bewegt von seinen eigenen Worten und dem Gedanken an vergangene Möglichkeiten, überschlich ihn eine leise Hoffnung. War es nicht denkbar, daß Niklaus schuldig und dennoch nicht eigentlich schuldig sei? War es nicht möglich, daß er, Andi, zu grausam gewesen war? Niklaus antwortete nicht. Aber Hanna erhob sich mit einem Ruck.

»Was zum Teufel, wovor fürchten wir uns denn?« schrie sie mit ihrer mächtigen Stimme. »Sag ihm doch die Wahrheit, Niklaus, und fertig!«

»Setz dich, du bist verrückt«, rief Niklaus.

»Mit welchem Recht setzt er sich hierher und quält Mutter und uns alle! Silvelies Mann! Ich kann es nicht mehr aushalten! Ich sage euch, ich kann es nicht mehr aushalten!« Sie spuckte auf den Fußboden. »Steh auf und sag es ihm! Und du stehst auf, Silvelie! Dasitzen und heulen! Fürchtest du dich? Ich habe keine Angst.« Sie verstummte.

Niklaus sagte nichts.

Silvelie schluchzte leise weiter.

»Gut, wenn du nicht reden willst, werde ich es tun.« Sie wandte sich zu Andi.

»Was würden Sie tun, wenn Sie einen faulen Landstreicher zum Vater hätten, für den Sie jahrein, jahraus schuften müssen, und der das ganze Geld, das Sie verdienen, an Hurenweiber und in den Wirtshäusern verschleudert? Was würden Sie tun, wenn er Sie herumstößt, wenn Sie sechs Winter droben im Jeff verbringen müssen, wo man kein Waschwasser hat und morgens die Eiszapfen über dem Bett hängen, und der Abort einfriert, und der Boden mit dem stinkenden Unrat unter den Füßen birst! Was würden Sie tun, wenn Sie einen Vater hätten, der eine Axt nach Ihnen schmeißt und Sie für das ganze Leben zum Krüppel macht, der Ihnen mit der Faust auf den Kopf schlägt und Sie für das ganze Leben taub macht! Schauen Sie Niklaus an! So hat er Niklaus zugerichtet! Und Ihre eigene Frau! Sie hat Ihnen erzählt, daß sie sich den Arm gebrochen hat – weil sie nicht einmal ein böses Wort über den Alten sagen wollte. Aber der Alte hat es getan – ich hab's gesehn. Er hat Silvelie an den Zöpfen zum Brunnen geschleppt und ihr den Kopf ins Wasser gehalten, dann hat er den eisernen Pumpengriff abgerissen und sie damit über den Arm gehauen, so daß sie sieben Tage lang hintereinander vor Schmerzen geheult hat!«

Die Arme weit ausgebreitet, als wollte sie das ganze Haus von der Erde emporheben, starrte Hanna mit tödlicher Wut um sich. Sie sah aus wie eine Besessene. Niklaus sprang auf. Silvelie rief sie schrill bei ihrem Namen.

»Teufel!« schrie Hanna mit dröhnender Stimme. »Seine eigenen Töchter mußten vor ihm davonlaufen, um ihre Jungfräulichkeit zu retten! Er hat uns zu Krüppeln gemacht! Schauen Sie sich meine Brust an!«

Sie riß ihre Bluse auf.

»Da hat er mich angepackt – ich habe gedacht, ich kriege Krebs! Und das ist noch nicht alles!«

Sie wandte sich schnell zu ihrer Mutter.

»Sehen Sie diese Frau an! Ist sie noch ein Mensch? Da!«

Wie eine Löwin stürzte sie sich auf ihre Mutter, packte das Kleid ihrer Mutter am Halse und riß es in Fetzen herunter.

»Er soll sie sich ansehen! Er soll sie sich ansehen!« schrie sie. »Hat er so etwas schon einmal gesehen? Sie war einmal ein gesunder Mensch. Sie hatte einen Verstand. Sie war unsere Mutter. Schaut sie euch heute an! Eine Verrückte! Eine lebende Wunde!«

Niklaus und Silvelie packten sie und wollten sie aus dem Zimmer schleppen.

»Laßt mich in Ruh! Laßt mich in Ruh!«

Sie riß sich von ihnen los, stolperte zum Tisch und schlug mit den Fäusten auf die Platte.

»Und Ursuli! Und Gritli! Wer hat sie umgebracht?« heulte sie.

»Er, er! Jeses Gott, und da sitzt der Herr von Richenau wie ein Schulmeister und will wissen, was mit diesem Mann geschehen ist! Wir haben ihn umgebracht! Jöry, Niklaus, Mutter und ich! Alle zusammen, hören Sie? Wir waren alle beteiligt. Soll einer kommen und uns Moralpredigten halten, ich schlag' ihm den Schädel ein!«

Sie ließ sich niederfallen. Ihre Arme schlugen auf den Tisch. Andis Gesicht war kalt wie Stein. Hanna tastete über den Tisch hinweg nach seinen Händen.

»Andi!« sagte sie mit gebrochener Stimme. »Und mehr noch, viel mehr noch! Ich kann Ihnen nicht alles sagen. Ah, seien Sie nicht grausam zu Silvelie! Sie verdient es nicht. Sie ist unschuldig. Und wie hat sie gelitten?« Sie preßte ihr Gesicht gegen den Tisch, als wollte sie ihre Züge an dem dürren Holz zermalmen. Niklaus und Silvelie führten die zitternde Mutter hinaus. Niklaus kehrte allein zurück.

»Ist es wahr, was Hanna sagt?« fragte Andi und entzog Hanna seine Hände.

Niklaus ging auf ihn zu, blieb stehen, streckte ihm die Arme hin, so daß ihre Hände einander berührten.

»Sie können die Handschellen anlegen, Herr Schwager«, sagte er mit ruhiger Stimme.

Andi erhob sich langsam. Er stemmte sich hoch, als müsse er mit dem Rücken eine schwere Last heben. Gebeugt stand er da. »So also ist es gewesen«, sagte er mit leiser Stimme. »So ist es gewesen.«

Mit schweren Schritten begann er in dem kleinen Zimmer auf und ab zu gehen.

»Jetzt weiß ich es! Jetzt weiß ich es!«

Nach einem langen Schweigen wandte sich Andi an Hanna.

»Hat Silvelie das alles gewußt?«

Hanna gab keine Antwort. Sie sah nur ihren Bruder an.

»Ja«, erwiderte Niklaus. »Wir haben es ihr erzählt, als sie aus Zürich zurückkam.«

»Sie hat es selbst herausgefunden«, sagte Hanna. »Und sie hat das Geheimnis bewahrt. Wir verdanken ihr alles. Wenn ich noch heute für sie sterben könnte, hätte mein Leben einen Zweck gehabt.« Andi wandte sich ab.

Wieder herrschte lange Zeit Schweigen, ein Schweigen, das Minuten zu dauern schien; und sie hörten von ferne den Rhein, den Lärm rauschenden Wassers in den Tiefen des Waldes.

»Sie haben zwei Namen erwähnt–Gritli und Ursuli. Wer war das?«
»Hat Ihnen Silvelie nicht von unsern Zwillingsschwestern erzählt?«
Er nickte.
»Ich war damals ein Kind«, sagte Hanna. »Aber ich erinnere mich noch, wie der Alte über die Zwillinge schimpfte und sagte, daß er nicht mehr Idioten in der Familie haben will, als unbedingt nötig ist. Er hat veranlaßt, daß sie im obersten Zimmer schliefen – «
»Ich habe unserm Herrn Schwager das Zimmer gezeigt«, unterbrach Niklaus sie. »Ich habe ihn ersucht, sich daran zu erinnern.«
»Mutter hat es das Herz gebrochen, daß die Kinder oben liegen mußten«, fuhr Hanna fort, »aber wenn sie sie herunterholte, hat der Alte sie geschlagen. Und er hat das Fenster geöffnet in der Nacht, als sie erfroren sind. Ich hab’ sie daliegen sehen, so steif, daß sie wie aus Holz waren, als Mutter sie aufhob.«
»Hat denn keine Leichenbeschau stattgefunden?« fragte Andi.
»Nein«, sagte Niklaus. »Der Alte ging zu Bonatsch und erzählte ihm irgendeine Geschichte und drohte uns umzubringen, wenn einer von uns ein Wort sagte. Wir waren noch Kinder. Bonatsch kam herauf, sah sich die Sache an, und der Alte erzählte ihm, der Wind habe in der Nacht das Fenster aufgerissen. Ich weiß nicht, ob Bonatsch ihm das geglaubt hat, aber es wurde nichts bewiesen.«
»Ah!« sagte Andi.
»Silvelie – «, sagte Niklaus und hielt inne.
»Weiter!« erwiderte Andi. »Was ist mit Silvelie?«
»Sie hat immer gesagt, man soll den Alten freundlich behandeln.«
»Freundlich?«
»Immer hat sie es auf ihre Heiligenart versucht, einen anständigen Menschen aus ihm zu machen. Sie ist so ehrlich und närrisch, daß sie glaubte, eines Tages wird er sich besinnen und anständig werden.«
Mit zitternden Fingern steckte er eine Zigarette an und blies den Rauch von sich.
»Aber es ging nicht, Herr Schwager, obgleich Silvelie nicht locker ließ.«

607

Er zog sein Bein hoch und rollte die Hose auf.

»Was würden Sie mit einem solchen Knie machen? Ich habe die Axt aus dem Knochen herausziehen müssen.«

Er schob das Hosenbein wieder hinunter. Sein Gesicht war rot, seine Augen funkelten blau.

»Glauben Sie ja nicht, daß wir es gemacht haben, um Silvelies Geld in die Finger zu kriegen. Nachdem ich Jöry bezahlt hatte, bot ich den Rest Silvelie an, aber sie wollte ihn nicht nehmen. Fragen Sie sie doch, ob es nicht so war. Ich hab' das Geld nicht für mich ausgegeben. Ich habe genau Rechnung geführt.«

Er schlug mit der Faust auf den Tisch.

»Wir mußten es tun, wir mußten es tun!« rief er verzweifelt. »Ich bereue es nicht! Ich kann es nicht bereuen!«

Andi stand auf. Ihm schien, als sei die Last auf seinen Schultern noch schwerer geworden. Er ging zur Tür. Einen Augenblick lang blieb er stehen, als überlege er etwas. Dann öffnete er mit einem Ruck die Tür, ging hinaus und machte sie hinter sich zu.

19

Hanna und Niklaus sahen einander lange und mit entsetzten Augen an.

»Was glaubst du, wird er jetzt machen?« fragte sie.

»Ich weiß es nicht.«

»Ich habe keine Angst«, sagte Hanna. Aber ihre Stimme strafte ihre Worte Lügen.

»Ich will nicht ins Gefängnis!« stöhnte Niklaus und raufte sich verzweifelt die Haare. »Wenn er mich ins Gefängnis bringt, begehe ich Selbstmord!«

Silvelie kam ins Zimmer.

»Wo ist Andi?«

»Er ist eben weggegangen«, erwiderte Niklaus, ohne sie anzusehen.

Sie eilte zur Tür und lief die Stufen hinunter.

»Andi! Andi!«

Ihre Stimme tönte verzweifelt durch die Dunkelheit und verhallte, während sie über den schmalen Weg hinter ihm herlief. Als Andi ihre Stimme hörte, beschleunigte er zuerst seinen Schritt, als ob er ihr entrinnen wollte. Er mußte sich gänzlich von Silvelies Einfluß befreien. Er mußte jetzt allein sein. Aber ihre Stimme kam immer näher. Sie rief so dringend nach ihm, daß ein dumpfer Schmerz sein Herz durchzuckte. Schließlich blieb er stehen, hielt den Atem an und rührte sich nicht. Er hörte sie keuchen, als sie herankam. Im Licht der Sterne und des abnehmenden Mondes taumelte sie. Er mußte sie in seinen Armen auffangen, damit sie nicht zu Boden fiel. Ihr Körper schmiegte sich an den seinen an, ihr Kopf ruhte auf seinen Armen. Ein Schluchzen kam von ihren Lippen. Unaufhörlich, anscheinend halb bewußtlos, rief sie seinen Namen. Er hielt sie fest und strich ihr die Haare aus der Stirn. Sie war wie ein Kind in seinen Armen. Ihre Qual rührte ihn tief. Im Bruchteil einer Sekunde erkannte er, wie sehr sie gelitten, welche Leiden sie ihm verborgen hatte. Und in den tiefsten Tiefen seines Wesens flüsterte eine Stimme, die Stimme eines anderen Andi, der niemals lesen und schreiben gelernt, nie die Klassiker studiert hatte und nichts von Recht und Gesetz wußte, eines uralten Andi, der in allen Andis seit dem Anbeginn der Menschheit gelebt hatte. Dieser Stimme mußte er lauschen, während er sanft ihr Haar streichelte.

»Ich bin hier, Sivvy«, murmelte er. »Ich bin hier bei dir.«
Sie hörte nicht, was er sagte, aber sie schloß ihn mit verzweifelter Kraft fester in ihre Arme.
»Andi, Andi«, murmelte sie.
Mit einem tiefen Seufzer öffnete sie die Augen, sie blickte sekundenlang leer vor sich hin und schlang dann plötzlich die Arme um seinen Hals.
»Oh, Liebster!« rief sie mit brechender Stimme und versteckte das Gesicht an seiner Schulter. »Oh, Andi! Einmal hast du mir gesagt – auch wenn ich dich in einen Abgrund stürzte, würden deine letzten Gedanken immer noch deiner Liebe zu mir gelten. Jetzt habe ich es getan. Ich habe dich betrogen. Ich habe dich belogen. Ich habe die andern dir vorgezogen!«

Er runzelte die Stirn. Er liebte sie und wußte es, aber er löste sich aus ihrer Umarmung.

»Ich habe versucht, für diesen Tag Kräfte zu sammeln«, sagte sie mit fast frommer Aufrichtigkeit. »Ich wußte, er würde kommen. Ich wußte, er mußte kommen.«

Sie wartete darauf, daß er etwas sagte. Aber er blieb stumm.

»Ich bin schwach gewesen«, fuhr sie fort. »Ich wußte mir nicht zu helfen. Ich hätte es dir gleich zu Anfang gestehen müssen. Aber ich konnte nicht. Ich hatte dich so schrecklich lieb!«

»Du wußtest das alles von Anfang an«, sagte er.

Seine Stimme tat ihr weh, sie klang so ungerührt.

»Du hast in meinem Hause gewohnt, in meinem Bett geschlafen, mir einen Sohn geboren. Du wurdest in meine Familie aufgenommen. Und die ganze Zeit über wußtest du, daß deine Leute Mörder sind, Vatermörder! Trotzdem hast du es mir nicht gesagt.«

»Glaubst du, ich billige ihre schreckliche Tat? Glaubst du, ich habe es dir nicht erzählt, weil ich selber froh war? Ich verabscheue jede Gewalt, jedes Blutvergießen! Weißt du das nicht?«

Andi schüttelte müde den Kopf. »Es war deine Pflicht, es mir zu sagen.«

»Ich konnte es dir nicht sagen, ich konnte nicht! Bedenke nur, was sie alles durchgemacht haben, bevor es so weit kam! Ich hatte Lauters. Ich hatte einen Freund. Sie hatten keine Freunde. Denk an das Grauen ihres Lebens, an ihr Hungern, an ihr Elend – an ihre Schrecken!«

»Ich denke an das alles, aber es ist keine Entschuldigung für einen Vatermord.«

»Sie taten es in einem Augenblick völliger Verzweiflung, nachdem Vater mir mein Geld gestohlen hatte. Sie konnten nicht mehr anders. Ich bin der Anlaß gewesen, ich! Wohin ich auch komme, ich bringe Unglück. Und jetzt habe ich auch dir Unglück gebracht. Oh, Andi, wofür soll ich leben?«

Er wandte sein Gesicht ab.

»Dachtest du, wenn du meine Frau wirst, sei deine Familie geschützt?«

»Ich wollte dich nicht heiraten, du hast mich dazu gezwungen.«

»Wie oft habe ich dich gefragt, ob du nicht einen heimlichen Kummer hast? Jedesmal sagtest du nein. Du hast mir fest in die Augen geblickt und gelogen. Du hast gelogen wie ein Feigling und nur an dich gedacht. Du dachtest, ich sei zu kleinlich, man könne mir nicht vertrauen. Du hattest Angst, wenn du es mir gleich erzähltest, würde ich dich nicht heiraten. Nein, die Wahrheit ist die: Du hast mich mit deinen Schauspielerkünsten eingefangen!«

Er hielt einen Augenblick inne.

»Ist es nicht so?« fragte er schließlich.

Mit weitaufgerissenen Augen starrte sie ihn an. Er sah, wie plötzlich ein zorniges Funkeln in ihren Augen aufzuckte.

»Wenn du das von mir glauben kannst, will ich dich nie mehr wiedersehen.«

»Nun, ist es nicht wahr? Leugne es, wenn du kannst.«

Sie begann zu zittern, als habe sie plötzlich ein tödlicher Schlag getroffen.

»Ich verdiene es«, murmelte sie. »Ich werde dich nicht mehr belästigen. Ich kehre zu *ihnen* zurück.«

Sie wandte sich rasch von ihm ab und verschwand zwischen den Bäumen.

20

Am nächsten Morgen suchte Andi Niklaus auf. Er fand ihn in der Sägemühle, wie er mit einem Buch in der Hand die Stapel unbearbeiteter Holzstämme zählte, während im Schuppen die Säge emsig schnarrte. Als Niklaus Andi erblickte, ließ er langsam den Arm sinken.

»Herr Schwager«, sagte er, »ich stehe Ihnen zu Diensten. Ich arbeite nur, um mir die Zeit zu vertreiben. Ich mache Inventur. Schlage die Sorgen tot. Wie gern würde ich auch Ihre Sorgen totschlagen.«

Andi sah ihn erstaunt an.

»Die Sache ist so«, meinte Niklaus. »Seit Schwester Silvia wieder zu Hause ist, bin ich andern Sinnes geworden. Ich habe ein-

gesehen, daß Sie nur Ihre Pflicht tun. Es ist nicht Ihre Schuld, daß Sie bei diesen Nachforschungen gelandet sind. Ich weiß, es ist schwer für Sie. Ich möchte mich entschuldigen.«
Er streifte seine Ärmel herunter.
»Ich hole nur meinen Rock und komme dann mit. Sie werden keine Schwierigkeiten haben. Ich werde Ihnen nicht durch ein unmännliches Benehmen Schande machen. Ich werde ein braver Häftling sein, das verspreche ich Ihnen.«
»So weit sind wir noch nicht«, sagte Andi. »Sie sollen mich heute bloß ins Jeff begleiten.«
»Gern«, erwiderte Niklaus, »und ich ziehe nicht einmal andere Stiefel an. Jetzt ist es einerlei, ob diese Schuhe da kaputtgehen. Im Lanzberger Gefängnis trägt man Pantoffeln, wie?«
Mit einem Ausdruck fast stiller Ergebenheit entfernte er sich, um seinen Hut zu holen. Sein Gang war aufrecht und fest, ja, sogar stolz. Andi wunderte sich unwillkürlich über die Veränderung, die mit dem jungen Menschen vor sich gegangen war, und da er merkte, daß er ja selbst gebückt dastand, richtete er sich schnell auf und holte Atem.
Die Luft roch intensiv nach Holz. Niklaus kehrte zurück, und sie verließen den Platz. Einen Augenblick später fuhren sie in Andis Auto zur Via Mala hinauf. An einer Stelle, nahe dem Rhein im tosenden Wald, bat Niklaus Andi, den Wagen anzuhalten.
»Ich möchte Ihnen diese Stelle zeigen, Herr Schwager. Sehen Sie sich diesen Stein an! Hier habe ich mir mein dickes Ohr geholt!«
Und er erzählte Andi von Anfang bis zu Ende die ganze Geschichte jenes Tages, da er nach Andruss gegangen war, um sich die Manöver anzusehen.
Als sie nach Nauders kamen, bat er Andi abermals, anzuhalten.
»Wenn Sie jetzt einen Augenblick aussteigen wollen, werde ich Ihnen noch etwas erzählen.«
Sie stiegen aus, der eine links, der andere rechts, und Niklaus zeigte die Straße hinauf.
»Sehen Sie diese neuen Häuser unterhalb von dem Laden des langen Dan? Mit vierzehn Jahren habe ich das Holz für diese Häuser gesägt. Jöry und ich, wir beide haben es gesägt. Fünf

Wochen lang haben wir täglich sechzehn Stunden gearbeitet, wir beide allein. Früher waren es nicht drei, sondern sieben Häuser. Vier davon wurden von der großen Lawine weggerissen. Alle die Bewohner saßen beim Frühstück, und die eine Familie, die Zünders, wurde in zwei Teile gerissen. Acht Menschen wurden getrennt. Zünders und vier seiner Kinder wurden mit dem Tisch weggefegt, während seine Frau und zwei kleine Jungen lebend und heil auf ihren Stühlen sitzenblieben. So wurde das Zimmer in zwei Teile zerrissen und das ganze übrige Haus weggewischt. Alle wurden in die Yzolla dort unten geschleudert. Die Yzolla war eine Woche lang verstopft und wurde zu einem See. Soldaten und Feuerwehrleute kamen herauf, um den Schutt wegzuräumen. Ich stand zitternd in kurzen Hosen dabei und schaute zu. Diese Frau Zünders hat Jöry nachher geheiratet. Die beiden kleinen Jungen hat sie mit ins Jeff hinaufgebracht. Von überallher kamen die Leute, um dieses Lawinenunglück zu sehen. Sie machten eine öffentliche Sammlung für die Überlebenden. Frau Zünders bekam auf ihren Anteil fünfzehnhundert Franken. Jetzt sollte man glauben, der Alte wäre zu ihnen anständig gewesen und hätte ihnen geholfen, wie? Nein, nein! Damals war er schon ein Säufer und führte mit einem Weibsbild aus dem Unterland in Taveich ein zweites Haus. Er veranlaßte Jöry, das Geld seiner Frau im Holzgeschäft anzulegen. Sie haben es getan, die Dummköpfe, und haben nie mehr einen Centime von ihrem Geld gesehen. Statt der Frau das Geld zurückzuzahlen, machte er ihr ein Kind.«

Niklaus nahm Andi beim Arm und führte ihn ein Stück die Straße hinaus zu einem Kruzifix.

»Eine Woche nach dem Lawinenunglück kam der Abt aus Andruss herauf. Die Leute aus der ganzen Umgebung hatten sich versammelt und knieten betend auf der Straße. Silvia, Hanna und ich standen dort drüben auf dem Felsblock und sahen zu. Sie sangen auch ein bißchen und verbrannten Weihrauch. Der Abt segnete sie. Dann stellten sie das Kruzifix auf, zum Andenken an das Unglück. Während alle niederknieten und beteten und die Seminaristen sangen, kam der Alte aus dem Laden des langen Dan. Er war wie gewöhnlich betrunken und begann zu schreien: ‚Der Satan schaut auf euch nieder! Lang lebe der Satan! Ich bin ihm untertan!' Er schüttelte die Fäuste nach dem Abt und fluchte so lange, bis ein paar Männer ihn packten und wegschleppen wollten. Der Alte schlug auf sie los, und sie schlugen zurück. Wir standen dort oben und hielten uns an den Händen. Silvia war damals ein langes, mageres kleines Ding. Sie riß sich von uns los und stürzte sich mitten unter die Raufenden und packte den Alten und wollte ihn wegzerren. Wir liefen ihr nach und halfen ihr. Und als die Leute den Alten verhaften und einsperren lassen wollten, bat Schwester Silvia sie, ihn in Ruhe zu lassen, er sei doch betrunken und wisse nicht, was er tue. Da fingen sie alle an, uns zu beschimpfen. Wir seien eine Landplage, sagten sie, die Polizei müsse sich um uns kümmern. Bonatsch hat dann die Hand auf Silvelies Kopf gelegt und gesagt: ‚Diesmal lassen wir dich laufen, Jonas Lauretz, weil dieses kleine Mädchen so mutig war.' Nachher hat Bonatsch den Alten vorgeladen und ihn verwarnt. Verwarnt! Was hat ihn das gekümmert?!«

Mit einem fast lauernden Blick betrachtete Niklaus das hohe Kreuz mit dem kleinen Abbild der Jesusgestalt.

»Ich habe es nicht vergessen, ich habe es nicht vergessen«, fuhr er fort. »Für das, was sie getan hatte, schimpfte der Alte sie ein freches kleines Luder und schlug sie mit seinem ledernen Gürtel halbtot. Einmal hab' ich ihn gesehen, er glaubte, er sei allein, da ging er zu diesem Kreuz hin und lästerte es. Er wußte nicht, daß ich zuschaute. Als er fertig war, schüttelte er die Fäuste und fing mit lauter Stimme zu reden an, als ob eine Menge Menschen um ihn herum wäre. Er gebrauchte solche Ausdrücke, daß man nicht zuhören konnte, ohne rot zu werden. Ja, er war ein guter Vater, unser Alter!«

Niklaus schluckte.

»Glauben Sie denn, Herr Schwager, daß wir Lauretz' nicht religiös sind? Da irren Sie sich aber! Ich sage Ihnen, Ihre eigene Frau, Silvia, ist fromm. Sie lebt den ganzen Tag dort oben im blauen Himmel und denkt sich alle möglichen Geheimnisse aus, die kein anderer verstehen kann. Sie hat ihre Gedanken von ihrem Freund, dem Maler. Das war ein guter Mann, der Herr

Lauters. Und ich? Glauben Sie, weil ich nicht zur Kirche gehe, bin ich nicht der Meinung, daß irgendwo eine Macht ist, die uns Gutes und Schlechtes tun läßt? Sägen ist Denken, und im Holz ist Frömmigkeit.«

Niklaus humpelte neben Andi einher. Sie kamen zum Auto.

»Darf ich fragen, was wir im Jeff vorhaben?« fragte er.

Andi antwortete zuerst nicht. Die Worte des jungen Menschen hatten einen heimlichen Schmerz in ihm geweckt. Er getraute sich nicht zu sprechen. Endlich aber sagte er ernst:

»Sie sollen mir genau die Stelle zeigen, wo es geschehen ist. Sie sollen mir zeigen, wie es geschehen ist, und wo Sie Ihren Vater begraben haben.«

Niklaus nickte und stieg ein.

»Nun, Herr Schwager«, sagte er, als sie im früheren Hause der Lauretz' standen, »wie ich Ihnen sagte, ist keiner hier. Ich habe den Arbeiter weggeschickt, habe ihn vor drei Tagen entlassen. Ich bereite mich auf einen langen Urlaub vor. Bevor ich gehe, muß alles in guter Ordnung sein. Wie lang die alte Säge stillstehen wird, hängt bloß davon ab, wieviel Jahre man mir in Lanzberg aufbrummen wird.«

»Niklaus«, sagte Andi mit leiser Stimme, »Sie sollen mir genau zeigen, wie die Sache sich abgespielt hat.«

»Das ist schnell geschehen. Ich erinnere mich noch ganz genau. Diese Erinnerungen haben mich nachts nicht schlafen lassen. Wenn Sie in den Schuppen mitkommen wollen, werde ich es Ihnen zeigen.«

Sie gingen zusammen hinaus. Niklaus zog den Glockenhebel, und die Glocke schrillte. »Dill – dill – dill . . . !«

»Vor dir fürchte ich mich nicht mehr!« rief er zu der Glocke hinauf und entblößte alle seine weißen Zähne. »Deine Stimme zählt nicht mehr als Zeuge!«

Zu Andi gewandt schrie er mit lauter Stimme, um den Lärm der Glocke zu übertönen:

»Passen Sie jetzt auf. Diese Glocke hat ihn hergeschleppt. Die Alarmglocke hat ihn hergelockt.«

Er schob eine Kiste zurecht und packte eine Axt. Schweißtropfen traten ihm auf die Stirne.

»Passen Sie jetzt auf! Auf dieser Kiste hat Jöry mit der Axt gestanden, und als der Alte die Glocke hörte, kam er durch diesen Gang dort zwischen den Brettern gelaufen. Ich stand dabei und sagte: ‚Jetzt!‘ Und da schlug Jöry zu, er schlug zweimal zu. Der Alte begann zu brüllen. Jöry zog ein Messer. Er sprang herunter und stieß es dem Alten in den Leib. Ich hatte ihm zweitausend Franken versprochen. Aber er bekam Angst und lief davon, und nun stand der Alte neben dem Pfosten dort an die Wand gelehnt und schrie: ‚Hilfe, Niklaus, Niklaus, ich werde dir nie wieder was tun!‘ Ich nahm Jörys Messer, und als der Alte zu Boden fiel, stürzte ich mich auf ihn und half nach. Ja, ich habe Jörys Arbeit zu Ende geführt.«

Niklaus holte mit der Axt aus und ließ sie auf einen Baumstamm niedersausen. Dann, sich mit dem Handrücken die Stirne wischend, trat er dicht an Andi heran.

»So! So ist es gewesen!«

Er ging die Glocke abstellen, kam zurückgelaufen und stand keuchend da.

»Und Hanna? Was hat sie gemacht?« fragte Andi.

»Gemacht!« sagte Niklaus. »Sie hat dem Alten mit dem Messer eins versetzt. Sie sagte, sie will nicht die Sache auf mir allein sitzen lassen. Aber das hat ihm nicht mehr weh getan. Sie hat einen toten Mann gestochen.«

Er fuchtelte wild mit den Armen.

»Es mußte geschehen«, sagte er. »Wir konnten es nicht länger erdulden, wir konnten nicht mehr.«

Andi blieb stehen und sah sich lange in dem Schuppen um. Dann winkte er Niklaus, ihm zu folgen. Sie stiegen in das einsame Tal zwischen den Felsen hinauf. Die Bergkämme schimmerten wie Eisen, die Sonne spiegelte sich in den schwarzen Granit- und Schieferplatten, und an dem steilen Ende des Tales sahen sie den unteren Teil des Valdrausgletschers, der sich wie die Tatze eines großen Silberlöwen hervorreckte. Aus den dunklen Schatten zwischen den Klauen ergoß sich das flinke Gletscherwasser. Hoch oben zeigten sich einige grüne Flecken, die hier und dort bereits die rötlichen Farben des Herbstes trugen. Eine Familie von Murmeltieren hockte vor ihrem höhlenartigen

Bau, leckte sich die Pfoten und schnüffelte mit argwöhnischen Nasen in den Wind. Über ihnen kreisten die beiden alten Adler des Jeff, ein Männchen und ein Weibchen, und riefen einander mit eisenharten Stimmen durch die Einsamkeit des Äthers.

»Seit ich im Jeff war, sind keine dreißig Menschen hier oben gewesen«, sagte Niklaus.

Er ging für Andi zu schnell.

»Sachte! Ich bin diese Höhe nicht gewöhnt!«

»Und da dachten die Leute, ich kann nicht marschieren«, sagte Niklaus voll Verachtung. »Sie wollten mich nicht zum Militär lassen. Ich durfte kein Soldat werden.«

»Wären Sie gern Soldat geworden? Ich wußte nicht, daß Sie ein Patriot sind.«

»Ich bin keiner. Mir liegt nichts am Staat und Vaterland, die haben noch nie was für mich getan. Ich wollte bloß Freunde finden. Ich wollte Leute um mich haben, die so sind wie ich selber. Ich wollte in ihrer Gesellschaft sein, reden und mit ihnen lachen, ich wollte hören, was sie über dieses Vaterland und unseren Staat zu sagen haben. Ich wollte etwas mit ihnen und für sie tun, ich weiß nicht was. Ein Mann wollte ich sein und aus dem Jeff 'rauskommen und die Welt sehen. Aber ich sollte nicht so viel Glück haben.«

Er blieb stehen und blickte sich nach den kahlen, zackigen Höhen um.

Plötzlich packte er Andis Arm.

»Halt, schauen Sie dort hin! Das ist der alte Jeffbock! Schauen Sie, er hebt den Kopf. Donner und Doria, ich glaube, er frißt das Gras auf dem Grab des Alten.«

Andi sah schnell hin und erspähte einen Gemsbock.

»Er ist es wirklich!« fuhr Niklaus fort. »Sehen Sie, wie er hinkt. Der alte Lour aus Tavetch, das Schwein, hat ihm vor fünf Jahren das Bein zerschossen. Jedes Jahr ist Lour hinter ihm her. Sehen Sie, wie groß er ist! Schwarz wie ein Teufel mit seinen krummen Hörnern! Ob vielleicht der Geist des Alten in ihn gefahren ist?«

Niklaus stieß einen Pfiff aus. Sogleich hielt der alte Bock mit dem Fressen inne und blickte auf.

»Ich sage Ihnen, er weidet auf dem Grab des Alten!« rief Niklaus und pfiff abermals.

Plötzlich machte der Bock kehrt. Obgleich er nur drei Beine zu haben schien, denn das eine Hinterbein hielt er steif emporgezogen, jagte er schnell über den Berghang davon und entschwand. Andi und Niklaus gingen weiter.

»Er wäre auch nicht militärtauglich gewesen«, sagte Niklaus mit bitterem Hohn. »Gänzlich untauglich. Das hätten sie auch in sein Buch geschrieben. Ja, der alte Jeffbock und ich, wir leiden an kranken Beinen und an der Grausamkeit der Menschen. Deshalb sind wir auch einsame Bestien geworden. Wir verstehen einander, er und ich. Wenn wir einen Pfiff hören, dann fliehen wir!« Sie schritten zwischen riesigen Felsblöcken dahin, die reglos umherlagen. Kein Weg führte durch die Wildnis. Nach einiger Zeit blieb Niklaus vor einer kleinen Zwerglärche stehen. Es war ein vom Wetter zerzauster junger, verkrüppelter Baum, der zu weit von seinen Gefährten entfernt wuchs, allzu hoch oben in einem felsigen Tal, wo nach dem Willen der Natur keine Bäume mehr wachsen sollten.

»Da sind wir«, sagte Niklaus. »Seit dem vorigen Frühjahr bin ich nicht mehr hier gewesen. Ich hab' diesen Baum heraufgebracht und ihn hier eingepflanzt. Er ist ein kleines bißchen gewachsen. Er lebt noch. Ja, und unter ihm liegt der Mann, der mein Vater war. Wenn er das gottverfluchte Jeff verlassen und seine Kinder in einem sonnigen Land gezeugt hätte, unter Menschen, die ihm in seinen jungen Jahren ähnlicher gewesen wären, würde er nicht hier liegen. Es sollte mich nicht wundern, wenn noch ziemlich viel von ihm übrig wäre. Aber zwingen Sie mich nicht, ihn auszugraben. Ich möchte nie wieder graben. Sein Kopf liegt unter diesem Stein. Jöry und ich haben den Stein hingewälzt, es wirkt ganz natürlich, nicht? Niemand würde auf den Gedanken kommen, daß da unten ein Mensch ruht. Wenn seine Seele in diese kleine Lärche gefahren ist, wird sie nie den Himmel erreichen.«

Niklaus redete das Grab an.

»Du sollst in Frieden ruhen, Vater, ich habe dir längst verziehen, wenn auch die große Welt mir noch nicht verziehen hat.«

Er nahm den Hut ab.

»Der Mann hier neben mir ist der Gatte deiner Tochter Silvelie. Sie hat einen Sohn von ihm. Der heißt Tristan. Und wenn wir andern Lauretz' alle im Dreck zugrundegehen, dann, sag' ich, ist einer unter uns, der es zu etwas Besserem bringen wird. Aber wie du es hast schaffen können, eine Heilige in die Welt zu setzen – das ist ein Geheimnis! Und wird bis zuletzt ein Geheimnis bleiben.«

Mit fiebrigen Augen sah er Andi an, der verwundert dastand.

»Genügt das, Schwager, oder wollen Sie auch noch sehen, was von ihm übriggeblieben ist?«

Er bewegte feierlich den Kopf.

»Nach vieler Mühe hat er seinen Frieden gefunden. Heute will ich freundlich an ihn denken. Ja, zwei Menschen liegen hier begraben. Den einen habe ich als Vater geliebt, den anderen als Tyrannen gehaßt. Ich will jetzt den zweiten vergessen und mich nur noch an den ersten erinnern. Aber ich weiß ihm keinen Dank dafür, daß er mich gemacht hat.«

Ein paar heiße Tränen sprangen ihm aus den Augen und liefen ihm über die Wangen.

»Ja, Andi, Sie haben einen besseren Vater, als der meine war! Wie sollten Sie das alles verstehen?«

Er wischte sich mit seinen schwieligen Händen die Tränen weg.

»Wer weiß sonst noch von diesem Grab?« fragte Andi finster.

»Wer davon weiß? Jöry und ich. Jöry ist im Himmel oder an dem andern Ort. Jetzt sind's nur noch wir beide, Jöry nicht mehr. Und mag er sein, wo er will, für uns beide ist's die Hölle.«

21

Es war Erntezeit. Überall im Tale mähten sie die mageren Flekken bebauten Bodens, brachten die einzige Ernte des Jahres ein und beförderten sie auf die großen hölzernen Getreideleitern, um sie dort trocknen und voll ausreifen zu lassen. Die Straßen zum Tiefland waren des Nachts mit Rindern verstopft, und die Lieder der Hirten mischten sich in das Geläut der

Kuhglocken. Eine weitere Woche war vergangen, und es war wieder Sonntag.

Frühmorgens erwachte Silvelie und blickte sich in ihrem Zimmerchen um. Ihre wenigen Habseligkeiten waren hier und dort aufs Geratewohl verteilt. Sie hatte sich nicht bemüht, den kleinen Raum häuslich einzurichten. Sie gehörte nicht hierher, sie war hier nur zu Besuch. Als sie den geöffneten Koffer betrachtete, der auf einem Stuhle lag, überkam sie eine Art seelischer Betäubung. Die wenigen glücklichen Jahre, die sie erlebt hatte, schienen bereits in eine ferne Vergangenheit zu entschwinden. Für immer dahin schienen die Tage von Schlans, und sie konnte jetzt kaum noch glauben, daß sie einen Mann und einen Sohn hatte, daß sie die Herrin eines großen Hauses gewesen war. Ihr war zumute, als gehöre dieser Teil ihres Lebens einem anderen Dasein an, und als sei keine Möglichkeit, zu ihm zurückzukehren. Sie war wieder dort angelangt, wo sie vor langer Zeit begonnen hatte. Ihr Leben mit Andi schien nur ein Traum.

Sie stand auf und ging ins Nebenzimmer. Dort saß ihre Mutter, in schwarzem Rock und schwarzer Bluse, einen dunklen Hut auf dem Kopf und den unteren Teil des Gesichtes in einen Schal gewickelt, steif und feierlich an dem offenen Fenster und blickte über die Wiesen nach Andruss hin. Sie konnte noch immer nicht sprechen, aber ihre Augen waren beredt und leuchteten in heller Erwartung.

»Hast du gut geschlafen, Mutter?«

Frau Lauretz nickte.

Silvelie suchte Hanna in der Küche auf. Hanna bereitete eine dünne Gerstensuppe für Frau Lauretz' Frühstück.

»Mutter ist schon zum Ausgehen angezogen.«

»Sie hat noch nicht gefrühstückt«, erwiderte Hanna. »Sie kann es nicht erwarten, in die Kirche zu kommen.«

»Erst wird sie ihre Suppe essen müssen.«

»Ich bringe sie ihr gleich«, sagte Hanna, goß die Suppe in eine Kanne und blies darauf, um sie abzukühlen.

»Begleitest du Mutter in die Kirche?« fragte Silvelie.

»Ich gehe bis zur Tür mit und warte draußen auf sie. Ich werde mich auf eine Bank setzen und den Dorftrotteln zuschauen, wie

620

sie die Beine über die Mauer baumeln lassen. Ich werde an Mannli denken. Und Georg sagte, er geht heute mit seinen Eltern in die Kirche. Ich werde ihm nicht in die Nähe kommen. Ja, Andi hat jetzt das oberste Recht über mich. Dieses Leben ist ohnedies kein Leben, es verlohnt nicht die Mühe. Er läßt mich nicht atmen, der Andi, das hat er geschafft. Ich fühle immerfort seine Hand an der Gurgel, und er sagt nicht, was er vorhat, ob er zupacken wird oder nicht.«

»Hanna, Andi tut nur seine Pflicht. Seine Pflicht ist nicht so, wie du sie dir vorstellst. Er ist nicht bloß ein bezahlter Diener des Volkes, der seine Arbeit zu verrichten hat. Sein Pflichtgefühl liegt in seinem Charakter. In ihm selbst, in seinem Fleisch und Blut. Andi ist ein Ehrenmann. Wenn er seine Ehre verliert, ist es mit ihm aus. Er würde an sich selber zum Verräter werden, Hanna. Und das wird nie geschehen.«

»Du glaubst fest an diese Ehre in Fleisch und Blut, Schwester?«

»Ja! Fleisch und Blut und Ehre müssen eins sein. Sie müssen zueinander gehören wie das Liedwort zur Musik. Sein eigenes Fleisch und Blut töten ist eine Todsünde gegen die Ehre. Diese Welt gehört jedermann und nicht uns allein. Wenn wir stolpern, müssen wir die Folgen tragen. Nicht uns selber sind wir Rechenschaft für unsere Taten schuldig, sondern all den Menschen, in deren Mitte wir leben.«

Silvelie nahm die Kanne mit der Gerstensuppe.

Niklaus kam zu seiner Mutter herein. Sein Gesicht war hager, seine Augen lagen tief in den Höhlen. Er trug seinen Sonntagsanzug, seinen steifen Hut, sein rosarotes Hemd und die hellbraune Krawatte.

»Nun, Muattr, jetzt gehst du also doch in die Kirche! Das freut mich deinetwegen.«

Er beugte sich über sie und küßte sie auf die Stirn.

»Jetzt ist wieder eine lange Woche vergangen, und nichts ist geschehen.«

Frau Lauretz stieß ein paar unartikulierte Laute aus. Niklaus ging in die Küche und begrüßte seine Schwestern.

»Mutter ist fertig«, sagte er. »Ich auch. Sie geht zur Kirche, und ich hoffe, sie wird dort Trost finden. Ich habe meinen Arbeiter im Jeff weggeschickt. Wieder eine Familie mehr, die verhungern wird. Ich kann nicht anders. Das alte Jeff ist jetzt zugemacht, und wie lange es dauern wird, bevor die Säge wieder Holz schneidet, hängt davon ab, wie viele Jahre sie mir in Lanzberg aufbrummen. Ich habe das Inventar geprüft. Die Bücher sind in Ordnung. Ich habe ein Testament gemacht. Nur dieser verfluchte Herr Schwager will sich nicht entscheiden, was er tun soll. Wenn er mich noch länger in dieser Ungewißheit zappeln läßt, werde ich...«

Er machte eine heftige Gebärde, schnitt sich ein Stück Brot und Käse ab, setzte sich dann hin und begann zu essen.

»Habt ihr euch gezankt?« fragte er seine Schwestern.

Sie antworteten nicht.

»Was sie für uns gelitten hat«, fuhr er fort und zeigte auf Silvelie, »wird unsern Kummer eines Tages ganz klein erscheinen lassen.«

Hanna trug die Suppe ins Nebenzimmer. Silvelie folgte ihr. Gemeinsam begannen sie Frau Lauretz zu füttern. Silvelie band der armen Frau eine Serviette um, während Hanna ein Stück Gummischlauch über den Schnabel der Kanne stülpte. Mit den Fingern preßte sie den Schlauch zusammen, so daß die Flüssigkeit nicht herausfließen konnte. Dann schob Silvelie den Schlauch behutsam zwischen die Lippen ihrer Mutter und hielt ihn dort fest, während Hanna langsam den Druck ihrer Finger lockerte. Die dünne warme Suppe sickerte in Frau Lauretz' Mund. Langsam schluckte sie.

»Ist sie süß genug?« fragte Hanna.

Frau Lauretz nickte leicht mit dem Kopf.

»Sag, wann du genug hast.«

Frau Lauretz trank weiter. Die Glocken der Kirche von Andruss begannen zu läuten. Sie hörte zu trinken auf. Silvelie wischte ihr den Mund mit einem Bausch Watte ab. Wenige Minuten später waren Niklaus und Hanna mit ihrer Mutter nach Andruss unterwegs. Eine seltsame Begeisterung leuchtete aus Frau Lauretz' Augen, und sie, die in der Regel kaum auf ihren müden Beinen dahinschleichen konnte, schien nun leicht auszuschreiten, den Schal über den Mund gezogen. Das Geläut der

Glocken wurde lauter, sowie sie sich Andruss näherten. Während sie lauschte, schien fast etwas wie Jugend in ihr ganzes Wesen zurückzukehren, und eine rosige Röte trat in ihre Wangen. Ihre Kinder sahen sie verwundert an.

Von allen Seiten her erschienen jetzt schwarzgekleidete Leute, ein melancholischer Bündner Stamm; viele kamen aus fernen, hochgelegenen Dörfern, von dem ernsten Wunsch bewegt, in die Kirche zu gehen.

»Lauft jetzt weiter«, sagte Niklaus, als sie die ersten Häuser von Andruss erreicht hatten, »ich erwarte euch nachher.«

Er schlich davon, während Hanna sich aufrichtete, den Arm ihrer Mutter nahm und mit vorgereckter Brust, eine Miene hochmütiger Verachtung im Gesicht, langsam die steilen Stufen hinaufstieg, die den kürzeren Weg hin zur Hauptstraße führten. Über ihren Köpfen klangen die Glocken im feierlichen Rhythmus zusammen. Einige Männer standen neben dem Kirchentor und rauchten ihre Pfeifen zu Ende. Die Pasollas und Georg kamen die Straße entlang. Hanna sah sie sofort. Frau Pasolla trug einen neuen Hut, der mit einem breiten schwarzen Band und einigen Blumen verziert war und den Umfang eines kleinen Einkaufskorbes hatte. Georg erblickte Hanna, lüftete den Hut, trat hinzu und schüttelte Frau Lauretz die Hand.

»Wir sind deinetwegen hergekommen«, log Hanna.

Er holte schnell seine Eltern und stellte sie Frau Lauretz vor.

»Das ist nett, daß man Sie in die Kirche kommen sieht, Frau Lauretz«, sagte Frau Pasolla mit einem neidischen Blick auf Frau Lauretz' schönen Schal.

»Ein Geschenk der Frau von Richenau«, erklärte Hanna, indem sie absichtlich den Namen ihrer Schwester betonte.

»Ja, das ist kein Wunder, wenn man so vornehme Verwandte hat. Ein schöner Schal!« sagte Frau Pasolla. »Wir sind eben nur gewöhnliche Leute.«

Sie standen jetzt unter dem Vordach der Kirche. Hanna rückte nervös ihren Hut zurecht. Sie hatte ihre dunkelgrüne Seidenbluse an, und das machte sie plötzlich so schüchtern.

»Jeses, je!« flüsterte sie zu ihrer Mutter. »Ich warte hier draußen auf dich.«

Frau Lauretz aber hielt die Hand ihrer Tochter fest, sah sie starr an und schüttelte energisch den Kopf.

»Ich bin doch nicht katholisch«, murmelte Hanna.

Frau Lauretz drückte Hannas Hand mit so unerwarteter Gewalt, daß Hanna einen kleinen Schrei ausstieß. Sie zerrte ihre Tochter zu dem Weihwasserbecken, besprizte sich selber mit einigen Tropfen Weihwasser und bekreuzigte sich. Dann hob sie Hannas Hand an das Becken, tauchte sie ins Wasser und ließ sie los. Jäh erschauernd folgte Hanna dem Beispiel ihrer Mutter, besprengte ihren Busen und bekreuzigte sich.

Leute kamen vorbei, Leute, deren Gesicht sie erkannte, an deren Namen sie sich aber nicht mehr erinnern konnte. Voll ehrfürchtiger Scheu sah sie ihre Mutter neben dem Weihwasserbecken niederknien und die Blicke in starrer Ekstase auf den fernen Altar richten, über dem die Kerzen brannten. Nach kurzem Zögern kniete Hanna neben ihrer Mutter nieder und ahmte ihr nach. Dreimal verbeugte und bekreuzigte sie sich.

Die Orgel begann zu spielen.

Die Menschen knieten in ihren Betstühlen, verhüllten das Gesicht, murmelten Gebete.

Pater Hugo, den breiten Rücken seiner Gemeinde zugekehrt, umringt von Männern und Knaben in langen schwarzen und weißen Gewändern, stand betend da. Durch die bunten Fensterscheiben drangen breite Lichtstrahlen in das Zwielicht der Kirche und beleuchteten die Weihrauchwolken. Der Küster kam den Gang entlang. Er sah Frau Lauretz und ihre Tochter auf dem Steinboden knien und lud sie mit einer Handbewegung ein, Platz zu nehmen. Sie standen auf und setzten sich in die letzte Reihe, ganz allein, gesondert von den andern. Dann sank Frau Lauretz wieder in die Knie. Hanna sah ein Leuchten über das Gesicht ihrer Mutter gleiten, einen hellen Glanz, der sie seltsam erschütterte. Während sie ihre Mutter ansah, war ihr, als ob alle Trauer aus den gefurchten Zügen der alten Frau entschwand; sie glaubte, ein herrliches Wunder zu sehen, glaubte, heimlich an der Seligkeit teilzuhaben, die ihre Mutter zu neuem Leben erweckte. Leuchtete nicht aus diesem verstümmelten Antlitz die ruhige Schönheit einer Madonna?

»Jeses, Muattr!« murmelte Hanna und unterdrückte ein Schluchzen.

Eine plötzliche Wärme verbreitete sich über ihren ganzen Körper. Sie fühlte das Blut in Armen und Beinen prickeln. Ein tieftönendes Amen hallte durch den Raum. Sie hörte das Geflüster einer betenden Menge. »Amen.« Abermals »Amen! Amen!« Und plötzlich stürzten große Tränen aus ihren Augen. Sie schluchzte laut. Die Leute drehten sich um, sie sah sie nicht. So wie der Föhn, der warme Südwind, über die Berge weht und die Gletscher mit seinem heißen Atem berührt und das Eis zum Schmelzen bringt, so stürmte der heiße Atem eines neuen Lebens plötzlich auf Hanna ein. Und mit einemmal erkannte sie ihre Sünde, nicht die Sünde gegen den toten Vater, sondern die Sünde der Wollust, die Sünde ihres Leibes, die Sünde, die sie mit Georg begangen hatte. Er saß ziemlich weit von ihr weg, aber sie war ihm mit den Blicken gefolgt. Sie wußte, wo er saß. Jetzt aber konnte sie nicht mehr zu ihm hinsehen. Sie verbarg ihr Gesicht in den Armen und fuhr fort zu schluchzen. Plötzlich fühlte sie die Hand der alten Frau auf ihrer Schulter. Auch in den Augen ihrer Mutter standen Tränen, aber Frau Lauretz hob den Finger an die wunden Lippen, um Hanna Schweigen zu gebieten. »Amen!« sangen die Stimmen des Chors, und eine gewaltige Baßstimme, die Stimme eines Berghirten, wiederholte in langgezogenem feierlichem Ton zum Klange der Orgel: »Amen!«

Pater Hugo predigte zwanzig Minuten lang. Es war weder ein Moralisieren noch ein Kritisieren. Er ermahnte seine Herde. Er kannte seine Schäfchen genau und beschäftigte sich jetzt nicht mit ihren Sünden. Er sprach über die Freiheit und sagte seinen Kindern, daß in diesen Tagen politischer Spannung und Umwälzung, in diesen Tagen, da weltliche Mächte ihre Diktatur aufrichteten, die Menschheit von neuen Ideen in die Irre geführt werde, die mit Freiheit nichts zu tun hätten. Unter all den eingebildeten, gepredigten und umkämpften Freiheiten sei nur eine einzige wirklich, die Freiheit der Seele, und diese Freiheit der Seele bestehe in der restlosen Hingabe an die heilige Kirche, in der völligen Selbstverleugnung – darin, daß man sich selber gänzlich und vorbehaltlos Gott und der Kirche opfere. Das sei Petri Fels.

»Nur wenn wir als eine einzige Familie zusammenstehen, in dem festen Glauben, daß wir nur der heiligen Mutterkirche bedingungslosen Gehorsam schulden, kann jeder von uns die Köstlichkeit dieser wirklichen Freiheit kosten, die allein das Geschenk Gottes ist.«

Unterdessen ging Niklaus draußen auf und ab. Er hörte die Orgel und die singenden Stimmen und sah zuweilen auf seine schwere silberne Uhr. Schließlich wurde er ungeduldig und stellte sich weiter unten an der Straße hinter einer Scheune auf; von dort aus konnte er das Kirchentor erblicken.

Nach einiger Zeit begannen die Glocken wieder zu läuten, grell und hastig, wie in einem Paroxysmus, und er sah Leute aus der Kirche kommen. Sie schienen es nicht eilig zu haben, standen in Gruppen umher. Endlich schritten seine Mutter und seine Schwester aus dem Tor. Niklaus sah, wie die Leute zurückwichen, als wollten sie ihnen Platz machen. Alle Gesichter waren ihnen zugekehrt.

‚Dummes Weibervolk!‘ murmelte er. ‚Ich habe es ihnen doch gesagt!‘

Er sah Georg Pasolla mit Hanna reden. Georg schien die Aufmerksamkeit der Leute auf sie hinlenken zu wollen. Nun waren sie von einem Halbkreis neugieriger Menschen umringt, die sie mit offenem Munde anstarrten.

‚Man könnte meinen, wir sind räudige Hunde‘, murmelte Niklaus vor sich hin und versuchte, sich durch heftiges Winken bemerkbar zu machen. Er stampfte sogar mit dem Fuß auf und knurrte wütend: ‚Geht doch endlich weiter!‘

Plötzlich traten die Leute zurück, und Pater Hugo erschien, ein breites freundliches Lächeln im Gesicht. Er berührte Frau Lauretz’ Schulter und reichte ihr die Hand. Dann drückte er Hanna die Hand, hob sein Kreuz über ihre Köpfe empor und segnete sie.

Frau Lauretz preßte den Schal vor die Lippen und verbeugte sich tief. Dann nahm sie Hannas Arm, und sie entfernten sich langsam. Die Leute sahen ihnen nach und schüttelten die Köpfe.

Niklaus ging den beiden ein paar Schritte entgegen.

»Nun, Muattr, bist du jetzt glücklicher?«

Ihre Augen leuchteten in hellem Triumph. Er sah Hanna fragend an:

»Und du?«

»Ich will nach Hause, ich will allein sein«, erwiderte sie mit dunkler Stimme.

Silvelie saß zu Hause, von tiefem Kummer bedrückt. Sie versuchte ein ums andre Mal, einen Brief an Andi zu schreiben, aber es war ihr, als habe sie ihm nichts zu sagen. Die tausend Fäden, die sie mit ihm verknüpft hatten, schienen alle zerrissen. Sie stand auf und ging ums Haus herum, sie blickte zu den eisbedeckten Gipfeln empor, die die düstern Kuppen überragten, sie kehrte ins Haus zurück und setzte sich hin. Wie gern wäre sie dieser Schreckenswelt entflohen, die sie gefangenhielt.

‚Ich kann hier nicht mehr bleiben‘, dachte sie. ‚Ich werde in mein Chalet gehen und dort allein warten. Von dort aus kann ich der Welt die Stirn bieten, aber hier in diesem Dämmerdasein werde ich meine letzten Kräfte verlieren.‘ Die Familie kehrte aus der Kirche zurück. Frau Lauretz hockte sich in ihren windgeschützten Winkel, in ihren Augen war eine tiefe Heiterkeit, die zu Hannas Erregung in seltsamem Gegensatz stand.

»Er hat uns gesegnet! Pater Hugo hat Mutter und mich gesegnet!« rief Hanna und starrte Silvelie an. »Er hat über mir ein Kreuz gemacht. Ich bin nicht mehr die, die ich war. Ich bin eine Christin. Ich gehe bekehrt ins Gefängnis. Das heilige Blut Jesu wird mich reinigen.«

Sie lief in ihr Zimmer, versperrte die Tür und brach weinend zusammen.

»Dummes Weib!« bemerkte Niklaus. »Zum erstenmal steckt sie die Nase in eine Kirche und schwatzt schon von Jesu heiligem Blut!«

Er hämmerte mit den Fäusten gegen Hannas Tür.

»Wir sind noch nicht im Gefängnis!« schrie er. »Wenn wir zufällig nicht ins Gefängnis kommen, was sagst du dann?«

»Dann ist es nur so gekommen, weil Gott uns verziehen hat!« rief Hanna zurück.

»Es hängt nicht von Gott ab, es hängt von unserm Herrn Schwager ab!«

»Er tut nur den Willen Gottes!« rief Hanna unter Tränen.

Niklaus drehte sich um und sah Silvelie verwirrt an.

»Wirst du aus diesem dummen Zeug klug?«

Er wandte sich wieder der Tür zu.

»Mach auf! Ich will mit dir reden, bevor du den Verstand verlierst!«

»Ich mache nicht auf!« rief Hanna. »Geh weg! Laß mich beten!«

Niklaus preßte die Lippen an die Türspalte.

»Wenn du katholisch wirst, dann sag' ich ,Prosit Neujahr!' zu dir. Aber unter einer Bedingung! Du mußt schwören, daß du niemals beichten wirst, was in der Nacht vom 22. November geschehen ist. Was du sonst für Sünden beichtest, ist mir einerlei. Das ist deine Sache! Das andere aber geht auch mich an.«

Er stand lauschend am Türspalt.

»Antworte! Schwöre es!«

»Ich schwöre!« ertönte Hannas Stimme.

»Schwöre es bei Silvelies Augen!«

»Ich schwöre es bei Gott und Jesus!«

Er wandte sich ab.

»Sie ist verrückt«, brummte er. »Sie braucht einen Mann, der auf sie aufpaßt.« Er schüttelte sich. »Pfaffen oder Polizei, für Menschen in meiner Lage ist es ganz dasselbe. Ja, Schwester Silvelie, deine Art, an die übernatürlichen Geheimnisse heranzukommen, ist mir lieber. Hab ein Auge auf sie, sonst verliert sie ganz den Verstand. Ich gehe jetzt.«

Er setzte den Hut auf und stürzte davon.

22

Alle Zweifel waren jetzt von Andi gewichen. Er sah die ganze Wahrheit vor sich. Nun hätte er sofort zum Präsidenten gehen müssen. Jeder weitere Tag, über den hinaus er die Angelegenheit für sich behielt, würde gegen ihn ins Gewicht fallen. Die Familie Lauretz mußte sofort verhaftet werden. Mörder müssen in Gewahrsam gebracht werden. Außerdem mußte er an die eigene Familie denken. Er durfte nicht dulden, daß dieses schreckliche Ereignis sie unerwartet überraschte. Er mußte sie auf diesen furchtbaren, vernichtenden Schlag vorbereiten.

Es kamen für ihn Tage folternder Qual. Widerwillig ging er morgens ins Amt, schweren Herzens kehrte er am Abend nach Schlans zurück und vergrub sich in seine Einsamkeit. Nach dem Essen ging er spazieren. Es war ihm unmöglich, im Hause zu bleiben. Er irrte durch die Wälder, eine tiefe Melancholie war seine Begleiterin. Während er zwischen schwarzen Bäumen dahinstolperte, in düsteres Sinnen über die Ereignisse der jüngsten Vergangenheit versunken, wurde er eine Beute der Unentschlossenheit. Er hätte sofort einen endgültigen Entschluß fassen müssen. Es gelang ihm nicht. Er schwankte. Immer wieder erwog er alle Seiten des Problems. Und er sah eine böse Zeit heranrücken. Er hatte sehr sorgfältig Silvelies Anteil an der Katastrophe studiert, und er hatte nicht den Eindruck, daß eine rechtliche Handhabe gegeben sei, sie zu verhaften. Dennoch würde sie in einer Reihe mit Niklaus und Hanna vor dem Staatsanwalt stehen. Andi erwog genau alle die Faktoren, die zu ihrer Verteidigung benützt werden konnten. Mehr als einmal war er sogar auf den Gedanken gekommen, die Verteidigung selbst zu übernehmen. Das würde eine männliche Tat sein. Er stellte zu seiner Überraschung fest, daß er in Gedanken bereits die Lauretz' verteidigte. Dann aber schüttelte er den Kopf und staunte über sich selber.

‚Wo ist deine Logik, alter Freund? Du stehst im Begriff, sie dem Richter auszuliefern, weil dein Gewissen dir nicht erlaubt, ihr Verbrechen zu vertuschen. Wie kommt es also, daß das gleiche Gewissen dich drängt, als ihr Verteidiger aufzutreten? Du hast ganz entschieden einen falschen Beruf gewählt.'

Während er den einen Augenblick so mit sich selbst debattierte, packte ihn im nächsten Augenblick das brennende Verlangen, die Akten loszuwerden und sie nie mehr vor Augen zu haben. ‚Soll doch irgendein anderer die Nachforschungen von vorne beginnen, ich will nichts damit zu tun haben! Das Gesetz ist ebenso herzlos wie die Mathematik.'

Dergleichen Erwägungen aber brachten ihm keine Erleichterung. Denn er wußte, daß eine neue Untersuchung, die ein anderer führte, für die Lauretz' eine noch größere Folter bedeuten würde. Und die Folter verdienten sie nicht. Mochten sie auch die Strafe verdienen.

Andi versetzte sich in Gedanken an die Stelle des Richters. Es würde ein langer, ermüdender Prozeß werden. Das Licht der Öffentlichkeit würde nicht einen einzigen geheimen Winkel dieser Tragödie im Dunkel lassen. Die Leidenschaften der Männer und Frauen würden erwachen. Je fähiger der Verteidiger vorginge, desto größere Feindseligkeit würde er wachrufen. Ein Teil der Bevölkerung würde behaupten, die Gesetze seien altmodisch und tadelnswert, ein anderer Teil würde leidenschaftlich beteuern, das Gesetz müsse angewendet werden, und Gnade sei nicht am Platze. Die Handhabung des Gesetzes lag in den Händen des Richters, und wenn Andi sich an dessen Stelle versetzte, nahm er an, daß Niklaus und Hanna zusammen bis dreißig Jahre Zuchthaus bekommen würden – Niklaus den größeren Teil; die alte Frau Lauretz würde zu höchstens fünf Jahren verurteilt werden. Ihre Beteiligung am Verbrechen würde zweifellos an den Tag kommen. Andi zweifelte nicht daran, daß dieser Mord von langer Hand vorbereitet worden war, vorbereitet von der ganzen Familie, ausgenommen Silvelie. Daß sie nichts damit zu tun gehabt hatte, war klar. Daß sie den Mord verhindert haben würde, wenn es in ihrer Macht gelegen hätte, und daß sie über ihn tief entsetzt war, stand ein- für allemal fest.

Das tagelange Grübeln und Überlegen, welchen Kurs er einschlagen sollte, begann Andi dermaßen mitzunehmen, daß er den Schlaf und den Appetit verlor und nach wenigen Wochen wie ein schwerkranker Mensch aussah. Er nahm Silvelie ihr Schweigen übel. Manchmal fragte er sich: ‚Was hätte ich gemacht, wenn sie mir vor ihrer Verheiratung alles erzählt hätte?‘ Er konnte keine Antwort finden, er wußte es nicht. Aber er wußte, daß diese seelische Tortur sinnlos war. Jetzt ließ sich nichts mehr daran ändern. Er richtete keine Anklage gegen Silvelie. Er wütete nicht gegen ihre Familie. Er fühlte, daß die Hand des Schicksals auf ihnen lag. Das Schicksal hatte ihn zum

Opfer eines bösen Zufalls erkoren. Aber so wie der Sklave gegen den ungerechten Herrn sich empört, so empörte sich Andi gegen das Schicksal.

Frühmorgens brachte das Kindermädchen den kleinen Tristan. Er nahm den Jungen ins Bett, hob ihn hoch empor und ließ ihn auf seinen Knien reiten. Er spielte mit ihm und schwatzte Unsinn mit ihm und setzte ihn schließlich auf die blaue Seidendecke des Betts neben dem seinen, in dem seit vielen Nächten Silvelie nicht mehr geschlafen hatte.

»Ja, Tristan!« sagte er eines Morgens. »All diese Einsamkeit und in Zukunft noch mehr Alleinsein! Das alles, weil ich etwas entdeckt habe, das ich nie hätte erfahren dürfen. Wäre der alte Bonatsch nicht gestorben, dann hätte dieses Verbrechen wahrscheinlich in den ungeheuren finstern Tiefen des Schicksals fortgeschlummert, die der Mensch nur ab und zu in mystischem Schauer zu sehen bekommt. Es ist finster dort, und gewaltige Stürme brausen durch dieses Land der Schatten. Wir beide, mein Junge, sind ganz gewöhnliche Narren. Deine Mutter war die Klügere. Sie hatte Mut und Tapferkeit! Sie brachte es fertig, das Geheimnis für sich zu behalten. Und du mußt wissen, mein Kleiner, sie hat uns gegenüber ihrer Familie hintangesetzt. Ja, wir beide spielen die zweite Geige.«

Er nahm Tristan in seine Arme und musterte ängstlich das kleine Gesicht mit den graublauen Augen. Er strich über das goldblonde Haar des Kindes, als wollte er mit den Geheimnissen, die in diesem Kinderhirn schlummerten, in körperlichen Kontakt kommen. Ein unheimliches Angstgefühl packte ihn. Würden sich, wenn Tristan heranwuchs, eines Tages Zeichen der Entartung bemerkbar machen? Würde er sich vielleicht eines Tages zum Verbrecher entwickeln? Das Kindermädchen sagte, sie habe noch nie ein gesünderes Kind gesehen. Andis Verwandte, besonders seine Mutter, waren in Tristan verliebt. Jeder, der ihn sah, verliebte sich sofort in ihn. Aber was wußten denn die andern? Hatten sie die Gesetze der Vererbung studiert? Andi legte den Jungen wieder auf die blaue Decke. Er lehnte sich zurück und ließ die Gesichter der Lauretz' an seinem inneren Auge vorübergleiten. Waren das Verbrechergesichter? In einem Album Silvelies lag ein Bild des alten Lauretz. Es war das die einzige Photographie, die es von dem alten Lauretz gab, und sie stammte aus der Zeit, da er ungefähr so alt gewesen war wie Andi. Man konnte schwerlich behaupten, daß Silvelies Vater das Gesicht eines Verbrechers habe. Er hatte in den Dreißigern kräftig und frisch ausgesehen – ein Mann mit einer kühnen und hochmütigen Miene, mit dem Gesicht eines selbstsicheren Menschen, der bei gegebener Gelegenheit imstande gewesen wäre, etwas Bedeutendes zu leisten. Kein Zeichen erblicher Degeneration in dieser Stirn und diesen harten, forschenden Augen! Erst das Leben hatte ihm die Entartung gebracht. Alkohol, Indolenz, Langeweile und die daraus entspringenden Laster hatten ihn körperlich und seelisch in sein Verhängnis hinabgestoßen. Andi dachte an Niklaus. Bisher hatte er stets etwas übrig gehabt für diesen wilden jungen Kerl mit seinem fanatischen Arbeitseifer und seiner Ausdauer, wie man sie selten unter den Kindern der finsteren Graubündner Täler findet. War Niklaus ein entarteter Mensch, ein geborener Verbrecher? Andi glaubte es nicht. Und dennoch, welche Schlauheit und Verschlagenheit lag in diesem Niklaus! Was Hanna betraf – ihr konnte man wirklich alles zutrauen. Andi würde sie nie vergessen, wie sie in dem kleinen Zimmer dagestanden hatte, ihre Seele herausschreiend, so wie eine Löwin ihren Hunger in die Wildnis hinausbrüllt. Sie erinnerte ihn an die mythologischen Gestalten des alten Griechenlands. Meister Lauters pflegte sie Medusa zu nennen. Sie konnte jedem Laster verfallen, aber ebensogut die steilen Höhen der Tugend erreichen. Jeder Mann, der in ihre Gewalt kam, würde ihr Sklave sein müssen. In ihrer leidenschaftlichen Brust schlug kein geringes Herz. Wenn nur Silvelie keine Lauretz gewesen wäre!

Madame von Richenau rief an. Sie wollte zum dritten Male wissen, wann Andi mit Silvelie und dem Baby nach Richenau komme. Sie sei ganz allein im Schloß.

»Wann kommst du?« fragte sie.

»Es tut mir leid, sehr leid, aber ich kann es dir noch nicht sagen. Silvelie ist für ein paar Tage verreist.«

»Wo ist sie hin?«

»Zu ihrer Mutter. Die arme Frau hat einen Unfall gehabt, sie hat sich den Mund verbrannt. Ist mit dem Gesicht gegen den Ofen gefallen.«

»Das tut mir leid. Aber wenn du erlaubst, werde ich dich besuchen und die Nacht über bei dir bleiben. Mir graut vor dem Alleinsein.«

Andi dachte einen Augenblick lang nach: »Komm nur! Es wird mich freuen!«

Als seine Mutter ankam, befand er sich in einem Zustand heftiger nervöser Erregung. Das Kindermädchen brachte Tristan. Frau von Richenau liebkoste das Kind, als ob es ihr eigenes gewesen wäre. Schließlich aber wandte sie ihre Aufmerksamkeit Andi zu und sah in die düsteren Augen ihres Sohnes. Im gleichen Augenblick kam ihr zu Bewußtsein, daß in dem Haus eine seltsam beunruhigende Atmosphäre herrschte.

»Kannst du nicht Silvelie telephonisch herholen, solange ich noch hier bin? Ich möchte sie gerne sehen.«

Andi schüttelte den Kopf.

Madame von Richenau drang nicht weiter in ihn. Von sonderbaren Befürchtungen gepackt, ging sie auf ihr Zimmer. Nach einiger Zeit rief sie zu ihren Sohn zu sich.

Er schien nur zögernd ihrem Ruf zu gehorchen.

»Deine Schulter, Andi! Richte dich auf, du stehst ja ganz gebückt da!«

»So?«

Er richtete sich auf.

»Du siehst müde aus, fast erschöpft! Was ist los?«

»Nichts, Mutter, Doktor Gutknecht hat mir unerwarteterweise eine Menge Arbeit aufgebürdet und – «

»Noch nie hat Arbeit dich müde gemacht«, unterbrach sie ihn. »Es ist etwas anderes; was ist es?«

Sie legte die Hände auf seine Schultern. Er senkte den Blick.

»Wir werden uns nach dem Essen ein wenig unterhalten, Mama«, erwiderte er und verließ sie unvermittelt.

Bei Tisch aß er sehr wenig. Seine Mutter beobachtete ihn genau.

»Silvelie geht es hoffentlich gut?«

»Sehr gut.«

»Es ist nichts passiert, André?«

Er zündete eine Zigarette an und erhob sich vom Tisch, ging im Zimmer auf und ab, blieb schließlich in der entferntesten Ecke stehen und betrachtete eine Landschaft von Lauters, als habe er sie noch nie gesehen.

»Es ist gar nichts passiert, Mutter, glaube mir.«

»Hast du dich mit Silvia gezankt?«

»Nein.«

»Komm und setz dich hin. Erzähl mir, was geschehen ist!« Dann, als sie sein Zögern sah, fügte sie hinzu: »Hab keine Angst. Ich bin kein schwacher Mensch. Ich habe in meinem Leben viele Schläge ertragen, aber ich bin immer noch gesund und kann im Notfall noch manches aushalten.«

Er zwang sich zu einem leichtherzigen Lächeln.

»Es wundert mich, daß du auf den Gedanken kommst, wir könnten uns gezankt haben, Mama.«

»Schön – wenn du es mir nicht sagen willst!« Frau von Richenau ließ das Thema fallen. Sie sprach über Familiendinge.

Am nächsten Morgen fuhr Andi nach Lanzberg. Seine Mutter blieb bis Mittag und kehrte dann nach Schloß Richenau zurück. Sie stellte keine Fragen mehr.

Andi kam abends nach Hause und irrte wieder allein in den Wäldern umher.

,Wie, zum Teufel, soll ich es Mutter erzählen?' fragte er sich ,Wie kann ich es nur fertigbringen!'

23

Punkt drei Uhr betrat Andi das Büro des Präsidenten. Doktor Gutknecht empfing ihn mit seiner gewohnten Herzlichkeit. Nach einigen einleitenden Redensarten ohne sonderlichen Sinn nahm er sein Hörrohr, beugte sich vor, kratzte sich durch den vom Alter gebleichten Bart hindurch das Kinn und blickte in kühler Erwartung auf.

»Ich habe die Akten geprüft«, berichtete Andi. »Ja.« (Er hielt einen Augenblick inne, um Mut zu fassen.) »Ich konzentrierte zuerst meine Aufmerksamkeit auf den Fall Conrad Cabflisch, der die Interpellation im Rat veranlaßt hat. Das wird eine schwierige Sache werden, Herr Präsident, soviel ich sehen kann – unsere politischen Parteien werden bestimmt versuchen, Kapital daraus zu schlagen. Der verstorbene Bonatsch war in dieser Angelegenheit mehr als unvorsichtig. Statt den Fall an die höheren Instanzen zu verweisen, hat er einen privaten Ausgleich herbeigeführt. Er hätte wissen müssen, daß eine Betrügerei dahintersteckte, und daß zumindest zwei der Beteiligten einen Meineid geschworen hatten. Ich beabsichtige, zehn Zeugen vorzuladen.«

»Wird uns dieser Prozeß viel Geld kosten und uns viel Arbeit machen?« fragte der Präsident.

»Ich fürchte, ja.«

»Gut, fahren Sie bitte fort.«

Andi legte den Fall ausführlich dar. Und als er fertig war, berichtete er über zwei weitere Fälle. Je länger er sprach, desto deutlicher kam ihm zum Bewußtsein, daß er ganz einfach drauf und dran war, den Fall Lauretz zu vertuschen. Schließlich sagte er:

»Es bleiben dann nur noch ein paar unwichtige Sachen übrig, die zum Teil so unwichtig sind, daß es sich gar nicht recht verlohnt, sie hervorzuholen.«

»Brauchen Sie Unterstützung?« fragte Doktor Gutknecht.

Andi verzog den Mund.

»Nein, ich glaube nicht, daß ich Unterstützung brauchen werde. Ich glaube, ich kann allein damit fertig werden. Es sei denn, Sie wünschen die Arbeit aufzuteilen, Herr Präsident.« Er hielt einen Augenblick den Atem an.

»Daran liegt mir gar nichts«, sagte Doktor Gutknecht. »Wenn Sie nichts dagegen haben, halte ich es für das beste, daß Sie allein die Untersuchung weiterführen. Aber es wäre mir recht, wenn Sie den Fall Cabflisch bis zum September erledigt hätten, damit ich dem Rat Bericht erstatten kann.«

Präsident Gutknecht scharrte mit den Füßen. Er sah nach der Uhr. Andi war seit mehr als einer Stunde bei ihm und hatte mit keinem Wort den Fall Lauretz erwähnt. Entweder hatte er ihn vergessen oder hatte ihn im Geiste unter die weniger wichtigen Sachen eingereiht, die so unwichtig waren, daß es sich kaum verlohnte, sie hervorzuholen.

»Noch etwas, Herr Doktor?« ertönte die Stimme des Präsidenten.

Andi zögerte, dann schüttelte er langsam den Kopf.

»Nein. Nicht, daß ich wüßte.«

»Gut, kommen Sie zu mir, wann immer Sie wollen. Wenn Sie meinen Rat brauchen, wenden Sie sich ruhig an mich. Ich habe eine um dreißig Jahre längere Erfahrung als Sie. Vergessen Sie das nicht.«

Er stützte sich mit dem einen Arm hoch und reichte Andi über den Tisch hinweg die Hand.

Andi verließ Doktor Gutknechts Zimmer. Während er die breiten, abgenutzten Steintreppen des Gerichtsgebäudes hinunterging, wischte er sich die Stirn.

‚Nein! Wenn sie mich mit tausend Eisen gebrannt hätten, um mir die Worte zu entreißen – ich hätte es ihm heute nicht sagen können. Ich muß eine andere Gelegenheit abwarten.‘

Auf dem Wege ins Büro dachte er über sein Verhalten nach. Während seines Besuches beim Präsidenten waren die Gesichter Silvelies, Niklaus’, Hannas, Frau Lauretz’, seines Vaters, seiner Mutter und seiner Verwandten über die Filmleinwand seines Unterbewußtseins gehuscht. Sie verfolgten ihn immer noch. Er fühlte sich außerstande, weiterzuarbeiten, und sperrte sein Amtszimmer zu.

‚Nicht hasten‘, dachte er. ‚Ich muß gründlicher nachdenken, bevor ich etwas Bestimmtes unternehme.‘

An diesem Abend aß er allein im Bahnhofsrestaurant. Er aß wenig. Nachdenklich trank er sein Glas Wein, und seine Erinnerungen führten ihn um viele Jahre zurück in seine Studienzeit, in jene Tage, da der Weltkrieg die Welt bis in ihre Grundfesten erschüttert hatte. Wieder durchlebte er jene Zeit der Verwirrungen und Kämpfe, da er sich mit jugendlicher Unschuld und fast romantischem Eifer den großen Fragen des Lebens genähert hatte. Damals hatte das Leben sich ihm offen, lockend, als ein großes Abenteuer dargeboten. Andi seufzte. Es war eine schöne Zeit gewesen. Seine Anschauungen waren erst im Werden, hatten eben erst begonnen, Gestalt zu gewinnen. Heute befand sich der Erdball in einem Zustand der Gärung. Aus den Tiefen der Völker und Rassen, aus Zusammenstößen und Kriegen wurde eine neue Geschichte geboren. Ein Übermaß an Kraft, an menschlichen Gedanken, an heldenhaften Taten erwuchs aus dieser Springflut neuen Menschentums. Ihm schien, als wollte eine gigantische Richterhand die Massen menschlicher Energien, die auf dem Spieltisch der Welt verstreut lagen, neu ordnen und neu verteilen. Vielleicht bereiteten Kämpfe sich vor, wie die Welt sie noch nie gekannt hat, vielleicht waren ganze Städte und Bevölkerungen zum Untergang verurteilt. Vielleicht würde sein eigenes Vaterland, die älteste der modernen Republiken, hinweggefegt werden, noch bevor seine Haare ergrauten. Und er, er versteckte sich vor seinen eigenen Leuten, vor seinem eigenen Fleisch und Blut, zitterte vor einer privaten Katastrophe, fürchtete sich vor ein paar Verwandten, die in ein konventionelles Leben verstrickt waren! Nervös sah Andi sich um und beobachtete die Menschen. Sie aßen und tranken. Etliche Bürger, die er kannte, spielten Karten. Keiner schien sich um die Dinge zu kümmern, die außerhalb des Bereichs seines engen Lebens lagen. Es waren die Urbilder des Lanzberger Bürgertums – mit einem Schuß Viehtreibergeschmack in ihren Manieren. Sie verbrachten ihre Zeit damit, kleine Geschäfte abzuschließen, Bier zu trinken, Kinder zu zeugen, zu sparen und mit gewichtiger Unwissenheit über die schwierigsten Fragen des Weltalls zu diskutieren. Sie hatten auch ihren Ehrgeiz. Er kannte mehrere unter ihnen, die ihre Söhne auf die Universität geschickt hatten. Die Söhne torkelten durch die Bierhäuser und Tavernen der Universitätsstädte, rauchten aus langen Pfeifen und sangen barbarische Lieder, schwitzten und schufteten und hatten vielleicht schließlich Erfolg. Dann gab es eine Anzahl neuer Juristen, Mediziner und Philologen. Die Zahl der Akademiker, der Wissenschaftler und Professoren wuchs.

»Junger Mann gesucht, akademische Bildung erwünscht«, las Andi in diesem Augenblick in einer Zeitungsanzeige. Er erschrak. War nicht auch er einer dieser langweiligen Philister geworden? Wo war seine Freiheit? Wohin war jener Höhenflug jugendlichen Denkens entschwunden? War nicht auch er zu einem Professor der Rechtswissenschaften geworden? Betrachtete nicht auch er das Leben durch die Brille der Wissenschaft? Hatte er sich nicht mit festen Ketten an dieses dürre Leben gefesselt, und rüttelte er nicht gerade deshalb an den Ketten, die ihn banden? Er sah sich in die seltsame Lage versetzt, seine eigene Sache gegen sich selbst verteidigen zu müssen. Es gab eine größere Freiheit. Menschen wie die Lauretz' hatten es erkannt. Sie hatten nach einem Werkzeug der Befreiung gegriffen. Ihr Gewissen war nicht durch die Vorschriften eines Moralgesetzes besiegt, ihr Hirn war nicht durch ein Übermaß an Wissen und Bildung umnebelt worden. Sie litten keine Reue. Ihr Leiden entsprang der Furcht, der Furcht des Tieres, das größte Geschenk der Natur zu verlieren, die Freiheit der Bewegung.

Andi schlürfte seinen Wein, lehnte sich in den Stuhl zurück, blickte sich ungewiß in dem Saale um. Er ließ die Zeitung fallen. Sie war voll von Mordgeschichten. Überall mordete der Mensch den Menschen, in jedem Land der Erde. Sie mordeten nicht nur aus Gewinnsucht, nicht nur, um Sieg und Macht zu erringen. Sie mordeten um ihrer Grundsätze, ihrer Anschauungen, ihrer Ideen willen. Sie mordeten einzeln, in Gruppen und in Massen. Die Lauretz' hatten gemordet. Die Richenaus hatten gemordet. Wessen Sache aber war gerecht? Ja, wessen Sache? Nur die des Mächtigen. Und wer war der Mächtige? Er, der zuerst mordete! Er, der das größte Gemetzel anrichtete!

‚Eine traurige Welt, der man angehören muß', dachte Andi.

Eines der Mädchen kam an seinen Tisch. Sie wollte wissen, ob er noch etwas brauche. Er sah sie ernst an.

‚Eine schlecht entworfene Madonna', dachte er und sagte: »Nein, danke, ich möchte nur zahlen.«

Ein wenig später stand er unschlüssig auf dem Bahnhofsplatz. Wo sollte er jetzt hingehen? Nach Hause? Silvelie war nicht da. Zu Madame Robert? Wozu? Schließlich fuhr er doch nach Schlans zurück, stellte den Wagen unter und ging in den Wald spazieren. Abermals wanderte er allein durch die Finsternis.

Die Atmosphäre allgemeinen Zweifels und moralischer Niedergeschlagenheit, die die Durchsicht der Zeitungen ihm nahe-
gebracht hatte, ließ ihn nicht los. Er fühlte, daß ein ganzes Ge-
dankensystem allmählich aus der Welt verschwand. Uralte Einrichtungen wankten und stürzten zusammen. Der Geist des
Bösen war in seiner ganzen Gestalt erschienen und hatte auch
von ihm Besitz ergriffen. Er wollte alle Bildung und Gelehrsamkeit von sich abstreifen, um der neuen und seltsamen Qual
Raum zu geben, die sich in ihm regte. Er lehnte sich an einen
Baumstamm.

,Byron, Schiller, Kant, Schopenhauer, Nietzsche, Aristoteles
und hundert andere, auch den gewaltigen Goethe, alle habe ich
sie gelesen. Aber nicht einer von ihnen kann mir jetzt Trost
bringen, keiner von ihnen kann mir sagen, was ich tun soll.
Wenn ich den erstbesten Menschen auf der Straße anhalten und
ihm alle meine Sorgen erzählen würde – er könnte mir vielleicht
eher helfen als sie.'

Er starrte in das Dunkel zwischen den Bäumen, und plötzlich
hörte er in der Ferne ein Pferd wiehern.

,Ja, das ist Jim Roper. Ich kenne seine Stimme. Er denkt nicht
nach und macht sich keine Sorgen. Er frißt und trinkt und läuft
umher – seine einzigen Probleme sind die seines Tierlebens. Ich
habe mich mit den umstrittenen Rätseln des Homo sapiens
herumzuschlagen.' Wieder hörte er Jim Roper wiehern. ,Ja,
Bursche!' sagte Andi. ,Ich werde es genauso machen wie du.
Morgen ist ein neuer Tag. Keine Sorgen mehr. Das Morgen soll
für mich entscheiden.'

Seinem Entschluß getreu legte Andi alle Befürchtungen und
Zweifel in das Morgen. Sobald er in seinem Amtszimmer angelangt war, nahm er die Akten Lauretz aus dem Safe, schob
sie in eine Ledermappe und fuhr zum Kantonsgericht, um den
Präsidenten aufzusuchen. Er sah nicht nach rechts und nicht
nach links. Langsam ging er die alte Treppe zum oberen Flur
hinauf, wo die Sonne durch die alten bunten, mit dem Kan-
tonalwappen und den Helmzeichen der alten Familien, darunter
auch dem der Richenaus, geschmückten Glasfenster herein-
sickerte. Aber die Feudalzeiten mit ihrem Rechte des Stärkeren

waren dahin. Jetzt galt die Zeit der Schreiber und Wissenschaftler und logischen Streithänse. Er öffnete eine schwere, geschnitzte Holztür und stand vor dem Gerichtsschreiber des Kantonsgerichtes, der hinter seinen wuchtigen Papierstößen thronte.

»Würden Sie so freundlich sein, Herr Doktor«, sagte Andi, »dem Präsidenten mitzuteilen, daß ich gerne mit ihm sprechen möchte?«

Der Gerichtsschreiber stand auf.

»Es tut mir leid, Herr Doktor von Richenau, der Herr Präsident ist heute nach Zürich gefahren, zu einem Begräbnis. Er wird übermorgen wieder zurück sein.«

Andi stand einen Augenblick lang regungslos still, dann sagte er dem Gerichtsschreiber guten Tag, drehte sich um und verließ den Raum. Auf dem Flur hielt er inne und betupfte sich die Stirn mit dem Taschentuch.

‚Das Schicksal will es so‘, murmelte er und ging langsam die Treppe hinunter.

24

Am späten Abend ging Andi in das Bahnhofsrestaurant, um einen Bissen zu essen. Da ihm aller menschlicher Trost fehlte, holte er die Gesellschaft einer Flasche Château la Rose zu Hilfe, um seine Einsamkeit zu verscheuchen. Die Trennung von Silvelie kam ihm schmerzlich zum Bewußtsein. Wo war sie jetzt? Saß sie wartend bei ihrer Familie? Sie hatte ihren Verwandten vor ihm den Vorzug gegeben. Sie schien nicht mehr ihm zu gehören. Er war eifersüchtig, er war böse auf sie. Ja, es würde lange dauern, bis er vergessen hatte, was sie ihm angetan! Einige Bissen genügten jetzt, um seinen Hunger zu stillen, sein früherer Appetit war weg. Sogar der alte Wein schien einen großen Teil seiner Köstlichkeit eingebüßt zu haben. Die Zechkumpane in ihrer Ecke spielten Karten. Die Tische neben ihm waren unbesetzt. Zwei Kellnerinnen saßen am anderen Ende des Saales, die eine las in einer illustrierten Zeitung, die andere strickte.

Träge Ruhe erfüllte den Raum. Es verkehrten keine Züge mehr. Andi hob sein Glas und hielt es gegen die Milchglasbirne, die seine Ecke erhellte. Ein großer Rubin schien darin aufzuleuchten. Er betrachtete ihn blinzelnd.

‚Wie, wenn ich jetzt einmal den Fall Lauretz von ganz anderen Gesichtspunkten aus betrachte und mich bemühe, kalt und vernünftig zu bleiben?‘

Er trank einen Schluck Wein.

‚Sie haben da einen scheußlichen Kerl umgebracht, und deshalb soll ich dafür sorgen, daß sie ins Gefängnis kommen. Man kann nicht behaupten, daß sie der Öffentlichkeit gefährlich sind. Sie werden nie einen anderen Menschen umbringen. Bleiben sie in Freiheit, so bedeutet das für die menschliche Gesellschaft keinerlei Risiko. Wenn man sie vor Gericht stellt, werden sie verurteilt. Daran ist nicht zu zweifeln. Das Urteil wird ihre Strafe sein. Die Strafe aber wird nicht nur sie, sondern noch mindestens ein Dutzend anderer Menschen treffen. Unter anderem auch mich. Manche Leute mögen sagen, uns Richenaus könne es nicht viel anhaben, wenn die Lauretz' wegen Mordes im Gefängnis sitzen. Dummes Geschwätz. Ich kenne die Sitten der Welt. Warum also soll ich mich bestrafen lassen? Meine Doktorarbeit handelte von den ethischen Grundlagen der Strafe. Vor vierzehn Jahren, als ich fast noch ein Knabe war, habe ich diese Frage erörtert und bin zu dem Schluß gekommen, daß das Gesetz nicht nur als ein Instrument der Strafe angewendet werden darf, da der Verbrecher nur selten durch die Angst vor der Strafe verhindert wird, Verbrechen zu begehen, die ihm eingeboren sind und daher begangen werden müssen. Es muß der Zweck der Gesetze sein, Verbrechen zu verhüten, sie auszutilgen, die Gemeinschaft von dem Verbrecher zu befreien. Das Gesetz muß Hand in Hand mit der Wissenschaft arbeiten. So denke ich auch heute. Niklaus und Hanna – von der alten Lauretz ganz zu schweigen – werden ihr Leben lang keinen Menschen mehr anrühren. Dafür will ich meinen Kopf zum Pfand setzen. Warum soll man sie für, ich weiß nicht wie viele, Jahre ins Gefängnis schicken? Warum so viel Elend anrichten, wenn die Allgemeinheit keinen Gewinn davon hat?‘

In seinen Gedanken verirrte Andi sich in die dunkle Wildnis, in die Richter und Juristen geraten, wenn sie ab und zu einmal zu bloßen Menschen werden, und während er so umherirrte, kam er zu der Überzeugung, daß es beinahe seine Pflicht sei, die Lauretz' vor dem Zugriff des Gesetzes zu retten. Er lief Gefahr, sein Leben und seine Karriere vernichtet zu sehen, und das war nun freilich eine weit persönlichere Angelegenheit, als in einem Lehnstuhl zu sitzen und das Leben anderer Menschen zu zerstören. Er kam sich fast wie ein Apotheker vor, der alle die schrecklichen Mixturen verschlingen muß, die er bis dahin für seine Kunden gebraut hat.

‚Die armen Teufel!' murmelte er schließlich vor sich hin. ‚Ich werde ihnen helfen, und wenn ich dafür die ewige Verdammnis ernte!'

Er knöpfte seinen Rock zu und zerrte an seiner Krawatte. Es war, als rufe ihn plötzlich das Abenteuer. Die Erregung des Kampfes durchzitterte ihn. Er wußte, daß er ein gewaltiges Risiko würde auf sich nehmen müssen. Mit dem Erfolg dieses Abenteuers war für ihn sein ganzes Schicksal verknüpft. Gelang es ihm, das Gesetz zu hintergehen, oder, wie die Phrase lautet, die Ziele der Justiz zu durchkreuzen, dann würde alles gut sein. Gelang es ihm nicht, dann würde er die Folgen auf sich nehmen und in ewige Schande versinken müssen. Deshalb war er fest entschlossen, mit ganzer Kraft um den Sieg zu kämpfen. Eine Kugel in den Kopf wäre besser als ein Fehlschlag. Er mußte sein ganzes Wissen, seine ganze Schlauheit aufbieten, denn das Gesetz würde kein Erbarmen mit ihm haben, wenn es ihn ertappte. Er mußte ebenso unbarmherzig sein wie das Gesetz.

‚Ich habe genug von diesem glatten, langweiligen Bürgerdasein! Ich stecke bis zum Halse drin! Wohin ich blicke, überall in der Welt kämpfen Männer meines Alters um ein besseres Leben, während ich in dem reglosen Morast einer geordneten heiteren Existenz stecke. Ich bin eigentlich nicht besser als Uli, nicht besser als diese Saufbrüder da drüben! Ich tue nichts für die Welt. Alles, was ich tue, geschieht nur für mich. Ich denke an mein eigenes Wohlbefinden, an mein eigenes Glück, und es gibt buchstäblich Millionen Menschen auf der Welt, die nicht

wissen, was sie morgen essen werden, und welche künftigen Entbehrungen und Leiden die kommende Woche bringen wird. Vielleicht ist mir diese Sache zugefallen, um mich zu retten. Als Junge dachte ich immer, die Sterne und Planeten seien die Spielzeuge der Götter. Ich glaubte, die Menschen spielten Ballspiele, weil sie die Abkömmlinge der Götter auf diesem Planeten sind. Jetzt komme ich mir selbst wie ein Ball vor, der hin und her rollt, mit andern Bällen zusammenstößt, zurückprallt und weiterrollt. Das alles muß doch einen Sinn haben. Ich rolle jetzt durch feurige Flammen. Ich bin heute früh mit den Akten Lauretz unterm Arm zum Büro des Präsidenten gerollt. Ich hatte den Mut, das zu tun! Ein zweites Mal werde ich es nicht mehr tun. Der Präsident mußte zu einem Begräbnis nach Zürich fahren. Der Mensch, den sie begruben, mußte sterben, damit der Präsident nicht in seinem Amt war, als ich ihn zu sprechen wünschte. Ich müßte ein Feigling sein, um die geheimnisvolle Hand des Schicksals nicht zu ergreifen. Mein Mut, meine Entschlossenheit sollen mir von nun an helfen, das Verbrechen im Jeff in ewiges Dunkel zu hüllen, denn das Schicksal will es so.'
Andi steckte seine Zigarettendose ein und knöpfte sich den Rock zu. Jetzt gab es kein Zurück mehr. Das war der Weg, den er gehen mußte, den Weg der Korruption. Um den Fall Lauretz in die Tiefen des Archivs zu befördern und eine Verschollenheitserklärung zu erlangen, würde er die Unterschrift des Gerichtspräsidenten brauchen. Wie sollte er diese Unterschrift erzwingen? Er zitterte innerlich.
,Ich muß mir das gründlich überlegen. Das Gesetz hat seine eigene Technik, und nur durch eine überlegene Technik kann man es besiegen. Diese überlegene Technik ist die Wissenschaft des Verbrechens.'

25

Als der Sonntag kam, fuhr er nach Andruss. Es war ein nebliger Frühherbstmorgen, aber sowie er höher ins Rheintal hinaufkam, wurde der Ausblick klarer, und das tiefhängende Grau über ihm lichtete sich. Ab und zu war sogar ein Stückchen Himmel zu sehen, und Bergspitzen kamen in Sicht. Allmählich färbte der Himmel sich blau. Andi kam in Andruss an, das in schimmernden, fleckenlosen Sonnenschein gebadet war. Die Luft war so rein, daß die Bergkuppen wie Haufen von Gold, Kupfer und Silber aussahen und die Gletscher nur wenige Steinwürfe entfernt zu sein schienen.

Er fuhr die kleine Straße entlang, die zu Niklaus' Sägemühle führte. Die Tore waren versperrt. Er läutete. Es kam keine Antwort. Er läutete noch einmal und hörte schließlich Schritte näherkommen. Niklaus tauchte hinter einem Bretterstapel hervor. Als er Andi erblickte, blieb er eine Sekunde lang stehen und kam dann näher, sich die Hände an einer groben blauen Schürze säubernd. Er war in Hemdsärmeln.

»Guata Tag, Herr Schwager«, sagte er, während er mit einem großen Schlüssel das Tor öffnete. »Ich stehe zu Diensten. Kommen Sie herein. Ich bin ganz allein. Hoffentlich habe ich Sie nicht zu lange warten lassen.«

Sobald Andi drinnen war, versperrte Niklaus das Tor. Ein seltsamer Ausdruck, ein gleichsam greisenhafter Ausdruck lauerte in seinen Augen. Sein Gesicht schien mager, fast verhärmt, und seine Nase wirkte um so größer.

»Sie arbeiten, wie ich sehe«, sagte Andi, der in Niklaus' Haar und Brauen Sägespäne bemerkte.

»Ja, ein bißchen Tischlerei. Ich mache einen Schrank für Mutter. Um mir die Zeit zu vertreiben. Vorbereitungen für eine lange Reise!«

Er öffnete die Tür seiner Hütte und bat Andi mit einladender Gebärde einzutreten.

»Alles in Unordnung«, sagte er. »Hoffentlich stören Sie die Hobelspäne nicht. Ich habe ja mein Bett noch nicht gemacht.« Er hob die Matratze hoch.

»Sehen Sie – keine Federn mehr! Statt dessen Bretter – und drauf eine Matratze. So schläft man im Gefängnis, nicht wahr?« Er nahm einen Leimtopf von einem Stuhl.

»Bitte, setzen Sie sich. Ich mache Ihnen Kaffee, ja?«

»Ich habe nichts dagegen, danke!«

Niklaus hob den Spirituskocher hoch, auf dem er gewöhnlich den Leim kochte, und setzte einen Kessel mit Wasser auf.

»Die Bücher sind alle in Ordnung«, fuhr er mit ergebener Miene fort. »Auf der Bank liegt Geld für Sie. Ich habe vor zwei Tagen den Laden zugemacht.«

Er ging in eine Ecke und öffnete einen rohgezimmerten Bretterschrank.

»Hier sind die Sägen. Ich habe sie dick mit Fett eingeschmiert, damit sie nicht rostig werden.«

Andi betrachtete die großen Sägen mit ihren Krokodilzähnen, die wie Soldaten in dem Schrank standen.

»Haben Sie irgend jemandem mitgeteilt, daß Sie das Geschäft zusperren?« fragte Andi.

Niklaus strich mit den Fingern über die großen Zähne der Sägen. Plötzlich sah er sich um.

»Ich mußte meine Arbeiter wegschicken. Ich habe ihnen gesagt, es sind keine Aufträge da.«

»Das klingt recht natürlich – besonders bei den heutigen Zeiten«, murmelte Andi, die Hände über den gekreuzten Knien verschränkend.

Niklaus machte den Schrank zu. Stille trat ein, unterbrochen nur durch das Summen des Kessels auf dem Spirituskocher und das Plätschern des Wassers, das durch sein unterirdisches Zementbett eilte.

»Wo ist Silvelie?« fragte Andi schließlich.

»Sie ist seit voriger Woche in ihrem Chalet. Sie hat's wohl im Hundshüsli nicht mehr aushalten können. Mutter und Hanna haben den religiösen Wahnsinn bekommen. Sie sagen die ganze Zeit Gebete auf und knien den halben Tag lang vor den Stühlen oder Betten oder was ihnen gerade in den Weg kommt. Ganz Andruss spricht von ihrer Bekehrung. Pater Hugo besucht sie. Es ist die reine Verrücktheit, Herr Schwager. Hanna sagt, sie will als Christin ins Gefängnis kommen. Dieser Georg, der Postmeister, der jahrelang mit ihr gegangen ist, hat ihr ein großes goldenes Kreuz geschenkt, das trägt sie jetzt wie ein Hundehalsband um den Hals. Ich will von solchen Tröstungen nichts wissen. Ich werde vor Gericht meinen Mann stellen. Ich weiß, wie ich mich zu verteidigen habe! Ja! Und ich nehme mir einen tüchtigen Anwalt!«

Andi wechselte die Stellung seiner Beine. Der behagliche Duft des Kaffees erfüllte den Raum und verjagte den säuerlichen Holzgeruch.

»Schwester Silvia«, fuhr Niklaus fort, »behauptet, sie seien nicht verrückt. Sie sagt, es ist nur natürlich, daß sie die große Leere in ihrem Leben mit einem großen Glauben ausfüllen. Trotzdem hat sie es nicht länger bei ihnen ausgehalten. Wenn sie geblieben wäre, wäre sie auch verrückt geworden. Sie ist so wie ich. Keine Christin.«

Niklaus goß Kaffee in zwei große weiße Tassen, tat etwas frische Milch und Zucker hinzu, reichte die eine Tasse Andi und nahm die andere selbst. Dann stand er auf und begann seinen Kaffee zu trinken.

»Ich habe über die Sache nachgedacht«, sagte er. »Und wenn ich mich nicht irre, läßt sie sich sehr vereinfachen, Herr Schwager.«

»Was für eine Sache meinen Sie denn?«

»Was wir damals im Jeff gemacht haben.«

»Ich verstehe Sie nicht.«

»Es ist so: Wenn Sie sich nach dem richten, was wir Ihnen erzählt haben, dann heißt das, daß wir alle mehr oder weniger an dem Tod des Alten schuldig sind. Jöry ist nicht mehr da. Er kann nicht mehr ins Gefängnis kommen. Wir andern aber wandern alle ins Gefängnis. Ich habe mir nun gedacht, wie denn, wenn ich die ganze Sache auf mich nehme? Wenn ich sage, daß ich es zusammen mit Jöry getan habe, und daß Hanna überhaupt nichts damit zu tun gehabt hat? Mutter hat ohnedies bloß mit der Laterne dabei gestanden – damit ist man doch noch kein Mörder, nicht wahr? Ich schlage Ihnen das vor, Herr Schwager, weil die andern schließlich doch ohne mich nie auf den Gedanken gekommen wären, es zu tun. Es wäre eine Schande, ein junges Frauenzimmer wie Hanna ins Gefängnis zu stecken. Sie ist meine Schwester. Ich habe sie gern. Lassen Sie mich die ganze Schuld auf mich nehmen, Herr Schwager, und mich erklären, daß die andern nichts damit zu tun hatten – gar nichts davon wußten. Wenn ich dann ins Gefängnis komme, dann werde ich immer wissen, daß ich damit meiner Schwester das Gefängnis erspart habe. Das wird mir ein kleiner Trost sein.«

Andi stand auf. Er legte die Hand auf Niklaus' Schulter und blickte tief in die heißen blauen Augen des jungen Menschen.

»Trauen Sie mir nicht?« fragte Niklaus. »Ich bin bereit, jetzt gleich mit Ihnen nach Lanzberg zu fahren.«

Andi zog seine Hand zurück und setzte sich langsam wieder hin. Er blickte zu Boden und betrachtete die krausen Hobelspäne.

»Es ist mein heiliger Ernst«, wiederholte Niklaus. »Wir können gleich gehen.«

Andi war verblüfft. Er schwankte. Noch war Zeit, seinen Entschluß, das Gesetz zu überlisten, rückgängig zu machen.

»Sie sind ein Gentleman, wie?« sagte er mit einem leicht spöttischen Ton. »Ich glaube wirklich, Sie wären fähig, etwas Derartiges zu tun. Aber – die Frage ist, ob Ihnen jemand glauben würde. Ich fürchte, Niklaus, Sie kennen das Gerichtswesen sehr schlecht.«

Er erhob sich plötzlich und begann in der Hütte auf und ab zu gehen. Wolken feinen Sägemehls wirbelten unter seinen schnellen Schritten auf und tanzten in den Sonnenstrahlen, die jetzt zum Fenster hereinbrachen.

›So geht es nicht, so geht es nicht!‹ murmelte er gleichsam zu sich selber. ›Ich muß aufs Ganze gehen. Entweder das eine oder das andere! Keinen Mittelweg!‹

Er blieb stehen, nahm eine Feile zur Hand und drehte sie spielend in den Fingern.

»Es ist geschehen. Ihr habt alle gestanden. Daran läßt sich nichts mehr ändern.«

Niklaus wurde blaß und klammerte sich an den schweren Hobeltisch an.

»Das heißt, daß wir alle ins Gefängnis müssen?«

Andi klopfte mit der Feile auf den Tisch. Er sah sich schnell in dem Raume um und heftete schließlich den Blick seiner grauen Augen auf Niklaus.

»Ich bin entschlossen, euch, wenn es irgend geht, zu helfen« sagte er mit unsicherer Stimme. Das Sprechen fiel ihm schwer.

»Deshalb bin ich heute hierhergekommen.«

Niklaus schluckte.

»Sie wollen uns helfen . . .«

»Ja.«

Niklaus' Körper schwankte, er klammerte sich verzweifelt an den Tisch.

»Sie?«

»Ja, ich!«

»Wegen Silvia?«

»Nein, nicht wegen Silvia! Einfach deshalb, weil ich will.«

»Herr Schwager!« sagte Niklaus und schaute sich entgeistert um.

»Wir müssen sehr vorsichtig sein.« Andis Ton war fast ein Flüstern.

»Aber wenn es herauskommt – daß Sie – «

»Machen Sie sich keine Sorgen. Ich habe an alles gedacht. Überlassen Sie das mir.«

»Aber wenn man Sie erwischt, was soll dann aus Silvelie werden?«

»Lassen Sie Silvelie aus dem Spiel, sie hat nichts damit zu tun«, erwiderte Andi barsch. »Euretwegen will ich euch helfen. Ich habe das Gefühl, daß ich nicht ein halbes Dutzend Menschenleben wegen dieses alten Lumpen, der zufällig euer Vater war, zugrunde richten darf.«

»Donner nonamal!« sagte Niklaus, und eine jähe Röte färbte seine Wangen. »Jetzt kann ich wieder das Fett von meinen Sägen abwischen!«

»Das können und das müssen Sie tun! Ich will, daß Sie wie gewöhnlich weiterarbeiten. Ändern Sie auch nicht das geringste an Ihrer Lebensweise!«

»Ich gehe heute noch zu Domenig und sage ihm, er soll morgen wieder anfangen. Ich werde ihm sagen, daß eine neue Bestellung eingelaufen ist.«

»Sie müssen morgen einen Brief an das Bezirksgericht schreiben.«

»Was soll ich schreiben?«

»Sie müssen den Brief auf Ihre eigene Art schreiben. Ich gebe Ihnen nicht einmal den leisesten Wink, wie Sie ihn zu formulieren haben.«

648

»Aber worüber denn?«

»Sie werden ganz einfach erklären, daß Sie gerne wissen möchten, wie sich die Sache mit dem Verschwinden Ihres Vaters entwickelt, da Sie nichts mehr davon gehört haben.«

»Aber der neue Präsident?«

»Machen Sie sich keine Sorgen um ihn. Ihr Brief wird an mich weitergeleitet werden. Die Sache liegt in meinen Händen und wird in meinen Händen bleiben.«

»Sie gehen ein großes Risiko ein, Herr Schwager.«

»Ein Mensch, der in der Gefahr an das Risiko denkt, hat bereits die Schlacht halb verloren«, sagte Andi. »Wir beide, besonders ich, dürfen an nichts anderes denken, als an das eine: Wie entrinnen wir dieser Gefahr? Weiter nichts.«

»Werden Sie nachher Silvelie wieder zu sich nehmen?«

»Das geht Sie nichts an«, sagte Andi kurz. »Sie ist meine Frau.«

»Sie ist meine Schwester.«

»Wenn Sie sie lieb haben, tun Sie, was ich Ihnen sage. Das ist alles.«

»Darf ich es den andern sagen?«

»Sie dürfen zu niemandem ein Wort sprechen. Haben Sie mich verstanden, Niklaus, nicht ein Wort!«

»Aber sie sind unglücklich, Herr Schwager, und vielleicht werden sie dann mit dem Beten aufhören.«

»Lassen Sie sie beten, es tut ihnen gut.«

Andi zündete sich eine Zigarette an. Er begann wieder auf und ab zu gehen. Die Hobelspäne knisterten unter seinen Füßen. Niklaus beobachtete ihn mit weitaufgerissenen Augen. Plötzlich warf er sich über den Tisch und weinte.

Andi packte ihn an seinem dicken, wolligen Haar.

»Ich weiß, mein Junge!« sagte er mit fast zärtlicher Stimme. »Ich weiß.«

Er klopfte Niklaus auf den Hinterkopf.

»Vergessen Sie nicht, was ich Ihnen gesagt habe! Einen zweiten Rettungsgürtel kann ich Ihnen nicht mehr zuwerfen. Ich habe keinen!«

Er öffnete die Tür.

»Kommen Sie jetzt und lassen Sie mich hinaus.«

Er schritt zum Tor. Niklaus hinkte hinter ihm her. Er ließ Andi hinaus, umklammerte dann die Holzstäbe des Tores und starrte noch lange vor sich hin, nachdem Andi weggefahren war. Seine Miene war starr, aber seine Lippen zitterten wie die eines Kindes.

26

Andi fuhr zum Yzollapaß hinauf. Dicht hinter St. Gion ließ er den Wagen halten und blickte in die tiefe Wildnis der Yzolla hinab. Irgendwo dort unten mußte ein Felsblock sein, groß wie ein Haus, auf dem eine kleine verkrüppelte Kiefer wuchs. Vier schöne Fische hatte er dort vor ungefähr zwei Jahren gefangen. Und es war dort zum erstenmal mit Sivvy passiert. Sie hatte ihn verführt. Hatte sie damals gelogen? Seine Miene wurde starr und entschlossen, und er fuhr weiter. Kurze Zeit später schoß sein Wagen wie ein Pfeil das Plateau hinauf, und vor dem Hospiz zog er die Bremsen an.

Töny Gumpers war gerade damit beschäftigt, einer Kuh die Hufe zu schneiden. Er richtete seinen rheumatischen Körper auf, legte die Hände auf die Nieren und kam neugierig herbei. Als er den Herrn von Richenau erblickte, nahm er respektvoll den Hut ab.

»Ach, Sie kommen zu uns herauf? Das ist gut. Frau von Richenau war heute morgen unten.«

»Wir werden leider nicht bleiben können«, sagte Andi. »Ich bin gekommen, um sie abzuholen. Und wie geht es Ihrer Frau?«

»Sie kommt mit der letzten Post. Ich bin allein. Aber bei dieser Gelegenheit müssen wir gegenseitig auf unsere Gesundheit trinken, Herr Doktor! Kein Mensch ist da, der einem den Durst überwacht. Hol der Teufel die Ärzte, die einem sagen, man darf nicht. Wenn Sie mir die Ehre erweisen wollen, ich habe ein besonderes Fläschchen, das ich gerne mit Ihnen zusammen anbrechen möchte. Was meinen Sie?«

»Ich werde ein Gläsli mit Ihnen trinken, aber mehr nicht. Es ist noch früh am Tag, und ich muß nach Lanzberg zurück.«

Töny ging voraus. Seine Beine waren anscheinend in der letzten

Zeit noch viel krummer geworden. Im Gastzimmer öffnete er eine Flasche Wein und füllte zwei Gläser.

»Eine Schande, nicht wahr, solch einem Tropfen die Schuld an allen Schmerzen zu geben, die einen plagen. Die Feuchtigkeit macht's. Der Wechsel von heiß und kalt, nicht dieses Tröpfchen. Ja, und jetzt auf das Wohl Ihrer Frau. Gott segne sie! Sie ist wie der Sonnenschein, wo immer sie hinkommt. Die Beste aus ihrer Familie. Und die andern sind auch nicht schlecht, glauben Sie mir! Seit der alte Jonas, der Verrückte, an diesem Wintertag nach Italien gewandert ist, herrscht Frieden in der Familie und es geht ihnen gut. Aufs Wohl!«
Er leerte sein Glas und goß es gleich wieder voll.
»Viele Fische in diesem Jahr gefangen?« fragte er. Seine Nase wurde plötzlich rot, als hätte der Wein den Weg zu ihr gefunden. Andi trank einen Schluck und antwortete nicht. Statt dessen fragte er: »Sie glauben also, daß der alte Lauretz nicht mehr zurückkehren wird?«
Töny Gumpers fuhr sich mit dem Handrücken über den dichten Schnurrbart.
»Zurückkehren? Wer kehrt aus der Hölle zurück? Den hat der leibhaftige Satan geholt, und ich sage und hab's immer gesagt, die Knochen des alten Jonas liegen in einer der tiefen Gletscherspalten dort auf dem Weg nach Italien. Mir selber ist es passiert, daß ich falsch gegangen bin und mich in dem Schnee verirrt habe, und es war ein reines Glück, daß ich lebend wieder zurückgekommen bin. Der alte Jonas zurückkehren? Nein, nein!«
Töny lachte.
»Und kein Mensch würde sich wünschen, daß er wiederkommt. Er hat sein Leichenbegängnis hinter sich. Mag er in Satans Armen ruhen. Und jetzt darf ich Ihnen noch ein Tröpfchen anbieten, Herr von Richenau.«
,Wenn so die Leute über das Verschwinden des alten Lauretz denken, dann ist das günstig für mich', dachte Andi. In seiner Erleichterung genehmigte er ein zweites Glas. Aber er trank es nur zur Hälfte aus, dann verließ er den alten Gumpers und entfernte sich schnell über die Wiesen, in der Richtung auf Lauters' Chalet zu.

Das Haus stand offen. Silvelie war nicht da. Er ging durch sämtliche Zimmer. Er mußte auf sie warten. Unterdessen sah er sich die Bilder an. Das Schlößchen war jetzt wie ein kleines Museum eingerichtet, viele Bewunderer des verstorbenen Malers kamen hierher zu dieser Stätte, an der er gelebt hatte, und die Gumpers', die die Schlüssel hatten, führten sie umher. Auf dem Tisch lag ein großes Gästebuch, in den Einband von rotem Maroquinleder waren mit Gold die Initialen S. v. R. und eine Krone eingraviert. Andi sah nach den Namen der Leute, die sich eingetragen hatten. In diesem Jahre waren es recht viele gewesen. Ein Königspaar war hier durchgekommen, Professoren, Studenten, Techniker und allerlei schlichtere Menschen, die alle Matthias Lauters' Kunst liebten. Während er das Buch durchblätterte, hörte er ein Geräusch an der Tür. Er blickte auf, und auf der Schwelle stand seine Frau. Ihr blondes Haar war von der Sonne beleuchtet, und in der Hand hielt sie einen Krokusstrauß. Als sie ihn erblickte, schrak sie ein wenig zurück, die Blumen entglitten ihren Händen und fielen auf die Schwelle nieder. Andi stand auf. Sie betrachtete verwundert sein graues Gesicht und seine verhärmten Augen.

»Ich dachte, es ist besser, wenn ich dich nach Hause hole«, sagte er.

»Ist es Zeit für mich, zurückzukehren?«

»Ja.«

»Dann will ich mitkommen.«

»Es ist eine lange Fahrt.«

»Ich mache mich sofort fertig.«

Silvia hatte das Gefühl, als stände zwischen ihr und Andi eine Mauer von Eis. Sie drehte sich um und ging die Treppe hinauf. Sie packte ihren kleinen Koffer. Ein paar Minuten später kam sie herunter.

»Soll ich das Chalet absperren oder willst du zuschließen?«

»Ich werde zuschließen«, sagte er.

Sie gab ihm den Schlüssel. Er versperrte die Tür. Sie bückte sich schwerfällig, um den Koffer aufzunehmen. Er kam ihr zuvor.

»Ich kann ihn selber tragen«, sagte sie.

»Ich werde ihn tragen!« sagte er mit zusammengebissenen Zähnen. »Und dich mit und deine ganze verfluchte Bande dazu!«
Sie gingen den Pfad hinunter. Die herbstlichen Wiesen leuchteten rot und orangegelb vor ihren Augen. Das Eis des Cristallina leuchtete wie Blei. Die riesige Nase des Valdraus, hinter der die Sonne stand, ragte kohlschwarz in das Blau empor. Gumpers' Herde hatte sich weidend über die Wiesen verstreut. Überall im Tal ertönte das Geläut ihrer Glocken. Es waren die letzten Kühe auf der Yzolla. Andi ging voraus. Silvelie folgte ihm. Sein Gesicht hatte einen starren, grimmigen Ausdruck.
»Du mußt nach Hause kommen«, sagte er, ohne sich umzudrehen, »weil die Sache sonst verdächtig wird. Wir müssen den Schein wahren. Meine Mutter hat sich bereits nach dir erkundigt, sie ruft alle Augenblicke an und ist furchtbar neugierig.«
»Ich glaube, du hast mich zu früh geholt.«
»Glaub, was du willst«, fuhr er fort. »Ich muß dir aus deinen Schwierigkeiten helfen. Das habe ich jetzt endlich begriffen.«
Seine harte Stimme ließ sie zusammenzucken. Sie sagte nichts mehr. Und auf der ganzen langen Fahrt nach Schlans tat sie nur ein einziges Mal den Mund auf.
»Wie geht es Tristan?«
»Gut.«
Sie fröstelte und raffte den Kragen ihres Mantels zusammen. Als sie schließlich in Schlans ankamen, war es Nacht. Er stieg aus, öffnete die Tür und reichte ihr höflich die Hand, um ihr behilflich zu sein. Aber sie nahm seine Hand nicht, schnell ging sie die Treppen hinauf und flüchtete in das Kinderzimmer. Tristan schlief. Sie küßte ihn nicht einmal, aus Angst, ihn aufzuwecken; sie setzte sich neben ihn und betrachtete ihn mit tränennassen Augen; ihre Qual ertragend, so gut sie nur konnte. Lange blieb sie dort sitzen. Dann kam Andi herein, er war im Schlafrock und rauchte seine Pfeife.
»Ich gehe zu Bett«, murmelte er. »Gute Nacht.«
Er nahm die Pfeife wieder zwischen die Zähne und ging hinaus. Sie ließ den Kopf sinken. Schließlich erhob sie sich langsam und ging zur Tür des großen Schlafzimmers. Sie konnte es kaum über sich bringen, sie zu öffnen. Sie hatte Angst. Endlich

öffnete sie die Tür. Das Zimmer war finster. Sie drehte das Licht an. Sie sah nur ein einziges Bett in dem Raume, ihr Bett. Mit offenem Munde stand sie da, als hätte sich vor ihr ein Abgrund geöffnet, dann brach sie auf einem Stuhl zusammen.

An den folgenden Tagen ging das äußere Leben in Schlans seinen gewohnten Gang. Innerlich aber war ein tiefer Wandel eingetreten. Der Schatten des alten Lumpen Jonas lag über dem Hause. Es war, als spuke er in der Nähe umher, um seine unschuldige Tochter zu martern. Andi schien von ihm besessen zu sein. Kalt und stumm ging er ins Amt, schweigend kehrte er nach Hause zurück. Dann zog er gewöhnlich den alten Anzug an und begab sich auf seinen Bauernhof. Auf die Minute pünktlich erschien er zu den Mahlzeiten, und, obgleich er grenzenlos höflich war, schien die Seele in ihm erstarrt. Wenn er sprach, waren seine Worte eisig kalt, alles schien ihm gleichgültig zu sein. Nie erwähnte er die Ereignisse der Vergangenheit, nie spielte er auf ein Erlebnis an, das sie beide gemeinsam durchgemacht hatten. Wenn er Silvelie ansah, schien er an ihr vorbeizusehen, in Bezirke, in denen sie nicht vorhanden war. Manchmal, wenn Silvelie ihn über den Tisch hinweg anblickte, tat ihr das Herz weh. Wenn er über die Gesetze, die Gefängnisse, über den Verbrecher und seine Instinkte sprach, überwältigte sie eine so plötzliche Scham, daß sie nicht weiteressen konnte. Sie sahen einander kaum noch außer bei den Mahlzeiten. So wie die Tage verstrichen, wurde Andi immer nervöser. Wenn der Wind plötzlich irgendwo im Hause eine Tür zuwarf, fuhr er hoch. Wenn Tristan weinte, verlor er die Fassung.

»Jemand soll nachsehen, was der Bengel will!« brummte er verdrossen.

Nachts hörte Silvelie ihn das Haus verlassen und im Garten umhergehen. Er rauchte immerfort. Seine Finger waren von Nikotin verfärbt. Wenn das Telefon klingelte, krümmte er sich vor Wut. »Ich bin nicht da!« schrie er. »Ich bin für niemand zu sprechen. Sag ihnen, sie sollen sich zum Teufel scheren!«

Nur einmal war er am Telefon freundlich. Und zwar, als er mit Niklaus sprach. Silvelie hörte Andis Stimme und seine Worte:

»Das freut mich, Niklaus. Nein, Sie brauchen sich jetzt wirklich

keine Sorgen zu machen. Arbeiten Sie ruhig weiter. Wie? Sie
haben sich heute die Hand verletzt? Aber, Junge, das tut mir
leid. Geben Sie acht, daß Sie keine Blutvergiftung kriegen.«
Er sprach so freundlich, daß Silvelie eine irre Wut in sich erwachen fühlte; aber sie unterdrückte das Gefühl. Sie beugte
sich ihrem Geschick. Sie liebte Andi. Sie mußte ihn immer lieben, durch alles hindurch. Die Liebe, die sie für ihn empfand,
war groß und unauslöschlich. Sie konnte nicht tiefer lieben. Sie
hatte alle ihre Kräfte verbraucht. Wenn Andi sie zertrat, sie aus
seinem Leben verjagte – sie konnte nicht aufhören, ihn zu lieben. Mit ihrer angeborenen Standhaftigkeit beschloß sie, alles
zu ertragen, was er tat. Mochte er noch so grausam und ungerecht gegen sie sein, sie würde ihn nie merken lassen, wie sehr
er sie verletzte. Sie würde wie eine stumme Sklavin in seinem
Hause leben und auf ihn warten.
Eines Tages stand Andi mitten während der Mahlzeit auf. Er
konnte ihre geduldige Ergebenheit nicht mehr ertragen. Seine
Nerven waren überreizt.
»Man könnte glauben, *ich* habe deinen Vater umgebracht! Es
ist toll!«
Sie blickte erschrocken auf. Dann richtete sie den Blick ihrer
ehrlichen Augen auf ihn, jeden, auch den kleinsten Vorwurf
sorgsam verbergend.
»Andi, warum willst du denn nicht ein wenig Vernunft an-
nehmen?«
Er starrte sie mit kaum verhohlener Wut an.
»Du müßtest eine Schullehrerin sein mit deiner Vernünftigkeit!
Vielleicht wirst du noch einmal entdecken, daß nur fischblütige,
berechnende Wesen so etwas wie Vernunft besitzen. Für mich
ist die Vernunft ohne Wert. Die persönliche Kraft in mir treibt
mein Blut, nicht eine unpersönliche Mathematik!«
Er faßte an die Aufschläge seines Rockes und ging im Zimmer
auf und ab.
‚Ah, es ist mir nicht gegeben, und doch muß ich es tun', sagte
er zu sich selber und wandte sich dann wieder zu ihr. »Es ist so
verflucht schwer, ein wirklicher Mensch zu bleiben, genauso zu
sein, wie du es in der Tiefe deines Wesens bist – «

»Ich fürchte, du willst etwas Falsches tun!« sagte sie zögernd.
»Etwas, was gegen deine Natur ist.«
Er füllte seine Lungen mit Zigarettenrauch und atmete ihn langsam wieder aus. Ein sonderbares Leuchten zuckte aus seinen grauen Augen hervor.
»Ja!« sagte er. »Du hast den Nagel genau auf den Kopf getroffen!«
Sie betrachtete ihre Hände.
»Es ist deiner nicht würdig!« sagte sie leise.
Dann sah sie ihm in die Augen, ohne zu zucken.
»Ich habe dich verlassen, weil ich dich in deiner Freiheit nicht behindern wollte. Ich bin bereit, dich wieder allein zu lassen. Oder – « sie hielt inne, – »dir zu helfen, wenn ich kann.«
Er kam näher.
»Wie denn helfen?« fragte er verwundert.
Sie zögerte abermals.
»Dir helfen, wieder der Mensch zu werden, der du warst, bevor du den Entschluß faßtest, der Familie Lauretz zu helfen. Ist es nicht besser, drei Schuldige sühnen ihr Verbrechen, als daß ein Unschuldiger seine Ehre verliert?«
»Kind!« rief er. »Es gibt eine Ehre, die erwirbt der Mensch während seines Lebens, und es gibt eine andere Ehre, die angeboren ist; eine davon muß ich opfern.«
»Ich bin bereit, das Opfer gemeinsam mit dir zu bringen«, sagte sie, »wenn es auch für mich das Ende bedeuten wird.«
»Vielleicht wird es bald so weit sein«, sagte er rätselhaft.
Mit gesenktem Kopf schritt er auf und ab. Er öffnete die Tür und hielt einen Augenblick die Klinke in der Hand.
»Jedenfalls werde ich es bald wissen.« Und er ging hinaus.

27

Der von Niklaus geschriebene Brief wurde ordnungsgemäß an das Gericht in Lanzberg geleitet und kam endlich in Andis Hände. Andi schickte dem Bezirksgericht eine Empfangsbestätigung und teilte mit, daß die Sonderkommission mit der Untersuchung der Angelegenheit beschäftigt sei. Er unterzeichnete den Brief nicht, sondern versah ihn mit den Gerichtssiegeln, eine Handlung, die dem Brief in den Augen Doktor Thurs in Andruss größeres Gewicht und größere Autorität verleihen sollte. Zwei Tage später schickte Niklaus Andi die Empfangsbestätigung seines Briefes an das Bezirksgericht, die die Mitteilung enthielt, daß das Gericht in Lanzberg sich mit der betreffenden Angelegenheit beschäftigte.

Eines Tages, morgens, klingelte das Telephon auf Andis Schreibtisch. Präsident Gutknecht wolle ihn sprechen, wolle ihn dringend in seinem Arbeitszimmer im Gerichtsgebäude sprechen.

»Ich komme sofort!« sagte Andi.

Er sprang von seinem Stuhl auf und ging schnell in seinem Zimmer auf und ab.

‚Du calme! Du calme!' murmelte er vor sich hin. Schließlich nahm er seinen Hut und verließ den Raum. Fünf Minuten später schritt er die breite Steintreppe hinauf, holte im Korridor tief Atem und betrat das Vorzimmer von Doktor Gutknechts Kanzlei. Der Kanzlist erhob sich sogleich und meldete Andi an. Wenige Sekunden später schloß sich hinter ihm die schwere Doppeltür. Doktor Gutknecht erwartete ihn. Er blickte zuerst gar nicht auf, und Andi schien es, als sei er schlechter Laune. Dann beugte er sich schwerfällig über den Tisch und reichte Andi die Hand.

»Ich wollte Sie sprechen, Herr Doktor. Es handelt sich um den Fall Cabflisch. Haben Sie den Artikel im ‚Bündner Sozialist' gelesen? Nein? Da ist er. Lesen Sie ihn durch und sagen Sie mir, was Sie davon halten.«

Er warf mit verächtlicher Gebärde ein Zeitungsblatt auf den Schreibtisch. Andi las rasch den Artikel, während der Präsident das Hörrohr ansetzte und sich den Bart kratzte.

»Was sagen Sie dazu? Haben Sie den Leuten Informationen gegeben?«

Andi schüttelte den Kopf.

»Nein. Vielleicht Cabflischs Anwalt – «

»Ich habe noch nie solche Beschimpfungen gegen einen Menschen gelesen!« unterbrach ihn der Präsident.

»Ich glaube, dahinter steckt Doktor Scherz«, sagte Andi. »Obschon ich nicht verstehen kann, wie er erfahren hat, daß der Fall neu verhandelt werden soll.«

»Sie vermuten also, daß das Ganze eine politische Drahtzieherei ist?«

»Ja. Die Sozialisten versuchen mit Zähnen und Klauen, die Sitze in den Schulbehörden zu ergattern. Dieser Fall kommt ihnen gerade zupaß. Sie merken, daß Doktor Cabflischs Stellung erschüttert ist und schicken sich an, ihn wegzujagen und einen ihrer Leute an seine Stelle zu setzen.«

»Skrupellose Halunken! Zu allem bereit, nur um Stimmen und Posten zu ergattern! Ein schöner Zustand, in den dieses Land geraten ist!«

Der Präsident öffnete eine Schublade nach der andern auf der Suche nach seinen Zigarren und schob sie heftig wieder zu.

»Bringen Sie mir bald den Bericht, Herr Doktor. Warten Sie... Der Kleine Rat tagt am nächsten Donnerstag ... Können Sie bis dahin fertig sein?«

Er hatte die Zigarren gefunden, öffnete die Schachtel, nahm eine heraus, biß die Spitze ab und beugte sich über den Schreibtisch, um sich von Andis goldenem Feuerzeug Feuer zu holen. Dann sank er in seinen Stuhl zurück und sah Andi behaglich an.

»Ich muß auch dem Anwalt Beine machen.«

»Ich werde mich bemühen, den Bericht bis nächsten Dienstag fertig zu haben«, sagte Andi mit einem Gefühl der Erleichterung. »Es tut mir leid, daß es nicht schneller ging. Ich mußte zehn Zeugen von außerhalb vorladen lassen.«

»Ich weiß, daß Sie fleißig waren. Sie sehen ein wenig müde aus.«

»Eine kleine Unpäßlichkeit«, sagte Andi mit einem leichten Achselzucken. »Jetzt fühle ich mich wieder ganz wohl.«

»Werden Sie mir um Gottes willen nicht krank! Jetzt, wo Doktor Rosenroth weg ist ...«

Der Präsident nahm wieder sein Hörrohr zur Hand.

»Soll ich einen Teil dieser Bonatsch-Akten einem andern übergeben, um Sie zu entlasten? Doktor Mahrling zum Beispiel ...«

»Ich halte es nicht für nötig«, sagte Andi. »Ich habe sämtliche Akten gleichzeitig durchgesehen.«

»Das ist ja ein Rekord! Ich beglückwünsche Sie zu dieser Leistung, Herr von Richenau! Haben Sie vielleicht noch irgendwelche anderen Schmutzgeschichten auszugraben?«
»Zwei Fälle müßten sorgfältig geprüft werden.«
»Ich bin froh, daß es nur zwei sind. Bleiben alles in allem noch vier. Und was ist mit diesen vieren?«
Andi richtete sich auf und sah, ohne zu zucken, dem Präsidenten fest ins Auge.
»Diese vier restlichen Fälle können auf dem Verwaltungswege erledigt werden.«
»Worum handelt es sich? Ich möchte es gern wissen, falls man mich fragt –«
Andi räusperte sich.
»Zwei Akten enthalten Urteile in gewöhnlichen Polizeigerichtsfällen, die Betreffenden wurden zu kurzen Gefängnisstrafen verurteilt. In beiden Fällen hat Doktor Bonatsch sich korrekt verhalten. Das eine Dossier beschäftigt sich mit einem Diebstahl in Andruss. Die Polizei hatte Anzeige erstattet, aber Bonatsch leitete keine Untersuchung ein.«
»Welcher Sachverhalt lag der Anzeige zugrunde?«
»Anscheinend hat irgendein Kerl eine Kuh gestohlen und sie auf dem Markt in Ilanz verkauft.«
Doktor Gutknecht stimmte ein schrilles Lachen an und hielt sein Hörrohr in die Höhe.
»Ad acta, ad acta, Herr Doktor!« kicherte er. »Wir sind keine Kuhfänger! Der Ruf eines Verstorbenen ist mehr wert als eine Kuh!«
Er staubte die Zigarrenasche von seiner Brust, schneuzte sich umständlich und beugte sich dann wieder vor.
»Und der vierte Akt? Eine Ziege?«
»Nein, Herr Präsident«, sagte Andi mit vollendeter Selbstbeherrschung. »Es handelt sich um das Verschwinden eines Mannes namens Laur.«
Er hielt einen Augenblick lang inne.
»Ja, ich glaube Laur. Er ist vor ungefähr drei Jahren verschwunden. Seine Angehörigen verlangen eine Verschollenheitserklärung.«

659

»Wer war dieser Laur?«

»Er hauste in einem der Seitentäler des Tavetch. Scheint ein unverbesserlicher Säufer gewesen zu sein.«

»Das sind sie alle dort oben!« warf Doktor Gutknecht ein.

»Haben Sie Nachforschungen angestellt?«

Ein Zittern durchlief Andis Körper.

‚Wenn er jetzt den Akt zu sehen verlangt!' dachte er.

»Ja!« sagte er und zog seine Zigarettendose aus der Tasche.

»Haben Sie etwas dagegen?«

»Bitte rauchen Sie nur! Nehmen Sie sich eine Zigarre!«

»Danke, Herr Präsident!«

Andi legte die Zigarette zurück und zündete sich diesmal wirklich eine von Doktor Gutknechts Zigarren an. Er blies eine dicke Rauchwolke vor sich hin und war wieder Herr seiner Nerven.

»Allem Anschein nach hat der Betreffende im November jenes Jahres in betrunkenem Zustand seine Behausung verlassen und ist verschwunden.«

»Wohin?«

»Das weiß niemand.«

»Besteht Grund zur Annahme, daß sein Leben bedroht war?«

»Anscheinend nicht.«

»Ah! Sie wissen, dort oben passiert manchmal ein Mord«, bemerkte der Präsident.

»Es sind nicht die leisesten Anzeichen dafür vorhanden, daß an der Sache etwas faul ist«, sagte Andi, lehnte sich gegen den Schreibtisch, rauchte in tiefen Zügen und betrachtete mit gutgespielter Zufriedenheit die Asche seiner Zigarre.

Aber er fühlte, wie ihm der Schweiß über den Rücken lief. Seine Brust, seine Arme, seine Hüften waren feucht.

»Meiner Überzeugung nach muß der Mann umgekommen sein«, fügte er in gleichgültigem Tone hinzu. »Man hat keine Spur von ihm mehr gefunden.«

»Wenn Sie davon überzeugt sind, dann wird es schon stimmen. Ich habe noch keinen Mann gekannt, der so sicher ein Verbrechen zu wittern versteht, wie Sie junger Tiger!«

Andi verbeugte sich lächelnd.

»Besten Dank für das Kompliment, Herr Präsident!«

‚Laur! Laur! Laur!' Der Name zuckte gleich elektrischen Funken durch Andis Hirn.

Er hatte ihn nur zweimal ausgesprochen. Er durfte ihn nie wieder nennen. Im Notfall konnte er immer eine Ausflucht machen und behaupten, er habe Lauretz gesagt. Der Präsident war ein wenig taub. Ja, aber war er wirklich taub? Manche Leute behaupteten, er könne, wenn er wolle, auch das leiseste Flüstern hören, sein Messingrohr sei nur Theater. Er war ein alter Fuchs. Er sah auch aus wie ein alter Fuchs, den die Hunde so manches Mal in die Enge getrieben hatten. Jetzt stahl sich ein verstohlenes Glitzern in die Augen des Präsidenten.

»Weil Sie hier sind, möchte ich Sie etwas fragen.«

Er sprach in leichtem Konversationston.

»Es ist eine ziemlich belanglose Sache. Hoffentlich stoßen Sie sich nicht daran. Aber sie könnte beträchtliche private Ausgaben nach sich ziehen, die man in diesen Zeiten besser vermeidet. Ich weiß, daß Sie sehr viel ‚savoir-faire' besitzen, Herr Doktor. Ich bin, wie Sie wissen, kein Gesellschaftsmensch. Es handelt sich um folgendes: Ich war kürzlich bei einem Begräbnis in Zürich, und manchen Leuten scheint mein alter schwarzer Zylinder nicht gefallen zu haben. Ich muß ja zugeben, daß er etwas altmodisch und abgeschabt ist. Aber ich habe ihn in meinem ganzen Leben ungefähr ein dutzendmal benützt, und wie ich höre, kostet ein neuer, ein guter Zylinder über dreißig Franken. Das ist eine Menge Geld für einen Hut, den man fast nie braucht. Finden Sie nicht?«

»Ein Vermögen für die lächerlichste Kopfbedeckung, die es gibt!« erwiderte Andi.

»Genau, was ich sage!« rief Doktor Gutknecht. »Nun findet am zehnten Oktober die Einweihung der neuen Glocken der Basiliuskirche statt.

Ich muß als Vertreter der Regierung anwesend sein und eine öffentliche Rede halten. Muß ich unbedingt einen Zylinder tragen, oder kann ich mit meinem gewöhnlichen steifen Hut hingehen?«

Doktor Gutknecht preßte sein Bärtchen gegen den Kragen und sah Andi an, der heimlich lächelte.

661

»Ich werde mit meiner Familie gleichfalls bei dieser Feierlichkeit erscheinen müssen. Aber ich glaube kaum, daß ich einen
Zylinder aufsetzen werde. Es ist kein Begräbnis, keine Hochzeit und keine Taufe.«

»Aber es wird ein Minister aus Bern anwesend sein – «

»Soll er doch einen Zylinder aufsetzen, wenn er will! Minister
brauchen diese Kopfbedeckung, damit man ihnen ansieht, wer
sie sind.«

»Wird Ihr Herr Vater, Oberst Richenau, einen Zylinder tragen?«

»Mein Vater trägt bei öffentlichen Feierlichkeiten immer nur
einen gewöhnlichen dunklen Anzug und einen steifen Hut.«

»Auf jeden Fall werde ich einen steifen Hut aufsetzen«, sagte der
Präsident zufrieden. »Ich vertrete ja schließlich nur die Kan-
tonalregierung.

Und wem es nicht paßt, dem werde ich erklären, ich wollte die
Bundesräte nicht eifersüchtig machen und einen größeren Hut
tragen als sie.«

Er begleitete seinen eigenen Scherz mit einer etwas säuerlichen
Miene.

»Danke, Herr Doktor! Das wäre alles. Danke!«

Und in seiner gewohnten Weise warf er einen Blick auf die Uhr.
Andi wußte, es war Zeit zu gehen.

28

Die Untersuchung der Angelegenheiten des verstorbenen Richters Bonatsch war zu Ende geführt. Andi hatte zu dem verein-
barten Datum dem Präsidenten die Akten Cabflisch übergeben
nebst einem Memorandum, in dem die Versäumnisse des verstorbenen Richters dargelegt waren. Er hatte dem Akt eine
genaue Analyse des Falles beigefügt und die Gründe erläutert,
warum man den Fall dem öffentlichen Ankläger übergeben
müsse. Er war überzeugt, daß sowohl an der gesetzlichen Form
wie an dem Stil seiner Arbeit nichts auszusetzen war. Noch nie
hatte die Gerichtskommission ein klareres Gutachten erhalten.
Jetzt aber, jetzt, da der Präsident mit dieser Sache vollauf

beschäftigt war, jetzt war es an der Zeit, den Fall Lauretz so schnell wie möglich durchzupeitschen.

An einem späten Oktobernachmittag entwarf Andi das Dokument seines Sündenfalles. Er brauchte dazu keinen Aktuar. Er schrieb es selbst mit der Schreibmaschine auf amtlichem Briefpapier.

Der Präsident und die Sonderkommission des Kantonsgerichtes haben die von dem verstorbenen Präsidenten des Bezirksgerichtes in Andruss, Dr. Johannes Bonatsch, in Sachen des Verschwindens des Sägemüllers im Jeff

LAUR   JONAS

aus besagtem Bezirk verfaßten Protokolle und angestellten Nachforschungen zur Kenntnis genommen.

Das unterzeichnete Gericht, überzeugt, daß die erwähnten Protokolle und Nachforschungen den Paragraphen 36 und 37 ZGB entsprechen, entscheidet hiermit, daß das Ersuchen der Angehörigen des besagten

LAUR   JONAS

zu bewilligen sei, und es verordnet hiermit, daß auf dem üblichen Wege eine Verschollenheitserklärung veröffentlicht werden soll.

Für die Gerichtskommission.

Andi verbrannte das Papier, auf dem er zuerst das Dokument entworfen hatte. Dann klingelte er nach Herrn Amman und verlangte das Gerichtssiegel. Der Aktuar brachte es.

»Bitte legen Sie es hierhin«, sagte Andi und blickte kaum von seinem Schreibtisch auf. Als Herr Amman den Raum verlassen hatte, setzte Andi das Siegel auf das verhängnisvolle Dokument. Er nahm die Feder und unterzeichnete mit seinen Anfangsbuchstaben. Dann legte er den Brief in seine Mappe zu einigen anderen Dokumenten, die dem Präsidenten in gewohnter Weise unterbreitet werden mußten. Er steckte den Hefter in einen großen gelben Umschlag, verschloß und versiegelte den

Umschlag und adressierte ihn an den Präsidenten mit dem Vermerk »Privat« und »Vertraulich«.

Dann saß er lange Zeit da und starrte diesen gelben Umschlag an. Noch konnte er ihn zurückhalten, noch war es ihm möglich, ein ehrlicher Richter zu bleiben. Einen Augenblick lang packte ihn der Wunsch, den Umschlag aufzureißen, nicht um sein Werk, sein verbrecherisches Werk auszulöschen, sondern nur um nachzusehen, ob er wirklich genügend Raum hinter dem Laur freigelassen hatte, um hinterher das »etz« einfügen zu können. Aber er erinnerte sich, daß er den Zwischenraum sehr sorgfältig bemessen hatte. Er stemmte die Ellbogen auf und stützte das Gesicht in die Hände.

‚Wenn ich nur selber dieses Papier unterschreiben könnte! Ja, wenn man nur nichts über meine Beziehungen zu den Lauretz’ in Andruss wüßte. Leider aber weiß man zuviel!‘

Seine Augen brannten. Seine Hände waren feucht und kalt. Einen Augenblick lang packte ihn eine plötzliche Übelkeit. Um vier Uhr klingelte er. Herr Amman, auf den während seiner ganzen Laufbahn noch nie so viel Arbeit auf einmal eingestürmt war, kam herein, den Federhalter waagerecht im Munde, und musterte seinen Vorgesetzten über den Rand seiner Brille weg.

»Herr Doktor?«

Andi reichte ihm den gelben Umschlag.

»Wollen Sie das bitte heute abend auf dem Heimweg in der Kanzlei des Präsidenten abgeben.«

Herr Amman nahm den Umschlag in beide Hände.

»Gewiß«, flötete er, ohne die Feder aus dem Munde zu nehmen.

»Ich gehe jetzt gleich weg«, sagte Andi. »Ich brauche ein wenig Ruhe. Morgen muß ich zu der Glockenweihe und werde wahrscheinlich nicht ins Amt kommen. Aber wenn es etwas Wichtiges ist, legen Sie es in diese Schublade hier.«

Er zeigte in die mittlere Lade.

»Sollte ich noch sehr spät hierherkommen, dann werde ich wissen, wo ich die Sachen finde.«

»Werde ich auf Sie warten müssen, Herr Doktor?«

»Nein, warten Sie nicht.«

Herr Amman ging hinaus und nahm den Umschlag mit. Andi

sank in seinen Stuhl zurück, starrte das Löschpapier auf seinem Schreibtisch an.

Dann stand er auf.

Er konnte es nicht mehr ertragen, in diesen vier Wänden zu sein.

Er ging in den Waschraum und wusch sich Gesicht und Hände. Wenige Minuten später schritt er, eine Zigarette rauchend, die Treppe hinab.

29

Während Andis Abwesenheit von zu Hause beschäftigte sich Silvelie mit häuslicher Arbeit. Den einen Tag ließ sie sämtliche Teppiche zusammenrollen und säubern, den andern Tag brachte sie die Schränke in Ordnung oder strickte Wintersachen für den kleinen Tristan. Heute zählte sie die Wäsche, stand auf Zehenspitzen auf einem Stuhl, streckte den geschmeidigen Körper, um aus den obersten Fächern die Badetücher und Betttücher herunterzuholen.

Die Erlebnisse der letzten beiden Monate waren nicht spurlos an ihr vorbeigegangen. Ihre Augen blickten nun zuweilen starr ins Leere wie die Augen eines Menschen, der sich an etwas erinnern will und sich nicht erinnern kann. Ihre Bewegungen waren langsam, ihr Schritt weniger frei als sonst, und sie hatte sich angewöhnt, die Augenbrauen auf und ab zu bewegen. Aber auch jetzt noch wie eh und je erfüllte nur ein einziger Gedanke ihren Sinn, der Gedanke an Andi. Er schien es nicht zu merken. Die Fäden, die ihn mit ihr verknüpften, schienen zerrissen. Wie Fremde wohnten sie unter dem gleichen Dach, Seite an Seite. Er erzählte ihr nichts von seinen geheimen Qualen und versuchte auch nie zu erfahren, was in ihr vorging. In seiner Fremdheit schien er sie fast zu verachten und auf seine Einsamkeit stolz zu sein. Er sprach nicht über die Zukunft, enthüllte keinen seiner Pläne. Er sagte auch nie ein Wort über die Vergangenheit. Er schien gleichsam im Leeren zu hängen, von einem Tag zum anderen hinzuleben und scheu dem tragischen

Ereignis auszuweichen, das sie getrennt hatte, der furchtbaren Sorge, unter der sie beide litten. Der frohe, heitere Mensch Andi war trübsinnig und mürrisch geworden. Liebe und Zärtlichkeit schienen in seinem Herzen keinen Raum mehr zu haben, eine grimmige Höflichkeit war alles, dessen er noch fähig schien. Aber Silvelie besaß die Zähigkeit einer Lauretz und dazu ihre alte, kluge Überlegenheit. Sie beobachtete ihren Gatten. Mit einer Art Ehrfurcht betrachtete sie seine grauen Züge, wenn er frühmorgens das Haus verließ. Wenn er zurückkehrte, spähte sie durchs Fenster, und das Herz tat ihr weh, wenn er langsam, fast schleppenden Schrittes, die Stufen heraufkam. Gerade in solchen Augenblicken war ihr Verlangen, sich ihm in die Arme zu werfen, am stärksten, begehrte ihr Körper ihn fast ungestüm. Sie dachte jetzt nur noch mit wehem Herzen an ihn. Der Schmerz, der Schmerz um Andi, kreiste unablässig durch ihren Körper. Sie wußte nie, wo sie ihn nächstens fühlen würde. Jetzt aber, da sie seinen Alfa den Weg entlangkommen hörte, war ihr, als hätte eine kalte Hand ihren Nacken berührt. Mit einem unwillkürlichen Aufschrei sprang sie vom Stuhl, schloß den Wäscheschrank und ging ans Fenster, um nach Andi zu sehen. Er kletterte langsam aus dem Wagen. Eine ganze Weile lang ließ er den einen Fuß auf dem Trittbrett stehen, während der andere bereits die Erde berührte. Dann machte er mit einer jähen Bewegung die Tür zu, griff nach den Aufschlägen seines Rockes und ging, ohne nach links oder rechts zu blicken, den Gartenweg entlang. Er begab sich sogleich auf sein Zimmer. Silvelie ging in die Kinderstube. Sie hoffte, Andi würde dort hinkommen, um Tristan zu sehen. Aber er kam nicht. Einige Minuten später hörte sie ihn die Treppe hinuntergehen, und als sie hinausblickte, sah sie, wie er, sich unterwegs die Pfeife stopfend, in seiner alten grauen Flanellhose und einem dunkelblauen Sweater den Weg zum Hofe einschlug. Der Abend brach herein. Die dünnen Wolken am westlichen Himmel hingen gleich goldenen Flammen an den Bergzacken. Eine weiße Nebelwand stieg aus den Wiesen auf. Silvelie setzte Tristan in sein abendliches Bad.

Die Essenszeit ging vorbei. Andi kehrte nicht zurück. Silvelie saß in dem kleinen Wohnzimmer neben dem Eßzimmer und wartete auf ihn. Es war Nacht, aber sie drehte kein Licht an. Sie dachte an den morgigen Tag. Andi hatte ihr gesagt, sie müsse mit ihm zu der Glockenweihe der Basiliuskirche nach Lanzberg fahren.

In diesem Augenblick begannen die Glocken der Dorfkirche zu läuten. ‚Die Welt scheint glockentoll‘, dachte sie.

Endlich hörte sie Andi ins Haus treten. Sie ging auf den Korridor hinaus und knipste das Licht an.

»Das Essen ist fertig, Andi.«

»Oh, ich werde wohl nichts essen. Ich habe keinen Hunger. Bluette hat ein Kalb geworfen. Ich habe geholfen. Geh und iß. Ich kann einfach nicht.«

»Fühlst du dich nicht wohl?«

»O doch, ganz wohl. Aber ich habe eben keinen Hunger.«

Er zog die Schuhe aus und ging die Treppe hinauf in sein Schlafzimmer. Silvelie setzte sich allein zu Tisch.

»Der Herr fühlt sich nicht ganz wohl«, sagte sie zu dem Dienstmädchen. »Er ißt heute abend nichts.«

Sie aß sehr wenig und erhob sich bald, um in das kleine Wohnzimmer zurückzukehren. Dort blieb sie bis zehn Uhr. Dann stand sie plötzlich mit einem unterdrückten Schluchzen auf und ging nach oben. Sie ging sofort auf Andis Tür zu und öffnete sie. Er saß in einem Lehnstuhl. Das Zimmer war voll Rauch. Er sah sie an.

»Komm herein!« sagte er mit leiser Stimme. »Komm herein, Sivvy.«

Sie gehorchte, machte die Tür zu und setzte sich hin. Sie stützte das Kinn auf die Fingerknöchel.

»Oh, Andi, wie lange noch soll das dauern?«

»Was meinst du damit?«

Sie machte eine unbestimmte Gebärde.

»Dieses Leben von uns beiden – «

»Wie willst du es ändern?«

»Ich weiß es nicht.«

Der schmerzliche Ausdruck ihrer Augen rührte ihn.

»Wir werden durchhalten müssen«, sagte er. »Vielleicht finden wir eines Tages ein neues Leben.«

Er erhob sich schwerfällig aus seinem Stuhl und machte das Fenster weit auf.

»Ich will es dir noch heute abend sagen – für den Fall, daß morgen oder übermorgen etwas passiert. Ich wollte zuerst nicht mit dir darüber sprechen, aber vielleicht ist es besser – für den Fall, daß das Unerwartete geschieht. Dann wirst du wissen, wie du dir gewisse Dinge zu erklären hast.«

Sie sah ihn verwirrt an.

»Du brauchst mich jetzt nicht ganz zu verstehen. Vielleicht wirst du mich später einmal verstehen.« Er hielt inne. »Obwohl es dann zu spät sein könnte«, fügte er hinzu.

Ein Ausdruck tiefen Entsetzens trat in ihre Augen.

»Was hast du getan?«

Sein Mund verzerrte sich zu einem kläglichen Lächeln.

»Oh, so schrecklich ist es nicht! Es hat schon mancher aus unwichtigeren Gründen sein Leben aufs Spiel gesetzt. Eigentlich ist die Sache, für die ich kämpfe, nicht schlecht. Nur – diese Welt ist so komisch gebaut, die Menschen sind von so starren Moralauffassungen beherrscht, daß ich fürchte, meine Sache könnte falsch gedeutet und verkannt werden. Ja, Sivvy, als wir damals in den Wäldern von Lenzerheide waren, da wußtest du nicht, was für schöne Probleme in unserem Leben auftauchen würden! Und auch ich wußte es nicht.«

»Ich dachte daran, Andi«, sagte sie.

»Ich gebe dir keine Schuld mehr«, sagte er ernst. »Es war deine Schuld, und dennoch war es in gewisser Weise auch nicht deine Schuld. Vielleicht bin ich mehr zu tadeln als du. Ich hätte dich fragen müssen, ich hätte argwöhnisch sein müssen, weniger in dich verliebt, wenn das möglich gewesen wäre. Oder du hättest mich weniger liebhaben müssen. Alles in allem sehe ich ein, daß es das einzig Anständige war, was du tun konntest, mir nichts zu sagen. Du hattest nicht nur um dich Angst, du hattest Angst um andere. Um dieser anderen willen ist deine Ehre gerettet.«

Andi begann in dem langen, schmalen Zimmer auf und ab zu gehen. Er betrachtete ihren gebeugten weißen Hals.

»Ich bin ein schlechter Mensch«, sagte er. »Aber es verlohnt sich schließlich, um deinetwillen schlecht zu werden! Heute habe ich dem Präsidenten ein Dokument zur Unterschrift geschickt. Unterzeichnet er, ist alles gut. Die Verschollenheitserklärung wird veröffentlicht, und die ganze Angelegenheit verschwindet in den Archiven. Deine Familie ist dann frei. Dein Vater kann in Frieden ruhen. Wenn der Präsident das Dokument nicht unterzeichnet, wenn er die Akten kommen läßt – «

Andi schob das Kinn vor, blieb vor dem Spiegel stehen und blickte hinein.

»Dann wirst du tapfer und stark sein müssen, Sivvy.«

Heimlich wanderten seine Blicke im Spiegel zu der gegenüberliegenden Wand, an der zwei Jagdflinten und das Lederfutteral mit seiner Armeepistole hingen.

Silvelie schaute auf.

»Was wirst du tun, wenn der Präsident dich rufen läßt und dir Fragen stellt?«

»Ich werde ihm rundheraus antworten.«

»Und wenn er unterschreibt?«

Er drehte sich um und sah sie an. Einige Sekunden lang vermischten sich ihre Blicke in wirrer Glut.

»Was hat ein Mensch zu tun, wenn er einen Vertrauensbruch begangen und seine öffentliche Ehre beschmutzt hat? Es gibt Leute, denen nichts an ihrer Ehre liegt. Sie sind ehrgeizig und haben Erfolg. Ich bin leider nicht aus dem Holze geschnitzt. Ich werde mein Richteramt niederlegen. Ich werde den Rat verlassen. Ich werde aus dem Offiziersverein austreten...«

Silvelie zitterte am ganzen Körper.

»Nein, Andi, das darfst du nicht! Ich werde morgen mit Niklaus sprechen. Niklaus muß zu dem Präsidenten gehen und ihm alles sagen.«

»Es wäre doch ein Jammer, einen netten jungen Kerl wie Niklaus vielleicht auf Lebenszeit ins Gefängnis wandern zu lassen«, sagte Andi in dumpfer Trägheit.

Er ging zum Bett und legte sich auf den Rücken.

»Morgen die Glocken, Sivvy! Die neuen Glocken! Ich bin zahlendes Mitglied des Evangelischen Vereins. Geh jetzt zu Bett und ruhe dich aus, Sivvy! Mach dir keine Sorgen. Es hat nicht den geringsten Zweck. Zeig Mama morgen ein heiteres Gesicht.

Uli und Minnie kommen auch nach Lanzberg. Ich – bin – verteufelt – müde!« Er unterdrückte ein Gähnen.
Sie betrachtete sein graues Antlitz auf dem weißen Kissen, seine
Augen, die in die Höhe starrten, als ob die geschnitzte Decke
sie hypnotisierte.
»Oh, diese Familiengeschichten! Die ganze verfluchte Welt
müßte eine einzige große Familie und dann – o nein! Mein Gott,
dann würde der eigentliche Wirrwarr erst beginnen! Besser,
jede Familie bleibt für sich!«
Er schob die Arme unter den Kopf und schloß die Augen.
Silvelie wartete geduldig. Aber als er sich weder bewegte noch
sprach, verließ sie ihn schließlich und ging auf ihr Zimmer.

30

Die Basiliuskirche war ungefähr hundert Jahre zuvor aus
grauem Stein erbaut worden. Es war eine große und luftige
Kirche, so nüchtern und anspruchslos wie die Lehren des Protestantismus. Sie hatte einen schönen viereckigen Turm mit
einem geräumigen Glockenstuhl unter dem roten, spitzen Dach.
Auf der höchsten Zinne nistete ein vergoldeter Hahn. Erst nach
dem Siebzigerkrieg waren Glocken angeschafft worden. Damals
hatte der Kirchenrat endlich beschlossen, in einer Gießerei in
Schaffhausen Glocken zu bestellen, die zu einem besonders
billigen Preis aus Nürnberger Zink und Tiroler Kupfer angefertigt werden sollten. Diese Glocken waren ein Fehlschlag
geworden. Alle Kirchenältesten erinnern sich bis zum heutigen
Tage mit Schrecken an den schrillen, mißtönenden Klang jener
sechs Glocken, deren größte nach wenigen Wochen zersprang.
Die alten Protestanten des Städtchens entsannen sich voll Unbehagen der Ergebnisse dieses unglücklichen Vorfalles und der Zwistigkeiten, die er veranlaßte – nicht nur in ihrer eigenen Mitte,
sondern auch unter dem katholischen Teil der Bevölkerung...
Zwistigkeiten, die schließlich in einem Prozeß vor den weltlichen
Gerichten gipfelten, mit dem Bischof und seinem »Hof« als
Kläger.

In der Tat, – hatte Seine Bischöfliche Gnaden an seine protestantischen Kollegen geschrieben, – man kann sich schwer vorstellen, daß der Klang Ihrer Glocken irgendeinem Menschen religiöse Gedanken einzuflößen vermag. Er könnte kaum schändlicher sein. Und die frommen Väter aus Afrika, die hier zu Besuch waren, haben den Klang der größten mit dem eines Negergongs verglichen, der durch die wilden afrikanischen Wälder tönt. Wir würden es nicht nur als eine Erlösung für alle Christenohren zu schätzen wissen, wenn die protestantischen Behörden sich entschlössen, diese Glocke nicht mehr zu läuten, sondern wir glauben auch, daß es Ihnen selbst zum Nutzen gereichen würde. Was die kleinste der Glocken betrifft, so kann man sie nur als frevelhaft bezeichnen. Ihre schrille Stimme läßt sich nur mit einem Amboß vergleichen. Sie stört den öffentlichen Frieden. Wir haben erfahren, daß manche Bürger sich sogar die Ohren zuhalten, wenn diese Glocke ertönt. Es ist wirklich eine Katastrophe, daß in einer christlichen Gemeinde solche Glocken sich vernehmen lassen dürfen.

Dieser offene Protest hatte auf die protestantischen Dickköpfe wenig Eindruck gemacht. »Wenn diese Katholiken still gewesen wären, hätten wir vielleicht aus freien Stücken die Glocken nicht mehr geläutet. Aber wir lassen uns auf keinen Fall etwas befehlen!« Und die Kirchenvorsteher hatten sogleich Befehl erteilt, die Glocken der Basiliuskirche so laut wie nur möglich ertönen zu lassen. »Und wenn die Stadt zerspringt!« hatte der Vorsitzende hinzugefügt. Daraufhin war Seine Bischöfliche Gnaden vom Protest zur Drohung übergegangen.

Wir sind nicht gewillt, die Entscheidung der protestantischen Behörden hinzunehmen. Nachdem wir unsern letzten Protest noch einmal sorgfältig erwogen haben, erscheint es uns als unerläßlich, diese Meinungsverschiedenheit vor einem weltlichen Gericht auszutragen. Der Bischof hatte ein gerichtliches Verbot gefordert. Ein Sachverständigenausschuß war ernannt worden und hatte erklärt, die Glocken seien »mißtönig«, schrill und im allgemeinen für den guten Geschmack der Stadt Lanzberg

671

von Nachteil. Der protestantische Kirchenrat hatte dagegen eingewendet, daß, wenn sie ihre Glocken abschaffen müßten, sie dies lediglich der umstürzlerischen Taktik des »Hofes« zu verdanken hätten, und da sie inzwischen einen Prozeß gegen die Glockengießer verloren hatten, waren sie darangegangen, den »Hof« auf Schadenersatz zu verklagen – und zwar verlangten sie die gesamten Kosten der Glocken. Sie verloren auch diesen Prozeß. Schließlich hatte man ihnen gestattet, eine Glocke zu läuten: Glocke Nummer drei, »Dein Reich komme«, in C, und diese Glocke war seit damals zu allen Gelegenheiten verwendet worden und hatte nichts von ihrem lieblichen Tone eingebüßt. An die fünfzig Jahre hatte es gedauert, bis eine Kollekte für eine neue Garnitur von Glocken mit Erfolg eingeleitet werden konnte. An die Spitze dieser Sammlung hatte sich Oberst von Richenau gestellt, als er bei der Ordination Ulis, dem jetzigen Pfarrer von Sankt Basilius, dem hochwürdigen Herrn Wendel begegnete. Bei diesem Anlaß hatte Pfarrer Wendel dem Oberst bei einem guten Glase Wein erzählt, die Basiliuskirche sei nicht besser daran als eine alte Dame, die nur noch einen einzigen Zahn im Munde habe. Der Oberst hatte gelacht und sogleich zum Andenken an Ulis Priesterweihe achttausend Franken gestiftet unter der Bedingung, daß binnen drei Jahren das Geld für ein neues »Gebiß« der alten Dame aufgebracht sein müsse. Das Geld war aufgebracht worden. Man hatte die alten Glocken weggeschafft, die neuen waren mit dem Zuge eingetroffen und auf dem Güterbahnhof abgeladen worden. In dem Vertrage wurde ausdrücklich garantiert, daß ihr Klang zart und melodisch sei, und daß sie alle die klanglichen Vorzüge besäßen, die der Vorsitzende des Kirchenrats von Lanzberg verlangte.

Kein Wunder, daß die Bevölkerung von Lanzberg in Scharen herbeiströmte, um die neuen Glocken zu begrüßen. Die Evangelische Volkspartei, die eine ziemlich große Wählerschaft vertrat, hielt den Augenblick für günstig, um politische Vorteile für sich herauszuholen. Dem Vorsitzenden und den Mitgliedern des Stadtrates erschien es ratsam, ihre volle Unterstützung zuzusichern. Das war eine gute Gelegenheit, um eine scheinbar einheitliche Bürgerfront vorzuführen, wenn auch solch eine Front in Wirklichkeit gar nicht vorhanden war, die Schulkinder herauszutrommeln und ein großes Volksfest zu veranstalten – denn überall im Lande bemühten sich die Sozialisten, die Jugend unter ihren Einfluß zu bringen, in jeder Körperschaft neue Sitze zu erobern und Gott, den Allmächtigen, totzuschlagen.

Sämtliche protestantischen Schulen gaben ihren Schülern einen Nachmittag frei. Der Männerchor »Concordia« hatte einige besondere Musikstücke eingeübt. Ein zweihundertstimmiger Kinderchor wurde seit zwei Monaten gedrillt, um einige Hymnen zu singen. Die Fahnen sämtlicher Kantone hingen über der Kirche und dem Platz, und über dem Haupttor flatterte ein großes Schweizer Kreuz. Eine kleine, mit den Bannern von Vazerol, Trums, Aquasana und Davos geschmückte Bühne war errichtet worden. Einige große Zelte standen da, mit langen Holztischen, auf denen Körbe voll frischer Brötchen lasteten, und in großen Kesseln dampften Tausende kleiner Würste für die Kinder.

Es mußte viel gearbeitet werden, und die Arbeit forderte ihren Lohn. Die Familie Richenau aß gemeinsam an einem großen Tisch im »Hof«. Das harte, tiefzerfurchte Gesicht des Obersten war nicht geeignet, die Gesellschaft heiter zu stimmen. Andi sah recht ernst drein, aber niemand hätte ihm anmerken können, daß er sich eigentlich in einem Zustand qualvoller Spannung befand und kaum gewahr wurde, was um ihn vorging. Madame von Richenau und Silvelie sprachen über Andi.

»Er sieht gar nicht gut aus«, sagte seine Mutter. »Ist er gesund?«

»Er arbeitet zuviel! Manchmal sitzt er bis spät in die Nacht hinein im Amt. Einer der Untersuchungsrichter ist krank geworden.«

»Aber er wird sich seine Gesundheit zugrunde richten!« sagte Madame von Richenau.

Vergebens bemühte sie sich, die Wahrheit in Silvelies Augen zu lesen. Silvelie verstand es nur allzugut, unschuldig dreinzusehen.

»Iß nicht so viel!« ertönte Minnies Stimme.

Sie ermahnte ihren Gatten, der soeben ein drittes Beefsteak genommen hatte. »Dir wird schlecht werden!«

»Was soll ich tun?« rief Uli verzweifelt. »Minnie läßt mich nicht essen!«

»Aber wir sind doch heute abend zu einem großen Essen des Kirchenrates eingeladen.«

»Pah, heute abend!« Er machte eine abwehrende Gebärde. »Bis dahin vergehen acht Stunden! Ich muß heute nachmittag arbeiten! Ich muß die Glockenstricke ziehen! Ich brauche Kraft! Die große Glocke wiegt fast sechs Tonnen!«

»Aber du wirst sie doch nicht allein hinaufziehen!« sagte Minnie.

»Jeder brave Mann hilft mit«, sagte er und füllte seinen Teller.

Der Oberst pickte Krumen vom Tisch und schob sie zwischen die Lippen. Für ihn war das Leben nicht mehr das, was es gewesen war. Sein Zeitalter näherte sich dem Ende. Er hatte lange genug gegen das Unmögliche angekämpft. Seitdem Präsident Roosevelt den Dollar hatte stürzen lassen, war das Vermögen der Richenaus von neuem zusammengebrochen. Dennoch: wenn auch die ganze Welt verrückt wurde, wenn England und Amerika im Wettlauf nach billigem Geld die Finanzen zugrunde richteten, dennoch mußte sein Land, die Schweiz, unbeweglich bleiben wie die Berge und niemals den Glauben an das Gold verlieren.

Vom Bahnhofsplatz her ertönten Trompeten und dumpfe Trommeln. Eine dichte Menschenmenge umsäumte die Straße. Die gesamte Polizei war aufgeboten. Die Richenaus verließen den Tisch und traten auf einen kleinen Balkon hinaus. Madame Richenau nahm Andis Hand in die ihre.

»Was ist denn nur mit dir los, Andi?«

Silvelie beobachtete die beiden. Ihre Brauen zuckten nervös auf und nieder.

»Ehrlich gesagt«, erwiderte Andi mit leiser Stimme, »ich bin ein wenig müde. Ich glaube, ich brauche Ruhe. Nerven! Aber mach dir keine Sorgen um mich.«

»Es muß doch einen Grund haben...«

»O nein. Ich werde älter. Die Begeisterung schwindet. Die Welt steht kopf und ich mit ihr.«

»Soll ich heute nacht bei euch in Schlans bleiben?«

»Nein. Tu das nicht. Papa braucht dich mehr als ich. Außerdem werde ich heute abend erst spät nach Hause kommen. Ich habe im Amt noch etwas zu erledigen.«

Hunderte von Schulkindern strömten aus der schmalen Gasse hervor, die zum Güterbahnhof führte. Sie trugen kleine Fähnchen, und ihre aufgeregten Stimmen erfüllten die Luft. Ihre Lehrer und Lehrerinnen hielten sie gut in Zucht und führten die Prozession durch die Bahnhofsstraße zum Basiliusplatz. Hinter der lustigen Schar der Knaben und Mädchen folgte eine Gruppe ernster Männer, die Kirchenvorsteher, geführt von Pfarrer Wendel.

»Ich muß gehen! Ich muß gehen!« rief Uli mit plötzlicher Aufregung, als er sie erblickte.

Schnell verließ er den Balkon, und einen Augenblick später sah man ihn mit flatternden Rockschößen seinen mächtigen Körper durch die Menge zwängen – sein großer schwarzer Hut saß ihm schief auf dem Kopf. Nationalrat Rümpli, Weinhändler, unermüdlicher Redner und Demonstrant, kam jetzt einhergestapft, den Schirm wie eine Flinte geschultert. Er war ein sehr kleiner Mann, ein Männlein, stolzierte aber dennoch mit gewichtigen Schritten in Gehrock und Zylinder einher und betrachtete durch den zitternden goldgeränderten Kneifer mit väterlichem Wohlwollen die Menge auf dem Bürgersteig.

Dann kamen die Glocken in Sicht. Zuerst die großen. »Friede sei mit dir«, in G, ein schimmernder Kupferklumpen, umkränzt mit Girlanden rosaroter und weißer Astern, auf einem niedrigen, kräftigen Karren, den sechs stämmige Gäule aus einer Bündner Brauerei zogen. Geschmeidige Burschen in langen blauen Kitteln, mit bekränzten Peitschen und flachen, edelweißgeschmückten Hüten, führten die dampfenden Gäule, die sich der Bedeutung des Anlasses bewußt zu sein schienen, denn sie schnaubten und donnerten mit ihren großen Hufen über den Asphalt der Straße.

Dahinter, auf einem zweiten Karren, kam Glocke Nummer zwei in B, »Kommet alle zu mir!« Ihre dunkle Bronze schimmerte durch die Blumen hindurch. Ein Gespann von sechs Ochsen zog den Karren, langsam watschelnde, gutgefütterte Tiere, reif für den Schlächter, die Hörner mit Bändern in den Stadtfarben umwunden und das Geschirr mit Papierrosetten bedeckt. Vier Pferde schleppten Glocke Nummer drei in C, »Dein Reich komme!« Es war das die alte Glocke, die nun aus der Gießerei zurückkam, nachdem sie eingeschmolzen und mit größerer Härte neu gegossen worden war. Und dann kamen die jungen Damen aus der Haushaltungsschule und die jungen Männer aus der Landwirtschaftlichen Schule mit ihren bäuerischen Professoren. Sie sangen im Chor, aber keineswegs eine heilige Hymne, sondern einen Sang der Herausforderung an alle frechen Eroberer, die es sich in den Kopf setzen wollten, die Grenzen der Schweiz anzugreifen. Schließlich folgten die beiden kleinen Glocken gemeinsam auf einem Heuwagen, von vier bescheidenen Kühen gezogen, Nummer vier in D, »Fürchte dich nicht, glaube!«, und Nummer fünf in E, »Ora et labora«. Eine lustige Schar von Männern und Frauen aus der Umgebung, die meisten in der heimatlichen Tracht, umschwärmten die beiden letzten Glocken. Der alte Otto und Mariegeli von Andis Hof waren auch darunter. Die Richenaus sahen sie. Der Oberst lächelte ein wenig. Andi betrachtete den Zug mit düsteren Blikken. Er empfand nichts von ihrer Fröhlichkeit, ihrer Furchtlosigkeit. Vielleicht würden sie alle morgen oder übermorgen schon weniger lustig sein. Er dachte an seine Armeepistole. Der Knall eines Schusses – das würde das Ende all seiner Illusionen sein. Er hatte nach Doktor Gutknecht Ausschau gehalten, ihn aber nicht finden können. Vielleicht war er gar nicht gekommen! Vielleicht saß er in seinem Amtszimmer, in den Sessel zurückgelehnt, studierte das verhängnisvolle Dokument, und Zweifel, Argwohn, Ahnungen stiegen in ihm auf. Vielleicht hatte er bereits das Bezirksgericht in Andruss, diesen neuen Mann, Doktor Thur, telephonisch um nähere Einzelheiten ersucht . . .

‚Aber ich konnte nicht Lauretz hinschreiben‘, dachte Andi, und es lief ihm kalt über den Rücken. ‚Er würde sich wahrscheinlich erinnern, daß meine Frau Lauretz hieß. Laur ist ein ganz anderer Name. Wenn man diesen Namen liest, fällt einem nicht unbedingt sofort das Wort Lauretz ein. Oh, wenn ich nur meinen Körper zwingen könnte, sich ordentlich zu benehmen! Den einen Augenblick heiß, den nächsten Augenblick kalt und

feucht! Verflucht! Und wenn der alte Gutknecht einfach mit
mir Komödie spielt? Wenn er die Akten gleich zu Anfang studiert hat und mich nur zum Narren hält! Er ist es imstande.
Ein herzloser, höhnischer Mensch – eine Gesetzmaschine! Für
diesen Fall: Die Kugel.'
Die Prozession zog unter dem Balkon vorbei. Wolfgang aus
Schlans, der seine große Harmonika mitgebracht hatte, spielte
und sang wie ein Sohn Bacchus', während er mit wehendem,
goldblondem Bart unter dem Balkon vorüberkam. Silvelie rief
unwillkürlich: »Schau, Andi! Schau unsern Wolf an! Ist er nicht
prächtig!«
Sie begegnete Andis Blicken. ,Ich bin lustig!' sagten ihre Augen. ,Von einer Lustigkeit, unter der sich ein blutendes Herz
verbirgt!'
»Es ist Zeit, auf den Platz zu gehen!« sagte der Oberst und sah
nach der Uhr. »Die Feier beginnt um zwei.«

31

Die Richenaus fuhren auf einem Umweg zum Basiliusplatz und
wurden von einem Kirchenvorsteher zu ihren Plätzen auf dem
mit Fahnen geschmückten Podium geführt. Ihre Sitze waren
in der ersten Reihe, sie begegneten dort vielen Freunden und
Bekannten. Die Polizei war damit beschäftigt, alle diejenigen
fernzuhalten, die keine Einladung hatten. Andi war von dem
Anblick der vielen Menschen fast betäubt. Eigentlich gab es in
diesem Augenblick nur einen Menschen, auf den er sich konzentrieren konnte: den Gerichtspräsidenten. Er blickte sich
nach Doktor Gutknecht um und sah ihn schließlich ganz in der
Nähe im Gespräch mit einem Kantonsrat dastehen, das Hörrohr
am Ohr. Es schien Andi, als werfe ihm der Präsident mehr als
einmal einen verstohlenen Blick zu. Inzwischen kamen die
Lanzberger Fanfarenbläser auf den Platz marschiert. Ihr Fah-
nenträger schwenkte stolz eine große Fahne über die Köpfe der
Menge hinweg. Acht Mann in einer Reihe, marschierten sie wie
napoleonische Soldaten bis vor das Kirchenportal. Dort stan-

den ehrwürdige alte Männer mit langen weißen Bärten, barhäuptig, in verbeulten, alten, schwarzen Anzügen, lächelten und schüttelten einander herzlich die Hand. Die Menge begann auf den Platz zu strömen, aus all den Straßen, die zur Kirche führten, quoll es hervor. Bald kam der Zug der Glocken in Sicht, geführt von Pfarrer Wendel und dem Kollegium protestantischer Pfarrer, die die massige heitere Gestalt Ulis überragte, so daß sein engelhaft lächelndes, rosiges Gesicht wie der aufgehende Herbstmond über ihren Köpfen schwebte. Mitten auf dem Platz gab es eine kleine Aufregung. Die Polizei hatte einen Motorradfahrer angehalten, der sich entgegen den Vorschriften dorthin gewagt hatte, untersuchte jetzt den Führerschein des Mannes und leitete sofort ein Strafverfahren ein. Eine jubelnde Kinderschar umtanzte die Glocken, Jungen kletterten auf die Karren, die kleinen Mädel kamen hinterdrein, blonde Burschen ritten auf den Rücken der Pferde und Ochsen. Ein ganz toller Junge war sogar bis auf die große Glocke hinaufgeklettert, und der Lehrer bemühte sich vergebens, ihn herunterzulocken.

»Friede sei mit dir!« schrie der Knabe. »Friede sei mit dir!«

»Bitte, nicht so sehr zu drängen!« rief plötzlich eine Stentorstimme durch einen Lautsprecher, der auf dem Balkon des »Gemsen«-Wirtshauses angebracht war. »Es ist genug Platz da! Bitte, Platz machen für die Glocken! Ordnung halten! Ordnung halten!«

Diese Befehle, die anscheinend vom Himmel her über die Köpfe der Lanzberger herniederschwebten, erzwangen für einen Augenblick etwas Ruhe und Ordnung. Sehr bald aber brachen die Kinder von neuem in wilde Freudenschreie aus. Einem kleinen Polizeiaufgebot gelang es schließlich, die Glockenwagen längs der Kirche aufmarschieren zu lassen. Männer in blauer Arbeitskleidung, die Techniker und Monteure, traten heran. Ohne die Menge zu beachten, unterhielten sie sich mit ernsten Mienen über das Problem, wie die Glocken in den Turm hinaufbefördert werden sollten. Die Tribüne füllte sich rasch. Herr Bosthal, der Organist, stimmte programmgemäß auf seiner Orgel einen lärmenden Marsch an. Aber er tobte ganz allein in seiner Kirche, und es hatte wenig Zweck, daß er mit Geschick die Register zog und auf die Pedale trat, denn nur wenige hörten ihn, so groß war der Lärm der Menge auf dem Platz.

Andi saß brütend da. Die ganze Sache kam ihm wie ein phantastischer, wirrer Traum vor. Endlich aber regte sich etwas in ihm beim Anblick der Lanzberger. Es war, als habe auch ihn die Kraft gepackt, die sie an diesem Tag aus ihren Häusern getrieben hatte. Nur ein Bruchteil dieser Menge ging jemals in die Kirche. Was suchten all die andern? Es mußten ihrer mindestens zweitausend sein. Sicherlich kamen sie nicht aus bloßer Neugier. Sie wurden von einer tieferen, dynamischen Leidenschaft getrieben: der Sucht nach Glück. Vielleicht fühlten alle diese Menschen, daß eine Geschichtsepoche zu Ende ging, und blickten nach der Dämmerung eines neuen Lebens aus. So wie die Bienen schwärmen und der Königin folgen, so schwärmten diese Leute herbei, um einen zu finden, der sie an der Hand in eine neue, unbekannte Welt führen würde. Sie waren nicht nur gekommen, um zu schauen, zu beobachten, zu rufen; sie waren gekommen, um ihre jetzigen Führer reden zu hören. Rümpli, der Pfarrer Wendel, der Ratspräsident sollten sprechen. Einen Augenblick lang verschwanden Andis private Sorgen in den Hintergrund dieses Massengeschehens. Sein Herz flog diesen Menschen entgegen. Er war einer von ihnen. Aber was würden sie heute zu hören bekommen? Er glaubte bereits zu wissen, was die verschiedenen Redner zu erzählen hatten. Würde auch nur ein einziger die Wahrheit sagen? Gleichsam, als wolle er seine Gedanken bestätigen, kündigte nun der Lautsprecher Nationalrat Rümpli an. Der kleine Mann stand bereits auf der Rednertribüne, vor dem Bundesrat, der bei dieser Gelegenheit auf das Wort verzichtete, damit nicht seine Gegner in der Presse das ganze Fest als einen bloßen politischen Vorwand bezeichneten. Der kleine Weinhändler befingerte das Manuskript, das vor ihm lag, und dann brüllte seine Stimme dieselben Plattheiten in den Lautsprecher, die die Lanzberger schon hundertmal gehört hatten. Aber sie standen schweigend da und lauschten scheinbar ehrfürchtig dem kleinen Manne, den sie selbst gewählt hatten, der aber bei dieser Gelegenheit mit keinem Wort die wichtigsten sozialen Fragen des Tages berührte, sondern ganz einfach den Mantel christlicher Nächstenliebe über alle ihre dringenden Nöte deckte und mit der Erklärung schloß, sie müßten an Gott glauben, der ihnen eine so herrliche Freiheit und eine so uralte Demokratie geschenkt hätte, sie müßten alle an einem Strang ziehen, wie die Pferde und die Ochsen, die die Glocken zogen, und die Einrichtung des Staates müsse ihrem Herzen heilig bleiben. Andi blickte die Reihe entlang, in der er saß. Sein Vater nickte. In den Zügen seiner Mutter spiegelte sich weder Beifall noch Ablehnung. Sie sah gelassen und würdig drein wie immer. Uli lächelte und schwitzte reichlich. Minnie betrachtete ehrfürchtig den kleinen Redner. Silvelies Gedanken schienen in weiten Fernen zu weilen. Andi wurde fast eifersüchtig.

Kaum war der sanfte Applaus nach Rümplis Rede verklungen, als Pfarrer Paul Wendel, der es irgendwie fertiggebracht hatte, schnell hinter den Kulissen seinen Talar anzuziehen, zu seinen Schäflein sprach. Seine Stimme und seine Figur machten ihn weit eher als den kleinen Rümpli für die Aufgabe geeignet, vor einer so großen Menschenmenge zu reden. Auch er sprach von Freiheit, aber von einer innerlichen Freiheit, einer theoretischen Freiheit, die in der Hingabe an die christlichen Grundsätze bestehe. Das müßten sie unbedingt im Kopfe behalten.

»Liebe Mitbürger und Kinder!« redete er die Menge an. Dann sprach er voll Humor über die alten Glocken, voll Erwartung über die neuen und dankte den Spendern.

»Laßt uns beten, daß der Tag bald kommen möge, da alle Menschen auf Erden ihre Waffen der Vernichtung einschmelzen und das Metall für Werkzeuge des Friedens und für Glocken verwenden, um die Ankunft des neuen Reiches zu verkünden! Darum wollen wir beten.«

Während er sprach, tönte der Klang der edlen Glocken der Kathedrale durch die Luft. Er hielt inne. Die Menge stand schweigend da, und Tausende von Gesichtern wandten sich dem Hügel zu, auf dem die uralte Kirche stand, hinter sich die ragenden Berge. Dann blickten sie feierlich zu dem immer noch leeren Glockenstuhl von Sankt Basilius empor.

»Unsere katholischen Brüder grüßen uns!« rief Pfarrer Wendel ins Mikrophon. »Sie verkünden die Gemeinschaft des Glaubens, die wirkliche Volksgemeinschaft. Wir wollen ihnen jetzt für ihre gute Absicht danken. Und sowie wir erst einmal unsere eigenen Glocken bereit haben, werden wir durch ihr Geläut unseren Dank abstatten! Amen!«

Tief in Andis Seele regte sich eine dunkle Macht. Sie drängte durch seine Adern. Schweizer Blut. Sein Vaterland. Der Boden. ,Warum spreche ich nicht zu ihnen? Muß es sein, daß man ihnen immerfort dieses Rauschgift verabreicht? Wie die Katzen gehen diese Redner um den heißen Brei. Nie rühren sie Worte der Wahrheit an. Jeder hat sein eigenes Maß, und alle fürchten sich, fürchten das Leben, fürchten den Tod. Die Menschen essen, arbeiten, schlafen, kämpfen, vermehren sich. Aber mit solchen Führern werden sie nie etwas Großes schaffen. Ihr Opfer wird vergeblich sein.'

Er wandte sich zu Silvelie.

»Das ist alles lauter Unsinn!« flüsterte er ihr ins Ohr.

»Ja, kein wahres Wort!« murmelte sie zurück.

Sie drückte ihm eine Sekunde lang die Hand, zog ihre Hand dann zurück.

»Andi!«

Er beugte sich zu ihr hin.

»Alle diese Menschen könnten dir gehören, wenn du wolltest«, flüsterte sie.

»Wir haben einen toten Punkt in unserer Geschichte erreicht«, sagte er. »Wir stehen im Schatten eines moralischen Bankrotts. Wir sind ein krankes Volk. Zuviel Gelehrsamkeit, zuviel Bildung, zuviel Theorie! Zuviel Kanzleimenschen, Bürokraten, Spezialisten, Sparkassen!«

Sie stieß ihn mit dem Ellbogen an.

»Steh auf und sag es ihnen!«

»Ich gehöre nicht mehr zu ihnen«, sagte er und blickte verloren über die Menge, über die roten Dächer hinweg in den herbstlichen Himmel.

Mädchen und Jungen bis zu vierzehn Jahren stellten sich jetzt in einem großen Halbkreis auf. Sie schienen nach Hunderten zu zählen. Jemand brachte eine Bierkiste, und Herr Schmeißer, der Gesanglehrer, stieg auf sie hinauf. Er trug seinen mit Litzen verbrämten schwarzen Sonntagsrock und hielt in der einen Hand einen langen weißen Stab. Ein kleines Orchester ertönte, und die Kinder begannen zu singen. Hunderte hoffnungsvoller Augen blickten fromm nach den ruckartigen Armbewegungen des Dirigenten, und sooft sein Körper von einer Seite zur andern schwankte, schienen Hunderte von Lungen durch den Druck kindlicher Herzen erfaßt zu werden, und schrille Stimmen kletterten immer höher empor, in ernstem Bemühen, ihr Bestes zu leisten. Andi war durch diesen jugendlichen Eifer tief gerührt, und als er heimlich Silvelie anblickte, sah er, daß sie sich mit einem Taschentuch die Augen betupfte.

‚Hm! Sie auch!' dachte er. ‚Warum wohl?'

Er fühlte, wie sein Inneres in einer seltsamen Weichheit verging.

»Hier müßte man anfangen«, flüsterte er Silvelie ins Ohr. »Die andern kommen kaum in Betracht.«

Sie nickte. Er wußte, daß sie ihn verstand. Ja, sie verstand ihn ganz. Das sonderbare liebe Geschöpf! Sie konnte sogar seine Gedanken erraten. Als der Kinderchor verstummte, betrat der Präsident des Stadtrates die Rednertribüne. Er sprach kurz und sachlich. Er verlas die Liste der wichtigsten Spender und deutete mit einer Armbewegung und mit einer höflichen Verbeugung auf Oberst Richenau, als den Protektor der Sammlung. Er dankte im Namen der Stadt Lanzberg sämtlichen Spendern. Andi wurde rot. Silvelie strich sich nachdenklich mit ihrer weiß behandschuhten Hand über die Stirn. Plötzlich, mit der erschreckenden Gewalt eines körperlichen Schmerzes, kehrten Andis Gedanken zu seinen persönlichen Angelegenheiten zurück. Er sah zu Doktor Gutknecht hinüber. Doktor Gutknecht hatte ihn offenbar gesehen. Er verbeugte sich, aber Doktor Gutknecht erwiderte diese Höflichkeit nicht. Andi blickte auf Silvelies Knie nieder. Ihre Schenkel zeichneten sich unter ihrem Rock ab, ihr lieber Kopf war so dicht bei ihm, daß er sie fast atmen hörte. Ein leichter Parfümgeruch ging von ihr aus – es war ein französisches Parfüm, das er ihr vor zwei Jahren geschenkt hatte. Das Kissen ihres Bettes roch auch danach. Er überlegte, wie sie in Schwarz aussehen würde. Eine hochgewachsene, schöne junge Witwe? Mit einem blondhaarigen, blauäugigen Jungen? Verteufelt reizvoll! Eine Witwe, in die er sich, wäre es möglich, sofort verlieben würde. Der Männerchor weckte ihn aus seinen Gedanken.

> »I weiß a Ländli wunderschöön
> Zmitzt in Europas Wält,
> Mit netta Maidla, wackra Söh,
> Wo eis dem andra gfällt.
>
> I weiß a Täli tusignet
> Im liaba Schwizerland,
> Dri lauft a Bächli, schlängelet
> Grad wie a Silbarband.«

Unterdessen wurden von der festen Plattform des Glockenturms Seile und Rollen herabgelassen. Die blaugekleideten Männer rührten sich fleißig. Die Polizei säuberte einen ziemlich großen Platz von Menschen, bis in den Eingang der Basiliusgasse. Lehrer und Lehrerinnen scheuchten ihre Schutzbefohlenen umher, denn bald sollte die erste Glocke emporgewunden werden.

»Du schaust heute so ernst drein!« hörte Andi seinen Bruder sagen. »Sei lustig! Bei einer so erhebenden Gelegenheit! Schau, dieser erhebende Anblick!«

Uli lachte heiter, und die Leute auf der Tribüne, die ihn hörten, lachten mit. Uli wurde allmählich der Held des Tages. Er hatte für jeden ein Lächeln und einen Händedruck.

»Schau jetzt! Die kleinen Kinder fassen das Seil!« rief er. »Ist das nicht ein packender Moment! Nonamal!« (Fast hätte er ein schlimmes Wort gebraucht.) »Ich geh jetzt, mein Platz ist nicht hier. Ich gehe zu ihnen.«

»Uli, komm und bleib hier!« sagte Minnie und hielt ihn am Ärmel fest.

»Ja!« beklagte er sich mit komischer Erbitterung. »An einem

Tag wie heute kannst du mich nicht zurückhalten! Die Leute sollen lustig sein! Ich lasse mich wie eine Glocke auf den Turm hinaufziehen, nur damit sie was zu lachen haben!«

Er kehrte Minnie seinen breiten Rücken zu und stolzierte ein paar Stufen hinunter, dann nahm er schnell zwei kleine Mädchen um die Schultern und führte sie zu dem Seil hin. Nach einiger Zeit sah man seine massige Gestalt über den Kindern ragen, die ihn umdrängten, während er mit den Lehrern und Lehrerinnen sprach und sich selber wie ein Kind benahm. Jetzt ertönte von einer hohen Plattform her ein Pfiff – Männer turnten dort oben mitten in der Luft herum, zur großen Bewunderung der Bergsteiger unter der Menge. Ein zweiter Pfiff. Männer kamen und schleppten ein langes Seil quer über den Platz. Sie legten es auf die Erde, und die Kinder wurden aufgefordert, sich hinzustellen und das Seil anzupacken.

»Nicht alle an einer Stelle!« ertönte Ulis laute Stimme. »Eines hinter dem andern. Und laßt nicht eher los, als bis man es euch sagt. Sonst zerbricht die Glocke, und ich muß noch einmal meine Weihen bekommen, und Papa wird trotz Kreuger und Compagnie eine neue Glocke kaufen müssen.«

Den Kindern brauchte man nicht viel zu erklären, sie waren gut diszipliniert wie alle Schweizer Schulkinder. Endlich wurde vom Turm aus das Signal gegeben. Uli packte das Seil. Er sah aus wie ein schwarzer Rabe unter einer Schar von Kanarienvögeln und Sperlingen.

»Jahüppla!« rief er. »Ruhig ziehen! Eins, zwei, drei, los!«

Langsam zerrten die Kinder an dem Seil, und die kleine Glocke tanzte an der Seite des Turmes empor. Quer über den Platz hin schleppten sie das Seil bis in die Basiliusgasse. Ein Pfeifensignal gebot ihnen Halt. Die Glocke hing einen Augenblick lang über der hohen Plattform, sich drehend wie ein Kreisel, dann sank sie auf die Rollhölzer herab. Einen Augenblick später verschwand sie im Turm und wurde von den Technikern, die mit mathematischer Genauigkeit alle nötigen Vorkehrungen getroffen hatten, an ihren Platz befördert. Die Kinder stürmten sogleich das Zelt, wo die Brötchen und heiße Würste auf sie warteten. Sie rissen die Brote auseinander, legten die Würste

zwischen die beiden Hälften und aßen gierig. Uli probierte gleichfalls die heißen Würste. Schuldbewußt blickte er über den Platz nach seiner Minnie, aber zum Glück war sie sehr weit weg. Er nahm also ein kleines Mädchen beim Zopf und sagte:
»Maideli, diese Würste sind sehr gut, nicht wahr?«
»Ja, Herr Pfarrer.«
»Lauf hinüber in die ‚Gemse‘ und bitte Frau Müsli um einen Topf Senf. Sag, er ist für mich.«
Das kleine Mädchen lief fort und kehrte gleich darauf mit dem Senf zurück. Nun begann Uli die Würste unter die kleinen Kinder zu verteilen, und nach jeder fünften Wurst, die er aus den dampfenden Kesseln fischte, aß er selber eine, stippte sie aber zuvor in den Senf. Als die zweite Glocke hinaufgehißt werden sollte, erschien er mit neuer Kraft auf dem Schauplatz. Diese Glocke sollte von Kindern zwischen zehn und zwölf Jahren emporgezogen werden. Ulis Begeisterung wuchs. Feierlich pflanzte er seinen massigen Körper vor die Kinder hin und begann einige Zeilen aus Schillers Glocke aufzusagen:

> »‚Was unten tief dem Erdensohne
> Das wechselnde Verhängnis bringt,
> Das schlägt an die metallne Krone,
> Die es erbaulich weiter klingt.‘«

»Packt das Seil!« rief der Lehrer.
Uli hob mahnend die Hand:
»Einen Augenblick, Herr! Ehrt diese Glocken, meine Kinder!« sagte er mit feierlicher Stimme. »Wenn die Morgenglocke euch ruft, folgt frohen Herzens ihrem Ruf und geht gewissenhaft an eure Arbeit. Wenn die Mittagsglocke ertönt, beugt eure Köpfe dankbar vor Gott, denn aus seinen gütigen Händen empfangen wir unser täglich Brot. Wenn die Abendglocke läutet und die Schatten auf die Stadt und die Berge niedersinken, setzt euer Vertrauen in Gott und sagt eure Gebete, und wenn sie am Sonntag alle zusammen erklingen, dann marsch, Kinder, in die Kirche! Vorwärts also an das Seil! Allhüppla! Allesamt! Dampfende Würste warten auf uns!«

Die »Concordia« stimmte eine feierliche Hymne an, während Glocke Nummer zwei ihrer kleinen Schwester in den Turm hinauf folgte.

Die dritte Glocke wog einundeinhalb Tonnen. Die jungen Damen und Herren der Haushalts- und Landwirtschaftsschule zogen sie hinauf. Uli war unter ihnen, unermüdlich und schweißbedeckt. Er zog mit aller Kraft, obgleich man sich eigentlich gar nicht anzustrengen brauchte, und mit lauter Stimme keuchte er:

> »,Von dem Dome
> Schwer und bang
> Tönt der Glocke Grabgesang.
> Ernst begleiten ihre Trauerschläge
> Einen Wanderer auf dem letzten Wege.'

Das ist aus Schillers ,Glocke', meine jungen Damen und Herren. Er hat auch den ,Wilhelm Tell' geschrieben.«

»Jawohl, Herr Pfarrer, und ,Kabale und Liebe',« sagte eine Mädchenstimme.

Das Pfeifchen ertönte.

»Seil loslassen!« schrie der Lautsprecher.

Sie ließen das Seil fallen, und Uli führte die Schar in das Würstchenzelt. Da er aber bereits ein Dutzend Würstchen gegessen hatte, war er im Augenblick nicht geneigt, noch mehr zu sich zu nehmen. Er zog sich daher zurück und drängte sich durch die Menschenmenge zur »Gemse« hin.

»Habt ihr ein Glas Bier für einen durstigen Pfarrer?« rief er ins Gastzimmer, während er sich Stirn und Nacken abwischte. »Für einen sehr durstigen Pfarrer!«

»Ein ganzes Faß voll, Herr Pfarrer!«

Einen großen Humpen Bier in der Hand, stand Uli zwischen den beiden Lorbeerbäumen vor der Tür, über seinem Kopf baumelte das goldene Gemsenschild.

»Jetzt schaue ich bloß zu«, murmelte er. »Der Mensch muß sich manchmal ausruhen.«

Frau Müsli brachte ihm ein zweites Glas. Er wollte bezahlen, aber sie nahm das Geld nicht.

»Ah, dann bekommen es die Armen!« sagte er mit einem breiten Lächeln. »Ich werde es selber am Sonntag in die Büchse tun. Danke schön, Frau Müsli.«

Mit einem verzückten Lächeln blickte er über den Platz hin und sah zu, wie die große Glocke, die annähernd sechs Tonnen wog, zum Aufstieg vorbereitet wurde. Dann packte ihn plötzlich wieder die Begeisterung. Schnell trank er den letzten Schluck Bier, stellte das Glas hin und eilte, die Menge mit den Armen zerteilend, wie ein Schwimmer das Wasser zerteilt, schnaubend zu der Tribüne zurück. Die Leute standen dort in Gruppen beisammen und unterhielten sich miteinander. Andi war in ein Gespräch mit einem Mitglied des Kleinen Rates vertieft. Der Oberst hatte seinen Platz gewechselt und saß jetzt neben dem Staatsminister, mit dem er befreundet war. Die Leute rings um die beiden schienen durch die Nähe solch gewichtiger Persönlichkeiten etwas eingeschüchtert und sprachen mit leisen Stimmen. Uli suchte seinen Kollegen, Pfarrer Wendel.

»Haben Sie etwas dagegen, wenn ich ein paar Worte zu all diesen guten Leuten hier spreche?« fragte er. »Sie gehören zu Ihrer Pfarrei, deshalb wollte ich Sie erst fragen.«

»Ich wüßte nicht, wer mehr dazu berufen wäre als Sie!« erwiderte Herr Wendel herzlich.

»In diesem Falle!« Und Uli drehte sich um. »Meine Damen und Herren! Meine Damen und Herren! Liebe Freunde!« rief er, kletterte schwerfällig auf eine Bank und breitete die Arme aus wie eine riesige Vogelscheuche.

Der Oberst wandte den Kopf.

»Mein Sohn Uli will sich offenbar lächerlich machen«, sagte er brummend zu dem Staatsminister und preßte die elfenbeinerne Krücke seines Gehstockes an die Lippen.

Es war seine Gewohnheit, an dieser elfenbeinernen Krücke zu saugen, während er Rednern zuhörte.

»Liebe Freunde!« wiederholte Uli mit einer mächtigen Stimme, die über den ganzen Platz schallte und der ringsumher fast sogleich ein tiefes Schweigen folgte. »Wenn auch jede dieser Glocken ihren eigenen Ton hat, was liegt daran, solange jeder

Ton rein ist, solange sie sich gut mischen und unsere Herzen und Seelen mit ihrer süßen Harmonie erfreuen? Möge das Leben unserer Gemeinde diesen Glocken gleich sein! Ob es verschiedene Ansichten, verschiedene Parteien, verschiedene Glaubensmeinungen gibt, was liegt daran, solange jeder von uns ehrlich und aufrichtig ist. Können wir nicht so am besten gemeinsam für das Wohl unserer Gemeinde arbeiten, damit unser Lanzberg blühe und gedeihe und dem ganzen Vaterland ein Beispiel sei? Möge jedes Herz seinen eigenen echten Ton erklingen lassen! Und jetzt – schaut euch einmal dieses lange Seil an! Sechs Tonnen wohltönender Bronze müssen auf den Turm hinaufgezogen werden! Sollte irgendeiner von euch nicht mithelfen wollen? Muß ich immer ein einsames Vorbild sein, oder wollt ihr mir alle helfen?

> ,Ehre sei Gott in der Höhe!
> Du sollst eine Stimme sein von oben
> Wie der Gestirne helle Schar,
> Die ihren Schöpfer wandelnd loben
> Und führen das bekränzte Jahr.'«

Er kletterte von der Bank herunter und bot seiner Mutter feierlich die Hand.

»Mutter und ich werden die ersten sein, die an dem Seil ziehen! Kommt! Wer bleibt zurück! Vorwärts, die Damen zuerst! Die Kinder haben ihr Teil getan!«

Madame von Richenau schritt lächelnd mit ihrem Sohn von der Tribüne herab. Ein urzeitlicher patriotischer Instinkt schien sich des Obersten bemächtigt zu haben. Sein runzliges Gesicht strahlte, als er aufstand. Er reichte Silvelie den Arm, nicht ohne geheime Absicht, da er es vielleicht für klug hielt, bei dieser Gelegenheit aller Welt zu beweisen, daß sie ein anerkanntes Mitglied seiner Familie geworden war. Andi durfte Minnie zum Seil führen. Sie hing züchtig an seinem Arm, heimlich verwirrt, weil sie plötzlich ihrem hübschen Schwager so nahe war. Alles folgte ihrem Beispiel, und die Tribüne begann sich zu leeren. Die Menge applaudierte. Sie applaudierte Madame von Riche-

nau, Silvelie, dem Oberst, den Staatsministern, ihren Räten und
Richtern.

»Wie wenn Professoren Tau ziehen!« rief Uli, als er alle die feierlichen Gestalten das Seil aufheben sah.

»Pack zu, Mama, pack zu! Es ist ein neues Paar Handschuhe
wert!«

Eine kurze Verwirrung trat ein, weil Herrn Rümpli der Kneifer
von der Nase gefallen war. Grauköpfige Herren und ältere Damen suchten nach ihm.

»Hat jemand Geld verloren?« rief Uli.

Alles lachte. Die Gläser wurden unversehrt gefunden, Herr
Rümpli wischte sie sorgfältig ab, setzte sie wieder auf die Nase
und packte das Seil.

»Ich werde ziehen, soviel ich kann«, sagte Madame von Richenau zu Uli. »Hoffentlich rutsche ich nicht aus und falle hin.«

»Uli ist verrückt!« sagte der Oberst über die Schulter.

»Ich stehe hinter dir, Mama«, meinte Uli, »hab keine Angst.«

»Ich glaube, du hast einige dieser Herren beleidigt«, flüsterte
sie.

»Warum? Ohne uns wären diese Glocken gar nicht da. Und
warum sollen denn alle diese offiziellen Esel herumsitzen und
sich hier auf der Tribüne bewundern lassen, ohne selber anzupacken? Ich bin sehr dafür, diese kleinen Bürger gegen ihren
Willen ein bißchen arbeiten zu lassen. Es macht sie bescheiden
und ist daher für den Charakter gut. Außerdem bin ich Geistlicher und kümmere mich nicht darum, wenn sie auf mich böse
sind. Sie kommen ohnedies nie in meine Kirche!«

Minnie zog ihre neuen Handschuhe aus und stopfte sie in ihr
Täschchen. Silvelie stand wartend da. Vor ihr standen Andi,
Uli, Madame von Richenau, Minnie und der Oberst. Hinter ihr
erstreckte sich eine lange Kette von Menschen. Der, der ihr am
nächsten und am liebsten war, war Andi, und als das Signal gegeben wurde und er das Seil packte, griff auch sie zu, aber so,
daß sie Andis Hände zu fassen bekam.

Es wird zweifellos in der Geschichte Lanzbergs verzeichnet
stehen, daß es bei dieser Gelegenheit auf dem Basiliusplatz keinen Unterschied mehr zwischen den Bekenntnissen, Klassen,

Geschlechtern und Berufen gegeben hat, daß diese Leute wie ein einziger Lebensorganismus ihre Anstrengung vereinigten, um die große Glocke in C, namens »Friede sei mit dir«, auf den Turm der Basiliuskirche emporzuhissen. Der heitere Uli hatte sie mit seiner Begeisterung alle zusammengebracht. In einer langen Doppelreihe standen Pfarrer, Räte, Handwerker, Arbeiter, Kontoristen, Lehrer und Doktoren da. Sogar Präsident Gutknecht, der trockene Mann des Gesetzes, war mit dabei, und hinter ihm standen zwei wandernde Benediktinermönche. Ein Inspektor der Schulkommission war anwesend, ebenso die Gastwirte aus der ganzen Umgebung einschließlich Hünis, der unter allen Männern des Kantons den dicksten Bauch hatte. Honiman, der Steinmetz, der Grabsteine und Grabkreuze erzeugte – Freiz, der den großen Buchladen auf dem Platze führte – Dutzende schrill lachender und träg seufzender Frauen – kurz, eine Schar von Menschen, die wahrscheinlich noch nie zuvor ein Seil in der Hand gehabt hatte. Ringsumher drängten sich die Zuschauer, lachend und spottend, die Luft mit derben Scherzen erfüllend.

»Hüni müssen wir ziehen sehen! Herr Jeger! Paß auf, Hüni, dein Bauch wird platzen! Wir werden alle weggeschwemmt!«

»Du fauler Schnatterstorch!« schrie Hüni. »Hast wohl heiße Hände, wie? Hast Angst, dir die Hände am Seil zu verbrennen? Komm her und arbeite ehrlich mit. Du Sohn eines Storchs!« (Der Storch war das Wahrzeichen von Hünis Wirtshaus.)

»Achtung!« rief die olympische Stimme durch den Lautsprecher. »Das Seil straff halten!« Und nach einer kurzen Pause: »Stetig jetzt! Langsam ziehen, wenn ich drei zähle. Ein, zwei, drei – ziehen!«

Ein gewaltiger Lärm, gemischt aus schrillem Lachen, Ächzen, Triumphgeschrei und Fußgetrappel, stieg über die Dächer empor.

»Langsam – keine Hast! Nicht anstrengen! Es ist ganz leicht!« ertönte die Stimme Ulis.

Hüni schnaufte dermaßen, daß die Leute in seiner Nähe lachen mußten, bis sie nicht mehr ziehen konnten und das Seil losließen.

Wie ein stämmiger alter Bulle legte er sich ins Zeug, die Augen traten ihm fast aus den Höhlen, und sein Gesicht wurde purpurrot.

»Zum erstenmal, daß er ein ehrliches Stück Arbeit leistet!« schrie einer seiner Kumpane.

»Warte nur, bis sie oben ist, du Sohn eines Storchs!« stöhnte Hüni. »Wartet nur, alle!«

Ein junger Mann schüttete Hüni ein Glas Bier über den Kopf.

»Im Namen der drei Wildkatzen!«

»Mehr, mehr!« rief der Herr des »Storchen«, leckte das Bier auf und seine Adern schwollen an, als wollten sie bersten. »Geht und sagt meinem chaibi Weib, sie soll sechs Fässer aufstellen. Heute kriegt ihr alle Freibier, ihr Kerls! Die ganze verfluchte Stadt würde ich gern hochziehen, die ganze Stadt!«

Langsam stieg der schimmernde Rumpf aus tönendem Metall zum Glockenstuhl empor, sein Schatten stieg mit ihm über die Flanke des Turmes. Silvelie hielt Andis Hände immer noch fest.

»Zieh, Andi, zieh!« stieß sie hervor. »Stell dir vor, wenn das Seil jetzt reißt! Dann fällt die Glocke herunter!«

»Es kann nicht reißen.«

»Warum nicht?«

»Weil die Techniker wissen, woran sie sind.«

»Können sie sich denn nicht geirrt haben?«

»Sie haben das alles wissenschaftlich berechnet.«

»Ah, als ob man ein ganzes Volk hinaufzerren würde!« sagte sie.

»Und das Volk tut es selbst.«

Er sah sie an. Sie arbeitete hart und ehrlich, die weißen Zähne zusammengebissen, kleine winzige Schweißtropfen unter den blauen Augen. Mutwillig wich sie seinem Blicke aus, als sollte er nicht begreifen, daß sie in Symbolen dachte. Aber er wußte es.

»Versuch doch, ein wenig zu vergessen, Andi!« sagte sie dann.

»Schau den Himmel an, er ist so groß. Wir sind so klein.«

Das Pfeifchen ertönte, die Menge hielt inne.

»Festhalten!« rief die Stimme.

Aller Augen wandten sich der Turmzinne zu, als hänge das

691

Schicksal des Landes von der großen Glocke ab. Die blaugekleideten Männer kletterten auf dem Gerüst umher.

»Langsam nachlassen!«

Langsam lockerten sie ihren Griff, und einen Augenblick später
sank die große Glocke auf die Plattform nieder. Dann stieg aus
der Menge ein tiefer Seufzer der Erleichterung auf. Hurras und
Bravos und Händeklatschen folgten, und ein Freudensturm
brach auf dem Basiliusplatz los, wie man ihn in Lanzberg seit
manchem Jahre nicht mehr erlebt hatte.

Die Polizei begann die Bürger zu organisieren. Viele von ihnen
waren in die Kirche geströmt, darunter auch die beiden Benediktinermönche, die wacker mitgeholfen hatten. Herr Bosthal
kam schließlich zu seinem vollen Anteil an dem Programm.
Wie ein musikalischer Tintenfisch erschien er vor seiner Orgel,
mit unheimlicher Geschicklichkeit zog er die Register. Mit
mächtigem Schwung stürzte er auf die Tasten los und trat auf
die großen Pedale, bis die Kirche unter den vulkanischen Fan-
faren einer Bach-Fuge erzitterte.

Um sieben Uhr abends erklangen die neuen Glocken zum
erstenmal über den roten Dächern von Lanzberg. Der Bischof
von Lanzberg, Seine Bischöfliche Gnaden Doktor Schmaltz, saß
mit Doktor Araquint, Regens coadjutor des Bischöflichen Semi-
nars, bei Tisch. Als sie die Glocken hörten, standen sie langsam
auf, traten an das alte gotische Fenster und öffneten es. Sie
lauschten stumm und sinnend.

»Diesmal haben sie anständige Glocken erwischt«, sagte der
Bischof, »recht edel und voll. Aber die Tonlage scheint ein
wenig hoch zu sein. Um eine Schattierung zu hoch. Neue Glok-
ken natürlich. Moderne Glocken.«

»Es sind protestantische Glocken, Confrater«, sagte der Coadjutor.

»Ohne Zweifel!«

Der Bischof wandte sich zu dem kleinen Mönch, der zwei
Kristallgläser auf dem Tische füllte, und lächelte nachdenklich.

»Frater Cornelius, gehen und sagen Sie unserem Glöckner, er
soll zu Ehren der neuen Glocken von Sankt Basilius einen
Chor läuten!«

Er hob seine weiße Hand. Der indische Smaragd an seinem Ringe funkelte, während er zweimal die Stadt Lanzberg segnete. Dann kehrte er mit dem Coadjutor an den Tisch zurück.

32

Es war der 11. Oktober. Ein weißer Nebel hing über dem Land. Hellgelbe Blätter waren über die hohen Gefängnismauern geflattert und lagen nun auf dem gepflasterten Hofe verstreut. Andi kam erst spät ins Amt. Mit zögernden Schritten ging er die Treppe hinauf. Seine Stirn war finster gerunzelt. Als er zu seiner Tür kam, zauderte er einige Sekunden lang, bevor er sie öffnete. Seine Blicke wanderten hastig zum Schreibtisch. Ein großer Umschlag lag dort. Ohne Hut und Mantel abzunehmen, setzte er sich hin und nahm den Umschlag zur Hand. Er wog ihn, legte ihn dann nieder, strich sich mit der Hand über die Augen und starrte die mittlere Schublade an der rechten Seite des Schreibtisches an. Seit fünf Jahren war er Untersuchungsrichter. Er hatte viel vom Leben gesehen, hatte ein tiefes Wissen gesammelt. Was aber würde nun geschehen, wenn er sich eine Kugel durch den Kopf jagte? Wo würde er hingeraten? Er schauerte zusammen. Widerstrebend griff er wieder nach dem Umschlag, riß eine Ecke ab, steckte den Finger hinein, schlitzte den Umschlag auf und zog einige amtliche Dokumente hervor. Eines davon lautete:
»Der Präsident und die Sonderkommission . . .«
Er wandte das Blatt um. Eine Blutwelle schoß ihm in den Kopf. Er erblickte Doktor Gutknechts ehrenwerte Unterschrift. Sie wurde sekundenlang undeutlich, verschwamm ihm vor den Augen. Er strich mit den Fingern über sie hinweg, als wolle er sich versichern, daß es wirklich die Unterschrift des Präsidenten sei.
»Lieber Gott«, murmelte er, »dieses blinde Vertrauen!«
Die Uhr auf seinem Tisch tickte. Seine Blicke schweiften durch den Raum. Nein, es war niemand da, der die tiefe Demütigung hätte mit ansehen können, die ihn trotz seiner Erleichterung überkam. Eine Leere schien in ihm aufzuklaffen, eine finstere

Wildnis. Dann öffnete er die mittlere Schublade. Er nahm seine Armeepistole in die Hand, zog das Magazin heraus und steckte es in die Tasche.

Langsam stand er auf, ging ans Fenster und starrte hinaus. Er kam sich wie ein Verbrecher vor. Er hatte das Vertrauen des Volkes enttäuscht. Und dennoch – immer stärker überkam ihn nun ein unermeßliches Gefühl der Zufriedenheit, ein Gefühl grenzenloser Freiheit. Hatte er denn wirklich das Vertrauen des Volkes getäuscht? Rasch setzte er sich an die Schreibmaschine und fügte sorgfältig hinter dem Laur die Silbe etz hinzu. Er faltete das Dokument zusammen, schob es in einen Umschlag, adressierte ihn an das Bezirksgericht in Andruss und warf ihn in den Postkorb. Dann nahm er die Akten Lauretz zur Hand. Er löste das Blatt heraus, auf dem Silvelies Unterredung mit Doktor Bonatsch protokolliert war und steckte es in die Tasche. Dann umwickelte er die Mappe mit roter Schnur und schrieb mit Blaustift in großen Lettern quer drüber hin: »Ad acta.« Schließlich legte er Hut und Mantel ab und ging mit ernster Miene an seine Tagesarbeit. Als der Mittag kam, begab er sich ins Bahnhofsrestaurant und aß dort ganz allein, statt nach Hause zu gehen. Dort, in seinem gewohnten Winkel, sammelte er seine wirren Gedanken und betrachtete das Leben nach Art eines Genesenden, der nach langer und ernster Krankheit soeben zum erstenmal mit dem triumphierenden Gefühl aufgestanden ist, den Fängen des Todes entronnen zu sein. Das Leben erschien ihm als ein blutloses, fast unwirkliches Etwas. Ein bloßer Zufall, daß er dem Tode, zu dem er sich selbst verurteilt hatte, entronnen war! Mit einem sonderbaren Vergnügen fühlte er das Gewicht der Kugeln in seiner Tasche. Viele der Gedanken, die ihm an diesem Morgen durch den Kopf gegangen waren, erschienen ihm jetzt seltsam und unglaublich. Da er sowohl körperlich wie moralisch ein Mann von gesunder Konstitution war, erholte er sich schnell von den Schlägen des Schicksals. Eine heiße Liebe ergoß sich nun in sein Herz, eine tiefe Ungeduld, die letzten Überreste der Bedrückung abzuschütteln. Im Geiste wanderte er in Schlans umher. Er sah sich in den Scheunen und Schuppen seines Hofes, zwischen den Reihen

der Sicheln und Hacken, die an ihren hölzernen Pflöcken hingen. Er sah sich durch die Ställe wandern, in denen seine Kühe grünes Futter kauten. Er glaubte den gesunden warmen Geruch frischer Milch zu atmen. Er erinnerte sich an die Samenbeete hinten im Garten, an die Obstbäume, an die kleinen Weingärten zwischen den moosbedeckten Steinmauern, über die die Eidechsen mit glitzernden Augen und langen grünen Schwänzen huschten. Plötzlich überkam ihn das wilde Verlangen, Bauernhosen und genagelte Stiefel anzuziehen, die Ärmel zurückzuschlagen und ein neues Leben zu beginnen. Ein erdnahes Leben. Und während er sich etwas Château la Rose eingoß, hörte er, wie im Traum, Silvelie ihre Hunderte weißer Hühner rufen, sah schneeweiße Fächertauben um ihren reizenden Kopf flattern, sah ihre Hand, ihre kluge, schnelle Hand, die Körner streute. Und er sah sich selber hinter dem Pfluge, lange, gerade Furchen über die weichen Felder ziehend, mit einem Gespann kräftiger Pferde, und auf dem Rücken des einen ritt Tristan. Ja, es ist gut, ein Bauer zu sein. Warum nicht? Die Richenaus waren immer Bauern gewesen, aristokratische Bauern, Bauern mit einer Geschichte. Sein Großvater hatte die schönsten Bullen im ganzen Land gezüchtet. Warum sollte nicht auch er ein Bauer werden? Wenn Kriege, Revolutionen und Hungersnöte kamen, wer zählte dann am meisten in der Welt? Der Bauer! Denn er ist es, der von der Erde her kommt, er ist der wahre Patriot, der aufsteht und für seinen Boden kämpft. ,Nein', dachte Andi, ,ich darf den Offiziersverein nicht verlassen. Ich muß nur mein Richteramt niederlegen.' Als Richter hatte er versagt, nicht aber als Patriot, als Mann.
Solche Gedanken ergriffen nun von Andi Besitz. Er stattete im Laufe des Nachmittags seinem Büro einen kurzen Besuch ab, um einige Kleinigkeiten im Zusammenhang mit einem Betrugsfall zu erledigen. Aber sein Herz war nicht länger bei der Sache. Er erfüllte automatisch seine Pflicht mit dem Bewußtsein, daß er sehr bald, sowieso sein Amt niederlegen konnte, ohne allzu viel Aufsehen zu erregen, nichts mehr mit Betrugssachen, nichts mehr mit Gerichtsfällen irgendwelcher Art zu tun haben würde. Früh am Tage verließ er die Kanzlei und spazierte in Lanzberg

umher. Er betrachtete die Ladenfenster, etwas, was er noch selten getan hatte.

Vor einem recht eleganten Herrenmodegeschäft blieb er stehen. Er sah dort Krawatten, Kragen, Hosenträger, Socken. »Eins stört mich«, sagte er. »Niklaus' Krawatten und rosarote Hemden. Das geht einfach nicht.«

Er betrat den Laden und kaufte für Niklaus ein halbes Dutzend schöne Krawatten. Dann kaufte er Hemdenstoff, schönen Zephir und Flanell, und eine Garnitur von Manschettenknöpfen aus Onyx. Während er diese Geschenke auswählte, überflutete ihn eine Welle des Großmuts. Was sollte er Hanna und Silvelies Mutter kaufen? Er suchte noch einige weitere Läden auf.

Für Hanna kaufte er eine hübsche kleine Armbanduhr und für Frau Lauretz eine lange dünne Goldkette mit einem goldenen Kreuz. Dann ließ er die Pakete nach Andruss schicken.

Während er wieder durch die Straßen spazierte, fiel ihm ein, daß es eigentlich sinnlos war, Menschen, denen es an so vielen notwendigen Dingen fehlte, kleine dumme Geschenke zu schicken.

Er ging also in seine Bank, eröffnete auf Frau Lauretz' Namen ein Konto und bat, Frau Lauretz davon in Kenntnis zu setzen. ‚Sie müssen auf Erholung gehen‘, dachte er. ‚Ich werde sie auffordern, eine vierwöchige Reise durch die Schweiz zu machen. Sie brauchen eine andere Umgebung.‘

Die Lichter Lanzbergs begannen aufzuleuchten.

Andi sprang in sein Auto und fuhr nach Valduz. Ein langes Gespräch mit seiner Mutter würde ihm gut tun.

33

Es war Nacht. Silvelie saß am offenen Fenster und sah in den dunklen Himmel empor. Sie betrachtete die Sterne und das blasse Band der Milchstraße, die sich über das Haus wölbte. Pegasus, Andromeda und das Sternbild Herkules leuchteten mit außerordentlicher Helle. Seit ihrer frühesten Kindheit waren ihr die Sterne immer ein Trost gewesen, und heute nacht bargen sie einen noch tieferen Sinn als sonst. Sie sprachen zu ihr von Freiheit, von Ferne. Und in ihrem majestätischen Leuchten erschienen die Dinge rings um sie so unendlich klein. Unter all den vielen Sternen hatte sie einen besonderen Lieblingsstern. Sie kannte seinen Namen nicht, aber oft hatte sie zu ihm aufgeblickt und gleichsam ihres Lebens heimliche Hoffnung auf ihn gesetzt. Doch zuweilen hatte sie sich gefragt, ob er vielleicht nicht doch ein Unglücksstern sei. Denn nichts in ihrem Leben schien geglückt. Heute nacht kam er ihr wie der Stern des Todes vor. Böse Ahnungen quälten sie, böse Ahnungen, die Andi galten. Nun ging es schon auf Mitternacht zu, er war noch nicht nach Hause gekommen. Es war etwas an ihm, sie wußte nicht, was es war, das sie mit Grauen erfüllte. Eine kalte Drohung schien von ihm auszugehen. Sie, Silvelie, schien für ihn unwesentlich geworden zu sein. Ein Etwas, um das man sich nur noch automatisch kümmert, aus Gewohnheit, ohne es sonderlich zu lieben. Jeder Versuch, sich ihm zu nähern, war zwecklos. Er würde nur sagen:

»Glaube mir, ich habe dir nichts zu verzeihen, du kannst nichts dafür. Es ist nicht deine Schuld, es ist etwas viel Größeres.«

Nach einiger Zeit hörte sie Andi ins Haus kommen, aber sie rührte sich nicht. Kalt wie die Nachtluft, die zum Fenster hereinströmte, blieb sie in ihrem Stuhle sitzen, und schaudernd zog sie die Hülle fester um die Schultern. Sie hörte ihn auf sein Zimmer gehen. Würde er endlich einmal zu ihr kommen, gute Nacht zu sagen? Würde er endlich ein Wort sprechen, um den grausamen Zauber zu lösen, mit dem er sie gebannt hielt? Ihre Tür stand weit offen.

Wieder hörte sie seine Türe gehen. Sein Schritt kam durch den Flur. Sie hörte eine gedämpfte Stimme.

»Schläfts du, Sivvy?«

»Ich bin hier«, sagte sie.

Er kam ins Zimmer. Sie sah die Umrisse seiner Gestalt vor dem hellen Hintergrund.

»Ich sitze am Fenster.«

»Ich habe mich verspätet, ich war bei meiner Mutter.«

Er kam herein, ohne das Licht anzudrehen. Es war besser, wenn sie im Dunkeln blieben. Er zog einen niedrigen Sessel heran und setzte sich neben sie. Er sah die Umrisse ihres Kopfes vor dem Himmel, von Sternen umringt.

»Warum bist du noch wach?«

»Hast du erwartet, ich würde schlafen? Ich sehe die Sterne an und denke nach.«

»Worüber denkst du nach?«

»Ich habe mich gefragt, warum wir dem, was in dieser Welt geschieht, so viel Bedeutung beilegen.«

»Es ist recht lächerlich, wie?«

Er hielt inne und nahm ihre Hand. Er spielte mit ihren Fingern.

»Sivvy!«

Der Klang seiner Stimme ließ sie zusammenschrecken.

»Ja, Andi?«

Er zögerte, sagte dann fast flüsternd: »Präsident Gutknecht hat unterschrieben!«

Er fühlte, wie ihre Finger plötzlich gewaltsam seine Hände preßten. Er hörte sie tief Atem holen, es war wie ein Seufzer. Sie blickte durchs Fenster nach den Sternen, dann wandte sie sich wieder zu ihm.

»Hast du es den andern schon gesagt?« fragte sie.

»Nein«, sagte er. »Du sollst es ihnen morgen früh selbst mitteilen.«

Er schwieg einen Augenblick, dann sagte er:

»Du weißt, warum ich es getan habe, Sivvy?«

»Warum?« murmelte sie.

»Nicht um ihretwillen, wenn ich mir das auch manchmal eingebildet habe. Nein, Sivvy, ich habe es um deinetwillen getan.«